吴栻诗文译注

陈良煜　译注

青海人民出版社

图书在版编目（CIP）数据

吴栻诗文译注 / 陈良煜译注 . -- 西宁：青海人民出版社，2022.9

ISBN 978-7-225-06371-3

Ⅰ．①吴… Ⅱ．①陈… Ⅲ．①古典诗歌－诗集－中国－清代②古典散文－散文集－中国－清代 Ⅳ．① I214.92

中国版本图书馆 CIP 数据核字（2022）第 137825 号

吴栻诗文译注

陈良煜　译注

出　版　人	樊原成	
出版发行	青海人民出版社有限责任公司	
	西宁市五四西路 71 号　邮政编码：810023　电话：（0971）6143426（总编室）	
发行热线	（0971）6143516/6137730	
网　　址	http://www.qhrmcbs.com	
印　　刷	陕西龙山海天艺术印务有限公司	
经　　销	新华书店	
开　　本	787mm×1092mm　1/16	
印　　张	40	
字　　数	750 千	
版　　次	2022 年 9 月第 1 版　2022 年 9 月第 1 次印刷	
书　　号	ISBN 978-7-225-06371-3	
定　　价	96.00 元	

前言

　　吴栻（1740—1803 年），字敬亭，号对山、怡云道人、洗心道人，青海省海东市乐都区碾伯镇人。据《西宁府新志》，其父吴遵文为康熙二十三年拔贡，在平番（今甘肃永登）任司训（主管文教）七年。吴栻十三岁丧父，十五岁（清乾隆二十年，1755 年）补博士弟子员，二十五岁（乾隆三十年 1765 年）选拔为贡生，三十七岁（乾隆四十二年，1777 年）赴长安考取举人，第二年（1778 年）赴京考取进士不第。吴栻毕生奔走于河湟流域和河西走廊，教过书，做过幕宾，身世坎坷。嘉庆八年（1803 年）病逝于家中，享年 64 岁。

　　吴栻留给我们的文化遗产是多方面的，他存世的诗有近 260 首，赋 14 篇，序 37 篇，另有杂记、论辩等 40 余篇，修身养性心得笔记 20 余篇。内容丰沛、数量巨大，在历代河湟文人中独占鳌头。

　　吴栻创作中最突出的是他的诗歌。

　　吴栻的排律诗，不论数量还是质量，不仅在河湟，在整个明清历史上，也比较少见。唐以增在《怡云庵排律诗序》中说："（作者）胸有慧珠，腹便书笥，故能丽不伤雅，灵不涉浮。庾信老成，公孙浑脱，格律精而源流正，洵可排体之金针，试帖之津迷也。"（作者心灵聪慧，肚子就是个书箱，因此诗作艳丽而不失文雅，灵巧而不浮夸。有庾信的成熟老辣，笔意纵横驰骋；有公孙大娘舞剑一样的浑然天成，无人工痕迹，格律精准，源流正派。的确可以做格律诗的典范，试帖诗的榜样）。唐以增，浙江湖州归安县人，乾隆丁酉举人，乾隆五十六年任碾伯县令。这是唐以增以年弟身份写给吴栻《怡云庵排律诗稿》的序。唐以增评论吴栻的排律诗，其视野当然不仅仅针对河湟。放眼明清诗界，诗人诗作虽多，但专以试帖为目标，从各个角度多方面创作出如此巨量而优秀的排律诗的，的确少见，在排律诗、试帖诗上吴栻独占鳌头。

说吴栻是明清排律诗、试帖诗的巨匠也不为过。唐氏认为吴栻的排律诗、试帖诗可作为"排体之金针，试帖之津迷"就是在这种意义上说的。在当时几乎是全国最偏僻、文化极落后的的青海，出现了读书人模仿学习排律的榜样，考取功名必学的要津，这不仅是当时的奇葩，也是河湟人的骄傲。在青海的文化历史长河中，吴栻是一座丰碑。

民国初年碾伯县文庙奉祀官拔贡谢善述在《上碾伯县长孔禀》中说：吴栻使"老宿倾襟，侪流避席；士衡赋出，君苗砚焚；希逸文传，阳源笔搁。一时才隽，推故绅为巨擘焉"。（吴栻使年老资深的人推诚相待，同辈谦恭避让，诗作似西晋的潘岳陆机，藻绘排偶气势磅礴，似滔滔之江，如汹涌之海，文人见其诗，把自己的诗作连同砚台都砸毁，不再著述；像南北朝时谢庄写出《鹦鹉赋》，袁淑就自惭形秽，把自己的《鹦鹉赋》收藏起来，不再拿出给人看一样。当时的才俊，都推许吴栻为诗赋的杰出人物。）认为其成就如建安七子和明末的云间七子一样。开风气之先，和诗坛巨人不相上下。

吴栻也是古代文学史上唯一的诗作入选全国性诗集的青海籍诗人（见徐世昌主编的清诗全集《晚晴簃诗汇》第100卷），吴栻在世时，其诗赋就得到世人的广泛赞誉与传播。

当时著名的甘肃诗人吴镇评价他的诗："固皆边塞之真诗，其骨力清刚，而感激豪宕也固宜"，"非徒湟中之诗也"。（本来都是边塞的真诗，诗刚劲有力，有气势和魄力，感情豪放，其诗不仅仅属于湟中。）

清末河湟著名诗人张思宪在《读碾伯吴敬亭先生岁吟录》中说："久慕先生学，焚香读妙词。开函如对话，落笔想拈须。手到春生候，清风犹拂拂。"（长久以来羡慕先生的学问，净手焚香后阅读先生你精妙的诗作。打开书函如同两人在促膝对话，落笔时就想起你的豁达自信的情怀。手到书边如春风拂面。）

吴栻的诗赋，文风清拔，音韵和谐，风格清丽，语言明畅，用典贴切，无堆砌之弊，善于刻画周围景物，写景细致入微，虽辞藻华美，但不失刚健清新的气息。渴望建功立业，有所作为，有怀才不遇的牢骚，也有寒士的雄心和骨气，表现出诗人的磊落胸襟和赤子之心。

通过对吴栻诗赋的诵读，我们对当时，尤其是河湟的社会生活、人文环境、自然地理等的了解会更进一步。

吴栻同时也是一个学者，他博学多才，涉猎广泛，功底深厚，如他的《鸟鼠同穴考》《儒林称子说》《论语旧注疏纰缪辨》等文，立论平稳、资料翔实、分析透彻，其考证、训诂的水平直逼当时中原大家，也为历代河湟文人所仅见。

家谱及其序言，为研究当时的社会、历史问题展示了丰富的内容和可靠的史料，具有其他书籍不可替代的文献价值。吴杖的《家谱自序》《旱庄王氏家谱序》《傅氏家谱序》等都从不同角度反映了河湟当时的社会风尚，为我们认识河湟汉族的来源提供了珍贵的资料。

吴杖诗作在中举后就已流传（如《碾伯八景诗》等），《岁吟录》在吴杖在世时也以刻本或抄本的形式流行，晚清时《岁吟录》刻本流行（见张思宪《读碾伯吴敬亭先生岁吟录》）。1915 年，吴杖的部分诗文由其曾孙吴化洽出面集资，赴兰州刊刻，起名《洗心斋全集》，包括《云庵杂文》《云庵赋草》《赘言存稿》《云庵四六文草》等。其刻本、印版在"文革"中当作"四旧"被焚毁。

20 世纪末，其裔孙吴景周、吴双明经多方奔走、搜寻，收集到《病吟录》《自勖录》《云庵排律诗稿》等，加上原版印的《云庵杂文》《云庵赋草》《赘言存稿》《云庵四六文草》四书，由吴景周作注释后，取名《吴敬亭诗文集》，于 1998 年自费印出。其《岁吟录》《先儒读书录》《南华经解注》《心经注解》《历代尊宿语录》《三教同归录》《采真集》等均遗失。其后，吴双明又从甘肃搜集到《洗心斋类说》刻本 1—4 卷及《自题小照赞》《冬菊辞》《梦中诗并序》和零星篇章。

吴杖的诗文写在 200 多年前，都是文言文，给今人的阅读、研究、欣赏带来了极大的困难。吴景周的注本，简略而错讹较多，收文也有缺漏，本书以《吴敬亭诗文集》为本，对其错讹缺漏进行了较详细的校勘补正。为读者阅读、研究、欣赏的便利，避免理解的碎片化，将吴杖诗、文，依文体的不同，分为诗歌、辞赋、序、论辩、杂记、附录六部分，对其进行了题解、翻译、注释。翻译力求信、达、雅，保持原文格调，不一味追求形式的整齐；注释、题解力求准确、简明、扼要。

因学力所限，错误在所难免，不当之处，请读者不吝指正。

陈良煜

2020 年 9 月

序

一

　　吴栻是中国古代文学史中，唯一的诗作入选全国性诗集的青海籍诗人（见徐世昌主编的清诗全集《晚晴簃诗汇》第 100 卷）。吴栻在世时，其诗赋就得到世人的广泛赞誉，现在大家熟知的《青海骏马行》《碾伯八景诗》就出自吴栻之手。

　　曾于乾隆五十六年任碾伯县知县的乾隆丁酉科浙江举人唐以增认为：吴栻的排律诗、试帖诗可作为考取功名士子的"排体之金针，试帖之津迷"。在当时偏远落后的的青海，出现读书人模仿学习排律诗的榜样，考取功名必学的要津，可以说这是我们河湟人的骄傲。在青海的文化历史长河中，吴栻是一座丰碑。可惜吴栻的诗作没能得到深入发掘、传播。1998 年，在青海文史学者李逢春先生倾力协助和指导下，吴栻玄孙吴景周先生收集整理印行了《吴敬亭诗文集》。

　　陈良煜教授在《吴敬亭诗文集》的基础上，对其进行详细的校勘、补正，为清眉目，将诗、文，依文体的不同，分为诗歌、辞赋、序、论辩、杂记五部分，对其进行了深入发掘，通过题解、翻译、注释，给阅读、了解吴栻诗文者提供了很大的方便。

　　陈教授和我是同乡，同在青海师大教书，我主历史，他攻古汉语，惺惺相惜，都关注着家乡的文化建设。他在带研期间就有整理《吴敬亭诗文集》的意愿，碍于当时事务繁多，分身乏术，退休后又返聘为师大教学督导组文科组长六年，一晃十年已过，今天终成正果，值此出版之际，特此志庆！

张德祖

2021 年 11 月 19 日于师大

序

二

　　清乾嘉碾伯文人吴栻，博学宏才，遗留文字中不仅有多姿多彩的诗赋，尚有大量序跋、铭文、论辩等，凡典章名物、宗族谱序、历史地理，乃至自然天象，皆有涉足。今同为碾伯出身的陈良煜教授一生从事古汉语教学和研究，储学研阅数十载，厚积如此。陈教授发挥所学，对吴著阐幽发微，扬美训善，使不至埋于一隅，于古人、于今学，特别是于家乡的文化建设，意义之重大固不待言。

　　学界共识，诗文注译殊为不易。这首先是因为古典诗文文体的精致性，它们都是高度凝练的语言精华。昔有刘勰寄慨于才、气、学、习，叶燮复叹于才、胆、识、力，此皆虽主为文而发，实亦有当于注诗评文。宋代洪迈《容斋随笔》云："注书至难。虽孔安国、马融、郑康成、王弼之解经，杜元凯之解《左传》，颜师古之注《汉书》，亦不能无失。"清人杭世骏《李义山诗注序》亦云："诠释之学，较古昔作者尤难。语必溯源，一也；事必数典，二也；学必贯三才而穷《七略》，三也。"诚哉斯言！诗存场域，其典实难考，本意难寻，注者虽深怀敬恕，会意探赜，但一个人的才识、学力毕竟有限。每虑及于此，浅薄如我总不免陷入深深的自思自忖：注者非荷深重之责任与担当，孰能积日累月孜孜于此，细绎恒钉，爬梳琐屑。不难设想，陈先生华发癯容，日月逝上，灯下窗前，黾勉之间潜神凝虑，苦觅勤索，多少工夫书始成！

　　尤可称道者，陈先生不囿程式，在艰奥释译的同时对其中大量作品进行精当的"题解"，写法不拘一格，或交代写作背景，或指出文学价值，或探其文辞布置之考究深妙。这些解释说明往往行文精练优美，亲切有味，与原文相得益彰，相映生辉，使原诗文增色不少。当然，从一己的阅读期待上，如果说还有什么待于补完，那么吴栻排律的成就和影响甚堪著意，注者在本书"前言"部分虽已有阐发，但点到即止，我意如能在题解诸多排律诗时，于其字句章法等处加以提炼点顿，稍示赏读门径，则更能称美。但这已经属于品鉴的范畴，体例自别，本不宜过多施于注解，而且读者也需要自己的研味空间，故这一点小小的私心，不当求备于注者。

如今，书稿就要正式出版了。捧读眼前这厚厚的样稿，想想其间注者付出的时间和心力，让我不能不对陈良煜先生致以由衷的钦佩与祝贺。颠沛造次若许年，付梓刊行终如愿，其中甘苦，良难辞逮，恐怕只有注者一人知道。有幸作为书稿的第一批读者，我在这里惟余渺远的怀想，凝为对作者和注者深深的敬意！

诚如注者自云，书中固不免罅漏，但怀着对这份注译工作之艰辛的同情与理解，我愿读者诸君何妨品茗展卷，快意当前，去玩绎，去回应，在这些文字中体味一种过去的河湟风景，一份婉曲的心路历程。

青海师范大学文学院李成林　敬序
2021 年 12 月 16 日

目 录

◉ 一、诗

二、赋

三、序跋

四、论辩

五、杂记

六、附录

一、诗

吴栻的诗作,分别载记于《岁吟录》《病吟录》《赘言存稿》《怡云庵诗草》《自勖录外编》《清秋偶吟》等卷册中。

《岁吟录》是诗人早期的诗,面世也早,但多数已遗失,编者据《清全诗》等记载,拾遗 13 首。《病吟录》是嘉庆三年(1798 年)诗人于病中所作,共 28 首。《赘言存稿》共 15 首。

1775 年(乾隆四十四年)起,作者在青海碾伯,甘肃永昌、永登等地就馆授课。在科举时代,近体诗是考察的重要内容,也是考生施展身手才华的重要科目,在科举考试时占有重要地位。明清时,学生应试一般有律诗一首,与四六式的八股文并衡。吴栻认为:律诗格式上虽与八股文格式不同,但它们的作法、规律是一样的,不外起承转合、擒纵、抑扬、顿挫、虚实、反正等手法,比起八股文不但更有规矩,而且更富机趣,思虑更为灵敏,姿态更加秀逸。因当时甘青地区地处偏远,交通闭塞,学生手头资料缺乏,所览无多,故作者在书院、私塾、家教期间除了讲授《四书》《五经》等正课外,为学生写诗自范(相当于今天语文老师的下水作文)。《怡云庵诗草》,自课《七言绝句三十韵》《七言近体三十韵》和《清秋偶吟》五言律诗三十韵,都是在这种情况下写的。

考察诗作,首先要破题,诗作的题目提前由考官拟定,考生拿到题目,必须先对题目的来源加以破解,对题目的作者、出处、题目的背景等都了然于胸，然后在此基础上进行创作或发挥。除了命题，还要选韵。明清以来，科举考试的押韵标准是《广韵》，清代以来一般指在《广韵》基础上修订而成的《平水韵》。《平水韵》分平、上、去、入四声，共有206韵，合为三十韵部，故作者每一韵部作七言绝句、七言律诗、五言律诗各一首以为示范。

《怡云庵诗草》四卷共108首。在《怡云庵诗草》中，作者对所写的诗用批语的方式加以说明，以便学生掌握律诗的精髓与写作要领。

《怡云庵诗草》一、二卷以时间为序，描绘了一年四季的所见所思和四季景观的变化。三、四卷，《自勖录》外编自课七言绝句、七言律诗，《清秋偶吟》五言律诗都为即兴之作。

这些诗集中反映了作者在科举不第后的思想现实：仕途无望，理想破灭，苦闷彷徨。作者为摆脱世俗的烦扰、困惑，寄情山水，归宿于释、道、儒，力求获得精神上的解脱和超越。但钟情于诗作，欲罢不能，显示了作者追随陶渊明、王维，以他们为范的思想。

自课七言绝句三十首、七言律诗三十首，《清秋偶吟》五言律诗三十韵具体的写作时间不详，但在写作时间上应该是相对集中的，约在1775—1787年教书其间，1793开始，作者对这些诗作又进行了整理。

《岁吟录》（遗存）

说　明

清诗总集《晚晴簃诗汇》第 100 卷："吴栻，字敬亭，碾伯人。乾隆丁酉举人。有《岁吟录》。"选吴栻诗《南山积雪》《宿三桥吊淮阴侯》《咸阳怀古》《中秋夜独酌》《游郭处士庄》等五首。《岁吟录》虽已遗失。但从《南山积雪》出自《岁吟录》，可知《碾伯八景》当时已收入《岁吟录》无疑。从《晚晴簃诗汇》简介，也可知吴栻的《岁吟录》当时已有刻本在社会上流行，而其余的诗集如《病吟录》《怡云庵诗草》等尚未面世，或尚未整理、流行。考虑到《青海骏马行》的磅礴豪迈气势，应是作者在中举后不久的作品，加上 1785 年、1788 年吴栻曾将其诗稿求教于吴镇、王曾翼、王芍坡等人的情景，其诗稿应为《岁吟录》无疑（据吴栻记录，其余诗作均为 1793 年后整理）。遗憾的是，《岁吟录》散遗，故将《碾伯八景》《青海骏马行》《宿三桥吊淮阴侯》《咸阳怀古》《中秋夜独酌》《游郭处士庄》等归入《岁吟录》遗存中。

"古诗文网"张冠李戴，将清代碾伯吴栻的五首诗作转接到宋代吴栻头上。虽表现出编者的粗疏，但也表明历史上青海文人的传统诗作在研究者中是没有地位的，也更凸现出吴栻诗作的水准及在青海文坛的地位。

南楼远景

原文	译文
会景楼连斗以南[1]，	会景楼和南天的斗宿相连，
一川风物入诗谈[2]。	楼台上一川风光诗人盛赞。
烟笼万井迷芳甸[3]，	雾罩万家郊野芬芳人迷恋，
月度双桥印碧潭[4]。	月上中天通济双桥映碧潭。
远岫天寒云似墨[5]，	远山天寒乌云似墨在饶缠，
平原秋老草如岚[6]。	秋深野阔无边禾草如烟岚。
眼前有景难图画，	美景在眼前描绘难，
说与骚人取次探[7]。	请诗人随意去寻探。

 题解

乾隆四十二年（1777年），诗人赴长安乡试，考取举人。据诗情，碾伯八景诗应为吴栻中举后，将赴北京会试前所写。

碾伯在清时一直为县名，辖今乐都、民和两地，今碾伯镇为原碾伯县治，所以《碾伯八景诗》含有今民和县境内的《莲台夕照》《三川杏雨》。

"南楼"即碾伯城的南门"会景楼"，明代陈仲录有《碾邑会景楼记》，康熙年间所纂《碾伯所志》载："会景楼即所治南门，四山围绕，湟水前流，风景绝胜。"《甘肃通志》载："（碾伯城）嵩山后踞，雪岭前临。峰峦环境上，罗立万仞雕墙。湟水抱城流，掩映一条玉带。峡关分布如门，周道中通若线。"

据《西宁府新志》，雍正六年（1728年），张恩任碾伯县令，作《南楼远景》诗："谁言荒僻是边郵，酷爱南城会景楼。远岫孤标晴亦雪，长桥稳渡陆如舟。浪浮燕麦川平面，烟簇蜗庐柳罩头。一幅画图看不尽，雄文碑版吊千秋。"《甘肃新通志》卷十四载："乾隆十一年（1746年），西宁道金事杨应琚以南城被湟水侵啮，移城基北进一十五丈，另建新城……三十二年（1767年）工竣。迄今年湮代远，湟水距城不过十数丈矣。"因此，吴栻赋诗时的会景楼，是西宁道金事杨应琚等新建的南门上的城楼，而非张恩任碾伯县令时的南门城楼。吴栻于乾隆四十二年（1777年）中举，距新城筑成刚好十年。

这首诗描绘了碾伯城南的美景。碾伯城修筑在湟水北岸的高台之上，南门（旧址在今南门台）面对湟水，居高临下，登上层叠的会景楼，如同人在天上，快要和南天上的斗宿连在一起了；放眼望去，遥远的南山耸立绵延，皑皑白雪冬夏不消；肥美的郊野在眼前展现，草木荫翳，园田点点；西面潺潺的大沙沟水蜿蜒而来，流进脚下滔滔东去的湟水……登上会景楼，使人心旷神怡，流连忘返，故为碾伯八景之首。

当时另一位文人傅泳曾和诗一首："危楼百尺枕溪南，携友登临恣笑谈。雁阵横空连远塞，虹桥垂影卧碧潭。一川古木含秋雨，几片残霞带夕岚。景物怡人看未足，奚囊收贮待常探。"可参阅。

注解

[1]斗：斗宿，南斗六星的总称，二十八宿之一。这句极写会景楼的高。

[2]风物：一个地方的特有风光，景物。晋陶潜《游斜川》诗序："天气澄和，风物闲美。"入诗谈：人们用诗文来赞叹抒怀。会景楼名闻遐迩，文人墨客为该处的景色所倾倒，面对美景，诗兴大发，纷纷留诗作文来抒怀。

[3]万井：这里指千家万户，形容眼前村庄的稠密。芳甸：芳草丰茂的郊野。唐张若虚《春江花月夜》："江流宛转绕芳甸，月照花林皆似霰。"

[4]双桥：即"通济桥"。通济桥为双桥，长十五丈，宽丈二，为木石构造，形象奇巧，桥下碧波荡漾，四季不竭，为碾伯八景之一。康熙时的《碾伯所志》、乾隆时的《甘肃通志》《西宁府新志》都有记载，为碾伯通向西宁的必经之地。《西宁府续志》：该桥"嘉庆十年（1805年）水冲毁"。

[5]岫：峰峦。

[6]岚：山间的雾气。唐白居易《新栽竹》："未夜青岚入，先秋白露团。"

[7]骚人：诗人。自屈原作《离骚》，诗人多效仿其文作骚体，因称诗人为骚人。取次：随便，任意，也作"取此"。白居易《病假中庞少尹携鱼酒相过》："闲停茶椀从容客，醉把花枝取次吟。"

长桥夜月

原文	译文
谁叱鼋鼍运石梁[1]， 双桥直接彩虹长。 一川水泛高低影， 双镜人摇上下光。 月空波心舟似画， 夜沉涧底树分行。 未知题柱成何事[2]？ 驴背行吟空自芳[3]。	谁叱赶鼋鼍运送石料建桥梁， 双桥似彩虹横卧在大沙沟上。 满河的倒影时高时低在荡漾， 月与月影如镜摇晃上下天光。 皓月当空小舟在河面如画图， 涧沟黢黑路两边杨柳排成行。 吟诗桥上不知赴京能否顺畅？ 或如李贺驴背行吟孤芳自赏。

题解

这首诗描写了夜月下通济桥的美景。通济桥在碾伯城西门外大沙沟河上，近临湟水。湟水西来，到小古城河湾处，河面开阔，大沙沟水北来，沿碾伯城西而下，汇入湟水，周围地势参差，古树荫翳，沟河相望。康熙时《碾伯所志》、乾隆时《甘肃通志》《西宁府新志》中对长桥都有记载，均名"通济桥"，为碾伯通向西宁的必经之地。《西宁府续志》：该桥"嘉庆十年（1805年）水冲毁"。文献载，"通济桥"为双桥，长十五丈，宽丈二，为木石构造，形象奇巧，桥下碧水荡漾，四季不竭。明月夜，远山如黛，西门城楼巍峨高耸于东，通衢大道树影婆娑，逶迤西去；桥北地高涧深，流水潺潺；桥南月亮倒映在宽阔的河面，上下天光，交相辉映，景色迷人。面对此景，也表露了作者赴京会试前忐忑不安的焦虑心境。

注解

[1]鼋鼍：都是水中大而恶的爬行动物。鼋，大鳖，亦称"绿团鱼"，俗称"癞头鼋"；鼍，亦称"扬子鳄""鼍龙""猪婆龙"。两者在古诗多作驮载桥梁的动物。文献记载最早驱使癞头鼋和猪婆龙架桥的是大禹。《竹书纪年》也有周穆王"驾鼋鼍以为梁"的记载。有人认为所谓鼋鼍就是堆砌的石墩，因为与鼋鼍形象相似，故名。

[2]题柱：汉司马相如离蜀赴长安时，曾于成都城北昇仙桥题句于桥柱，曰："不乘赤车驷马，不过汝下也！"事见晋常璩《华阳国志·蜀志》。后以"题桥柱"比喻对功名有所抱负。亦省作"题桥""题柱"。

[3]驴背行吟：世传唐代诗人李贺，骑驴出行，背一锦囊，偶有所得，即投书囊中。其诗思神出鬼没，世称"鬼才"。行吟：边行走边吟唱。自芳：孤芳自赏。

原文	译文
南山积雪 皎洁凌空似玉山， 深秋常见羽人还[1]。 高低望处峰千叠， 远近看来月一弯[2]。 影射长天迷素鹤[3]， 光浮浅水失群鹇[4]。 堪将此地千峰雪[5]， 置向巴陵伯仲间[6]。	终年积雪凌空耸立如晶莹的白玉山， 深秋时节常见山中的修道之人往返。 不管身处高低，眼前都是千丈峰峦， 不论远望近看，雪山总是明月一弯。 白雪映照蓝天，白鹤迷离噪鸣阵乱， 雪山倒映水面，鹇鸟茫然失群唤伴。 可把峰峦万千终年积雪的南山置换， 放到巴陵足与当地的名山奇峰并肩。

题解

碾伯城北靠蚂蚁山，南临湟水河，居高临下，视野开阔。从碾伯城抬眼南望，千山万峰，层峦叠嶂，如波涛汹涌，起伏绵延，上面白雪皑皑，如千里银屏，在晴空中熠熠闪亮，望之使人神清气爽。《西宁府新志》载："南山，在县南六十里，与宁邑（西宁）南山相连，延长数百里，各番族耕牧其间。冬夏积雪不消，耸出万山之上，俨若银屏，又谓之雪山。"

注解

　　[1]羽人：屈原《远游》："仍羽人于丹丘兮，留不死之旧乡。"王逸注："《山海经》言有羽人之国，不死之民，或曰人得道，身生毛羽也。"朱子注："仍，因就也。羽人，飞仙也。"常做神仙的代称，这里指修道之人。深秋之时，山中修道之人要置办一些生活必需品以渡过严冬。

　　[2]该句极写雪山之高。

　　[3]长天：辽阔的天空。唐王勃《滕王阁序》："落霞与孤鹜齐飞，秋水共长天一色。"

　　[4]鹇：鸟名，尾长，雄的背为白色，有黑纹，腹部黑蓝色，雌的全身棕绿色，是有名的观赏鸟。

　　[5]堪：能够，可以。

　　[6]巴陵：今湖南洞庭湖一带，自古以风景秀丽闻名天下。这里指中华大地的风景绝美之地。伯仲：比喻事物不相上下。晋王羲之《与谢安书》："蜀中山水，如峨眉山，夏含霜雹，碑板之所闻，昆仑之伯仲也。"

莲台夕照

原文	译文
梵台形势宛如莲[1]，	莲花台的形势如盛开的巨莲，
美景佳名自古传。	奇妙的景观与美名自古流传。
花雨斜飘返照处[2]，	如雨的落花在夕阳中舞翩跹，
昙云远挂夕阳天[3]。	厚重的云彩挂在燃烧的远天。
铜池泻出千潭月[4]，	台上坑窝内的清水倒映出月亮万千，
石室分开一炷烟[5]。	莲花寺内直上的烟雾把寺分成两片。
最是尘氛消不得[6]，	最要命的是取消不掉尘世的牵绊，
来登绝顶暂疑仙。	当登上莲花台顶怀疑自己成了仙。

题解

　　这首诗描绘了夕照中莲花台的景色。莲台即莲花台，在今民和县松树乡，在老鸦峡中段。老鸦峡，古代有"鄯州第一关"之称，全长17公里，北面是祁连山系，当地人称为北大山，南面是积石山系，当地人称为南大山（或王家大山）。

湟水在两山之间奔腾而过，两岸山石壁立突兀。莲花台在沟壑中突起，形如莲花绽放，左右有清澈的溪水潺潺汇入湟水。乾隆时西宁道杨应琚以"三面临流五瓣开"来描绘该地势的壮观。台上曾建有佛寺，俗称莲花寺。

注解

　　[1]梵台：佛经原用梵文写成，故凡与佛教有关的事物，多称梵。因莲花台上有莲花寺，所以称梵台。

　　[2]返照：夕照，傍晚的阳光。白居易《早春晚归》："晚归骑马过天津，沙白桥红返照新。"

　　[3]昙：浓云，一说黑云。

　　[4]铜池：檐下承接雨水的铜槽。这里是说，莲花台周围石崖顶上下泻的泉水冲激莲花台的岩石，形成了许多密集分布的圆形坑窝，月光下，这些盛满了清澈水的大小坑窝都倒映出月亮的倩影。

　　[5]石室：莲花台周围石料丰富，寺墙均为石料砌就，故称莲花寺为石室。一柱烟：青烟直上如柱，形容周围静而无风。

　　[6]最：突出。尘氛：凡俗。唐牟融《题孙君山亭》诗："长年乐道远尘氛，静筑藏修学隐论。"

	原文	译文
冰沟奇峰[1]	东来遥望接千峰， 翠嶂青峦历几重。 峭势凌霄飞似鹤[2]， 岩光眩目宛如龙[3]。 峡中何处题图画[4]， 天半谁人插剑锋。 若许丹梯瞻紫气[5]， 定西门外敢辞从！	奇峰山连绵东来连千岭， 翠峦重叠不知有多少层。 陡峭的山势似仙鹤展翅上云霄， 岩壁的反光如飞龙变幻悚眼睛。 幽深的冰沟岩壁上谁题的诗画？ 碧蓝的天空谁将奇峰作宝剑插？ 如有幸乘梯登上山顶见圣君， 到定西门外边关险地也遵从。

题解

　　冰沟在今乐都马场、芦化乡境内，水西南流，到老鸦峡西口，汇入湟水。老鸦峡两壁陡峭，谷窄而深，河水湍急。民国前，仅有鸟道而无人行，故冰沟为东去必经之通道，自古设有冰沟驿。冰沟之水为祁连山麓之泉水，泉水从山阴流下，冬夏不竭。冰沟山高谷深，壁立陡峻，沟底长年少见阳光，冷气聚集，泉水皆凝为冰，盛夏难溶，凄神寒骨，故称冰沟。奇峰指冰沟北面的奇峰山。奇峰山拔地而起，直插云天，翠峦叠嶂，林泉怪石遍布，幽胜奇特，故名。

注解

［1］奇峰：奇峰山。

［2］峭势：陡峭耸立的气势。凌霄：高入云霄。

［3］岩光：山崖上的色彩，这里指反光。眩目：惊动人的眼睛。

［4］何处：哪里来的人。题图画：冰沟古为乐都通往内地通衢大道，骚人墨客为奇峰山胜景所感，多在附近岩壁上题诗作文。插剑锋：形容奇峰山突兀高峻、壁立如剑，直插云天。

［5］丹梯：红色梯子，多喻仕进之路或寻仙访道之路。唐·许浑《送上元王明府赴任》诗："官满定知归未得，九重霄汉有丹梯。"紫气：紫色云气。古代以为祥瑞之气，附会为帝王、圣贤等出现的预兆。定西门：在冰沟南面，明嘉靖年间，为阻止永登等地藏族部落的进攻，西宁兵备道范瑟奏建定西门，并作《创建定西门记》。

原文	译文
峭壁削成接翠微[1]， 朱明炎火望依稀[2]。 高台月照千峰色， 云窦烟含百孔晖[3]。 洞外丹砂经雨艳， 岩边紫石入秋肥[4]。 几时搔首从天问， 得向蔚蓝捧日飞[5]。	刀削斧砍的红崖，与周边青绿的山色相连， 艳阳高照的盛夏，远望如熊熊烈火在烧燃。 月光下崖顶的千山万岭蜿蜒起伏，仪态万千， 晨昏时崖间百多洞窟里云气出没，光辉目眩。 洞窟外，红色沙石经雨水的冲洗更艳丽可爱， 悬崖边，紫青石头经过秋雨浸润更肥厚丰满。 感叹光阴荏苒时不我待，搔首问天， 何时翱翔蓝天伴随帝王，直上云汉。

红崖飞峙

题解

红崖在乐都城北二里多地，其山体呈红色，如斧砍刀削，壁立如柱，红崖腰间有许多大小不一的方洞，应为南梁时开凿的佛洞遗迹，佛窟虽经千多年而斧凿之迹历历如新，并偶见搭架之木桩，实在令人称奇。因南梁立国短暂，开窟而不及塑佛，工程即告废止。但当地人仍称此处为红崖寺，一直延续至今，已有 1600 多年。红崖寺脚下因水土流失，土石裸露，沟壑纵横。红崖寺背后，峰峦起伏，高入云天。每当雨过天晴或朝夕辉照之际，从碾伯城望去，红崖寺在蓝天的衬托下，危崖耸立，似鬼斧神工；红艳如火，如缥缈仙境，蔚为壮观，如天外飞来，故名曰"红崖飞峙"。

注解

[1] 翠微：轻淡青葱的山色，也指青山。

[2] 朱明：指夏天。《尔雅·释天》："春为青阳，夏为朱明，秋为白藏，冬为玄英。"郭璞注："气赤而光明。"炎火：烈火。依稀：仿佛、不清晰。

[3] 高台句：高台，红崖寺顶的平台。云窦，云气出没的山洞。这里指在红崖半腰开凿的洞窟。南朝宋鲍照《登庐山》诗之一："松磴上迷密，云窦下纵横。"

[4] 这两句是说，洞窟外红色的沙石经过雨水的冲洗显得更加艳丽可爱，悬崖边的紫石，经过秋雨的浸润仿佛肥厚增大了许多。

[5] 这两句是说，光阴荏苒，时不我待，搔首问天，什么时候能直上青云，为国家朝廷建功立业呢？搔首：以手搔头、焦急或有所思貌。从天问：问老天。蔚蓝：深蓝色的天空。捧日：古代多以日比喻帝王，所以用来比喻忠心辅佐帝王。语出晋王沉《魏书》："（程）昱少时常梦上泰山，两手捧日，昱私异之，以语荀彧……或以昱梦白太祖。太祖曰：'卿当终为吾腹心。'"

东溪春色

原文	译文
小桥长短接春溪， 柳色青青草色萋[1]。 十里云霞涵秀色[2]， 一行烟雨入新题[3]。 波开水镜鱼游岸[4]， 影动沙碛树绕堤[5]。 借问都人何处去[6]， 双柑斗酒听黄鹂[7]。	小桥长长短短桥下溪流淙淙， 两岸柳色青青溪边芳草争荣。 十里东溪气象更新景色迷人， 一阵蒙蒙细雨增添画意诗情。 鱼群划破清亮如镜的溪水， 堤边的树影在沙洲上晃动。 请问城里的人到哪里去踏春？ 拿上酒食全家去东溪听黄莺！

题解

东溪在碾伯城东北一里许。溪水北来，穿凤凰山（一名雷鸣山）达碾伯城东，绕城而下，汇入湟水。溪水蜿蜒奔泻，切山为谷，溪边青树翠蔓，晨昏蛙鸣鸟噪。溪底巨石犬牙交错、层叠络绎，溪水时隐时现，远闻，如鸣珮环，溪中小鱼悠然往还，来去迅捷，引人流连。这里地处城北凤凰山山南脚下，地势低洼而阳光充足，气候早暖。每到农历三月，别处草木方萌动发芽，这里却已芳草茵茵，繁花烂漫，故东溪为碾伯最早赏春处所。《西宁府新志》卷五："东溪在县治（碾伯城）东北二里，春时小桥流水，花发鸟鸣，亦可游赏。邑人谓之东溪春色。"

注解

[1] 萋：草生长茂盛的样子。《说文》："萋，草盛也。"

[2] 十里云霞：指长长的东溪两岸使人赏心悦目的景物。

[3] 一行：一阵。烟雨：指春雨，春雨细微，如烟似雾，故称烟雨。新题：诗文的新题目。唐李商隐《细雨成咏献尚书河东公》："府公能八咏，聊且续新题。"这里指诗篇。该句是说，蒙蒙春雨，使诗人有了更多的创作内容和创作冲动。

[4] 水镜：溪水清亮如镜。

[5] 沙碛：浅水中的沙石。

[6] 借问：古诗中常见的假设性问语。一般用于上句，下句即作者自答。唐韩愈《送僧澄观》诗："借问经营本何人？道人澄观名籍籍。"都人：指碾伯城里的人。

[7] 该句化用戴颙的故事。唐冯贽《云仙杂记》卷二："戴颙春携双柑斗酒。人问何之，曰：往听黄鹂声！"镏泰《春日湖上》："明日重来应烂漫，双柑斗酒听黄鹂。"双柑斗酒即两个桔子一斗酒，代指游春时所备的酒食，后来也指游春。

三川杏雨[1]

原文	译文
曾将烂漫照三川，	烂漫的杏花绚丽了官亭三川，
活色生香谁与怜[2]？	香气馥郁色泽鲜活谁不爱怜！
柳外青帘堪问酒[3]，	柳下挂酒帘美酒飘香哪里产？
水傍红雨自成泉[4]。	杏花伴雨落漫流花水如涌泉。
千家门巷皆铺锦，	千家万户门前巷口如铺锦缎，
十里园林尽罩烟。	园田宽阔在春雨中罩着烟岚。
岂是中州文杏好[5]，	难道只有中原杏花使人流连？
移来还待探怀贤[6]。	移杏来三川的贤人更应怀念。

题解

三川在现在民和官亭、中川一带，分上川（又称赵木川）、中川、下川（又称峡川），俗称三川，清代属碾伯县管辖。三川近临黄河，是全县乃至全省海拔最低的地方，气候温暖，春来最早。三川遍植杏树，杏花开时，花团锦簇，绚丽烂漫，远近都弥漫在杏花袭人的香气和明艳的花海中。该诗描述了三川雨中杏花的盛况。

[1] 杏雨：清明前后杏花盛开时节的春雨。

[2] 活色生香：鲜活的颜色动人的香气。怜：怜爱、爱惜。

[3] 青帘：旧时酒店门口挂的幌子，用蓝布制成。堪：能。该句是说，大柳树下有酒店的幌子，可以去问问有什么酒。

[4] 傍：依附。该句是说，春雨渐沥，地上像到处冒出了泉眼，飘落如雨的红色杏花，随地上的雨水纵横流淌。

[5] 中州：指中原地区。文杏：杏树的别称。汉司马相如《长门赋》："刻木兰以为榱兮，饰文杏以为梁。"

[6] 这句化用了董奉的典故。《神仙传》云：三国时董奉居庐山，为人治病分文不取，凡病重者被治好的种杏五棵，病轻者被治好的种杏一棵。数年之后，所种的十几万棵杏树郁然成林。每当杏子成熟的季节，董奉将杏子散给人们。两句是说，难道只有中原的杏树才好？移植在三川的杏树如此的赏心悦目，让人不由得要打听怀念那些移植杏树的人了。

宿三桥吊淮阴侯 [1]

原文	译文
客馆衔杯说未央 [2]，	在客馆饮酒说起楚汉争霸的以往，
淮阴往事正堪伤 [3]。	淮阴侯韩信的事迹尤其使人感伤。
推心已得逢真主 [4]，	推心置腹为明主的礼遇思虑奔忙，
蹑足何须立假王 [5]！	何必为做代理王让萧张暗踩汉王！
即肯千金酬一饭 [6]，	落魄时吃漂母一口饭，显达后以千金赏，
不难百战宥三章 [7]。	军法简明宽容，带兵多多益善越战越强。
可怜酒后狂歌日 [8]，	可惜没听蒯通的话死于女人的手掌，
猛士谁人守四方 [9]。	使高帝感叹：哪里有猛士去守边防？

该诗和下面三首见于《全清诗》。据《全清诗》，选于吴梽《岁吟录》。

诗人赴京赶考留宿于西安三桥，面对未央宫遗址，感慨良多。全诗在描述淮阴侯韩信的际遇、经历后对其不幸结局表示了深深的惋惜。

注解

[1] 三桥：位于陕西省西安市未央区，是古城西安市的西大门，靠近古未央宫。汉武帝时，由于在未央宫外并列布置着三座通往城外的大桥，故从西汉

开始，此地称为"三桥"，为长安通往西部的咽喉之地，是丝绸之路东起点。

〔2〕衔杯：这里指饮酒。未央：西汉宫殿，位于今陕西西安西北，因在长乐宫之西，汉时称西宫。为汉高祖七年（前200年）在秦章台基础上修建，惠帝即位后，开始成为主要宫殿。据未央宫考古、勘探，该宫平面为方形，周长8千米多，面积约5平方千米，宫城四面各辟一门，宫内有宣室、麒麟、金华、承明、武台、钩弋等殿阁32处，西汉末年毁于战火。这里指西汉王朝。

〔3〕淮阴：即淮阴侯，汉朝的开国功臣韩信。韩信是中国军事思想"谋战"派代表人物，被后人奉为"兵仙""战神"。"王侯将相"韩信一人全任。"国士无双""功高无二，略不世出"是楚汉之时人们对他的评价。作为统帅，他率军出陈仓、定三秦、擒魏、破代、灭赵、降燕、伐齐，直至垓下全歼楚军，无一败绩，天下莫敢与之相争。韩信是一代军事奇才，因为功劳太大，才能太高，项羽又被打败，所以被汉高祖刘邦所杀。所谓"狡兔死，走狗烹，飞鸟尽，良弓藏"。

〔4〕推心句：开始韩信在项羽门下，项羽没有重用他。后经萧何引荐，韩信投到刘邦手下，韩信推心置腹，给刘邦分析了天下大势，以及对项羽、刘邦的评判。刘邦非常欣赏，自认为得到韩信太晚了，听从韩信的谋划，拜韩信为上将军，并把好穿的、好吃的都让给韩信，使韩信死心塌地为自己出力，最后平定了天下。这里指以诚相待。

〔5〕蹑足句：刘邦与项羽相持于荥阳，在危急的时候，接到了韩信从齐国发来的书信，信中称："不设置代理王镇守此地，该地形势不能安定，自己愿意作代理王镇守此地。"汉王大怒，骂道："我被围困在此，早晚盼望你来帮助我，今竟然想自立为王！"张良、陈平踩汉王脚，提醒刘邦："汉军正处于不利之时，难道能禁止韩信做王吗？不如趁此立他为王，好好对待他，让他自己守卫齐地，如不这样，就会发生变化。"刘邦这才明白过来，又骂道："大丈夫平定了诸侯，就做真王，为什么要做代理王！"于是将计就计，封韩信为齐王，韩信这才发兵帮助刘邦。

〔6〕即肯：就想，就是要。千金酬一饭：韩信未得志时，境况困苦，经常饿着肚子。有次去河边钓鱼碰运气，在他钓鱼的地方，有很多老婆婆在河边洗衣絮，其中一个婆婆很同情韩信的遭遇，洗衣絮的几天里一直分自己的饭给韩信吃。韩信很感激她，就对她说，将来一定要重重地报答她。那婆婆听了韩信的话，很不高兴，表示并不希望韩信将来报答。后来，韩信帮刘邦打天下，功勋卓著，被封为楚王。韩信回到家乡，命人送给分自己饭吃的婆婆黄金一千两。

〔7〕宥：宽恕、原谅。三章：泛指简单明确的法律或规章。句意为：韩信约束将士的法规简明而宽容，将士多多益善，不以百战为难。

〔8〕可怜：可惜。唐卢纶《早春归盩厔别业却寄耿拾遗》诗："可怜芳岁青山里，惟有松枝好寄君。"狂歌日：楚汉相争的相持阶段，齐国人蒯通知道天下

胜负的关键在于韩信，游说韩信与项羽、刘邦三分天下，鼎足而立。韩信犹豫不决，不忍心背叛汉王，自认为功勋卓著，汉王不会夺自己的王位，于是谢绝了蒯通。蒯通的规劝没有被采纳，假装疯癫，做了巫师。刘邦平定了天下之后，韩信因罪被贬为淮阴侯，又因谋反而被处死，临死的时候叹息着说："我真后悔不听蒯通的话，以至于死在女人的手中！"

[9] 刘邦在战胜项羽后，成立了汉王朝，踌躇满志，但在内心深处却隐藏着深刻的忧虑。他得以战胜项羽，是依靠许多像韩信一样的功臣，现在，这些功臣，死的死、杀的杀，自己虽然登上帝位，但地位不固，今后如何统治这大一统的国家呢？公元前196年，淮南王英布起兵反汉，由于英布英勇善战，刘邦再无韩信那样得力的大将，只得亲自出征。他击败并杀死了英布，在归途中，刘邦顺路回到自己的故乡——沛县（今属江苏省），把昔日的朋友、尊长、晚辈都召来，共同欢饮十数日。一天酒酣，刘邦一面击筑，一面唱着自己即兴创作的《大风歌》："大风起兮云飞扬，威加海内兮归故乡，安得猛士兮守四方？"第三句的"安得猛士兮守四方"，既是希冀，又是疑问。刘邦对于是否找得到捍卫四方的猛士，自己的天下是否守得住，不但毫无把握，而且深感忧虑和不安。这里诗人在问：除去了韩信一样的得力干将，谁去守卫四方呢？

	原文	译文
咸阳怀古	祖龙遗事久荒唐[1]， 今日青门草又芳[2]。 渭水东流通砥柱[3]， 骊山西折走咸阳[4]。 龙争久识由三户[5]， 蚕食空教毕六王[6]。 一恸沙丘成往事[7]， 后人犹自赋阿房[8]。	秦始皇是祖龙的传闻很荒唐。 今日到访青门城外春草又芳。 渭水经中流砥柱，掀巨浪奔涌激荡， 骊山婀娜秀丽，逶迤西奔秦都咸阳。 世人知秦王朝将由楚人来埋葬。 秦用蚕食策，虽灭六国终空忙。 遥想沙丘之变，往事使人哀伤。 后人仍在写赋，追悼秦宫阿房。

题解

诗人身处秦王朝建都的咸阳，思绪万千。秦始皇业绩赫赫，建了不世之功，终被篡位的儿子胡亥葬送，让不入眼的楚人推翻、取代，犹如巍峨宏大的阿房宫，瞬间轰然崩塌，只剩下阿房宫的残壁断垣，留给后人无尽的惆怅与反思。

注解

[1] 祖龙：秦始皇嬴政的代称，《史记·封禅书》载，始皇帝钦定黑龙为大

秦水德的象征，故世人称之为祖龙。《史记·秦始皇本纪》："三十六年……秋，使者从关东夜过华阴平舒道，有人持璧遮使者曰：为吾遗滈池君。因言曰：今年祖龙死。"

［2］青门：汉长安东南门，本名霸城门，因其门色青，故俗呼"青门""青城门"。

［3］砥柱：山名。在河南三门峡，位于黄河急流中，形状似柱，故名。近因整治河道，山已炸毁。

［4］骊山：位于西安东南，远望如一匹黛色的骏马，故名。周、秦、汉、唐一直为皇家园林之地，文物胜迹众多。

［5］龙争：指争夺帝位。久识：长久以来知道。三户：也称三户灭秦，楚国只剩下三户，灭掉秦国的还是楚人。楚国地大物博，民性强悍。《史记·项羽本纪》载，楚怀王客死于秦时，楚南公说过："楚虽三户，亡秦必楚"。后来发生的历史证实了南公这一说。在大泽乡振臂一呼，天下响应的陈胜是楚人，他建立的政权称为"张楚"。率江东子弟渡江，成为抗秦主力的项羽也是楚人，他建立的政权称为"西楚"。总领群雄，建立空前统一的大汉王朝的刘邦也是楚人。刘邦的谋臣武将，除张良等少数人外，也都是楚地英豪。

［6］蚕食：比喻侵吞他国土地如蚕之食叶。它贴切生动地概括了强秦逐渐灭亡六国的历史情景。六王：指战国时齐、楚、燕、韩、赵、魏六国的君王。

［7］恸：大哭，悲伤。沙丘：指沙丘之变，又称沙丘之谋。公元前210年，秦始皇出巡，在沙丘暴卒，宦官赵高胁迫左相李斯发动"沙丘之变"，他们合谋篡改了始皇的传位诏书，矫诏处死扶苏与蒙恬，隐瞒秦始皇死讯，以咸鱼放到秦始皇车上，遮挡秦始皇尸体发出的臭味，回到咸阳后，拥立公子胡亥为皇帝。

［8］阿房：阿房宫，建于秦始皇三十五年（前212年），毁于秦末战火，是中国历史上第一个统一的多民族中央集权制国家——秦帝国修建的宫殿。位于今陕西省西安市，总面积15平方公里。1991年被联合国确定为世界上最大的宫殿基址，属于世界奇迹。阿房宫与万里长城、秦始皇陵、秦直道并称为"秦始皇的四大工程"，它们是中国首次统一的标志性建筑。赋：指杜牧写的《阿房宫赋》。杜牧通过描写阿房宫的兴毁，总结了秦朝统治者骄奢亡国的历史经验。

中秋夜独酌

原文	译文
独坐萧斋自掩扉[1]，	自己关门独坐在冷清寂寥的房中，
杯残仆倦怅依依[2]。	面对残杯和倦睡的仆从愁思难平。
一帘疏雨青灯暗[3]，	窗外秋雨零落，室内昏暗的青灯，
万里秋风白雁飞。	白雁南飞，鸣声湮没在万里秋风。
庾亮楼头今夜好[4]。	庾亮来楼头赏月聚会，中秋夜是好时辰，
张骞槎上几人归[5]？	张骞历尽苦辛通西域，成就功名有几人？
栖迟祇见添斑鬓[6]，	如蓬草随风漂泊鬓间白发增，
何日沧江觅旧矶[7]？	何时神闲无忧到江边寻旧踪？

中秋夜，身处异乡，看到秋雁南飞，面对冷寂的孤灯，听着秋雨，诗人苦闷不已。有几人能如张骞辗转万里，吃尽苦辛而功成名就？面对漂泊在外而鬓见斑白的自己，何时才能放下身心，轻松地游历熟悉的山水？该诗抒发了为现实所迫，不得不去赶考，但又对考试心中无数的心绪，充满了对前途的愁绪和希望。

[1] 萧斋：冷清、无生气的房屋。

[2] 怅依依：惆怅萦绕不绝。

[3] 疏雨：稀疏零落的雨。

[4] 庾亮句：庾亮，东晋时期外戚、名士，曾为征西将军，兼领江、荆、豫三州刺史，都督七州诸军事。庾亮楼指武昌城南楼，庾亮镇守武昌时，属吏殷浩、王胡之于武昌南楼月夜宴集，庾亮知道后，也极有兴致地参加了聚会，与诸人咏谑赏月，尽欢而散。见南朝宋刘义庆《世说新语·容止》。后以"庾公楼"为赏月宴集或咏州郡长官之典。

[5] 张骞：(约公元前164—前114年)，汉中郡城固（今陕西省城固县）人，汉代卓越的探险家、旅行家与外交家，开拓了中原通往西域的丝绸之路，并从西域诸国引进了汗血马、葡萄、苜蓿、石榴、胡桃、胡麻等等。槎：木筏。张骞槎：相传人类若乘木筏随波逐流，便可能从海天一色处穿越时空，直上九霄，遭遇牛郎织女；如乘筏逆黄河源头，或也可通达天上银河。该传说始见于西晋张华《博物志》。因张骞凿通西域，历尽磨难，前无古人，人们相信并接受张骞是有上天会仙本事的"凿空"行家。现实生活中传为张骞通西域引进的多种实实在在有别于华夏帝国的风物土产，也似乎是最确凿的来自天外的物证。故后

人树张骞为泛槎主人，用于表示摆脱世间烦恼，追寻神仙生活。

[6]栖迟：漂泊失意。

[7]沧江：江流、江水。江水多呈苍色，故称。如杜甫《秋兴》八首之："一卧沧江惊岁晚，几回青锁点朝班。"旧矶：旧有的水边突出的岩石或石滩。

游郭处士庄[1]

原文	译文
几里松阴处士家， 亭台潇洒静无哗[2]。 幽人睡起浑无事[3]， 半卷疏帘看晚霞[4]。	数里松荫遮蔽着郭处士家， 周边的亭台洁静而无喧哗。 幽居之士醒后无俗事牵挂， 半卷稀疏的竹帘坐看晚霞。

该诗描述了郭处士庄远离尘嚣，与世无争，清幽、洁净的环境和人们安逸、慵懒的生活。

[1]处士：古时候称有德才而隐居不愿做官的人。此处的郭处士为郭道源，晚唐武宗时曾充任太常寺调音律官，是一位耿介拔俗的艺术家，遭到朝廷的遗弃，流落到了民间而被当时的文学家温庭筠引为同调。温庭筠作《郭处士击瓯歌》，描写了郭道源的击瓯艺术，充满了对于理想的追求和对郭处士深情的咏叹。

[2]潇洒：幽雅、整洁。唐姚合《溪路》诗："此路何潇洒，永无公卿迹。"《警世通言·金明池吴清逢爱爱》："如今搬在城里一个曲巷小楼，且是潇洒。"

[3]幽人：幽居之士。浑：完全。

[4]疏帘：可卷起的稀疏的竹制窗帘。

梦游西湖

原文	译文
湖烟淡淡水悠悠[1]， 两岸垂杨拂画楼[2]。 最是玉人踪不定[3]， 春风吹上采莲舟。	云雾轻淡笼罩着秀美辽阔的湖面， 杨柳婀娜轻拂着湖边如画的楼檐。 湖中美人行踪不定最令人留恋， 在和煦的春风中撑着小舟采莲。

注解

[1] 悠悠：辽阔无际、遥远。《诗·王风·黍离》："知我者谓我心忧，不知我者谓我何求，悠悠苍天，此何人哉？"毛传："悠悠，远意。"

[2] 垂杨：垂柳。古称柳为杨柳。

[3] 玉人：容貌美丽的人。南朝宋刘义庆《世说新语·容止》："（裴楷）粗服乱头皆好，时人以为玉人。"后多用以称美丽的女子。唐元稹《莺莺传》："隔墙花影动，疑是玉人来。"

青海骏马行

原文	译文
极目西平大海东[1]， 传来冀北马群空[2]。	从西宁极目远眺青海湖东， 传来冀北没有良马的音信。
当年隋炀求龙种[3]， 果能逐电又追风[4]。	当年隋炀帝派人到海心山寻求龙种， 青海骢果然如风驰电掣，灭影绝尘。
西汉曾筑令居地[5]， 乌孙遣使贡良骥[6]。	西汉霍去病曾扬鞭筑要塞令居， 乌孙国在汉武帝时献骏马求亲。
汗血多从大宛来[7]， 权奇远向西平至[8]。	汗血宝马大宛来， 名驹远走到西宁。
唐帝整驭六龙还[9]， 回纥献马入关山[10]。	太宗驾驭龙马建大唐， 回纥进入边关献神骏。
皎雪奔虹翔麟紫[11]， 名擅贞观天宝间[12]。	皎雪、奔虹、翔麟紫为骨利干所赠， 它们的威名独自在贞观天宝年传颂。
谁知天驷照今古[13]， 腾骧骙骙五霞吐[14]。	谁知天驷星主马光照古今， 昂扬威武呼气成霞贯长虹。
此后还名西域骢[15]， 神骏奇骨谁与伍[16]？	此后还有骏马西域骢， 神骏骨奇谁与之争锋？
芳草遍天涯，	当芳草遍布地脚天涯，

胡马入流沙[17]。	胡马也隐入西北流沙。
可羡振鬣云衢近[18],	羡慕它竖起鬃追云荡霞,
可羡蹀足天路斜[19]。	羡慕它奋起蹄天地变化。
自兹花虬蕃衍入青海[20],	自从龙马在青海湖中产生,
奔驰电掣摧残垒[21]。	风驰电掣摧枯拉朽打天下。
未知龙种果龙驹[22],	不知马龙交配果真生下龙马,
岛屿深处耀光彩[23]。	青海海心山由此而名望显达。
借问苦心爱者谁[24]?	名驹啊，请问全身心谁爱怜?
空将神物镇边陲[25]。	如此的神物白白流落在边关。
雄姿磊落徒自许[26],	姿态威武心地正大只有自赞,
还登峻坂到天逵[27]。	还是登坡到四通八达的上天。
至今海水澄清不起波,	至今青海清澈不起波澜,
到处文人歌海晏[28]。	文人到处歌颂青海平安。
地精月度两相生[29],	神驹为大地明月的精变,
天骥呈材空自见[30]。	天马空怀奇才名埋不传。
平沙短草自青葱,	沙漠平坦任小草青葱枯蔫,
胡马回来不敢践。	骏马不能在其间驰骋踏践。
君不见[31]海水能安百谷王,	君不见青海能使汹涌的江河安澜!
至今无复蛟龙战[32]。	至今不再有蛟龙打斗争战。

题解

　　行，古乐府诗体的一种，如长歌行、兵车行等。该诗用乐府诗体，广泛地采用历史上有关青海马和西域名马的史实和传说，刻画了青海骏马的俊秀神姿和踏云荡霞、气贯长虹的非凡气概。通过对青海骢的描绘，表达了自己怀才不遇，为国效力的苦闷。全诗境界宏大，意味深远。

　　青海骏马亦称青海骢，今称大通马或浩门马，分布在祁连山南麓的门源、祁连，以及青海环湖地区、湟水流域等地，中心产区在大通河流域的门源、祁连。青海骢自古驰名天下，在《魏书》《北史》《新唐书》《甘肃通志》等史籍中均有记载。《隋书》："青海周回千余里，中有小山。其俗至冬辄放牝马于其上，言得龙种。吐谷浑尝得波斯草马放入海，因生骢驹，能日行千里，故时称青海骢焉。"史称"青海骢"的浩门马秉性温顺，体力强健，骑乘舒适，力速兼备，相传是波斯草马和青海公马交配产下的品种。浩门马外貌、形体与甘肃武威出土的踏飞燕铜奔马相似，而且天生就会走对侧步，很多人都认为它们很可能就是"马踏飞燕"的生物原型。

［1］极目：远望，尽目力所及。西平：西宁的古称。大海：即青海湖。青海湖古称"西海"，又称"鲜水"或"鲜海"。汉代也有人称它为"仙海"。从北魏起才更名为"青海"。此句是说从西宁极目西望青海湖。

［2］语出韩愈《送温处士赴河阳军序》："伯乐一过冀北之野，而马群遂空。"冀，今山西以及河北、河南等地。冀北，冀州以北。马群空：指没有好马。该句是说，见了青海骢，冀北的良马也就不在识马人的眼中了。

［3］《周书·异域志》："青海周回千余里，海内有小山。每冬冰合后，以良牝马置此山，至来春牧之，马皆有孕。所生得驹，号为龙种。"《隋书·地理志》："青海周回千余里，中有小山，其俗至冬辄放牝马于其上，言得龙种，尝得波斯草马放入海，因生骢驹，日行千里，故时称青海骢焉。"相传隋大业五年（609年），隋炀帝耀武巡幸西北，到青海后，派人到海心山牧马，以求龙种。龙种：即青海骢。

［4］逐电、追风：良马名，形容马奔驰的速度如风驰电掣，绝尘灭影。

［5］令居：故址在现在甘肃省永登县西北。汉武帝元狩二年（前121年），骠骑将军霍去病击败河西匈奴，打通西域通道，筑令居要塞。

［6］骥：好马。《汉书·张骞传》："元狩中得乌孙好马，名曰天马。及得宛汗血马益壮，更名乌孙马曰西极马，宛马曰天马。"《汉书·西域传》载：乌孙国在汉武帝时遣使献马求亲，以示友好，于是汉嫁刘细君。细君公主是早于昭君出塞的第一位"和亲公主"。

［7］汗血：即汗血马。唐杜佑《通典》："大宛国中有高山，其上有马，不可得，因取五色母马置其下与集，生驹，皆汗血，因号曰天马子云。"大宛：古西域国名，在今乌兹别克斯坦费尔干纳盆地。当时在东西交通上占有相当重要的位置。张骞通西域，于公元前129—前128年间抵达帕米尔以西，首先到达大宛。据他归国后说，当时大宛大小属邑有七十多个，人口有几十万。

［8］权奇：奇谲非凡，这里指骏异的马。《文选·颜延之〈赭白马赋〉》："雄志倜傥，精权奇兮。"张铣注："权奇，善行貌。"

［9］唐帝：指唐太宗。整驭：整顿车马。六龙：指皇帝的车驾。马八尺以上称龙，其车有六马，故曰六龙。还：回还，这里指建立唐帝国。

［10］回纥：中国古代北方民族，唐时取"迅捷如鹘然"的意思，改称回鹘。公元646年得唐朝助力灭薛延陀。《旧唐书·回纥传》："（回纥首领）皆受都督号，以统蕃州"。唐天宝三年（744年），以骨力裴罗为领袖的回纥联盟在唐朝大军的配合下，推翻了突厥汗国，建立起漠北回纥汗国，王庭（牙帐）设于今蒙古鄂尔浑河流域，居民以游牧为主。回纥从唐贞观二十年（646年）以后和唐朝的关系是一个国家内部边疆羁縻府州和中央王朝的关系。回纥曾帮助唐平定安

史之乱，抵御吐蕃对西域的进攻，和唐王朝保持着密切的政治、经济和文化往来。公元840年被属下黠戛斯灭亡后，分三支西迁和南迁到了新疆和甘肃，后形成了今日的维吾尔族和裕固族。献马入关山：唐朝时回纥从遥远的北方跋山涉水，通过重重关山来献宝马名驹。据《旧唐书·回纥传》，唐太宗贞观二十一年，回纥首领骨利干遣使来献马，唐使以其地置玄阙州（在今俄罗斯安加拉河至贝加尔湖以南），属燕然都护府（安北都护府），龙朔年间更名余吾州。《太平广记》卷四八〇引《神异录》："骨利国居回纥北方，瀚海（今贝加尔湖）之北。胜兵四千，地出名马。昼长夜短，天色正曛，煮一羊胛才熟，东方已曙，盖近日入之所也。"是唐朝势力范围最北部地区。

〔11〕皎雪、奔虹、翔麟紫：均为骏马名。《旧唐书·铁勒传》：唐王朝以骨利干地置玄阙州后，骨利干遣使"献良马十匹，太宗奇其骏异，为之制名，号为十骥：一曰腾霜白，二曰皎雪骢，三曰凝露骢，四曰悬光骢，五曰决波騟、六曰飞霞骠，七曰发电赤，八曰流金驳，九曰翱麟紫，十曰奔虹赤。"唐段成式《酉阳杂俎·忠志》："骨利干国献马百匹，十四尤骏，上为制名。"

〔12〕擅：独揽。

〔13〕天驷：房宿的别名。房宿为东方苍龙七宿之一，由四颗星组成。龙为天马，所以房宿又称"天驷"。古人认为天驷星主马。

〔14〕腾骧：奔驰，飞腾。騕褭（niǎo）：《吕氏春秋·离俗》："飞兔、要褭，古之骏马也。"高诱注："飞兔、要褭，皆马名也，日行万里。"五霞：骏马奔驰时呼出的气如五色的云霞。

〔15〕西域骢：即青海骢。

〔16〕谁与伍：有哪种马能与青海骢相比？

〔17〕胡马：这里指西域所产的良马。流沙，沙漠。

〔18〕振鬣：鬣，马鬃。竖起鬃毛，形容鼓劲奔驰的样子。宋苏轼《三马图赞引》："振鬣长鸣，万马皆喑。"云衢：云中的路。此句是说，青海骢振鬣飞奔起来，如同空中的天马，风驰电掣，使人羡慕。

〔19〕蹀：踏，踩。斜（xié）：不正。此句是说，青海骢奋蹄而动，所到之处绝影灭尘，乾坤扭移，使人激赏。

〔20〕自兹：从此。花虬：唐代名马，称九花虬。《洛阳伽蓝记》：代宗时李怀仙贡名马，额高九尺，毛鬣如麟，身被九花，故称"九花虬"。虬，古代传说中的一种无角龙，这里指青海骢。蕃衍：繁衍生息。

〔21〕电掣：像闪电一样。

〔22〕未知龙种果龙驹：不知放置到青海海心山的母马经龙交配后果然生下了龙驹。

〔23〕岛屿：指青海湖海心山。因海心山育出"龙驹"因此使该地熠熠生辉。

〔24〕苦心：刻苦、全身心地。

〔25〕神物：指青海骢。

〔26〕磊落：高大俊伟。徒自许：白白地自许为神物。

〔27〕峻坂：陡坡。天逵：天空四通八达的道路。

〔28〕海晏：海面平静。常用来比喻天下太平，也说海晏河清。

〔29〕地精月度：《渊鉴类函》引《春秋说题辞》有"地精为马，十二月而生"的记载。相生：五行学说术语。借木、火、土、金、水五种物质之间互相滋生和促进的关系，来说明脏腑相互协调的生理现象。其次序是木生火，火生土，土生金，金生水，水生木。

〔30〕天骥：天马，指千里马。呈材：呈现奇才。空自见（xiàn）：白白出现而无用。

〔31〕君不见：古乐府诗在结尾时的惯用语。海：这里指青海，即青海湖。百谷王：指江河之首。《老子》："江海所以能为百谷王者，以其善下之，故能为百谷王。"。

〔32〕无复蛟龙战：海晏河清，蛟龙沉沦海底，不再现身争斗。

《病吟录》

游山

原文

几叠林泉几叠湾，
几重云水几重山。
早知历尽崎岖苦，
坐老烟霞也是闲。

译文

多少层叠的森林泉眼，多少山湾，
多少重叠的云雾水流，多少峰峦。
早知观美景路崎岖须历艰难，
坐看山水盛景死也娴雅无憾。

老：终老，死的婉辞。烟霞：烟雾和云霞，比喻山水盛景。《南齐书·高逸传·顾欢》："臣志尽幽深，无与荣势，自足云霞，不须禄养。"闲通娴，文雅、雅静。

梦中赠亡友周琢如明经并序[1]

原文

嘉庆三年五月既望[2]，予住李世禄书馆，夜梦亡友周君琢如语予曰："君今年寿终，可早料理家事。我与君夙世交情，故预通此信，君其勿怖。"予应之曰："人之所以悦生者，以有生人之趣也。我阅世数十年，世味澹尽，冀得早脱尘网[3]，何快如之。要住且住，要行便行，有何顾恋，有何畏怖。君笃于友谊，不以存殁相间，直言来告，吾甚感也。晤别匆匆，何以赠之？吟诗一首，以抒离绪。"遂相笑而别。既寤，取笔砚向灯下，记其梗概云。

译文

  嘉庆三年五月十六，我住在李世禄书馆，夜梦死去的朋友周琢如对我说：“您今年阳寿尽，可早点料理家事。我与您有前世交情，所以提前告诉这个信息，希望你不要害怕。”我回答他说：“人之所以喜欢世间，是因为有活的乐趣，我经历世事几十年，世情淡薄到极点，希望早早脱离尘世罗网，为何不快点！要活就活，要死就死，有什么可回顾眷恋，有什么害怕恐怖的！您忠厚于友谊，不拿死活相间隔，直截告诉我，我很感动。会见离别匆忙，拿什么赠您，吟诗一首，用来抒发离别的情绪。”于是相互笑着分别，醒来后取笔砚在油灯下记了大概如上。

原文	译文
隔世茫茫数十年[4]， 何期相见话因缘。	和你生死相隔已几十年， 啥时见面拉家常说因缘。
消磨晚景宁嫌速[5]， 泄露春光总在先[6]。	打发晚年光景难道嫌快？ 离世的信息总提前显现。
蟾影散来终如海[7]， 骊珠拾得欲擎天[8]。	月光下的天宇似海无边， 皎洁的月亮像骊珠高悬。
分明别有通元路[9]， 记取逢人莫浪传[10]。	通向黄泉之路人各不同， 记住，逢人不要随意传。

题解

  诗人自注：此诗在可解不可解之间，自记。

注解

  [1]明经：明清对贡生的尊称。《儒林外史》第十八回：“此位是石门隋岑庵先生，是老明经。”

  [2]既望：农历十六。

  [3]尘网：旧谓人在世间受到种种束缚，如鱼在网，故称人世为尘网。晋陶潜《归园田居》诗之一：“误落尘网中，一去三十年。”

  [4]隔世：不处在同一个时代，这里指阴阳之隔。

  [5]晚景：晚年的境遇。宁：岂，难道。《史记·陈涉世家》：“王侯将相宁有种乎？”嫌：不满意。

［6］春光：春天的风光景致，这里指消息。

［7］蟾影：月影、月光。唐徐晦《海上生明月赋》："水族将蟾影交驰，浪花与桂枝相送。"

［8］骊珠：宝珠，传说出自骊龙颔下，故名。《庄子·列御寇》："夫千金之珠，必在九重之渊，而骊龙颔下。"唐温庭筠《莲浦谣》："荷心有露似骊珠，不是真圆亦摇荡。"

［9］通元路：通向根源的道路，此指通向阴间的黄泉之路。

［10］浪传：随便传布，任意流传。唐杜甫《泛舟送魏十八仓曹还京》诗："见酒须相忆，将诗莫浪传。"

梦中诗并序

原文

季夏之月，予住李氏书馆。夜梦老妻亲为我酌酒奉肉，意甚殷勤，复从容谓予曰："当此永别，何忍然契愿以拙诗送行[1]，君其许我乎？"予嘉甚。则见老妻略不构思，运笔如飞，须臾诗就，予急取读之，以笔圈"残花澹月"一联大加欣赏。醒后思之，梦中款曲之况[2]，犹依依在目前也[3]。吁！梦境无凭，此事幻。老妻不解诗韵，又不能握管，今梦中之诗甚佳，即今夙构[4]，恐未能如是之工且捷也。噫，异矣！

曩在都中曾遇目者，言予逢九不利。忆四十九岁冬月得伤寒病，九死一生。今五十九岁，前月梦亡友通信，此月梦老妻设饯，种种异征，未可概以噩梦忽之也。又况数年以来，贫老之身，继以多病，早已无意人间，果能连应前梦，固吾之所甚愿。惟恐弗得者，爰记其梦境之新奇、赠诗之缘起云。时嘉庆三年六月二十二日也。

译文

夏季的最后一月，我住在李家书馆，夜晚梦见老妻亲自为我倒酒端肉，表现得很殷勤，又从容对我说："对着这永别的场景，哪忍心你这样勤苦！愿用我笨拙的诗送行，您容许我吗？"我很赞赏。就见老妻一点不思索，运笔如飞，很快诗完成，我急忙取过来阅读，用笔圈阅"残花澹月"一联而大加欣赏。醒后思想，梦中诚挚殷勤不忍分离的情况尽在眼前。唉！梦境没有依据，这事虚幻，老妻不懂诗韵，又不会运笔写字，今日梦中的诗很好，就是现在事先准备好怕也不能像这样工整快捷。欸，早先在首都时曾遇到看相的人，说我逢九不利，回忆四十九时，冬天得伤寒病，九死一生，今年五十九，前一月梦见死去的朋友报信，这月又梦老妻摆设酒食送行，种种奇异的征兆迹象，不可一概以噩梦忽略它，又何况数年以来，贫困衰老的身子加上多病，早已没有在人世的意愿，果真能接着应和前面的梦而离世，本来就是我很愿意的，只怕不能得到。于是记下梦中的新奇和赠诗的缘由。时间是嘉庆三年六月二十二。

原文	译文
酌酒与君君且欢，	为你倒酒你暂且高兴一阵吧，
将离莫怨酒杯宽。	将要离别，酒杯大不要埋怨。
残花落处残花恋，	残花凋落，花儿相互依恋，
澹月沉时澹月寒[5]。	月光西沉，显得更加冷寒。
聚散何常云化影，	聚散为何像云一样变幻？
漂流无定永翻澜。	人生漂泊像翻滚的波澜。
从此分手仙凡别，	在此分手后仙凡各路，
他日相逢一笑看。	到相逢的日子再细谈。

 注解

［1］然契：疑为"契阔"，勤苦，劳苦。

［2］款曲：周详，详细。《三国志·魏志·郭淮传》："每羌胡来降，淮辄先使人推问其亲理，男女多少，年岁长幼；及见，一二知其款曲，讯问周至，咸称神明。"

［3］依依：依稀，隐约貌。晋陶潜《归园田居》诗之一："暧暧远人村，依依墟里烟。"

［4］凤构：谓事先拟就或备好。明杨慎《升庵诗话·箕仙诗》："正德庚辰，有方士运箕赋诗，随所限韵，敏若凤构，而语不凡。"

［5］澹月："澹"通"淡"，淡薄，浅淡。澹月即清淡的月光，亦指月亮。宋苏轼《淮上早发》诗："澹月倾云晓角哀，小风吹水碧鳞开。"

梦赠福益斋远游并序

原文

　　吾邑都阃福益斋[1]，为人倜傥豪迈[2]，通古卒传，嗜饭善饮，有侠客风，与余结为酒友，相处甚欢。去岁夏闲，益斋摄巴燕戎篆[3]，相别一载，倍觉离索。今岁孟秋忽梦益斋远行，予赠五言近体一首。越数日，益斋使至，兼以车来，约予与祁君椒林同到巴燕戎城视疾。及至之日，益斋亲为郊迎，日陪燕饮[4]，精神如旧，谓可勿药有喜也。至九月初旬，而益斋溘逝矣。呜呼，前日梦中赠行之诗，即永别之辞也。所谓诗谶是耶[5]？非耶？爰书其略，以志友谊云尔。

译文

　　我县统兵在外的将帅福益斋，为人洒脱豪爽，通达古代士兵的传闻，喜好美食，擅长饮酒，有侠客风范。和我结为酒友，处在一起相互很喜欢。去年夏天空闲，益斋代理巴燕军事统帅。相互离别一年，感觉很孤寂，今年初秋，忽然梦见益斋要出远门，我赠给他五言近体诗一首。过了几天益斋的使者到，并带着车来，约定我和祁椒林一同到巴燕戎城给他探病。我们到的那天，益斋亲自到城郊迎接，每天陪伴我们吃喝，精神如同往日。认为不用吃药病就能好。到九月初，益斋突然去世了。唉，先前梦中赠的远行诗，竟成了永别的话。所谓"诗谶"，对呢，还是错呢？于是记下大概，以此纪念我们的友谊吧。

原文	译文
送尔登长路，	送你踏上远行之路，
达人有大观[6]。	达观之人美事连连。
乾坤双眼阔，	眼中天地开阔辽远，
湖海一身宽。	胸内如湖海一样宽。
剑许终当挂[7]，	践行应诺之事，如季札挂剑，
铗藏莫浪弹[8]。	锋芒藏于剑鞘，不随意乱弹。
前途风云好，	如前途远大风光好，
可随意盘桓[9]。	君完全可随心流连。

〔1〕阃：借指领兵在外的将帅或外任的大臣。宋文天祥《指南录后序》："即具以北虚实告东西二阃。"

〔2〕倜傥：豪爽洒脱而不受世俗礼法拘束。《三国志·魏志·阮籍传》："瑀子籍，才藻艳逸，而倜傥放荡。"

〔3〕摄巴燕戎篆：代理巴燕戎长官。巴燕戎，今化隆县。篆，印章，这里指代长官。

〔4〕燕饮：聚会在一起吃酒饭。燕，通"宴"。《诗·大雅·凫鹥》："公尸燕饮，福禄来成。"

〔5〕诗谶：谓所作诗无意中预示了后来发生的事。明陶宗仪《辍耕录·诗谶》："'潮逢谷水难兴浪，月到云间便不明。'松江古有此语。谷水、云间，皆松江别名也。近代来作官者，始则赫然有声，终则阘茸贪滥，始终廉洁者鲜，两句竟成诗谶。"

〔6〕达人有大观：通豁之人美好的事物多而繁。达人，指豁达豪放、行事不为世俗所拘束的人。大观，形容事物美好繁多。汉贾谊《鵩鸟赋》："小智自私兮，贱彼贵我；达人大观兮，物无不可。"

〔7〕剑许终当挂：《史记·吴太伯世家》载：春秋时，吴王寿梦少子季札封于延陵，号延陵季子。他出使路过徐国，徐国国君很爱他的剑。季札已心许，准备回来时再送给他。等到回来时，徐君已死，季札就把剑挂在徐君墓上，表示不能因徐君已死而违背自己许剑的心愿。后以"挂剑"指怀念亡友或对亡友守信，也用来讳称朋友逝世。

〔8〕铗藏莫浪弹：战国时孟尝君门下食客冯谖，常弹其剑铗而歌。孟尝君礼遇之，后冯谖为孟尝君积极效力，使其免于死难。这里是说把剑藏好不要随意乱弹。

〔9〕盘桓：徘徊，逗留。唐刘希夷《捣衣篇》："揽红袖兮愁徒倚，盼青砧兮怅盘桓。"

思观山中[1]

原文	译文
万山深处一车牵， 两度来游信有缘。 沿路野花香不断， 秋风吹老碧云天[2]。	万山深处，一车在蜿蜒蹒跚， 两次来这里游历，的确有缘。 沿途野花点点花香绵延不断， 秋风吹变了原来的碧空蓝天。

[1]思观山：今青沙山，为化隆县与平安区的界山。

[2]老：原来的。

重到巴燕戎

原文	译文
一	一
四十年前此地游， 今来重上旧城楼。 山川风景原无异， 却笑朱颜变白头。	四十年前曾游走， 今天重登旧城楼。 山川风景虽依旧， 红颜少年成老头。
二	二
禾苗高低山四周， 郊原篱舍亦疏稀[1]。 我来一似辽东鹤[2]， 城郭人民是也非。	禾苗随山势在四周起伏， 城郊篱笆房舍星点分布。 我来此如同辽东鹤暂驻， 处处物是人非使人感触。

[1]郊原：原野。宋苏轼《过云龙山人张天骥》诗："郊原雨初霁，风日清且好。"

[2]辽东鹤：指传说中的辽东人丁令威修道升仙，化鹤归飞之事。晋陶潜《搜神后记》卷一："丁令威，本辽东人，学道于灵虚山。后化鹤归辽，集城门华表柱。时有少年，举弓欲射之。鹤乃飞，徘徊空中而言曰：'有鸟有鸟丁令威，去家千年今始归。城郭如故人民非，何不学仙冢垒垒。'遂高上冲天。"隋卢思道《神仙篇》："时见辽东鹤，屡听淮南鸡。"

	原文	译文
门前质解失火延烧屋舍[1]	一 典尽衣裳一火焚， 邻家面面化烟云。 天留茅舍堪容我， 犹得闲翻贝叶文[2]。 二 焚弃无余莫怨穷， 穷中消息我先通。 本来真相原无物[3]， 一任家中事事空。	一 当铺的衣物被大火焚， 邻家房屋都成为灰烬。 老天宽容我留下茅舍， 使我仍有空翻阅佛经。 二 烧无余物别埋怨穷， 困顿的音信我先闻。 人生的真相本无物， 任凭家中万事都空。

[1] 质解：当铺

[2] 贝叶文：书写于叶上的文字，指佛经。印度贝多罗树的叶子，可以代纸，古代印度人用以写佛经，后因称佛经为贝叶经。唐刘长卿《送方外上人之常州依萧使君》诗："归共临川使，同翻贝叶文。"

[3]《华严经》里的话。佛家讲"四大皆空"。

	原文	译文
敝庐免灾聊为整葺[1]	吾庐吾爱净无尘， 回禄何为毁近邻[2]。 巷剩雀罗虽少客[3]， 天留蜗舍足容身。 安排床几迎新岁， 扫掠门庭待好春。 架有残书樽有酒， 醉时高卧醒时嚬[4]。	我爱我家净无尘， 火神为何毁近邻。 巷道客稀可罗雀， 天留蜗居足容身。 布置房舍迎新岁， 打扫门庭接新春。 架有残书杯有酒， 醉时高卧醒后颦。

[1] 整葺：整理修治。

[2] 回禄：火神名。《国语·周语上》："昔夏之兴也，融降于崇山，其亡也，

回禄信于聆隧。"后指火灾。

[3]雀罗:捕雀的网罗,常用以形容门庭冷落。宋苏轼《答任师中家汉公》诗:"雀罗吊廷尉,秋扇悲婕妤。"

[4]高卧:安卧,悠闲地躺着。《晋书·隐逸传·陶潜》:"尝言夏月虚闲,高卧北窗之下,清风飒至,自谓羲皇上人。"嚬:同"颦",皱眉。

检书偶吟并序

原文

戊午季冬,前邻失火,将及吾庐,家中所藏书籍,徙吾后檐,散掷园中。越翌日,仍搬运故处。正月偶闲,予指挥幼孙,将书略为整理,庶几焦园蠹简[1],重出人间,旧轴丹黄[2],不罹劫火,爰吟短句,聊抒鄙怀。

译文

戊午(嘉庆三年,1798年)年腊月,前面的邻居失火,将要延烧到我的房舍,家中藏的书籍转移到我家后面房檐下,散乱的抛掷到菜园中。第三天,仍搬回原处。正月偶有空闲,我指挥小孙子,把书略为整理了一下,经过大火、受到虫蛀的书籍,差不多重新面世;旧的字画,免遭火劫。于是吟诵短句,聊且抒发心中的感受。

原文	译文
故纸堆中卧病身[3] 呼孙拂拭案头尘。 若教残卷随灰冷, 免得寒窗又苦神。	拖着卧病之身面对散乱的故纸堆, 叫孙儿拂拭桌案加以归整。 不要让残破的书卷随灰烬埋没, 免得读书翻寻时劳心苦神。

注解

[1]庶几:差不多。《汉书·公孙弘传》:"朕夙夜庶几,获承至尊。"蠹简:被虫蛀坏的书简。泛指破旧书籍。

[2]丹黄:旧时点校书籍用朱笔书写,遇误字,涂以雌黄,故称点校文字的丹砂和雌黄为丹黄。这里代称书籍。

[3]故纸堆:指大量的古旧书籍、资料,含贬义,这里是自嘲。比喻人埋首研读古书,不知人情世故。语出《五灯会元·古灵神赞禅师》:"百年钻故纸,何日出头时?"

门巷被焚掠惊悸成疾 慨然有作 [1]

原文	译文
久病长贫昼掩扉 [2]，	长久贫病白天关着门院，
天呼人也是耶非。	老天叫人避火是非难辨。
家中抛掷三春麦 [3]，	将来年的麦种抛掷后园，
身上蒙戏一垢衣 [4]。	捉弄我使衣服污渍斑斑。
衡雪寒梅和我瘦 [5]，	傲雪的寒梅和我同遭难，
受风轻燕傍谁飞。	燕子受风火袭扰依啥还？
山妻亦有烟霞疾 [6]，	妻子和我一样向往生活美满，
白首相怜尚可依。	白头到老相互疼爱尚可依恋。

注解

[1] 惊悸：因惊恐而心跳得厉害。

[2] 扉：门扇。

[3] 这句话是说儿子见到火势急，急忙将来年春天要下种的麦种抛掷到后园田畦中。

[4] 蒙戏：遭到生活的捉弄。这句话是说，避火忙乱，自己身上的衣服污垢斑斑。

[5] 衡：违逆，对抗。《史记·管晏列传》："国有道，即顺命；无道，即衡命。"李笠订补："衡，古通横，横训逆，故衡命即逆命也，与顺命对。""衡雪寒梅"即"对抗雪的寒梅"。

[6] 山妻：妻子，谦辞。烟霞疾：对山水美景的嗜好，这里指对美好生活的向往。

无衣

原文	译文
遮身短褐倚书帏 [1]，	身穿短褐靠着书案，
典尽烧残祇自亏 [2]。	经典都烧残亏自担。
多病相如空有壁 [3]，	如多病的司马相如家徒四壁，
长贫叔敖竟无锥 [4]。	似长贫的孙叔敖无立锥地面。
号寒虫老应怜我 [5]，	像衰老的寒号虫应得到怜悯，
吹暖人遥更待谁 [6]。	离春暖尚早等谁解除贫寒？
除却安心无别法，	除了安于贫寒别无他法，
草庐还守旧清规。	草舍中还守着旧习规范。

[1]褐：粗毛制品。帷：围在四周的帐幕。

[2]祇：疑为"衹"，"只"的繁体。

[3]这句话是说汉代大辞赋家司马相如的故事。司马相如深得汉武帝的赏识，晚年因病免官，死后家里空空的，连一本书都没有了。

[4]这句话说的是春秋时期楚国政治家、军事家孙叔敖的故事。孙叔敖虽贵为令尹，功勋盖世，但一生清廉简朴，多次坚辞楚王赏赐，家无积蓄，临终时连棺椁都没有。

[5]号寒虫：应该指的是寒号鸟。

[6]这句化用邹衍吹律使气候变暖的典故。李白《邹衍谷》："燕谷无暖气，穷岩闭严阴，邹子一吹律，能回天地心。"意思是说期待天气早日变暖，不致受贫寒之苦。

病起

原文	译文
病起慵无力， 呼孙好把肩。 闲多随意坐， 冷爱向阳眠。 墨业抛身外[1]， 青山列眼前。 小园佳趣满， 花鸟可谈禅。	病中起身无力慵懒， 叫过孙儿扶手其肩。 随意起坐多空闲， 怕冷喜在阳处眠。 学业抛弃身外， 青山罗列眼前。 院子田畦中充满意趣， 花、鸟都可与之谈禅。

这首诗是诗人病时所作。久病尚未痊愈，身体状况不好，不但行动不方便，有时还需要别人来搀扶。"闲多随意坐，冷爱向阳眠"两句，乍一看似乎颇多闲适，略一品味却聚集了诗人心理的落寞和步入生命之秋的萧索，是深深的无奈和感伤。这种情况下，唯有山水田园花鸟可供相伴。然而，小园之内虽满佳趣，却只在方圆之内；花鸟虽可对谈禅，花不语，鸟飞去，云淡风轻，残阳夕照，黯淡了渐行渐远的背影。

[1]墨业：指文房四宝和书籍，这里指学业。

自悔

原文	译文
子孙委蜕递相联[1]，	子孙绵延不绝传递相连，
色色形形受自天。	模样百态都禀赋于上天。
不向本源明大事，	不去源头根本上明了事理，
却因恩爱累残年。	却由于过度溺爱拖累晚年。
尘心羞对餐霞客[2]，	凡夫俗子羞愧于有道高士，
病骨难逢卖药仙[3]。	病重时难碰到卖药的神仙。
何日斋居深入定[4]，	何时吃斋深深地入定坐禅，
定中一一究因缘。	在入定时要一一探究因缘。

注解

[1] 委蜕：如蝉蜕般变化，引申为绵延不绝状。《庄子·知北游》："孙子非汝有，是天地之委蜕也。"

[2] 餐霞客：指修炼的道士。

[3] 卖药仙：懂医理、善治病的道士。

[4] 入定：佛教语，指坐禅时，心不驰散，进入安静不动的禅定状态。

闲居贫活计

仿白香山体拈十二韵[1]

原文	译文
莫笑生涯冷，	不要笑我生活贫寒，
荣苦总一般[2]。	兴盛困苦终归一般。
屋寒春尚暖，	屋寒希望春天和暖，
门设昼长关。	房院门白天也长关。
花鸟朝酬唱，	花鸟早晨相互酬唱，
烟霞日往还。	云霞每日往复循环。
菜烹香馥郁，	烹煮的菜肴香味浓郁，
衣补色斑斓。	补丁的衣服色彩斑斓。
澹泊心偏惯，	心向淡泊已成习惯，
经营力已孱[3]。	经营做事心力已完。
停诗聊假寐[4]，	停下诗作打个盹，
把枕暂开颜。	握着枕头暂心欢。
坐榻凭长几，	坐在床上靠着条几，
推窗见远山。	推开窗户眺望远山。

偷安从子懒，　　　儿子贪图安逸任他偷懒，
失学任孙顽。　　　孙儿逃学调皮随其捣乱。
幽意超尘外，　　　心情远远地超然世外，
空身寄世间。　　　空壳之身寄存在世间。
无才逢命薄，　　　没有才干碰命薄而贱，
多病遭时难[5]。　　多病之身遇时事艰难。
习静僧堪侣，　　　习惯安静僧人可做伴，
忘怀佛可扳。　　　忘怀尘俗向佛门归转。
年年贫活计，　　　年年因贫困谋划盘算，
常此乐安闲。　　　常常如此也安乐清闲。

[1]白香山：白居易，号香山居士。

[2]荣苦：兴盛和困苦。

[3]孱：虚弱无力。

[4]假寐：和衣打盹。《诗·小雅·小弁》："假寐永叹，维忧用老。"郑玄笺："不脱冠衣而寐曰假寐。"高亨注："假寐，不脱衣帽打盹。"

[5]遭：相遇。

原文　　　　　　译文

病后

病后多疏懒，　　　病后多懒散懈怠，
关门事事幽。　　　关上门凡事通透。
老馋惟食肉，　　　老了嘴馋想吃肉，
瘦冷总披裘。　　　瘦弱怕冷总披着裘。
移榻依东壁，　　　挪移坐榻靠着东墙，
携樽上北楼。　　　携带酒杯登上北楼。
万缘都摆脱，　　　万事都摆脱，
身外复何求。　　　身外无可求！

	原文	译文
自笑	前身词客王摩诘[1]， 旷劫高僧苏子瞻[2]。 我亦静中观夙命[3]， 还疑禅俗一身兼[4]。	前生好像唐朝诗人王维， 又像久远前似僧的苏轼。 我也在沉静中观察命运， 怀疑自己僧俗兼于一体。

[1]王摩诘：王维（699—761年），唐朝河东蒲州（今山西运城）人，祖籍山西祁县。王维精通佛学，笃信佛教，受禅宗影响很大。王维《偶然作六首》其六："宿世谬词客，前身应画师。"此句由此而来。

[2]旷劫：佛教语。久远之劫；过去的极长时间。唐李白《〈地藏菩萨赞〉序》："独出旷劫，导开横流。"苏轼《南华寺诗》曰："我本修行人，三世积精炼。中间一念失，受此百年遣。"另外，宋僧惠洪《冷斋夜话》卷七记载了苏辙、云庵、聪禅师同梦迎五戒和尚而苏轼来相见的故事，暗示苏轼前世为五戒和尚。此句或本此典故。

[3]夙命：注定的命运。

[4]禅俗：即僧俗。禅，佛教用语，排除杂念，静坐。这里指佛教徒。俗，没出家的人。

	原文	译文
坐夜	夜长眠不稳， 趺坐静相宜[1]。 月影寒仍落， 灯花细更垂。 万缘将尽处， 一念未生时。 此际萧疏甚[2]， 孤怀祇自知。	夜晚长睡不安稳， 打坐入定正合心。 寒夜月影向西落， 弯垂纤细灯花芯。 万种因缘此处了， 更无一丝杂念生。 寂寞凄凉到极点， 胸中孤独只自知。

[1]趺坐：结跏趺坐，又称全跏坐、正跏坐，是各种佛像中最常见的一种坐法。姿势是以左右两脚的脚背置于左右两股上，足心朝天。佛教认为这种坐法最安稳，不容易疲劳，且身端心正，因此修行坐禅者经常采取这种坐法。相传释迦牟尼

在菩提树下进入禅思，修悟证道，采用的就是这种坐姿。俗称"打坐"。相宜：合适。

［2］萧疏：寂寞、凄凉。毛泽东《送瘟神》诗之一："千村薜荔人遗矢，万户萧疏鬼唱歌。"

人间世

原文	译文
勘破人间世，	看破芸芸人世，
浑如草际风。	很像草边过风。
荣枯都是幻，	盛衰、穷达都是幻觉，
恩怨总成空。	恩怨、是非终成虚空。
乘化从修短[1]，	寿命的长短随自然，
随缘任始终。	顺应命运自始至终。
马牛何用唤，	马牛哪用大声呼叱，
应号听田翁[2]。	听田翁的号令而耕。

［1］乘化：顺随自然。化，造化、自然。晋陶潜《归去来兮辞》："聊乘化以归尽，乐夫天命复奚疑。"修短：长短，这里指人的寿命。

［2］应号：回应号令。

雪狮

原文

嘉庆四年，孟春廿后，昼夜大雪。庭院积雪盈尺，儿童戏以雪博[1]，作工狮型，翌日天晴，化为乌有。呜呼！云做奇峰，遇风则散；冰堆寒嶂，见晛即消[2]。物理推迁，发人深省，爱吟小什，聊寄闲情云尔。

译文

嘉庆四年，立春二十天后，日夜大雪。庭院积雪一尺，儿童用雪玩耍争斗，堆成精巧的狮子，第二天天晴，化为一摊污水。唉！云像奇异的山峰，遇到风就散了；冰堆砌成寒山，见日光则消。事物的推移变迁，发人深省，于是吟作了小诗，聊且寄托心情吧。

原文	译文
谁把三春雪，	谁用春雪，
来妆百兽雄。	堆出兽王。
望恩天向北，	它仰望着帝王所在的北方，
迎暖日升东。	迎着东方升起的温暖太阳。
不悟身非久，	既不明白身体不能持久，
安知色是空。	哪知道只是空虚的景象。
可怜虚费力，	可怜堆雪白费力，
心计太玲珑。	心计灵巧太张扬。
酷似毛群特，	太像兽群之王，
安然大雪中。	稳立在大雪上。
青阳初应节[3]，	温暖的春天随节气而来，
白泽乍收雄[4]。	似兽之冬忽然收起雄像。
枉作狰狞势，	白白做出了狰狞的架势，
空劳积累功。	堆塑它枉费了多少时光。
早知留顷刻，	早知留存时间只有片刻，
妆点为谁工。	精心雕塑装点为谁着忙！

 注解

[1]博，通"搏"。争斗，搏斗。明高启《书博鸡者事》："一日，博鸡者遂于市。"

[2]晛：音现，日光。《诗·小雅·角弓》："雨雪浮浮，见晛日流。"

[3]青阳：指春天。《尸子·仁意》："春为青阳，夏为朱明。"

[4]白泽：传说中可使人逢凶化吉的吉祥之兽。《云笈七签》卷一百："黄帝得白泽神兽，能言，达于万物之情。"这里指冬季。

失猫诗

原文

　　家畜斑猫爱睡,最有性气[1],不肯受辱。家人或叱呵之,即掉尾去,数日始归。由是人皆爱惜,弗忍以厉声加也。孟春大雪,天气寒甚,适因客至,猫防客坐[2],予连呵不动,戏举鞭惊之,猫奋然者三昼夜不归[3],予甚悔焉。吁!猫尚知耻,毛群众有羞恶之心者也[4]。戏吟五字诗二首以寄感云。

译文

　　家养的花猫爱睡,很有性格脾气,不肯受屈辱。家人有时呵斥它,立马摇尾离家几日才回来。所以大家都爱惜,不忍心对它高声。初春大雪,天气很冷,恰好有客人来访,猫妨碍客人入座,我连声呵斥而不动,假意举起鞭子惊起它,猫激愤而起,三昼夜没回来,我很后悔。欸!猫都知道耻辱,是长毛的畜生中有羞恶之心的。戏耍着吟作五言诗二首用来寄托感受。

原文	译文
一	一
斑猫何太懒,	花猫为何这样懒,
昼夜知贪眠。	日夜只知道贪眠。
常碍新宾坐,	常妨碍新客就座,
当思旧主贤。	应想老主的良善。
薄情吾甚悔,	薄情出走我很后悔,
遁迹尔可怜。	遁逃无迹你也可怜。
冒雪将何往?	冒着雪将要去哪里?
孤踪竟杳然[5]。	杳无踪影孤独不见。
二	二
猫性通人性,	猫儿通人性,
依依不忍捐。	丢弃心眷念。
别离才几日,	离别虽几天,
豢养已三年。	豢养已三年。
饥饱谁家宿?	它在谁家留宿?

温凉何处眠？	在外是否饱暖？
归来如恋旧，	如果回来仍对旧家依恋，
相伴卧寒毡。	又与我做伴睡卧在寒毡。

注解

［1］性气：性情脾气。北魏郦道元《水经注·温水》："俞益期性气刚直，不下曲俗，容身无所，远适在南。"

［2］防：疑为"妨"，妨碍。

［3］奋然：愤激貌。

［4］毛群：指兽类。《文选·左思〈蜀都赋〉》："毛群陆离，羽族纷泊。"刘逵注："毛群，兽也。"

［5］杳然：形容看不到，听不见，无影无踪。

	原文	译文
老牛耕地图	耕牛力尽卧山前， 耒耜相随已有年[1]。 骨老每思身化铁， 肠空只见口流涎。 通霄望月徒劳喘， 整日犁云不得眠[2]。 狠杀农夫心太狠[3]， 临风何忍苦加鞭。	耕牛力尽睡卧在山前， 犁耙相随自己已多年。 老骨头常感到僵硬如铁， 肠胃空空口角只有沫涎。 通宵望着月亮吁吁气喘， 整日犁地耕耘不得睡眠。 玩命的农夫心太狠， 寒风中怎忍心死力加鞭。

题解

"老牛"四诗，可以看作是诗人生活的写照。诗人感觉自己就像勤恳耕耘的老牛，倾尽一生之力，换取的却是一顿皮鞭和呵斥。诗人从耕牛的身上看到了自己人生的缩影，忍不住为之流下辛酸泪。

注解

［1］耒耜：农具的总称。《孟子·滕文公上》："陈良之徒陈相与其弟辛，负耒耜而自宋之滕。"

［2］犁云："云"通"耘"，泛指犁地耕耘。

［3］狠杀：狠命、玩命。

老牛驾车图

原文　　　　　　　　　　　译文

老牛头角久摧残，　　　　　老牛的头角长久遭摧残，
车重身疲力已殚[1]。　　　　车重身乏力气已经用完。
问喘无人思丙吉[2]，　　　　没有人像丙吉一样问牛为何喘，
避灾有意畏田单[3]。　　　　躲避灾难害怕布火牛阵的田单。
关山千里宁辞远，　　　　　哪里因关山千里推辞说太远，
冰雪三冬总怯寒。　　　　　冰雪三冬一直胆怯严寒。
困极也须经绝险[4]，　　　　困顿到极点也要它历险涉难，
近来衰疲不堪看。　　　　　近来衰弱疲惫实在不忍心看。

[1]殚：竭尽。

[2]丙吉：语出"丙吉问牛"的典故。丙吉为西汉丞相，在路上见有人聚众斗殴，旁边有牛在喘息。他不过问斗殴的事，却询问牛走了多久。有人很奇怪，他回答说："丞相不应该在路边过问小事。现在刚到春天，天气还不热，而这头牛却连连喘息，我担心气候异常，那样会发生伤害百姓的大事。"

[3]田单：战国时，燕将乐毅破齐，公元前279年，齐将田单向燕军诈降，于夜间用牛千余头，牛角上缚上兵刃，尾上缚苇灌油，以火点燃，猛冲燕军，并以五千勇士随后冲杀，大败燕军，乘胜连克七十余城。

[4]绝险：亦作"绝崄"。犹极险，也指极险之处。《后汉书·文苑传下·赵壹》："虽欲竭诚而尽忠，路绝崄而靡缘。"

老牛舐犊图

原文　　　　　　　　　　　译文

老牛有子最能怜，　　　　　老牛对生下的小牛特别爱怜，
白昼相依夜共眠。　　　　　白天相互依偎夜晚一起睡眠。
惯以舌尖随犊舐[1]，　　　　舔舐爱抚小牛是它的习惯，
忍教鼻孔受人牵。　　　　　怎能叫它的鼻孔让人拉牵。
辛勤未了前生业[2]，　　　　辛勤劳作不能了结前生的罪业，
恩爱犹贪现世缘。　　　　　因恩爱而贪图现实的母子情缘。
纵使养成头角好，　　　　　即使养育成一副好看的头角，
果能原上替耕田[3]。　　　　结果还是在原野上替人耕田。

题解

老牛辛勤养育下长大的小牛，在能胜任耕田拉车之后，免不了和自己一样受苦受难的宿命。诗人潦倒一生，命运已定，而自己的子女也没有享受自己的庇护，伤怀不已，看到舐犊的老牛，怜惜之心顿生。

注解

［1］舐犊：老牛舔小牛的毛以示爱抚。

［2］业：佛教名词，罪孽。《王时槐集·广仁类编》卷四："六畜皆前业，惟牛最苦辛。"

［3］果：结局，与"因"相对。

老牛卧草图

原文	译文
老牛疲甚卧深峦， 绿遍长坡眼倦看。 汗血流多知骨重， 皮毛脱尽觉甚寒。 春回黍谷云山秀， 日暖桃林草地宽。 最是牧人鞭不起， 夕阳天远鸟飞残。	老牛劳乏到极点卧在深山， 对满坡绿草只能疲惫地看。 汗血流的太多身骨沉重， 毛皮脱尽感到天气太寒。 春回大地山谷锦绣， 绿草茵茵桃林日暖。 最难堪牧人鞭打不起， 远天归鸟飞尽夕阳残。

梦题假山

原文	译文
聚石为峰日往还， 宛疑身在水云间。 近来多少清闲客， 不爱真山爱假山。	聚石成峰日日流连往还， 怀疑自身处在水边云间。 最近很多清闲人， 不爱真山爱假山。

告虚室主人文

原文	译文
虚室何处，大小无方[1]，	虚室在哪里，大小没有量。
混沌为基[2]，太朴为梁[3]。	混沌是基础，太初是栋梁。
元始为柱[4]，太极为堂[5]。	元始是柱子，太极是内堂。
四维为壁[6]，三才为房[7]。	四方是壁墙，配上天地人形成房。
其象空阔，其境清凉。	空阔是它的模样，境内清凉。
原有主者，默坐中央。	原来有个房主，默坐在中央。
灵机独运，巧思深藏。	独用机灵的心思，妙想深藏。
上立功业，次发文章。	首想建功立业，其次发表文章。
风云月露[8]，朱露元黄。	吟风弄月的诗文，自己评点褒扬。
图书满架，著作盈箱。	图书满架，著作满箱。
多此知识，便惹�恓惶。	多这些知识，就惹来悲伤。
甫离欲界[9]，即入愁乡。	刚离开欲界，又进入愁乡。
有文百卷，饥难为粮。	有百卷文章，饥饿时不能当食粮。
有赋千首，寒难为裳。	有千首诗赋，寒冷时不能作衣裳。
空悬酒债[10]，莫润诗囊。	酒钱没有着落，无酒抒诗润肠。
遵圣贤训，立廉耻坊。	遵从圣贤训教，立起廉耻牌坊。
宁甘冻饿，不靠门墙。	宁肯受冻挨饿，也不背靠门墙。
难开门锁，暗拭泪眶。	进身门锁难开，暗中擦拭眼眶。
三啸其气[11]，九回其肠[12]。	多次啸吟，百回愁肠。
身先心苦[13]，年老情伤。	身闲心苦，年老情感更受伤。
揶揄胡鬼[14]，戏弄逢伥[15]。	嘲弄鬼魅，戏耍恶伥。
皆因识字，挫尽锋铓。	都因为识字，挫尽了锋芒。
己未春暮，虔设椒浆[16]。	羊年暮春，虔诚地设酒浆。
爰裁俚句，敬告心王[17]。	于是选择俗语，敬告心王。
去我聪慧，恕我疏狂[18]。	去我的聪慧，恕我的疏狂。
不分牝牡，不辨稻粱。	让我不辨公母，让我难分稻粱。
其寐漠漠[19]，其觉芒芒[20]。	睡觉糊里糊涂，醒来迷迷茫茫。
神灰意懒，情绝境忘。	心灰意懒，情绝境忘。
不知地原，罔测天长。	不知人世原委，不猜天地短长。
玉兔任走[21]，金乌任翔[22]。	月亮任其圆缺，太阳随它升降。
何思何虑，无迎无将。	思虑什么，不问来路，没有去向。
守此大拙，随意徜徉。	守着笨想，随意走访。

痴人痴福，多寿多臧[23]。　　　傻人有傻福，多寿多善良。
顶礼心室[24]，鉴此心香[25]。　　　虔诚拜心王，照察这炷香。

"虚室"出自道家著作。《庄子·人间世》有"虚室生白"一语，《庄子集释》引晋人司马彪注云："室比喻心，心能空虚，则纯白独生也。"今人陈鼓应在《庄子今注今译》中把这一句译为"空明的心境可以生出光明来"。《淮南子·俶真训》也有"虚室生白"句，东汉高诱注为"能虚其心以生于道"。此诗以虚室主人自居，有告诫、抒怀之意。

[1] 方：学问、道理。《庄子·秋水》："吾长见笑于大方之家。"

[2] 混沌：古代传说中指世界开辟前元气未分、模糊一团的状态。汉班固《白虎通·天地》："混沌相连，视之不见，听之不闻，然后剖判。"

[3] 太朴：疑为"太初"。《列子》："太初者，始见气也。"（太初，是气刚刚出现的阶段。）张善渊认为：太初是阴阳变化出现了气，但尚未有形象。

[4] 元始：最古老的，未开发的。

[5] 太极：古代哲学家称最原始的混沌之气。谓太极运动而分化出阴阳，由阴阳而产生四时变化，继而出现各种自然现象，是宇宙万物之源。《易·系辞上》："易有太极，是生两仪，两仪生四象，四象生八卦。"孔颖达疏："太极谓天地未分之前，元气混而为一，即是太初、太一也。"太极是阐明宇宙从无极而太极，以至万物化生的过程。太极的阴阳鱼顺时针旋转（反S形），取北斗星斗柄顺时针旋转的自然规律。堂：住宅内的公共空间、共享空间；被各寝室围住的空间。

[6] 四维：指四方。明宋濂《重刻护法论题辞》："被发狂奔，不辨四维。"

[7] 三才：天、地、人。《易·说卦》："是以立天之道曰阴与阳，立地之道曰柔与刚，立人之道曰仁与义。兼三才而两之，故《易》六画而成卦。"

[8] 风云月露：指绮丽浮靡、吟风弄月的诗文。《隋书·李谔传》："连篇累牍，不出月露之形，积案盈箱，唯是风云之状。"这里比喻无用、华而不实的文字。

[9] 欲界：佛教把世界分成欲界、色界、无色界，合称三界。欲，就是欲望，也就是说生活在这个层次的人，欲望特别强烈。欲界是没有摆脱世俗的七情六欲的众生所处境界。

[10] 酒债：因赊饮所负的债。诗囊：典故名，相传唐代诗人李贺，为了把诗写好，每天背上饭兜、口袋，骑上一头驴，在路上即景吟诗，每逢想出佳句就写在纸条上，放入口袋。就这样从早到晚坚持积累生活素材，勤奋地进行诗歌创作。李贺的妈妈看着儿子那装满记有诗句纸条的口袋，十分心疼地说："唉

呀！孩子啊，早晚得把你的心呕出来才罢休吗？"后就以"诗囊"指贮放诗稿的袋子。这里是说自己没钱买酒，不能借酒写诗。

〔11〕三啸其气：多次啸歌。三，泛指多次。啸，一种歌吟方式，啸不承担切实的内容，不遵守既定的格式，只随心所欲地吐露出一派风致，一腔心曲。

〔12〕九回其肠：借司马迁"肠一日而九回"之意。形容内心焦虑不安，仿佛肠子都在旋转。"九"极言其多。

〔13〕身先心苦：疑为"身闲心苦"。

〔14〕揶揄：耍笑，嘲弄。胡鬼：苏轼《昭君村》："昭君本楚人，艳色照江水。楚人不敢娶，谓是汉妃子。谁知去乡国，万里为胡鬼。"

〔15〕伥：伥鬼，古时传说被老虎吃掉的人，死后变成伥鬼，专门引诱人来给老虎吃。这里的"胡鬼""伥"泛指恶势力。

〔16〕椒浆：用花椒浸制的酒浆。《楚辞·九歌·东皇太一》："蕙肴蒸兮兰藉，奠桂酒兮椒浆。"这里指酒浆等祭品。

〔17〕心王：泛指心，万法都是从心中生出来的，心为三界万法之主，故称心王。

〔18〕疏狂：豪放，不受拘束。

〔19〕漠漠：迷茫的样子。杜甫《茅屋为秋风所破歌》"秋天漠漠向昏黑"。

〔20〕芒芒：也作茫茫，迷茫、模糊不清。阮籍《咏怀》之五七："世有此聋瞆，芒芒将焉如？"

〔21〕玉兔：指月亮，传说月亮中住有捣药的玉兔。

〔22〕金乌：金乌，指太阳，传说太阳为三足金乌，是天帝的儿子。

〔23〕臧：善、好。

〔24〕顶礼：指跪下，两手伏地，以头顶着所尊敬的人的脚，是佛教徒最高的敬礼。心室：即心、心王。

〔25〕鉴：观察，审察。心香：中心虔诚，如供佛之焚香。梁简文帝《相宫寺碑铭》："窗舒意蕊，室度心香。"

《赘言存稿诗》

<table>
<tr><td></td><td>原文</td><td>译文</td></tr>
</table>

冬菊辞 [1]

原文	译文
洗心道人 [2]，	洗心道人，
兀坐书屋 [3]。	端坐在书屋。
篱下黄花 [4]，	篱笆下的黄花，
聊以娱目 [5]。	姑且用来悦目。
灿灿金英 [6]，	金光灿灿的菊花，
纷纷玉轴 [7]。	不断被人画上图。
历冬旬余 [8]，	立冬十多天了，
风霜往复。	风霜来回反复。
群芳悴枯，	百花凋零憔悴，
惟尔表独 [9]。	唯你一枝独树。
晚节峥嵘 [10]，	后期不同凡俗，
幽香芬馥。	暗香芬芳郁馥。
大雪连宵，	大雪连夜，
弱枝攒簇 [11]。	弱枝聚集。
晨起视之，	早晨看菊，
其色浓郁。	色泽浓郁。
数朵低垂，	数朵低垂，
一枝高矗。	一枝高突。
对兹感怀，	面菊感慨满怀，
触愁万斛 [12]。	触动忧愁无数。

念我衰兮，	感念我的衰弱，
自伤穷蹙[13]。	伤心我的窘苦。
有似孤标[14]，	如孤独的标杆，
久耐清肃[15]。	久耐清明冷肃。
彭泽遥远[16]，	陶潜离我远去，
谁与采服[17]。	谁来采菊用服。
吁嗟乎，	唉，
冲寒惨淡[18]，	冒寒惨淡凄凉，
菊老于人[19]。	菊老比人快速。
忍冻支持，	忍受寒冷苦撑，
人瘦如菊。	人瘦衰如菊枯。

[1]辞：古体诗的一种，富有抒情的浪漫气息，押韵和句式都较自由。

[2]洗心道人：作者的号。作者在《自责文》中说："假使余早得遂志，则所历之境，其为机械变诈，鬼蜮交作者，不知凡几矣。从此洗心涤虑，自立严誓，题其斋曰'洗心斋'，易其号曰'洗心道人'，盖欲洗既往之心，涤旧染之污，而不敢复循故步也。"

[3]兀坐：独自端坐。坐，古人双膝跪地，把臀部靠在脚后跟上。

[4]黄花：菊花。

[5]聊：姑且。

[6]金英：金色的花。英，花。陶渊明《桃花源记》有"落英缤纷"句，这里特指菊花。

[7]玉轴：卷轴，借指珍美的图书字画。这里指不断地有人把菊花画成美丽的图画。

[8]历冬：立冬。

[9]表：显示。

[10]晚节：后期。峥嵘，比喻才气品格等超越寻常，不平凡。苏轼《和刘景文见赠》："元龙本志陋曹吴，豪气峥嵘老不除。"

[11]攒簇：集聚。

[12]万斛：极言容量之多。古代以十斗为一斛。杜甫《夔州歌》之七："蜀麻吴盐自古通，万斛之舟行若风。"

[13]穷蹙：窘迫，困厄。

[14]孤标：超群出众，形容品格极其清高。《旧唐书·杜审权传》："尘外孤标，云间独步。"

［15］清肃：清正严明。《红楼梦》第三七回："皇上见他人品端方，风声清肃，虽非科第出身，却是书香世代，因特将他点了学差。"

［16］彭泽：县名，汉代始设，在今江西省北部。陶潜曾为彭泽令，因以"彭泽"借指陶潜。

［17］采服：采摘服用。陶渊明有"采菊东篱下，悠然见南山"句。服：服用，即采撷菊花来服用。

［18］冲寒：冒着寒冷。

［19］菊老于人：菊花比人老得快。

小石铭[1]

原文	译文
偶得一石，	偶然得到一石，
其大如拳。	大小如拳。
质非如润[2]，	质地不细腻润泽，
形似雕镌[3]。	形状如人工雕篆。
中有洞穴，	中间的洞穴，
如出云烟。	有云烟弥漫。
崎岖山径，	山路崎岖，
界限划然[4]。	界限明显。
幽岩邃壑[5]，	高峰深沟，
森列目前[6]。	排列密繁。
置诸几案，	放在桌案上，
疑傍林泉。	怀疑依傍在林泉边。
曰余不敏[7]，	我不聪明，
非隐非仙[8]。	不是隐士更非神仙。
抚兹片石，	抚摸着这块石头，
窃效米颠[9]。	私下效仿米芾的天真自然。
人积金玉，	别人搜集黄金美玉，
我堆简编[10]。	我却积攒典籍书卷。
呜呼！	唉！
使兹石而能言兮，	假使这块石头能开言，
全胜点头于枯禅[11]。	完全同意自己在参禅。

［1］铭：铸刻或写在器物上记述生平、事迹或警诫自己的文字。

［2］质：质地、本质。如：比得上。润：细腻光滑。

［3］雕镌：雕刻。宋孟元老《东京梦华录·河道》："近桥两岸，皆石壁，雕镌海马水兽飞云之状。"

［4］划然：界限分明貌。划，划分。

［5］幽岩：高峻僻静的山崖。邃壑：深沟。

［6］森列：纷然罗列。

［7］不敏：不聪明。

［8］隐：隐士。

［9］米颠：北宋书画家米芾的别号。米芾字元章，以其行止违世脱俗，倜傥不羁，人称"米颠"。米芾在艺术风格里追求自然，创造的"米氏云山"都是信笔作来，烟云掩映。

［10］简编：泛指书籍。

［11］全胜：远远胜过。点头：也叫石点头。东晋竺道生是鸠摩罗什的著名门徒，传说道生法师曾因坚持"众生皆有佛性"，不容于寺庙，被众人逐出。回到南方，他住到虎丘山的寺庙里，终日为众石头讲《涅槃经》，讲到精彩处，就问石头通佛性不？群石都为此点头示意。围观者将这一奇迹传扬开去，拜他为师的人越来越多。（注：竺道生主张"众生皆有佛性"，虽然一时不容于众，但是随着更多佛经的传入和翻译，却证明了他的见解是正确的。）枯禅：佛教徒称静坐参禅为枯禅。因其长坐不卧，呆若枯木，故又称枯木禅。

自题小照赞[1]　时年六十一岁

原文	译文
仆本散人[2]，	我本为闲人，
终老山谷。	终老于山坳。
泊然无营[3]，	淡泊无求，
澹然无懊[4]。	恬淡无恼。
不谐时[5]，	与时不合，
不干禄[6]。	不求官帽。
寡交游，	朋友稀，
少征逐[7]。	交往少，
不卧云[8]，	不隐居，

不辟谷[9]。	不学道。
喜饮酒，	喜饮酒，
好食肉。	肉好到。
非儒非僧，	不是儒生不是僧，
亦耕亦读。	耕田读书传家宝。
扰扰匆匆，	乱乱忙忙，
庸庸碌碌。	庸碌面貌。
新辟荒园，	荒园新开，
宛在林麓[10]。	如在林边。
数株苍松，	数株苍松，
三间茅屋。	茅屋三间。
兀坐其中，	端坐其中，
胪列卷轴[11]。	罗列书卷。
蠖屈而伸[12]，	树虫伸屈，
难养而木。	树木遭难。
将欲忘情而全乎天[13]，	想要忘记情怀回归自然，
何必遗世而立于独[14]。	何必脱离社会独自单干。
自念将尽之身，	自念生命将尽，
恐与烟岚而俱速[15]。	怕像烟雾瞬间散。
聊置尔于丹青[16]，	姑且利用图像，
表须眉于短幅[17]。	将我的容颜呈现。
尚有见者曰：	如有见的说：
斯人也，	这个人，
其貌清癯，	相貌清瘦，
其神静穆[18]。	神情肃穆。
自在自由，	自由自在，
自适自淑[19]。	自美自好。
长容而逍遥[20]，	常悠闲自得不受拘束，
庶不失乎本来面目[21]。	大概没失本来的面貌。

注解

[1]小照：古代肖像画的一种。《红楼梦》第五十一回《桃叶渡怀古》诗："衰草闲花映浅池，桃枝桃叶总分离。六朝梁栋多如许，小照空悬壁上题。"赞：文体的一种，多是对人的介绍、评论。

[2]仆：谦称，指自己。散人：不为世用的人，闲散自在的人。

［3］泊然：恬淡无欲貌。无营：无所谋求。

［4］澹然：恬淡貌。懊：烦恼，悔恨。

［5］谐：合。

［6］干禄：求禄位，求仕进。《论语·为政》："子张学干禄。"

［7］征逐：互相往来，交往。

［8］卧云：指隐居。

［9］辟谷：不食五谷。道教的一种修炼术。辟谷时，仍食药物，并须兼做导引等工夫。《史记·留侯世家》："乃学辟谷，道引轻身。"

［10］林麓：林边。

［11］胪列：罗列，陈列。卷轴：古代图书都以贯轴舒卷，故多用以泛称书籍、著作或裱好装轴的书画。

［12］蠖：也称尺蠖，昆虫名，幼虫为害果树，茶树、桑树、棉花和林木等。行时屈伸其体。河湟地区称为"树虫"。《周易·系辞下》："尺蠖之屈，以求信（伸）也。"该句是说，等到尺蠖开始活动时，树木就难养了。

［13］全：完备。天：自然界。

［14］遗世：遗弃世间之事。脱离社会独立生活，不跟任何人往来。苏轼《前赤壁赋》："飘飘乎如遗世独立，羽化而登仙。"

［15］烟岚：山里蒸腾起来的雾气。

［16］丹青：我国古代绘画常用朱红色和青色两种颜色，后成为绘画艺术的代称，这里指画像。

［17］须眉：古时男子以胡须眉毛稠秀为美，故为男子的代称。短幅：在这里指尺寸小的画像。

［18］静穆：安静而严肃。

［19］自适：自我舒适。自淑：自己认为善良、美好。

［20］长：经常。容与：悠闲自得的样子。逍遥：自由自在，不受拘束。

［21］庶：表示希望发生或出现某事；但愿，或许。本来面目：本来固有的样子。

纪梦诗并序

原文

　　六十年来，世路险巇[1]，无人备历[2]，久以置之度外[3]。讵意梦里游山[4]，犹有穷途泣也[5]。岂梦中幻想，肖心而出耶[6]。柳尘缘缠绕[7]，随境而生耶。噫！拂意之事[8]，无间痁痳[9]，毋乃逼人太甚乎[10]。口占小诗，以纪梦境云尔[11]。

译文

　　六十年来，人世险恶，没有人像我一样完全经历，早已不把它放在心上。不料梦里游山，仍然像阮籍一样有无路可行的悲伤。难道梦中的幻想，是我心思的流露吗？留意尘世因缘的纠缠，随境而生吗？唉，不如意的事，日夜不间断，不就逼人太过分了吗？随口作小诗，用来记梦境罢了。

原文	译文
崎岖世路任穷通[12]， 一似浮云过太空[13]。 何事梦中游异境， 翻从山外泣途穷。	世道险恶谁显达谁苦穷， 它们于我像浮云过天空。 因为什么事梦中游异境， 反而在山外哭说路不通。

注解

　　[1]险巇（xī）：也作"险戏"，崎岖险恶。南朝梁刘孝标《广绝交论》："世路险巇，一至于此。"

　　[2]备：完全。

　　[3]久以：早已。度：考虑。放在考虑之外。指不把个人的生死利害等放在心上。《后汉书·隗嚣传》："帝积苦兵间，以嚣子内侍，公孙述远据边陲，乃谓诸将曰：'且当置此两子于度外耳。'"

　　[4]讵：岂，难道，表示反问。讵意同讵料，哪能料想到；不料。

　　[5]犹有：仍然有，还有。穷途泣：本意是因车无路可行而悲伤，后也指处于困境所发的绝望的哀伤。《晋书·阮籍传》："时率意独驾，不由径路，车迹所穷，辄痛哭而返。"唐王勃《滕王阁序》："阮籍猖狂，岂效穷途之哭！"

　　[6]肖：相似，像。心：思想、意念、感情的统称。出：出现。

　　[7]"柳"通"留"，注视，留意。尘缘：佛教、道教谓与尘世的因缘。缠绕：

纠缠。

[8]拂意：不如意。拂，逆，违背。

[9]无间：不间断。寤寐：指日夜。寤，睡醒。寐，入睡，睡着。

[10]毋乃：不就。

[11]云尔：语气助词，表限制，如此罢了，如此而已。

[12]穷通：困厄与显达。

[13]太空：天空。

除夜[1]

时在病中伏枕口占三首

原文	译文
一	一
贫也原非病，	贫寒本非病，
衰年病转多。	衰老病转多。
老嫌身是赘[2]，	常嫌是累赘，
静厌事如梭[3]。	喜静时如梭。
高卧消残腊[4]，	闲卧度年末，
安居守旧窝。	安居守旧窝。
三冬愁里过，	寒冬愁中过，
新岁夏如何[5]？	新夏如何活？
二	二
娑婆不愿住[6]，	尘世不愿住，
何处定行藏[7]。	哪里是去所？
乘化随生灭[8]，	生死顺自然，
无心任短长[9]。	无心管对错。
过冬眠白屋[10]，	冬季睡寒屋，
逢闰笑黄杨[11]。	黄杨闰年缩。
此夜清无梦，	年夜静无梦，
钟声到草堂[12]。	钟声到房舍。
三	三
无复人生趣[13]，	人生无乐趣，
支离老病身[14]。	常病身衰弱，
多年沉孽海[15]，	多年在浊世，
何日出迷津[16]。	哪天出迷界？
风雪寒留影[17]，	风雪留痕迹，

琴樽净绝尘[18]。	琴酒全停绝，
通宵愁不寐[19]，	整夜愁无眠，
忘却换新春。	忘了新春节。

注解

［1］除夜：除夕夜。

［2］老：总是，经常。嫌：不满意。赘：多余，累赘。

［3］静厌：好静厌喧。事：疑为"时"。梭：织布时牵引纬线的工具，这里形容时间过得很快。

［4］高卧：安卧，悠闲地躺着。残腊：农历年底。

［5］新岁：来年。

［6］娑婆：梵语对人世的称谓，也译作"索诃""娑河"等，意为"堪忍"。佛教认为"娑婆世界"的众生罪业深重，被称为"五浊世间"，必须忍受种种烦恼苦难，故"娑婆世界"又可意译为"忍土"，是"极乐世界""净土"的对立面。

［7］行藏：人物行止、踪迹和去向。

［8］乘化：顺随自然。化，造化、自然。

［9］短长：优劣、是非，短处和长处。

［10］白屋：指平民的住屋，因无色彩装饰，故名。

［11］闰：闰年。黄杨：树木名。旧时传说，黄杨木难长，遇到闰年，非但不长，反而会缩短。比喻境遇困难。

［12］钟声：指寺院或有钟的地方发出的声音。草堂：旧时文人常以草堂名其所居，以标示志行品德的高雅。

［13］无复：不再有，没有。

［14］支离：零散，残缺。

［15］孽海：罪恶的世界。

［16］迷津：佛教用语，指迷妄的境界。

［17］风雪寒留影：大风和大雪在寒冬留下形迹。

［18］樽：酒杯，这里指酒。琴与酒为文士悠闲生活所必需。净：空，什么也没有。绝尘：绝迹，不见踪迹。

［19］通宵：彻夜，整夜。

元日[1]

原文	译文
亲友行年礼[2]，	亲友来拜年，
无劳问病人[3]。	无须来问安。
琴书封古壁[4]，	琴书存墙壁，
管簟卧孱身[5]。	身弱卧草垫。
绿酒酬新节[6]，	浊酒谢宾客，
青毡恋旧贫[7]。	贫寒相依恋。
老夫双眼倦[8]，	我的眼困倦，
愁见此时春。	春节愁见面。

 注解

［1］元日：农历正月初一，即春节。

［2］年礼：春节时家人、亲朋好友行的拜年之礼。

［3］无劳：犹无须，不烦。病人：这里指生病中的作者。

［4］封：封存。壁：墙壁。这里指作者生病后，不能娱乐与读书。

［5］管簟：指用竹子或芦苇编制的席子。孱身：孱弱的身体。

［6］绿酒：传统的酿造酒（浊酒和清酒）酒精度低，多呈绿色，所以称"绿酒"。绿酒不同于酒精度高的蒸馏白酒。这里泛指自己土法造的酒。酬，本意是"劝酒"，指主人再次给客人敬酒。引申为酬谢，报答。

［7］青毡：黑粗毛毡，多为贫寒者所用，也指清寒贫困的生活。旧贫：过去贫寒的亲友。

［8］老夫：年长男子自称。倦：疲乏，疲劳。

立春日书怀

原文	译文
花甲从头数[1]，	从头数花甲，
六旬又一春[2]。	六十一岁整。
愁身增马齿[3]，	年岁徒增长，
穷甚涸鱼鳞[4]。	穷似涸鱼境。
曝背暄妍候[5]，	晒背景物明，
舒眸淡荡辰[6]。	舒畅悠闲临。
老夫犹有虑，	我仍有忧虑，
何日靖边尘[7]。	何日平叛军。

[1]花甲：指六十岁。由十天干、十二地支组合，每一干支代表一年，六十年为一循环，为一甲子。因干支名号错综参互，故称花甲子。后称年满六十为花甲。

[2]旬：十年为一旬。

[3]马齿：马的牙齿随年龄而添换，看马齿可知马的年龄。比喻自己年岁白白地增加了，学业或事业却没有什么成就。

[4]涸：水干。鱼鳞：指鱼。

[5]曝背：以背向日取暖。暄妍：天气和暖，景物明媚。候：时节。

[6]舒眸：眉舒眸畅。指心情舒畅。淡荡：悠闲自在。辰：时光。

[7]靖：平定。边尘：指当时少数民族的起义、叛乱。

	原文	译文

养病

原文	译文
养病无繁杂[1]，	养病没有繁杂事，
衰年惟最宜[2]。	衰老之年最相宜。
委行凭大化[3]，	衰残康健随自然，
勿药得中医。	不吃药物合医理。
抱静心先懒[4]，	想静心已无力，
窥园神已疲[5]。	思窥园神不支。
卧床三十日，	卧床三十日，
虽愈命如丝[6]。	虽愈命如丝。

[1]繁杂：这里指繁杂的事情。

[2]衰年：衰老之年。

[3]委行：委顿行走，这里指死。凭：听任。大化：自然。

[4]抱：保持，坚守。静：安详，静心。懒：疲倦，没力气。

[5]窥园：窥探、观赏园景。神：精神。

[6]命如丝：生命如丝线一样细微和短暂了。

病愈

原文	译文
采薪虽小愈[1]，	病情虽稍好，
病骨太清癯[2]。	肢体成瘦骨。
似鹤眠仍唳[3]，	梦中似鹤叫，
非僧坐亦趺[4]。	盘坐学僧徒。
闲情消欲尽，	闲情已消尽，
幽意澹将无[5]。	逸致淡似无。
虚室新生日[6]，	心境明澄时，
团团心月孤[7]。	心苦如月孤。

 注解

[1] 采薪：打柴，患病的婉辞。《孟子·公孙丑下》："昔者有王命，有采薪之忧，不能造朝。"朱熹集注："采薪之忧，言病不能采薪。"后因以"采薪之忧"指患病。小：稍，略。

[2] 清癯：相貌清瘦。多指因病瘦损的身躯。

[3] 唳：鹤、雁等鸟高亢的鸣叫。该句是说，像鹤一样，在睡眠时，不时惊恐喊叫。

[4] 坐亦趺：结跏趺坐，佛教修行用语，即"盘坐"，佛教认为这种坐法最安稳，不容易疲劳，且身端心正，因此修行坐禅者经常采取这种坐法。

[5] 幽意：幽微的情趣。澹：淡薄。

[6] 虚室新生：也称虚室生白，常用来形容一种澄澈明朗的境界。虚室，空室，这里比喻心境。

[7] 团团：忧苦不安貌。月孤：指像独悬天空的明月一样孤单。

病后书怀

原文	译文
一	一
入病何期复见春[1]，	病体何时再见春，
回思往迹太酸辛[2]。	回思往事太酸心。
万千方外劳形客[3]，	无数边远读书者，
六十年来薄命人[4]。	六十年来我薄命。
北郭短垣留后事[5]，	北郊矮墙为墓地，
东山老衲忆前身[6]。	信佛老头忆前身，
谁知虚壳终难脱[7]，	谁知空壳难脱离，
欲向空王问夙因[8]。	想与佛陀问缘因。
二	二
浮生回首逼桑榆[9]，	回首人生年已迈，
况复沉疴困此躯[10]。	又加重病遭围城。
忽讶百骸梅共瘦[11]，	忽觉肢体瘦如梅。
早惊双鬓草同枯[12]。	早惊枯毛满两鬓。
老虽无病犹风烛[13]，	老虽无病犹风烛，
贫且多病叹隙驹[14]。	贫病缠身时已隐。
何不放怀天地外[15]，	放宽心怀天地外，
得欢娱处尽欢娱。	该欢闹时应尽兴。
三	三
三十年前鬓早斑[16]，	三十年前鬓已斑，
老来犹自历时艰。	老了还在历艰难。
有心爱静何能静，	心中爱静不能静，
着意求闲不得闲。	刻意求闲不得闲。
暂藉诗情消白昼，	暂借诗文消时光，
聊凭酒力借朱颜[17]。	脸凭酒力泛红颜。
若能觅得真丹诀[18]，	若能找到炼丹术，
九转工夫炼大还[19]。	九转功炼大还丹。

注解

[1] 入病：得病。春：生机，指痊愈。

[2] 往迹：往事，陈迹。酸辛：指辣味和酸味，比喻悲苦。

[3] 方外：边远地区。劳形客：谓使身体劳累、疲倦。客：外出、寄居或

迁居外地的人。

　　[4]薄命人：命运不好；福分差。

　　[5]北郭：指城外北郊。短垣：矮墙。后事：身后之事。即坟地选在北城外，嘱托后代要把自己葬于城外的北郊。

　　[6]东山：即东山法门，东山法门指五祖的法门，因五祖弘忍禅师住在蕲州黄梅县之黄梅山，其山在县之东部，因而叫作东山。东山寺为历朝历代名人雅士、官宦谪臣、居士僧侣探胜寻踪、抒怀寄情、问禅悟道、皈依佛缘之所，经六祖惠能及门下的阐扬而发扬光大，影响深远。老衲：年老的僧人，也为老僧自称。这里指作者自己。前身：佛教用语。指轮回前的生命。

　　[7]虚壳：空壳，指身体。

　　[8]空王：佛教语，佛的尊称。佛说世界一切皆空，故称"空王"。夙因：前世因缘；前世的根源。

　　[9]浮生：是说人就像微小的灰尘，漂泊不定。这里指短暂虚幻的人生。逼：切近，逼近。桑榆：太阳已落在西边的桑树和榆树间，日落西山，后借指落日余光处，也比喻人的晚年。

　　[10]沉疴：拖延长久的重病；难治的病。困：包围，围困。

　　[11]讶：惊奇，惊讶。百骸：指人的各种骨骼、全身。共：相同，一样。梅瘦：在中国古代的文学作品中梅花以清癯见长。

　　[12]早惊：本来精神紧张不安。双鬓：脸旁两边靠近耳朵的头发。

　　[13]风烛：风中之烛易灭，后遂以"风烛"喻临近死亡的人或行将消灭的事物。

　　[14]叹隙驹：《庄子·知北游》："人生天地之间，若白驹之过隙，忽然而已。"《魏书·列女传》："人生如白驹过隙，死不足恨，但夙心往志，不闻于没世矣。"后"隙驹"比喻易逝的光阴。

　　[15]放怀：放宽心怀。天地外：指自然界或尘世以外。

　　[16]斑：头发黑白相杂。

　　[17]朱颜：脸红。形容酒醉的面容。酒力：酒的醉人力量。

　　[18]丹诀：炼丹术。

　　[19]九转：九次提炼。道教谓丹的炼制有一至九转之别，而以九转为贵。晋葛洪《抱朴子·金丹》："九之，三日得仙。"清王端履《重论文斋笔录》卷九："盖仙人以万斛朱砂，十年伏火，九转成此渥丹耳。"大还：大还丹。传说不仅能起死回生，而且有治疗一切内、外伤及增加功力之效。

随缘

原文	译文
万事随缘信自由，	万事随缘的确自由，
得优游处且优游[1]。	能清闲时尽管清闲。
有书尚可教孙读，	有书还可叫孙儿读，
无酒何妨与妇谋[2]。	无酒何不与妻子谈。
乘兴吟诗书小柬[3]，	乘兴吟诗写书简，
放怀把卷坐高楼[4]。	放心登楼把书念。
日来独坐南窗下[5]，	近来独坐南窗下，
一枕蘧蘧蝶梦稠[6]。	入梦庄蝶自在见。

注 解

[1]优游：清闲安逸，悠游自在。且：只管，就。

[2]何妨：何不？为什么不。妇：自己的媳妇。谋：计议，商议。

[3]乘兴：趁一时高兴；兴会所至。柬：信札、名片、帖子等的统称。

[4]放怀：纵意，放纵情怀。把卷：持卷，拿着书读书。

[5]日来：近来。

[6]一枕：一卧。卧必以枕，故称。蘧蘧：悠然自得貌。蝶梦：指庄周梦。《庄子·齐物论》："昔者庄周梦为蝴蝶，栩栩然蝴蝶也，自喻适志与！不知周也。俄然觉，则蘧蘧然周也。不知周之梦为蝴蝶与？蝴蝶之梦为周与？周与蝴蝶则必有分矣。此之谓物化。"意为：从前，庄周梦见自己变成了一只翩翩起舞的蝴蝶。自己非常快乐，悠然自得，不知道自己是庄周。一会儿梦醒了，发觉自己是僵卧在床的庄周。不知是庄周做梦变成了蝴蝶呢，还是蝴蝶做梦变成了庄周？庄周与蝴蝶必定有区别，这就是所说的化为物（指大道时而化为庄周，时而化为蝴蝶）。庄子认为人们如果能打破生死、物我的界限，则无往而不快乐。

赞佛偈 [1]

原文	译文
我有一尊佛，	我有一尊佛，
非塑非雕刻。	没经泥塑雕刻心上挂。
赞他赞不来，	称赞他不知怎么称赞，
瞒他瞒不住。	想隐瞒也隐瞒不了他。
静听寂无声，	安静地听没有声音，
细看澹无色 [2]。	仔细地看淡到不见什么。
问佛住何处？	要问佛在何处？
住在长惺国 [3]。	住在长醒国家。

[1] 偈：佛经体裁之一，僧人常用这种韵文来阐发佛理，类似于世俗中的名言警句。

[2] 澹：通"淡"，浅，薄，含某种成分少，与"浓"相对。

[3] 长惺国：常保持神志清醒的国家。这里指保持头脑清醒。

病中对菊

原文	译文
客冬曾作菊花词 [1]，	去年冬天曾作菊花诗，
今日花开我病时。	今日菊花开在我病时。
岂为愁客惊岁晚 [2]，	惊奇于岁末开花难道为我，
宁因寒甚怨春迟 [3]。	还是抱怨天气太寒春来迟。
摇残晓雪神弥澹 [4]，	花在晨雪中摇曳菊香更淡。
舞罢秋风力不足 [5]。	秋风中停舞力量不能支持。
自愧清标非五柳 [6]，	自愧不如五柳先生俊逸清高，
空教高隐伴东篱 [7]。	空让我像陶渊明伴菊东篱。

[1] 客冬：去年冬天。

[2] 愁客：指旅人。旅人多乡愁，故称。岁晚：即"年末"。

[3] 宁：难道。怨：不满意，抱怨。春迟：春天来晚了。

[4] 摇：摇曳。残：不完全，余下的。晓雪：早上的雪。弥澹：更加淡薄，澹通淡。

[5] 舞：摇动。罢：停，歇。

［6］清标：俊逸。五柳：晋陶潜的别号，陶潜曾作《五柳先生传》以自况，文中云："宅边有五柳树，因以为号焉。"

［7］空：只，仅。教：叫，让。伴：陪同，伴随。东篱：陶潜《饮酒诗》之五："采菊东篱下，悠然见南山。"后因以指种菊之处；菊圃。

挽傅雪峰广文[1]

原文	译文
弱冠同君早入黉[2]，	刚成年早早地就与你一同入学，
十年以长事如兄[3]。	十年来一直待年长的你为兄。
先标国士无双誉[4]，	你是国家杰出的人物无人能比，
远唱阳关第四声[5]。	远远地唱阳关三叠为你送行，
甘冽泉边清冷味[6]，	甘美清凉的泉边再次品味冷清，
短长亭外别离情[7]。	短长亭外都是离别情。
如何箕尾匆匆去[8]，	无奈你急匆匆地升天而去，
酹酒临风哭老成[9]。	对着风祭奠痛哭年高有德人。

注解

［1］挽：悼念。广文：教官。唐天宝九年设广文馆，设博士、助教等职，主持国学。明清时称教官为"广文"。

［2］弱冠：古代男子二十岁行冠礼，表示已经成人，但体还未壮，所以称作弱冠。后泛指男子二十左右的年纪。黉：古代学校的称谓。

［3］以：因为。

［4］先：对死去的人的尊称。标：榜样，杰出人物。国士：一国中才能最优秀的人物。无双：没有可相比的；独一无二。誉：名声，名誉。

［5］阳关第四声：王维《渭城曲》经后人演绎，变为《阳关三叠》，为古代送别歌曲，也比喻离别。后人因白居易有："相逢且莫推辞醉，听唱阳关第四声。"故也称"阳关三叠"为"阳关第四声"。

［6］甘冽：甘美清澄。清冷：清凉寒冷。

［7］短长亭：古代道路上每隔一段路程都会有供人休息的亭子。诗人极目远眺，问哪里才是归程？却只看到道路上的长亭连着短亭。

［8］如何：奈何。箕尾：箕星与尾星。两宿相接，属东方七宿。《庄子·大宗师》："傅说得之，以相武丁，奄有天下，乘东维，骑箕尾，而比于列星。"这里指去世。匆匆：急忙的样子。

［9］酹酒：把酒浇到地上，表示祭奠。临风：迎风；当风。老成：指年高有德的人。

拟返真偈[1]

原文	译文
快哉遗世并遗形[2]，	痛快啊超脱尘世离弃皮囊，
六十余年大梦醒[3]。	六十多年才知大梦一场。
瘦骨仍还千载白[4]，	让瘦骨还原从前的洁白，
空山常恋四时青[5]。	空寂的山留恋四季的青苍。
寝堂梦断难为酉[6]，	人在夕阳时寝室梦难醒，
华表魂归鹤姓丁[7]。	丁氏化鹤感叹人世大变样。
收拾残编同我去[8]，	收起残缺的手稿我要同往，
免教人笑子云亭[9]。	免得像扬雄一样遭人谤。

注解

[1] 拟：草拟。返真：回复到本原的境界。偈：梵语佛经中的唱颂词。

[2] 快哉：痛快啊。遗世：超脱尘世。遗形：超脱形骸，精神进入忘我境界。

[3] 大梦：古人用以喻人生。

[4] 千载：千年，形容岁月长久。

[5] 空山：幽深少人的山林。

[6] 梦断：梦醒。酉：下午5时至下午7时。这段时间鸡开始归巢。又名日落、日沉。

[7] 华表句：《搜神后记》卷一："丁令威，本辽东人，学道于灵虚山。后化鹤归辽，集城门华表柱。时有少年，举弓欲射之。鹤乃飞，徘徊空中而言曰：'有鸟有鸟丁令威，去家千年今始归。城郭如故人民非，何不学仙冢垒垒。'遂高上冲天。"这是一个为历代文人习用的典故，常用以表现久别家乡重归，感叹人事变迁。后演变为成语"鹤归华表"。唐朝诗人杜甫有"天寒白鹤归华表，日落青龙见水中"的诗句。

[8] 残编：残缺不全的书，这里指自己写的收集不全的文稿。

[9] 免教人笑子云亭：子云，扬雄的字。刘禹锡《陋室铭》中"西蜀子云亭"的"西蜀子云"即为扬雄。扬雄，西汉四川成都人，少年好学，口吃，博览群书，胸怀博大，长于辞赋，有《甘泉赋》等。曾撰《太玄》《法言》，将源于老子之道的玄作为最高范畴，并在构筑宇宙生成图式、探索事物发展规律时，以玄为中心思想，是汉朝道家思想的继承和发展者。刘歆曾对扬雄说："白白使自己受苦！现在学者有利禄，还不能通晓《易》，何况《玄》？我怕后人用它来盖酱瓿了。"扬雄笑而不答。诸儒有的嘲笑扬雄不是圣人却作经。扬雄死后四十多年，其《法言》大行于世。

《怡云庵排律诗草》

说　明

中国是诗的国度，诗歌一直伴随着中国人的生活，不断推陈出新，产生了多样的诗体和海量的诗歌。学界把古汉语诗一般分为古体诗和近体诗两类，古体诗可称为古代的自由诗，对字数、押韵、句式等无刻意的要求和规定；近体诗是古代的格律诗，在格式、韵律上有严格的规定和要求。

格律诗起源于南北朝，成型于唐朝初年，一般分为五言和七言两种，四句一首的称为绝句，八句一首的称为律诗。五言每句五个字，共有八句，四十字；七言每句七个字，也是八句，共五十六字。律诗全诗分为四联，首颔颈尾，每联上句为"出句"，下句为"对句"，其中的颔联和颈联必须对仗。一首诗内，只能押一个平声韵，不能随意换韵，押韵的地方必须在各联对句句末。声调上特别强调讲究平仄，古代四声为平上去入，现代四声为阴平，阳平，上声，去声。古代的平，就是平声，仄，就是上去入。现代的平，就是阴平和阳平，仄就是上声和去声，古代的入声在现代汉语中已经不存在了，分散到现代的四声中去了。在平仄方面，律诗特别强调一联之内平仄必须相对，上联的对句与下联的出句平仄必须相粘，这是律诗最基本的结构。

排律就是按律诗的格律一联一联地排比下去，是一种扩展了的律诗，故又称长律。一般十行以上合乎律诗规则的近体诗就可称为排律，有多达一百韵，一千字的，如白居易的《代书诗一百韵寄微之》。排律除首尾两联外，中间每一联都要求对仗；句法、韵律等要求与律诗一样严格，押韵用平声韵，偶句用韵，一韵到底，中间不能换韵；平仄要符合"黏""对"的规定。

排律的篇幅远超四联八句，古时，只有一些才华非常出众的人，像杜甫、白居易等人，才有事没事写个排律抒发情感，如杜甫的《奉送严公入朝十韵》。因为难写，所以历代排律的作品一直不多。排律由于要求太严，过于束缚思想，因而不易写好，反过来说，正因为难，才能如杜甫、白居易一样放出手段，施展才干，使其在诗界永远闪烁着耀眼的光芒。盛唐、清乾嘉年间是诗人、文人荟萃之时，朝廷在科举考试时加考排律诗，无疑增加了考试难度，但为选拔更优异的人才提供了显示各自才能的平台。要求学子不仅要熟练地写好科举所定的传统文体，还要考察诗歌方面，尤其是律诗的造诣，以便了解考生语文的文采和功底的深度与广度。这就是吴栻写《怡云庵排律诗稿》的初衷。他希望他的学生能从他的排律诗创作中抓住要点，长期操练，在以后的科举考试中脱颖而出。

吴栻《怡云庵排律诗稿》共收排律诗 104 首，以五言为主，有六韵十二句、八韵十六句两类，可谓皇皇巨著。诗的内容主要记叙西北及河湟四季景物，或对身边景色描写夸赞，或联想、或抒情、或言志，极富地方色彩。多数诗摹景与抒情议论相结合，也有在观赏风景后发出孤赏自悼的感慨。这些排律诗都是吴栻苦心经营之作，因为从创作的难度和所耗费的精力上讲，都是其他短篇诗歌较难企及的，情感上承载着诗人对诗歌的用心和执着。从另一面讲也是作者不为世用，是对压抑情感的宣泄。至于诗歌的成就，正如唐以增所评价的"诗作艳丽而不失文雅，灵巧而不浮夸。有庾信的成熟老辣，笔意纵横驰骋；有公孙大娘舞剑一样的浑然天成，无人工痕迹，格律精准，源流正派。完全可以做格律诗的典范，试帖诗的榜样"。

《怡云庵排律诗草》[1] 卷一

<table>
<tr><td></td><td>原文</td><td>译文</td></tr>
</table>

春从何处来[2]

得春字八韵

原文	译文
三阳昭大化[3]，	三阳昭示大变化，
万象转鸿钧[4]。	万物在循环演进。
柳絮初传信[5]，	柳絮开始传递信息，
梅花早报春。	梅花绽放报告早春。
来时如有脚，	春来如步行，
寻处杳无垠[6]。	寻找却无痕。
草意生金埒[7]，	青草萌发在短墙根，
苔痕亲锦茵[8]。	苔藓滋长似绿锦茵。
凭谁工设色[9]，	是谁精巧地涂色彩，
使物巧争新。	使万物个个争清新，
泄露终难测，	谁泄露春意难揣测，
猜疑恐未真。	猜疑谁怕也未必真。
怡情知几日，	娱情的春景有几日？
觅景属何人？	寻觅春景的是何人？
翘首皇州路[10]，	翘首遥望进京路，
轻烟结采尘[11]。	淡雾结成七彩云。

自评

　　起局庄重，五六虚拍题面。凭谁以下三联宛转赴题，虚实兼到。唐人此题，纯用实写，竟成一幅春景图，此乃课虚叩寂，不肯放过题中一字。

吴

斌　诗文译注

译文

起头庄重，五六句虚虚地照应题目，第九句"凭谁"以下三联六句婉转奔赴主题，虚实手法兼有。唐人写这个题，纯粹实写，最终成就一幅春景图，这首诗是征写虚的，叩问人不注意的事物，不肯放过题目中的一个字。

注解

[1] 怡云庵：作者书房的名称。怡，快乐。庵，一作"菴"，指不对外开放的圆顶草屋，特指女性修行者居住的寺庙。云庵，也作"云菴"。建造在高山顶上的草舍。排律诗：十句以上的长篇律诗，一般为五言。草：引申为初步的，即初稿。本诗模拟试帖诗的写法，以春字限定韵脚，写成五言八韵格律诗。诗描写了早春景象，春景虽好，但维持不了几天，人们期盼的春是早日获得功名。

[2] 得春字八韵：得某字几韵，这是古代科举考试试帖诗（格律诗的一种）的出题模式，是在出题时规定的。试帖诗，大都为五言六韵十二句或八韵十六句，以古人诗句或成语为题，冠以"赋得"二字（所以也叫"赋得体"），并限定韵脚，为科举考试所采用。如该首"得春字八韵"，意即该首诗要求押的韵是《诗韵》中的上平声十一真（"春"属于该韵），形式为每句五个字，偶句押韵，全诗共十六句。

[3] 三阳：古人称农历冬至十一月为一阳生，十二月为二阳生，正月立春为三阳生。立春后阴阳平衡，万物复发，故称"三阳开泰"。昭：昭示。大化：大的变化。

[4] 万象：万物的样子。钧：天。《汉书·贾谊传》："大钧播物，块圠无垠。"《注》如淳曰："陶者作器于钧上，此以造物为大钧也。"颜师古曰："言造化为人，亦犹陶之造瓦耳。"鸿钧：巨大的制陶转轮，喻指天、自然。

[5] 初：开始。传信：传递消息。

[6] 杳：渺茫，深远。垠：边，尽头。

[7] 意：盎然的春意。圻：矮墙，场地四周的土围墙。金圻：用钱币筑成的界垣。南朝宋刘义庆《世说新语·汰侈》："于时人多地贵，济（王济）好马射，买地作圻，编钱匝地竟圻。时人号曰'金圻'。"

[8] 苔痕：苔藓滋生。亲：近。锦茵：锦制的垫褥。

[9] 工：精巧。设色：涂色，着色。

[10] 翘首：抬头望。多喻盼望或思念之殷切。皇州：帝都，京城。

[11] 轻烟：薄雾。结：聚合。采尘：彩色的雾霭。

原文	译文

春雨

得辰字六韵

别馆消闲日[1]，
他方听雨辰[2]。
天低云似墨[3]，
野润草如茵[4]。
渐滴榆烟断[5]，
轻沾杏露匀。
峰青垂缕缕，
波绿皱鳞鳞[6]。
燕剪抛来湿，
莺梭掷去新。
瞻蒲知水足[7]，
圣泽渥如春[8]。

在旅馆消闲的日子，
于外乡听早晨的雨声。
天上云层低垂色如墨，
田野润泽草密似茵。
慢滴的水断穿绕榆的云雾，
杏花上轻附的露珠匀称。
山峰青青下垂着一缕缕蔓藤，
绿波在河中荡漾像层层鱼鳞。
燕尾似剪掠过时水汽洒顶，
黄莺如梭飞离后传来新声。
看到菖蒲初生知水充足，
皇上的恩泽如春雨万物沾润。

 自评

三四虚写，五六切定春雨[9]，七八工绝秀绝，次第井然[10]，有从容不迫之致[11]。

自评 译文

三四句虚写，五六句契合春雨的主题，七八句工巧之极，特出超群，次序整齐，有从容不迫的姿态。

注解

[1] 别馆：旅馆。消闲日：休闲的日子。

[2] 他方：他乡。雨辰：晨雨，早上下的雨。

[3] 天低：天上云层很低，表示要下雨。

[4] 野润：田野经雨的润泽。草如茵：青草浓密如垫子。

[5] 渐滴：慢慢下滴。断：截断。榆烟：榆树上的云雾。

[6] 皱鳞鳞：起皱如鱼鳞。

[7] 蒲：菖蒲，多年生草本，生于水边或沼泽湿地，冬季时地下茎潜入泥中越冬。耐寒，忌干旱。先百草于寒冬刚尽时萌动。

[8] 圣泽：皇上的恩惠。渥：沾润。

[9] 切定：契合确定春雨的主题。

[10] 工绝：工巧至极。秀绝：特殊超群。次第井然：次序整齐。

[11] 从容不迫：行止舒缓得度，无急迫之态。致：意态，情况。

原文	译文

春风

得辰字六韵

和风微扇物[1]，
蔼蔼正良辰[2]。
取次传芳信[3]，
悠扬扫浊尘[4]。
吹嘘潜入律[5]，
橐籥暗通神[6]。
卷幔炉烟袅[7]，
披香箑影新[8]。
穿花红粉坠，
沤草翠华匀[9]。
得借扶摇便[10]，
欣看上宛春[11]。

和煦的春风轻轻吹拂万物，
温暖宜人正是美好的时辰。
春风按序传递花开的信息，
春风不断涤荡污浊的灰尘。
风声暗合音律的节奏，
如风袋管乐暗通神灵。
春风卷起门帘吹动袅袅香烟，
春风入皇宫后宫内扇子换新。
春风吹过花丛花粉纷纷坠落，
春风掠过水草草花匀称洁净。
应顺便借助盘旋而上的飓风，
高兴地去看皇家园林的春景。

 自评

第句雅切[12]。七八句摹绘入神[13]。九十微至[14]，而秀逸之气[15]，更溢于字句之外。

 自评 译文

诗句高雅贴切，七八句描绘精妙高超，九十句幽然细腻，而清秀飘逸之气，更表现在字句之外。

 题解

该诗描写了春风荡涤旧物复苏万物的勃勃生机，希望凭借春风之力扶摇而上，表达了作者科举之路能够一帆风顺的愿望。

注解

[1] 和风：温和的风，这里指春风。微：轻。扇：起，吹。物：万物、大地。

[2] 蔼蔼：温和的样子。明何景明《立春日作》诗："蔼蔼春候至，天气和且清。"良辰：美好的时光。

[3] 次：次第，按顺序一个挨一个。传：传递。芳信：花开的讯息。

[4] 悠扬：连绵不断，久远。《隶释·汉冀州从事张表碑》："世虽短兮名悠长，位虽少兮功悠扬。"后蜀顾夐《虞美人》词："绿荷相倚满池塘，露清枕簟藕花香，恨悠扬。"

[5] 吹嘘：指风吹。唐孟郊《哭李观》诗："清尘无吹嘘，委地难飞扬。"潜：秘密地，暗中。入：与……相适应，合乎。律：音律、法则。

[6] 橐龠（tuó yuè）：比喻天地造化。橐，以牛皮制成的风袋。龠，吹管乐器。

[7] 幔：以布帛制成，遮蔽门窗等用的帘子。

[8] 披香：汉宫殿名。北周庾信《春赋》："宜春苑中春已归，披香殿里作春衣。"箑：通萐，萐莆，一种植物，叶大，可作扇。这里指扇子。

[9] 沤草：浸泡在水中的草，水草。翠：青、绿、碧之类的颜色。杜甫《绝句（其三）》："两个黄鹂鸣翠柳，一行白鹭上青天。"华：花。

[10] 得借：应当凭借。扶摇：飙风，盘旋而上的暴风。便：顺便。

[11] 欣：快乐，欣喜。上宛：上苑，皇家的园林。春：生机，春色。

[12] 雅切：高雅贴切。

[13] 摹绘：描绘。入神：形容技艺高超，摹写精妙。

[14] 微：细致，精妙。

[15] 秀逸：清秀而飘逸。气：景象。

	原文	译文
春云 得辰字六韵	英英云乍出[1]， 缭绕度芳辰[2]。 万树张华盖[3]， 千峰布锦鳞[4]。 卷舒微有意[5]， 明灭杳无垠[6]。 不似薄霖状[7]， 还同触石新[8]。 拖烟飘回野[9]， 拱日散高旻[10]。 拟托从龙势[11]， 还期占早春[12]	轻盈明亮的云开始出现， 在美好的春天回环盘旋。 万树舒展似张开的花伞， 千山叠翠如华美的鳞片。 云舒云卷微妙有意， 忽隐忽现渺茫无边。 春云不像春雨连绵， 触碰到石峰换新颜。 拖烟雾到田野河畔， 绕太阳消散在苍天。 模拟依托随顺龙势， 还盼早日把春光占。

自评

五六虚写，有春字在，静观者自得之[13]。七八实写，逼到春字[14]，较唐人此题[15]，典切过之[16]。

译文

五六句虚写，有"春"字含在里面，静观的人自己会领会，七八句实写，切近"春"字，和唐人类似的题目加以比较，典雅贴切超越了他们。

 题解

该诗通过对春云多角度的描述，表现了诗人敏锐、细微的观察力和对大自然的热爱，诗人希望自己也如春云一样占得早春。

注解

〔1〕英英：轻盈明亮的样子。《诗·小雅·白华》："英英白云，露彼菅茅。"朱熹集传："英英，轻明之貌。"乍：初；开始。柳永《笛家弄》词："韶光明媚，乍晴轻暖清明后。"

〔2〕缭绕：缠绕，回环盘旋。孟郊《古离别》诗："松山云缭绕，萍路水分离。"芳辰：美好的时光。这里指春季。

〔3〕张：张开，展开。华盖：华美的车盖。这里比喻树木在春天云雨的滋润下枝伸叶展，欣欣向荣。

〔4〕布：散布。锦鳞：鲜艳华美的鱼鳞。

〔5〕卷舒：卷起与展开；隐显。微：微妙；精微。有意：有意图、愿望。

〔6〕明灭：忽隐忽现。杳：渺茫，深远。无垠：广阔无边。

〔7〕不似：不像。薄：轻微。霖：久下不停的雨。状：情形，样子。

〔8〕触石：谓山中云气与峰峦相接触而变为雨。《公羊传·僖公三十一年》："触石而出，肤寸而合，不崇朝而遍雨乎天下者，唯泰山尔。"

〔9〕托：承托。

〔10〕拱：围绕，环绕。散：分开，分散。高昊：高天。

〔11〕拟托：模拟依托。从：顺从。龙势：指盘屈天矫如龙之物。这里指龙的权力、威力。

〔12〕期：盼望。占：占据，拥有。早春：初春。

〔13〕自得之：自己能领会。

〔14〕逼：切近。

〔15〕较唐人此题：与唐人写此题的诗相比较。

〔16〕典切：典雅贴切。

	原文	译文

春草

得辰字六韵

堤前生意满[1]，　　　　河堤边生机盎然，

碧草常青春[2]。　　　　绿草葱郁在两岸。

根渥三旬雨[3]，　　　　草根因雨多润泽，

枝无一点尘[4]。　　　　茎叶茂盛尘不染。

自然含意致[5]，　　　　意趣包含自然，

倍觉见精神[6]。　　　　生机加倍显现。

回异生金埒[7]，　　　　迥异的草生在矮墙根，

还同设锦茵[8]。　　　　如同摆出的彩色毡毯。

池塘才入梦[9]，　　　　池塘的旧草刚刚枯干。

河畔早争新[10]。　　　　河边早冒出新芽点点。

倘被栽培德[11]，　　　　假如受到栽培的恩德，

纷披尽是春[12]。　　　　盛多的草就都在春天。

五六确切，九十暗藏春字。一切游移之词[13]不能犯其笔端[14]。

 译文

　　五六句准确、恰当，九十句隐藏着春字。所有犹豫不决的文字，不能触碰这首诗。

题解

　　该诗通过对春草的描述，写出了春草的盎然生机与意趣风致。诗人认为，河边的草因为早早得到水的滋润所以能捷足先登，绿意盎然，假如其他地方的草受到滋润、栽培，那么天下就会锦绣遍地，处处是春了。表露了对早日得到重视和栽培的渴望。

注解

　　［1］堤前：河堤边。生意：生机。满：十分，全。

　　［2］青春：春天草木茂盛呈葱绿色，所以春天称青春。杜甫《闻官军收河南河北》有"青春作伴好还乡"之句。

　　［3］渥：润泽，沾润。三旬：一旬为十，三旬为一月。这里指雨多，水分充足。

　　［4］尘：灰尘。

　　［5］自然：不做作。含：容纳，包含。意致：意趣，情致。

［6］倍觉：更加感觉到。见：显出。精神：有生气。

［7］回异：这里应指"迥异"。迥然不同，完全不同。金埒（liè）：用钱币筑成的界垣。这里指生长庄稼的土地。埒，矮墙，土围墙内。该句是说，河堤边的春草迥然不同于庄稼地里的春草。

［8］还同：如同。设：铺设。锦茵：锦制的垫褥。

［9］入梦：指睡着。该句是说，旧年池塘边的草刚刚干枯。

［10］该句是说新春河边的草早已争相冒出新芽。

［11］倘：假使。被：盖，受到。栽培：栽植培养。德：恩泽。

［12］纷披：盛多。杜甫《九日寄岑参》诗："是节东篱菊，纷披为谁秀？"

［13］游移：犹豫不决。

［14］犯：触犯。笔端：笔头，文字，泛指诗文作品。

	原文	译文
春日迟迟[1]　得迟字八韵	化国春光好[2]， 扶桑日色迟[3]。 暄和呈淑景[4]， 明丽照晴曦[5]。 晷影寅初上[6]， 羲轮午后移[7]。 开窗看野马[8]， 依树听鸣鹂[9]。 静寻楸枰换[10]， 闲将薤簟施[11]。 碧天笼薄蔼[12]， 莎径漾游丝[13]。 莲漏丁丁转[14]， 花砖步步离[15]。 分阴知共惜[16]， 莫漫负昌期[17]。	教化之国春光明媚， 东升的太阳光照长。 暖和的春日现美景， 丽日中万物更明亮。 日影寅时升起， 太阳午后西降。 开窗看雾气蒸腾， 靠树听黄鹂鸣唱。 静时找棋友交手， 闲时有竹席坐享。 晴天笼罩着淡雾， 莎草路雾气荡漾。 莲漏滴水滴答响， 花砖上日影离场。 短暂光阴共同珍惜， 不要浪费盛日阳光。

自评

五六实写，九十乃画家烘托法也[18]。莲漏一联工致[19]。而花砖句，欲押迷字，则加细影二字[20]，于此见锤炼之精，可谓心细如发[21]。

译文

五六句实写，九十句是画家用的烘托法。"莲漏"一联工巧细密。"花砖"句，想押"迷"字，就要把"步步"换成"细影"，由此可见锤炼的精巧，可说是心细如发。

题解

在日长而温暖的春日，诗人沐浴着温暖的阳光，欣赏着美妙的欣欣向荣的景象，感受春日的细微变化和勃勃生机。告知人们，享受春日，珍惜春光。

注解

[1]日迟迟：光照长而明媚温暖。《诗·豳风·七月》："春日迟迟，采蘩祁祁。"朱熹集传："迟迟，日长而暄也。"

[2]化国：教化施行之国。

[3]扶桑：传说日出于扶桑之下，拂其树杪而升，因谓为日出处。亦代指太阳。《楚辞·九歌·东君》："暾将出兮东方，照吾槛兮扶桑。"王逸注："日出，下浴于汤谷，上拂其扶桑，爰始而登，照曜四方。"日色迟：白日变长了。

[4]暄和：暖和。呈：呈现。淑景：美景。

[5]明丽：明亮美丽。晴曦：晴空的太阳。

[6]晷影：晷表之投影，日影。寅指寅时（凌晨三点至五点）。初上：刚刚升起。

[7]羲轮：太阳的别称。《楚辞补注》卷一《离骚经》："欲少留此灵琐兮，日忽忽其将暮。吾令羲和弭节兮，望崦嵫而勿迫。"东汉王逸注："羲和，日御也。"宋洪兴祖补注："虞世南引《淮南子》云：爰止羲和，爰息六螭，是谓悬车。注云：日乘车，驾以六龙，羲和御之，日至此而薄于虞渊，羲和至此而回。"午：午时（白天十一点到一点）。

[8]野马：野外蒸腾的水气。语出《庄子·逍遥游》。郭象注："野马者，游气也。"成玄英疏："此言青春之时，阳气发动，遥望薮泽之中，犹如奔马，故谓之野马也。"元麻革《送杜仲梁东游》诗："野马何决骤，飞云何悠扬。"

[9]依：靠近树。鹂：黄鹂鸟，羽毛黄色，从眼边到头后部有黑色斑纹，嘴淡红色。鸣声动听悦耳。亦称"黄莺""仓庚""黄鸟"。

[10]楸枰：棋盘。古时多用楸木制作，故名。换：交手，对弈。

[11]闲将：闲暇之时就。莲簟：竹席。

[12]笼：笼罩。薄霭：淡淡的云气。

[13]莎（suō）径：长满莎草的小路。漾：飘荡。游丝：飘动着的蛛丝。

比喻细细的缭绕的烟雾。

［14］莲漏：莲花漏，即浮漏。利用虹吸原理，把放水壶中的水，逐步放到受水壶中，使受水壶中水平面高度保持恒定，据以测定时间。丁丁：莲漏水滴发出的声音。唐郑谷《信美寺岑上人》诗："我来能永日，莲漏滴阶前。"

［15］花砖：有彩色花纹的釉面砖，主要用来墁地。步步离：逐步退离。

［16］分阴：谓极短的时间。《晋书·陶侃传》："大禹圣者，乃惜寸阴，至于众人，当惜分阴。"阴，日影，喻时间。知：晓得，明了。共：共同。惜：珍惜。

［17］漫负：散漫辜负。昌期：昌盛时期。

［18］画家烘托法：中国画技法名。用水墨或淡彩在物象的外廓渲染衬托，使其明显突出，如烘云托月。画雪景、流水、白色的花鸟和白描人物等，一般运用此法。

［19］工致：工巧精密。

［20］该句是说，想要让该句韵脚"离"改为"迷"字，那么就应该将"花砖"改为"细影"。

［21］心细如发：指思虑周密。

消冰水镜开 得开字八韵

原文	译文
镜朗冰初泮[1]，	白亮如镜的冰开始溶散，
清光罩水隈[2]。	清澈的阳光笼罩在水湾，
一番春风暖，	一阵和暖的春风吹过，
百顷浪涛开[3]。	广阔的水面浪涛连连。
潋激无纤翳[4]，	水波流动不见障蔽，
澄鲜绝点埃[5]。	水面清新一尘不染。
绿堤梳翠柳[6]，	浅绿的河堤翠柳飘拂，
隔岸缀红梅[7]。	艳红的梅花装饰对岸。
湖面新磨出[8]，	河面清新像镜子才磨，
江心旧铸来[9]。	河心沉静似往日铸件。
鸥浮频荡漾，	河鸥漂浮使河水荡漾，
狐听漫疑猜[10]。	狐狸听冰猜疑于河滩。
奁启菱花照[11]，	河流像打开的棱镜反光，
波平雪练裁[12]。	如裁出的白练流向远天。
观澜心迹回[13]，	看尽流水思绪回到眼前，
何异玉为台[14]。	和玉做的镜台不差半点。

一

自评

七八宾写[15]，而梳缀二字尤为锤炼工整。九十虚写，造句天然[16]。十三四句更能关合鉴字[17]。通首无一懈笔[18]。

自评 译文

七八两句从侧面描写，"梳""缀"两字尤其锤炼工整。九十两句虚写，造句自然，十三四句更前后关联照应"鉴"，全诗没有一处败笔。

题解

"消冰水镜开"来自唐白行简（白居易之弟）诗《春从何处来》。

这首诗写的是如镜的河面冰冻初开的景象，在春光的照耀下，明净的河面，一阵暖风过后，河面冰雪开封，浪涛滚滚而来。水势浩大，河水清新，两岸柳翠梅红。河心明亮，如同新磨出的镜子反射着阳光，鸥鸟浮在荡漾的河面上觅食，流向远方的河流如同剪裁出的白练，面对此景，如同坐在玉饰的镜台前一样，让人流连忘返。

注解

［1］朗：明朗。泮：散，融解。

［2］清光：清亮的阳光。罩：覆盖，笼罩。水隈：水流弯曲处。

［3］百顷：极言水面之广。

［4］潋滟：也作"滟潋"，形容水波流动，这里指水势浩大。纤翳：细小的障蔽。

［5］澄鲜：清新。绝点埃：没有一点尘埃。

［6］绿堤：这里指河堤。梳：梳洗打扮。

［7］隔岸：河的对岸。缀：装饰，点缀。

［8］湖面：这里指河水的表面。新磨出：像新磨出的镜子。

［9］江心句：江中就如老早铸成的。

［10］狐听漫疑猜：北齐颜之推《颜氏家训·书证》："狐之为兽，又多猜疑，故听河冰无流水声，然后敢渡。"后以"狐听之声"指狐听冰下流水之声。漫：随意。

［11］奁：女子梳妆用的镜匣。菱花：指菱花镜。

［12］雪练裁：如用剪刀剪裁出的洁白的绢帛，比喻水流的明洁。

［13］澜：这里指流水。心迹：心情，心中的真实想法。回：还，走向原来的地方。该句是说，看尽流向远方的水心绪回到眼前。

［14］玉为台：玉做的镜台。句为：眼下与玉做的镜台有何不同呢？

［15］宾写：从侧面描写。

［16］天然：自然。

［17］关合：关联照应。鉴：镜子。

［18］懈笔：败笔。

原文	译文

二

河畔春如许[1]，　　　　　　河边春天原来这样生动，

澄清镜面开[2]。　　　　　　清亮如镜的河面已解冻。

天空光荡漾[3]，　　　　　　天空中阳光起伏荡漾，

冰泮浪潆洄[4]。　　　　　　冰河中水流回旋汹涌。

雁齿参差映[5]，　　　　　　桥的参差台阶倒影水中，

渔罾取次来[6]。　　　　　　河边渔网钓竿挨着摆弄。

波衔峰影倒[7]，　　　　　　水波衔着山峰倒影，

风彩卷雪涛[8]。　　　　　　声威卷起雪涛阵阵。

回月魄离云[9]，　　　　　　下弦月冲离乌云，

苔衣剪水裁[10]。　　　　　　苔藓如剪随水动。

方圆无定所[11]，　　　　　　世间万物无定所，

朗润有谁猜[12]。　　　　　　谁能猜冰镜朗润。

皎洁宁辞鉴[13]，　　　　　　水面皎洁超过镜，

虚明绝染埃[14]。　　　　　　空天明澈无点尘。

至人心本似[15]，　　　　　　道高之人心相似，

相对亦悠哉[16]！　　　　　　相对而坐心归真。

波衔一联巧不伤雅，风彩二字关合水镜，方圆一联，机趣自然，与前作异曲同工。

 译文

"波衔"一联，巧妙而不伤典雅，"风彩"两字将水镜关闭，"方圆"一联，风趣自然，与前篇异曲同工。

题解

本诗跟上文一样描写春天开冻的河水。解冻的河水敞亮洁净，生机勃勃，自由放任。诗人认为，有道德情怀的至人也该像这解冻的河面一样心胸虚明而

悠闲自得。

注解

［1］春如许：这么有生机。

［2］镜面开：冰封的河面开始解冻。

［3］荡漾：浮动。

［4］冰泮：冰河融化。浪潆洄：水流回旋貌。

［5］雁齿：喻桥的台阶。唐白居易《答王尚书问履道池旧桥》诗："虹梁雁齿随年换，素板朱栏逐日修。"映：倒影。

［6］渔罾：渔网的一种。俗称扳罾、拦河罾。取次来：一个挨一个。

［7］峰影倒：水中的山峰倒影。该句是说，波涛衔着山峰的倒影。

［8］风采：声威。明李东阳《明故监察御史张君墓志铭》："及按福建，树风采，严号令。"

［9］回月：下弦月。魄：通"破"。离：分散，飘散。该句是说，云包围着月牙，而月牙重新跳出云层。

［10］苔衣：泛指苔藓。该句是说，水中的苔藓随水漂荡，如同剪刀随意剪裁一样，变化多端。

［11］方圆：指天地间万事万物。

［12］朗润：明朗润泽。猜：测，揣度。

［13］皓洁：明亮洁白。宁：可，语助词。辞：推托，不接受。鉴：镜子。

［14］虚明：空明，清澈明亮。绝染埃：一点儿也没有沾染尘埃。

［15］至人：道家指超凡脱俗，达到无我境界的人。这里指思想或道德修养高超的人。心本似：心境原本是相似的。

［16］相对：面对面，相向。悠哉：悠闲自在。

		原文	译文
春水绿波	得春字八韵 一	汪洋连万顷[1]， 潋滟漾三春[2]。 照眼青光动[3]， 临流绿色匀[4]。 平铺涵碧玉， 迭起濯苍苹[5]。 棹泛鸳鸯影[6]，	汪洋水面连万顷， 荡漾闪亮在三春。 清亮的光芒耀人眼睛， 眼下河流绿色匀。 水面平静时如涵着碧玉， 波浪迭起时荡漾着浮萍。 桨动惊鸳鸯，

帆迷骏蚁津[7]。	船迷锦鸡津。
浓疑螺子染[8]，	水色浓郁疑被黛螺染过，
翠讶鸭头新[9]。	清新的春水翠绿得惊心。
聚处云衣罩，	春水聚合处云遮雾罩，
渟时雾毂皴[10]。	停积时似车旋皮肤皴。
离亭明似镜[11]，	离别的驿亭明亮如镜，
极浦净无尘[12]。	遥远的水滨洁净无尘。
千古江郎笔[13]，	千年唯有江淹的文，
分歧善写真[14]。	善于描写出离别情。

凡题有眼，此题绿字乃题眼也[15]。湏着眼此字，方不是泛写春水。唐人此题诗，了无作意，阅之令人闷闷欲睡。诗此局庄重[16]，三四明点绿波二字。五六虚写尽致[17]。七八工于设色。九十渲染绿字，弥觉华艳。十一二句从旁点缀。句句写绿字传神。唐贤见此，未必不叹后来之居上也。

 译文

一般的诗题都有诗眼，这首诗"绿"就是诗眼。必须着眼这个字，才不是泛泛地写春水。唐人写这个内容的诗，一点没有意趣，阅读完使人昏闷想睡。这首诗沉着稳重，三四句明点"绿波"二字，五六句虚写细致达到极点，七八句长于铺设色彩，九十句渲染"绿"字更觉得华美艳丽，十一二句从旁衬托点缀。句句写绿字很传神。唐代贤人见到此诗，一定会感叹后来居上的。

本诗通过春天的水面、水色，水面和水岸的景物，描绘了春水的"绿"。诗人认为，自古以来，只有江淹的《别赋》将别情写得淋漓尽致。自己对"春绿水波"的描述，能与之媲美。

注解

[1]汪洋：宽广无际。形容水势浩大的样子。

[2]激滟：形容水波荡漾闪光。三春：农历正月孟春，二月仲春，三月季春的统称。

[3]照眼：光亮耀眼，晃眼。

[4]临流：从高处看流水。匀：均匀。

[5]迭起：水的波浪一波接一波。濯：洗，洗涤。苍苹：青萍，浮萍。

［6］棹：划船的一种工具，形状和桨差不多，这里指划船。泛：冒出、溢出。该句是说，划船时，惊起鸳鸯。

［7］帆：指船。迷：分辨不清。鸂鶒：俗称锦鸡，似山鸡而小，冠羽优美。津：渡口。

［8］螺子：螺子黛，省作"螺黛""蛾绿"。古代妇女用来画眉的一种青黑色矿物颜料。螺子黛出波斯国。该句是说，水面浓绿，颜色浓得让人怀疑是螺子黛染过。

［9］讶：诧异。鸭头：出自苏轼诗"鸭头春水浓如染"，意思是，正值春季，鸭子在水中嬉戏，水青得像被人染过似的。

［10］渟：水停留聚集。毂：车轮。皴：皴裂。

［11］离亭：驿亭。古时人们常在此设宴告别。明似镜：明亮得像镜子一样。

［12］极浦：遥远的水滨。

［13］江郎笔：江淹是南朝有名的文学家，年轻的时候很有才气，会写文章也能作画，大家都称他为"江郎"。但年老时的诗文大不如前，当时的人都说他"才尽"了。因此常用"江郎才尽"比喻人的文思减退。

［14］分歧：离别。这里指江淹的《别赋》，此赋以浓郁的抒情笔调，以环境烘托、情绪渲染、心理刻画等艺术方法，通过对戍人、富豪、侠客、游宦、道士、情人别离的描写，生动具体地反映出齐梁时代社会动乱的侧影。赋的开头，用"黯然销魂者，唯别而已矣"一句总写，以精警之句，发人深省，接着写各种类型的离别，表现出"别虽一绪，事乃万族"，既写出分离之苦的共性，也写出了不同类型分别的个性特点，最后总结出"别方不定，别理千名，有别必怨，有怨必盈"。指出分别的痛苦"使人意夺神骇，心折骨惊"。指出任何大手笔也难写离别之深情，言尽而意不尽。全赋用骈偶的句式，绘声绘色，语言清丽，声情婉谐，千百年来，脍炙人口。善写真：擅长如实描绘事物。

［15］题眼：题目的主旨。

［16］庄重：不随便，沉着稳重。

［17］尽致：详尽细致，达到极点。

原文	译文
二	
南浦韶光遍[1]，	南面的水边春光遍地，
河冰早泮春[2]。	河冰早早溶解在春天。
连堤云影暗[3]，	倒映河堤的云影暗淡，
迭涨水纹皴[4]。	上涨的浪像皱褶涌卷。

一碧涵空翠[5]，	蓝天下雾气蒙蒙翠色满，
千波洗浊尘[6]。	波浪万千荡涤浊尘在岸。
岚皆倒影列[7]，	山峰的倒影排列河面，
绿柳亦横陈[8]。	依依绿柳横陈在河湾。
车骑逢遮岸[9]，	离别的车骑拥堵河边
烟花远隔津[10]。	绮丽的春景远离口岸。
离觞终在手[11]，	分离的酒杯一直在手，
别绪倍伤神。	离别的情感倍伤心田。
荡漾天空阔，	水面荡漾天高地远，
潆洄草色新。	水流回旋草色新艳。
江郎怀彩笔，	如像江淹一样胸怀彩笔，
作赋胜传真[12]。	铺陈作赋胜过写像画面。

前路清筝[13]，七八从上下染[14]，句句有绿字，在别绪字，更为出色。

前六句是清雅地从音响方面描写绿，七八是上下互相渲染，句句有"绿"字，就"别绪"两字来说，更加出色。

本诗仍写春水之绿，从春光、春冰、春潮到春江两岸的春景。在春光里，河冰开始融化，水面水纹迭起，不断有水浪翻过，碧绿水面的浪花不断翻滚，清洗着浊尘。山峰和绿柳倒影在水中。河岸边，送别的车辆把河岸给遮挡住了，水上的渡口与春天的热闹隔得很远，因为离愁别绪始终都在心头。然后转到作者的感慨，水波的荡漾使得天空更加空阔，回旋的水流使草色新亮，这等美景，如用江郎怀揣的笔，铺陈作赋比写真将更加传神。

［1］南浦：南面的水边。后常用称送别之地。《楚辞·九歌·河伯》："子交手兮东行，送美人兮南浦。"韶光：好的时光，多指美丽的春光。

［2］泮：散，解。

［3］连堤：长堤。云影：云在河中的倒影。暗：暗淡。

［4］迭：迭起。涨：水量增加，水面高起来。皱：打皱，这里指水纹迭起。该句是说，随着河水的升涨，后浪追着前浪，平静的水面就像打皱了一样。

［5］一：整个。碧：蓝。指整个蓝天。涵空翠：包含着青色的潮湿的雾气。唐王维《山中》诗："山路元无雨，空翠湿人衣。"

［6］千波：形容波浪迭起。

［7］岚：本指山间的雾气。这里指山峰。倒影：倒立的影子。列：摆出，列举。这里指山峰的倒影排列在河中。

［8］横陈：横着排列。

［9］该句是说，赏春的车骑在河岸上遭逢而相互堵挡。

［10］烟花：泛指绮丽的春景。唐李白《黄鹤楼送孟浩然之广陵》诗："故人西辞黄鹤楼，烟花三月下扬州。"津：水上渡口。

［11］觞：古代酒杯。在手：在手中，这里指离愁别绪始终在心头。

［12］传真：即写真，在汉语中的本义是画人物的肖像，它是中国肖像画的传统名称。绘写人像要求形神肖似，所以叫作写真。这句话说的是作赋胜过写真。

［13］清筝：筝，古乐器。意思是前六句是清雅地从音响方面描写绿。

［14］七八从上下染：七八是上下互相渲染。

原文	译文

三

春水溶溶处[1]，	春水流动的地方，
临流感慨多[2]。	面对河流感慨多。
天光同荡漾[3]，	日光水波一起波动荡漾，
树影共婆娑[4]。	树与树影一起舞蹈婆娑。
浪息鱼争上[5]，	波浪停歇鱼儿争相上窜，
烟消鸟乍过[6]。	烟雾消散鸟儿刚刚飞过。
空山浑碧锁[7]，	空寂的山林都由碧色封锁，
远浦望蓝托[8]。	远处的水滨被蓝天掌托。
倒映蜻蜓色[9]，	春水中倒映着蜻蜓的倩影，
斜连碧翠波[10]。	斜斜的连接碧绿的微波。
岸云浓似染[11]，	河岸厚重的云如同墨染，
湖鉴净如磨[12]。	湖面洁净如镜新磨。
遍唱江南曲[13]，	到处传唱江南心曲，
遥闻款乃歌[14]。	远远听衷情的诉说。
陂塘堪泛艇[15]，	池塘里划上小船一叶，
相偿意云何[16]。	相互报偿你意下如何？

第四句色相俱空[17]。九句工绝伦，蜻蜓点水，乃下倒影二字[18]，则水中有蜻蜓影矣，其妙处匪夷所思。十句点绿字，更极尖颖[19]。与首作工力悉敌。

 译文

第四句形状外貌都虚。九句工整绝无仅有。蜻蜓点水，于是下面有"倒映"二字，那么水中就有蜻蜓的影子了，精妙之处不是一般人根据常情所能想象的。第十句点"绿"字，更加新颖。与第一首的工夫和力量完全匹敌。

本首还是写春水之绿。由春水流动，到湖面的种种优美画面。面对此景，诗人思绪万千，不由想起《江南曲》，使人进入梦幻般的境界。

注解

[1] 溶溶：河水流动的样子。

[2] 临流：面对河流。

[3] 天光：日光，这里指日光与水面的反光。荡漾：起伏不定，这里指水波微动。

[4] 树影：树和树木的影子。婆娑：盘旋舞动的样子。

[5] 浪息：波浪停歇。争上：争着到水上。

[6] 烟消：烟雾消散。乍：刚过。

[7] 空山：幽深少人的山林。浑：全。碧：青绿色。锁：幽闭，锁住。

[8] 远浦：遥远的水滨。蓝：蓝天。这两句是说，春水的绿，就像山林中的绿被锁住一样；就像在遥远的水滨望过去被蓝天托起一样。

[9] 蜻蜓色：蜻蜓在水面飞行时用尾部轻触水面的景象。

[10] 碧翠波：绿波，河水泛起的绿色微澜。

[11] 浓似染：浓得好像墨染过一样。

[12] 湖鉴：湖面像镜子。净如磨：清洁干净得如同刚磨过一样。

[13] 遍唱：到处唱。江南曲：乐府《相和曲》名，也称《江南可采莲》。古辞写江南采莲时的景色，纯用白描。"江南可采莲，莲叶何田田。鱼戏莲叶间，鱼戏莲叶东，鱼戏莲叶西，鱼戏莲叶南，鱼戏莲叶北。"这里指当地歌谣俚曲。

[14] 遥闻：远远地听到。款：诚恳。乃：这个。

[15] 陂塘：池塘。《国语·周语下》："陂塘污庳，以钟其美。"韦昭注："畜水曰陂，塘也。"堪：能。泛艇：驾驶轻便小船。

［16］相偿：互相报偿满足。意云何：意下怎么样。

［17］色相：佛教指事物的形状外貌。俱空：都是空虚的。这是神韵说的一个方面，诗要入禅，禅家所说的"色相俱空"的境界，就是要要求神韵之美。

［18］乃下：于是，就。

［19］尖颖：新颖，新奇。

交莺恋春旭［1］

得春字八韵

原文	译文
初旭含佳气［2］，	旭日蕴含着美好的云气，
交莺解爱春［3］。	交欢的黄莺懂得喜爱春。
风吹柔羽动［4］，	春风吹动柔软的羽毛，
日映细翎新［5］。	太阳照射更新的羽翎。
枝借暄妍处［6］，	依靠暖和明亮的树枝，
巢移煦姁辰［7］。	移窝到暖和的南和东。
金衣明夕照［8］，	金黄的羽毛在夕阳下明亮动人，
玉翮净芳尘［9］。	翅膀在落花的衬托下更为洁净。
向暖将回影［10］，	向阳处黄莺探出身影，
迎阳自致身［11］。	迎着阳光使自身暖温。
穿花红寸落［12］，	穿过花丛触落下花瓣，
拂柳翠烟匀［13］。	掠过柳树的烟霭均匀。
紫陌晴光远［14］，	大路上光芒远伸，
青阳艳语频［15］。	春天里语多情盛。
愿将幽谷意［16］，	望把幽僻之地的心愿，
为报日边人［17］。	报告给远在天边的人。

自评

五六不亚唐人。九十悠扬婉转，为恋字写神，一结精神百倍［18］。

自评 译文

五六句不次于唐人。九十句悠扬婉转，把一个"恋"字写神了，结合成一体就特别有精神。

题解

本篇从黄莺入手，多层次地写出了春天的勃勃生机。最后隐约表达出自己的仕途之志。

吴
斌
诗文译注

注解

　　[1]此题由"交莺变阳旭"而来。《艺文类聚》卷四三引南朝齐王融《明王歌辞·渌水曲》："湛露改寒司，交莺变阳旭。"交莺：交配的黄莺。恋：留恋，喜欢。春旭：春天的旭日。

　　[2]初旭：日出时的阳光，旭日。佳气：美好的云气。

　　[3]解：懂，明白。爱春：喜爱春天。

　　[4]柔羽：柔软的羽毛。

　　[5]日映：太阳照射。细翎新：鸟翅和尾上的细长而硬的羽毛显得更为清新。

　　[6]借：依靠；利用。暄妍：天气暖和，景色明媚。处：地方。

　　[7]煦妪：温暖，暖和。唐白居易《岁暮》诗："加之一杯酒，煦妪如阳春。"辰：古代地舆论，指东南偏东的地方。此句是说，鸟移窝到温暖的东南方。

　　[8]金衣：黄色的羽毛。明夕照，即夕照明。该句是说，黄莺金黄色的羽毛在夕阳里更为明亮。

　　[9]玉翮：鸟翎的茎，翎管，代指鸟翼。芳尘：指落花。该句是说，黄莺的翅膀在落花中更为整洁干净。

　　[10]将：就。回：还，返回。影：影迹、踪迹。该句是说，黄莺向着暖和之地就返回它的踪影。

　　[11]迎阳：迎着阳光。自致身：使自己得到温暖。

　　[12]穿花：穿过花丛。红寸：这里指花瓣。落：掉下来。

　　[13]拂：掠过。翠烟：烟霭。宋秦观《望海潮》词："巷入垂杨，画桥南北翠烟中。"匀：浓淡均匀。

　　[14]紫陌：大路。"紫"指道路两旁草木的颜色。晴光：晴朗的日光或月光。远：距离长。

　　[15]青阳：春天。《尔雅·释天》："春为青阳。"郭璞注："气青而温阳。"艳语：美言；情话。频：重复，多。

　　[16]幽谷：幽静、深邃的山谷。这里借指身处偏僻之地。意：心思、意愿。

　　[17]为：替、给。报：告诉。日边：太阳的旁边，犹言天边。指极远的地方。比喻京师或帝王左右。

　　[18]一结：结合成一体。

	原文	译文

春草踏春心[1]

得郊字八韵

一

原文	译文
客意怜芳草[2]，	客居外乡喜欢春草，
春光未许抛。	春光不允许随意抛。
浓荫多妩媚[3]，	树荫浓密姿容多美好，
生趣尚含包[4]。	生机益然花草正含苞。
带雨行山坞[5]，	雨中行走在山洼，
笼烟陟水坳[6]。	攀升在雾罩的水坳。
林深双燕舞[7]，	林深处有双燕在舞，
花妥一莺捎[8]。	花坠落有一莺飞到。
选胜逢三春[9]，	选取名胜应在三春，
寻幽到四郊[10]。	找寻幽胜要去四郊。
王孙游骑出[11]，	俊男骑马出城游，
少女远风交[12]。	少女踩青找芳草。
酒帜堪停展[13]，	酒旗使游客停止了脚步，
诗瓢类挂旆[14]。	苦写的诗似酒幌的诗抄。
栽培承厚泽[15]，	培养人要蒙受深厚的恩泽，
多士庆茹茅[16]。	庆祝众贤士相互引进关照。

自评

起句高超。九十句，转换灵便[17]，句法流动[18]。王孙少女一联，风光细腻，押韵更稳，通首一气呵成，尤见精神团结[19]。

自评 译文

起手的句子高超，九十句转换灵活，句法变化，"王孙、少女"一联，景色细腻，押韵更稳，整首诗一气呵成，更显出生机和一致。

题解

本文通过描绘春草的勃勃生机写自己的志向，渴望被当局提携、重用。

注解

[1] 踏：跟随。春心：春景所引发的意兴或情怀。

[2] 客意：离乡在外之人的心情。怜：喜欢。芳草：香草。这里指春草。

[3] 浓荫：浓密的树荫。妩媚：姿容美好，可爱。

[4] 生趣：产生意趣。尚：还，仍然。含包：疑为"含苞"。该句是说，生

机勃勃的花木还在含苞待放。

〔5〕带雨：即雨中。山坞：山坳。

〔6〕笼烟：被水汽笼罩。陟：升，由低处向高处走。水坳：有水的低洼之地。

〔7〕林深双燕舞：树林深处，双燕在飞舞。

〔8〕妥：通"堕"。落下，掉下。捎：由近而远。

〔9〕选胜：寻游名胜之地。逢：遇见。三春：春季三个月，农历正月称孟春，二月称仲春，三月称季春。

〔10〕寻幽：寻找幽雅的胜地。四郊：泛指郊外。

〔11〕王孙：王爵的子孙。后泛指贵族子孙，也用来尊称一般青年男子。游骑：原指担任巡逻突击的骑兵。这里指骑马的青年男子。

〔12〕少女：未婚的年轻女子。远风交：与远风相交。指女孩子也出来游玩。

〔13〕酒帜：酒店的幌子。堪停屐：酒旗能够使行人的脚步停留。屐：木屐，一种笨重的木底鞋。这里指脚步。

〔14〕诗瓢：宋计有功《唐诗纪事·唐球》："球居蜀之味江山，方外之士（隐士）也。为诗捻藁（稿）为圆，纳入大瓢中。后卧病，投于江曰：'斯文苟不沉没，得者方知吾苦心尔。'至新渠，有识者曰：'唐山人瓢也。'"后以"诗瓢"指贮放诗稿的器具。这里比拟自己苦心写的诗。类挂旓：类似悬挂于酒幌子飘带上的名诗名句。旓（shāo）：旌旗的飘带。该句是说，自己苦心写的诗如同唐球的诗，虽不为世人所知，但和酒幌子上的传世名作也有一比，并不逊色。

〔15〕承厚泽：蒙受深厚的恩泽。

〔16〕多士：指众多的贤士，也指百官。茹茅：《周易·泰》："拔茅茹，以其汇。"王弼注："茅之为物，拔其根而相牵引者也。"茅，白茅，一种多年生的草。茹，植物根部互相牵连的样子。比喻互相推荐，用一个人就连带引进许多人。

〔17〕灵便：灵活便捷。

〔18〕句法：句子的模式。流动：经常变动。

〔19〕尤见：更加表现出。

二

原文	译文
草色盈芳甸[1]，	草色充满了芳草丰茂的原野，
风光讵忍抛[2]。	美好的景物不忍心抛下。
清晖行处见[3]，	明净的光辉随处可见，
翠色望中淆[4]。	翠绿的视野中色彩纷繁错杂。
苒苒连苹末[5]，	茂盛的苹草尖末相连，

青青映柳梢[6]。	青青的柳梢在拂动映现。
池塘才入梦[7]，	池塘才进入梦幻，
河畔曲含苞[8]。	河边花苞早含。
烟雨迷幽径[9]，	烟雨中迷失了小路，
轮蹄遍乐交[10]。	车马在郊野撒欢。
裙腰斜路接[11]，	如裙带盘绕的山路与斜路交接，
屐齿远山交[12]。	似屐齿的远山交错相加。
兴逐寻香队[13]，	追逐游赏胜景的队伍兴致增加，
同占履坦爻[14]。	共同占卜得顺利的履卦。
幸逢征汇吉[15]，	自己又占幸逢泰卦，
茂对拔衡茅[16]。	泰卦昭示在外通泰显达。

自评

前路妥贴[17]，九十句，转轴高雅[18]。十一句暗藏草字，拨转踏字[19]。十二句对伏工稳，更能关合踏字。押韵亦极自然。十三四句，吐属工致[20]。通首无懈可击。

自评 译文

前面的几句妥当贴切，九十句，转换高雅。十一句暗藏"草"字，转向"踏"字。十二句对仗工稳，还能照顾到"踏"字，押韵也很自然。十三四句，谈吐工巧精致。整首没有缺陷可以让人指责。

题解

春草充斥着原野，春光无限，使人迷幻。蒙蒙细雨使人迷失在小路上。寻春、踏春的印迹遍布郊外、远山。随着游景的队伍，在路过的庙宇中同大家占到履卦，而自占时有幸占到了泰卦，作者希望如卦所示，在今后的仕途上自己能通泰吉祥。

注解

[1]草色：春草的颜色。盈：充满。芳甸：芳草丰茂的原野。

[2]风光：风景，景物。讵：不。忍：愿意，舍得。抛：舍弃，丢下。

[3]清晖：明净的光辉。行处：随处，到处。

[4]翠色：绿色，春天草的颜色。望中：视野之中。淆：错杂。

[5]苒苒：长势茂盛。苹末：苹的叶尖，指风所起处。

[6]青青：茂盛的样子。映：映衬使显现。

[7]池塘才入梦：池塘刚刚进入春天。梦，指春天之景如梦如幻。

［8］曲：弯曲、转弯。含苞：草木裹着花苞。

［9］烟雨：像烟雾那样的蒙蒙细雨。迷：分辨不清。幽径：僻静的小路。

［10］轮蹄：车轮与马蹄，代指车马。乐交：交通郊，犹乐土，安乐的地方。

［11］裙腰：如裙子腰带一样的。斜路：歪斜的小路。接：交合，会合。

［12］屐齿：像屐底的齿一样。远山：远处的山峰。交：相错，接合。

［13］兴：对事物感觉喜爱的情绪、兴致。逐：追赶。寻香：游赏胜景。唐元稹《遣春》诗之三："柳堤遥认马，梅径误寻香。"该句是说，随着兴致追逐游赏胜景的队伍。

［14］同占：共同占卜。履：履卦，是《易经》六十四卦之第十卦，属中上卦。《易·履》九二爻："履道坦坦，幽人贞，吉。"喻处境顺利。

［15］幸逢：有福气遇到。征汇吉：《易·泰》里的语言。"初九，拔茅茹，以其汇，征吉。"即初九，拔起了一把茅草，它们的根相连在一起，往前行进是吉祥的。该句是说，有福气遇到预兆相互提携前程通达的泰卦。

［16］茂：美、有才。《汉书·武帝纪》"茂材异等"。应昭注："旧言秀才，避光武帝讳称茂才。"拔衡茅：《易经·泰卦·象》："拔茅征吉，志在外也。"即拔起一把茅草，往前行进可获吉祥，说明有远大的志向，有在外建功立业的进取心。《序卦》说："履而泰，然后安，故受之以泰。泰者，通也。"该句是说，有才德的对应泰卦，昭示在外建功立业通泰显达。

［17］前路：前面的几句。妥贴：妥当，贴切。

［18］转轴：转换，连接。高雅：高尚雅致。

［19］拨转：掉转，转向。

［20］工致：工巧精致。

原文	译文

三

细草含生意[1]，小草生机勃勃，

寻春到近郊[2]。找春走到近郊。

高低连翠色，高低处绿色连接，

曲折长青稍[3]。弯曲的是长长的绿梢。

骚客怀乡芷[4]，诗人吟诗怀念家乡的白芷，

幽人藉白茅[5]。有隐士祭祀时铺垫着白茅。

风流还自偿[6]，才华出众自我满足，

揽结有谁嘲[7]。收取秀色有谁嘲笑？

彼美真堪忆[8]，他们的美好真值得记忆，

余情信莫抛[9]。　　　　　　我心中确实不能随意抛。

有金纤手斗[10]，　　　　　　有金钱美女也会来争斗，

如玉寸心交[11]。　　　　　　美女如玉谁都想着去结交。

风软催莺语[12]，　　　　　　温煦的春风催促黄莺鸣叫，

花明上燕巢[13]。　　　　　　鲜艳的花被燕子叼上鸟巢。

菁莪逢圣世[14]，　　　　　　培育人才逢盛世，

弱植荷恩包[15]。　　　　　　势单期盼受恩膏。

中间浑写题意[16]，都于言外领去[17]。十一二句，风华掩映[18]。前二首细意熨帖[19]，此首摄取大意，深灏流转[20]，更为过之。

 译文

中间隐写主题，都用别的事物替代。十一二句雅丽而相互衬托。前两首心细而词妥当。此首摄取大意，深刻广大流畅，更为超越。

（题解）

郊外到处一片绿色，生机勃勃。在这明媚的春光里，无论文人、隐士各有情怀、志向。要珍惜这些，不能随意抛弃。作者认为追求富贵美色是人的本性。希望趁此大好春光，身世寒微的自己能得到圣上的眷顾，享受到春光的沐浴。

（注解）

[1]细草：小草。生意：生机。

[2]寻春：游赏春景。

[3]曲折：弯弯曲曲。稍：疑作"梢"。

[4]骚客：诗人。芷：白芷，简称"芷"。多年生草本植物，根粗大，茎叶有细毛，夏天开白色小花，果实椭圆形，根可入药，有镇痛作用，古以其叶为香料。亦称"辟芷"。

[5]幽人：隐士。白茅：多年生草本，花穗上密生白色柔毛，故名。《易·大过》："初六，藉用白茅，无咎（灾祸）。"藉：即藉茅。用茅草铺垫在祭品下面，以保持祭品的洁净，表示对神的敬意。

[6]风流：才华出众，自成一派，不拘泥于礼教。偿：满足。

[7]揽结：收取。唐李白《望五老峰》诗："九江秀色可揽结，吾将此地巢云松。"嘲：讥笑，拿人取笑。

[8]彼：他们。美：好，善。真：确实，的确。堪：能，足以。忆：记住。

［9］余：我。情：本性，情怀。信：确实。莫：不要。抛：抛弃。

［10］纤手：纤细而柔嫩的手，这里指美女。斗：争斗。该句是说，如有金钱即使美女也会相互争斗。

［11］如玉：像玉一样。寸心：心，心里。交：结交，交往。该句是说，如对方长得如花似玉，就有心去结交。

［12］风软：温和的风，即春风。催：催促。莺语：莺的啼鸣声。

［13］明：鲜明。该句是说，艳丽的花被燕子衔去做窝。

［14］菁莪：指育材。《诗·小雅·菁菁者莪》序："菁菁者莪，乐育材也，君子能长育人材，则天下喜乐之矣。"

［15］弱植：身世寒微、势孤力单者。荷：蒙受。恩包：恩泽。

［16］浑写：隐含地写。

［17］言外：用别的事物。

［18］风华：优美，雅丽。掩映：互相衬托。

［19］细意：细心。熨帖：指用字、用词等妥当、合适。

［20］深灏：意义等深刻广大。

窗梅晚落花

得梅字八韵

原文	译文
漫说窗花晚[1]，	别说窗前梅花晚开，
无因偏又落[2]。	无缘无故偏又凋败。
幽姿才点缀[3]，	姿态优雅才装点周围，
生意惜栽培[4]。	生机萎靡可惜了栽培。
既仗金铃护[5]，	既借金色包皮护花蕾，
仍教玉瓣摧[6]。	为何教花朵凋谢折催。
清芳离月径[7]，	清香飘离月光下的小路，
疏影暗云堆[8]。	疏朗的影子和暗云相会。
香国春难驻[9]，	花香国里春天难于留驻，
罗浮梦易回[10]。	罗浮山梅女之梦容易追。
靓妆仙子去[11]，	艳妆的仙女离去，
拾翠美人来[12]。	游春的美女来归。
未许描红粉[13]，	未艳装而涂脂抹粉，
曾经委绿苔[14]。	曾经委随于绿苔堆。
明年东阁里[15]，	明年的东厢房里，
待尔复先开[16]。	等你最先见花蕊。

自评

题易作潇洒气[17]，诗乃以风韵出之[18]。五六开合流美[19]。七八写落字，春容大雅[20]。九十就题点染，妙在含蓄一切。十三四能自占身分[21]。一结高瞻远瞩[22]，令人神旺（往）。

自评 译文

题目容易写成凄清、寂寞的氛围，该诗竟以优美的姿态出现。五六句描述流畅华美。七八句写"落"字，春色高尚雅正。九十句就题目修饰渲染，妙在都很含蓄。十三四句能自行估计身份，结尾高瞻远瞩，令人身心向往。

注解

[1]漫说：别说，不要说。窗花：窗前的梅花。

[2]无因：无故，无端。落：凋落。

[3]幽姿：幽雅的姿态。点缀：衬托，装饰。

[4]生意：生机。惜：可惜。

[5]既仗：既然凭借。金铃护：这里指包裹梅花骨朵的金黄色包皮。

[6]玉瓣：花瓣。摧：破坏，折断。

[7]清芳：清香。离：脱离，离开。月径：月光下的小路。

[8]疏影：疏朗的影子。暗云：昏暗不明的云朵。堆：相会，累积在一起。

[9]香国：犹花国。春难驻：春天难以被留住。

[10]罗浮：山名。罗浮山又名东樵山，传说隋开皇中，赵师雄在罗浮山遇一女郎。与之语，则芳香袭人，语言清丽，遂相饮竟醉，及觉，乃在大梅树下。回：还。

[11]靓妆：打扮得很美丽，浓妆艳抹。

[12]拾翠：拾取翠鸟羽毛以为首饰，后多指妇女游春。

[13]未许：不许。红粉：妇女化妆用的胭脂和铅粉。这里应指美艳的梅花。

[14]委：随，积聚。

[15]东阁：东厢的居室或楼房。

[16]先开：首先开花。

[17]潇洒：凄清、寂寞貌。宋苏舜钦《湘公院冬夕有怀》诗："去年急雪洒窗夜，独对残灯观阵图。……禅房潇洒皆依旧，世路崎岖有万殊。"元无名氏《猿听经》第一折："俺这山林潇洒，古寺荒凉，惟仙人能往，岂俗士能通。"

[18]风韵：优美的姿态。

[19]开合：指诗文结构的铺展、收合等变化。流美：流畅华美。

[20]春容：犹春色，春天的景色。大雅：高尚雅正。

[21] 自占：自行估计。

[22] 一结：结尾。

原文	译文

春雪

得寒字八韵

淑景开晴昼[1]，　　　　　　美景开始于晴朗的白天，

霏微雪影残[2]。　　　　　　雪星在残痕上漫步盘旋。

晚风融地湿[3]，　　　　　　晚风吹使地面消融湿润，

迟日过林寒[4]。　　　　　　春日在林中仍感到天寒。

度林高还洁[5]，　　　　　　春雪穿林高雅而洁白，

飞空断复攒[6]。　　　　　　空中飞舞时断时抱团。

凉生云母牖[7]，　　　　　　窗户结冰花使屋内寒，

冷映水晶盘[8]。　　　　　　冰块似水晶盘冷光闪。

柳絮飘初薄[9]，　　　　　　春雪如柳絮轻微飘飞，

梨花落未干。　　　　　　　似梨花凋落还未枯干。

梁园春正好[10]，　　　　　　春雪下花园春光正好，

郢下曲宜弹[11]。　　　　　　乐曲应在此时唱弹。

兴尽山阴久[12]，　　　　　　春雪中访友的兴趣久已不再，

吹余黍谷难[13]。　　　　　　要像邹衍吹箫使地温暖却难。

阳和今已到[14]，　　　　　　春雪中温暖的春天已到来，

蓬户起袁安[15]。　　　　　　贫寒如袁安也会起早睡晚。

三四句恰是春雪，移置他处不得[16]。七八句工于设色。十一二句，关合春雪，工巧绝伦[17]。通体清切[18]，不肯作一笼统语。此作者得力处[19]。

译文

三四句恰好是春雪，移动放置到其他地方不行，七八句善于修饰着色。十一二句关联照应春雪精巧无比。全诗清晰准确，不肯有一句笼统，这是作者显示才干的地方。

题解

本诗通过对春雪的多角度描写，展现出一幅如画的初春雪景，表现出诗人对美好春天的期待与向往。

早春白天天变晴朗,残雪处处,春日晚风使雪融化,地面湿润。春日照射树林,但树林中依然寒气逼人。雪花越过林中高大的树木,树上披了一层洁白的雪,空中飞舞的雪花,时聚时散。寒冷的天气使窗子上结下华美的冰窗花,冻冰形成如水晶一样盘子,映出光芒。微雪如初放的柳絮、似刚落地的梨花美不胜收。然后诗人连用四个典故,强调人们在这大好的春光里,应各舒其情、各显才能,即使如袁安那样有才的也会积极入世,不辜负大好春光的。

注解

[1]淑景:美景。这里指春光。开晴:雪、雨过后天变晴朗。该句是说,美景开始于天变晴朗后的白天。

[2]霏微:细雪弥漫的样子。雪影:雪的痕迹。该句是说,细微的雪飘落到残雪上。

[3]晚风:傍晚的风。容地湿:容通融,融化。地湿,使地面湿润。

[4]迟日:春日。源于《诗·豳风·七月》"春日迟迟"。过林寒:经过积雪树林时仍感到寒冷。

[5]度林:雪穿过森林。高:高雅,显贵。洁:洁白晶莹。

[6]飞空:雪花在空中飞舞。断复攒:一阵中断一会积聚。

[7]凉生云母牖:牖,窗户。云母牖,用云母作饰物的窗户。这里指冰冻。天冷了窗户上就会产生冰窗花。

[8]冷映:冷光反射。水晶盘:水晶制成的盘子,这里指冰的晶莹剔透。

[9]该句是说:轻微的柳絮开始随风飘飞。薄:轻微、小。

[10]梁园:西汉梁孝王所建的东苑。故址在今河南省开封市东南。园林规模宏大,方三百余里,宫室相连属,供游赏驰猎。也称兔园,事见《史记·梁孝王世家》。这里指花园。

[11]郢:春秋战国时楚国都城。郢下曲:战国楚宋玉《对楚王问》:"客有歌于郢中者,其始曰《下里巴人》,国中属而和者数千人;其为《阳阿》《薤露》,国中属而和者数百人;其为《阳春白雪》,国中属而和者不过数十人;引商刻羽,杂以流徵,而和者数人而已。"后以"郢曲"泛指乐曲。宜:应该。弹:指用手指拨弄。

[12]兴尽山阴久:刘义庆《世说新语·任诞》:"王子猷(王徽之)居山阴,夜大雪……忽忆戴安道(戴逵),时戴在剡,即便夜乘小船就之,经宿方至,造门不前而返。人问其故,王曰:'吾本乘兴而行,兴尽而返,何必见戴?'"(东晋大书法家王羲之的儿子王徽之生性高傲,行为豪放不拘,他辞官隐居在山阴,天天游山玩水,饮酒吟诗。在一个大雪夜里,他喝酒赏景觉得少了琴声,就命仆人开船连夜赶往戴逵处,经过一晚才到,赶到戴门没有前去敲门而返回。别人问缘由,王说:"我乘兴而来,兴尽而返,何必见戴呢?")后指访友。久:

时间长，久远。

〔13〕吹：吹箫。余：我。黍谷：山谷名。在北京密云西南。又称寒谷、燕谷山。《太平御览》卷八四二引汉刘向《别录》："传言邹衍在燕，有谷地美而寒，不生五谷。邹子居之，吹律而温至生黍，到今名黍谷焉。"该句是说，如像邹衍在燕吹箫而使该地温暖到生黍我做不到。

〔14〕阳和：春天的暖气。

〔15〕蓬户：用蓬草编成的门户。形容穷苦人家的简陋房屋。起袁安：汉时袁安未达时，洛阳大雪，人多出乞食，安独僵卧不起，洛阳令按行至安门，见而贤之，举为孝廉，除阴平长、任城令。见《后汉书·袁安传》。后以"袁安高卧"为典，指身处困穷但仍坚守节操的行为。这里是说，在这万物复苏的大好春光里，如袁安那样有才的贫寒人会积极入世，不辜负大好春光的。

〔16〕移置：移动放置。这句是说三四句不能移到别处。

〔17〕工巧：这里指善于修饰，点缀。

〔18〕通体：全身。清切：清晰准确，真切。

〔19〕得力处：显现力量、才能的地方。

二月黄鹂飞上林 [1]

得飞字八韵

原文	译文
二月上林里，	农历二月的上林苑，
黄鹂向暖飞 [2]。	黄鹂向往的温暖地方。
为须亲煦妪 [3]，	为此须培养自己茁壮成长，
遂得趁芳菲 [4]。	才能追随花草的盛美芬芳。
织柳原无碍 [5]，	柳枝纷繁交错原无阻障，
穿花喜并归 [6]。	穿花丛欢喜地与同伴归往。
九天呈淑气 [7]，	高空呈现温和之气，
地近傍晴晖 [8]。	明媚的太阳普照地面上。
深窥温室风 [9]，	长时间窥探温室宫的风光，
前门拂锦衣 [10]。	前门拂动着官宦华美的衣裳。
翱翔来苑囿 [11]，	盘旋着来到苑囿，
掩映亦光辉 [12]。	里面的建筑相互映衬漂亮辉煌。
玉砌炉烟袅 [13]，	玉砌台阶上的香炉中香烟袅袅，
金门日影微 [14]。	金明门中日影不彰。
万年枝许借 [15]，	万年的大树可以依靠，
应待羽毛肥 [16]。	在其上等待羽丰体壮。

自评

第六句清新，十三四绘写入微。通首亦极妥帖。

自评译文

第六句清新，十三四句描写精细微妙，整首也极为妥当贴切。

题解

该题出自唐朝诗人钱起《赠阙下裴舍人》"二月黄鹂飞上林，春城紫禁晓阴阴"句。

本诗通过对二月黄鹂飞越上林苑的描写，委婉表达了诗人朝廷门可进、万年枝可依的乐观与期待。

注解

[1]上林：古宫苑名。《三辅黄图·苑囿》："汉上林苑，即秦之旧苑也。《汉书》云：'武帝建元三年，开上林苑，东南至蓝田宜春、鼎湖、御宿、昆吾，旁南山而西，至长杨、五柞，北绕黄山，濒渭水而东，周袤三百里。'离宫七十所，皆容千乘万骑。"后来泛指帝王的园囿。

[2]黄鹂：鸟名，为著名食虫益鸟，羽色艳丽，鸣声悦耳动听，飞行姿态呈直线型。黄鹂胆小，不易见，为夏候鸟，生活于温暖地区，于林地、花园觅食昆虫，也叫鸧鹒或黄莺。

[3]须：等待，停留。亲：亲生。煦妪：也做"煦妁"，抚育、长养。《礼记·乐记》："天地䜣合，阴阳相得，煦妪覆育万物。"

[4]趁：顺、随、追赶。芳菲：花草盛美。

[5]织柳：柳枝纷繁交错。无碍：没有阻隔障碍。

[6]穿花：穿过花丛。并归：一齐归来。

[7]九天：天的最高处，形容极高。传说天有九重。也作"九重天""九霄"。呈：呈现，显露。淑气：温和之气。

[8]地近：地面。傍：依附，依靠，这里指覆盖。晴晖：晴朗的阳光。

[9]深窥：长时间地从小孔或缝里看，泛指长时间观看。温室：宫殿名。《汉书·霍光传》："独夜设九宾温室，延见姊夫昌邑关内侯。"刘良注："温室，殿名。"风：表现在外的景象、态度、举止。

[10]拂：甩动，抖动。锦衣：精美华丽的衣服，指显贵者的服装。《诗·秦风·终南》："君子至止，锦衣狐裘。"《毛传》："锦衣，采色也。"孔颖达疏："锦者，杂采为文，故云采衣也。"

［11］翱翔：在空中（常指在高空）飞行或盘旋。苑囿：建筑名，是以园林为主的皇帝离宫，除了布置园景游憩之外，还包括有举行朝贺和处理政务的宫殿以及皇帝、后妃和服务人员的居住建筑、生活供应建筑及庙宇等。

［12］掩映：彼此遮掩，互相衬托。光辉：光芒明亮夺目。

［13］玉砌：用玉石砌的台阶。炉烟：熏炉或香炉中的烟。旧时宫殿前丹墀设焚香炉。袅：形容烟气缭绕升腾。

［14］金门：金明门，唐时宫门名，省称"金门"。金明门内为翰林院所在。日影微：日光照射物体所成的阴影。微：不明，昏暗。

［15］万年枝：指年代久远的大树。许：应允，许可。借：这里指依靠。

［16］待：等待。羽毛肥：羽毛丰满。

风软游丝重[1]

得风字八韵

原文	译文
霁色凝春昼[2]，	天空放晴气色凝聚，
游丝袅碧空[3]。	游丝在碧空升腾。
飘飘无定着[4]，	飞去飞来没着落，
睇视忽朦胧[5]。	细看忽然朦胧不明。
本以轻浮质[6]，	本来凭借轻微的形体，
难胜淡荡风[7]。	难以胜过和缓的春风。
已叨君子德[8]，	已经承受君子的恩德，
而耐大王雄[9]。	还要经受大王的雄风。
弱缕垂垂度[10]，	柔弱的蛛丝渐渐飘过，
纤尘细细笼。	轻轻地笼罩着微尘。
炉烟同暗绕[11]，	和炉烟一同暗暗地迂回缠绕，
帘影觉潜通[12]。	窗帘影子感觉它们暗中相通。
似借吹嘘力[13]，	应当借助风的力量，
非关掣曳功[14]。	但无牵连没有导引。
青苹如可引[15]，	小草上的微风如能变成大风，
翘首正无穷[16]。	游丝上九天的期望正无止境。

三四拍合题面，五六逆折有势[17]。八句反朴风软，更觉奇峭[18]。十一二句写入幽妙，真绘影绘声之技。十三四句双绾有力[19]，一结有绵邈之致[20]。

译文

三四句与题目合拍，五六句转折有气势。八句还原到淳朴状态，更觉雄健不俗。十一二句写进精微之处，确实有绘声绘影的技巧。十三四句从两面控制描写，诗文的结尾富有情趣，含义深远。

题解

该题出自唐朝诗人沈亚之的《春色满皇州》"风软游丝重，光融瑞气浮"句。微风无力，所以游丝显得沉，只能在地面游荡，漂浮不定。诗人认为自己如"游丝"，希望能借助风的力量到达碧空。诗人苦苦等待着贵人拉他一把。

注解

[1] 游丝：飘荡在半空中断掉的蜘蛛丝。南朝梁沈约《三月三日率尔成篇》："游丝映空转，高杨拂地垂。"指缭绕的炉烟。唐杜甫《宣政殿退朝晚出左掖》诗："宫草微微承委佩，炉烟细细驻游丝。"

[2] 霁（jì）色：雨雪停止，天放晴的景观。唐元稹《饮致用神麹酒三十韵》："雪映烟光薄，霜涵霁色泠。"凝：凝聚，集中。春昼：春日的白天。

[3] 袅：缭绕，烟气缭绕上腾。

[4] 飘飘：飞扬的样子。无定着：无着落。

[5] 睇视：细看。

[6] 以：用，拿。质：形体。

[7] 淡荡：迂回和缓。唐陈子昂《与东方左史虬修竹篇》诗："春风正淡荡，白露已清泠。"

[8] 叨：承受。

[9] 而：还要。耐：承受得住，经受得起。大王雄：帝王的雄风。战国宋玉《风赋》："有风飒然而至，王乃披襟而当之曰：'快哉此风，寡人所与庶人共者邪！'宋玉对曰：'此独大王之风耳，庶人安得而共之？'"本为讽喻，后转为对帝王的谀辞。

[10] 弱缕：柔弱的蛛丝。垂垂度：渐渐飘过。元耶律楚材《和渔阳赵光祖》诗之二："十年叹我垂垂老，万里怜君得得来。"纤尘：微尘。细细：轻轻地。

[11] 炉烟：香炉中的烟。同：共同，一起。暗：暗暗地。

[12] 潜通：暗通。

[13] 似借：好像是借助。吹嘘力：风吹的力量。

[14] 非关：没有牵连。掣曳（chè yè）：牵制。《明史·胡松传》："使首尾掣曳，自相狼顾，则我可起承其敝，坐收全胜矣。"章炳麟《中华民国解》："观其受制异国，

举止掣曳。"功：功劳。

[15] 苹：小型水生植物，茎纤细。战国楚宋玉《风赋》："夫风生于地，起于青苹之末。"这里指有小草尖端产生的小风。如可引：假若能够牵引。

[16] 翘首：抬着头，指盼望。正无穷：没有止境。正：表示动作、状态的进行。

[17] 逆折：水流回旋貌。这里为转折之意。

[18] 奇峭：谓笔墨雄健而不同流俗。

[19] 双绾：一种诗文的写作手法。从两方面控制、统摄。

[20] 一结：文章的最后。绵邈：形容含意深远。致：情趣，兴致。

柳丝欲展寒仍怯[1]

得丝字六韵

原文	译文
春日边城柳，	春天边城的柳树，
沿堤忙展丝[2]。	沿着河堤急忙地抽絮发芽。
迎日犹缩短[3]，	迎阳的枝条如同收缩变短，
向暖未分披[4]。	向暖的地方尚未披散分杈。
布雪千条细[5]，	千万条细细的柳枝被白雪覆盖，
凝烟万缕迟[6]。	枝丫在凝聚的寒气中不见变化。
翠眉寒欲敛[7]，	翠绿的柳叶因寒冷想收缩，
青眼冷墉窥[8]。	窥探冷墙的是萌发的柳芽。
拂水全无力[9]，	柳枝掠水毫无力，
临风颇有姿[10]。	迎风美姿人人夸。
沾衣如染汁[11]，	浸湿的柳枝如刚染过，
应折最高枝[12]。	折枝要折最高的枝丫。

 自评

七八九十句，极力摹写于题中，数虚字炒能曲曲传出[13]。

 自评 译文

七八九十句极力描写题旨，表虚数的字巧妙在于宛转传达出句意。

题解

本诗描述了早春乍暖乍寒下柳树展丝抽芽的景况以自喻。

［1］寒仍怯：仍怯寒，仍然胆怯寒冷。

［2］展丝：发芽。

［3］迎日：朝着太阳。犹缩短：如同收缩变短。

［4］向暖：朝向暖和的地方。分披：披散开来。

［5］布雪：被雪覆盖。细：下垂的细柳枝。

［6］凝烟：凝聚的寒气。万缕迟：无数的细柳枝发芽缓慢。

［7］翠眉：古代女子用青黛画眉，故称。这里指萌发的柳叶。寒欲敛：因寒冷而收缩。

［8］青眼：柳眼。指初生的柳树嫩芽。宋李元膺《洞仙歌》词："雪云散尽，放晓晴庭院。杨柳于人便青眼。"墉：城墙。窥：暗中察看。后亦泛指观看。

［9］拂水：指柳枝掠过水面。全无力：一点力气也没有。

［10］颇有姿：很美好；妩媚。

［11］沾衣如染汁：浸湿衣服如同被汁液染过一样。该句是说，被雾气浸湿的柳枝如同刚染过一样靓丽清新。

［12］应折最高枝：折柳应折树上最高的枝条。最高枝因处在最高位，所以最先得到阳光，最先抽芽绽绿，作者以折最早、最美的柳枝来表示自己的心志。

［13］数虚字：表虚数的字。炒：疑为"妙"。曲曲：宛转。

		原文	译文
四时最好是三月	得时字八韵	胜好景谁留[1]， 三三正好时[2]。 中和方令节[3]， 上巳是佳期[4]。 曲泛桃花水[5]， 清斟竹叶卮[6]。 梧桐华绰约[7]， 萍藻碧参差[8]。 布谷催耕早[9]， 鸣鸠唤雨迟[10]。 新杨垂绿荫[11]， 翠柳缀青丝[12]。	美好的景色谁可留， 三月三正是好时段。 中正平和才为佳节， 上巳郊游是好景天。 酒杯漂浮在桃花水面， 美酒琼液酒杯中斟满。 梧桐花美好柔婉， 浮萍藻碧绿搭肩。 布谷鸣叫叫早耕， 斑鸠唤雨雨缓慢。 发芽的杨树如垂挂的绿荫， 碧绿的柳枝似系结的丝线。

风浴衣冠接[13]，　　　　　　身上的衣帽在春风中拂动交接，

吟香杖履随[14]。　　　　　　老少相随吟诵上香祭祀祖先。

阳和调玉烛[15]，　　　　　　春天四气温暖和谐，

到处乐雍熙[16]。　　　　　　到处高兴和乐平安。

曲泛三联，以花卉禽鸟四面宣染[17]，妙能切定三月，方不是泛写春景[18]。

译文

曲泛开始的三联，用禽鸟四面渲染描写，妙在能切合三月之景才不是泛泛描写春景。

该题出自唐朝诗人韩偓诗《三月》"四时最好是三月，一去不回唯少年"句。本诗描述了"三月上巳"的大好春光，人们踏青、祭祖，描述了当时的升平气象。

[1] 胜好景：优美的景色。

[2] 三三：三月初三。正好时：正是好时节。

[3] 令节：佳节。

[4] 上巳：古代以农历三月上旬的巳日为"上巳"。旧俗，此日在水边洗濯污垢，祭祀祖先，叫作祓禊、修禊。魏晋以后把上巳节固定为三月三日，此后便成了水边饮宴、郊外游春的节日。

[5] 曲：酒曲。这里指酒杯。泛：漂浮。桃花水：也作"桃华水"。即春汛。《汉书·沟洫志》："来春桃华水盛……"颜师古注：《礼记·月令》'仲春之月，始雨水，桃始华'。盖桃方华时，既有雨水，川谷冰泮，众流猥集，波澜盛长，故谓之桃华水耳。"古俗，夏历的三月上巳日人们举行祓禊（fú xì）仪式之后，大家坐在河渠两旁，在上流放置酒杯，酒杯顺流而下，停在谁的面前，谁就取杯饮酒，意为除去灾祸不吉。

[6] 清：一点不留。斟：往杯盏里倒酒。竹叶卮：盛竹叶青美酒的酒杯。卮（zhī），古代盛酒的器皿。

[7] 梧桐华：同"梧桐花"。梧桐，一种落叶乔木，长柄叶呈掌状分裂，开黄绿色单性花。木材质轻而坚韧，可制乐器等。种子可食，亦可榨油。绰约：柔婉美好貌。

[8] 萍藻：浮萍，一年生草本植物，叶子浮在水面，下面生须根。可入药。碧：

青绿色。参差：交错不整齐。该句是说，碧色的浮萍参差不齐。

[9] 布谷：布谷鸟，即杜鹃。催耕早：早早地催促农人们进行春耕。

[10] 鸠：斑鸠。鸟名，形似鸽，灰褐色，颈后有白色或黄褐色斑点。该句是说，斑鸠鸣叫时再下雨就来不及了。

[11] 新杨：发芽的杨树。

[12] 翠柳缀青丝：纤细下垂的柳条似系结的绿丝线。

[13] 风浴衣冠接：郊外游春，春风中身上的衣冠被吹得拂动交接。

[14] 吟香杖履随：吟：诵，声调抑扬地念。香：燃香上香。杖：老者所用的手杖。履：鞋子。这里指前来祭祀的老少。该句是说，老少相随吟诵上香祭祀祖先。

[15] 阳和：指春天。元萨都剌《雪中妃子》诗："疑是阳和三月暮，杨花飞处牡丹开。"调：和谐，协调。玉烛：四时之气和畅。形容太平盛世。该句是说，春天四气和谐。

[16] 雍熙：和乐升平。唐钱起《奉和圣制登会昌山应制》诗："六龙多顺动，四海正雍熙。"

[17] 宣染：渲染，画国画时用水墨或淡色涂抹画面以加强艺术效果。在这里指着力描写之意。

[18] 切定：切合，适合。

	原文	译文

夏虫不可语冰 [1]

得冰字八韵

原文	译文
微虫生存几？	小虫子能生存多久？
所赖在熏蒸 [2]。	只依仗炎热的夏天。
但识当前暑 [3]，	要识得当前的暑热，
应知湿处冰 [4]。	就推知湿处的冬寒。
临寒无百鸟 [5]，	到酷寒时不见百鸟，
附热有苍蝇 [6]。	靠近热天苍蝇翩翩。
呵冻言难信 [7]，	冬天哈气取暖夏虫不信，
飞霜说莫凭 [8]。	霜降肃杀它说没凭乱编。
任人潭冷谈 [9]，	任人谈论水潭深处很冷，
而我听何曾 [10]。	然而我何曾听到过此言。
蠛蠓真堪哂 [11]，	蚊虻真该受嘲笑，
浮游亦自矜 [12]，	蜉蝣自夸由它便。
秋冬原早化 [13]，	秋冬时它们本来早已有变，

风雪岂能胜[14],	哪能承受寒风冰雪的熬煎。
若草希闻见[15],	假如在草稀少时偶尔听到看见,
谬可谁云蝇[16]。	错误地认为谁说虫蝇经不得寒。

五句旁衬,六句透题[17],九句写语,十句写冰,冷谈一联,字字双关,布射辽丸[18],不能喻其巧妙[19]。

第五句从旁衬托,第六句显露题旨,第九句写语,第十句写冰,任人谈冷一联,字字双关,就是吕布善射,宜僚善玩,也不能明白其精巧。

该诗通过冬、夏环境的差异和夏日小虫短暂的生命,指出不能和夏虫谈论冰的道理。

[1] 夏虫不可语冰:出自《庄子·秋水》:"夏虫不可以语于冰者,笃于时也。"笃:约束,限制。

[2] 赖:倚靠,仗恃。熏蒸:用汽蒸或烟、毒气熏。这里指炎热的夏日。

[3] 暑:炎热。

[4] 冰:使人感到寒冷。

[5] 临寒:面对寒冷。该句是说寒冷时节看到的飞禽很少。

[6] 附热:靠近热天。

[7] 呵冻:哈气使暖。

[8] 飞霜:降霜。莫凭:没有证据。

[9] 任人:听凭别人。潭冷谈:说水潭的深处很冷。

[10] 而我听何曾:然而我何曾听到过?

[11] 蟥:俗称"牛蟥",牛马身上的寄生虫。蟆:蚊子类昆虫。真堪哂:的确该受到讥笑。

[12] 浮游:虫名,即蜉蝣,幼虫水生,成虫不取食,寿命极短。《淮南子·诠言训》:"龟三千岁,浮游不过三日。"自矜:自夸,自尊自大。

[13] 原:本来。

[14] 岂能胜:哪能承受?

[15] 若:假如。希:稀少。闻见:听到和看见。

[16] 谬可：错误地认为。云蝇：说是苍蝇之类。

[17] 旁衬：修辞方式，并列相反的事物，形成鲜明的对比。透题：显露题旨。

[18] 布射辽丸：吕布善于射箭，宜僚善玩弹丸。比喻技巧高超。

[19] 不能喻其巧妙：不能明白其中的精巧美妙。

夏日可畏[1]

得风字八韵

原文	译文
炎威酷如吏，	炎热如酷吏使人难耐，
严夏倍瞳眬[2]。	酷夏的视野倍加朦胧。
春旭光非似[3]，	不同于春天旭日光芒，
秋阳烈不同[4]。	夏历六七月烈日太猛。
瞻时方赫赫[5]，	看到的地方日焰正盛，
蕴处正虫虫[6]。	荫遮之地也热气蒸腾。
圭影旋当午[7]，	圭表上日影到中午，
羲轮恰正中[8]。	太阳在天空的正中。
阴阳原比炭[9]，	日头似熊熊燃烧的炭火，
销铄却如铜[10]。	似在炉里炼铜热浪滚滚。
玉兔辉应满[11]，	月亮的光辉虽布满天地，
金鸟势自雄[12]。	太阳威势无比天地称雄。
悬珠常耀火[13]，	面对时时放射火焰的太阳，
握扇好屡风[14]。	只有握着扇子不断地扇风。
欲上如升颂[15]，	想依照颂写出夏日之景，
欣瞻造化功[16]。	高兴地观赏到自然之功。

 自评

九十句写得光燄并发[17]，十二句更觉奇横[18]。唐人此题不得专美于前[19]。

 自评译文

九十句写得光芒四射，第十二句奇特意外。唐人对于此题旨不能独享美名。

题解

本诗通过多层面的对比描写，凸显了夏日的炎热。

［1］夏日可畏：出自《左传·文公七年》："鄷舒问于贾季曰：'赵衰、赵盾孰贤？'对曰：'赵衰，冬日之日也；赵盾，夏日之日也。'"杜预注："冬日可爱，夏日可畏。"其意为夏天的炎热使人害怕。

［2］严夏：酷热的夏天。倍：倍加。曈昽：应为曈昽（tóng lóng），犹朦胧。不明貌。

［3］春旭：春天初升的太阳。光：阳光。非似：不相同。

［4］秋阳：《孟子·滕文公上》"江汉以濯之，秋阳以暴之，皜皜乎不可尚已。"赵岐注："秋阳，周之秋，夏之五六月，盛阳也。"即农历六七月。烈：猛烈，炎热。

［5］瞻：往上或往前看。瞻时：观瞻时。赫赫：即"赫赫炎炎"，形容势力和气焰猛烈、旺盛。《诗经·大雅·云汉》："旱既大甚，则不可沮。赫赫炎炎，云我无所。"

［6］蕴处：遮阴的地方。正：正当。虫虫：热气蒸腾貌。《诗·大雅·云汉》："旱既大甚，蕴隆虫虫。"毛传："虫虫而热。"

［7］圭影：圭表上的日影。旋：随即。当午：正午，中午。

［8］羲轮：太阳的别称。正中：天空的正中央。

［9］阴阳：日月，这里指太阳。原：最初。比炭：比作炭火。这里是说，太阳初升就好比能熊燃烧的炭火。

［10］销铄：融化。却如铜：好像铜。此句是说，整个天地热浪滚滚，像处在炼铜炉里。

［11］玉兔：月亮的别称。辉应满：光辉应当填满天地。

［12］金鸟：应为"金乌"，太阳的别称。势自雄：因威力自豪。

［13］悬珠：比喻太阳。明高启《赠步炼师祷雨》诗："明朝师归定何许，云里悬珠火如黍。"常耀火：时时放射火焰。

［14］好屡风：便于不断地扇出风来。

［15］欲上：将要奉上。如：遵从，依照。颂：文体之一，指以颂扬为目的的诗文。升颂：人死后，后人写的颂扬其功绩的文章。该句是说，想依照颂的文体写出夏日之景。

［16］欣瞻：喜悦地看。造化功：自然界的功劳。

［17］光芒四射之意。指写的诗句很有文采。

［18］奇横：奇特意外。

［19］专美：独享美名。对于此题，唐朝人不能独享美名了。

	原文	译文

平秩南讹

得南字八韵

朱明当夏令[1]，
长养与时含[2]。
榴花方艳北[3]，
熏风正自南[4]。
平均行处好[5]，
秩序静中探[6]。
锄雨期苗秀[7]，
耘云验实函[8]。
逢时才钻杏[9]，
比户早登蚕[10]。
物态真堪挹[11]，
天功更可贪[12]。
官因羲叔授[13]，
化与祝融参[14]。
燮理阴阳日[15]，
群沾圣泽潭[16]。

朱明执掌夏季，
万物长养就在这个时段。
艳丽的石榴在北面盛开，
南来的暖风正绵绵不断。
统一耕作次序井然显露出美好，
静中才能明了顺序安排的由缘。
雨中锄草盼望禾苗结实，
耕耘时察看籽实的瘪满。
遇到时令杏树才能结实，
家家户户早已收了蚕茧。
事物的形态人真能引导，
天时的作用更值得寻探。
尧授权羲叔主政南方，
黄帝让祝融参与演变。
协和治理一年四季，
圣王的深恩百姓沾。

层次井然，有条不紊，抒词亦极秀雅[17]。

层次井然，有条不紊，表辞达意秀丽雅致。

唐以增

试帖遇经典理题最难[18]。好诗间或有之，终究味同嚼蜡。故吴数十人集中取其做题，刻划文章以借一体，若遍题以拔滞题见长[19]，反成不美。譬如以明明德为题[20]，恐李杜再生，亦当却步不前[21]。

唐以增

 译文

试帖遇经典辨别题意最难。好诗偶尔有，终究味同嚼蜡。故吴杕等几十人集中取其做题，借一种文体写文章，如所有的题目选取不好的句子为题目，反而不美。譬如以"明明德"为题，恐李白、杜甫死而复活，也会躲闪后退不会把它作为诗题。

作者在诗中以旧注为据，将"南讹"理解为"夏季耕作及劝农等事"。平秩南讹即统一安排耕作的秩序，抓紧夏季农事。

该诗描绘了夏季特点，作者认为，夏季是万物快速生长的季节，要遵循时令，精心安排农事，探求和掌握事物生长的规律，依照阴阳四季的变化，顺时而为。

［1］朱明：夏季。《尸子》卷上："春为青阳，夏为朱明，秋为白藏，冬为玄英。"该句是说，朱明执掌夏季。

［2］长养：长养万物。该句是说，万物长养就在这个季节。

［3］榴花方艳北：艳丽的石榴花正在北面盛开。

［4］薰风：暖和的风。

［5］平均行处好：该句是说，统一安排耕作的秩序随处都显露出美好。

［6］秩序静中探：该句是说，耕作的秩序只有安静下来才能探明其中缘由。

［7］锄雨：在雨中锄草。期：盼望。秀：禾苗结实。

［8］耘云：在风云天耕作。验：察看。实：植物结的种子。函：包含，容纳。该句是说，在耕耘时察看籽实的瘪满。

［9］逢时：遇到时令。钻：穿过；进入。这里指杏树结实。

［10］比户：家家户户。早：已经。登：丰收。

［11］物态：物的形态、表象。掘：牵引，牵制。

［12］天功：指天时的作用。更：更加。可：值得。贪：寻求，探求。

［13］官：官职。因：依靠，凭借。羲叔：远古传说时代主南方之官。尧命他居于南郊，确定夏至的时间，并据当地的情况，劝导百姓从事农耕。

［14］化：变化。与：赐予。祝融：本名重黎，中国上古神话人物，号赤帝，后人尊为火神。有人说祝融是三皇之一。据山海经记载，祝融的居所是南方的尽头，是他传下火种，教人类使用火。另一说祝融为颛顼帝孙重黎，高辛氏火正之官，黄帝赐他姓"祝融氏"。参：参与。

［15］燮理：指协和治理。《尚书·周官》："立太师、太傅、太保。兹惟三公，论道经邦，燮理阴阳。"阴阳日：春夏和秋冬。《文选·古诗〈驱车上东门〉》："浩浩阴阳移，年命如朝露。"李善注："《神农本草》曰：'春夏为阳，秋冬为阴。'"

［16］群：众人，百姓。圣泽：帝王的恩泽。潭：水深之处，又指深。

［17］抒词：表达词语。秀雅：秀丽雅致。

［18］经典：指具有典范性、权威性的著作。这里指经典的著作文章或诗文中的句子。理题：区分、辨别题意。

［19］遍题：所有的题目。拔滞题：选取不好的句子为题目。

［20］《礼记·大学》的首章："大学之道，在明明德，在亲民，在止于至善。知止而后有定，定而后能静，静而后能安，安而后能虑，虑而后能得。物有本末，事有终始。知所先后，则近道矣。"其意为："大学教人的道理，在于彰显人人自身所具的光明德性（明明德），再推己及人，使人人都能去除污染而自新（亲民，新民也），而且精益求精，做到最完善的地步并且保持不变。物格而后知至，知至而后意诚，意诚而后心正，心正而后身修，身修而后家齐，家齐而后国治，国治而后天下平。"这里是说，"在明明德"曾在历代科举考试中屡屡作为考题，已出滥了。

［21］恐怕李白杜甫这样的大诗人死而复活也会望而却步。

	原文	译文
绿树阴浓夏日长 得荫字八韵	盛夏炎蒸酷[1]， 浓遮绿树荫。	盛夏酷热如熏蒸， 大树绿浓遮成荫。
	枝稠凉可纳， 叶密暑难侵[2]。	枝干稠密可纳凉， 叶密暑热难入侵。
	日午垂嘉荫[3]， 风辰带远音[4]。	中午垂下使人赞许的树荫， 刮风时节带来远处的声音。
	朝曦凭赫赫[5]， 晚照自森森[6]。	早晨太阳气焰炽盛， 傍晚阳光昏暗不明。
	高度双飞燕[7]， 深藏百啭禽[8]。	高空里掠过并飞的燕子。 浓荫中深藏婉转的鸣禽。
	苍烟笼古干[9]， 黛色照平林[10]。	树叶似青烟笼罩着树干， 青黑色的影子映照平林。
	万尺枝如覆[11]， 寻暑绮不侵[12]。	长长的枝条像在覆盖， 平常的炎热绮衣不侵。
	滋培承帝德[13]， 好选栋梁用[14]。	栽培受到天子的恩惠。 便于选它作栋梁使用。

五六实写阴浓，七八分写夏日，九十双管齐下，发挥无余。十三四句，两边夹写[15]，尽态极妍[16]，可谓曲畅题情[17]。

五六句实写阴浓，七八句分开写夏日，九十句双管齐下，发挥无余。十三四句，两边同时写，使仪态和丽质充分地显示出来。可以说是写情周全而畅达。

唐以增

于夏日长三字少刻划。

唐以增

对"夏日长"三字缺少描写。

该题目出自唐朝诗人高骈的七绝《山亭夏日》："绿树阴浓夏日长，楼台倒影入池塘。水精帘动微风起，满架蔷薇一院香。"作者描绘了盛夏烈日中高树浓荫的景况，希望自己能承受帝王的雨露，能成为栋梁之材。

注解

[1] 酷：炽烈。炎蒸酷：暑热如熏蒸般炽烈。

[2] 暑难侵：暑热难以侵入。

[3] 垂嘉荫：垂下使人赞许的树荫。嘉：赞许、赞美。

[4] 风辰：刮风的时候。带远音：带来远处的声音。

[5] 朝曦：早晨的阳光。凭：如此。赫赫：形容势力和气焰炽盛。

[6] 晚照：傍晚的日照。森森：昏暗状。

[7] 高度：高空中越过。双飞燕：雌雄并飞的燕子。

[8] 深藏：深深地隐蔽。百啭禽：鸣叫婉转多样的鸟。

[9] 苍烟：青烟。这里指树木茂密的绿叶聚在一起似青烟。古干："古干"应为"骨干"，即树木的主干。

[10] 黛色：青黑色。照：映照。

[11] 万尺：形容树木高。覆：覆盖。

［12］寻：平常。暑：炎热。绮（qǐ）：有文彩的丝织品。侵：侵入。

［13］滋培：栽培；养育。承帝德：承：受到，蒙受。帝德：天子的德性。

［14］好：便于。栋：脊檩。这里比喻能担当国家重任的人。

［15］两边夹写：两边同时写。

［16］尽态极妍：使仪态和丽质充分地显示出来。杜牧《阿房宫赋》："一肌一容，尽态极妍，缦立远视而望幸焉。"

［17］曲畅：周尽而畅达。题情：抒发感情。

	原文	译文

夏云多奇峰

得峰字八韵

原文	译文
朱夏舒云气[1]，	夏季云气舒展，
苍冥暗几重[2]。	苍天昏暗云多层。
孤高非触石[3]，	孤高的云层非触石而生，
突兀类奇峰[4]。	高耸着类似奇特的山峰。
南面悬衡岳[5]，	南面悬吊着南岳衡山，
东隅耸岱宗[6]。	东角耸立着雄伟的岱宗。
横斜姑射影[7]，	或横或斜是美人的倩影，
隐约巨灵踪[8]。	隐隐约约像河神巨灵。
邱壑依稀邃[9]，	山丘河沟隐约深邃，
村岚点染浓[10]。	笼罩村庄的雾气渐浓。
熏风随动荡[11]，	和暖的东南风任意波动，
炎火任陶镕[12]。	云彩似烈火任意陶铸炼熔。
青莲挺争看[13]，	争相观看挺拔的九华，
碧嶂雾封林[14]。	如屏的青山云雾封林。
丹梯如可接[15]，	高耸的山峰如能接近，
登陟愿相从[16]。	攀登峭壁乐意跟从。

自评

三四句在"奇"字着笔。七八句虚写空灵[17]。九句分写"多"字。十一二句切定夏云。结亦爽朗，在此题洵属推陈出新之作[18]。

自评 译文

三四句在"奇"字上着笔。七八句虚写清新灵活。九句分写"多"字。十一二句切合夏云。结尾也明朗而令人爽快，在这个题上实在是推陈出新的作品。

本题目出自陶渊明诗《四时》："春水满四泽，夏云多奇峰。"

该诗描绘了变幻多姿的夏云。夏日的云千姿万态，变化万千，光与影、色与线、形与态，无时不在变化，令你眼花缭乱、目醉神迷。最后作者委婉表明走仕途之路的决心。

［1］朱夏：夏季。《尔雅·释天》："夏为朱明。"

［2］苍冥：苍天，天空。

［3］触石：《公羊传·僖公三十一年》："触石而出，肤寸而合，不崇朝而遍雨乎天下者，唯泰山尔。"后以"触石"指山中云气与峰峦相碰击，吐出云来。

［4］突兀：也作"突扤""突屼"。高耸貌。《文选·木华〈海赋〉》："鱼则横海之鲸，突扤孤游。"

［5］悬：悬挂，吊。衡岳：南岳衡山。

［6］东隅：东角，东边。耸：高起，耸立。岱宗：泰山的别称，旧谓泰山为四岳所宗，故名。

［7］横斜：或横或斜。姑射：姑射（yè）仙子，为中国古代传说中的人物。"天姿灵秀，意气殊高洁。"关于姑射仙子的文字最早见于《庄子·逍遥游》："藐姑射之山，有神人居焉。肌肤若冰雪，绰约若处子。不食五谷，吸风饮露，乘云气，御飞龙，而游乎四海之外。其神凝，使物不疵疠而年谷熟。"后诗文中以"姑射"为神仙或美人代称。

［8］巨灵：神话传说中劈开华山的河神。《文选·张衡〈西京赋〉》："缀以二华，巨灵赑屃，高掌远蹠，以流河曲，厥迹犹存。"薛综注："巨灵，河神也……古语云：此本一山当河，水过之而曲行，河之神以手擘开其上，足蹋离其下，中分为二，以通河流。手足之迹，于今尚在。"（赑屃 bì xì：传说中的龙之九子之一，又名霸下。形似龟，好负重，长年累月地驮载着石碑。）

［9］依稀：隐隐约约，若有若无。邃：深邃。

［10］村岚：笼罩着村庄的雾气。

［11］熏风：和暖的风。指初夏时的东南风。随：任意。动荡：波动、摇摆。

［12］炎火：烈火。《诗·小雅·大田》："田祖有神，秉畀炎火。"陶镕：陶铸熔炼。

［13］青莲：指九华山。九华山在安徽省青阳县南二十里，旧名九子山。九峰犹如莲花削成，故称九华山。挺：挺拔。争看：争着观看。

［14］碧嶂：绿色如屏障的山峰。李白《忆襄阳旧游赠马少府巨》诗："开

窗碧嶂满，拂镜沧江流。"

[15] 丹梯：指高入云霄的山峰。《文选·谢朓〈敬亭山诗〉》："要欲追奇趣，即此陵丹梯。"李善注："丹梯，谓山也。"

[16] 登陟：攀登峭壁。愿相从：乐意跟随。

[17] 空灵：清新灵活。

[18] 洵属：实在是。

原文	译文

夏日则饮水

得寒字十二韵

原文	译文
炎敲思解渴[1]，	炎热如炙想解渴，
取水饮瓢箪[2]。	降热饮水用瓢碗。
浅酌波光白[3]，	在波光泛白的阴天少喝，
虚涵日色丹[4]。	含红霞布满天空的早晚。
洋洋饥至乐[5]，	饿到极点不再有饥饿感，
赫赫势难堪[6]。	烈日的威势却如熬似煎。
汲井湏修绠[7]，	打井水须整修井绳，
思源傍小栏[8]。	靠近井栏饮水思源。
浮沉青玉案[9]，	水面浮沉如青玉案，
荡漾紫瑛盘[10]。	又如动荡的紫英盘。
只觉携持便[11]，	只是感觉携带方便，
将虑挹注难[12]。	更要考虑汲灌困难。
咽津胃饮冷[13]，	喝凉水肠胃受冷易患病，
漱液齿牙寒[14]。	凉水漱口牙齿也感冷寒。
知味人应少[15]，	知道凉水这些滋味的人应该很少，
遣愁酒并观[16]。	用水解渴和用酒消愁可等量齐观。
香甘消内热[17]，	香甜的水可消除体内的积热。
清淡润中干[18]。	清淡的水能滋润干渴的心田。
石髓流堪比[19]，	夏日的泉水疗效与钟乳石比肩，
荷筒吸可看[20]。	用荷叶作杯边饮用边观赏荷莲。
酪酥原异趣[21]，	似乳酪原本有与众不同的滋味，
沆瀣好同餐[22]。	夏日夜间的水汽露水正好就餐。
一勺随吾意[23]，	随自己的意愿喝一勺，
澄鲜得所安[24]。	新鲜的水使心情安然。

题本枯窘[25]，涉笔易于伤雅[26]。作者前路徐徐引题，步骤安详。十一二句，梳题清稳。十三四句，拍合题面，俱极自然。十七八句，亦雅亦切，不仅以属对见长，种种生色，皆从卷轴咀嚼而出[27]，非白腹所能猝撰也[28]。

译文

该题本身写起来枯竭难为，动笔容易损害文章的规范娴雅，作者在前慢慢引出题旨，步骤从容自如。十一二句，梳理题旨清丽稳健。十三四句，与题面合拍，都很自然。十七八句，既雅致也切合主题，不仅以诗文对仗擅长，各种描述形象生动色彩鲜明，都从书籍中体会领悟而来，并不是胸无点墨的人突然写出或纂集的。

该题出自《孟子·告子上》："公都子曰：'冬日则饮汤，夏日则饮水，然则饮食亦在外也？'"

该诗通过细微观察、比拟，对夏天水的作用、如何饮用等作了多方面描绘。

注解

[1]炎：炎热。敲：击，打。这里指炙烤。

[2]瓢箪（piáo dān）：瓢，舀水的工具，多用对半剖开的葫芦或木头制成。箪，古代盛饭的圆形竹器。

[3]浅酌：浅饮，少量喝一点。波光白：指阴天水光泛白。

[4]虚涵：包罗，包含。日色丹：日光变成红霞。

[5]洋洋：盛大貌。《诗·卫风·硕人》："河水洋洋，北流活活。"毛传："洋洋，盛大也。"饥：饥饿。至乐：最大的快乐。《庄子·至乐》："至乐无乐，至誉无誉。"该句是说，饿到极点就感到不再饿。

[6]赫赫：形容炎热炽盛。《庄子·田子方》："至阴肃肃，至阳赫赫。"成玄英疏："赫赫，阳气热也。"势：威势。难堪：难以忍受。该句是说，炎热的威势难以忍受。

[7]汲井：从井里打水。绠：汲水用的绳子，井绳。

[8]傍：靠。小栏：矮小的栏杆。

[9]浮沉：指在水面上出没。青玉案：青玉的短脚盘。《文选·张衡〈四愁诗〉》："美人赠我锦绣段，何以报之青玉案。"刘良注："玉案，美器，可以致食。"

[10]荡漾：水面起伏波动。紫瑛盘：紫玉盘。

[11]携持便：携带方便。

［12］将虑：要考虑。挹注：汲灌。

［13］咽津：咽口水，这里指喝凉水。胃饮：肠胃积液。中医学指胃内水液传输不利，停于腹病症。冷：凉。该句是说，夏日喝凉水，肠胃就会患凉病。

［14］漱液：用水漱口。该句是说，用水漱口，牙齿感到寒冷。

［15］知味人应少：知道凉水伤人滋味的人应该很少。

［16］遣愁：消解忧愁。该句是说，用水解渴和用酒消愁一样。

［17］香甘消内热：香甜的水可消解体内的积热。

［18］清淡润中干：清淡的水能滋润心中的干渴。

［19］石髓：即石钟乳，可入药。流堪比：夏日的泉水好比石钟乳能治病患。

［20］荷筒：荷叶中心凹处下连茎，可刺穿茎作酒器。该句是说，用荷叶作杯，一边吸饮莲筒的中水一边欣赏荷花和周边景观。

［21］酪酥（lào sū）：由牛羊马等的乳精制成的食品。原异趣：原本有与众不同的意趣。

［22］沆瀣：沆应为沆。沆瀣，夜间的水汽，露水。

［23］随吾意：随自己的意愿。

［24］澄鲜：清新。得所安：心情安然。

［25］枯窘：枯竭贫乏。

［26］涉笔：动笔、着笔。伤雅：损害文章规范或雅致。

［27］卷轴：古代图书都以贯轴舒卷。所以卷轴成为书籍、著作或裱好装轴的书画的泛称。咀嚼：用牙齿磨碎食物。比喻对事物反复体会。

［28］白腹：空腹，指胸无点墨。猝撰：突然写出或纂集。

夏月秀蒌

得蒌字八韵

原文	译文
清和当夏首[1]，	四月是夏季的头，
秀发草古蒌[2]。	远志生长已繁茂。
质向朱明茂[3]，	主体在夏季来临时已壮盛，
功于素问标[4]。	功能《素问》中就已标明。
留根肥美地[5]，	留根在肥沃的土地，
结实蕴降朝[6]。	在热气很盛的日子结下籽种。
拾翠侵珠屦[7]，	游玩赏景的妇女穿戴着华贵的鞋帽，
寻芳过石桥[8]。	过石桥把美景寻找。
因风初袅袅[9]，	蒌草随风袅袅婷婷，
浥露欲飘飘[10]。	在水雾中想要飞扬招摇。
只许医人种[11]，	蒌草只需治病的人种植，

宁烦薙氏烧[12]。	哪里用得着焚烧作肥料。
香分兰九畹[13]，	蒌草的芳香分散到周边，
影映柳千条[14]。	倩影与千条垂柳枝同倒。
若得同书带[15]，	若是远志的药效像麦冬，
还应旁绮寮[16]。	该种在窗户两旁更美妙。

三四句扼定题位[17]，不走分毫。第五句功蒌[18]。第六句实写秀字，并入四月。七八句触手成趣，妙绪缤纷。十一二句，尤为功当不易。通体组织极工，耐人吟咏。

 译文

三四句抓住题目的要点，没跑离主题分毫。第五句深入写"蒌"。第六句实写"秀"字，并入四月。七八句碰到手里，自成佳趣，精妙的思绪繁多。十一二句，取得如此功效尤其不易。整首组织极工，耐人吟诵玩味。

本题出自《诗经·豳风·七月》"四月秀葽，五月鸣蜩"。毛诗传："不荣而实曰秀。"即古代称植物不开花而结果实。葽：远志，具有养心安神的作用。

本文描述了夏历四月的蒌草，及其生长、特点和作用。

注解

[1]清和：农历四月的俗称。

[2]秀发：指植物生长繁茂。葽：远志。

[3]质：本体。向：临、近。朱明：夏季。

[4]功：功能。于：在。素问：《黄帝内经·素问》简称《素问》，是现存最早的中医理论著作，该书以黄帝与先知们问答形式撰写。标：标明，显出。

[5]根：草根。

[6]结实：结出果实或种子。蕴降：应为"蕴隆"，热气盛。朝：天日。

[7]拾翠：拾取翠鸟羽毛以为首饰。后多指妇女赏景游春。侵：本义为渐进。这里指穿。珠屦（jù）：镶嵌有珠子的鞋。表示珍贵。这句是说，游玩赏景的妇女穿着华贵的服装。

[8]寻芳：游赏美景。

[9]因：依，顺着。袅袅：形容细长柔软的东西随风摆动。该句是说，蒌草如同美女袅袅婷婷随风飘动。

［10］浥：湿润。露：靠近地面的水蒸气。这里应指雾气。飘飘：飞扬貌。该句是说，在水雾中就如同要飞扬一般。

［11］只许治疗疾病的人种植。

［12］宁烦：哪里用得着。薙氏：官名。周礼秋官之属，掌管刈草之事。这里"薙"通"剃"。即芟除田中杂草，草干枯后，焚烧以为肥料。

［13］兰九畹：《楚辞·离骚》："余既滋兰之九畹兮，又树蕙之百亩。"王逸注："十二亩曰畹。"该句是说，蓡草的芳香分散到周边。

［14］影：指蓡草（远志）在水中的影子。

［15］书带：麦冬，叶长而韧，相传汉郑玄门下取以束书，故名。该句是说，若是蓡草像麦冬一样有养心安神的作用。

［16］绮寮：绘饰精美的窗户。寮，窗户。唐李商隐《碧瓦》诗："碧瓦衔珠树，红轮结绮寮。"

［17］扼定：抓住要点。题位：指题目的要求，作文的规则。

［18］功蓡：深入地写蓡。

	原文	译文

红药当阶翻

原文	译文
紫省花华丽[1]， 争看芍药红。	官署中的花艳丽华美， 人们争看芍药的艳红。
翻阶将夏近[2]， 倚槛殿春终[3]。	近夏时芍药超越台阶， 春末已倚靠着栏杆跟。
国色天香似， 浓妆浅抹同。	如同国色天香的牡丹， 浓艳淡雅都使人欢欣。
推金带重光[4]， 与玉锦屏通[5]。	举荐金腰带重现明艳， 似玉锦玉屏剔透晶莹。
准备金铃护[6]， 休教羯鼓攻[7]。	准备十万金铃护芍药， 不击羯鼓使芍药开尽。
风烟常淡宕[8]， 枝叶自玲珑。	朦胧中芍药悠闲自在， 枝叶也显得精巧玲珑。
质本珠群卉， 描难夺化工[9]。	芍药本是花卉的珍品， 难描美艳造化的巧精。
栽培如得地， 旖旎旁宸枫[10]。	如在适宜的土壤栽培， 婀娜同王宫旁的香枫。

吴梅诗文译注

三四虚勒题位[11]。五句着意红字。六句实写药字。七八句润色工丽，风韵绝佳[12]，允推此题杰作[13]。

 译文

第三四句虚处刻画描写题目。第五句重点在"红"字。第六句实写"药"字。七八句描写精巧华丽，姿态神情优美特别好，确实应推为该题中出色的作品。

题解

本题出自南齐谢朓《直中书省》诗："红药当阶翻，苍苔依砌上。"写的是正处于盛时的芍药花。该诗围绕着芍药花展开铺陈。写它的花时、花的美艳姿容，最后隐约表示了诗人的理想、愿望。

注解

[1]紫省花：中国古代天文学家为了区分天文星象，将星空划分成三垣二十八宿。紫微垣是三垣的中垣，居于北天中央，所以又称中宫，或紫微宫。唐开元元年取天文紫微垣之义，改中书省为紫微省，是唐代秉承君主意旨，掌管机要、发布皇帝诏书、中央政令的最高机构。紫微省中种花，称紫省花。这里指当地官署衙门。

[2]翻阶：超越了台阶。

[3]倚槛：靠在栏杆上。殿春：春末。殿，后。终：终了，结束。

[4]推：举荐。金带：芍药的名贵品种。也称金腰带。宋陈师道《后山谈丛》："花之名天下者，洛阳牡丹、广陵芍药耳。红叶而黄腰，号金带围，而无种，有时而出，则城中当有宰相。"重光：光复，再次见到光明。

[5]玉锦屏：玉锦，彩饰繁密的精致丝织品。玉屏，室内用以挡风或遮蔽的玉制陈设。

[6]袁枚有题画诗云："他生愿作司香尉，十万金铃护落花。"

[7]羯鼓：两面蒙皮，腰部较细的一种鼓。相传为古羯族所制。唐南卓《羯鼓录》载：唐玄宗喜好羯鼓，曾经在内庭击鼓，并且自己作了一曲《春光好》。当时正赶上庭中杏花开放，唐玄宗笑着说："此一事，不唤我作天公可乎？"羯鼓攻：指敲击羯鼓，使杏花早开。

[8]风烟：景物朦胧。淡宕：散淡；悠闲自在。清魏之琇《头陀塘·苹花》词："烟光淡宕摇天影，数叶弄凉葱蒨。"

[9]夺：竞先取得。

[10] 旖旎（yǐ nǐ）：本为旌旗随风飘扬的样子，这里是柔和美丽、婀娜多姿的样子。宸（chén）：深邃的房屋，也指北极星所在，后借指帝王所居，这里指代帝王。枫：枫香树。

[11] 虚勒：虚的刻画描写。题位：指题目的要求，作文的规则。

[12] 风韵：神情优美的姿态。绝佳：极美、特别好。

[13] 允：确实。

喽蝈鸣

得蛙字八韵

原文	译文
池塘新雨后， 草际乱鸣蛙。	新雨后的池塘， 草丛中蛙乱鸣。
阁阁邻河畔， 声声近水涯。	"阁、阁"在邻近的河边， 声声靠近水滨。
沿堤呼日出， 隔岸卷风斜[1]。	沿着河堤叫太阳初升， 对岸旋风中传来蛙声。
岂待官私别[2]， 还将鼓吹夸[3]。	难道要分出为官为私？ 蛤蟆的声音都应夸称。
四郊清有韵[4]， 万籁寂无哗[5]。	四郊清净而有趣味， 各种声音沉寂肃静。
地阔苍烟罩， 天高碧露奢[6]。	开阔的大地被雾罩， 高远的碧空露水浓。
几疑添战垒[7]， 绝胜听悲笳[8]。	蛙鸣嘈杂疑似在进行战争， 悲壮远远超过凄凉的笳声。
生物随时令， 深情感岁华[9]。	生物万象的变化随着节气时令， 心内深深为时光的变化而感动。

自评

五六实写鸣字。七八用典雅切。九十虚写鸣字。十一二句摹写入微，结用自然。活甚趣甚[10]，妙语真堪解颐[11]。

自评 译文

五六句实写"鸣"字。七八句用典高雅贴切。九十句虚写"鸣"字。十一二句描写细致入微，结尾自然。生动很有意趣。趣妙的话引人开颜发笑。

本文题目出自《礼记·月令》:"(孟夏之月)蝼蝈鸣,蚯蚓出。"郑玄注:"蝼蝈,蛙也。"主题写四月的蛙叫。诗人通过深入细微的观察,形象地描述了孟夏蛙鸣的盛况和自己的心理感受。

[1] 卷风:旋风。

[2] 官私别:《晋书·惠帝纪》载,惠帝秉性愚蒙,曾在华林园闻虾蟆声,对左右说:"此鸣者为官乎?私乎?"侍臣贾胤对答说:"在官地为官虾蟆,在私地为私虾蟆。"惠帝下令说:"若官虾蟆,可给廪(俸禄)。"

[3] 鼓吹:比喻蛙鸣声。唐杨收《咏蛙》:"兔边分玉树,龙底耀铜仪。会当同鼓吹,不复问官私。"

[4] 清有韵:清净而有趣味。

[5] 万籁:自然界万物发出的各种声音。无哗:肃静无声,没有喧哗。

[6] 奢:过分、多。

[7] 战垒:对垒的战场。

[8] 绝胜:远远超过。唐韩愈《早春呈水部张十八员外》诗之一:"最是一年春好处,绝胜烟柳满皇都。"悲笳:悲凉的笳声。笳,古代军中号角,其声悲壮。三国魏曹丕《与朝歌令吴质书》:"清风夜起,悲笳微吟。"

[9] 岁华:时光,年华。后蜀毛熙震《何满子》词:"寂寞芳菲暗度,岁华如箭堪惊。"

[10] 活:生动。趣:有意趣。

[11] 解颐:开颜欢笑,指有趣的话引人发笑。颐,面颊、脸面。

反舌无声

得声字八韵

原文	译文
蕤宾初叶律[1],	五月节令刚和谐,
反舌已无声。	反舌鸟停了鸣叫。
既值初冬候[2],	如同已到初冬时节,
宁同众鸟鸣。	哪肯与众鸟一样噪。
三缄如守口[3],	嘴像瓶口塞紧了一般谨慎,
百啭不关情[4]。	任凭他鸟婉转多样心不躁。
自把机锋敛[5],	收敛话语里的锋芒,
难将齿颊争[6]。	难见与他人辩吵。

言嫌语泄漏[7]。	厌恶把话泄漏出去，
出讷耐凄清[8]。	开口迟钝耐受冷嘲。
岂似呢喃燕[9]，	难道要像呢喃欢叫的燕子，
无如睍睆莺[10]。	也不学间关间关的黄莺巧。
懒为呼唤巧[11]，	反舌鸟懒得鸣叫精巧，
养得羽毛盛。	养得羽丰毛盛体更俏。
暇蟆声宽厚[12]，	蛤蟆声音深沉浑厚，
百舌静不鸣。	安静不鸣是百舌鸟。

本题出自《礼记·月令》"小暑至，螳螂生，䴗始鸣，反舌无声"。孔颖达疏："反舌鸟，春始鸣，至五月稍止，其声数转，故名反舌。"反舌鸟属鹟科鸫属，俗名反舌、黑鸟，因叫声奇特，千变万化，花样百出，也称百舌鸟。

诗人描述了反舌鸟耐得住寂寞，不与燕莺同流、不与百鸟争鸣的独立特行品格。

[1] 蕤宾：古乐十二律中之第七律。律分阴阳，奇数六为阳律，名曰六律；偶数六为阴律，名曰六吕。合称律吕。蕤宾属阳律。古人律历相配，十二律与十二月相适应，谓之律应。蕤宾位于午，在五月，故代指农历五月。《国语·周语下》："四曰蕤宾。"韦昭注："五月，蕤宾。"初：才，刚刚。叶律：节令和谐。叶通"协"，协调。古人以十二律与十二月相配，故称。

[2] 候：时节。

[3] 三缄："三缄其口"的略语。缄，封。在嘴上贴了三张封条。形容说话谨慎。现在也用来形容不肯或不敢开口。汉刘向《说苑·敬慎》："孔子之周，观于太庙，右阶之前，有金人焉。三缄其口，而铭其背曰：'古之慎言人也，戒之哉，戒之哉！无多言，多言多败。'"守口：紧闭着嘴不讲话，像瓶口塞紧了一般。

[4] 百啭：鸣声婉转多样。不关情：不动心。

[5] 自把：自己把控。机锋：佛教禅宗名词。指机警犀利的话语。也指话语里的锋芒。敛：约束。

[6] 齿颊：嘴巴。

[7] 嫌：厌恶，怨恨。

[8] 出讷：说话时言语迟钝。

[9] 呢喃（ní nán）：形容燕子的叫声。

〔10〕睍睆（xiàn huǎn）：形容鸟声清和圆转。《诗·邶风·凯风》："睍睆黄鸟，载好其音。"朱熹集传："睍睆，清和圆转之意。"余冠英注："睍睆，黄鸟鸣声。又作'间关'。"

〔11〕懒：怠惰。呼唤：叫唤，鸣叫。巧：灵敏，精妙。

〔12〕暇蟆（há má）：同"蛤蟆"，青蛙和蟾蜍的统称。也作虾蟆。宽厚：深沉浑厚。

《怡云庵排律诗草》卷二

五月鸣蜩

得鸣字六韵

原文

桑树蝉声急，
微虫五月鸣。
却当三伏热[1]，
未列九秋清[2]。
叶密藏遍稳，
枝摇寂不惊。
有緌宁假绩[3]，
无口自成声[4]。
露饮每千林[5]，
风从两腋生[6]。
商音方入耳[7]，
羁旅动离情[8]。

译文

桑树上蝉儿鸣声急促，
小虫夏五月开始奏鸣。
声强在三伏酷热，
音消于九月秋深。
稳藏在密叶中，
枝摇寂然不惊。
垂须难道假装搓麻绳，
音韵振响却口不发声。
常餐风饮露在众树林，
风从振动的两腋生成。
哀怨的蝉鸣声刚入耳，
就触动到游子离乡情。

 自评

三四扼定，五月搏挽有力[9]。九十确切不肤，词意组练极工，饶有逸韵[10]。

自评 译文

第三四句控制确定五月，攻打争斗激烈。九十句确切不肤浅，词意的组成锤炼特别精巧，富有高雅脱俗的风韵。

题解

本题出自《诗经·豳风·七月》"四月秀葽，五月鸣蜩"。蜩（tiáo）：蝉，俗名"知了"。《方言》："蝉，楚谓之蜩，陈郑之间谓蜋蜩，宋卫之间谓螗蜩。"

注解

[1]却当：正好。三伏：是初伏、中伏和末伏的统称。"伏"的本意是"潜伏"，表示阴气受阳气所迫，藏伏地下。是一年中最热的时节。

[2]九秋：九月的秋天。南朝宋谢灵运《善哉行》"三春燠敷，九秋萧索"。

[3]緌（ruí）：古时帽带打结后下垂的部分。这里比喻蝉头部的两根长触须，形状好像下垂的帽带。唐虞世南《蝉》："垂緌饮清露，流响出疏桐。"宁：难道。绩：把麻搓成线绳。

[4]自：却，可是。苏轼《江城子·记梦》："不思量，自难忘。"声：振响。

[5]露饮：古人认为蝉餐风饮露，是高洁的象征。所以，古人常以蝉表现自己的品行高洁。骆宾王《在狱咏蝉》："无人信高洁。"其实蝉从幼虫到死亡，都以针器吸食树汁生活。每：常常。千林：形容数目多。

[6]蝉分雌雄，雄的腹部有发音器，能连续不断发出尖锐的声音。雌的不发声，但在腹部有听器。雄蝉发声，可引诱雌蝉来交配。

[7]商音：五音之一。也指旋律以商调为主音的乐声，其声悲凉哀怨。陶潜《咏荆轲》："商音更流涕，羽奏壮士惊。"

[8]羁旅：客居异乡的人。《周礼·地官·遗人》："野鄙之委积，以待羁旅。"郑玄注："羁旅，过行寄止者。"离情：别离的情绪。

[9]搏挽：击搏挽裂，即攻打撕裂，形容争斗激烈。

[10]逸韵：高雅脱俗的风韵。宋陆游《梅花绝句》："高标逸韵君知否？正在层冰积雪时。"

五月斯螽动股

得螽字八韵

原文	译文
寒天纷络纬[1]，	寒野上纺织娘纷纷发声，
五月跃斯螽。	五月它们就开始了跃动。
动股声堪听，	纺织娘的叫声还受听，
交绳类不工[2]。	虽似麻绳摩擦音不精。
凄音临耳畔，	凄清的声音耳边响，
逸韵透窗中[3]。	美妙的音韵进窗中。

断续和宵漏[4]，	断续与滴漏声应和，
轻扬杂晚钟。	悠扬的晚钟相混。
三更鸣皓月[5]，	夜半在皓月下鸣叫，
两腋鼓清风。	两腋间鼓荡生清风。
讵错吹嘘力[6]，	岂能错过此时鼓吹，
还如丝竹工[7]。	音调美妙比管弦工。
躯微飞便捷[8]，	身躯微小飞动捷敏，
翼薄照玲珑[9]。	薄翼映照出玲珑身。
诗咏薨薨句[10]，	如学生诵诗声薨薨，
多男祝圣躬[11]。	像众男同声恭祝圣。

五六虚写动股，清不涉枯。七八实写动股，刻必追雅。九十句描写尽致，结更得体。

 译文

第五、六句虚写动股，清新而不枯燥。第七、八句实写动股，深刻而达到典雅。九、十句描写非常充分、透彻，结尾更为得体。

该题出自《诗经·豳风·七月》"五月斯螽动股，六月莎鸡振羽"。斯螽即螽斯，纺织娘。诗人描述了斯螽在盛夏五月的鸣叫带给人们的感受和联想。

注解

[1]络纬（luò wěi）：昆虫名。古称螽斯、莎鸡，俗称络丝娘、纺织娘。触角细长，振翅善鸣。种类较多，其中纺织娘和蝈蝈为人所熟知。每到夏秋季的夜间，雄性的前肢摩擦振羽作声，在野外草丛中发出"织、织、织"的声音，音高韵长，时轻时重，声如纺线，因而被人们取名为"纺织娘"。

[2]交绳：绳子相交而摩擦。

[3]逸韵：美妙动听。

[4]宵漏：古代滴水计时的仪器，也称"滴漏""漏壶"。宵，夜晚。该句是说，螽斯的鸣叫断断续续与滴漏声应和。

[5]三更：指半夜十一时至翌晨一时。唐崔颢《七夕词》："班姬此夕愁无限，河汉三更看斗牛。"这里泛指夜晚。鼓：泛指敲击，弹奏。李白《梦游天姥吟留别》："虎鼓瑟兮鸾回车，仙之人兮列如麻。"

[6] 讵（jù）：怎、岂。

[7] 丝竹：管弦乐器的泛称。

[8] 便捷：敏捷。

[9] 薨薨：象声词，众虫齐飞声。《诗·周南·螽斯》："螽斯羽，薨薨分。"

[10] 圣躬：圣体，代指皇帝。《后汉书·班固传下》："俯仰乎乾坤，参象乎圣躬。"李贤注："圣躬，谓天子也。"

角黍

得端字八韵

原文	译文
俗当天中节[1]，	端午节的风俗，
家家粽子餐。	家家粽子当饭。
如圭原有角[2]，	粽子如圭本有角，
似玉乍堆盘。	猛看似玉堆到盘。
粔籹招魂始[3]，	粽子源于招魂的粔籹，
膏环比样难。	别名膏环模样描绘难。
叶收青蘘缐，	捆扎粽叶用旧黑线，
取綵丝博戈[4]。	或用宽窄丝线绑缠。
巧制如香饼，	制作巧妙如香饼，
嘉名胜粉团[5]。	美名传扬胜麻团。
银勺挑滑滑[6]，	滑滑的粽子用银勺，
瑶席布丸丸[7]。	这是粽子摆上席宴。
明饱江鱼唼，	粽子喂鱼防伤屈原，
因投江水寒。	投入汨罗江江水寒。
汨罗传故事，	汨罗故事永流传，
怅望楚云端。	使人怅望楚云天。

 自评

三四比拟切。巧制三联，摹写浑雅无一纤佻之态。即以本事作结，悠然神远。

自评 译文

　　三四句比拟确切，"巧制"以下三联描写质朴高雅，没有一点纤巧轻浮。终了以原事结尾，神思忧伤高远。

角黍即粽子，传说是为祭投江的屈原而发明，是中国历史上文化积淀最深厚的传统食品之一，以菱白叶或芦苇叶等裹米蒸煮使熟。状如三角，古用粘黍，故称角黍。最早记载见西晋周处的《风土记》："仲夏端五，方伯协极。享用角黍，龟鳞顺德。"

本诗描绘了端午粽子的形状、做法及来历，抒发了对屈原的怀念。

[1] 天中节：即端午节，一些地方又将端午节称为端阳、五月节、艾节、夏节等，与春节、清明节、中秋节并称为中国汉族的四大传统节日。

[2] 圭：古玉器名，长条形，上端作三角形，下端方形。中国古代贵族朝聘、祭祀、丧葬时以为礼器。依其大小，以别尊卑。又作珪。

[3] 粔籹（jù nǔ）：古代的一种食品，和米面搓成环，用油煎熟，涂上蜜。又称寒具、膏环。传说屈原死后，楚国百姓哀痛异常，纷纷涌到汨罗江边去凭吊屈原。渔夫们划起船只，在江上来回打捞他的真身。有位渔夫拿出为屈原准备的饭团、鸡蛋等食物，"扑通、扑通"地丢进江里，说是让鱼虾吃饱了，就不会去咬屈大夫的身体了，人们见后纷纷仿效。后来人们用楝树叶包饭，外缠彩丝，发展成粽子。

[4] 丝博戈：宽或细的丝线。

[5] 粉团：用糯米制成，外裹芝麻，置油中炸熟，犹今之麻团。五代王仁裕《开元天宝遗事·射团》："宫中每到端午节，造粉团、角黍，贮于金盘中。"

[6] 滑滑：滑滑的粽子。

[7] 瑶席：指华美的席面。《避暑漫抄·嗛呓集》："满堂诗酒皆词客，夺锦挥毫在瑶席。"九九：团团，这里指粽子。

	原文	译文
腐草为萤 得萤字八韵 一	奔物能飞跃[1]， 方知大造灵[2]。 早疑花作蝶[3]， 又见草为萤[4]。 素抱芊眠质[5]， 俄看熠耀形[6]。	草类物体能飞跃， 才知道大自然的奇妙。 早就怀疑花能变成蝴蝶， 又见萤火虫变生于腐草。 平时抱守着光亮的质体， 俄而会见那明亮的形貌。

池塘成旧梦[7],	池塘是萤火虫生聚之地,
院落缀彩星。	飞舞于院内如星光闪耀。
仿佛薪传火[8],	仿佛薪柴的薪火相传,
几差同柳萍[9]。	又如柳絮的飘忽轻扬。
一帘凉夜色,	帘外夜色清凉,
数点度虚棂[10]。	几个亮点飞过空窗。
生意多无尽[11],	生命力大多无边疆,
天机岂暂停[12]。	自然的秘密哪有短暂停航。
古人曾照读[13],	古人捕捉萤火虫照明夜读,
光彩剧晶莹[14]。	萤火虫的光彩太晶莹明亮。

起局高浑，随用衬笔，跌醒题面，花样一新。七八句寓巧思于意言之表。十一二句皆眼前语，却新颖异常。一结含蓄无尽，为此题别开生面。

 译文

起头高超浑厚，随后采用衬托笔法，因跌宕而使主题更醒目，花样一新。第七八句将巧思寓于语言表面。十一二句都是眼前的话，但却很新颖，结语含蓄无穷，在这个题目上别开生面。

本题出自《礼记·月令》："季夏之月，腐草为萤。"崔豹《古今注》："萤火，腐草为之。"这是一种误解。萤火虫又名夜光、流萤、宵烛、耀夜等，属鞘翅目萤科，是一种小型甲虫，因其尾部能发出光亮，故名为萤火虫。萤火虫夜间活动，卵、幼虫和蛹也往往能发光，成虫发光有引诱异性的作用。幼虫捕食蜗牛和小昆虫，喜栖于潮湿、温暖、草木繁盛的地方。

本诗通过对初夏夜晚萤火虫的描写，赞颂了造化的奇妙，抒发了对大自然的热爱。

注解

[1] 奔物："奔"疑作"卉"。卉物，草类物体。

[2] 大造：指天地，大自然。

[3] 花作蝶：花变成了蝴蝶。

[4] 草为萤：草变作萤火虫。

[5] 抱：持、守。芊眠：光色盛貌。质：质体。

［6］俄：短时间。熠耀：光彩，鲜明。《诗·豳风·东山》："仓庚于飞，熠耀其羽。"郑玄笺："熠耀其羽，羽鲜明也。"

［7］成旧梦：成为曾经生活过的地方。

［8］薪传火：薪火一样传布。

［9］几差：几乎差不多。同柳萍：如同柳絮和浮萍行踪不定，飘忽轻扬。

［10］度虚棂：飞过虚空的窗格。棂，旧式房屋的窗格。

［11］生意：生机，生命力。元宫天挺《范张鸡黍》第一折："阴阳运，万物纷纷，生意无穷尽。"

［12］天机：自然界的秘密。

［13］古人曾照读：《晋书·车胤传》载，车胤自幼聪颖好学，家境贫寒，常无油点灯，夏夜就捕捉萤火虫，用以照明夜读，学识与日俱增，成为知名学者。后遂用囊萤照读、囊萤、照萤等表示勤学苦读。

［14］剧：极，很。

原文	译文

二

原文	译文
俄看鹑有火[1]，	俄而看到正南天空有鹑火星，
忽讶草成萤。	忽然惊奇于腐草变成了流萤。
湿化宁无用[2]，	潮湿腐化的草难道无用，
生机岂暂停。	自然的生命难道能暂停？
池边怜袅袅[3]，	爱怜池边青草袅袅随风，
河畔意青青[4]。	思恋河边的草郁郁葱葱。
的皪看新样[5]，	看鲜亮的新模样，
光华变旧形。	光华改变了腐草的旧形。
蒸宜三伏雨[6]，	萤火虫三伏雨后最兴盛，
照似一天星。	夜晚飞舞如同满天星星。
变蛤原同巧[7]，	雀变为蛤本就是奇景，
为鸠好比灵[8]。	腐草化萤如鹰变鸠一样巧灵。
飞扬惊蝶梦[9]，	飘飞的萤火虫惊醒了梦里人，
流动拂花玲[10]。	触动美艳花的是飞舞的流萤。
早贮缥囊里[11]，	早早将萤火虫储存在袋子里，
长欣傍圣经[12]。	长期高兴地依在圣人书卷中。

池边两联，从前后际，摹写为字，俱是空中色相^[13]。九十句看似奇横^[14]，却极自然。十三四句，风雅堪挹^[15]，令人吟唱不置。

译文

"池边"两联，从前后两边进行描写，都是无形象的构思。九十句看似奇巧横陈，却很自然。十三四句，典雅得能摘引出来，让人吟唱不忍心放下。

题解

作者描写了萤火虫的绚丽，赞美了造物的奇巧与勃勃生机。

注解

［1］鹑有火：鹑火。鹑火是十二星次之一。中国古代天文学家将黄赤道附近的一周天按由西向东的方向分为十二个等分，以次说明星辰的运行和节气的变换，叫作星次。鹑火由二十八宿中的柳、星、张三宿组成，以柳宿为标志星。鹑火星出现在正南的天空，昭示着时至夏至。

［2］湿化：这里指草遇湿腐化。

［3］怜：爱。袅袅：也作"嬝嬝"。形容细长柔软的东西随风摆动，这里指池边随风摆动的青草。

［4］意：思念，放在心上。此处亦有"怜爱"意。青青：代指河边草。

［5］的皪（de lì）：光亮、鲜明的样子。汉司马相如《上林赋》："明月珠子，的皪江靡。"

［6］蒸：兴盛的样子。三伏：三伏天，出现在小暑与大暑之间，是一年中气温最高且又潮湿、闷热的日子。

［7］变蛤：雀变为蛤。《国语》云："雀入于海为蛤"。古人认为蛤由雀入海而变。深秋天寒，鸿雁南迁，雀鸟都不见了，古人看到海边突然出现很多蛤蜊，并且贝壳的条纹及颜色与雀鸟很相似，所以便以为是雀鸟变成的。原：本来。巧：精妙。

［8］为鸠：鹰变成鸠。古人有"节气惊蛰，鹰化为鸠"的说法。这是古人对周围的景物观察不够仔细造成的误解。在惊蛰节气前后，动物开始繁殖，鹰和鸠的繁育途径大不相同，附近的鹰开始悄悄地躲起来繁育后代，而原本蛰伏的鸠开始鸣叫求偶，古人没有看到鹰，而周围的鸠好像一下子多起来，他们就误以为是鹰变成了鸠。

［9］蝶梦：庄周梦蝶。《庄子·齐物论》记载，有一天，庄周梦见自己变成

了一只翩翩起舞的蝴蝶，悠然自得，非常快乐，不知道自己是庄周。一会儿梦醒了，庄周发现自己僵卧在床。不知是庄周做梦变成了蝴蝶呢，还是蝴蝶做梦变成了庄周。这里指梦境。

[10] 拂：轻轻擦过、触动。玲：形容人的灵活敏捷，也形容玉碰击的声音：明亮或美好的样子。

[11] 缥囊：用淡青色的丝绸制成的书囊。这里指一般的袋子。

[12] 圣经：指儒家经典。此处作者用车胤"囊萤"的故事，表示自己要学习车胤，发奋攻读经典。

[13] 色相：佛教指事物的形状外貌。

[14] 奇横：奇巧横陈。

[15] 风雅堪挹：典雅得能引出来。

	原文	译文
空林望已秋 得林字六韵	一叶飘残后[1]， 秋空望满林[2]。 枫疏霜早染， 桂老露先侵[3]。 地阔尘氛净[4]， 天高爽气深[5]。 风回修竹韵[6]， 日转古松阴[7]。 入目千章密[8]， 凝眸万象森[9]。 遥怜羁旅客[10]， 摇落定关心[11]。	一片残叶飘落后， 秋色满空间树林。 枫叶稀疏早被霜染红， 苍老的桂树被露水侵润。 大地空阔消失了烟雾灰尘， 天空高远凉爽之气厚深。 秋风中修长的竹子更显风韵， 日光斜射古松拖出长长的树荫。 进入眼帘的是茂密的千株大树， 注视着这万千景象的茂密森林。 可怜那些寄居旅馆的游子， 肯定留意关注秋叶凋落的情景。

层层摹写，俱为望字传神。

层层描写，都为生动逼真地刻画"望"。

该诗描绘了秋季渺无人迹的森林美景与联想。

注解

[1]飘残：飘零凋残。

[2]秋空望满林：言"望空秋满林"。

[3]桂老露先侵：言"露先侵老桂"。

[4]尘氛：灰尘烟雾。

[5]爽气：凉爽之气。宋陆游《水亭独酌十二韵》："清风扫郁蒸，爽气生户牖。"

[6]回：回旋。修：长。

[7]阴：幽暗。

[8]千章：千株大树。《史记·货殖列传》："水居千石鱼陂，山居千章之材。"宋叶适《毋自欺室铭》："蔚然千章，被冒洞谷。"

[9]凝眸：注视；目不转睛地看。万象：宇宙间一切事物或景象，这里指景象万千的森林。

[10]羁旅客：长久寄居他乡的人。《左传·庄公二十二年》："齐侯使敬仲为卿，辞曰：'羁旅之臣……敢辱高位？'"杜预注："羁，寄；旅，客也。"

[11]摇落：零落，被风吹落。关心：关注留心。

金风渐爽

得金字六韵

原文	译文
一夜秋风至， 萧萧入耳音[1]。	秋风如期而至吹了整整一夜， 入耳的秋风发出萧萧的声音。
霜林多屑玉[2]， 菊圃忽铺金[3]。	经霜的林地像洒满了白玉屑， 花圃的菊盛开如同铺满了金。
淡扫池边箨[4]， 轻摇草际阴[5]。	秋风轻缓地吹扫池边的落叶， 草与草影随秋风轻轻晃动。
穿窗斜卷幔[6]， 拂座暗鸣琴[7]。	秋风穿窗斜卷帘， 入室拂动座上琴。
万里胡笳远[8]， 三边画角沉[9]。	万里之外传胡笳， 边疆画角声低沉。
寒衣应制作， 月下响清砧[10]。	金风提示添寒衣， 月下传来捶衣声。

自评

三四句就园圃写，五六句就池边草际写，七八句就窗壁写，九十句就关塞写，远近浅深一丝不乱，试帖最有章法者。

 自评 译文

第三四句写秋风在园圃，五六句写秋风在池边草际，七八句写秋风在窗壁，九十句写秋风在关塞，远近浅深一丝不乱，是试帖中最有章法的。

 题解

金风：秋风。古时以阴阳五行解释季节，秋为金，故称秋风为金风。

本诗通过描写秋风下的几个典型场景，显示了诗人敏锐的观察力和洗练的表达技巧。

注解

[1] 萧萧：象声词。常形容马叫声、风雨声、流水声、草木摇落声、乐器声等。这里形容风声。

[2] 屑玉：碎末玉石。

[3] 圃：种植瓜果蔬菜的园地，周围常无垣篱。《说文》：圃，种菜曰圃。

[4] 箨（tuò）：疑为萚，从草木上脱落下来的皮或叶。

[5] 阴：日影；阴影。

[6] 幔：帐幔。这里指遮蔽门窗等用的帘子

[7] 暗：不明显。鸣：使发出声音。

[8] 万里：万里之遥的地方，代边疆。胡笳（jiā）：簧、管混成一体的吹奏乐器。《太平御览》卷五八一："笳者，胡人卷芦叶吹之以作乐也，故谓曰胡笳。"属边棱气鸣乐器。民间又称潮尔、冒顿潮尔。

[9] 三边：泛指边境，边疆。画角：古管乐器，传自西羌，形如竹筒，以竹木或皮革等制成，因表面有彩绘，故称。发声哀厉高亢，古时军中多用以警昏晓，振士气，肃军容。帝王出巡，亦用以报警戒严。南朝梁简文帝《折杨柳》诗："城高短箫发，林空画角悲。"沉：低沉。

[10] 清砧：捣衣石的美称。这里指捣衣声。清屠燨《赠别袁重其》诗："霜凄茂苑清砧急。"

原文　　　　　　　　　译文

七月食瓜

得瓜字六韵

幽风书七月，
止渴味流牙[1]。
欲解三庚暑[2]，
须餐五色瓜[3]。
露盘承沆瀣[4]，
云液聚菁华[5]。
鲜美如红玉，
清饮若紫霞[6]。
中干能润泽[7]，
内热任交加[8]。
西域令移性[9]，
东陵昔所夸[10]。
剖开萍实美[11]，
实到蔗浆嘉[12]。
异品殊方舌[13]，
翘瞻博望槎[14]。

《幽风·七月》写吃瓜，
止渴味美留在牙。
想解除三伏酷热，
须吃五色的西瓜。
盘碟承接流下的西瓜水，
盘中聚水是西瓜的精华。
瓢打开鲜美如红玉，
似吃着清爽的彩霞。
能滋润腹中的干渴，
燥热时任凭肚中下。
西瓜来自西域，
往日的东陵瓜世人夸。
剖开如萍实一样美妙，
吃到口味比甘蔗浆嘉。
品味着优异的西瓜，
敬仰张骞把西瓜引进华夏。

承联用开合法[15]。金盘三联[16]，疏题浑雅，却自由浅入深[17]，次第井然。萍实一联，渲染更佳。

译文

承接"七月食瓜"的诗句，用的是开合法。"露盘"以下三联，疏离主题瓠瓜而写吃西瓜质朴高雅，回转而由浅入深，次第井然。"萍实"一联，渲染得更好。

该题出自《诗·幽风·七月》"七月食瓜，八月断壶"。《诗·幽风·七月》的瓜是瓠子，即俗语说的葫芦。作者用"开合法"借瓠瓜写西瓜，以赞赏的笔调，对西瓜的色、味，吃瓜的时节，西瓜的解暑作用等进行了描述，并对西瓜的引进者张骞表达了敬仰之情。

注解

[1]流：通"留"，停留。

〔2〕三庚：我国古代流行"干支纪日法"，用十天干与十二地支相配而成的六十组不同的名称来记日子，循环使用。每逢有庚字的日子叫庚日。中国农历中划定三伏天开始的标准"夏至三庚便入伏"。指的是从夏至日开始算起，数到第三个庚日就是初伏第一天。第四个庚日为中伏第一天，立秋后第一个庚日为末伏第一天。这里用"三庚"代盛夏。暑：炎热的日子。

〔3〕五色瓜：西瓜皮、瓤、籽呈现五种不同颜色，故称。李峤《瓜》："欲识东陵味，青门五色瓜。"

〔4〕露盘：承露盘的简称。汉武帝好神仙，作承露盘以承甘露，以为服食之可以延年。这里美称一般的盘碟。了：结束，了结。瀣（xiè）：夜间的水气。章学诚《文史通义·质性》："屈原忧极，故有轻举远游、餐霞饮瀣之赋。"

〔5〕云液：水的美称。菁华：精华。

〔6〕饫（yù）：吃。《汉书·游侠传·陈遵》："遵知饮酒饫宴有节，礼不入寡妇之门。"颜师古注："宴食曰饫。"

〔7〕中：腹内。润泽：滋润；使不干枯。

〔8〕任：听凭。晋陶渊明《归去来兮辞》："曷不委心任去留。"交加：相加，加于其上。

〔9〕西域：泛指玉门关、阳关以西。移性：移动改变原产地，使性质发生一些改变。此句言西瓜来自西域（原产于非洲）。

〔10〕东陵：《史记·萧相国世家》："召平者，故秦东陵侯。秦破，为布衣，贫，种瓜长安城东，瓜美，故世俗谓'东陵瓜'，从召平以为名也。"夸：夸示，夸耀。从前西瓜由于产于东陵而受世人夸赞。

〔11〕萍实：甘美的水果。汉刘向《说苑·辨物》："楚昭王渡江，有物大如斗，直触王舟，止于舟中。昭王大怪之，使聘问孔子。孔子曰：'此名萍实，令剖而食之，惟霸者能获之，此吉祥也。'"

〔12〕蔗浆：甘蔗汁。

〔13〕殊：很。方：将要。舌：吃，用舌头品味。该句是说，当品味着这很优异的物品时。

〔14〕翘瞻：仰看。博望槎：张华《博物志》："汉武帝令张骞穷河源，乘槎经月而去，至一处，见城郭如官府，室内有一女织，又见一丈夫牵牛饮河，骞问云：'此是何处？'答曰：'可问严君平。'织女取榰机石与骞而还。"张骞曾封博望侯。后因以指张骞乘槎至天宫事。槎（chá）：木筏，这里指张骞凿通西域开始了东西文化大交流的艰难经历，特指西瓜由张骞引入。

〔15〕承联：指"欲解三庚暑，须餐五色瓜"两句。开合法：一种写作方法，在谋篇布局时，体现了部分与整体，材料与主题之间的内在联系和辩证关系。如本诗，诗人借《诗经·豳风·七月》"七月食瓜"描述"七月吃西瓜"。开合

之处，界限分明，交代清楚，承转自然，开不漫无边际，离题万里；合自然巧妙，合乎逻辑。开得巧妙自然，有新意妙境，文字活泼、气势轻缓。

［16］金盘三联："露盘"以下三联。

［17］却：回转。

八月剥枣

得甘字八韵

原文	译文
剥枣豳诗记[1]，	《诗经·豳风》就有打枣的记载，
园林聚晚岚[2]。	雾气笼罩着果园的傍晚。
枝低红玉缀，	红玉似连缀的枣子压低了枝条，
树密赤霞含[3]。	如红霞的枣子藏在茂密的树间。
擢去垂清沼[4]，	结满红枣的枝条伸在池塘上面，
敲来坠碧潭。	敲打时坠落在碧潭。
丹疏犹满案[5]，	散落的红枣满桌案，
紫摘已盈篮[6]。	摘下的红枣装满了竹篮。
实自霜中艳，	枣子由于霜打而红艳，
人从篱外探[7]。	人们从篱笆外把红枣捡。
新秋逢九九[8]，	新的秋季在重九相逢，
芳径忆三三[9]。	在花间小路上回忆童年。
击干宁嫌促[10]，	击打枣树枝干哪里嫌急促？
攀条莫笑贪。	攀爬到枝条摘枣没人笑心贪。
盛朝欣养老，	高兴在盛世奉养父母，
膝下好分甘[11]。	在父母膝下同享甘甜。

 自评

丹疏两联，历历摹事，曲尽情致。新秋一联，虚实相对转换灵妙。题本枯寂，而能浚发至此，非胸有智珠，未易猝办。

自评 **译文**

"丹疏"两联，清楚地描绘事，情趣详尽。新秋一联，虚实相对转换灵妙，题目本来枯燥无味，而能发掘到这种地步，不是胸中智慧圆妙，明达事理，不易马上写成。

该题出自《诗经·豳风·七月》："八月剥枣，十月获稻。"

诗描写了初秋收获枣子的热闹场面。有色彩的斑斓、有场面的温馨、有味道的甜甘、有盛世的无忧。同时，也表达了对亲情的关注。

[1] 剥：通"扑"，打。

[2] 岚：山间的雾气。

[3] 红玉、赤霞：均喻红枣。含：藏在里面。

[4] 擢：抽，伸展。

[5] 疏：分开、分散。这里指从枝上掉下。案：古称案几，木制的盛食物的托盘，也指长形的桌子或架起来代替桌子用的长木板。该句是说，散落的红枣满桌子都是。

[6] 紫：紫棠色（黑里带红的颜色），喻红枣。

[7] 探：《说文》：远取之也。

[8] 新秋：新的秋季。九九：指九月九日重阳节。又称"重九"。

[9] 芳径：花间小路。三三：童谣名。宋苏轼《会双竹席上奉答开祖长官》诗："算来九九无多日，唱着三三忆旧游。"这里指童年。

[10] 宁：岂；哪里。《史记·陈涉世家》："王侯将相宁有种乎？"促：紧迫。

[11] 膝下：子女幼时依于父母的膝下，因而"膝下"表示幼年。后来借指父母，有亲切之意。宇文护《报母书》："违离膝下，三十五年。"

	原文	译文
秋菊有佳色 **一**	陶令东篱菊[1]， 秋来设色佳[2]。 金风吹锦绣[3]， 玉露洒根茎[4]。 吐秀开幽径[5]， 含香植小斋。 名堪留画谱[6]， 品亦入诗碑。 高雅谁能写，	陶渊明喜欢的菊花， 秋天色彩美艳超佳。 秋风吹成花团锦绣， 秋露洒落菊花根下。 花开在幽静的小路， 书斋盆栽幽香散发。 声名显赫留在画谱， 品质高洁刻在碑崖。 谁能写尽它的高雅？

清芬孰能偕^[7]。　　　　　谁能同它芬芳挺拔?

欲题仍搁笔,　　　　　　　想写还是放下了笔,

相尝愧吾侪^[8]。　　　　　比菊花使我辈羞煞。

题解

　　该题出自陶渊明《饮酒二十首》之第四首"秋菊有佳色"。抒发了作者以秋菊为楷模,洁身自好的思想。

注解

　　[1]陶令:陶渊明做过彭泽县令,故称陶令。东篱:晋陶潜《饮酒》诗之五有:"采菊东篱下,悠然见南山。"后因以指种菊之处。

　　[2]设色:敷彩;着色。

　　[3]金风:秋风。《文选·张协〈杂诗〉》:"金风扇素节,丹霞启阴期。"李善注:"西方为秋而主金,故秋风曰金风也。"

　　[4]玉露:秋露。根荄(gāi):亦作"根垓""根核"。植物的根。《文子·符言》:"故羽翼美者,伤其骸骨;枝叶茂者,害其根荄;能两美者,天下无之。"

　　[5]秀:草木的花。汉武帝《秋风辞》:"兰有秀兮菊有芳,携佳人兮不能忘。"

　　[6]堪:能够,可以。李商隐《和友人戏赠》:"白璧堪裁且作环。"

　　[7]清芬:清香,这里喻高洁的德行。晋陆机《文赋》:"咏世德之骏烈,诵先人之清芬。"

　　[8]吾侪:我辈;我们这类人。

原文	译文

二　咏白菊得荣字六韵

篱菊何萧瑟^[1],　　　　　篱笆下的菊花多么冷清,

繁霜点素英^[2]。　　　　　浓霜装点着白色的精灵。

孤标能耐冷^[3],　　　　　美丽的顶端能耐受寒冷,

幽干独宜晴。　　　　　　　幽雅的躯干独适于天晴。

似助秋荣淡,　　　　　　　好似在助阵秋花的浓淡,

偏饶晚节荣^[4]。　　　　　偏偏在晚秋开放兴盛。

造园姿愈别^[5],　　　　　到花圃姿态越加别致,

彭泽韵弥清^[6]。　　　　　菊花的韵味更加清纯。

未著和丹法^[7],　　　　　没显出葛洪炼丹法门,

先怡送酒情^[8]。　　　　　愉快王弘送酒的情境。

谱中多少种,	画谱中多少种类,
不愧玉盘名[9]。	不愧玉盘的名称。

二首不贪数菊之典，着意在有佳色三字，尽情刻画，风韵萧疏。

两首不贪图列举菊花的典故，用心在"佳色"二字上，尽情刻画，韵味清丽、洒脱。

［1］何：多么。萧瑟：冷清、凄凉。

［2］繁霜：浓霜。汉张衡《定情歌》："大火流兮草虫鸣，繁霜降兮草木零。"点：点缀、装点。素英：白花。宋周云《满庭芳》词："黄蕊封金，素英缕玉，此花端为君开。"

［3］标：顶端。李白《秋日登扬州西灵塔》："标出（塔顶露出）海云长。"

［4］饶：富足，多。晚节：后期，指深秋。荣：开花。宋·沈括《梦溪笔谈》"诸越则桃李冬实，朔漠则桃李夏荣。"

［5］造：到。别：特殊、别致。宋·杨万里《晓出净慈寺送林子方》"映日荷花别样红。"

［6］彭泽：陶渊明曾做彭泽令，这里指他喜爱的菊花。弥：越，更加。清：清雅高尚。

［7］著：显出。和（huó）：揉。在粉状物中加水搅拌或揉弄使粘在一起。

［8］怡（yí）:和悦、使愉快。送酒情:南朝宋人檀道鸾在《续晋阳秋》中载：有一年重阳节，陶潜在东篱下赏菊，因无酒过节，他只好漫步菊丛，采摘了一大束菊花，坐在屋旁惆怅。就在这时，江州刺史王弘派一个白衣使者来送酒给他，陶渊明大喜，立即开坛畅饮。后遂用"白衣送酒""白衣酒""白衣来""陶令贫无酒""望白衣""送酒情"等指雪中送炭，遂心所愿；或借以咏菊花、饮酒等。

［9］玉盘：指盛开的白菊似晶莹的白玉盘。

白露为霜

得霜字八韵

原文	译文
苍葭凝霞白[1]，	青色的芦苇白露凝聚，
秋气乍成霜。	深秋寒气忽然变成霜。
润挹金人掌[2]，	润湿了金人掌中的承露盘，
寒侵素女裳[3]。	侵袭着白水素女的薄衣裳。
阶前珠的砾[4]，	台阶前露珠鲜明光亮，
草际影微茫。	草丛中白露难见模样。
浅渚波逾碧[5]，	小洲水浅色更碧，
深林叶渐黄。	幽深林中叶渐黄。
夜来闻鹤惊，	夜来听到鹤惊慌地鸣叫，
传言见鸿翔。	传说见到鸿雁向南飞翔。
冷落摧花瓣，	白露为霜摧折花瓣，
清标菊蕊香。	清冷中飘出菊花香。
乌啼山寺远[6]，	远处的山寺里乌鸦啼鸣，
人踏板桥长[7]。	早行人踩霜在长板桥上。
最是萧森处[8]，	最凄凉阴森的地方是，
空房此夜凉。	今夜里寒凉空荡的房。

三四虚拍题面，葭诸两联，极力摹写，句中有眼，绵里有针。乌啼一联，就唐人句，一经变换，便觉风趣盎然，可谓善于运古。

该题出自《诗·秦风·蒹葭》："蒹葭苍苍，白露为霜。"描述了霜后河湟的景观与作者的感受。

［1］苍葭：青色的芦苇。霞白：灰白。

［2］金人掌：《资治通鉴》卷二十："（前115年）春起柏梁台，作承露盘，高二十丈，大七围，以铜为之，上有仙人掌，以承露，和玉屑饮之，云可以长生。"润挹：润湿。挹通浥。

［3］素女：神话中的天河仙女。传说晋安帝时谢端偶得一大螺，归养之于瓮中，化为一少女为端备食。自言是"天汉中白水素女"，奉天帝之命来助端备晨炊，后在风雨中离去。事见晋陶潜《搜神后记》卷五。后因以为天助善人的典故。

［4］珠：霜形成的水珠。的皪：也作的砾，光亮、鲜明貌。唐李邕《嵩台石室记》："有巨石皆似蹲兽之类，叠花仰空，的砾琼脂，色如截肪。"

［5］渚：水中的小洲。小洲曰渚。

［6］张继《枫桥夜泊》："月落乌啼霜满天，江枫渔火对愁眠。姑苏城外寒山寺，夜半钟声到客船。"

［7］温庭筠《商山早行》有"鸡声茅店月，人迹板桥霜"。

［8］最是萧森处：意为最萧森处是。萧森：凄凉阴森。唐杜甫《秋兴》诗之一："玉露凋伤枫树林，巫山巫峡气萧森。"

霜叶红于二月花

一 得霜字八韵

原文	译文
已设千株树，	已栽植的千株树上，
红沾九月霜。	九月霜中红艳烂漫。
如花宁假染[1]，	如花艳丽难道假染？
似锦不须装。	似锦绣再无须装点。
叶底金风度，	叶底秋风阵阵，
枝头玉露凉。	枝头露水点点。
无言空索笑，	无语凭空引来笑声，
留艳未闻香。	无香但保留着红艳。
色纵同春日，	放纵的色彩如同春日，
寒应怨夕阳。	抱怨夕阳使天冷气寒。
秾招狂蛱蝶[2]，	叶子浓艳使蝴蝶疯狂，
坠搅睡鸳鸯[3]。	落叶搅醒了睡觉鸳鸯。
剪采都无趣，	剪枝采叶都缺乏趣味，
穿林好觅芳[4]。	穿林更容易找到群芳。
仙源何处是，	何处是仙居桃花源？
前路问渔郎。	前路上问询打鱼郎。

承联明点花字，最为醒豁。无言两联，虚景以实力写之，觉有家外远致。十一二句，字锤句炼，颇费匠心。

该题源自唐杜牧《山行》："停车坐爱枫林晚，霜叶红于二月花。"通过对霜叶的描绘，赞美了经霜的红叶，表达了对深秋红叶的喜爱之情。

 注解

[1]宁：岂，难道。

[2]秾（nóng）：艳丽；华丽。蛱蝶：大蝴蝶。

[3]搅：使醒。

[4]芳：美好的。

二 得红字八韵

原文	译文
九秋如二月[1]， 霜叶正鲜红。	深秋季节如二月， 经霜树叶正鲜红。
点缀凭青女[2]， 缤纷映碧空。	任凭霜雪点缀装饰， 色彩缤纷映照碧空。
枝枝烘落日， 色色带春风。	枝枝烘托着落日， 色色都带着春风。
谁把胭脂染[3]， 难将绘画工。	谁拿着胭脂渲染？ 也难绘如此巧工。
一番清气肃[4]， 无数晚霞同。	经一阵秋气肃杀， 霜叶转色同晚霞。
炫目常勾蝶， 争栖但引鸿。	色彩炫目常引来蝴蝶， 引来鸿雁争栖在枝杈。
山头光烂熳， 径畔树玲珑。	山头的林木光彩灿烂， 路边的树形精巧如画。
远望情何极[5]， 应怜造化功[6]。	远望美景心情无边限， 应爱自然的功夫变化。

 自评

三四虚笼题位，五六善用虚笔。七八九十句，全在空际掀翻，而题之七字，已活活画出此等手笔，非钝根人所能梦见也。

自评 译文

三四句松松地罩住题目，五六句善用虚笔。七八九十句全在空中翻腾，而题目"霜叶红于二月花"七字，已活画出这样的造诣，不是心中烦恼很多、执着很重的人能够梦见的。

注解

[1] 九秋：指九月深秋。唐陆畅《催妆五首》之一："闻道禁中时节异，九秋香满镜台前。"元无名氏《看钱奴》第一折："为甚么桃花向三月奋发、菊花向九秋开罢？"

[2] 青女：传说中掌管霜雪的女神。《淮南子·天文训》："至秋三月……青女乃出，以降霜雪。"高诱注："青女，天神，青霄玉女，主霜雪也。"这里借指霜雪。唐寒山《柳郎八十二》："屡见枯杨荑，常遭青女杀。"

[3] 把：握，持。

[4] 一番：一阵。宋范成大《落鸿》诗："只道一番新雨过，谁知双袖倚楼寒。"清气：秋季寒凉之气。《素问·五常政大论》："秋气劲切，甚则肃杀，清气大至，草木凋零。"肃：肃杀。

[5] 何极：用反问的语气表示没有穷尽、终极。

[6] 怜：爱，惜。

	原文	译文
三 得花字八韵	谁剪三秋叶[1]， 妆成万树花。 眼迷青嶂路[2]， 心爱白云家。 色染风霜饱[3]， 寒侵雨露赊[4]。 标紫忙停车[5]， 飞红堪驻马[6]。 艳缀晴光淡， 妍增晚景嘉。 横堤疑斗锦[7]， 照水似明霞。 杏坞将呼错[8]， 桃源却认差[9]。 娱心揩老眼， 无处不菁华[10]。	是谁剪下秋叶， 装点成万树鲜花。 眼睛被青山迷惑， 心中爱白云的家。 饱经风霜叶染色， 雨露繁多寒凉加。 叶转紫色忙停车， 片片绯红停下马。 霜叶美艳晴光淡， 晚增彩叶景更嘉。 满堤霜叶疑争艳， 叶映水中似澄霞。 先将杏林叫错， 又把桃园认差。 揩擦老眼心中乐， 到处是自然精华。

起笔缥缈，如列子御风而行。承联饱满圆足。妍照两联，园（圆）如转毂，捷若弄丸，其妙在字句之外。

 译文

起笔隐约缥缈，如列子御风而行，承接的联饱满充足。妍照两句，圆如飞转的车轮，快似抛接的弹丸，其妙在字句之外。

跨马行走在白云深处，青山悦目，流红耀眼，作者驻马赏枫，疑是春光倒流，桃源再现，老目娱心，感慨鬼斧神工。

注解

[1] 三秋：指秋季。宋柳永《望海潮》词："重湖迭巘清佳，有三秋桂子，十里荷花。"

[2] 青嶂：如屏障的青山。

[3] 饱：充足，多。《文心雕龙·事类》："有学饱而才馁，有才富而学贫。"

[4] 赊：多，繁多。郎士元《闻吹杨叶者》"胡马迎风起恨赊"。

[5] 标：树梢。这里指树叶。

[6] 飞红：犹绯红。堪：能，足以。

[6] 横：充满，遮盖。《后汉书·冯异传》："横被四表。"

[7] 斗锦：争奇斗艳。

[8] 坞：泛指四面高中央低的处所。《红楼梦》："方离柳坞，乍出花房。"

[9] 却：还，再。差：错误。句序应理解为：将杏坞呼错，却桃源认差。

[10] 菁华：精华。《尚书大传》卷一下："菁华已竭，褰裳去之。"

原文	译文
飞鸿响远音 得音字六韵	
听得飞鸿远，	听雁声越来越远，
犹留耳畔音。	余音还留在耳边。
高低频揣度，	雁阵高低费揣测，
断续费追寻。	时断时续追寻难。
云外声飘渺[1]，	雁声清越云外响，
天涯路浅深[2]。	飞往天边路途远。
他乡游子意[3]，	寓居他乡的游子，
孤馆旅人心。	孤馆里思念故乡。
易感三秋别，	秋雁易引起离情，
频闻万户砧[4]。	频传万户捣衣忙。
深霄浑不寐[5]，	夜深辗转无睡意，
寒影倍萧森[6]。	物影清冷倍凄凉。

他乡二字，情景兼到，的是绘声手段。

取自谢灵运《登池上楼》"潜虬媚幽姿，飞鸿响远音"。本诗描述了鸿雁南飞，自己寄居旅馆，形影相吊的孤独与乡愁。

注解

[1] 飘渺：形容声音清越悠扬。

[2] 天涯：犹天边。指极远的地方。元马致远《天净沙·秋思》："夕阳西下，断肠人在天涯。"浅深：深浅，引申为遥远。唐独孤及《和赠远》："借问离居恨深浅，只应独有庭花知。"

[3] 游子：通常指出门在外或者离开家乡在他乡生活的人。《汉书·高帝纪下》："游子悲故乡。"

[4] 砧：捣衣石。这里指寒秋的捣衣声。诗词中常用以描写秋景的冷落萧条。唐沉佺期《古意呈补阙乔知之》诗："九月寒砧催木叶，十年征戍忆辽阳。"

[5] 深霄：深夜。霄通宵，夜晚。

[6] 寒影：给人以清冷感觉的物影。宋余靖《西山》诗："鱼戏竹溪寒影碎，路穿松坞翠阴斜。"

秋风生桂枝

得枝字六韵

原文	译文
乍觉金风起，	刚才感到秋风起，
生来有桂枝[1]。	天生桂树增秋意。
吐华方馥馥[2]，	花开芳香浓郁，
结子复离离[3]。	结籽盛多粒实。
清影婆娑处[4]，	清朗的光影舞动处，
高柯掩映时[5]。	是高枝掩映月光时。
花开蜂未集，	花开蜜蜂没聚集，
叶动鸟先知。	叶动鸟儿提前知。
月夜声相送，	月夜从桂树送来鸟声，
秋天景最宜。	秋天桂树景色最美丽。
如能载上苑[6]，	如能移栽到皇家上苑，
茂对任培滋。	用繁盛茂密回报培植。

清影一联，写景如绘。月夜二句，本色语淡而弥音。

 译文

清影一联，描写景色如同绘画。月夜二句，本色自然，语言清淡而秋声弥漫。

该题出自《全唐诗》无名氏《秋风生桂枝》。桂枝即桂树，历来是富贵吉祥的象征。其香馥郁，其姿幽雅，其品高洁。诗中作者以桂树自喻，表达了对功名的渴望。

注解

［1］生来：天生。

［2］吐：长出。华（huā）：花。馥馥（fù fù）：形容香气浓郁。

［3］离离：盛多貌。《诗·小雅·湛露》："其桐其椅，其实离离。"

［4］清影：清朗的光影，多指代月光。苏轼《水调歌头》："起舞弄清影，何似在人间。"婆娑（pó suō）：舞动的样子。

［5］柯（kē）：草木的枝茎。掩映：遮蔽，隐蔽。

［6］载：通"栽"。上苑：皇家的园林。

	原文	译文
香满一轮中 得轮字八韵	仙桂凌虚植[1]， 清香满一轮[2]。 霏霏高可仰[3]， 皎皎渺难亲。 淡淡何由觑[4]， 芬芳飘与邻[5]。 天风吹不散， 夜色照未新[6]。 三五光华足[7]， 周遭异彩匀[8]。 晶莹千古见， 充塞十分真[9]。 似镜园而澈[10]， 如珠朗又神。 蟾宫客独步[11]， 扳指广寒申[12]。	神奇桂树栽天空， 桂花清香满月中。 香气飘散在高空可仰望， 皎洁的月亮遥远难亲近。 淡淡的幽香从何处出现？ 芬芳飘散赐予近邻。 天风吹不散桂香， 夜色照常没更新。 十五光辉充满， 周围异彩匀称。 晶莹明亮千古见， 塞满光明十分真。 像镜子浑圆清澈， 如珍珠明朗有神。 月宫为客超群出众， 攀枝伸志在广寒宫。

自评

天风一联，工绝秀绝。十一二句生趣宛然，尤见雅人深致。

自评 译文

　　天风一联，工巧至极，特出超群。十一二句情趣真切，尤其能看到言谈举止不俗。

题解

　　此题取自唐张乔《试月中桂诗》："影高群木外，香满一轮中。"通过对明月的描述，表达了"蟾宫折桂"的理想。

注解

　　[1]仙桂：唐段成式《酉阳杂俎·天咫》："旧言月中有桂，有蟾蜍，故异书言月桂高五百丈，下有一人常斫之，树创随合。"凌虚：升上天空。

　　[2]一轮：指月亮。

　　[3]霏霏：形容香气散逸的样子。

［4］何由：从何处，从什么途径。《楚辞·天问》："上下未形，何由考之？" 觌（dí）：显示，现出。

［5］与：赐予。

［6］新：更新，使之新。《尚书·胤征》："旧染污俗，咸与惟新。"

［7］三五：指阴历每月十五日。《古诗十九首》："三五明月满，四五蟾兔缺。" 光华：明亮的光辉。阮籍《咏怀》诗之七四："色容艳姿美，光华耀倾城。"

［8］周遭：周围。异彩：光辉灿烂。

［9］充塞：塞满；填满。《孟子·滕文公下》："是邪说诬民，充塞仁义也。"

［10］圆：通"圆"。

［11］蟾宫：即广寒宫，是神话中神仙居住的房屋。《淮南子》载："羿请不死之药于西王母，羿妻嫦娥窃之奔月，托身于月，是为蟾蜍，而为月精。"独步：超群出众。

［12］扳指：攀枝，折枝。申：伸展。攀折月宫桂花，科举时代比喻应考得中。

	原文	译文
秋香动桂林 得林字八韵	何处秋香动[1]，	哪里触动了秋香，
	吹嘘在桂林[2]。	秋风吹拂在桂林。
	芬芳原有自[3]，	芬芳有来源，
	醃馤互相侵[4]。	香气相染浸。
	金栗三生影[5]，	是金栗如来转世之影，
	琼林八月森[6]。	桂树八月才如此繁盛。
	却教风习习[7]，	桂香中飘来和煦的微风，
	恰送树阴阴。	暑热时送来桂树的凉阴。
	兔窟飘来远[8]，	桂香从遥远的月亮飘来，
	蟾宫于处深。	月亮里月宫的处所幽深。
	人留幽馆住，	人住在幽静的旅馆，
	赋在小山吟。	在小山上将诗诵吟。
	扑鼻闻无已，	扑鼻的幽香无穷，
	沾衣味不禁[9]。	沾衣进口不能禁。
	一轮璧可仰，	玉璧一样的圆月让人仰望，
	千古孔颜心[10]。	千年来充满的是圣洁的心。

风习树阴一联，出人意表。十一二句，写景入妙，而小山字暗藏桂字，尤为异样生色。结更潇洒出尘。通体一气呵成，非枝枝节节而为之者。

自评 译文

风习树阴一联，出人意料，十一二句，写景达神妙之境，而小山字暗藏桂字，尤其不同寻常而增添光彩，结句更潇洒脱俗，全诗一气呵成，不是断断续续写成的。

题解

该题出自清高宗弘历《乐善堂集》。诗人通过桂香带给人们美好享受的描述，赞誉了月亮的崇高与圣洁。

注解

[1] 动：触动，使发生。

[2] 吹嘘：指风吹。唐孟郊《哭李观》诗："清尘无吹嘘，委地难飞扬。"

[3] 自：起源，来源。《礼记》："知风之自，知微之显，可以入德也。"

[4] 醃馤（ān ài）：香气浓郁的样子。清赵翼《今岁桂花甚迟简稚存》诗："菊有色无香，借桂出醃馤。"

[5] 金粟：金粟如来，过去佛的简称，三生：佛家所说的三世转生，即前生、今生和来生。唐牟融《送僧》诗："三生尘梦醒，一锡衲衣轻。"

[6] 琼林：喻白色的花树，这里指桂花树。元无名氏《一枝花·妓名张道姑》曲："梨花月琼林捧玉，杨柳露绿线穿珠。"森：树木众多，引申为众多、繁盛。

[7] 教：使；令；让。唐白居易《琵琶行》："曲罢能教善才服。"习习：微风和煦貌。《诗·邶风·谷风》："习习谷风，以阴以雨。"阴阴：荫蔽覆盖。唐王维《积雨辋川庄作》："漠漠水田飞白鹭，阴阴夏木啭黄鹂。"

[8] 兔窟：指月亮。传说月中有白兔，因用为月的代称。傅玄《拟天问》："月中何有，白兔捣药。"来：用在动词后，表示动作的趋向：上来。于处深：在深处。蟾宫：《淮南子·览冥训》："羿请不死之药于西王母，羿妻嫦娥窃以奔月，托身于月，是为蟾蜍，而为月精。"所以广寒宫又称作蟾宫。

[9] 咮（yíng）：表示塞口或满足食欲。

[10] 千古：久远的年代。北魏郦道元《水经注》引萧子隆《山居序》："追芳昔娱，神游千古，故亦一时之盛事。"孔颜：孔子与其弟子颜渊的并称。孔子、颜渊超越感官的欲望追求，在贫困中保持清心一片，自得其乐。后来人们把这

种高尚节操称为"孔颜乐处",简称"孔颜"。诗人认为桂树高洁,香飘天下而自得其乐,这和孔、颜思想是一致的。这种圣洁的思想是儒家追求的最高精神境界。

天香云外飘

一

得云字八韵

原文	译文
天际清香送,	天边的浓郁清香,
飘来散彩云。	是漂浮的彩云送。
霏霏吹已远[1],	浓云虽被吹远,
阵阵嗅无垠。	阵阵清香无尽。
似雾空中孃[2],	似雾在空中缭绕,
非烟到处熏。	非烟却到处染熏。
日华资长养[3],	阳光资助培养,
月窟吐氤氲[4]。	月宫吐出香风。
胸布三霄土[5],	三霄娘娘碧霞宫的土月中散布,
清扬九丘分[6]。	月亮清秀美好的风采九州遍颂。
靡穷形瑷瑷[7],	香气飘拂绕缭无穷,
不尽气芳芬。	无尽的云气味芳芬。
倏尔禅机动[8],	忽然禅机发动,
悠而鼻观闻[9]。	悠然进入鼻孔。
当年灵隐句[10],	当年灵隐寺的诗句,
千古有余薰。	千年来保存着香韵。

 自评

前半徐引题位,句句清稳,天际两联,脱口如新,恰如题之分际,而九十句尤为警快,十三四句,愈出愈奇,足为后劲,通首极为完密。

 自评 译文

前半首慢慢引到题目的要求上,句句清丽稳健,天际两联,脱口清新,恰好合题目的界限,而九十句尤其警策明快,十三四句,越出越奇,后劲充足,整首诗极为周密。

题解

该题出自唐宋之问《灵隐寺》"桂子月中落,天香云外飘"。诗人认为无尽的天香来自日月的精华和天地的灵气。

注解

〔1〕霏霏：泛指浓密盛多。《楚辞·九章·涉江》："霰雪纷其无垠兮，云霏霏而承宇。"无垠：无边际。《楚辞·远游》："道可受兮而不可传，其小无内兮其大无垠。"

〔2〕嬝（niǎo）：同"袅"，缭绕，缠绕。宋王明清《挥尘后录·祈真磴》："台上炉香嬝翠烟。"熏：烟火向上升腾。

〔3〕日华：太阳的光华。南齐谢朓《和徐都曹》："日华川上动，风光草际浮。"资：给予，助。《战国策》："王资臣万金而游。"长养：抚育培养。《荀子·非十二子》："长养人民，兼利天下。"

〔4〕氲氲：浓烈的气味。多指香气。清李渔《闲情偶寄·器玩·椅杌》："焚此香也，自下而升者，能使氲氲透骨。"

〔5〕胸：内心。这里指月亮里面。三霄：三霄娘娘，中国神话传说中的三位女神。传说很久很久以前，云霄、碧霄、琼霄三位仙女在碣石山上的碧霞宫里修行。她们采天地灵气，集日月精华，是感应随世仙姑正神（又称感应随世三仙姑）。她们的法宝为混元金斗，凡是神、仙、人、圣、诸侯、天子等，不论贵贱贫愚与否，降生都要从金斗转动。从前信士求儿女，都要拜三霄娘娘，所以现也有人称三霄娘娘为送子娘娘或送子奶奶。清厉鹗《续游仙百咏》之六八："碧瑶箱锁飞仙印，一轴三霄九锡文。"

〔6〕清扬：指眉目清秀，多指人仪容美好，这里指月亮的清秀风采。清蒲松龄《聊斋志异·王六郎》："拜识清扬，情逾骨肉。"九丘：九州。宋黄庭坚《常父惠示丁卯雪十四韵谨同韵赋之》："下令走百神，大云庇九丘。"

〔7〕靡穷：无穷。靡，无。暧霴（ài dài）：飘拂貌，缭绕貌。元盍西村《脱布衫·春谯》套曲："锦绣云红窗缥缈，麝兰烟翠帘暧霴。"

〔8〕倏尔：迅疾貌。亦形容时间短暂。汉蔡邕《太傅祠堂碑铭》："春秋既暮，倏尔乃丧。"禅机：佛教禅宗和尚谈禅说法时，用含有机要秘诀的言辞、动作或事物来暗示教义，使人得以触机领悟，即禅法机要。唐清江《春游司直城西鸬鹚溪别业》诗："禅机空寂寞，雅趣赖招携。"

〔9〕悠而：闲适，自由自在的样子。鼻观：鼻孔。指嗅觉。宋陆游《登北榭》诗："香浮鼻观煎茶熟，喜动眉间炼句成。"

〔10〕灵隐句：宋之问当年写就的《灵隐寺》中的诗句。余薰：犹余香。宋苏轼《和张昌言喜雨》："梦觉酒醒闻好句，帐空簟冷发余薰。"

二　得飘字八韵

无限天香发[1]，　　　　无限的天香产生，
霏霏下沉廖[2]。　　　　浓郁地散到天空。
浓随云外散，　　　　　香气随云向外飘散，
高向玉镜飘[3]。　　　　向高悬的明月飘行。
维香三更炷[4]，　　　　半夜燃香，
龙涎万斛烧[5]。　　　　用价值万斛的龙涎香熏。
白榆栽紫府[6]，　　　　白榆栽种在紫府，
丹桂植青霄[7]。　　　　丹桂种植在晴空。
醲醹舒霞绮[8]，　　　　浓盛的香气舒展了多彩的云霞，
轻匀展雾销[9]。　　　　雾气消解在轻盈匀称的天香中。
金风熏气送[10]，　　　　秋风送来暖意，
玉宇冷烟消。　　　　　天宇冷烟消融。
馥郁凝瑶阙[11]，　　　　浓烈的香气在仙宫聚凝，
氤氲绕斗杓[12]。　　　　浓厚地缭绕在北斗斗柄。
寄言攀桂客[13]，　　　　给置身科举的人们带个信，
月殿最轻超[14]。　　　　最轻盈美妙高超的是月宫。

 自评

起句破香字，承联点云字。五六实写香字，七八九十句，疏题极写香字不离天字，写飘字不离云字。醲醹一联尤为秀拔。

 自评 译文

起句破解香字，承接联点明云字，五六句实写香字，七八九十句，分题极写香字不离天字，写飘字不离云字。醲醹一联，尤其秀丽挺拔。

 题解

天香广布，给人们带来温馨、享受。要得到老天更多的赐予，只有蟾宫折桂，争取高中。

注解

［1］发：产生。
［2］沉（jué）寥：空旷清朗，《楚辞·九辩》："沉寥兮天高而气清。"
［3］玉镜：比喻明月。宋杨万里《月夜观雪》诗："游遍琼楼霜欲晓，却将

玉镜挂青天。"元高明《琵琶记·伯喈牛小姐赏月》:"阑干露湿人犹凭,贪看玉镜。"

〔4〕维:助词,用于句首,无义。《史记·太史公自序》:"维昔黄帝,法天则天。"三更:半夜十一点到一点。即子时。炷:烧,特指燃香。

〔5〕龙涎:指龙涎香,生在鲸肠内的灰或微黑色的分泌物,干燥后现琥珀色,带甜酸味,燃烧时香气四溢,酷似麝香,熏过之物香气持久,是极名贵的香料。宋刘过《沁园春·美人指甲》词:"见凤鞋泥污,偎人强剔,龙涎香断,拨火轻翻。"万斛:古代以十斗为一斛,这里极言其多。

〔6〕紫府:道教称仙人所居。晋葛洪《抱朴子·祛惑》:"及至天上,先过紫府,金床玉几,晃晃昱昱,真贵处也。"

〔7〕丹桂:桂树的一种。晋嵇含《南方草木状》卷中:"桂有三种:叶如柏叶,皮赤者为丹桂。"青霄:青天;高空。晋左思《蜀都赋》:"干青霄而秀出,舒丹气而为霞。"

〔8〕霞绮:艳丽多彩的云霞。前蜀韦庄《和薛先辈见寄初秋寓怀即事之作》之三:"晚日舒霞绮,遥天倚黛岑。"

〔9〕轻匀:轻盈匀称。清吴伟业《又题董君画扇》诗之二:"湘君浥泪染琅玕,骨细轻匀二八年。"

〔10〕熏:这里为温和、和暖意。白居易《首夏南池独酌》:"熏风自南至,吹我池上林。"玉宇:指太空。金董解元《西厢记诸宫调》卷五:"是夜,玉宇无尘,银河泻露。"

〔11〕馥郁:指浓烈的香气。元陈樵《雨香亭》诗:"氛氲入几席,馥郁侵衣裳。"瑶阙:传说中的仙宫。五代·齐己《升天行》:"瑶阙参差阿母家,楼台戏闭凝彤霞。"

〔12〕斗杓:斗柄。《淮南子·天文训》:"斗杓为小岁。"高诱注:"斗,(北斗七星)第五至第七为杓。"宋王安石《作翰林时》诗:"欲知四海春多少,先向天边问斗杓。"中国古人以北斗七星的斗柄指向判断季节:斗柄向东,天下皆春,斗柄向南,天下皆夏,斗柄向西,天下皆秋,斗柄向北,天下皆冬。

〔13〕寄言:犹寄语、带信。唐元稹《遣兴》诗之五:"寄言抱志士,日月东西跳。"攀桂:喻科举登第。唐贾岛《青门里作》诗:"若无攀桂分,只是卧云休。"

〔14〕超:美妙高超。

九月授衣[1]

得衣字六韵

原文	译文
时逢寒露候，	时逢寒露节气，
早授御寒衣[2]。	早早穿上棉衣。
就暖心原切，	趋暖心本急切，
披凉事已微[3]。	单衣已渐藏匿。
启笥争曳娄[4]，	开箱争相穿戴，
被体有光辉[5]。	光鲜衣服遍体。
不减披裘燠[6]，	披裘身更和暖，
何曾挟纩违[7]。	棉衣也不拒穿。
应嗤献曝鲁[8]，	嗤笑献曝愚钝，
却笑负暄非[9]。	不笑背阳取暖。
圣主帡幪阔[10]，	圣主庇护宏宽，
群黎失所稀[11]。	百姓有屋避寒。

启笥两联，细腻风光。

 译文

启笥两联，细腻有风采韵味。

题目出自《诗·豳风·七月》："七月流火，九月授衣。"描述了寒露时节，日益寒冷，人们换冬衣趋阳，准备过冬。

[1] 授：接受，这里指穿。

[2] 就：靠近；趋向。切：急切；急迫。

[3] 凉：薄，这里指单衣。

[4] 笥（sì）：一种盛饭食或衣物的竹器，这里指衣箱、衣柜等。曳娄：穿戴。语本《诗·唐风·山有枢》："子有衣裳，弗曳弗娄。"毛传："娄亦曳也。"

[5] 被体：遍体，周身。杜甫《夏夜叹》："青紫虽被体，不如早还乡。"

[6] 燠（yù）：温暖。

[7] 挟纩：披上棉衣。也喻受人抚慰而感到温暖。《左传·宣公十二年》："申公巫臣曰：'师人多寒。'王巡三军，拊而勉之，三军之士皆如挟纩。"杜预注："纩，

绵也。言说（悦）以忘寒。"

［8］嗤：讥笑，嘲笑。司马光《训俭示康》："人皆嗤吾固陋，吾不以为病。"献曝：《列子·杨朱》："昔者宋国有田夫，常衣缊黂，仅以过冬。暨春东作，自曝于日，不知天下之有广厦隩室，绵纩狐狢。顾谓其妻曰：'负日之暄，人莫知者，以献吾君，将有重赏。'"后因以"献曝"为所献菲薄、浅陋，但出于至诚的谦词。鲁：迟钝，愚钝。

［9］负暄：负日之暄，背对着太阳取暖。暄，温暖。

［10］帡幪（píng méng）：帐幕，这里指庇荫，庇护。清蒲松龄《聊斋志异·窦氏》："日在帡幪之下，倘肯赐以姻好，父母必以为荣，当无不谐。"阔：宽阔、盛大。

［11］群黎：百姓。

原文	译文

九月筑场圃

得场字八韵

纳稼农工忙[1]，	农人忙秋收，
豳民尽筑场[2]。	百姓都耢场。
金风吹败箨[3]，	秋风习习落败叶，
石杵捣残阳[4]。	碌碡打场碾夕阳。
拥篲村村忙[5]，	扬场扫掠村村忙，
持筹处处量[6]。	装升叫斗把谷量。
删芟原不碍，	铲除收割不两撞，
耕获岂相妨。	耕作收获不相妨。
昨已登瓜果，	昨天瓜果熟，
今还贮稻粱。	今天储麦粮。
人功随物转，	劳作随物候变换，
地利按时忙。	农活按季节调张。
连阡集枷板[7]，	地头路旁连枷声，
簸箕比户扬[8]。	家家户户忙簸扬。
履丰蒙帝德[9]，	天帝施恩得丰收，
九有颂无疆[10]。	九州诵福万年长。

自评

　　春夏为圃，秋冬为场。筑圃为场，因时制宜之法也。题之层次，本自秩然。诗如题铺叙，步骤安详，清言如话，不腻不纤[11]，当行出色之作[12]。

吴
梅
诗
文
译
注

译文

春夏作菜园，秋冬为场面。筑菜园为场面，是因时制宜的办法。题目的层次，秩序井然。诗如题展开叙述，步骤安详，言语清新如白话，不妖艳华美，是写这个题材的出色之作。

题解

题目出自《诗·豳风·七月》"九月筑场圃，十月纳禾稼"。描绘了当地秋收的场景。

注解

[1]纳稼：从地头将已晒晾干的麦捆等运送到离家较近的场面，准备打碾。农工：农民劳作。

[2]豳民：泛指百姓。筑场：筑打场面。场面，用来打碾粮食的处所。地里的庄稼收割后，选取离家近的一块地，将地平整后用碌碡压实，用于打碾，青海话称"耢场"。

[3]败箨：败落的叶子。

[4]石杵：这里指碌碡。捣：碾压，砸。

[5]彗：扫帚。

[6]筹：计数的用具，这里指升、斗之类的量器。

[7]连阡：田埂相连。枷：连枷，脱粒用的农具。

[8]比：靠近，挨着。

[9]履：领土，疆土。

[10]九有：九州。无疆：没有终界。

[11]不腻不纤：不柔腻不纤滑，这里指不妖艳华美。

[12]当行：本行，本题材。

九月肃霜

得霜字八韵

原文	译文
授时当九月[1]，	时令在九月，
天气肃青霜[2]。	天气降黑霜。
葭渚千条白[3]，	沙洲千条芦苇白，
枫林一带黄。	路边如带枫林黄。
雁回沙漠远，	大雁回返沙漠远，

燕去海天长^[4]。	燕子飞离海天旷。
气肃凝荒野，	寒气肃杀凝荒野，
风高冷战场。	秋风掠过如战场。
玉楼寒起栗，	玉楼冷寒使人战栗，
银海炫生光。	地如银海耀眼反光。
皎洁明珠缀，	冰滴明净似珍珠连缀，
霏微拂剑芒^[5]。	雪气拂动如剑的锋芒。
天清秋渐老^[6]，	天空清爽秋季渐逝，
愁甚夜偏长。	忧愁越深黑夜越长。
此日栖迟客^[7]，	这天的淹留客，
徘徊望故乡。	徘徊遥望故乡。

此题预写肃字，方不混入白露为霜。中数联实写肃字，颇费匠心。

 译文

此题预先写肃字，才不与"白露为霜"相混。中间数联实写"肃"字，很用了些精巧的心思

该题出自《诗·豳风·七月》"九月肃霜，十月涤场"。描写了客居他乡时肃杀、冷落的深秋景色。

注解

[1] 授时：记录天时以告民，以使民不误农事。语本《尚书·尧典》："历象日月星辰，敬授人时。"后用以称颁行历书。这里指时令。

[2] 肃青霜：降黑霜。

[3] 葭渚：长满芦苇的水中小洲。千条：指无数直立的芦苇。

[4] 去：离开。

[5] 霏微：雾气、微雪等弥漫的样子。清纳兰性德《浣溪沙》词："五月江南麦已稀，黄梅时节雨霏微。"

[6] 渐老：逐渐秋尽。

[7] 栖迟：淹留，漂泊失意。唐李贺《致酒行》："零落栖迟一杯酒，主人奉觞客长寿。"《旧唐书·窦威传》："昔孔丘积学成圣，犹栖栖当时，栖迟若此，汝效此道，复欲何求？"

原文	译文

十月涤场

得场字八韵

十月日功毕[1]，　　　十月秋收毕，
豳民事涤场[2]。　　　农民来扫场。
指囷堆晓露[3]，　　　晨露中堆放着满囷的粮，
拥彗扫轻霜。　　　拿扫帚打扫场面的轻霜。
陨箨看飘堕[4]，　　　看落叶飘坠，
掀箕好簸扬[5]。　　　旋箕又簸扬。
云停村外路，　　　云停在村外路上，
粟满井边仓。　　　粮满井边的囷仓。
处处谈禾稼，　　　处处谈论庄稼收成，
家家扫秕糠。　　　家家清扫稔子秕粮。
人闲争获稻，　　　人闲要争个颗粒归仓，
鸡放乱鸣桑。　　　放出的鸡乱鸣在树上。
积莽高于屋[6]，　　　秸秆堆积比屋高，
清尘净似塘[7]。　　　清扫场面净如塘。
愿将图画献，　　　愿献出丰收的画卷，
拜手颂平康[8]。　　　拜祝歌颂天下安康。

三句旁衬，四句合题，七八写场中景物，九句虚写，十句拍合"涤"字，十一二句本色点缀，风景极佳。十三四句，摹写"涤"后景象，布局宽而不促，造句清而弥腴，末以颂扬作结，更为得体，试帖之金针也[9]。

自评译文

第三句从旁衬托，第四句切合题目，第七八句写场面中景物，第九句虚写，第十句应合"涤"字，十一二句点缀场面的自然状态，风景极佳。十三四句，描写场面清扫后景象，布局宽而不狭窄，造句清爽而丰满，句末以颂扬作结，更为得体，是写试帖诗的秘法。

语出《诗经·豳风·七月》"九月肃霜，十月涤场"。涤场即打扫、清理场面。本诗描述了丰收之后的农家生活场景，表达了作者的喜悦之情。

[1] 日功：每日打碾的农活。

[2] 齬民：这里指农民。

[3] 指囷：这里指粮囤。

[4] 陨箨：落叶。

[5] 掀箕：旋箕，旋转箕以使粮食和杂物分离。簸扬：簸去谷物中的糠秕杂物。

[6] 莝：草。《淮南子》："食莝饮水，枕块而死。"这里指庄稼秸秆。

[7] 清尘：清扫尘埃。

[8] 拜手：亦称"拜首"。古代男子跪拜礼的一种。顾炎武《日知录·拜稽首》："古人席地而坐，引身而起，则为长跪。首至手则为拜手，手至地则为拜，首至地则为稽首，此礼之等也。"

[9] 试帖：试帖诗，也称"赋得体"。起源于唐代，由"帖经""试帖"影响而产生，为科举考试所采用。清代限制尤严，大都为五言六韵或八韵的排律，以古人诗句或成语为题，冠以"赋得"二字，并限韵脚，内容必须切题。应试者须能背诵平声各韵之字，诗内不许重字，语气必须庄重，题目之字，须在首次两联点出，多用歌颂皇帝功德之语。金针：比喻秘法，诀窍；度：通"渡"，越过，引申为传授。把高明的方法传授给别人。金元好问《论诗》其二："鸳鸯绣了从教看，莫把金针度与人。"

	原文	译文
十月陨箨 得寒字八韵	十月英华落[1]， 园亭刻刻寒[2]。 清飚生木末[3]， 败箨下林端。 散乱方堆砌， 飘扬尽覆栏。 听时声细细， 望处路漫漫。 乍引鸿宾到[4]， 频惊鹤梦残[5]。 是谁为采折[6]，	美好的林木十月凋落， 园林与亭阁处处冷遍。 清冷的暴风生于树梢， 衰败的叶子掉下树尖。 正要散乱地堆砌起来， 忽又飘起覆盖了栅栏。 听时风声细小隐微， 抬望眼路途长而远。 忽然引来南飞的雁， 惊动脱俗梦的碎片。 为谁采摘残花败叶，

此景最阑珊[7]。　　　　此景最使人心情暗。

羁客心先警[8]，　　　　游子之心先受触动，

愁人眼倦看。　　　　　忧愁人不想睁眼看。

惟留松与柏，　　　　　只留下苍松与翠柏，

独自表丸丸[9]。　　　　高大挺直不惧风寒。

写情写景宛然如画。

语出《诗经·豳风·七月》"八月其获，十月陨箨"。陨箨即落叶，作者描写了秋叶的凋零和心情的落寞，赞美了常青的松柏。

［1］英华：美好的花木。

［2］刻刻：每时每刻。这里指到处、处处。

［3］飚：暴风，这里指狂暴清冷的秋风。古乐府《怨歌行》："常恐秋节至，凉飚夺炎热。"上冬：初冬，即农历十月。《初学记》卷三引南朝梁元帝《纂要》："十月孟冬，亦曰上冬。"

［4］鸿宾：这里指南飞的大雁。

［5］鹤梦：不俗的向往。唐司空图《与李生论诗书》："地凉清鹤梦，林静肃僧仪。"残：不完全，余下的。

［6］采折：采摘。隋丁六娘《十索》诗之四："逢桑欲采折，寻枝倒懒攀。"

［7］阑珊：消沉；暗淡。明王錂《春芜记·讯病》："情思转阑珊，更粉消珠泪，翠锁眉山。"

［8］羁客：旅客、旅人。宋王安石《次韵再游城西李园》："残红已落香犹在，羁客多伤涕自挥。"警：通"惊"。惊恐；惊动。《文选·陆机〈叹逝赋〉》："节循虚而警立。"注："警犹惊也。"

［9］丸丸：高大挺直貌。《诗·商颂·殷武》："陟彼景山，松柏丸丸。"

十月先开岭上梅

得先字八韵

原文	译文
庾岭分南北[1]，	大庾梅岭分北南，
梅开十月先。	岭南梅十月争先。
一枝争破腊[2]，	一枝争先腊尾开，
几树待新年。	几株含苞等新年。
绝巘冲寒早[3]，	山尖寒气早冲淡，
高柯得气偏[4]。	高树顶上先得暖。
飞香欣向暖，	飘香的梅花暖处开，
含艳忽生妍[5]。	含苞的梅花忽变艳。
品以清弥洁[6]，	品格清爽更高洁，
姿因远逾鲜[7]。	风姿越远越美鲜。
风前馨不俗，	风前香远脱俗，
雪后澹无烟[8]。	雪后恬静安然。
疏影离峰外[9]，	疏朗的倩影伸出绝壁，
横斜近水边[10]。	横斜的枝丫近到水边。
和羹应用汝[11]，	应用你制酸梅汤，
消息值春天[12]。	值此报信宣春天。

五六七八句，疏题最切，活色可掬。九十句着意岭上，淡语恰中肯綮。疏影联，工绝秀绝。结以高超，通体机细而流[13]，色鲜而雅。

 译文

五六、七八句解题最切近，形象活泼生动。九十句着重写岭上。"雪后淡无烟"句，切中要害。"疏影"一联，精巧、秀丽到极点。以高超的写法结尾，全诗构思细密而流动，色彩鲜艳而雅致。

语出唐樊晃《南中感怀》："南路蹉跎客未回，常嗟物候暗相催，四时不变江头草，十月先开岭上梅。"作者写农历十月大庾岭的梅，一枝独树，艳惊天下。

注解

[1] 庾岭：位江西与广东两省边境，跨越赣州、韶关，为五岭之一。腹地在江西省大庾县（今称大余县）。相传汉武帝时，有庾姓将军筑关于此，因名大

庾岭，又曰庾岭。庾岭多梅树，故又名梅岭、梅关。由于岭南岭北气候差异显著，故有"梅岭多梅，南枝花落，北枝始花，一样春风，两般景色"的记载。

〔2〕一枝：一枝梅。破腊：残腊，岁末。宋苏辙《春雪》诗："温风吹破腊，留雪恼新春。"

〔3〕绝巘（yǎn）：极高的山峰。晋张协《七命》："于是登绝巘，邈长风。"冲：破解。

〔4〕高柯：高树。晋陶潜《联句》："高柯擢条干，远眺同天色。"偏：独，特。

〔5〕含艳：与上句"飞香"均代指梅花。向：趋向，亲近。《后汉书·班超传》"何故欲向汉？"妍：美丽。陆机《文赋序》："妍蚩好恶，可得而言。"

〔6〕以：因为，由于。范仲淹《岳阳楼记》："不以物喜，不以己悲。"

〔7〕逾：通"愈"，更加。《楚辞·九章·哀郢》："美超远而逾迈。"

〔8〕澹：通"淡"，淡薄，浅淡。唐杜甫《两当县吴十侍御江上宅》："塞城朝烟澹。"

〔9〕疏影：疏朗的影子。宋林逋《山园小梅》诗："疏影横斜水清浅，暗香浮动月黄昏。"

〔10〕横斜：或横或斜。多以状梅竹之类花木枝条及其影子。元马谦斋《快活三·过朝天四边静·夏》曲："竹影横斜，荷香飘荡，一襟满意凉。"

〔11〕和羹：加调味品制成的羹汤。《尚书·说命下》："若作和羹，尔惟盐梅。"

〔12〕消息：音信，信息。汉蔡琰《悲愤诗》："迎问其消息，辄复非乡里。"值：又。

〔13〕机细：构思细密。

冬岭秀孤松

得松字八韵

原文	译文
冬岭上多风， 亭亭见古松[1]。	冬天山岭上多风， 有株耸立的古松。
阴森孤一树[2]， 抑郁秀三冬[3]。	孤独但茂盛成荫， 秀丽峭拔在严冬。
盖影悬层嶂[4]， 涛声震远峰。	像车盖悬在层峦叠嶂上， 松涛声震动远方的山峰。
盘空原自尝[5]， 苍翠复浓荫。	凌空耸立源自沧桑经历， 四季苍翠有醉人的浓荫。
挺拔山巅势， 争夸雪后容。	挺拔于山巅尽显气势， 争夸着雪后秀美颜容。

枝高长鹤舞，	枝丫高扬风来如仙鹤起舞，
鳞老欲成龙。	树干皮厚干裂像要变成龙。
已植千秋节[6]，	生长于此已过千年节令，
无烦五等封[7]。	不劳烦封它为九卿三公。
栋梁堪入选，	足以入选作栋梁，
大匠待遭逢[8]。	等待大匠来采用。

此题着眼"孤"字，方不混入松柏类中。诗五六写"秀"字，有"岭"字在，七句明点"孤"字，八句实写"松"字，九十句刻画"孤"字，第十二句，对仗工稳，第十四句抬高松之身份，末以见用作结，诗律最细，句更松秀[9]。

 译文

此题着眼于"孤"，才不混同于一般松柏类的描写，诗的五六句写"秀"字，有"岭"字在衬托，第七句点明"孤"，第八句实写"松"，九十句刻画描述"孤"，第十一、十二句，对仗工稳，第十四句抬高松之身份，末尾以被用结束，诗律最为细腻，句更健美。

该题出自晋陶渊明《四时》："春水满四泽，夏云多奇峰。秋月扬明辉，冬岭秀孤松。"意为"冬天的山岭显得松树更秀美"。秀：使……秀美。

注解

[1] 亭亭：独立貌。汉刘桢《赠从弟》诗之二："亭亭山上松，瑟瑟谷中风。"

[2] 阴森：树木浓密成荫。清纪昀《阅微草堂笔记·滦阳消夏录三》："楼之北，曰绿意轩，老树阴森，是夏日纳凉处。"

[3] 抑郁：疑为"郁郁"，繁盛貌。晋陆云《为顾彦先赠妇往返》诗之三："翩翩飞蓬征，郁郁寒木荣。"秀：峭拔秀丽。

[4] 盖：车盖。层嶂：重叠如屏障的山峰。明高启《登阳山绝顶》诗："长风吹人度层嶂，不用仙翁赤城杖。"

[5] 盘空：绕空；凌空。清杜岕《秋日登长干九层塔》诗："瞻礼尝百人，盘空缅缔造。"原自：来自。尝：经历。《左传·僖公十八年》："险阻艰难，备尝之矣。"

[6] 千秋：千年。形容岁月长久。宋王安石《望夫石》诗："还似九嶷山上女，千秋长望舜裳衣。"

[7] 五等：指爵位的五个等级。《礼记·王制》："王者之制禄爵，公、侯、伯、子、男五等。"唐韩愈《晋公破贼回重拜台司以诗示幕中》诗："将军旧压三司贵，相国新兼五等崇。"

[8] 大匠：技艺高超的木工。唐韩愈《送张道士序》："大匠无弃材，寻尺各有施。"遭逢：犹遇到。

[9] 松秀：健美。

原文	译文

雪声
得空字八韵

雪片纷纷下，	雪片纷纷落地下，
声希舞碧空。	声音稀疏舞碧空。
抛来珠错落[1]，	如抛来的珍珠错落，
撒去玉叮咚。	似撒去的玉声叮咚。
缩瑟音弥细[2]，	像在瑟瑟发抖越来越细，
悠扬类不穷[3]。	如同飘忽连绵没有穷尽。
岂同莲漏响[4]，	难道是莲漏滴答声，
恰似柳花风[5]。	恰如柳絮飘飞临风。
松操逢酬答[6]，	是松的节操碰到应答，
琴心暗感同[7]。	是爱的琴声挑动恋情。
非烟非雾里，	雪声不在烟遮雾罩里，
若有若无中。	在若有若无的境界中。
旅客栖孤馆，	旅客栖身在孤独的馆舍，
渔人卧短篷。	渔人睡卧在短窄的船篷。
惭无梁宛笔[8]，	惭愧没精妙的文采本领，
做赋句难工。	对此景作赋写诗难精工。

三四比拟工切。七八实写，空际出力。九十旁衬，象外传声。

第三四句比拟工整贴切。第七八句实写雪声，劈空出力。九十句旁衬，模拟外部事物表达雪声。

[1] 错落：形容声音时高时低、时强时弱。唐黄滔《魏侍中谏猎赋》："错

落清唱，铮钣雅言。"

［2］瑟缩：象声词，指身体因寒冷、受惊等而蜷缩抖动。清黄遵宪《别赖云芝同年》诗："今日送子天一方，贫士缩瑟无酒浆。"

［3］悠扬：飘忽，起伏不定。唐皇甫冉《与张补阙王炼师同赋杂题》诗："淮海思无穷，悠扬烟景中。"

［4］莲漏：莲花漏，中国古代使用的，根据水的流失来计量时间的计时仪器。清纳兰性德《浣溪沙》词："莲漏三声烛半条，杏花微雨湿轻绡。"

［5］柳花：指柳絮。宋杨伯嵒（yán 岩）《臆乘·柳花柳絮》："柳花与柳絮迥然不同。生于叶间成穗作鹅黄色者，花也；花既褪，就蒂结实，其实之熟乱飞如绵者，絮也。古今吟咏，往往以絮为花、以花为絮，略无区别，可发一笑。"唐李白《金陵酒肆留别》诗："风吹柳花满店香，吴姬压酒唤客尝。"

［6］松操：松树的操守，即不惧逆境的节操。

［7］琴心：琴声表达的情意。《史记·司马相如列传》："是时，卓王孙有女文君新寡，好音，故相如缪与令相重，而以琴心挑之。"

［8］梁宛：梁苑，汉梁孝王林苑，初名兔园，规模甚大，司马相如、枚乘等名士曾为座上客，也称梁苑。南朝谢惠连作《雪赋》，描绘梁苑雪景，传诵极广，故梁苑亦称雪苑。故址在今河南商丘东南。梁宛笔即梁苑笔。梁园曾是以邹阳、严忌、枚乘、司马相如、公孙诡、羊胜等为代表的西汉梁园文学主阵地。后世谢惠连、李白、杜甫、高适、王昌龄、岑参、李商隐、王勃、李贺、秦观等都曾慕名前来梁园。李白更是居住长达十年之久不忍离开，《梁园吟》成为千古名诗。这里指精妙的文采。

	原文	译文
雪色 得敷字八韵	滕六空中戏[1]， 如花雪天敷[2]。 光争霜冷淡， 色映月模糊。 方园随格式， 积采类璠玙。 缀树如花发， 堆阶似玉铺。 明泽埃不染， 洁白翳难濡[3]。	雪在空中嬉， 如花开满天。 雪色比霜冷而淡， 月下雪色颜色暗。 方圆随其格式， 积累如白玉艳。 缀在树上如花开， 堆在阶前似玉填。 雪下时明亮润泽尘埃不染， 洁白遮蔽大地后鞋沾湿难。

吴栻 诗文译注

赋物推盐絮[4]，	以物比拟近似盐絮，
捕形属画图。	捕写形貌图画可观。
玉琢三千里，	似三千里白玉精雕细刻，
银镕十二衢[5]。	像大街小巷用熔银漫灌。
青峰迷远影，	远处的青山迷失了踪影，
绿野失前途。	苍茫的原野不见了路线。
点化都无迹[6]，	天地万物都无迹，
清寒景却殊。	气清天寒景色变。
丰年应兆瑞，	瑞雪兆丰年，
圣德正祥符[7]。	帝德得感验。

三四虚写有致，四句尤为秀拔，七八善于言状，九十句从上下写，十一二句从远近写，笔笔不复。

 译文

第三四句虚写别致，第四句尤其秀丽挺拔，七八句善于描写形态，九十句从上下写，十一二句从远近写，笔笔不重复。

作者通过多方面的物象比况，描述了雪色。

注解

［1］滕六：传说中雪神名，这里指雪。

［2］敷：散开、摊开。

［3］璠玙（fán yú）：美玉名。

［3］翳：遮蔽，隐藏。濡：沾湿。该处是说，雪覆盖后，走在雪地上不会弄湿鞋袜。

［4］盐絮：《晋书·列女传·王凝之妻谢氏》载：谢安侄女道韫，才思敏捷，尝居家遇雪，安曰："何所似也？"安兄子朗曰："散盐空中差可拟。"道韫曰："未若柳絮因风起。"谢安十分赞赏。后因以"盐絮"指代比喻的准确。

［5］十二衢：古指长安城内通往十二门的十二条大道，后泛指城市中众多街道。

［6］点化：指自然界的静止的万物。

［7］圣德：帝德。祥符：吉祥的征兆。

	原文	译文

雪气

得登字八韵

原文	译文
边疆飞朔雪[1]，	北方边界飞大雪，
大化气皆澄[2]。	宇宙上下都澄清。
势助风千片，	雪势助风如千面刀片掠过，
威加月半棱[3]。	月亮在雪气威势下成半棱。
天光清似水，	雪气中天光清似水，
人意总如冰[4]。	雪气下情绪如结冰。
就暖情何切，	向暖之情为何如此迫切，
冲寒力不胜。	冲破严寒力量不能胜任。
花从云海起，	花从云海起身，
粟向玉楼增[5]。	粮向玉楼加增。
那耐襦衣薄[6]，	短袄单薄难抵寒冷，
难禁旅夜兴。	透心雪气难禁夜兴。
抚心犹凛洌[7]，	收敛心神仍然凛洌，
对面转凌兢[8]。	面对雪气寒意侵凌。
尚有摊书客[9]，	还有一个读书旅客，
凉霄一点灯[10]。	寒夜里点着一盏灯。

自评

　　三四摹写气字，第四句奇横。五六实写有力，对句出人意表。七八疏题清稳，对句更加一倍。十三四句，极意描写，对句引人入胜，结亦潇洒有致。通首层层转换，句句刻划气字，不能混入声色甲里，尤妙在每联对句，回出乎拟议言思之外，令人耳目一新。

自评 译文

　　第三四句摹写"气"字，第四句奇特。五六实写有力，对句出人意表。七八句疏解题意清爽稳健，对句更加一倍。十三四句，极意描写，对句引人入胜，结句也潇洒有味。通首层层转换，句句刻画"气"字，不能混入声色甲里，尤妙在每联对句，每联出乎常态，令人耳目一新。

题解

　　该题描述了雪中旅人的环境气氛及心理感受。

注解

　　[1]朔雪：北方的雪。

［2］大化：指宇宙，大自然。澄：静，宁静。

［3］棱：同一物体的面与面的交接处，即棱角。

［4］人意：人的意愿、情绪。

［5］玉楼：华丽的楼。宋辛弃疾《苏武慢·雪》词："歌竹传觞，探梅得句，人在玉楼。"

［6］那：同哪。襦衣：短衣，短袄。

［7］抚心：谓收敛心神。战国楚宋玉《神女赋》序："于是抚心定气，复见所梦。"凛冽：极为寒冷。

［8］凌兢：形容寒凉。

［9］摊书客：摊开书本，谓读书。唐杜甫《又示宗武》诗："觅句知新律，摊书解满床。"

［10］凉霄：寒夜。

原文	译文

雪景

得嘉字八韵

原文	译文
瑞雪三冬积， 晶莹一带斜。	积聚在冬天的瑞雪， 晶莹洁白如带斜挂。
何人情独寄， 此日景堪嘉。	何人情感独自存此， 这日景色着实美嘉。
处士寻梅蕊[1]， 幽人摘笋芽[2]。	雪中有处士寻梅花， 雪地见幽人摘笋芽。
无心还咏絮[3]， 有味好烹茶。	无心依然歌咏雪花， 此时趣味最好是烹茶。
写意推诗伯[4]， 描形属画家。	写好雪景就是诗坛老大， 画真雪景便是绘画大家。
非仙抛玉屑， 是佛散天花[5]。	下雪不是神仙抛玉屑， 而是佛让天女散天花。
不夜城堪住， 长春苑岂遐[6]。	能住在银白的不夜城， 长青林苑难道在天涯？
惭才非谢客[7]， 作赋漫相夸[8]。	惭愧自己不是谢灵运， 写诗作文随意夸赞它。

处士两联，句句写景，十一二句新颖异常。

注解

[1] 处士：有才德而隐居不仕的人，后也泛指未做过官的士人。《史记·殷本纪》："或曰，伊尹处士，汤使人聘迎之，五反然后肯往从汤。"

[2] 幽人：隐蔽，幽居之人。宋苏轼《定惠院寓居月夜偶出》诗："幽人无事不出门，偶逐东风转良夜。"

[3] 还：依然。咏絮：歌咏柳絮，这里指歌咏如柳絮一样的雪。

[4] 写意：抒写心意。诗伯：诗坛霸主，诗坛领袖。

[5] 佛散天花：出自佛教故事。如来派天女散花以试菩萨和听道众弟子的道行，花至菩萨身上即落去，弟子舍利弗则满身沾花。舍利弗自知道行不行，就越发努力学习。后多形容抛洒东西或大雪纷飞的样子。

[6] 退：本指远走外地。这里指遥远。

[7] 谢客：指南朝宋谢灵运。灵运幼名客儿，故称。谢灵运是第一位全力创作山水诗的诗人。其诗充满新鲜感，或幽深或明丽的景观，为读者呈现出如同实景，而又超越实景的诗化的"自然"。谢灵运的山水诗以"言志"为旨归，因而，自然山水又是他抒发情感的载体，蕴含着作者主观的情绪。由此形成了谢灵运山水诗独特的自然、人文韵味。

[8] 漫：没有约束，随意。相夸：夸它。

	原文	译文
鹖旦不鸣 得鸣字六韵	天心当子月[1]， 鹖旦不闻鸣。	农历十一月， 听不到寒号虫声。
	凄切音何阒[2]？ 阳和气渐生[3]。	凄凉悲切声为何消， 因春天暖气逐渐生。
	知时如有约[4]， 按候自无声。	知道时令来如有约定， 按照节候自然不再鸣。
	静寂三更梦[5]， 萧森一夜情[6]。	当半夜静寂人入梦， 一夜间树上凋零。
	深村人悄悄， 别院月盈盈[7]。	深夜里村庄静悄悄， 宅院的月光泄水银。

待得春来日，　　　　　等到春来日，

还随出谷莺[8]。　　　　跟着出谷莺。

深村一联，澹然可思[9]。

鹖旦（hé dàn）：鼯鼠的一种，类似蝙蝠，属啮齿类动物。主要分布在中国甘肃、青海、河北、四川等地。中国的鼯鼠民间称寒号鸟、寒号虫、寒搭拉虫、飞猫等，鼯鼠靠前后腿之间宽大的翼蹼能在绝壁和大树之间滑翔飞行，在高大的乔木或陡峭岩壁裂隙石穴筑巢，昼伏夜出，晚上有时可以听到"哩—嘟罗—嘟罗"的叫声。鼯鼠有"千里觅食一处屙"的习性，不管到多远的地方觅食，大小便总是回来排泄在一个不居住的固定洞穴内，其粪便有很高的药用价值，中药称为五脂灵。

鼯鼠因会滑翔，所以古籍写为"鹖旦"，也作"鶡鴠"。明陶宗仪《辍耕录·寒号虫》："五台山有鸟，名寒号虫，四足，有肉翅，不能飞。"明李时珍《本草纲目·禽二·寒号虫》（释名）引郭璞曰："鶡鴠，夜鸣求旦之鸟。夏月毛盛，冬月裸体，昼夜鸣叫，故曰寒号。"

诗题出自《礼记·月令》："（仲冬之月）鹖旦不鸣。"郑玄注："鹖旦，求旦之鸟也。"《吕氏春秋·仲冬》："鶡鴠不鸣，虎始交。"

［1］天心：天空中央，即季节、时令。子月：农历十一月。《尔雅·释天》"十一月为辜"。清郝懿行义疏："辜者，故也。十一月阳生，欲革故取新也。十月建亥，亥者根荄也。至建子之月，而孳孳然生矣。"北周庾信《寒园即目》诗："子月泉心动，阳交地气舒。"

［2］凄切：凄凉悲切。閟（bì）：隐蔽、消失。

［3］阳和：借指春天。元萨都剌《雪中妃子》诗："疑是阳和三月暮，杨花飞处牡丹开。"

［4］时：节候，时令。

［5］三更：半夜，即晚上的二十三点至次日凌晨一点。

［6］萧森：草木凋零衰败。宋陆游《秋思绝句》："一片云深更作阴，东轩草树共萧森。"

［7］别院：正宅之外的宅院，这里泛指院子。明高启《咏苑中秦吉了》诗："驾来别院未知迎，先听遥呼万岁声。"盈盈：清澈、晶莹貌。

[8]出谷莺：从幽谷飞出的鸟。也喻指升迁之人。唐李白《荆门浮舟望蜀江》诗："雪照聚沙雁，花飞出谷莺。"

[9]澹然：恬淡。

原文	译文
得灰字六韵 吹葭六管动飞灰	
时逢阴尽日[1]，	节令时逢冬至日，
缇室动飞灰[2]。	冬至缇室飞灰动。
六管葭堪验[3]，	律管葭灰能验证，
三阳泰已开[4]。	寒到极盛一阳生。
宫商分律品[5]，	音乐律吕品类众，
清浊隐胚胎[6]。	阴阳隐在胚胎中。
按候无由测[7]，	按节候无法预测，
随机有自来。	随时机自会来临。
伶伦曾密察[8]，	乐官伶伦曾密察，
蒙瞳应详推[9]。	蒙瞳不明应详问。
盛世资调燮[10]，	盛世资助调阴阳，
清光耀上台[11]。	帝王容颜照朝廷。

自评

按候二字本色，语邵（却）异样醒豁。

自评 译文

按候二字本色自然，语言却格外清晰明了。

题解

题出杜甫《小至》："天时人事日相催，冬至阳生春又来。刺绣五纹添弱线，吹葭六管动飞灰。"小至，《全唐诗》于题下注："至前一日，即《会要》小冬日。"葭，初生的芦苇，诗中指代芦苇内膜烧成的灰。六管，也作六琯，指用玉制成的确定音律的律管，律管共十二支，分六律、六吕，故称。古代为了预测时令变化，将芦苇茎中的薄膜制成灰，放在十二乐律（分别代表一年的十二个月）的玉管内，每月节气到来，相应律管里的灰就会自动飞出。

[1] 阴尽日：冬至日。古人认为到冬至那天阴气达到极盛，事物盛极而衰，新的一线阳气由此产生。

[2] 缇室：古代观察节气的房间。该室门户紧闭，密布缇缦（橘红色的帷幕），故名。

[3] 六管：《后汉书·律历志上》："候气之法，为室三重，户闭，涂衅（古代用牲畜的血涂器物的缝隙）必周，密布缇缦。室中以木为案，每律各一，内庳外高，从其方位，加律其上，以葭莩灰抑其内端，案历而候之。气至者灰动。"宋葛立方《蝶恋花·冬至席上作》词："缇室群阴清晓散。灰动葭莩，渐觉微阳扇。"

[4] 三阳泰已开：冬至一阳生，农历十二月为二阳生，立春为三阳生。立春后万物复发，万物又重新开始，故称三阳开泰。冬至在十一月，六十四卦中为复卦，卦象震下坤上，一阳生，表示阳开始生长，距阴阳和谐，乾下坤上的泰卦不远。

[5] 宫商：古代音律中的宫音与商音，后泛指音乐。律品：音乐的种类。

[6] 清浊：清气与浊气。引申以喻天地阴阳二气。北周庾信《燕射歌辞·周五声调曲·宫调曲》之一："气离清浊割，元开天地分。"稳：疑为"隐"。胚胎：比喻事物的开始或起源。

[7] 无由：没有办法。

[8] 伶伦：传说为黄帝时的乐官。古以为乐律的创始者。

[9] 矇瞳：昏愦不明。

[10] 调燮（diào xiè）：调和阴阳。

[11] 清光：清美的风采。多喻帝王的容颜。《汉书·晁错传》："今执事之臣皆天下之选已，然莫能望陛下清光，譬之犹五帝之佐也。"上台：指宫廷，朝廷。

九九消寒图

得寒字六韵

原文	译文
葭灰飞动处， 按候识消寒[1]。	律管葭灰飞动处， 物候识别用消寒。
九数悬图内[2]， 三阳绘笔端[3]。	九九画数图内悬， 三阳景观画上边。
留香双牖满[4]， 得令一株单[5]。	窗面充满梅花香， 得此节令独开艳。
金粉描应好，	应用金粉描画好，

胭脂染未干。	胭脂染色似未干。
渐教春泄漏，	渐将春光泄漏出，
恐把画推残。	怕把画面推拉残。
玉烛调元日[6]，	四时和畅调和日，
生机万物欢。	万物向荣生机欢。

五六疏题清刻，九十尤为爽朗。

五六句疏通题旨，清严苛刻，九十句尤其爽快开朗。

九九消寒图为中国岁时风俗。南北朝时梁朝宗懔所著《荆楚岁时记》，就有"九九歌"的记载。明代产生"画九""写九"的习俗，使数九所反映的暖长寒消的气象、物候形象化。人们通过九九消寒图预卜来年丰歉，是一种很有传统特色的日历。较简单的是，将宣纸等分为九格，每格用笔帽蘸墨印上九个圆圈，每天填充一个圆圈，根据天气通常为：上涂阴下涂晴，左风右雨雪当中。也有的采用图画的形式，如在白纸上绘制九枝寒梅，每枝九朵。一枝对应一九，一朵对应一天，每天根据天气实况用特定的颜色填充一朵梅花。一般而言，在九九消寒图的一侧还应写有"数九歌"。从冬至那天算起，以九天作一单元，连数九个九天，以此消遣、打发时间。九九消寒图表现出人们熬冬盼春的急切心情。不管是画的还是写的，统称作"九九消寒图"。最简单的"数九歌"如："一九二九，不出手；三九四九，冰上走；五九六九，访亲探友；七九八九，沿河看柳。"

［1］消寒：指《九九消寒图》。

［2］九数：《九九消寒图》中的八十一天。

［3］三阳：这里指从一阳生到三阳开泰即冬至到九九的时段。

［4］留香：带有花香。这里指画有寒梅的《九九消寒图》。牖（yǒu）：窗户。

［5］得令：按时令。

［6］玉烛：谓四时之气和畅。《尸子》卷上："四气和，正光照，此之谓玉烛。"调元：指调和阴阳。

残雪在树

得残字六韵

原文	译文
嘉树窗前植，	美树修竹栽窗前，
霏微雪影残[1]。	气雾弥漫雪影残。
冰花吹未散，	风吹冰花还没散，
粉本画应难[2]。	画稿起草有点难。
乍觉星星缀，	突觉残雪如星星点缀，
俄惊点点攒[3]。	俄而惊奇点点的积攒。
微留三径冷[4]，	在树残雪使冷添宅院，
轻带五更寒。	轻轻带着五更的余寒。
凝北檐犹湿，	面北房檐上冰雪斑斑，
枝南迹已干。	朝南树枝上残雪已干。
空斋萧飒甚[5]，	空寂的书斋萧条冷落，
吟尝足情欢[6]。	吟诗品评也情畅心欢。

北檐二句爽心快日[7]。

[1]霏微：雾气、细雨弥漫的样子

[2]粉本：画稿。据元夏文彦《图绘宝鉴》，古人画稿谓之粉本。其法有二：一是用针按画稿墨线密刺小孔，把粉扑入纸、绢或壁上，然后依粉点作画。二是在画稿反面涂以白垩、土粉之类，用簪钗按正面墨线描传于纸、绢或壁上，然后依粉痕落墨。后引申为一般的画稿。

[3]攒：聚集。

[4]三径：赵岐《三辅决录·逃名》："蒋诩归乡里，荆棘塞门，舍中有三径，不出，唯求仲、羊仲从之游。"后因以"三径"指归隐者的家园，也泛指院中小路。

[5]萧飒：萧条冷落；萧索。

[6]尝：品评，辨别。

[7]日：疑为"目"。

芸始生

一 得芸字六韵

原文	译文
天心当子月,	农历十一月一阳生,
植物此中分[1]。	植物此时破甲蘗分。
径曲才抽荔[2],	曲径的马莲才吐芽,
墙根渐吐芸。	墙根处芸草渐出生。
藏衣常馥郁,	芸藏于衣馥郁常存,
辟蠹觉氤氲。	避祛虫蛀气味氤氲。
苗向三阳发,	芸苗在冬至后发芽,
香流万轴闻[3]。	芸香流布于众书本。
掇枝虽细细,	拾取的枝子虽细弱,
生意自欣欣[4]。	生机盎然欣欣向荣。
薄采芳盈掬[5],	采摘芳草足足满捧,
因须贮典坟[6]。	用来贮藏典籍雄文。

自评

七八九十句,不但切芸,尤着意在始生二字。

题解

芸:香草名,也叫"芸香",多年生草本植物,其下部为木质,叶互生,羽状深裂或全裂,花黄色,香气浓郁,可做香囊,可杀虫驱蝇灭蛀,也可入药。3～6月及冬季末期开花,7～9月结果。

注解

[1]中分:分裂。元赵孟頫《岳鄂王墓》诗:"英雄已死嗟何及,天下中分遂不支。"

[2]荔:草名。即"马蔺",又名"马荔""马莲",一种多年生草本植物,须根长而坚硬,叶片狭线形,花蓝色。花及种子可入药,叶可造纸,根可制刷子。

[3]流:流淌,这里指记载。轴:古代书卷中的杆,借指书籍。唐韩愈《送诸葛觉往随州读书》诗:"邺侯家多书,插架三万轴。"

[4]生意:生机,生命力。欣欣:草木茂盛貌。

[5]薄采:采摘。薄,词缀无义。如《诗经·鲁颂·泮水》:"思乐泮水,薄采其芹。"盈掬:也作"盈匊"。满捧。两手合捧曰匊。《诗·唐风·椒聊》:"椒聊之实,蕃衍盈匊。"毛传:"两手曰匊。"唐杜甫《佳人》诗:"摘花不插鬓,采柏动盈掬。"

[6]典坟:亦作"典贲"。三坟五典的省称。指各种古代文籍。

	原文	译文
二 得生字六韵	小草生冬令， 香芸翠申生。 欣逢冬至节， 犹记夜来名[1]。 幽草灵先觉[2]， 孤芳气自清。 萧萧抽雪圃[3]， 馥馥斗花城[4]。 东阁藏春意， 南窗媚晚情[5]。 微姿如见采[6]， 纫佩更轻盈[7]。	小草生在冬季， 香芸翠展芽生， 欣逢冬至节到， 仍记得夜来名。 幽草机灵先觉察， 孤芳自赏气质清。 寒冷的雪圃抽芽， 香气浓斗过花城。 东房里藏着春意， 南窗跟喜爱晚情。 细微时如被采摘， 缝缀佩戴更轻盈。

萧萧二联，雅致宜人。

［1］夜来：魏文帝爱妾薛灵芸的别名。晋王嘉《拾遗记》："文帝所爱美人，姓薛名灵芸，常山人也，改灵芸之名曰夜来……夜来妙于针工，虽处于深帷之内，不用灯烛之光，裁制立成。非夜来缝制，帝则不服。宫中号为'针神'也。"

［2］幽草：幽深地方的草丛。唐韦应物《滁州西涧》诗："独怜幽草涧边生，上有黄鹂深树鸣。"灵：反应敏捷。

［3］萧萧：凄清、寒冷。晋陶潜《祭程氏妹文》："黯黯高云，萧萧冬月。"

［4］馥馥：形容香气很浓。汉苏武《别友》："烛烛晨明月，馥馥秋兰芳。"

［5］媚：喜爱，赞赏。

［6］见采：见采，被采摘。

［7］纫佩：语出《楚辞·离骚》："纫秋兰以为佩。"谓捻缀秋兰，佩带在身。

	原文	译文
早梅 得寒字六韵	韶华随律转[1]， 梅蕊报冬阑[2]。 尘外开香国[3]， 花前署令官[4]。 罗浮寻好梦[5]， 庾岭怯香寒[6]。 暖到枝先觉， 阳回雪已残。 斜穿珠络索[7]， 密缀玉栏杆。 留此萧疏影[8]， 朝朝刮目看。	春光随节转， 梅花报冬残。 梅开尘外国添香， 梅花在前排主管。 罗浮山上梦梅仙， 庾岭梅香能去寒。 梅花枝条先觉暖， 梅开阳回雪已残。 梅枝斜穿珍珠串， 密密连缀玉栏杆。 留下早梅清丽影， 每天刮目另眼看。

三四语极新奇，五六七八本色点缀，九十工丽，结亦清稳。

[1] 韶华：美好的时光。常指春光。律：指季节和气候。宋陆游《春望》："大地回春律，山川扫积阴。"

[2] 阑：残，将尽。

[3] 尘外：世外。

[4] 署：安排、布置。令官：掌管气候的人，指大自然。

[5] 罗浮：山名。在广东省东江北岸。风景优美，为粤中游览胜地。晋葛洪曾在此山修道，道教称为"第七洞天"。相传隋赵师雄在此梦遇梅花仙女，后多为咏梅典故。

[6] 庾岭：见《十月先开岭上梅》。

[7] 珠络：比喻晶莹连贯之物。

[8] 萧疏：寂寞；凄凉；清丽。

原文　　　　　　　　译文

曰为改岁

得岁字六韵

节届嘉平月^[1]，　　　　节气到腊月，
天时恒迭递^[2]。　　　　时序常交换。
柳条知送寒，　　　　　知春柳条走送寒，
梅瓣解迎岁。　　　　　蜡梅迎春绽花瓣。
一夕冬春殊，　　　　　冬春一夜变，
四时新故替。　　　　　新旧四时转。
椒盘花正芳^[3]，　　　　盘中花椒正飘散，
柏叶酒初哜^[4]。　　　　祝寿柏叶酒初舔。
旧日饭颗留^[5]，　　　　旧新交替留剩饭
今年诗草祭^[6]。　　　　今年用诗祭老天。
却嗟名未成^[7]，　　　　感叹至今名未成，
顿觉光阴逝。　　　　　顿觉光阴如飞箭。

句经百炼，一结题寄托，饶有古致^[8]。

 译文

句子经过千锤百炼，统一到结束的寄托上，富有古人雅致。

诗题出自《诗·豳风·七月》："嗟我妇子，曰为改岁，入此室处。"改岁：由旧岁进入新年。

（注解）

[1] 届：到。嘉平：腊月的别称。元方回《留丹阳三日苦寒戏为短歌》："自从书云入嘉平，一月曾无三日晴。"

[2] 迭递：轮流，交替。

[3] 椒盘：盛有花椒的盘子。古时正月初一用盘进花椒，饮酒则取花椒粉置酒中。唐杜甫《杜位宅守岁》诗："守岁阿戎家，椒盘已颂花。"（颂：赞颂，祝愿。）

[4] 柏叶酒：柏叶浸制的酒。古代风俗，以柏叶浸酒，新年的第一天共饮，以祝寿和避邪。汉应劭《汉官仪》卷下："正旦饮柏叶酒上寿。"哜：微微尝一点，古代行礼时的仪节之一。

〔5〕旧日饭颗留：留剩旧年的饭食。旧俗，在除夕多做饭食、面点，有意剩留到第二天新年，以示年年有余。

〔6〕诗草：诗作。

〔7〕嗟：叹息。李白《梦游天姥吟留别》："忽魂悸以魄动，恍惊起而长嗟。"

〔8〕古致：古人情致。

《怡云庵排律诗草》卷三

明霞烂复阁

原文	译文
天边舒绣綵[1]，	像天边舒展开锦绣，
复阁灿流霞。	楼阁似灿烂的彩霞。
丽夺临风锦，	美丽胜临风的锦缎，
光争映日花。	光彩争先映日百花。
璇题皆设色[2]，	椽头全饰彩，
藻井亦增华[3]。	藻井都绘画。
碧落高还下[4]，	上楼后天空似在下，
青空正复斜。	青空里正斜多变化。
建标惊殿鹊[5]，	竖起标识使殿雀受惊吓，
成绮眩宫鸦[6]。	藻饰如罗绮眩晕宫中鸦。
画栋千重锁[7]，	彩绘的楼栋锁千重，
珠帘几处遮。	遮拦的珠帘多处挂。
光腾变玉阙[8]，	光辉升腾成天宫，
风送五云车[9]。	风送空中仙人驾。
仙欲如堪接，	如想交神结仙家，
攀跻更不遐[10]。	攀爬不远就能达。

 自评

　　三四饱满园足。五六七八句，摹写工雅，却处处抱定复阁。建标两联，刻画细润，而"惊""眩"二字，尤为锤炼极精。

本题出自杜甫《大云寺赞公房四首》："明霞烂复阁，霏雾塞高牖。"集中描述了重叠楼阁的灿烂多姿。

[1] 绣绤：锦绣，花纹色彩精美鲜艳的丝织品。比喻美丽或美好的事物。

[2] 璇题：玉饰的椽头。《文选·扬雄〈甘泉赋〉》："珍台闲馆，璇题玉英。"

[3] 藻井：我国传统建筑中天花板上的一种装饰处理。一般做成圆形、方形或多边形的凹面，上有各种花纹、雕刻和彩画。《文选·张衡〈西京赋〉》："蒂倒茄于藻井，披红葩之狎猎。"

[4] 碧落：道家称东方第一层天，碧霞满空，叫作"碧落"。后来泛指天上（天空）。

[5] 建标：树立标识。《文选·孙绰〈游天台山赋〉》："赤城霞起而建标，瀑布飞流以界道。"李善注："建标，立物以为之表识也。"

[6] 绮：有花纹的丝织品。宫鸦：栖息在宫苑中的乌鸦。唐王建《和胡将军寓直》："宫鸦栖定禁枪攒，楼殿深严月色寒。"

[7] 画栋：彩绘的栋梁楼阁。唐王勃《滕王阁》诗："画栋朝飞南浦云，珠帘暮卷西山雨。"

[8] 玉阙：传说中天帝、仙人所居的宫阙。宋苏轼《次韵正辅同游白水山》："径从此路朝玉阙，千里莫遣毫厘差。"指皇宫、朝廷。唐太宗《赋帘》诗："参差垂玉阙，舒卷映兰宫。"

[9] 五云车：谓仙人所乘的云车。北周庾信《道士步虚词》之六："东明九芝盖，北烛五云车。"泛指华丽的车乘。唐刘长卿《闻沈判官至》诗："长乐宫人扫落花，君王正候五云车。"

[10] 攀跻：攀登。唐孟郊《和皇甫判官游琅琊溪》："唯当清宵梦，髣髴愿攀跻。"

日月低秦树

得秦字八韵

原文	译文
阳和培植久[1]，	春天的阳气培植已久，
嘉树遍西秦[2]。	美好的树木遍于西秦。
风和韶光早[3]，	风气平和春光早，
天临曙气新[4]。	天子治下曙光新。
千条垂偃盖[5]，	枝条伸展如伞盖，
百尺转羲轮[6]。	树高百尺转日轮。
景似桑阴合[7]，	日光在树如桑阴遮蔽，
香疑桂影匀。	清香扑鼻疑桂影匀称。
枝悬金镜晓[8]，	拂晓枝叶高悬旭日照，
柯挂玉盘伸[9]。	夜晚月挂枝头玉盘升。
荫暗长安路，	树荫遮蔽了长安路，
辉流灞水滨。	光辉在灞水边流动。
萧森堪系马[10]，	树木茂盛好系马，
袅娜欲留人。	袅娜美景想留人。
余霭如堪托，	天上云雾如能嘱托，
应归上苑春[11]。	让秦树归于上苑中。

自评

五六工丽，七八句以扶桑月桂，映带日月[12]，巧法兼臻，余俱妥贴。

自评 译文

五六句工整秀丽，第七八句用扶桑、月桂互相衬托日月，技巧方法兼到，其余都妥当贴切。

题解

该题出自唐杜甫《投赠哥舒开府翰》诗："日月低秦树，乾坤绕汉宫。"该诗通过歌颂西地秦树的雄姿与美好，委婉表达了自己的杰出才华希望能得到朝廷的赏识重用。

注解

［1］阳和：春天的暖气。《史记·秦始皇本纪》："维二十九年，时在中春，阳和方起。"

［2］西秦：指关中、甘肃一带秦之旧地（西宁当时属甘肃）。

[3] 韶光：美好的时光，多指美丽的春光。《红楼梦》："可怜辜负好韶光，于国于家无望。"

[4] 天临：上天照临下土。喻天子之治。南朝宋颜延之《应诏宴曲水作诗》："太上正位，天临海镜。"

[5] 偃盖：车篷或伞盖。喻指圆形覆罩之物。

[6] 百尺：这里极言树干之高大。羲轮：太阳的别称。宋阮阅《诗话总龟》卷十二引《玉堂诗话》："杨黎州《自遣》云：'天上羲轮都易识，人间尧历自难逢。'"

[7] 景：日光。

[8] 金镜：比喻太阳。宋陆游《隔浦莲近拍》词："烟霏散，水面飞金镜，露华冷。"

[9] 玉盘：喻指月亮。柯：草木的枝茎。

[10] 萧森：草木茂密貌。北魏杨衒之《洛阳伽蓝记·平等寺》："堂宇宏美，林木萧。"

[11] 上苑：皇家的园林。南朝梁徐君倩《落日看还》诗："妖姬竞早春，上苑逐名辰。"

[12] 映带：相互衬托。

山气日夕佳 一

得佳字八韵

原文	译文
何处岩光好， 云山气偏佳。	何处风光好， 云山景色佳。
林疏残霭见， 山净嫩岚偕[1]。	林稀见残雾， 山净微风加。
晓翠铺幽磵， 晴霞锁断崖。	明亮的翠色铺满深涧， 晴空的霞光锁住断崖。
烘烟清可掬[2]， 晚路淡无涯。	火烟袅袅清晰可掬， 晚间路途暗淡无涯。
返影速萧寺[3]， 清晖透小斋。	夕照快速掠过佛寺， 清辉透过小斋如画。
陶公应折屐[4]， 咏尝愧吾侪[5]。	陶渊明见此应狂喜， 论咏赞我辈愧到家。

五六宛然一幅秋山晚照。"铺""锁"二字组织尤工。云峰有色，天路无涯本是常语，而中特加清淡字眼，便与"日夕"有关照，此诗字之所以贵在推敲也。

该题出自晋·陶渊明《饮酒》其五："山气日夕佳，飞鸟相与还。"两诗集中描述了山中黄昏的美妙景象。

[1] 嫩岚：微风。

[2] 可搊：可以用手捧住。形容情状明显。唐韩愈《春雪》诗："遍阶怜可搊，满树戏成摇。"

[3] 返影：夕阳的反光。萧寺：唐李肇《唐国史补》卷中："梁武帝造寺，令萧子云飞白大书'萧'字，至今一'萧'字存焉。"后因称佛寺为萧寺。

[4] 陶公：陶渊明，田园诗人，被称为"古今隐逸诗人之宗"，有《陶渊明集》。折屐：木头做底的鞋断了。《晋书·谢安传》："玄等既破坚，有驿书至，安方对客围棋，看书既竟，便摄放床上，了无喜色，棋如故。客问之，徐答云：'小儿辈遂已破贼。'既罢，还内，过户限，心喜甚，不觉屐齿之折。"后以"折屐"形容狂喜。

[5] 吾侪：我辈；我们这类人。宋苏辙《龙川别志》卷上："仓猝遣将，吾侪之罪也。"

二

原文	译文
远眺山头色，	远望山头景色，
葱茏气象佳[1]。	草木茂盛可爱。
高峰开宿雾[2]，	高峰云雾中显露，
日夕豁阴霾[3]。	夕阳豁开了阴霾。
晚曙浮丹嶂[4]，	晚照漂浮在红色险峰，
斜曛落翠崖[5]。	耸翠的山崖黄昏到来。
树梢烟漠漠[6]，	树梢上烟雾迷蒙，
涧低水潺潺[7]。	涧沟中水声溅溅。
顿觉尘心寂[8]，	突然名利之心沉寂，

频教老眼揩。	屡次使我擦老眼袋。
云梯如何陟[9]，	天梯如何登？
拾级更抒怀[10]。	逐级而上更抒情怀。

自评

"晚曙"一联极佳。

注解

[1]葱茏：形容草木青翠茂盛。唐柳宗元《酬贾鹏山人郡内新栽松寓兴见赠》诗之一："积雪表明秀，寒花助葱茏。"气象：景色，景象。唐阎宽《晓入宜都渚》诗："回眺佳气象，远怀得山林。"

[2]宿雾：素有的、一直存在的云雾。

[3]豁：裂开，割裂。阴霾：天气阴晦、昏暗。

[4]晚曙：晚霞。曙，这里指亮光。嶂：高险像屏障的山。

[5]斜曛：黄昏，傍晚；落日的余光。元陈旅《题韩伯清所藏郭天锡画》诗："岁晚怀人增感慨，晴窗展玩到斜曛。"

[6]漠漠：迷蒙貌。唐杜甫《茅屋为秋风所破歌》："俄顷风定云墨色，秋天漠漠向昏黑。"

[7]湝湝：水流貌。《诗·小雅·鼓钟》："鼓钟喈喈，淮水湝湝。"

[8]尘心：指凡俗之心，名利之念。唐白居易《冯阁老处见与严郎中酬和诗因戏赠绝句》："纵有旧游君莫忆，尘心起即堕人间！"寂：静，无声。

[9]云梯：传说中仙人登天之路。唐王勃《观内怀仙》诗："自能成羽翼，何必仰云梯。"陟：登。

[10]拾级：逐步登阶。《礼记·曲礼上》："拾级聚足，连步以上。"

原文	译文
水活清如许，	活水这样清，
随流可溯源。	随流可溯源。
湏知泉有脉[1]，	须知泉有脉络，
不似草无根[2]。	不像杂草根浅。
泛滥支多别，	溢出分支多有别，
潆洄本不系[3]。	水流回旋本不联。
澄鲜询可掬[4]，	澄净鲜活实能掬，

为有源头活水来 一

迹沦有谁论。　　　　足迹波纹有谁谈。

云气相融洽[5]，　　　云气相互融汇，

天光互吐吞[6]。　　　彼此吐吞光天。

方塘开一鑑，　　　　方塘如一新磨镜，

妙语其中存。　　　　妙语奇文里面掩。

起句用典恰合，三四反衬，警快异常，七八句法新奇，九十妆点绝佳，一结含蓄无尽。

起句用典恰当合适，三四句反衬，异常扼要明快，第七八句句法新奇，九十妆点极其漂亮，结尾含蓄无尽。

诗题出于宋朱熹的《观书有感》："半亩方塘一鉴开，天光云影共徘徊。问渠那得清如许，为有源头活水来。"朱熹赞美心灵中感知的清澈、活泼，以水塘和云影的映照作喻。他的心灵为何这样澄明呢？因为总有像活水一样的书中新知，在源源不断地给他补充。作者对此作了进一步阐发。

注解

［1］脉：水脉，因形如人体脉络，故名。指地下水泉。也称泉脉。晋张华《博物志》卷八："自燉煌西涉流沙往外国，沙石千余里，中无水，时则有伏流处，人莫能知，皆乘骆驼，骆驼知水脉，过其处辄停不肯行，以足蹋地，人于其蹋处掘之，辄得水。"

［2］无根：这里指根浅。

［3］潆洄：也作"潆迴"。水流回旋貌。宋朱熹《精舍闲居戏作武夷棹歌》之九："八曲风烟势欲开，鼓楼岩下水潆洄。"

［4］询：信实，确实。

［5］云气：云雾，雾气。《管子·水地》："龙生于水……欲尚则凌于云气，欲下则入于深泉。"

［6］天光：日光，天空的光辉。吐吞：即吞吐，吞进和吐出。比喻出纳、隐现、聚散等变化。南朝宋鲍照《登大雷岸与妹书》："吞吐百川，写泄万壑。"

原文	译文

二

水活清堪照，　　　　　　　活水清湛能当镜，
探源有自来。　　　　　　　寻探出处自有源。
千波常远漓[1]，　　　　　　波纹千条离浅薄，
一鑑始半开。　　　　　　　镜子一面才开半。
澄彻无浮翳[2]，　　　　　　清澈无障蔽，
寒明不染埃。　　　　　　　寒明尘不染。
滔滔流沼沚[3]，　　　　　　滔滔入池塘，
汩汩溯江隈[4]。　　　　　　汩汩进河湾。
皎月相映辉，　　　　　　　与皎月交相辉映，
行云共徘徊[5]。　　　　　　跟行云一起舒卷。
其中涵妙境，　　　　　　　其中含妙境，
形影象兼赅[6]。　　　　　　形影象赅兼。

七八实写活水，眼前语却自稳惬[7]。

　　[1]漓：浅薄。

　　[2]浮翳：浮在水面的遮蔽物。宋陈亮《又乙巳秋书》："如浮翳尽洗而去之，天地清明，赫日长在。"

　　[3]沼沚：池塘。亦借指积水坑。晋葛洪《抱朴子·广譬》："黄河虽混浑，不可以方沼沚之清澄。"

　　[4]江隈：江水曲折处。南朝齐谢朓《奉和随王殿下》之四："睿心重离析，岐路清江隈。"

　　[5]徘徊：来回走。这里指浮动、起伏。

　　[6]形影象：物体、影子、景象。赅：完备。

　　[7]稳惬：妥帖恰当。

昆明池织女石

得池字八韵

原文	译文
地辟昆明大，	地上凿出大昆明池，
名标织女奇。	石雕名为织女也奇。
却存形是石[1]，	织女的形状是块石。
曾蓄水为池[2]。	当地曾经蓄水为池。
云髻波中浴[3]，	美女在波中洗浴，
风鬟浪里窥[4]。	美发可浪里窥视。
苔衣披玉骨[5]，	白玉身上披着苔藓衣，
珠露缀冰肌。	露珠连缀晶莹的肌肤。
锦制花千树，	锦绣制成千树花，
梭抛雨万丝[6]。	梭穿雨点变万丝。
地原三岛异[7]，	处地与蓬莱三岛不同，
身却十洲疑[8]。	身也被十洲仙界怀疑。
已隔银河远，	距银河已远，
还教玉宇离[9]。	和天宫分离。
无言徒彳立，	无言身孤立，
恰此望夫痴[10]。	恰似望夫石。

一破清正，三句用经，四句用典，两句却一气卷舒，以搏挽全题，极其敏妙。五六旁衬，以宽局势。七八九十句，从四面烘染，笔笔欲活。十三四句，层波叠出，无穷清新，结局比拟恰合。唐人此题诗，空前绝后。作者乃力与颉颃，为此题别开生面，固知词人胸中，别有抒机也。

自评 译文

第一句破题清朗平正。第三句用经，第四句用典，两句却一口气伸缩，以使全诗行文激荡，极其敏捷奇妙。第五六句旁衬，使视野更宽。第七八九十句，从四面烘托渲染，笔笔如活的一样。第十三四句，层层波浪重叠而出，无比清新。结局比拟恰当合适。唐人这个题目的诗，空前绝后。作者乃努力与之抗衡，为此题别开生面，本就知道词人胸中，别有命题立意啊。

昆明池位于西安城西的沣水、潏水之间（今西安西南斗门镇东南），池址附近有石雕人像一对，东牵牛，西织女。西汉元狩四年（公元前 119 年），汉武帝在上林苑之南引丰水而筑成昆明池，周围四十里，原是为了练习水战之用，后来变成了泛舟游玩的场所。《三辅黄图》和《西京杂记》中详细地记载着昆明池的传闻异说，后历代几次修浚。唐大和时干涸为陆。诗人展开想象的翅膀，描述了昆明池的石雕织女。

 注解

　　[1]存形是石：司马迁《史记·夏本纪》载：禹娶了涂山氏女，婚后不久便离家治水去了，"三过家门而不入"，一别十三年。涂山氏女日夜向丈夫治水的方向远眺，但望穿秋水，也不见禹归来。她朝思暮想，最终精诚所至，化作一块望夫石，端坐在涂山的东端，后人把它叫作启母石。这里是化用。

　　[2]蓄水为池：指《三辅黄图》和《西京杂记》中详细记载的昆明池的传闻。

　　[3]云鬟：借指美女。宋梅尧臣《饮刘厚甫舍人家》诗："每出一物玩，必观众宾酌。又令三云鬟，行酒何婵约。"

　　[4]凤鬟：指女子美丽的头发。宋苏轼《洞庭春色赋》："携佳人而往游，勒雾鬓与风鬟。"

　　[5]苔衣：泛指苔藓。南朝宋谢灵运《岭表赋》："萝蔓绝攀，苔衣流滑。"玉骨、冰肌：肌骨如同冰玉一般。形容女子肌肤莹洁光滑。《庄子·逍遥游》："藐姑射之山，有神人居焉，肌肤若冰雪，绰约若处子。"宋苏轼《洞仙歌》词："冰肌玉骨，自清凉无汗。"

　　[6]梭：这里指织布机的梭子。

　　[7]三岛：指传说中的蓬莱、方丈、瀛洲三座海上仙山。亦泛指仙境。唐郑畋《题缑山王子晋庙》："六宫攀不住，三岛互相招。"

　　[8]十洲：道教称大海中神仙居住的十处名山胜境。亦泛指仙境。《海内十洲记》："汉武帝既闻王母说八方巨海之中有祖洲、瀛洲、玄洲、炎洲、长洲、元洲、流洲、生洲、凤麟洲、聚窟洲。有此十洲，乃人迹所稀绝处。"

　　[9]玉宇：传说中神仙住的仙宫。

　　[10]痴：入迷，极度迷恋。

禊日兰亭怀古

原文	译文
永和修禊后[1]，	永和九年修禊后，
韵事已微茫[2]。	风雅之事多微茫。
境辟山阴道[3]，	地点在会稽山阴道，
环流曲水旁[4]。	环绕流动的溪水旁。
深路荫茂林，	林茂荫蔽路深远，
修竹密成行。	长竹密集排成行。
泛滥湍声激，	水溢湍急声激越，
离迷草色芳[5]。	心神恍惚草吐芳。
寻春经日月，	寻春经过日月多，
阅世感沧桑[6]。	经历世事经沧桑。
内史碑题晋[7]，	内史文中题永和，
兰亭属姓王。	兰亭出名右军王。

东晋永和九年（353 年），三月三日，王羲之与友人谢安、孙绰等名流及亲朋共四十二人聚会于兰亭，行修禊之礼，曲水流觞，饮酒赋诗。后来王羲之汇集各人的诗文编成集子，并写了一篇序，这就是著名的《兰亭集序》。唐代大文学家柳宗元于《邕州柳中丞作马退山茅亭记》说："夫美不自美，因人而彰。兰亭也，不遭右军，则清湍修竹，芜没于空山矣。"岁月如兰溪水般流过，兰亭之名远播。作者于此抒发了"山因人重，景借名传"的感叹。

［1］禊（xì）：一种祭礼。古时以三月上旬的巳日（魏以后定为三月三日）为修禊日。该日人们到水边洗濯，嬉游，以祈福消灾。实际上这是古人的一种游春活动。清方文《禊日牛渚》诗："去年禊日在真州，与客沽酒临江楼。"

［2］韵事：风雅之事。微茫：暗昧；隐约模糊。

［3］境辟：选地点。山阴：今绍兴越城区。

［4］环流曲水：即流觞曲水。用漆木制的酒杯盛酒，放入弯曲的水道中任其漂流，杯停在某人面前，某人就引杯饮酒。这是古人一种劝酒取乐的方式。曲水，引水环曲为渠，以流酒杯。

［5］离迷：心神恍惚。

［6］沧桑：世事多变，人生无常；或喻世事变化的巨大迅速。

［7］内史：中央官制，西周时开始设置，先秦的内史，其主要任务是掌管

法令、拟定文书，协助国君策命诸侯及卿大夫，并负责爵禄的废置。晋朝太康十年（289年）十一月改制，内史职责相当于郡太守。王羲之历任秘书郎、宁远将军、江州刺史，后为会稽内史，领右将军。这里"内史"指王羲之。碑：碑文，这里指王羲之的《兰亭序》。题：题写。晋：指《兰亭序》首句"永和九年"，"永和"是东晋皇帝司马聃（晋穆帝）的年号，故以"晋"代指"永和"。

深柳读书堂

一 得深字八韵

原文	译文
万柳布清阴，	万柳下布满清幽的树荫，
堂开曲径深。	敞开的书堂路弯曲幽深。
莺藏高树啭，	黄莺藏在高树上宛转鸣叫，
人坐小窗吟。	文人坐在小窗前琅琅诵吟。
避俗消长夏，	躲避世俗消磨炎夏，
摊书旁茂林。	摊开书本傍着茂林。
微茫看绿槛[1]，	看远处绿栏迷漫，
仿佛坐青衿[2]。	仿佛坐着读书人。
境邃尘难到，	环境幽深尘难到，
枝稠暑不侵。	柳枝稠密暑难侵。
千章衡泌乐[3]，	隐居于此乐千章，
一卷圣贤心。	每卷都存圣贤心。
宛尔相欣赏[4]，	真切地相互欣赏，
悠然共寻绎[5]。	悠然地共同探寻。
此间多隙地，	这里空地多而静，
读罢又鸣琴。	读完诗书又弹琴。

七八句，从深柳写出读书景象，宛宛如画。十一二句，陡健绝伦。

该题出自唐刘眘（shèn）虚的《阙题》："闲门向山路，深柳读书堂。"描述了读书堂清寂幽邃的环境和埋首世外的读书生活，流露出淡定襟怀。

［1］微茫：迷漫模糊。前蜀韦庄《江城子》词："角声呜咽，星斗渐微茫。"
［2］青衿：青色交领的长衫。古代学子和明清秀才的常服。《诗·郑风·子衿》：

吴
栻 诗文译注

"青青子衿，悠悠我心。"毛传："青衿，青领也。学子之所服。"后也作为贤士、读书人的代称。这里指读书人。

［3］衡泌（bì）：指隐居之地。语本《诗·陈风·衡门》："衡门之下，可以栖迟。泌之洋洋，可以乐饥。"

［4］宛尔：明显、真切的样子。元耶律楚材《又索六经》诗："简策灿然新制度，文章宛尔旧仪刑。"明李贽《观音问》："抑诸相宛尔在前，而我心自不见之耶，抑我眼不见之也？"

［5］悠然：安闲、闲适的样子，悠然自得。寻绎：反复探索，推求。

二 得书字八韵	原文	译文
	万柳堂开处， 拈凉可读书[1]。 高柯喧鸟雀[2]， 镇日话虫鱼[3]。 绿荫周三径[4]， 青灯饱五车[5]。 吟音听历历[6]， 翠影动徐徐。 不碍风前诵， 还宜月下居。 诗词堪啸咏[7]， 境界颇清虚。 小住人皆契[8]， 相看乐有余。 栖身湏得地， 直与古为徒。	万柳书堂打开处， 读书纳凉在柳荫。 高高树上鸟雀噪， 从早到晚说鱼虫。 绿荫浓浓绕书堂， 饱读诗书伴青灯。 琅琅书声直入耳， 翠柳带影徐徐动。 不妨在风前吟诵， 也宜在月下居停。 诗词赋调能歌咏， 清洁虚空好环境。 人人租赁临时住， 相互看顾乐盈盈。 暂住须得好地方， 就给古人做学生。

三四清稳，诗词一联，风韵最佳。

［1］拈：摆弄、玩赏。

［2］高柯：高树。晋陶潜等《联句》："高柯擢条干，远眺同天色。"

［3］镇日：整天，从早到晚。宋朱熹《邵武道中》诗："不惜容鬓凋，镇日长空饥。"

［4］周：环绕。三径：院子里的小路，晋陶潜《归去来兮辞》："三径就荒，松竹犹存。"泛指田园。

［5］青灯：光线青荧的油灯。唐韦应物《寺居独夜寄崔主簿》诗："坐使青灯晓，还伤夏衣薄。"借指孤寂、清苦的生活。饱：充分地品尝。五车：五车书，典出《庄子·天下》。惠施的方术很多，本事很大，他读的书要五辆车拉，后遂用"五车书"指书多或形容读书多，学问渊博。

［6］历历：清晰貌。唐崔颢《黄鹤楼》："晴川历历汉阳树，芳草萋萋鹦鹉洲。"

［7］堪：可以，足以。啸咏：歌咏。宋苏轼《与张朝请书》之三："新春海上啸咏之余，有足乐者。"

［8］小住：稍住，临时住宿。契：租赁。

水中牡丹影

原文	译文
芳姿开曲槛，	牡丹在曲栏旁盛开，
时节正清和[1]。	时节是和暖的农历四月。
色向池边见，	缤纷之姿在水池边显露，
形从镜里过。	丽容在似镜的水面婆娑。
洛神妍出水[2]，	如美丽的洛神出水，
仙子笑凌波[3]。	像含笑的仙女凌波。
湿处蜂徒聚[4]，	花蕊湿处蜂多聚，
空中蝶更多。	空中蝴蝶飞更多。
回文拖碧沾[5]，	是回旋的花纹拖带着绿水，
蜀锦濯银河[6]。	是绚烂的蜀锦浣洗在银河。
载酒留连处，	拿酒欣赏流连忘返，
凭栏啸且歌[7]。	靠栏赏花长啸放歌。

自评

洛神一联，绘神之笔，非寻常写景可比。

注解

［1］清和：农历四月的俗称。南北朝谢灵运《游赤石进帆海》："首夏犹清和，芳草亦未歇。"

［2］洛神：洛神即宓妃，是中国先秦神话中，黄河之神河伯的配偶，司掌洛河的地方水神。在中古时期宓妃形象得以丰富和发展，逐渐变身为世俗的美人，成为男性文人寄托情感的对象。如曹植的《洛神赋》，洛神即作为美丽的理想女神而知名。

［3］仙子：仙女。神话中容貌绝世，智慧高雅，具有非凡能力的女子。唐白居易《长恨歌》："楼阁玲珑五云起，其中绰约多仙子。"凌：驾、踩。

［4］徒：众，很多。

［5］回文：也作"迴纹"等。指编织物上回旋曲折的纹理。南朝梁沈约《相逢狭路间》诗："大妇绕梁歌，中妇回文织。"沾：因接触而附着上。

［6］蜀锦：原指四川生产的彩锦。后也为织法似蜀的各地所产之锦的通称。多用染色熟丝织成，色彩鲜艳，质地坚韧。

［7］啸：撮口作声，打口哨。

	原文	译文
生华笔 得花字六韵	江郎诗思发[1]， 笔底吐天葩[2]。 色映珊瑚架， 香舒锦绣花。 牙签光掩映[3]， 斑管影交加[4]。 毛颖堪为传[5]， 宣城好住家[6]。 梦曾还郭璞[7]， 才是继张华[8]。 尚被中书用[9]， 文章信奇夸[10]。	如江淹诗赋才情发， 笔势雄健成奇花。 色彩斑斓如珊瑚， 香味散溢锦绣画。 象牙书签光掩映， 毛笔影子相交加。 毛笔奇特能写传， 宣城纸张当住家。 梦中返身为郭璞， 文才继承是张华。 如若朝廷能起用， 相信文章定奇葩。

牙签两联，风华掩映。

生华笔即生花之笔，比喻杰出的写作才能。作者希望遇到知音，使自己的文采名留青史。

[1] 江郎：指南北朝时南朝江淹，家境贫寒，好学能文，官至吏部尚书，封醴陵侯。江淹六岁能诗，现存辞赋二十八篇，诗歌一百四十二首。《恨赋》《别赋》等清丽而悲慨劲健，代表了当时辞赋的最高水平。江淹主张文学创作要体现个性，创作上应努力追求新变，应该有"惊魂动魄"的艺术功效，同时兼具真、善、美等情志。对后人的文学创作与文艺批评产生了较大的影响。

[2] 笔底：笔下。天葩：含义非凡的花，常比喻秀逸的诗文。

[3] 牙签：象牙制作的图书标签，后指书籍。宋陆游《冬夜读书示子聿》诗："绝胜锁向朱门里，整整牙签饱蠹鱼。"掩映：相互遮掩而且又映照衬托。

[4] 斑管：毛笔。以斑竹为杆，故称斑管。元白朴《阳春曲·题情》曲："轻拈斑管书心事，细摺银笺写恨词。"

[5] 毛颖：毛笔的别称。因唐韩愈作寓言《毛颖传》以笔拟人，而得此称。

[6] 宣城纸当家：宣城纸。宣纸有易于保存，经久不脆，不会褪色等特点，故有"纸寿千年"之誉。这里指宣纸是字的家，写字最好写在宣纸上。

[7] 还：回，返。郭璞：字景纯，山西闻喜人，两晋时期著名文学家、训诂学家、风水学者。晋元帝时拜著作佐郎，与王隐共撰《晋书》。好古文、奇字，精天文、历算、卜筮，长于赋文，尤以"游仙诗"名重当世。《诗品》称其"始变永嘉平淡之体，故称中兴第一"；《文心雕龙》也说"景纯仙篇，挺拔而俊矣"。

[8] 张华：字茂先。今河北固安人，西晋时期政治家、文学家、藏书家。张华工于诗赋，辞藻华丽。编纂有中国第一部博物学著作《博物志》。

[9] 中书：官名。中书令的省称。隋唐以中书令、侍中、尚书令共议国政，俱为宰相，后因以中书称宰相。清洪昇《长生殿·贿权》："中书独坐揽朝权，看炙手威风赫烜。"这里指朝廷。

[10] 奇夸：因奇而得到夸奖、赞扬。

	原文	译文
误笔成蝇 得蝇字八韵	轶事传含古[1]， 丹青溯不兴[2]。 墨痕虽误笔， 画意忽成蝇。 形象屏端立， 飞扬腕底增。	逸事包含古今传， 绘画逸事不多闻。 墨点虽为误笔洒， 随情顺势点成蝇。 屏风上头立形象， 苍蝇飞舞腕下生。

似它钻故纸[3]，　　　原本似钻故纸里，

宛尔集新缯[4]。　　　而今明显停新缯。

拔剑徒相逐[5]，　　　拔剑驱逐白费劲，

拈毫未许憎[6]。　　　画的苍蝇不惹人憎。

微虫分大小，　　　微虫根据墨点分大小，

细字好同名[7]。　　　就如小名同字同冠名。

骥尾挥难去[8]，　　　苍蝇附骥尾走千里，

鹰头势可凭[9]。　　　站在鹰头势可依凭。

吴宫图写后，　　　自从吴宫绘画后，

神妙世争称。　　　神妙手法争相颂。

绿（缘）本事起，承联点题敏捷。五六按住题位，而飞扬句摹写成蝇如见其形。七句借放蜂故事。八句以虚对实，错综入妙。九十用典雅切。十一二句，虚写最活。十三四句，尤为挺拔。结亦妥贴。题极纤细，诗蕴藉风流，允属当行之作。

唐张彦远《历代名画记》卷四载：曹不兴是吴兴人，以画冠绝一时，尤善人物衣纹褶皱，画家谓之"曹衣出水，吴带当风"。孙权让他画屏风，不小心把墨洒到白色丝绢上，曹就势把落下的墨点涂画成苍蝇。孙权怀疑苍蝇是真的，用手去弹驱它。诗作以欣赏的口吻赞扬了曹氏绘画技术的高超。

[1]轶事：逸事。世人不知道的史事，多指未经史书记载的事迹。

[2]丹青：丹指丹砂，青指青雘（huò），本是两种可作颜料的矿物。因为我国古代绘画常用朱红色和青色两种颜色。因而丹青成为绘画艺术的代称。如《汉书·苏武传》："竹帛所载，丹青所画。"不兴：不多，不兴隆。

[3]钻故纸：出于唐代百丈怀海禅师的弟子神赞。《五灯会元》卷四记载：其师一日在窗下读经，蜂子钻窗纸欲出。神赞见了便叹道："世界如许广阔不肯出，钻他故纸驴年去！"还作了一首偈子："空门不肯出，投窗也大痴。百年钻故纸，何日出头时。"这里指苍蝇从故纸堆里飞出。

[4]宛尔：明显貌，真切貌。集：停留。缯：丝帛。

[5]拔剑：出自唐李白《行路难》："停杯投箸不能食，拔剑四顾心茫然。"

[6]拈毫：明徐渭《女状元》第一折："且喜这所在，涧谷幽深，林峦雅秀，

森列于明窗净几之外，默助我拈毫弄管之神。"省作"拈毫"，借指写作或绘画。

[7]细字好同名：细字即小字，小名。古人出生后由家中长辈起"名"（今天所说的小名），长大后（举行冠礼）才取"字"，所以有名有字。"字"由"名"衍生而来，所以"名"与"字"一般意思相近或相同。如班固字孟坚，"固"与"坚"都有坚实、牢固之意；诸葛亮字孔明，"亮"与"明"都有光线充足之意；白居易字乐天，取自"乐天"才能"居易"；李白字"太白"等。这两句指绘画者将误洒的墨点，锦上添花，变成点睛之笔，是根据情况，顺势而为的结果。

[8]骥尾：千里马的尾巴。《史记·伯夷列传》："颜渊虽笃学，附骥尾而行益显。"司马贞索隐："苍蝇附骥尾而致千里。"

[9]鹰头：鹰头之蝇。老鹰头上的苍蝇。旧比喻倚仗帝王权势擅自作威作福的小人。这里指凭借整个锦绣画面。

追琢其章

得章字六韵

一

原文	译文
金玉须追琢，	金玉须经细雕琢，
精纯自有章。	精纯自然显华章。
应心知手妙[1]，	随心所欲才知手妙，
成器见工良。	琢成器具方见工良。
品以双南重[2]，	物品以双南金为贵，
珍缘万镒藏[3]。	珍宝因值万金而藏。
神明归惨淡[4]，	精神归于尽心思虑，
意象入微茫[5]。	形象进入隐约迷茫。
可待连城价[6]，	若要等待连城之价，
仍回百炼钢。	仍要回炉百炼成钢。
磨砻如见用[7]，	磨砺锤炼后如被用，
彩色耀岩廊[8]。	色彩绚丽耀亮朝堂。

自评

神明一联，实写追琢，极惨淡经营之致。

题解

该题出自《诗·大雅·棫朴》："追琢其章，金玉其相。"毛传："追，雕也。金曰雕，玉曰琢。"意思是，精雕细刻有才华，质如金玉无疵瑕。作者对"精雕细刻有才华"作了深入阐发。

[1] 应心：随心所欲。

[2] 双南："双南金"，指品级高、价值贵一倍的优质铜。后亦指黄金。晋张载《拟四愁》诗："佳人遗我绿绮琴，何以赠之双南金。"

[3] 万镒：万两黄金。镒，古代重量单位，秦以一镒为一金。《孟子·梁惠王下》："今有璞玉于此，虽万镒，必使玉人雕琢之。"

[4] 神明：谓人的精神、心思。宋司马光《晚食菊羹》诗："神明顿飒爽，毛发皆萧然。"惨淡：即"惨澹"，尽心思虑。唐杜甫《送从弟亚赴河西判官》诗："踊跃常人情，惨澹苦士志。"

[5] 意象：经过运思而构成的形象。南朝梁刘勰《文心雕龙·神思》："然后使玄解之宰，寻声律而定墨；独照之匠，阚意象而运斤。"微茫：隐约模糊。

[6] 连城：战国时，赵惠文王得和氏璧，秦昭王寄书赵王，愿以十五城易璧。事见《史记·廉颇蔺相如列传》。后以"连城"指和氏璧或珍贵之物。

[7] 磨砻：磨；磨砺。唐刘禹锡《酬湖州崔郎中见寄》诗："磨砻老益智，吟咏闲弥精。"

[8] 岩廊：借指朝廷。汉桓宽《盐铁论·忧边》："今九州同域，天下一统，陛下优游岩廊，览群臣极言。"

二

原文	译文
黄金生丽水[1]， 白玉产昆冈[2]。	黄金生产在丽水， 白玉出产于昆仑。
琢处形应就[3]， 追时用必彰[4]。	成就美玉须琢磨， 雕后用时必彰闻。
砻磨符制度， 雕刻发文章。	磨砺人才合常规， 发布文章须细审。
九牧珍堪贡[5]， 连城价易偿。	九州珍宝足以进贡， 连城美玉价易还清。
渊然含秀润[6]， 倏尔露光芒。	秀丽泽润深入蕴含， 忽然露光惊动世人。
至宝终难秘[7]， 咸思献帝乡[8]。	至宝最终难隐秘， 都想献给帝王用。

渊然一联，有声有色。

［1］丽水：古水名。《韩非子·内储说上》："荆南之地、丽水之中生金，人多窃采金。"

［2］昆冈：昆仑山。《尚书·胤征》："火炎崐冈，玉石俱焚。"

［3］就：完成；成功。《战国策·齐策》："三窟已就，君姑高枕为乐矣。"

［4］追：雕。《诗·大雅·棫朴》："追琢其章，金玉其相。"毛传："追，雕也。"

［5］九牧：即九州。《荀子·解蔽》："文王监于殷纣，故主其心而慎治之，是以能长用吕望而身不失道，此其所以代殷王而受九牧也。"杨惊注："九牧，九州也。"

［6］渊然：深入、深刻的样子。秀润：秀丽滋润；秀丽泽润。宋张耒《鲁直惠洮河绿石作冰壶研次韵》："明窗试墨吐秀润，端溪歙州无此色。"

［7］至宝：最珍贵的宝物。《后汉书·陈元传》："至宝不同众好，故卞和泣血。"

［8］帝乡：京城；皇帝居住的地方。唐杜甫《承闻河北诸道节度入朝欢喜口号》："衣冠是日朝天子，草奏何时入帝乡。"

原文	译文
三	
金玉昭其度，	金玉昭示美的程度，
含宏自有章。	包容博大自有华章。
追时成器具，	琢磨后成为器具，
琢处见精良。	雕刻时显出精良。
意匠争分寸[1]，	精美的构思争取分寸，
神工较短长[2]。	高超的工匠计较短长。
晶明雕蕴璞[3]，	美玉耀眼由玉石雕成，
浥品配琮璜[4]。	润泽的美玉适配庙堂。
坚白含真气[5]，	志节坚贞气正刚，
陶镕透夜光[6]。	熔炼成材露光芒。
颙卬符圣德[7]，	肃敬志高符圣德，
翘首望仙乡[8]。	跂足翘首望帝乡。

五六句较前二首更精。三首功力悉敌，俱有佳句可诵。

[1] 意匠：谓作文、绘画、设计等事的精心构思。晋陆机《文赋》："辞程才以效伎，意司契而为匠。"

[2] 神工：指能工巧匠。宋苏轼《海市》诗："心知所见皆幻影，敢以耳目烦神工。"

[3] 晶明：明亮耀眼。蕴璞：未雕琢过的玉石，或指包藏着玉的石头。

[4] 浥：润湿、沾湿。唐王维《渭城曲》："渭城朝雨浥轻尘，客舍青青柳色新。"浥品，润泽的玉。琮璜：庙堂玉器。《墨子·明鬼下》："珪璧琮璜，称财为度。"

[5] 坚白：语出《论语·阳货》："不曰坚乎，磨而不磷；不曰白乎，涅而不缁。"何晏集解引孔安国曰："言至坚者磨之而不薄，至白者染之于涅而不黑。"谓君子虽在浊乱而不能污。后因以"坚白"形容志节坚贞，不可动摇。真气：指刚正之气。清蒋士铨《临川梦·送尉》："英雄欺世，久之毕竟难瞒，胸中既无真气蟠，笔下焉能力量完！"

[6] 陶镕：铸熔炼。比喻培育、造就。前蜀杜光庭《亲随司空为大王醮葛仙化词》："臣曲荷陶镕，实深造化，唯虔祷祝，少答恩慈。"夜光：星月之光。唐张乔《再题敬亭清越上人山房》诗："石窗清吹入，河汉夜光流。"

[7] 颙邛：即颙颙邛邛，庄重恭敬，气概轩昂的样子。《诗经·大雅·卷阿》："颙颙印印，如圭如璋。"比喻人品高尚，为世所重。

[8] 仙乡：仙人所居处；仙界。这里指京城。

原文	译文
诵诗闻国政 得邦字八韵	
经筵关政治[1]，	御前讲席关政治，
圣籍验家邦[2]。	圣籍可来验家邦。
浥露推南国[3]，	雨露湿润推南国，
翘薪化大江[4]。	柴草长高入大江。
观人知啬俭，	观人知其吝啬节俭，
问俗识淳庞[5]。	问俗知道醇厚欺妄。
六义披清案[6]，	按《诗经》六义可分清文案，
千言对小窗[7]。	读千言《小窗》识世态炎凉。

性情涵妙趣，	妙趣横生显性情，
弦管谱真腔[8]。	谱写真情奏乐章。
雅早歌鸣凤[9]，	《大雅卷阿》颂贤者，
风光息吠龙[10]。	《野有死麕》息狗汪。
各方声气别，	各地音声区别大，
列国语音哤[11]。	列国杂乱语言腔。
欲诵甘棠德[12]，	欲诵甘棠美政德，
深惭笔似杠。	深惭拿笔似木杠。

发题蕴而虚实并到，押窄韵而从容不迫，非胸有成竹，未易臻此。

《诵诗闻国政》源于张说的应制诗《恩赐丽正殿书院赐宴应制得林字》："诵诗闻国政，讲易见天心。"通过诵读《诗经》可闻知国家政事。

[1]经筵：唐以来帝王为讲论经史而特设的御前讲席。宋代始称经筵，置讲官以翰林学士或其他官员充任或兼任。宋代以每年二月至端午节、八月至冬至节为讲期，逢单日入侍，轮流讲读。元、明、清三代沿袭此制，而明代尤为重视。除皇帝外，太子出阁后，亦有讲筵之设。清制，经筵讲官，为大臣兼衔，于仲秋仲春之日进讲。

[2]圣籍：圣人的述作。唐韩愈孟郊《纳凉联句》："儒庠恣游息，圣籍饱商榷。"验家邦：在国家治理上加以验证。

[3]浥露：湿润的露水。宋易士达《山花》："山花浥露靓晨妆，着向行边自在香。遥想艳阳三二月，多应勾引蝶蜂忙。"

[4]翘薪：长高的柴草。《诗·周南·汉广》："翘翘错薪，言刈其楚。"

[5]淳庞：淳厚。宋文天祥《跋〈刘父老季文画像〉》："予观其田里淳庞之状，山林朴茂之气，得寿于世，非曰偶然。"

[6]六义：亦称"六诗"。《〈诗〉大序》："诗有六义焉：一曰风，二曰赋，三曰比，四曰兴，五曰雅，六曰颂。"

[7]千言对小窗：明陈继儒著《小窗幽记》，全书分为醒、情、峭、灵、素、景、韵、奇、绮、豪、法、倩十二卷，共一千五百余则，内容涉及修身、养性、立言、立德、为学、致仕、立业、治家等各方面，主要表达的是文人雅士淡泊名利、宁静致远、超凡脱俗的内心世界和精神追求。书稿将成之日，陈继儒想到自己

总是从书房中的窗户内窥到外面的风光景色，院中的落英缤纷，就也想让读这部书的人能和自己一样，可以借着这小小的一扇窗看清一些人世纠纷，因此将此书取名为《小窗幽记》。

[8]弦管：弦乐器和管乐器。这里泛指歌吹弹唱。

[9]雅早歌鸣凤：《诗经》中的《雅》最早是歌颂贤者的。宋郑樵最早提出"雅"是一音乐类型。《诗·大雅·卷阿》："凤凰鸣矣，于彼高冈。梧桐生矣，于彼朝阳。"郑玄笺："凤凰鸣于山脊之上者，居高视下，观可集止，喻贤者待礼乃行，翔而后集。"后即以"鸣凤"比喻贤者。

[10]吠尨：吠叫的狗。语本《诗·召南·野有死麕》："舒而脱脱兮，无感我帨兮，无使尨也吠。"

[11]哤：语言杂乱。

[12]甘棠：棠梨树。《甘棠》是《诗经·召南》的一篇。全诗由睹物到思人，由思人到爱物，人、物交融为一。是怀念召伯的诗作。《史记·燕召公世家》："周武王之灭纣，封召公于北燕。……召公巡行乡邑，有棠树，决狱政事其下，自侯伯至庶人各得其所，无失职者。召公卒，而民人思召公之政，怀棠树不敢伐，哥咏之，作《甘棠》之诗。"后遂以"甘棠"称颂循吏的美政和遗爱。

贤不家食

得家字六韵

一

原文	译文
群才逢盛世， 禄养典频加[1]。	贤能才俊逢盛世， 俸禄标准屡添加。
井渫心应恻[2]， 泉寒景正嘉。	井洁不用使人悲， 泉寒水清景正佳。
臣心严簠簋[3]， 圣诏灿云霞。	臣子心中自律严， 圣人召命灿如霞。
作醴贤人事[4]， 调羹宰相家[5]。	规范礼法贤人事， 治国理政宰相抓。
恩膏原富丽[6]， 气味倍清华[7]。	恩泽原本富丽丰厚， 意趣倍加清高挺拔。
幸际升平日， 观光愿正奢。	幸遭升平日， 观光心愿大。

自评

臣心三联，冠冕正大，雅与题称。

题解

"贤不家食"即贤能的人不会在家中自谋生计。《易·大畜》:"大畜,利贞,不家食,吉,利涉大川。"意思是大量的畜养积聚,利于坚守正道,不要让贤能的人穷困地居于家中自谋生计,而应该把他招到朝廷中食取国家的俸禄,把才能贡献给国家,这样便可以获得吉祥,利于涉过大河。《论语·子张》:"子夏曰:'学而优则仕。'"所谓"学会文武艺,货卖帝王家"。范仲淹据此写有《贤不家食赋》。以下七首诗共用一个题目,大意略同。

注解

[1]典:标准。

[2]井渫(xiè):淘去井中污泥。这里是"井渫不食"的省略。指井虽浚治,洁净清澈,但不被饮用。比喻洁身自持,而不为人所知。心应恻:心中感到悲伤。

[3]簠簋(fǔ guǐ):簠与簋,两种盛黍稷稻粱的食器,也用作放祭品的礼器。借指贪污。旧时弹劾贪吏常用"簠簋不饬"。《汉书·贾谊传》:"古者大臣有坐不廉而废者,不谓不廉,曰'簠簋不饬'。"

[4]醴:通"礼",礼法,规范、仪式的总称。

[5]调羹:《尚书·说命下》:"若作和羹,尔惟盐梅。"(商朝的天子武丁对宰相傅悦说):"如果要煮羹汤,你就是那调和味道的盐和梅,酸度和咸度要适中。治理国家,也像调和汤水的味道一样,需要高超的协调艺术。"后来,人们就用"调羹"这个词,指称宰相的职位,或者比喻治理国家政事。后因以"调羹"喻治理国家政事。

[6]富丽:宏丽;华丽。唐柳宗元《李赤传》:"堂之饰,宏大富丽,椒兰之气,油然而起。"

[7]气味:情趣。宋范成大《元日山寺》诗:"少年豪壮今如此,略与残僧气味同。"清华:门第或职位清高显贵。北齐颜之推《颜氏家训·杂艺》:"王褒地胄清华。"

原文	译文
盛世崇儒术[1]，	盛世理国崇儒学，
群贤禄养赊[2]。	群贤俸禄多养家。
欣知书味厚[3]，	知道书中韵味厚，
共餍道腴华[4]。	共同饱读知精华。
温饱原无意，	原本无意求温饱，
恩伦幸有加。	受施恩惠有增加。
臣心清似水，	臣子心中清如水，
帝泽艳于花。	皇帝恩泽艳如花。
活火调金鼎[5]，	生火金鼎调美味，
清尘净玉车[6]。	清除尘土净帝驾。
大烹邀国典[7]，	准备大宴按国典，
拜手诵亨嘉[8]。	拜诵众美在一搭。

温饱句补题之空，此义自不可少。臣心一联，清而益腴。活火一联，华而弥韵。结语尤为得体。通首局度雍和，蔚然台阁气象。

自评 译文

温饱句补充题目的空缺，这层意思自然不能少。臣心一联，洁净而更加丰满。活火一联，华美而更好听。结语尤其得体，全首气度雍和，蔚然有庙堂气象。

注解

[1]儒术：儒家的学说、思想。《史记·封禅书》："窦太后治黄老言，不好儒术。"

[2]群贤：众多的德才兼备的人。晋王羲之《兰亭集序》："群贤毕至，少长咸集。"赊：多，繁多。唐郎士元《闻吹杨叶者》"胡马迎风起恨赊"。

[3]书味：书中的韵味。宋陆游《晚兴》诗："客散茶甘留舌本，睡余书味在胸中。"

[4]道腴：某种学说、主张的精髓。桓谭《答扬雄书》曰："子云，勤味道腴者也。"

[5]金鼎：为鼎类炊具的美称。宋陈师道《满庭芳·咏茶》词："华堂静，松风竹雪，金鼎沸溅溅。"

[6]玉车：以玉为饰的帝王之车。《文选·扬雄〈甘泉赋〉》："敦万骑于中营兮，

方玉车之千乘。"李善注："玉车，以玉饰车也。"

[7]大烹：馔，陈设或准备食物。《易·鼎》："大亨以养圣贤。"国典：国家的典章制度。《国语·鲁语上》："夫祀，国之大节也；而节，政之所成也，故慎制祀，以为国典。"

[8]拜手：拜首，古代男子跪拜礼的一种。跪后两手相拱，俯头至手。亨嘉：亨会，众美之会，美好的事物聚会在一起，比喻优秀人物济济一堂。

原文	译文
三	
一代贤书盛[1]，	一代名榜兴盛后，
千秋廪食嘉[2]。	常年就有俸禄拿。
乐饥虽淡泊[3]，	以饥为乐虽淡泊，
适馆有光华[4]。	进入宫馆显光华。
义种终成实[5]，	修养正义终有果，
书耕亦吐芽[6]。	苦读诗书也吐芽。
金蔬荣学圃[7]，	菜品盛美学菜农，
玉馔拜官衙[8]。	要吃美食坐官衙。
共庆盐梅好[9]，	共庆贤才治国家，
常怀雨露赊[10]。	常怀皇家恩泽大。
从此沾圣泽，	从此沾上天子恩，
长谢野人家[11]。	长谢陆游《野人家》。

自评

玉蔬两联，情词斐亹。

自评 译文

金蔬两联，陈情之词文采绚丽。

注解

[1]贤书：语本《周礼·地官·乡大夫》："乡老及乡大夫群吏献贤能之书于王。"贤能之书，谓举荐贤能的名录，后因以"贤书"指考试中式的名榜。明沈德符《敝帚轩剩语·汪徐相仇》："汪归应试，即以是年登贤书。"

[2]廪食：指公家供给的粮食。《汉书·苏武传》："武既至海上，廪食不至。"

[3]乐饥：指乐道而忘饥。《诗·陈风·衡门》："衡门之下，可以栖迟。泌

之洋洋,可以乐饥。"淡泊:恬淡,不追名逐利。《东观汉记·郑均传》:"好黄老,淡泊无欲,清静自守。"

[4]适馆:适馆授粲。粲,谷物,转指俸禄。指诸侯或附属国国君入为天子卿士并被授予封地俸禄。语本《诗·郑风·缁衣》:"适子之馆兮,还予授子之粲兮。"光华:光荣;荣耀。《文选·鲍照〈拟古〉诗》:"宗党生光华,宾仆远倾慕。"

[5]义种:种义。深入学习钻研,掌义理精要,以成为出名的人。

[6]书耕:耕书,日夜苦读。

[7]金蔬:珍馐,美食,圃:学种蔬菜。语出《论语·子路》:"(樊迟)请学为圃。曰:'吾不如老圃。'"朱熹集注:"种蔬菜曰圃。"

[8]玉馔:玉食,贵美的饮食。晋左思《吴都赋》:"矜其宴居,则珠服玉馔。"

[9]盐梅:盐和梅子,均为调味所需。喻指国家所需的贤才。

[10]雨露:比喻恩泽。唐高适《送李少府贬峡中王少府贬长沙》诗:"圣代即今多雨露,暂时分手莫踌躇。"赊,多。

[11]野人家:宋陆游《过野人家有感》:"躬耕本是英雄事,老死南阳未必非。"认为即使终身躬耕也不失英雄本色,但又自比诸葛亮,仍不忘为国效劳,成就大业的一贯志向。诗人认为,陆游的诗对以耕读为生,做官或未做官的读书人启发鼓励极大。

原文	译文
四	
诏食皇仁溥[1],	皇帝仁德俸禄多,
求贤典屡加。	为求贤才标准加。
饮和知蕴藉[2],	自在快乐不显露,
饫德自光华[3]。	追求道德自光华。
文圃珍还聚[4],	文苑聚珍宝,
书田种自嘉[5]。	读书润自家。
学而优足羡[6],	学优为官使人羡,
耕也馁空嗟[7]。	耕也挨饿空惊诧。
奚事勤千耦[8],	何事勤于千人耕,
还湏读五车[9]。	学富五车仍不罢。
作人逢雅化,	做人迎合趋文雅,
长愿近天家[10]。	永远希望近帝家。

自评

诗亦蕴藉光华，学而一联，正炼中忽加流宕之调[11]，饶有别致。

注解

[1] 诏食：俸禄。皇仁：皇帝的仁德。宋司马光《虞部刘员外约游金明光以贱事失期》诗之二："皇仁听使欢娱极，白简从君冷峭多。"溥：广大。

[2] 饮和：自在，快乐。唐刘禹锡《令狐相公俯赠篇章斐然仰谢》诗："饮和心自醉，何必管弦催。"蕴藉：含蓄而不显露。

[3] 饫：饱食，这里指追求。

[4] 文囿：文苑。文章园地。南朝梁萧统《〈文选〉序》："余监抚余闲，居多暇日，历观文囿，泛览辞林。"

[5] 书田：以耕田比喻读书，故称书为"书田"。宋王迈《送族侄千里归漳浦》诗："愿子继自今，书田勤种播。"

[6] 学而优：《论语·子张》："子夏曰：'仕而优则学，学而优则仕。'"

[7] 馁：饿。

[8] 千耦：千对农人在耕地。

[9] 五车：五车书，典故名，典出《庄子·天下》。惠施本事很大，他读的书要五辆车拉，后遂用"五车书"指书多或形容读书多，学问深。也说五车读、惠子书、惠车、学富五车等。

[10] 天家：指帝王家。《后汉书·宦者传·曹节》："盗取御水以作鱼钓，车马服玩拟于天家。"

[11] 正炼：正在用心琢磨使精练。流宕：放荡，不受约束。

原文	译文
五	
盛世抡才日[1]，	盛世选拔人才日，
群贤矢志奢[2]。	群贤立誓美又佳。
恩还隆鼎鼐[3]，	皇恩返惠如执政，
禄足代桑麻[4]。	俸禄足以替农稼。
荣耀千钟粟[5]，	俸禄优厚脸面大，
芬芳一县花[6]。	善于治理吐芳花。
望推公辅器[7]，	望献出三公才干，
泽被浚明家[8]。	治理清明泽万家。

玉弦调和好，　　　　　　协调玉弦奏佳音，
金瓯燮理嘉[9]。　　　　国家协和声名嘉。
草茅歌至治[10]，　　　　民间草野歌颂治，
井养乐无涯[11]。　　　　似井不竭乐无涯。

荣耀三联，立言有体，气象光昌[12]。

[1] 抡：挑选，选择。

[2] 矢志：立下誓愿，以示决心。《三国演义》第一一二回："忠臣矢志不偷生，诸葛公休帐下兵。"奢：出色；美好。唐刘禹锡《和乐天柘枝》："玉面添娇舞态奢。"

[3] 鼎鼐：喻宰相等执政大臣。清李渔《玉搔头·分任》："急递盐梅信，飞传鼎鼐家。"

[4] 桑麻：泛指农作物或农事。唐孟浩然《过故人庄》诗："开筵面场圃，把酒话桑麻。"

[5] 千钟粟：指优厚的俸禄。《史记·魏世家》："魏成子以食禄千钟，什九在外，什一在内。"

[6] 一县花：晋潘岳任河阳县令，于一县遍种桃李，传为美谈。后遂用"河阳一县花""花县"等作咏花之词，或喻地方之美或地方官善于治理。

[7] 推：让出，献出。公辅：古代三公、四辅，均为天子之佐。借指宰相一类的大臣。《新五代史·杂传·李鏻》："因为鏻置酒，问其副使马承翰：'今朝廷之臣，孰有公辅之望？'"器：人的度量、才干。

[8] 浚明：治理清明。《尚书·皋陶谟》："日宣三德，夙夜浚明有家；日严祇敬六德，亮采有邦。"

[9] 金瓯：比喻疆土之完固。亦用以指国土。《南史·朱异传》："（武帝）尝夙兴至武德合口，独言：'我国家犹若金瓯，无一伤缺。'"燮理：谐和，调和。

[10] 草茅：草野；民间。多与"朝廷"相对。《仪礼·士相见礼》："凡自称于君，士大夫则曰下臣，宅者在邦则曰市井之臣，在野则曰草茅之臣。"

[11] 井养：谓井水供养于人，源源不尽。《易·井》："井养而不穷也。"孔颖达疏："叹美井德，愈汲愈生，给养于人，无有穷已也。"

[12] 光昌：明朗；开朗。

原文	译文

六

<table>
<tr><td>连茹逢盛世[1]，</td><td>相互举荐逢盛世，</td></tr>
<tr><td>颁禄典频加。</td><td>标准屡改俸禄加。</td></tr>
<tr><td>肉食原堪鄙[2]，</td><td>位高禄厚原短视，</td></tr>
<tr><td>禾黑讵足夸[3]。</td><td>庄稼色差难道夸？</td></tr>
<tr><td>朱樱传紫禁[4]，</td><td>红樱传送到皇宫，</td></tr>
<tr><td>彩笔属黄麻[5]。</td><td>文采绚丽写黄麻。</td></tr>
<tr><td>世仰三台座[6]，</td><td>世俗仰视三公座，</td></tr>
<tr><td>人钦万石家[7]。</td><td>人人钦慕大富家。</td></tr>
<tr><td>仓箱行处有[8]，</td><td>丰收仓箱到处有，</td></tr>
<tr><td>雨露望中赊。</td><td>望中雨露欠没达。</td></tr>
<tr><td>却喜幽居日[9]，</td><td>却喜未仕虽独处，</td></tr>
<tr><td>青云路不遐[10]。</td><td>青云之路不远啦。</td></tr>
</table>

自评

前路撇过肉食素餐两层方折入题位，次序井然，七八九十句端庄流丽，情文并茂。

注解

[1]连茹：即拔茅连茹，比喻互相推荐，用一个人就连带引进许多人。出自《周易·泰》。

[2]肉食：指高位厚禄。亦泛指做官的人。《左传·庄公十年》："肉食者鄙，未能远谋。"杜预注："肉食，在位者。"

[3]禾黑：庄稼色差，长得不好。指缺乏文采。

[4]朱樱：樱桃之一种。成熟时呈深红色，故称。晋左思《蜀都赋》："朱樱春熟，素柰夏成。"紫禁：古以紫微垣比喻皇帝的居处，因称宫禁为"紫禁"。《文选·谢庄〈宋孝武宣贵妃诔〉》："掩绿瑶光，收华紫禁。"李善注："王者之宫，以象紫微，故谓宫中为紫禁。"

[5]彩笔：江淹少时，曾梦人授以五色笔，从此文思大进，晚年又梦一个自称郭璞的人索还其笔，自后作诗，再无佳句。后人因以"彩笔"指辞藻富丽的文笔。黄麻：古代诏书用纸。古代写诏书，内事用白麻纸，外事用黄麻纸。唐杜甫《赠翰林张四学士（垍）》诗："紫诰仍兼绾，黄麻似《六经》。"这里借指诏书。

[6]三台：喻三公。《后汉书·杨震传》："蛇鳝者，卿大夫服之象也。数三者，

吴
斌
诗文译注

法三台也。先生自此升矣。"

[7]万石:《汉书·石奋传》:"奋长子建,次甲,次乙,次庆,皆以驯行孝谨,官至二千石。于是景帝曰:'石君及四子皆二千石,人臣尊宠乃举集其门。'凡号奋为万石君。"后因以"万石"指大富人家。

[8]仓箱:《诗·小雅·甫田》:"乃求千斯仓,乃求万斯箱。"郑玄笺:"成王见禾谷之税,委积之多,于是求千仓以处之,万车以载之。"比喻丰收。

[9]幽居:隐居,不出仕。《礼记·儒行》:"儒有博学而不穷,笃行而不倦,幽居而不淫,上通而不困。"孔颖达疏:"幽居,谓未仕独处也。"

[10]青云路:喻高位或谋求高位的途径。唐张乔《别李参军》诗:"静想青云路,还应寄此身。"遐:远。

原文	译文

七

人才逢景运[1],　　　　人才碰上好时运,
禄养有荣华[2]。　　　　俸禄养家荣耀大。
草莽身非贱[3],　　　　出生草野身不贱,
朝廷礼倍加。　　　　　朝廷对其礼有加。
膏粱颁帝苑[4],　　　　富贵生活朝廷赏,
饮馔拟仙家[5]。　　　　饮食精美似仙家。
清白臣心矢,　　　　　清白是臣子誓言,
丰隆国典赊。　　　　　依据国典俸禄差。
鹤鸣期有和[6],　　　　贤者隐居盼和谐,
鸿渐望无涯[7]。　　　　循序渐进无边涯。
从此宏文治[8],　　　　从此扩大搞文治,
风光自静嘉。　　　　　景观自然静又佳。

语语稳惬[9],鹤鸣一联,风韵尤佳。一题七首,不懈不竭,不黏不脱[10],非胸有智珠[11],未能如此叠出新奇也。

 译文

　　句句稳当畅快,鹤鸣一联,风韵尤其佳美。一个题目连写七首诗,气势不松懈不衰竭,表述不黏滞不脱离主题,不是胸有智慧,不能如此新奇层出不穷。

[1]景运：好时运。《周书·独孤信传》："今景运初开，椒闱肃建。"

[2]荣华：荣耀；显贵。《三国志·魏志·陈思王植传》："冠我玄冕，要我朱绂。朱绂光大，使我荣华。"

[3]草莽：草野；民间。与"朝廷""廊庙"相对。《孟子·万章下》："孟子曰：'在国曰市井之臣，在野曰草莽之臣，皆谓庶人。'"赵岐注："民会于市，故曰市井之臣；在野居之曰草莽之臣。"

[4]膏粱：肥肉和细粮，泛指精美的饮食，代指富贵生活。《国语·晋语七》："夫膏粱之性难正也。"韦昭注："膏，肉之肥者；粱，食之精者。"

[5]饮馔：饮食。晋干宝《秦女卖枕记》卷一："（秦女）命东榻而坐，即具饮馔。"

[6]鹤鸣：《诗·小雅·鹤鸣序》："诲宣王也。"郑玄笺："教宣王求贤人之未仕者。"后因以"鹤鸣"指贤者隐居之义。

[7]鸿渐：比喻仕宦升迁。《文选·班固〈幽通赋〉》："皇十纪而鸿渐兮，有羽仪于上京。"李善注引应劭曰："鸿，鸟也；渐，进也。言先人至汉十世，始进仕。"

[8]宏：扩大。

[9]惬：满足，畅快。

[10]不黏不脱：不沾滞，不拘泥，不脱离。

[11]智珠：智慧，明达事理。

原文	译文

西园翰墨林
得林字八韵

一

原文	译文
艺苑芳菲地[1]，	群芳鲜美艺苑地，
华园翰墨林[2]。	繁盛花园笔墨林。
芸香飘短几[3]，	芸香飘荡过短桌，
树色隐遥岑[4]。	远山树色在藏隐。
玉局从容启[5]，	棋盘对局从容开，
牙签次第寻[6]。	书籍按序来找寻。
嫏嬛幽且远[7]，	藏书之地幽且远，
委宛窈而深[8]。	曲折深远又幽静。
落笔抽黄绢[9]，	落笔成文抽经卷，
摊书傍绿荫。	摊书阅览傍绿荫。

烟云晨卷幔，	烟云早晨卷窗帘，
风雨夜鸣琴。	风雨夜晚鸣弦琴。
避俗回青眼[10]，	避俗回复知心友，
论文惬素心。	论文满足平素心。
盛朝崇朴学[11]，	当今朝廷崇朴学，
声价重球琳[12]。	朴学身价过玉金。

落笔三联，清丽绵芊[13]。

该题出自唐张说《恩赐丽正殿书院赐宴应制得林字》："东壁图书府，西园翰墨林。"翰墨林，笔墨之林，比喻文章汇集之处，也指文坛。该诗描述了清代的为学环境和学人的治学情况，指出清代学术的要点是崇尚朴学。

[1]艺苑：文学艺术荟萃的处所。亦泛指文学艺术界。唐韩愈《复志赋》："朝骋骛乎书林兮，夕翱翔乎艺苑。"芳菲：花草盛美。《红楼梦》第五十回："桃未芳菲杏未红，冲寒先喜笑东风。"

[2]华园：繁盛的花园。比喻文章汇集之处，犹文坛。宋陆游《书叹》诗："早得虚名翰墨林，谢归忽已岁时侵。"

[3]芸香：香草名。多年生草本植物，其下部为木质，故又称芸香树。花叶香气浓郁，可入药，有驱虫、驱风、通经的作用。短几：矮而小的桌子。

[4]遥岑：远处陡峭的小山崖。唐韩愈孟郊《城南联句》："遥岑出寸碧，远目增双明。"

[5]玉局：棋盘的美称。唐李商隐《灯》诗："锦囊名画揣，玉局败碁收。"

[6]牙签：系在书卷上作为标识以便翻检的牙骨等制成的签牌。也指书籍。次第：按顺序。

[7]嫏嬛：也作"嫏环"。神话中天帝藏书处。后也用作对藏书室的美称。《老残游记》第八回："一齐归入东昌府，深锁嫏嬛饱蠹鱼。"

[8]委宛：曲折。深远曲折。窈：幽深，深邃。

[9]黄绢：佛教之经卷。唐寒山《诗》之一二一："囊里无青蚨，箧中有黄绢。"

[10]青眼：青眼看人表示对人的喜爱或重视、尊重（跟"白眼"相对）。借指知心朋友。宋司马光《同张圣民过杨之美明日投此为谢》诗："呼儿取次具杯盘，青眼相逢喜无极。"

[11] 朴学：指清代学者继承汉儒学风而治经的考据训诂之学。

[12] 球琳：都为玉名。代指珍宝。

[13] 绵芊：草木茂盛美好状。

原文	译文

二

新阳归艺苑[1]，	新春回归艺苑，
淑景布文林[2]。	美景满布文坛。
翰墨随时积[3]，	文章随时积累，
芳菲匝地深[4]。	鲜花绕地深远。
兰台春昼永[5]，	兰台春日长，
藜阁夜光临[6]。	书室夜光添。
顿觉风尘隔[7]，	顿觉读书尘世隔，
宁知岁月侵。	哪知岁月春阑珊。
浓香凝宝鸭[8]，	香烟缭绕在香炉，
雅韵度鸣禽[9]。	书声优美如鸟唤。
蒲柳清芬遍，	蒲柳清香遍世界，
琅玕碧影沈[10]。	翠竹碧影水中见。
花经红雨艳[11]，	花经春雨更红艳，
人在绿窗吟。	人处绿窗吟诗篇。
胜景恣游赏，	春光美景任游赏，
幽怀欲满襟[12]。	无限情怀满胸间。

自评

红雨两句耐人咀嚼。

注解

[1] 新阳：指初春。《文选·谢灵运〈登池上楼〉诗》："初景革绪风，新阳改故阴。"吕延济注："春为阳，秋为阴也。"

[2] 淑景：美景。南朝宋鲍照《代悲哉行》："羁人感淑景，缘感欲回辙。"文林：文士之林。谓众多文人聚集之处。后泛指文坛、文学界。

[3] 翰墨：笔墨。三国魏曹丕《典论·论文》："古之作者，寄身于翰墨，见意于篇籍。"泛指文章、书画。

[4] 匝：环绕一周。

［5］兰台：泛指宫廷藏书处。

［6］藜阁：普通百姓简陋的读书处所。

［7］风尘：尘世，比喻纷乱的社会或漂泊江湖的境况。

［8］宝鸭：香炉。因作鸭形，故称。宋范成大《减字木兰花》词："宝鸭金寒，香满围屏宛转山。"

［9］雅韵：雅正的韵律，这里指读书声。鸣禽：鸣声悦耳的鸟类。

［10］琅玕：翠竹的美称。沈：沉，没入水中。

［11］红雨：落在红花上的雨。唐孟郊《同年春宴》诗："红雨花上滴，绿烟柳际垂。"

［12］幽怀：隐藏在内心的情感。清袁枚《随园诗话》卷九：（尹似村诗）"清谈相订菊花期，正慰幽怀入梦时。"襟：代指胸怀。

精卫衔石填海 一

得填字八韵

原文	译文
有鸟名精卫，	有鸟叫精卫，
思将大海填。	想把大海填。
谁知噙石去，	谁知噙石填大海，
竟类夹山前[1]。	竟同衔石掉山前。
几处泥沙积，	泥沙草石积几处，
何时面目旋。	何时海平把家还。
但求功绝地[2]，	只求功成赴艰险，
不信浪滔天。	不信大海浪滔天。
汹涌原叵测，	海浪汹涌原难测，
焦劳未肯捐[3]。	焦虑烦劳志不变。
任他迷畔岸[4]，	任他迷途在海岸，
只想变桑田[5]。	只想大海变桑田。
夸父莫奔逐[6]，	夸父逐日别再追，
愚公畏任肩[7]。	愚公移山害怕难。
望洋真可叹[8]，	望洋大海真可叹，
遗事至今传。	励志遗事至今传。

自评

五六写填海意思[9]，吸题之髓。七八写填海光景，描题之神。九十撮题大意。十一二句以遐想陪衬，确有关会。十三四句用宽局面。结语感慨情深，有一唱三叹之致。

五六句写填海意义,吸取了题目的精髓。七八句写填海光景,描绘主题入神。九十句综合主题大意。十一二句以遐想陪衬,确有关照。十三四句拓宽全局。结语感慨情深,有一唱三叹的情趣。

用精卫填海、夸父追日、愚公移山的故事告诉人们,无论遇到什么困难的事情,只要有恒心有毅力地做下去,就有可能成功。

注解

[1]夹山前:所衔之石掉落在山下。

[2]绝地:指极险恶而无出路的境地。《孙子·九地》:"去国越境而师者,绝地也。"

[3]焦劳:焦虑烦劳。唐柳宗元《为京畿父老上府尹乞奏复尊号状》:"窝寐焦劳,不知所措。"

[4]畔岸:边际。宋苏轼《荀卿论》:"茫乎不知其畔岸而非远也,浩乎不知其津涯而非深也。"迷畔岸,被大海的边际所迷惑。

[5]桑田:指桑田沧海的相互变化。明杨埏《龙膏记·游仙》:"看人间几变桑田,忙提觉柱下仙官。早唤醒绣户婵娟,休恋着舞镜飞鸾。"

[6]夸父:中国神话人物,炎帝的后裔。传夸父曾追逐落日,途中口渴,饮尽黄、渭之水未止。欲北去饮大泽水,中途渴死。死后手杖化为"邓(桃)林"。夸父子孙繁衍成夸父国。

[7]愚公:"愚公移山"故事的主人公。亦常用以比喻做事有顽强毅力、不怕困难的人。

[8]望洋:远看的样子。《庄子·秋水》:"于是焉,河伯始旋其面目,望洋向若而叹。"

[9]意思:意义,道理。《朱子语类》卷七一:"此处有意思,但是难说出。"

原文	译文
冤鸟名精卫，	蒙冤鸣禽叫精卫，
思将海水填。	执意想把大海填。
任凭嘬土石，	听任无止嘬草石，
直可变桑田。	直到大海变桑田。
滚滚波涛雪，	滚滚大海涛似雪，
茫茫岛屿烟。	茫茫岛屿隐如烟。
清音犹婉转，	精卫清音犹婉转，
瘦影自蹁跹。	瘦影往来自蹁跹。
满拟沙平壑[1]，	满心打算沙平海，
宁知浪拍天。	哪管海浪拍上天。
程功安有极[2]，	衡量工程哪有数，
测数信无边。	测定数量确无边。
但恨洪涛流，	只恨滚滚洪涛流，
何辞弱羽捐[3]。	哪因羽弱将志迁。
移山同此愿[4]，	愚公移山同此愿，
痴想总堪怜[5]。	痴心不移使人怜。

三四一气团结，妙在字字现成。

［1］壑：沟，这里指海。

［2］程功：衡量，考核工作量。《礼记·儒行》：“儒有内称不辟亲，外举不辟怨，程功积事，推贤而进达之。”

［3］捐：抛弃。

［4］移山：指愚公移山。

［5］痴想：不切实际，难以实现的想法。《水浒传》第四一回：“不要痴想，只是趁这个机会，便好下手，不要等他做了准备。”怜：爱。

《怡云庵排律诗草》卷四

香罗叠雪轻

原文	译文
御赐新鲜服,	皇上赏赐新鲜服,
香罗试体轻[1]。	上身试穿香罗轻。
临风方皎洁,	玉树临风仪态万种,
叠雪最晶莹。	雪叠重重皎洁晶莹。
针线裁缝密,	裁缝精巧针线密,
纹痕熨贴平。	纹痕皱褶熨烫平。
能消三伏暑,	香罗能消三伏热,
不羡五铢名[2]。	穿之不羡五铢名。
襟袖题未湿[3],	题写襟袖不显湿,
身心着后清[4]。	穿上香罗身心清。
云衣工组织[5],	工于组织似云气,
雾縠衣晶明[6]。	如雾轻薄亮又明。
濯以银河水,	银河之水来洗涤,
敲来玉杵声[7]。	叩击发出玉杵声。
上方今特取[8],	朝廷今天特甄取,
称体制遍精[9]。	香罗合身制工精。

自评

五六七八句, 刻画入妙。云衣两联, 比拟工雅。

题解

该题来自唐杜甫《端午日赐衣》诗："细葛含风软，香罗叠雪轻。"作者借香罗表达了希望朝廷能给予赏识和重用的心情。

注解

[1] 香罗：绫罗的美称。带有香味的轻软的丝织品。多为女子所用。

[2] 五铢：五铢衣，也称"五铢服""五铢衣"。传说古代神仙穿的一种衣服，轻而薄。唐李商隐《圣女祠》诗："无质易迷三里雾，不寒长着五铢衣。"

[3] 襟袖：衣襟衣袖。题：写上，签署。

[4] 身心：身体和精神。元张养浩《水仙子》曲："山隐隐烟霞润，水潺潺金玉音，因此上留住身心。"

[5] 云衣：指云气。《楚辞·刘向〈九叹·远逝〉》："游清灵之飒戾兮，服云衣之披披。"王逸注："上游清冥清凉之处，被服云气而通神明也。"组织：经纬相交，织作布帛。

[6] 雾縠：轻纱的一种，薄如云雾。唐皮日休《奉和鲁望渔具诗十五咏》："晚挂溪上网，映空如雾縠。"

[7] 玉杵：玉制的舂杵，也用作舂杵的美称。元耶律楚材《西域从王君玉乞茶因其韵》之四："玉杵和云舂素月，金刀带雨剪黄芽。"

[8] 上方：上界。《云笈七签》卷二二："上方九天之上，清阳空虚之内，无色无象，无形无影。"这里借指朝廷。

[9] 称体（chèn tǐ）：合身。《水浒传》第二十三回："取出一箱缎匹绸绢，门下自有针工，便叫做三人的称体衣裳。"

桂林一枝

得枝字八韵

原文	译文
人品犹嘉桂，	好的人品如嘉桂，
亭亭矗一枝。	亭亭玉立耸一枝。
林深阴白荫，	林阴深处树影白，
叶茂色分披[1]。	叶茂纷披色彩异。
雨洗花含馥，	经雨洗涤花含馥，
风疏影欲移。	微风掠过影欲移。
小山留客处，	小山流连忘返处，
高树仰天时。	高树仰天使人迷。

植以直为拔，ı	栽树选苗直为准，
材因选愈奇。	材料越选越稀奇。
古柯凝湛露，	古枝凝聚晶莹露，
秋气扇凉飔[2]。	秋意徐来凉风起。
风馆青森诏，	只待青森风馆诏，
龙池绿映墀[3]。	绿映书台有桂枝。
栽培邻上苑，	栽培上苑栋梁材，
更得露华兹。	更要雨露去润滋。

五六看一枝，扼题之要。七八实写桂枝，佳植以佳句传出，可谓两美必合。九十单写一枝，词清而刻句老而确。风馆一联，对意更胜，通体无一宽松语，无一游移语，可法可诵。

"桂林一枝"出自《晋书·郤诜传》，"（诜）累迁雍州刺史。武帝于东堂会送，问诜曰：'卿自以为何如？'诜对曰：'臣举贤良对策，为天下第一，犹桂林之一枝，昆山之片玉。'"原为自谦之词，谓己只是群才之一。后喻科举考试中出类拔萃的人。诗中作者以桂枝自喻，希望自己的才华能得到施展。

[1]分披：披散；分散。《西京杂记》卷六："花叶分披，条枝摧折。"

[2]凉飔：凉风。南朝齐谢朓《在郡卧病呈沈尚书》诗："珍簟清夏室，轻扇动凉飔。"

[3]龙池：也叫凤池，指中书省。明徐渭《送内兄潘伯海谒选》诗："明岁承恩日，龙池万柳青。"墀：台阶上的空地，这里指台阶。

原文	译文

昆山片玉
得山字八韵

璘瑜稀世宝[1]，	美玉晶莹稀世宝，
一片出昆山[2]。	一片出自昆仑山。
顿拟蓝田璧[3]，	叩碰好像蓝田玉，
何殊白玉环。	精美不输白玉环。
含章原特达[4]，	含有美质很突出，

吴㐩 诗文译注

比德自幽闲[5]。	同心同德自幽闲。
价待连城外[6]，	待价而沽连城外，
光垂照乘间[7]。	光明关照用机缘。
质原同五瑞[8]，	质体原本同五瑞，
品却异奇顽。	品性异常奇而顽。
气落长虹贯，	气势下落虹贯日，
形如半月弯。	形体明亮半月弯。
粹纯超物类[9]，	纯粹无瑕超同类，
温润别尘寰。	温暖润滑世难见。
与桂相推看，	桂枝昆玉相推荐，
珍藏岂两般。	两相珍藏岂两般。

自评

起处一气鼓荡，七八九十句，摹写入微，白云穿破碧玲珑[10]，是何手法。

题解

该诗紧接上首，以昆山片玉自喻。

注解

[1]璘瑜：泛指带光泽的美玉。

[2]昆山：昆仑山，为万山之祖，主脉在青海，也称玉山。新疆昆仑山的和田玉是质量上乘的玉。

[3]顿：叩、碰。蓝田璧：蓝田玉。

[4]含章：包含美质。《易·坤》："六三，含章可贞。"孔颖达疏："章，美也。"特达：特出，突出。南朝宋刘义庆《世说新语·言语》："此子珪璋特达，机警有锋。"

[5]比德：同心同德。《楚辞·大招》："比德好闲，习以都只。"王夫之通释："比德，同心。"幽闲：清静闲适。汉蔡邕《汉太尉杨公碑》："操清行朗，潜晦幽闲。"

[6]连城：又名平番，今甘肃省兰州市永登县河桥镇。作者中举后曾在此教书六年。

[7]垂照：关心，照顾。乘间：利用机会，趁空子。《汉书·赵充国传》："内不损威武之重，外不令虏得乘间之势。"

[8]质：本体，本性。五瑞：指古代以玉制成的礼器，即璧、璜、圭、琮、璋。古人把玉比作至高无上的东西，认为仁、智、礼、乐、义、忠、信都是玉的属性，倍受器重，故称五瑞。

[9]物类：物的同类。汉东方朔《七谏·谬谏》："音声之相和兮，物类之

相感也。"

[10]碧玲珑：指苍翠的山峰。

原文	译文
何处钟声起， 蓝山此夜闻[1]。	何处钟声入耳中， 身在蓝山此夜闻。
疏林方飒飒[2]， 落叶正纷纷。	萧疏林中风飒飒， 霜打叶落正纷纷。
断续随鸡唱， 悠扬逐雁群。	霜钟断续随鸡唱， 悠扬钟声逐雁群。
惊心疑有觉， 破梦乍无垠[3]。	动魄惊心疑觉醒， 破梦难眠空洞洞。
旅馆茶烟歇， 寒宵酒意醺[4]。	旅馆客息茶烟歇， 寒夜漫漫酒意浓。
凄凉千里月[5]， 吟吼万峰云[6]。	孤寂冷清千里月， 龙虎吟吼万峰云。
入耳添秋思， 流空淡夕曛[7]。	声声入耳添秋思， 落日余晖淡流空。
羁怀眠不得[8]， 翘首望苍雯[9]。	羁旅情怀难入眠， 翘首苍天望纹云。

寒夜闻霜钟

五六七八句，情景兼到，十一二句，写的凄切尽致，令人寻声知感。

唐代诗人郑细、卢景亮羁旅时各自以《寒夜闻霜钟》为题作诗，均为五言，六韵十二句。郑细的是：霜钟初应律，寂寂出重林。拂水宜清听，凌空散迥音。春容时未歇，摇曳夜方深。月下和虚籁，风前间远砧。净兼寒漏彻，闲畏曙更侵。遥相千山外，泠泠何处寻。

卢景亮的是：洪钟发长夜，清响出层岑。暗入繁霜切，遥传古寺深。何城乱远漏，几处杂疏砧。已警离人梦，仍沾旅客襟。待时当命侣，抱器本无心。倘若无知者，谁能设此音。

作者此诗为五言八韵十六句，创作背景与郑、卢相同，三诗有异曲同工之妙。

注解

[1] 蓝山：兰州市区正南的皋兰山，也称兰山，是兰州城南的天然屏障和第一高峰。

[2] 飒飒：形容风吹动树木枝叶发出的声音。《楚辞·九歌·山鬼》："风飒飒兮木萧萧，思公子兮徒离忧。"

[3] 乍：突然。无垠：形容空旷、没有边际。

[4] 寒宵：寒夜。唐杜甫《阁夜》诗："岁暮阴阳催短景，天涯霜雪霁寒宵。"

[5] 千里月：谓远照的明月。唐李峤《送光禄刘主簿之洛》诗："他乡千里月，岐路九秋风。"

[6] 吟吼：吼叫。特指龙吟虎啸。唐杜甫《送重表侄王砅评事使南海》诗："下云风云合，龙虎一吟吼。"

[7] 夕曛：落日的余晖。南朝宋谢灵运《晚出西射堂》诗："晓霜枫叶丹，夕曛岚气阴。"

[8] 羁怀：亦作"羇怀"。寄旅的情怀。唐司空曙《残莺百啭歌》："谢朓羇怀方一听，何郎闲咏本多情。"宋苏舜钦《依韵和王景章见寄》："咄嗟谤口闻高谊，披豁羁怀见雅吟。"

[9] 雯：成花纹的云彩。

原文	译文

冬日烈烈

得冬字六韵

原文	译文
元英方应节[1]， 烈烈到寒冬[2]。	冬季应节刚来临， 气势凛冽感冷寒。
鹤警霜威肃[3]， 龟言雪意稠[4]。	鹤鸟警戒霜威重， 龟言今年雪花繁。
围炉因附热， 夹纩岂嫌重[5]。	寒重围炉为取暖， 加披棉衣重不嫌。
朔气凉侵骨[6]， 清飕冷透胸[7]。	寒气逼人凉浸骨， 清冷冰凉透胸寒。
负暄情已切[8]， 献曝兴初浓。	情义恳切献负暄， 献曝源自初心善。
邹衍将吹律[9]， 春华转眼逢[10]。	邹衍吹律地将暖， 春花转眼处处见。

自评

负暄一联，婉而多风。去路引人入胜。

题解

本题出自《诗·小雅·四月》："冬日烈烈，飘风发发。"该诗描述了冬天的寒冷，但春天很快就要到来。

注解

[1] 元英：玄英。冬季的别称。宋秦观《代贺皇太后生辰表》："考历占星气，应元英之候。"应节：适应节令。《后汉书·郎顗传》："王者崇宽大，顺春令，则雷应节，不则发动于冬，当震反潜。"

[2] 烈烈：栗烈，即凛冽严寒，汉王粲《赠蔡子笃》诗："烈烈冬日，肃肃凄风。"

[3] 鹤警：指鹤性机警。宋朱敦儒《鹊桥仙》词："曲终鹤警露华寒，笑浊世，饶伊做梦。"

[4] 龟言：龟卜所得之兆。

[5] 挟纩：披着棉衣。

[6] 朔气：北方的寒气。《乐府诗集·横吹曲辞五·木兰诗》："朔气传金柝，寒光照铁衣。"

[7] 清飔：清凉。

[8] 负暄：背对着太阳取暖。《列子·杨朱》载，战国时，宋国有一个没有见过世面的农夫，由于家贫，终日穿一件粗麻衣勉强过冬。第二年春天天气晴朗，他就脱光衣服在太阳下曝晒，觉得十分舒服，由于没有见过漂亮的皮衣和高大的房子，就对妻子说要把这取暖的办法进献给国王，以求得重赏。后遂以"负暄"表示向君王敬献忠心。"献曝"表示指所献菲薄、浅陋但出于至诚。

[9] 吹律：吹奏律管。律为阳声，故传说可以使地暖。《艺文类聚》卷九引汉刘向《别录》："邹衍在燕，燕有谷，地美而寒，不生五谷，邹子居之，吹律而温气至，而谷生，今名黍谷。"这里指节气变换，冬去春来。

[10] 春华：春花。唐骆宾王《畴昔篇》："容鬓年年异，春华岁岁同。"

冬日可爱

得冬字六韵

原文	译文
同是中天日，	同是太阳天上照，
如何独爱冬。	为何独爱冬日暖。
光原殊夏烈，	原来夏日光照烈，
烈暴似秋容。	炎炎秋日似火燃。
频敛霜风肃，	冬日常使风霜缓，
能消雪意浓。	冬日可消雪意寒。
茅檐光幕幕[1]，	晨起茅檐暖阳罩，
蔀屋乐喁喁[2]。	日照草屋乐声传。
燠称袁安卧[3]，	袁安卧雪有操守，
温凭叔夜慵[4]。	叔夜慵懒凭冬暖。
恩威相回别，	恩威迥异相区别，
愿与赵衰逢。	愿与赵衰见一面。

茅檐一言情景兼到。

该题出自《左传·文公七年》："赵衰，冬日之日也；赵盾，夏日之日也。"杜预注："冬日可爱，夏日可畏。""冬日可爱"即如同冬天里的太阳那样使人感到温暖、亲切。比喻人态度温和，使人愿意接近。

[1]幕幕：覆布周密貌。南朝梁武帝《青青河畔草》诗："幕幕绣户丝，悠悠怀昔期。"

[2]蔀（bù）屋：草席盖顶之屋。泛指贫家幽暗简陋之屋。宋王安石《寄道光大师》诗："秋雨漫漫夜复朝，可嗟蔀屋望重霄。"喁喁：形容人语声。清纪昀《阅微草堂笔记·滦阳续录三》："惟闻封闭室中，喁喁有人语声，听之不甚了了耳。"

[3]燠（yù）:热。袁安卧:袁安卧雪。《后汉书·袁安传》李贤注引晋周斐《汝南先贤传》载，有一年冬天，纷纷扬扬的大雪一连下了十余天，地上积雪有一丈多厚，封路堵门。洛阳令到州里巡视灾情，访贫问苦，雪中送炭。见家家户户都扫雪开路，出门谋食。来到袁安家门口，大雪封门，无路可通，洛阳令以为袁安已经冻馁而死，便命人凿冰除雪，破门而入，但见袁安僵卧在床，奄奄

一息。洛阳令扶起袁安，问他为什么不出门乞食，袁安答道："大雪天人人皆又饿又冻，我不应该再去干扰别人！"洛阳令嘉许他的品德，举他为孝廉。后指高士生活清贫但有操守。

[4]叔夜慵：嵇康慵懒。嵇康，三国时曹魏文学家，"竹林七贤"之一，字叔夜。嵇康"身长七尺八寸，美词气，有风仪，而土木形骸，不自藻饰，人以为龙章凤姿，天质自然"。嵇康以懒出名，在《与山巨源绝交书》中言己"性复疏懒，筋驽肉缓，头面常一月十五日不洗；不大闷痒，不能沐也。每常小便而忍不起，令胞中略转乃起耳[几乎憋出转胞病（出现脐下痛）时才起身]。又纵逸来久，情意傲散，简与礼相背，懒与慢相成。"又言："卧喜晚起"，"不喜吊丧"，"性复多虱，把搔无已"，"素不便书，又不喜作书"。嵇康以"懒"傲物，慢物轻人，又言"懒"乃本性，与生俱来。嵇康说"懒"并没有给自己带来不愉快，"为侪类见宽，不功其过"。嵇康"懒"的形象深深印在后世读者心里。

春服既成

得鲜字八韵

原文	译文
成服当春暮[1]，	暮春春服已穿定，
章施色倍鲜[2]。	衣服藻饰色倍鲜。
剪裁新制锦，	精裁巧剪新制锦，
曳娄艳阳天[3]。	穿戴沐浴艳阳天。
露颖随风丽[4]，	显露才能随风丽，
云罗映日妍[5]。	丝绸轻柔映日艳。
层冈高可振，	山岗高处衣挥动，
浅水远堪褰。	蹚水揭衣因水浅。
早识蒙绉意[6]，	早知罩上绉纱意，
仍怀尚絅篇[7]。	胸中仍怀尚絅篇。
披余安且吉，	披在身上安且吉，
坐觉稳而便。	席地而坐稳而便。
柳汁妨宜染，	应防柳汁来浸染，
花茵软欲眠。	花香草软困欲眠。
舞云风浴地，	风吹云舞大美地，
衣被集群贤。	春服遮盖集群贤。

吴嶷诗文译注

自评

三四五六句，切定春服。七八暗藏春服，恰好与节旨有关合。九十极其虚活。十一二句笔情摇曳[8]。十三四句点染春服，更觉蕴藉。

该题出自《论语·先进》："莫春者，春服既成。"该章是孔子与其门徒谈论志向的画面。学生曾晳介绍自己的志向"冠者五六人，童子六七人，浴乎沂，风乎舞雩，咏而归"。这种悠然自得的生活，使夫子喟然叹曰：吾与点也！

［1］成服：春天穿的衣服。

［2］章施：藻饰。宋王禹偁《桂阳罗君游太湖洞庭诗》序："虽金石不同其音，同归于雅正；黼黻不同其文，同成于章施。"

［3］曳娄：穿戴。语本《诗·唐风·山有枢》："子有衣裳，弗曳弗娄。"

［4］露颖：显露才能。语本《史记·平原君虞卿列传》：平原君曰："夫贤士之处世也，譬若锥之处囊中，其末立见。今先生处胜之门下三年于此矣，左右未有所称诵，胜未有所闻，是先生无所有也。先生不能，先生留。"毛遂曰："臣乃今日请处囊中耳。使遂蚤得处囊中，乃颖脱而出，非特其末见而已。"

［5］云罗：轻柔如云的丝绸织品。隋王眘《七夕》诗之二："长裙动星佩，轻帐捲云罗。"

［6］蒙绉：罩上绉纱。《诗经·鄘风·君子偕老》："蒙彼绉绨，是绁袢也。"即罩上绉纱细葛衫，凉爽内衣夏日宜。

［7］尚綗篇：指明何景明的《王职方尚綗》：

职方吾益友，契谊鲜与同。少龄负奇气，万里飘云鸿。

手中握灵芝，高操厉孤桐。读书迈左思，识字过扬雄。

为辞多所述，结藻扬华风。寸心素相许，抚志惭微躬。

何景明字仲默，号白坡，又号大复山人。明弘治十五年（1502年）进士，授中书舍人。正德初，宦官刘瑾擅权，何景明谢病归。刘瑾诛，官复原职。官至陕西提学副使。为"前七子"之一，与李梦阳并称文坛领袖。其诗取法汉唐，一些诗作颇有现实内容。

［8］摇曳：逍遥；轻轻地摆荡，形容东西在风中轻轻摆动的样子。

如友不如己者

得无字八韵

原文	译文
丽泽招三益[1]，	两泽相连招三益，
严交信在吾。	严肃交友不盲慌。
名从华实别[2]，	区别名声依华实，
品以圣狂殊。	品级区别在圣狂。
未问亲仁否[3]，	不问亲亲有仁德，
先求比匪无[4]。	先求言行邪而脏。
芝兰方入室[5]，	芝兰俱美方入室，
梓杞岂同涂[6]。	梓杞难道同一岗？
东北朋虽失，	东北朋友虽已失，
西南友不孤。	西南挚友不孤芳。
颜原真莫逆[7]，	颜回原宪意相投，
夷吕最相溆[8]。	伯夷吕尚美名扬。
但使胶投漆[9]，	胶漆相投密无间，
难容目混珠。	鱼目混珠难容养。
圣门遗训切[10]，	孔门遗训真恳切，
一贯岂歧途[11]。	以一贯穿前途广。

自评

三四顿宕入妙，余俱清丽。十三四句，确切不肤。

题解

该题出自《论语·学而》：子曰："君子不重则不威，学则不固。主忠信。无友不如己者。过则勿惮改。"又《论语·子罕》：子曰："主忠信，毋友不如己者，过则勿惮改。"

注解

[1] 丽泽：语出《周易》兑卦，象曰："丽泽，兑。君子以朋友讲习。"丽是并连的意思，兑为泽，此卦上下皆兑，两泽相连，有交相浸润之象。结合人事，朋友互相讲解道理，研讨学业，双方可互相补益。三益：指正直、信实、多闻。语本《论语·季氏》："孔子曰：益者三友，损者三友。友直，友谅，友多闻，益矣。"

[2] 华实：华丽和质朴。

[3] 亲仁：亲近有仁德的人。《论语·学而》："汎爱众，而亲仁。行有余力，

吴
铖
诗文译注

则以学文。"朱熹集注："亲，近也。仁，谓仁者。"

[4]比匪：即《周易·比·六三》："比之匪人。"是说所结交的人是匪类，必然会伤害自己。故《象传》说："比之匪人，不亦伤乎！"

[5]芝兰：芷和兰。皆香草。芝，通"芷"。喻优秀子弟。唐杨炯《唐恒州刺史建昌公王公神道碑》："芝兰有秀，羔雁成行。"入室：语出《论语·先进》："由也升堂矣，未入于室也。"邢昺疏："言子路之学识深浅，譬如自外入内，得其门者。入室为深，颜渊是也；升堂次之，子路是也。"后以"入室"比喻学问或技艺得到师传，造诣高深。

[6]杞梓：杞、梓，两种优质的木材。比喻优秀人才。《晋书·陆机陆云传论》："观夫陆机、陆云，实荆衡之杞梓，挺珪璋于秀实，驰英华于早年。"同涂：同路；同行止。晋潘岳《哀永逝文》："昔同涂兮今异世，忆旧欢兮增新悲。"

[7]颜原：孔子弟子颜回和原宪的并称。北齐颜之推《颜氏家训·止足》："自丧乱已来，见因诡风云，徼倖富贵，旦执机权，夜填坑谷，朔欢卓郑，晦泣颜原者，非十人五人也。"莫逆：指两人意气相投，交往密切友好。语出《庄子·大宗师》："四人相视而笑，莫逆于心，遂相与为友。"

[8]夷吕：似指伯夷、姜太公吕尚。《史记·伯夷列传》："（武王）东伐纣，伯夷、叔齐叩马而谏之曰：'父死不葬，爰及干戈，可谓孝乎？以臣弑君，可谓仁乎？'左右欲兵之。太公曰：'此义人也。'扶而去之。"相须：也作"相需"。互相依存。该句是说：伯夷、吕尚虽各为其主，立场不一，却因大义，惺惺相惜而美名流传。

[9]胶投漆：比喻情谊极深，亲密无间。唐白居易《和〈寄乐天〉》："贤愚类相交，人情之大率。然自古今来，几人号胶漆？"

[10]圣门：指孔子的门下。也泛指传孔子之道者。汉班固《幽通赋》："游圣门而靡救兮，虽覆醢其何补？"遗训：前人留下或死者生前所说的有教育意义的话。《国语·周语上》："赋事行刑，必问于遗训，而咨于故实。"韦昭注："遗训，先王之教也。"

[11]一贯：指用一种道理贯穿于万事万物。语出《论语·里仁》："吾道一以贯之。"邢昺疏："言夫子之道唯以忠恕一理以统天下万事之理。"歧途：谓不同的途径。田北湖《论文章源流》："今地球万国，异文并列，审音、解字、联句、篆文之难易，截然歧途，不可混合。"

原文	译文

念及双亲老

念及双亲老，
于中即黯然[1]。

期颐虽大寿[2]，
耄耋总衰年[3]。

幸有赡依切[4]，
能无怙恃偏[5]。

双丸朝夕连[6]，
两鬓雪霜鲜。

祝遐人争集[7]，
燕毛肯序先[8]。

长春洵所罕[9]，
垂暮总堪怜。

欲挽羲和辔[10]。
难追夸父鞭[11]。

为儿知爱日[12]，
宜咏白华篇[13]。

每当想到父母亲，
心中就沮丧伤感。

百岁虽是大寿辰，
八九十岁总衰年。

幸能赡养近贴身，
能不依靠不依恋！

日月运行朝连夕，
两鬓斑白雪霜染。

祝福高寿人争集，
宴饮不因老坐前。

长春之人确罕见，
人到老年总可怜。

想让太阳脚步慢，
夸父逐日难上难。

为儿知道养父母，
应该常诵《白华》篇。

起笔一气旋转。第四句颇耐咀嚼。七八句警快异常。祝遐两联，忽而拓开，忽而擒住，能使人深思。结句希冀厚望。

有感时光飞逝，希望能报答父母的养育之恩。

注解

［1］黯然：感伤沮丧貌。唐柳宗元《别舍弟宗一》诗："零落残魂倍黯然，双垂别泪越江边。"

［2］期颐：也称为人瑞。指百岁以上的老人。语本《礼记·曲礼上》："百年曰期、颐。"

［3］耄耋（mào dié）：八九十岁，指高龄，高寿。曹操《对酒》诗："人耄耋，皆得以寿终。"衰年：衰老之年。唐杜甫《泛舟送魏仓曹还京因寄岑参范季明》诗："若逢岑与范，为报各衰年。"

［4］赡依：赡养依恃。

〔5〕怙恃（hù shì）：依靠、凭借。

〔6〕双丸：指日月。语出元朱德润《题陈直卿一碧万顷》诗："日月双丸吐，江山万古愁。"

〔7〕祝遐：祝寿。

〔8〕燕毛："燕"通"宴"。古代祭祀后宴饮时，以须发的颜色别长幼的座次，须发白年长者居上位。毛，须发。《礼记·中庸》："燕毛，所以序齿也。"。清洪亮吉《白发诗为胡上舍唐作》："生今上坐非忝窃，燕毛之礼谁敢忽。"

〔9〕洵：通"恂"。诚然，确实。《诗·邶风·静女》："洵美且异。"

〔10〕羲和：古代神话传说中的人物，驾御日车的神。《楚辞·离骚》："吾令羲和弭节兮，望崦嵫而勿迫。"王逸注："羲和，日御也。"

〔11〕夸父：《山海经》载：夸父与太阳赛跑，一直追赶到太阳落下的地方；他感到口渴，想要喝水，就到黄河、渭水喝水。黄河、渭水的水不够，往北去大湖喝水。还没到大湖，在半路因口渴而死，而他丢弃的手杖，就化成桃林。

〔12〕爱日：汉扬雄《法言·孝至》："事父母自知不足者，其舜乎！不可得而久者，事亲之谓也，孝子爱日。"李轨注："无须臾懈于心。"后以指儿子供养父母的时日。

〔13〕白华：指《诗经·小雅·白华》，"华"通"花"。《诗序》认为，《白华》，"孝子之洁白也"。旧时常被用为歌颂孝子的典故。

《自勘录》外编

自课七言绝句三十平韵

原文

译文

一东

自家须认主人翁[1]，
只这关元一窍通[2]。
此外更无余个事[3]，
焚香默坐是吾功。

世俗的我不是真正的我，
达到真我只有意守丹田。
此外余事不剩一件，
烧香静坐功成自然。

 注解

[1]自家：自己。这里指佛教的假我。佛教认为，所谓"我"，实际上并无"我"的存在，只是五蕴和合（五蕴分别是色蕴、受蕴、想蕴、行蕴、识蕴五种。在五蕴中，除了第一个色蕴是属物质性的事物现象之外，其余四蕴都属精神现象。"蕴"是梵文的音译，意思是积聚或者和合。佛教认为世间一切事物都是由五蕴和合而成，人的生命个体也是由五蕴和合而成的）所成之身，假名为"我"而已，故称"假我"，又作"俗我"。主人翁：对主人的尊称。这里指佛教的"真我""实我"，是"假我""俗我"的对称，意思是真正的我，即出离生死烦恼的自在之我。佛教认为凡夫俗子执着五蕴假合之身为我，其实那是虚妄的"我"。

[2]关元：经穴名。出《灵枢·寒热病》，别名丹田，属任脉，足三阴、任脉之会。针灸此穴，有培补元气、导赤通淋之效。窍：窟窿、孔洞。

[3]个事：一事。宋杨万里《晓坐卧治斋》诗："日上东窗无个事，送将梅影索人看。"

吴栻
诗文译注

二冬

原文	译文
何妨火宅习莲宗[1]， 拔尽尘氛又几重[2]。 自此障山遮不得， 更无云海荡心胸[3]。	何不在尘世学习往生净土的莲宗， 它可将多种尘世的诱惑烦恼拔尽。 此后如山的障碍也遮挡不住， 更无高远空阔之境动荡心胸。

[1] 火宅：佛教用来比喻充满众苦的尘世。《法华经·譬喻品》："三界无安，犹如火宅，众苦充满，甚可怖畏，常有生老病死忧患，如是等火，炽然不息。"唐白居易《赠昙禅师》诗："欲知火宅焚烧苦，方寸如今化作灰。"莲宗：中国佛教宗派，因其始祖慧远曾在庐山建立莲社，提倡往生净土，故又称莲宗。

[2] 尘氛：世俗的烦恼和诱惑。唐牟融《题孙君山亭》诗："长年乐道远尘氛，静筑藏修学隐论。"重：层、种。

[3] 云海：指高远空阔的境界。唐沈佺期《答魑魅代书寄家人》诗："何堪万里外，云海已溟茫。"

三江

原文	译文
暗室尘封忽透窗[1]， 夜深趺坐对银钉[2]。 业绳割断无拴锁[3]， 镜里魔军次第降[4]。	暗室尘封忽然捅开窗， 夜深盘坐静寂对灯光。 割断缘孽无绳锁， 心境魔军顷刻降。

[1] 暗室：黑暗无光的房间。

[2] 趺坐：盘腿端坐。唐王维《登辨觉寺》诗："软草承趺坐，长松响梵声。"银钉：也作"银缸"。银白色的灯盏、烛台。南朝梁元帝《草名》诗："金钱买含笑，银钉影梳头。"。

[3] 业：佛教徒称人的一切行为、言语、思想，通常指缘分或罪孽。是梵文 karma 的意译。

[4] 镜里：这里指虚像、幻境。魔军：佛教故事，释迦成道时，恶魔波旬来侵害，佛家称其所率之军为魔军。《维摩诘经》云："降伏镜里魔军，成就梦中佛果。"次第：顷刻，转眼。唐白居易《观幻》诗："次第花生眼，须臾烛遇风。"

	原文	译文

四支

性海斜通功德池[1]，
池边各自照须眉[2]。
湛然一见真如相[3]，
依是当年旧面皮。

性海斜通功德池，
池边各自照清晰。
一见本体清澈相，
仍是当年旧脸皮。

注解

[1] 性海：佛教语。指深广如海的永恒实体。宋苏轼《广州东莞县资福寺舍利塔铭》："此身性海一浮沤，委蜕如遗不自收。"功德池：即八宝功德池，佛教称西方极乐世界的浴池，池中有八功德水，以浴清净众生。

[2] 须眉：比喻事物细微处。明李贽《四书评·孟子·离娄下》："叙事刻画，须眉如画。"

[3] 湛然：清澈貌。晋干宝《搜神记》卷二十："不数日，果大雨。见大石中裂开一井，其水湛然。"真如：佛教指永恒存在的实体、实性，也就是宇宙万有的本体。

	原文	译文

五微

五十蹉跎事事违[1]，
才知四十九年非。
名缰利锁都抛却[2]，
野鹤孤云任意飞[3]。

五十年来没有作为事与愿违，
四十九年的努力才知全白费。
抛弃功名利禄的束缚包围，
让自己如野鹤孤云自由飞。

注解

[1] 蹉跎：虚度光阴。《晋书·周处传》："欲自修改而年已蹉跎。"违：背，反。

[2] 名缰利锁：指功名利禄如束缚人的缰绳和锁链。宋柳永《夏云峰》词："向此免名缰利锁，虚费光阴。"

[3] 野鹤孤云：幽闲孤高的鹤和来去无定的云。常用来形容人闲散自由。清袁枚《随园诗话》卷九《归河间后见怀》云："韦司风味陶潜节，野鹤闲云伴此身。"

六鱼

原文

手抄儒释几函书[1]，
读罢怡然百虑除[2]。
一点按排都不用，
自家田地自家锄。

译文

手抄几卷儒佛书，
读后欣喜百愁散。
所有打算都不用，
自个事情自个干。

［1］儒释：儒学和佛教。函：匣，封套。

［2］怡然：安适自在貌；喜悦的样子。

七虞

原文

只为昂藏七尺躯[1]，
营名营利一何愚。
若从虚壳求真我[2]，
方是人间大丈夫。

译文

只是魁梧七尺身，
谋利求名何其愚。
若从空壳找大我，
才是人间大丈夫。

［1］昂藏：魁梧。明瞿佑《归田诗话·雨淋鹤》："仲举肢体昂藏，行则偏竦一肩，众为诗以讥笑之。"

［2］虚壳：空壳，指空虚的躯体。真我：佛教语。涅槃四德之一，出离生死烦恼的自在之我，也称"大我"。

八齐

原文

物物相逢面面齐[1]，
圆光一颗好摩尼[2]。
只缘前业相牵绊[3]，
才见云开雾又迷。

译文

各物相逢各面齐，
熠熠圆光好佛珠。
只因前业相牵绊，
才见云消雾又漫。

［1］物物：各种物品，各样事物。宋梅尧臣《答毛秘校》诗："蜀如握明镜，物物目所逢。"面面：每一方面；每个地方。该句是对下句摩尼佛珠纹饰的描绘。

[2]圆光:佛、菩萨及诸圣神头后的光圈,表示佛法的威仪。圆光内或画莲花、卷草、石榴、团花、半团花或几何纹样等,每层边饰绕着圆光作装饰,特点是对称、连续、均齐、平衡,有严整的格律而又不失其活泼。摩尼:佛教中意译作珠、宝珠,为珠玉之总称。泛指佛珠。清赵翼《村舍即事》诗:"床无阿堵烦人举,手有摩尼诵佛持。"

[3]牵绊:牵累羁绊。前蜀尹鹗《菩萨蛮》词之三:"少年狂荡惯,花曲长牵绊。"

	原文	译文
九佳	荒斋自号洗心斋[1], 洗净心田不被霾[2]。 竿木随身聊作戏[3], 此生何处不开怀[4]。	荒芜的书房我称为洗心斋, 洗净心田不要让灰尘遮盖。 似艺人竿木随身姑且演戏, 此生在哪里不开怀。

注解

[1]荒斋:此指自己的书房。荒:荒芜,荒废。斋:屋舍,常指书房。

[2]霾:悬浮的灰尘颗粒。这里指垢秽。

[3]竿木:古代艺人借以在其上表演各种技艺动作的长竿。戏:耍笑捉弄、游戏。

[4]开怀:心中无所拘束,十分畅快。

	原文	译文
十灰	寸丝不挂即如来[1], 温养工夫结圣胎[2]。 一念不生真念现[3], 天君元自住灵台[4]。	心无牵挂就是如来, 温养功下炼就丹胎。 不生杂念真念现, 心灵原本住心宅。

注解

[1]如来:佛的十大称号之一。《大智度论》二十四:"如实道来,故名为如来。"南朝宋谢灵运《庐山慧远法师诔》:"仰弘如来,宣扬法雨;俯授法师,威仪允举。"

[2]温养工夫结圣胎:道家把修炼金丹比喻作怀胎,修炼时,采先天元精

和后天精气，以文火温温而用，以阴阳相半为准，归于丹田，注意除情去欲，忘形如愚，以纯真之心意与一息融合，称为温养。在温养过程中，在不同的阶段有不同的功夫要求。圣胎：比喻凝聚精、气、神三者所炼成之丹。

[3] 一念：佛家语。指极短促的时间，一动念间。佛家提倡"一念不生"，即凝心息虑，不生一念妄心。佛家还认为，空间、时间都产生于"一念"心中。真念：善心，慈悲之心。唐白居易《和晨霞》诗："慈氏发真念，念此阎浮人。"

[4] 天君：旧谓心为思维器官，称心为天君。《荀子·天论》："心居中虚，以治五官，夫是之谓天君。"元自：犹言原本，本来。唐杜甫《伤春》诗之二："鬓毛元自白，泪点向来垂。"灵台：指心。《庄子·庚桑楚》："不可内于灵台。"郭象注："灵台者，心也。"

十一　真

原文	译文
堪破人间梦幻身[1]， 再回头是百年人[2]。 于今识取衣中宝[3]， 却笑从前亦太贫[4]。	人世看破如做梦， 如再回来下世人。 如今辨得身上宝， 回笑从前太贫穷。

[1] 勘破：犹看破、看穿、参透。梦幻身：人身短暂如做梦。晋陶潜《饮酒》诗之八："吾生梦幻间，何事绁尘羁。"

[2] 百年人：喻下一辈子。明杨仪《明良记》："一失足成千古笑，再回头是百年人。"

[3] 识取：辨别。衣中宝：禅宗认为众生本有佛性，就如身上藏有无价的珠宝而不自知，故愚痴醉卧，不识本有的佛性珠，从而流浪生死。禅修的目标，就是要明心见性，识得自己衣服背后的自性宝珠，成就解脱。

[4] 却：回转，返回。

十二　文

原文	译文
有时心静妙香闻， 岂必旃檀竟日薰。 芳草落花随处好[1]， 眼前踪迹等浮云[2]。	有时心静闻妙香， 何必檀香整日薰。 芳草落花处处好， 眼前行迹如浮云。

[1] 随处：不拘何地；到处。唐杜甫《送李判官兄武判官弟赴成都府》诗："野花随处发，官柳著行新。"

[2] 踪迹：行踪。唐牟融《赠欧阳詹》诗："为客囊无季子金，半生踪迹任浮沉。"

	原文	译文
十三元	灵光一点照乾坤[1]， 水未澄清月便昏[2]。 但得此心明似镜， 为儒为释本同门[3]。	良善本性之光照耀天地， 水没清澈月色已到黄昏。 只要我的心明如镜， 作儒为僧本出一门。

注解

[1] 灵光：佛门指人良善的本性。认为在万念俱寂的时候，良善的本性会发出光耀。明寓山居士《鱼儿佛》第三出："我佛门以慈悲为本，可惜他这一点灵光，都是成佛作祖的基址。"

[2] 澄清：清澈，明洁。晋陆云《南征赋》："闲夜冽以澄清，中原旷而暧昧。"宋苏轼《六月二十日夜渡海》诗："云散月明谁点缀，天容海色本澄清。"

[3] 为儒为释本同门：儒、释指儒学、佛教，加上道教，统称三教。吴栻认为儒家的主要功能是"治世"，它是一种治理国家的意识形态，确立了中国传统社会的礼仪规范与典章制度。道教的功能主要是"治身"，长生不老的神仙生活，中国人素来心向往之。佛教的功能主要是"治心"，在消除烦恼的心性修养方面，优势明显。约公元 6 世纪中后期，中国文化逐渐形成"儒释道"三足鼎立之势。经过隋唐时期的三教讲论与融通，形成了"三教虽殊，同归于善"的社会共识。三教合流，在北宋已经大致成型，明代以后则成社会主流思想。所以称儒释为"同门"。同门：同师受业。亦指同师受业者。唐元稹《酬乐天早春闲游西湖》诗："独喜同门旧，皆为列郡臣。"

十四寒

原文	译文
仙佛皆从寸地看^[1]， 何须着相觅金丹^[2]。 春风沂水真天趣^[3]， 三教虽分却一般^[4]。	仙佛都从细处看， 何用露形找仙丹。 浴沂风雩真天趣， 三教虽异都行善。

[1] 寸地：寸土。指细微、极小之处。

[2] 着相：佛教语。有意识地表现出来的形象状态、模样。唐慧能《坛经·机缘品》：“无端起知见，着相求菩提。”金丹：古代方士炼金石为丹药，认为服之可以长生不老。晋葛洪《抱朴子·金丹》：“夫金丹之为物，烧之愈久，变化愈妙；黄金入火，百炼不消，埋之，毕天不朽。服此二物，炼人身体，故能令人不老不死。”

[3] 春风沂水：《论语·先进》：“（曾晳）曰：‘莫春者，春服既成，冠者五六人，童子六七人，浴乎沂，风乎舞雩，咏而归。’”（暮春时节，春天的衣服已经上身了。和五六位成年人，六七个青少年，到沂水里洗洗澡，在舞雩台上吹吹风，一路唱着歌儿回来。）天趣：天然的情趣。曾晳描述的是在大自然里沐浴临风，一路酣歌的美丽动人的景象，抒写的是一种投身于自然怀抱、恬然自适的乐趣，所以称为“天趣”。

[4] 三教：指儒、佛、道。

十五删

原文	译文
迷悟关通人鬼关^[1]， 只争一念往来间。 若能取道藤萝外^[2]， 路转峰回又一山。	迷悟关通向人鬼关， 只在于往来一闪念。 如能绕开花花世界， 峰回路转又见青山。

[1] 迷悟：迷，迷惑，失去方向。悟，觉悟，清醒过来。《景德传灯录·富那夜奢》：“迷悟如隐显，明暗不相离。”关：关口，隘门。

[2] 藤萝：又名紫藤，是优良的观花藤本植物，具有优美的姿态和迷人的风采。这里指花花世界。唐杜甫《涪城县香积寺官阁》：“诸天合在藤萝外，昏黑应须到上头。”

	原文	译文
一先	涉世何殊涉大川[1]， 茫茫业海阔无边[2]。 回头是岸须掌舵[3]， 莫更相随下水船[4]。	经历世事与过大江没有差异， 世间的罪恶如大海茫无边际。 悔改前非回心转意方向不迷， 不要随那些下水船追名逐利。

注解

[1]涉世：经历世事。《史记·老子韩非列传》："故此二子者（指伊尹、百里奚），皆圣人也，犹不能无役身而涉世如此其污也。"

[2]茫茫：广大而辽阔。业海：佛教语。谓世间种种恶因如大海。

[3]回头是岸：佛家语，指有罪的人只要回心转意，痛改前非，就能登上"彼岸"，获得超度。后比喻做坏事的人，只要决心悔改，就有出路。掌舵：掌握船舵。

[4]下水船：在河道中顺流而下的船。这里指随波逐流，逐利作恶。

	原文	译文
二萧	有物无形本寂寥[1]， 眼前非近古非遥。 有随万境同流转[2]， 一任风幡自动摇[3]。	物体无形本就寂静冷清， 眼前不近古代也不遥远。 想随世间境况一同流转， 任凭风中旗幡自动飘悬。

注解

[1]有：附着在动词、名词、形容词前，相当于词缀，无实际意义。《荀子·议兵》："舜伐有苗……汤伐有夏。"寂寥：寂静冷清。宋周邦彦《南乡子·户外井桐飘》词："户外井桐飘，淡月疏星共寂寥。"

[2]万境：各种境况、景象。流转：佛教语。指因果相续而生起的一切世界现象，包括众生生死在内。流，相续。转，生起。《瑜伽师地论》卷五二："诸行因果相续不断性，是谓流转。"

[3]风幡：风中的旗幡。《景德传灯录·慧能大师》："师寓止廊庑间。暮夜风飏刹幡，闻二僧对论，一云幡动，一云风动，往复酬答，未曾契理。师曰：'可容俗疏辄预高论否？直以风幡非动，动自心耳。'"

三肴

原文	译文
语言文字总无交[1]， 本地风光在近郊[2]。 着意寻春春不见[3]， 春风吹上满林梢。	一直没和语言文字打交道， 本地优美风光集中在近郊。 有意找春天的踪迹没找到， 满眼的林梢在春风中飘摇。

[1] 总：一直、一向，泛指一段时间。交：接触，这里指写诗作文。

[2] 近郊：泛指城市周围地区。唐李商隐《茂陵》诗："汉家天马出蒲梢，苜蓿榴花遍近郊。"

[3] 着意：有意；集中注意力。宋辛弃疾《卜算子》词："着意寻春不肯香，香在无寻处。"

四豪

原文	译文
无边苦海浪滔滔， 水色还连天宇高。 架得扁舟轻似叶， 直从彼岸上林杲[1]。	苦海无边浪滔滔， 水色连天高又高。 驾驶扁舟轻如树叶， 直接上到彼岸林梢。

[1] 彼岸：佛教语。佛家以有生有死的境界为"此岸"；超脱生死，即涅槃的境界为"彼岸"。《文选·王中〈头陁寺碑文〉》："然爻系所筌，穷于此域；则称谓所绝，形乎彼岸矣。"李善注引《大智度论》曰："涅槃为彼岸也。"上林杲：上到林梢。杲，高。《管子·内业篇》："杲乎如登乎天。"

五歌

原文	译文
名利圈儿似网罗[1]， 英雄多少被消磨[2]。 落花流水无穷事[3]， 争奈匆匆梦里过[4]。	名利如罩在头上的一张大网， 许多英雄深陷其中名败身亡。 被名利打败的事层出不穷， 无奈匆匆而过如大梦一场。

[1]名利：名声与利禄。网罗：比喻像网的笼罩物。唐李山甫《又代孔明哭先主》诗："尽驱神鬼随鞭策，全罩英雄入网罗。"

[2]消磨：消耗；磨灭。唐王建《题酸枣县蔡中郎碑》诗："苍苔满字土埋龟，风雨消磨绝妙词。"

[3]落花流水：原形容暮春景色衰败，也指残乱而零落的样子。五代南唐李煜《浪淘沙》词："流水落花春去也，天上人间。"

[4]争奈：怎奈；无奈。唐顾况《从军行》之一："风寒欲砭肌，争奈裘袄轻。"

	原文	译文
六麻	六根门首最纷拿[1]， 惯认迷途当我家[2]。 心是主兮身是客， 莫教颠倒路头差[3]。	六根门前最混乱， 习惯认迷津当作我家。 心是主人身是客， 别让方向颠倒出错差。

注解

[1]六根：根为能生之意，佛教认为眼、耳、鼻、舌、身、意为罪恶之源。宋王安石《望江南·归依三宝赞》词："愿我六根常寂静，心如宝月映琉璃，了法更无疑。"门首：门口；门前。纷拿：也作"纷挐"。混乱貌；错杂貌。《旧唐书·孝友传·崔沔》："于是群议纷挐，各安积习，太常礼部奏依旧定。"清蒲松龄《聊斋志异·王大》："居无何，闻人声纷挐。"

[2]迷途：佛教语，迷津。

[3]路头：道路、方向。宋严羽《沧浪诗话·诗辨》："行有未至，可加工力；路头一差，愈骛愈远。"

	原文	译文
七阳	须从熟路寻生路， 莫把他乡作故乡。 万事本来无一事， 忙人空向梦里忙。	须从熟路中找到生路， 不要把他乡当作故乡。 世间万事本来无一事， 忙碌人空向梦境里忙。

八庚

原文

溶溶法海最澄清[1]，
一遇微风浪便生。
窗里日光云里月，
不分明处自分明[2]

译文

佛法如海最洁清，
遇上微风浪就生。
窗中日光云中月，
不分明处也分明。

[1]溶溶：宽广貌。《楚辞·刘向〈九叹·愍命〉》："心溶溶其不可量兮，情澹澹其若渊。"法海：佛教语，喻佛法深广如海。《维摩经·佛国品》："度老病死大医王，当礼法海德无边。"澄清：清澈；明洁。宋苏轼《六月二十日夜渡海》诗："云散月明谁点缀，天容海色本澄清。"

[2]分明：明确；清楚。《韩非子·守道》："法分明则贤不得夺不肖，强不得侵弱，众不得暴寡。"

九青

原文

谁识谷神却最灵[1]，
个中功用在惺惺[2]。
大圆镜里分明见[3]，
天外无云万里青[4]。

译文

谁知谷神实际上最灵，
其中的修养让你清醒。
大圆镜中清楚地相见，
天之外无云万里晴空。

[1]谷神：生养之神，原始的母体，万物都从这里产生，是万物的本根。绵绵不绝，似亡实存，用之永远不会穷尽。出自《道德经》："谷神不死，是谓玄牝。玄牝之门，是谓天地根。"

[2]功用：指修养，造诣。唐白居易《咏怀》："自从委顺任浮沉，渐觉年来功用深。"惺惺：清醒貌。唐杜甫《喜观即到复题短篇二首》之二："应论十年事，愁绝始惺惺。"

[3]大圆镜：大圆镜智，佛的"四智"之一。指洞照一切的清净真智。唐·慧能《坛经·机缘品》："大圆镜智性清净，平等性智性无病。"大圆镜智之"镜体"即是"心体""心源"。六祖在《法宝坛经》中说："大圆镜智性清净"，即人人本具的"清净自性"就是"大圆镜智"。分明：清楚。

[4]天外：天之外。极言高远。战国楚宋玉《大言赋》："方地为车，圆天为盖，长剑耿耿倚天外。"

	原文	译文
十 蒸	灵源淘洗渐清澄^[1]， 方寸壶中不贮冰^[2]。 自此池塘开水镜^[3]， 莫教纤翳逐风增^[4]。	淘洗心灵渐趋清明， 方寸心中不贮存冰。 从此心如池塘水成明镜， 别让细微障蔽物随风增。

注解

[1]灵源：指心灵。宋苏辙《遗老斋绝句》之二："众音入我耳，诸色过吾目。闻见长历然，灵源不受触。"淘洗：洗濯。引申为保留好的，除掉坏的。清澄：清明，清澈。《楚辞·远游》："保神明之清澄兮，精气入而粗秽除。"

[2]方寸：心处胸中方寸间，故称。晋葛洪《抱朴子·嘉遁》："方寸之心，制之在我，不可放之于流遁也。"冰：纯净高洁的心。唐王昌龄《芙蓉楼送辛渐》诗之一："寒雨连天夜入湖，平明送客楚山孤。洛阳亲友如相问，一片冰心在玉壶。"

[3]水镜：犹明镜。明澈如水之映物，故称。唐杨炯《百泉县令李君神道碑》："明以御下，将水镜而通辉；清以立身，共冰壶而合照。"

[4]纤翳：微小的障蔽。多指浮云。宋陆游《入蜀记》卷六："是日，天宇晴霁，四顾无纤翳。"

	原文	译文
十 一 尤	是谁设此迷魂阵^[1]， 笼络英雄竟白头^[2]。 我亦攒眉三十载^[3]， 之乎者也一起休^[4]。	是谁创设了科举制这个迷魂阵， 笼络英雄们争斗使他们白了头。 我也曾为此埋首苦斗了三十载， 快摆脱之、乎、者、也的引诱！

注解

[1]迷魂阵：使人心智、灵魂迷失的环境，这里指科举制度。

[2]笼络：笼和络原是羁绊牲口的工具，引申为耍弄手段，拉拢别人。英雄：指才能、勇武过人的人。《汉书·刑法志》："（高祖）总揽英雄，以诛秦项。"白头：犹白发。形容年老。《战国策·韩策三》："中国白头游敖之士，皆积智欲离秦韩之交。"

[3]攒眉：皱起眉头。不快或痛苦的神态。

[4]之乎者也：借为对文人咬文嚼字的讽刺语。元关汉卿《单刀会》第四折："我根前使不着你之乎者也、诗云子曰，早该豁口截舌。"

十二侵

原文	译文
年华转瞬已骎骎[1]，	时光转眼去急急，
悔把新诗信口吟[2]。	后悔随口吟新诗。
鹤膝蜂腰无处用[3]，	新诗格律无处用，
当初何事枉劳心。	当初何必费心思。

[1]骎骎：快速，急促，匆忙。宋徐铉《寄和州韩舍人》诗："急景骎骎度，遥怀处处生。"清姚衡《寒秀草堂笔记》卷三："岁月骎骎，如驹过隙。"

[2]新诗：这里指科举考试要考的格律诗。

[3]鹤膝蜂腰：指诗歌声律八病的两种。宋魏庆之《诗人玉屑·诗病·诗病有八》："三曰蜂腰，第二字不得与第五字同声……四曰鹤膝，第五字不得与第十五字同声。"后来用"鹤膝蜂腰"泛指诗歌声律上的毛病。这里指作格律诗要遵循的规则。

十三覃

原文	译文
无象元来万象涵[1]，	无象原来包含着万象，
一轮明月印千潭[2]。	一轮明月映照在千潭。
如通个里真消息[3]，	如懂其中真的消长增减，
到处风光到处探。	处处是景观到处可访探。

[1]无象：没有形迹；没有具体形象。三国魏曹植《七启》："譬若画形于无象，造响于无声。"原为道家形容道玄虚无形之语，后亦泛指诸种义理的玄微难测，或玄微难测的义理。语出《老子》："绳绳兮不可名，复归于无物。是谓无状之状，无象之象，是谓惚恍。"宋苏辙《郊祀庆成》诗："治道初无象，神功竟莫宣。"元来：来源，出处。清方苞《书老子传后》："著其子焉，著其孙焉，著其孙之元来焉，于其子孙元来仍著其爵焉。"万象：宇宙间一切事物或景象。南朝宋谢灵运《从游京口北固应诏》诗："皇心美阳泽，万象咸光昭。"

[2]印：印记，痕迹。

[3]个里：此中，其中。清李渔《闲情偶寄·居室》："谛观熟视，方知个里情形。"消息：消长，盛衰。《易·丰》："日中则昃，月盈则食，天地盈虚，与时消息，而况于人乎？况于鬼神乎？"

	原文	译文

十四盐

原文	译文
作客重将贫病添[1]，	客居又把贫病添，
霜飞两鬓雪飞髯。	两鬓如霜髯须白。
回思四十年前事，	回想四十年前事，
一似空花绕镜奁[2]。	全是空华绕镜台。

[1]作客：寄居异地，四处漂泊。唐杜甫《登高》诗："万里悲秋常作客，百年多病独登台。"

[2]空花：即空华。佛教称隐现于病眼者视觉中的繁花状虚影。比喻纷繁的妄想和假象。《楞严经》卷四："亦如翳人，见空中华；翳病若除，华于空灭。"南朝梁萧统《讲解将毕赋》："意树发空花，心莲吐轻馥。"镜奁：镜匣。

十五咸

原文	译文
权将客馆作云岩[1]，	权且把旅店当作云山，
身外纷华一例芟[2]。	身外繁华纷扰全割断。
惟有诗情消未尽[3]，	只有作诗的兴致不减，
又吟截句续前函[4]。	又吟诵绝句接续前篇。

[1]客馆：接待宾客的处所，也指旅店。《左传·僖公三十三年》："郑穆公使视客馆，则束载，厉兵，秣马矣。"云岩：高峻的山。唐高适《同群公题中山寺》诗："平原十里外，稍稍云岩深。"

[2]纷华：繁华；富丽。《史记·礼书》："出见纷华盛丽而说，入闻夫子之道而乐，二者心战，未能自决。"一例：一律；同等。《公羊传·僖公元年》："臣子一例也。"芟：铲除杂草。

[3]诗情：作诗的情趣、兴致。唐刘禹锡《秋词》之一："晴空一鹤排云上，便引诗情到碧霄。"

[4]截句：即绝句。诗体名。每首四句，每句五字者称五绝，七字者称七绝。近体绝句始于唐，产生于律诗之后，截律诗之半而成，故又名"截句"。古体绝句实为最简短之古诗，产生于律诗之前，《玉台新咏》已载有《古绝句》。唐以后诗人所作古体绝句一般即称古风。

偶吟七律三十韵

一东

原文	译文
多年扰扰复匆匆[1]，	多年忙乱急匆匆，
自笑浮生一梦中[2]。	笑我漂泊如做梦。
竿木随身聊作戏[3]，	随意应酬如演戏，
烟岚入眼总归空[4]。	俗世繁花过眼云。
晨钟暮鼓催人老[5]，	晨钟暮鼓催人老，
野鹤闲云与我同[6]。	野鹤闲云和我同。
他日跨牛游五岳[7]，	他日入道游五岳，
一瓢长伴紫芝翁[8]。	颜回四皓常伴行。

注解

[1] 扰扰：纷乱貌；烦乱貌。宋苏轼《荆州》诗之四："百年豪杰尽，扰扰见鱼鰕。"匆匆：急急忙忙的样子。

[2] 浮生：古人以为人生在世，虚浮不定，因称人生为"浮生"。语本《庄子·刻意》："其生若浮，其死若休。"

[3] 竿木：古代艺人借以在其上表演各种技艺动作的长竿。"竿木随身，逢场作戏。"意思是江湖艺人到一个地方，用随带竿木，蒙上巾幔搭成台，当众演出。后指遇到机会，偶尔凑凑热闹。也常喻随便应酬，像演戏一样，并不认真对待。

[4] 烟岚：山林间蒸腾的雾气。唐宋之问《江亭晚望》诗："浩渺浸云根，烟岚出远村。"

[5] 晨钟暮鼓：语本唐李咸用《山中》诗："朝钟暮鼓不到耳，明月孤云长挂情"。佛寺中晨撞钟、暮击鼓以报时，后因以"晨钟暮鼓"谓时日推移。

[6] 野鹤闲云：幽闲孤高的鹤和来去无定的云。常用以形容人闲散自由。清袁枚《随园诗话》卷九《归河间后见怀》："韦司风味陶潜节，野鹤闲云伴此身。"

[7] 跨牛：相传老子骑青牛出函谷关仙去。见《老子化胡经》。后喻指出世学道。五岳：我国五大名山的总称。指东岳泰山、南岳衡山、西岳华山、北岳恒山、中岳嵩山。

[8] 一瓢：语出《论语·雍也》："贤哉，回也！一箪食，一瓢饮，在陋巷，人不堪其忧，回也不改其乐。"后喻生活简单清苦。紫芝翁：指秦末商山四皓。相传四皓作《紫芝曲》中有"晔晔紫芝，可以疗饥"之句，故称。唐刘禹锡《秋日书怀寄白宾客》诗："商山紫芝客，应不向愁悲。"也作"紫芝翁""紫芝叟"。

原文	译文
行年五十太龙钟[1]，	年岁五十老态重，
鹤发鸡皮笑老容[2]。	发白皮皱笑老容。
踏雪孤鸿空有迹[3]，	孤雁踏雪虽有迹，
穿棂野马杳无踪[4]。	穿窗游气无迹踪。
因参古德游青嶂[5]，	因拜高僧游青峰，
欲挟飞仙访赤松[6]。	想携飞仙访赤松，
兜率蓬瀛何处是[7]，	世外仙境何处是？
遥天一望暮云重[8]。	遥望长空暮云浓。

二冬

[1]行年：经历的年岁，指当时年龄。唐杜甫《狂歌行赠四兄》："与兄行年校一岁，贤者是兄愚者弟。"龙钟：衰老貌；年迈。

[2]鹤发鸡皮：白发皱皮，形容年老之貌。北周庾信《竹杖赋》："噫，子老矣！鹤发鸡皮，蓬头历齿。"倪璠注："鹤发，白发也。鸡皮，言其皱也。"

[3]踏雪：谓在雪地行走。亦指赏雪。唐孟郊《寒溪》诗："晓饮一杯酒，踏雪过青溪。"孤鸿：孤单的鸿雁。三国魏阮籍《咏怀诗》之一："孤鸿号外野，朔鸟鸣北林。"

[4]棂：旧时木窗的窗格。野马：指野外蒸腾的水气。《庄子·逍遥游》："野马也，尘埃也，生物之以息相吹也。"郭象注："野马者，游气也。"成玄英疏："此言青春之时，阳气发动，遥望薮泽之中，犹如奔马，故谓之野马也。"

[5]古德：佛教徒对年高有道高僧的尊称。《初刻拍案惊奇》卷二八："若非仙官谪降，便是古德转生。"青嶂：如屏障的青山。《文选·沈约〈钟山诗应西阳王教〉》："郁律构丹巘，峻嶒起青嶂。"吕向注："山横曰嶂。"

[6]挟：挟持，从两旁抓住。赤松：赤松子，也称"赤诵子""赤松子舆"，相传为上古时神仙。《史记·留侯世家》："愿弃人间事，欲从赤松子游耳。"

[7]兜率：兜率天，亦称"兜术天"。梵语音译。佛教谓天分许多层，第四层叫兜率天。它的内院是弥勒菩萨的净土，外院是天上众生所居之处。唐白居易《祭中书韦相公文》："灵鹫山中，既同前会；兜率天上，岂无后期？"蓬瀛：蓬莱和瀛洲。神山名，相传为仙人所居之处。亦泛指仙境。晋葛洪《抱朴子·对俗》："（得道之士）或委华驷而缰蛟龙，或弃神州而宅蓬瀛。"兜率蓬瀛，泛指世外仙境。

[8]遥天：长空。

三江

原文	译文
洒扫心田坐小窗[1]，	净化心灵坐在小窗旁，
晚来孤枕对银钉[2]。	夜晚孤枕边银灯明亮。
梦中佛事从容作[3]，	睡梦中从容做着佛事，
镜里魔军次第降[4]。	镜中的魔军依次服降。
一任繁花开万树[5]，	哪怕他繁花万树盛开，
须看皓月印千江[6]。	必须看明月迹印千江。
明明历历知何似[7]，	明了清楚知道佛啥样，
好向丹台护法幢[8]。	好向仙境去保护法幢。

注解

[1] 心田：佛教认为心藏善恶种子，随缘滋长，如田地生长五谷蒹稗，故称。唐白居易《狂吟七言十四韵》："性海澄渟平少浪，心田洒扫净无尘。"神秀上座有一偈说："身是菩提树，心如明镜台。时时勤拂拭，勿使惹尘埃。"这里指净化心灵。

[2] 银钉：银白色的灯盏、烛台。南朝梁元帝《草名》诗："金钱买含笑，银钉影梳头。"

[3] 佛事：和尚或尼姑诵经拜佛，也指亡者之家请僧尼念经超度亡灵。《维摩诘经》："启建水月道场，大作空花佛事。降伏镜里魔军，成就梦中佛果。可谓：圆满菩提无所得，万化皆从一心变，空花佛事梦中修，如来如去如是幻。"

[4] 魔军：佛教故事，释迦成道时，恶魔波旬来侵害，佛家称其所率之军为魔军。要降服的魔也如同镜中之物，成就之所得还是一场梦罢了。次第：依次。唐刘禹锡《秋江晚泊》诗："暮霞千万状，宾鸿次第飞。"

[5] 一任：听凭，哪怕。唐杜甫《鸥》诗："雪暗还须浴，风生一任飘。"

[6] 印：盖章般在物体上留下痕迹。

[7] 历历：指清楚明白，分明可数。见《古诗十九首·明月皎夜光》："玉衡指孟冬，众星何历历。"

[8] 丹台：道教指神仙的居处。唐白居易《酬赵秀才赠新登科诸先辈》诗："君看名在丹台者，尽是人间修道人。"法幢：本指写有佛教经文的长筒形绸伞或刻有佛教经文、佛像等的石柱。此处比喻佛法。《剪灯余话·听经猿记》："侧闻尊宿建大法幢，不惮远来，求依净社。"

	原文	译文
四支	将从慧远老禅师[1]， 莲社殷勤访故知[2]。 却喜烟云随杖屦[3]， 不因风雨写愁思。 寒蝉到处留余韵， 野鸟何心恋后期。 惟有尘情消未得， 梦中犹改夜来诗。	准备随慧远禅师做和尚， 去莲社热诚访问老相知。 喜欢烟云随我拄杖漫步， 不因风雨潇潇抒发愁思。 到处传来寒蝉的残鸣， 野鸟哪有心留恋寒日 只有世俗情不能消解， 梦中还改着昨日的诗。

注解

〔1〕慧远：（334—416年），净土宗始祖，东晋时人，庐山白莲社创始者。出生于雁门楼烦（今山西代县）世代书香之家。从小资质聪颖，勤思敏学，十三岁时便随舅父游学，精通儒学，旁通老庄；二十一岁时，偕同母弟慧持前往太行山聆听道安讲《般若经》，听后，慧远悟彻真谛，随从道安修行，驻庐山东林寺，以东林为道场，修身弘道，著书立说。由于慧远大师的德望，当时的东林寺成为南方佛教的中心。慧远大师在庐山东林寺结社，率众精进念佛，凿两池遍种白莲，与十八高贤共结莲社，世称"白莲社"。卜居三十余年，足不出山。撰有《沙门不敬王者论》。禅师：专指有德行的和尚，后也作和尚的尊称。

〔2〕莲社：佛教净土宗最初的结社。晋代庐山东林寺高僧慧远，与僧俗十八贤结社念佛，因寺池有白莲，故称。殷勤：情义恳切。故知：故交；旧友。唐白居易《再到襄阳访问旧居》诗："故知多零落，闾井亦迁移。"

〔3〕杖屦：拄杖漫步。宋辛弃疾《水调歌头·盟鸥》词："先生杖屦无事，一日走千回。"

	原文	译文
五微	日高才起坐朝晖[1]， 更上楼头望翠微[2]。 此日闲情吾尚尔[3]， 旧时佳兴我全非[4]。 烟波渺渺鹅儿戏， 雨气蒙蒙燕子飞。	太阳升起后沐浴朝晖， 又到楼上望远山青翠。 此日我有闲情尚且如此， 往昔我的雅兴全然不对。 云烟浩渺的水面小鹅游， 雨雾蒙蒙的天空燕子飞。

相对萧然忘万虑[5]，　　　　　　面对悠闲的情景忘记一切思虑，
葛衣祠畔掩双扉[6]。　　　　　　葛衣祠旁我关上门让心灵回归。

[1] 朝晖：早晨的阳光。

[2] 楼头：楼上。翠微：泛指青山。唐高适《赴彭州山行之作》诗："峭壁连崆峒，攒峰叠翠微。"

[3] 闲情：闲散的心情。尚尔：尚且如此。清纪昀《阅微草堂笔记·滦阳消夏录五》："对神尚尔，对人可知。"

[4] 旧时：过去，昔日。唐刘禹锡《乌衣巷》诗："旧时王谢堂前燕，飞入寻常百姓家。"佳兴：指雅兴。

[5] 相对：对着眼前的景观。萧然：潇洒，悠闲。晋葛洪《抱朴子·刺骄》："高蹈独往，萧然自得。"万虑：万端思绪。唐韩愈《感春》诗之四："数杯浇肠虽暂醉，皎皎万虑醒还新。"

[6] 葛衣祠：当时永登肇兴书院有葛衣祠，传说为明代皇帝的后人到永登出家后修的祠堂。

原文	译文

六鱼

南山青翠映窗虚[1]，　　　　　　青翠的南山映进窗里，
长置闲身百尺余[2]。　　　　　　胸怀才能而长期闲处。
有客正堪游酒国，　　　　　　有客来访正可尽酒兴，
非仙亦自好楼居[3]。　　　　　　不是神仙也喜楼上住。
丹铅常注黄庭帖[4]，　　　　　　常用丹铅注解《黄庭经》，
风雨时临白练书[5]。　　　　　　风雨时节在白练上临书。
更向曲槛干外立，　　　　　　更要在曲折的栏杆外立，
目穷千里意何舒。　　　　　　望尽千里心中何等舒服。

[1] 窗虚：虚窗，开着的窗户。

[2] 闲身：古代指没有官职的人。唐·牟融《题道院壁》诗："若使凡缘终可脱，也应从此度闲身。"百尺：百尺竿头，指桅杆或杂技长竿的顶端。比喻极高的功名或学问。这里指自己的优异才学闲置而无处施展。

[3] 好楼居：据《史记·封禅书》，汉代方士公孙卿说"仙人好楼居"。认为仙人都住在高楼之处，故汉代贵族豪强热衷修建高楼，以求成仙。后将喜好

神仙称为好楼居。

[4]丹铅:指点勘书籍用的朱砂和铅粉,该处指校订之事。黄庭帖:又名《老子黄庭经》,道教养生修仙专著,内容包括《黄庭外景玉经》和《黄庭内景玉经》,两晋年间,新增《中景经》。被称为道教五大经典之一,由魏华存所传。《黄庭经》将宗教思想与医学、生理学、气功学、养生学相糅合,以七言歌诀形式论述道教的修炼与养生思想,被道教许多派系尊奉为经典,地位崇高,被道教称为"学仙之玉律,修道之金科"。

[5]白练:白色熟绢。喻指像白绢一样的东西。

原文	译文

七虞

乾坤清气属我徒[1],　　　天地清气属我辈,
世界三千贮寸壶[2]。　　　大千世界自存心。
元豹山中藏远雾[3],　　　玄豹藏于远山的云中,
骊龙海底护明珠[4]。　　　黑龙在海底护着珠珍。
琴樽伴我情偏好[5],　　　有我偏爱的琴酒相伴,
烟月随身道不孤[6]。　　　路途孤单有月亮随从。
万事心中无一事,　　　　心无一事万事不惊,
更从何处觅新吾[7]。　　　更新的我哪里找寻?

注解

[1]乾坤:天地。清气:天空中清明之气。《楚辞·九歌·大司命》:"高飞兮安翔,乘清气兮御阴阳。"

[2]世界三千:指三千大千世界。俗称大千世界。寸壶:同"壶中日月""壶中乾坤",指道家悠闲清静的无为生活。唐李中《赠重安寂道者》:"壶中日月存心近,岛外烟霞入梦清。"

[3]元豹:玄豹,即黑豹。汉刘向《列女传·陶荅子妻》载:陶大夫荅子贪富务大,不顾后祸,其妻说之曰:"南山有玄豹,雾雨七日而不下食者,何也?欲以泽其毛而成文章也,故藏而远害。"后为遁世全身的典故。

[4]骊龙:黑龙。

[5]琴樽:也作"琴罇"。琴与酒杯,为文士悠闲生活的典型用具。南朝齐谢朓《和宋记室省中》:"无叹阻琴樽,相从伊水侧。"这里指琴酒。

[6]烟月:云雾笼罩的月亮。唐张九龄《初发道中赠王司马》诗:"林园事益简,烟月赏恒余。"

[7] 新吾：更新的我。《庄子·田子方》：“虽忘乎故吾，吾有不忘者存。”晋郭象注：“不忘者存，谓继之以日新也，虽忘故吾，而新吾已至，未始非吾，吾何患焉！”

原文	译文
垂老他乡且暂栖[1]，	年渐老暂住在异乡，
谈经人坐讲堂西[2]。	教儒学坐在西讲堂。
重来旧屋挥蛛网，	重收拾旧房擦蛛网，
懒向平台趁马蹄[3]。	懒得在讲台讲老庄。
古径苔深因雨滑，	古径苔深因雨滑，
高楼门敞与云齐。	高楼入云大门敞。
自惭闲福能消受[4]，	自惭闲福能享用，
饭罢从容任杖藜[5]。	饭后从容拄拐杖。

八齐

注解

[1] 垂老：将近老年。唐杜甫《垂老别》诗：“四郊未宁静，垂老不得安。”他乡：异乡，家乡以外的地方。唐杜甫《江亭王阆州筵饯萧遂州》诗：“离亭非旧国，春色是他乡。”

[2] 谈经：谈论儒家经义。《宋史·曾几传》：“几独从之，谈经论事，与之合。”这里指讲学，教授儒学。西：中国北方的房屋大多坐北朝南，房屋内以西为尊，一般教室、讲堂将主讲席安置在西。

[3] 平台：工作台，这里指讲台。趁：利用时间、机会。马蹄：《庄子》篇名。以“伯乐善治马”为残害“马之真性”等比喻，抨击儒家提倡仁义礼乐为桎梏“民性”，要求回到自然状态。后用马蹄指随其自然，学习老庄。唐杜甫《秋野》诗之二：“薄俗防人面，全身学马蹄。”

[4] 自惭：自己感到惭愧。唐韦应物《郡斋雨中与诸文士燕集》诗：“自惭居处崇，未睹斯民康。”消受：享用；受用。

[5] 从容：悠闲舒缓，不慌不忙。《庄子·秋水》：“儵鱼出游从容，是鱼之乐也。”杖藜：指拄着手杖行走。藜，野生植物，茎坚韧，可为杖。

	原文	译文
九佳	身同苏晋罢长斋[1]， 醉里逃禅亦大佳[2]。 落落孤芳甘淡泊[3]， 茫茫万事莫安排[4]。 临风索句摇枯笔[5]， 对月开樽引素怀[6]。 地僻似将尘世隔[7]， 一般清趣属吾侪[8]。	我像苏晋罢了素食， 醉逃禅戒心中好爽。 光明孤芳甘于淡泊， 万事纷杂别再忙慌。 迎风索句摇动秃笔， 向月举杯胸怀开放。 地僻似与人间隔绝， 普通情趣我辈来享。

[1]苏晋：（676—734年），雍州蓝田县（今陕西省蓝田县）人。爱好属文，作《八卦论》。举进士出身，累迁中书舍人、崇文馆学士，负责撰写制命。出任泗州刺史，袭封河内郡公。开元十四年，迁吏部侍郎，负责选官事务，颇有时誉。长斋：谓佛教徒长期坚持过午不食。后多指长期素食。

[2]逃禅：逃出禅戒。唐杜甫《饮中八仙歌》："苏晋长斋绣佛前，醉中往往爱逃禅。"仇兆鳌注："逃禅，犹云逃墨逃杨，是逃而出，非逃而入。"

[3]落落：磊落，光明正大。唐杨炯《和刘长史答十九兄》："风标自落落，文质且彬彬。"孤芳：独秀的香花。常比喻高洁品格。南朝梁沈约《谢齐竟陵王教撰高士传启》："贞操与日月俱悬，孤芳随山壑共远。"淡泊：清贫寒素。《初刻拍案惊奇》卷二九："方缠（才）老员外与安人的意思，嫌张家家事淡泊些，说道：'除非张家官人中了科名，缠（才）许他。'"

[4]茫茫：纷繁，纷杂；众多。唐李白《古风》之十九："俯视洛阳川，茫茫走胡兵。"安排：指人为干预，与纯任自然、不加干预相对而言。宋陆游《兀坐久散步野舍》诗："先师有遗训，万事忌安排。"

[5]临风：迎风；当风。唐杜甫《与严二郎奉礼别》诗："出涕同斜日，临风看去尘。"索句：指作诗时构思佳句。宋范成大《再韵答子文》："肩耸已高犹索句，眼明无用且繙书。"枯笔：秃笔。多用为谦辞。宋黄庭坚《次韵文潜休沐不出》之二："著书洒风雨，枯笔束如林。"

[6]对月：向月。唐李白《将进酒》诗："人生得意须尽欢，莫使金樽空对月。"开樽：举杯（饮酒）。唐杜甫《独酌》诗："步屧深林晚，开樽独酌迟。"素怀：平素的怀抱。唐王维《瓜园诗》："素怀在青山，若值白云屯。"

[7]尘世：犹言人间；俗世。唐元稹《度门寺》诗："心源虽了了，尘世苦憧憧。"

[8]一般：普通，通常。元王旭《留别孙唐卿》诗："涧有长松谷有兰，人材休把一般看。"吾侪：我辈。《左传·宣公十一年》："吾侪小人，所谓取诸其怀而与之也。"

十灰

原文	译文
养得心如古镜台[1]，	修养身心如同对待镜台，
随缘处处是蓬莱[2]。	顺其自然到处都是仙境。
空斋且自眠还起，	空房里睡不着又起来，
异地何妨去又来[3]。	离开他乡何妨又再临。
天际落霞微有影，	天边的晚霞留下淡影，
松间明月本无埃。	松间的明月洁净无尘。
琉璃世界真堪托[4]，	琉璃世界的确可托身，
尘海纷纷首漫回[5]。	尘世纷乱到处佛入心。

注解

[1]古镜台：源自北宗禅师神秀偈诗："身是菩提树，心如明镜台。时时勤拂拭，莫使有尘埃。"认为众生的心灵就像一座明亮的台镜，强调身心要善于发现，善于反省，贵在自知。

[2]随缘：顺其自然。蓬莱：蓬莱山。古代传说中的神山名。这里指仙境。《史记·封禅书》："自威、宣、燕昭使人入海求蓬莱、方丈、瀛洲，此三神山者，其傅在勃海中。"

[3]异地：他乡。唐李咸用《春日喜逢乡人刘松》诗："故人不见五春风，异地相逢岳影中。"

[4]琉璃世界：佛教称东方药师佛居住的地方，是佛教徒所向往的理想国土。那里的地面由琉璃构成，连药师佛的身躯，也如同琉璃一样内外光洁，是一个非常清净光洁的净土。

[5]尘海：谓茫茫尘世。明袁宗道《曹元和邀饮灵慧寺同诸公赋》："骤马出尘海，入门闻午钟。"纷纷：纷乱，纷杂。宋王安石《尹村道中》诗："自怜许国终无用，何事纷纷客此身。"首漫回：全都回头。这里是说，思想都发生了转变，由俗向佛。漫，到处，满，遍。

	原文	译文

十一真

他乡云物喜重新[1]，
屈指流光过五旬[2]。
廿载尘中留浪迹[3]，
三生石上认前身[4]。
心闲孤鹤能眠雪，
性定寒梅不羡春。
欲向桃源聊卜宅[5]，
迷途何处问渔人。

他乡景物喜重新，
屈指过五十光阴。
浪迹尘世二十载，
三生石上识前生。
心闲如孤鹤能雪中眠，
定性的寒梅不羡慕春。
想到桃花源聊问居处，
迷路后到哪问打鱼人。

注解

　　[1]云物：景物，风景。宋范成大《冬至日铜壶阁落成》诗："故园云物知何似，试上东楼直北看。"重新：重新开始。

　　[2]屈指：弯着指头计数。《三国志·魏志·张郃传》："屈指计亮粮不至十日。"流光：如流水般逝去的时光。唐鲍防《人日陪宣州范中丞传正与范侍御传真宴东峰亭》诗："流光易去欢难得，莫厌频频上此台。"

　　[3]浪迹：到处漫游，行踪不定。宋苏轼《老人行》："老人旧日曾年少，浪迹常如不系舟。"

　　[4]三生石：佛教语。指前生、今生、来生。唐袁郊《甘泽谣·圆观》：唐代隐士李源，住在慧林寺，和住持圆观交好，互为知音。两人相约去四川峨眉山游玩，圆观想从道长安，从北部陆路入川。在李源的坚持下，两人从长江水路入川。在路上河边遇到一个怀孕三年的孕妇。圆观看到这个孕妇就哭了，说他就是因为这个原因不愿意走水路，因为他注定要做这个妇人的儿子，遇到了就躲不开了。他和李源相约十三年后在杭州三生石相见。当晚圆观圆寂，孕妇也顺利产子。十三年后，李源如约来到三生石，见到一个牧童唱道："三生石上旧精魂，赏月吟风莫要论。惭愧故人远相访，此身虽异性长存。"李源因知牧童即圆观之后身。后来发展成中国人对生前与后世的信念，许多朋友以三生石作为肝胆相照的依据，情侣则在三生石上写下他们的誓言，"缘定三生"的俗话就是这样来的。唐牟融《送僧》诗："三生尘梦醒，一锡衲衣轻。"

　　[5]卜宅：选择住地。唐杜甫《为农》诗："卜宅从兹老，为农去国赊。"

十二文

原文	译文
寂感非从两境分[1]，	寂寞感不从顺逆两境来分，
随他静里任纷纭[2]。	随他静寂时如何混乱纷争。
花临宝镜空相映，	花对着镜白白地相映照，
树是旃檀岂待薰[3]。	檀香树难道还要等熏蒸。
急水何曾能转石[4]，	急水何尝能使石块转，
深山原自不留云。	深山原来自己不留云。
参观物理心常泰，	查看事物规律心常安定，
莫向幽岩绝见闻[5]。	不要向着深岩断绝见闻。

［1］两境：指顺、逆两种境地。

［2］纷纭：众多而杂乱。

［3］旃檀：檀香。北魏郦道元《水经注·河水一》："以旃檀木为薪。"

［4］何曾：何尝，几曾。三国魏曹丕《与吴质书》："昔日游处，行则连舆，止则接席，何曾须臾相失？"

［5］见闻：知识，经验。明末黄宗羲《再辞张郡侯修志书》："不然，则见闻固陋。"

十三元

原文	译文
垂老何妨傍佛门，	年老何妨依傍佛门，
焚香扫地度朝昏。	焚香扫地渡过晨昏。
谈空才信禅机妙[1]，	谈论佛理才信禅妙，
养拙方知吾道尊[2]。	涵养质朴才知佛尊。
野鹿复蕉犹有梦[3]，	野鹿覆蕉恍惚迷离，
羚羊挂角总无痕[4]。	羚羊挂角无迹可寻。
个中真宰浑难说[5]，	其中主宰的确难说，
性水心珠要细论[6]。	法如水似珠要详论。

［1］谈空：谈论佛教义理。空，佛教以诸法无实性谓空，与"有"相对。此处泛指佛理。唐孟浩然《游明禅师西山兰若》诗："谈空对樵叟，授法与山精。"禅机：佛教禅宗和尚谈禅说法时，用含有机要秘诀的言辞、动作或事物来暗示

教义，使人得以触机领悟，故名。金王若虚《议论辨惑》："近世之士参之以禅机元（玄）学，而圣贤之实益隐矣。"

[2] 养拙：涵养质朴的性情。《文选·潘岳〈闲居赋〉》："仰众妙而绝思，终优游以养拙。"吾道：这里指佛教禅宗。

[3] 野鹿复蕉：即覆鹿寻蕉。《列子·周穆王》载："郑人有薪于野者，遇骇鹿，御而击之，毙之。恐人见之也，遽而藏诸隍中，覆之以蕉，不胜其喜。俄而遗其所藏之处，遂以为梦焉。顺途而咏其事，傍人有闻者，用其言而取之。既归，告其室人曰：'向薪者梦得鹿而不知其处，吾今得之，彼直真梦者矣。'"后以"覆鹿寻蕉"比喻恍惚迷离，糊里糊涂或得失无常，一再失利。

[4] 羚羊挂角：传说羚羊夜眠防患，以角悬树，足不着地，无迹可寻。见《埤雅·释兽》。因以"羚羊挂角"喻意境超脱，不着形迹。宋严羽《沧浪诗话·诗辨》："诗者，吟咏情性也。盛唐诸人，唯在兴趣，羚羊挂角，无迹可求。故其妙处，透澈玲珑，不可凑泊。"

[5] 真宰：宇宙的主宰。唐杜甫《遣兴》诗之一："性命苟不存，英雄徒自强，吞声勿复道，真宰意茫茫。"

[6] 性水：法性水。佛学术语，法性清净，故以水譬之。《法华玄义五》曰："登住已去菩萨鹅王，能唼无明乳清法性水。"心珠：佛教语。喻指清净如明珠的心性。南朝梁简文帝《释迦文佛像铭》："心珠可莹，智流方普。"

	原文	译文
十四寒	廿载奔驰兴已阑[1]， 他乡辛苦乞平安[2]。 风花不是当年路[3]， 去住应同隔世看[4]。 持钵江湖非静域[5]， 闲门城市亦深峦[6]。 白莲耆旧凋零甚[7]， 更与何人把钓竿[8]。	奔波二十年对世俗的兴趣大减， 辛苦地在异乡奔波只企求平安。 美景不再是当年路上所见， 去留该用隔世的眼光重看。 托钵求食的四方不是洁净之地， 门庭清闲的城市如幽深的山峦。 德高望重的莲社同道离世太多， 再跟谁切磋学习一起把钓悠闲。

 注解

[1] 奔驰：奔走。宋陆游《野步晚归》诗："奔驰久厌儿童戏，沦落偏知世俗情。"阑：残，尽。

[2] 辛苦：穷苦，困厄。平安：指心境平静安定。《韩非子·解老》："人无智愚，

莫不有趋舍；恬淡平安，莫不知祸福之所由来。"

[3] 风花：风华，这里指优美的景色。宋王安石《谢知州启》："秋气正刚，风华浸远，詹依祷颂，倍万等论。"

[4] 隔世：相隔一世。指生疏。宋苏轼《与谢民师推官书》："自还海北，见平生亲旧，惘然如隔世人。"

[5] 钵：僧人所用的食器，有瓦钵、铁钵、木钵等。一钵的容量刚够一僧食用，为向人化斋之用。江湖：泛指人世，四方各地。静域：犹净域。佛教指庄严洁净的极乐世界。亦指僧寺等清净处所。

[6] 闲门：指进出往来的人不多，显得清闲的门庭。

[7] 白莲：为念佛修行结成的团体。东晋太元九年（384 年），慧远入庐山，住虎溪东林寺，仰慕者聚集于此，因寺中净池多植白莲，后称与众人结成的团体为白莲华社，略称莲社。耆旧：年高望重者。

[8] 把钓竿：拿钓竿钓鱼。这里指一起探讨，切磋娱乐。

十五 删

原文	译文
萧条客舍闭禅关[1]，	关上冷落的客舍诵佛经，
几载幽栖水一湾[2]。	几年来隐居在庄浪河湾。
不肯饶人惟白发，	只有白发不饶人，
常能慰我是青山[3]。	常慰我的是青山。
观空身世情先澹[4]，	看透人世情感会变淡，
力尽登临梦亦闲[5]。	尽力登山梦中也清闲。
除却写经无别事[6]，	除了写经无别事，
清溪爱听响潺潺[7]。	爱听清溪水潺潺。

 注解

[1] 萧条：寂寞冷落。《楚辞·远游》："山萧条而无兽兮，野寂漠其无人。" 禅关：比喻悟彻佛教教义必须越过的关口。清龚自珍《夜坐》诗："万一禅关砉然破，美人如玉剑如虹。"这里指诵习佛经。

[2] 一湾：一条弯曲的流水。唐张说《同赵侍御乾湖作》诗："一湾一浦怅遭回，千曲千溠恨迷哉。"这里指流经永登的庄浪河。

[3] 青山：指归隐之处。唐贾岛《答王建秘书》诗："白发无心镊，青山去意多。"

[4] 观空：佛教认为，人们观察事物，同坐禅一样，是随心而变的，美丑在心，故不真实，所以叫观空。身世：一生，终身。宋王安石《相送行》："一

车南，一车北，身世匆匆俱有役。澹：通"淡"，淡薄。

　　[5] 登临：登山临水。也指游览。

　　[6] 除却：除去。写经：抄写佛教经典。晋法显《佛国记》"法显住此二年，写经及画像。"

　　[7] 潺潺：流水声。唐孟郊《吊卢殷》诗："百泉空相吊，日久哀潺潺。"

原文	译文
人间游戏许多年， 到老方栽火里莲[1]。 物外烟霞供啸傲[2]， 静中诗酒任因缘[3]。 青蔬白饭堪留客， 翠竹黄花亦解禅[4]。 此是逍遥真境界， 何须重问漆园仙[5]。	如做游戏在人间多年， 到老才修行向佛学禅。 世俗外山水供我纵情， 静中饮酒赋诗随因缘。 青菜白饭就能够留客， 翠竹黄花也可以解禅。 这是逍遥安闲真境界， 何必又问庄子于漆园。

一先

注解

　　[1] 火里莲：佛教认为，世俗之心如同火烧得很旺的炉子，而这很旺的火，便是欲火、烦恼之火。佛性在欲海中，如莲花一样清凉、莲花一样圣洁，不受染污、不会被破坏。这里指修行向佛。

　　[2] 物外：世俗外。汉张衡《归田赋》："苟纵心于物外，安知荣辱之所如！"烟霞：烟雾和云霞，泛指山水胜景。啸傲：放歌长啸，傲然自得。形容放旷不受拘束。晋郭璞《游仙》诗之八："啸傲遗世罗，纵情在独往。"

　　[3] 因缘：因果，因缘果报。宋法云《翻译名义集·释十二支》："前缘相生，因也；现相助成，缘也。"

　　[4] 翠竹黄花：宋释道原《景德传灯录·慧海禅师》："迷人不知法身无象，应物现形，遂唤青青翠竹，总是法身；郁郁黄华，无非般若。黄华若是般若，般若即同无情；翠竹若是法身，法身即同草木。"后因以"翠竹黄花"指眼前景物。

　　[5] 漆园仙：指庄子，典出《史记》卷六十三《老子韩非列传》附《庄周传》。一般史书上提到漆园吏时，即指庄子。对此社会上有两种解释，一说以漆园为古地名，庄子曾为漆园吏；另一说为庄子曾在蒙邑中为吏，主督漆事。

二萧

原文	译文
小院人稀倍寂寥， 居然老衲坐清寮[1]。	小院人少特别寂静空旷， 老道稳坐在冷清的小房。
一尊花瘦开长啸[2]， 几树烟寒见远条[3]。	一丛花瘦开口长啸， 几树寒烟笼罩远方。
却笑经年勤笔墨[4]， 每思往事让渔樵[5]。	可笑终年勤于写诗文， 每想起往事忍让隐藏。
苍茫莫道无知己， 人隐芦中未可招[6]。	苍茫人海别说没知己， 人隐在芦塘不能显彰。

[1]居然：犹安然。形容平安，安稳。《诗·大雅·生民》："不康禋祀，居然生子。"老衲：年老的僧人，也有借用于道士者。唐戴叔伦《题横山寺》诗："老衲供茶盌，斜阳送客舟。"这里指老道。寮：小房间，小屋。茶寮酒肆。

[2]一尊：疑为"一丛"。长啸：仰天大喊。

[3]远条：远扬，传到很远的地方。《诗·唐风·椒聊》："椒聊且，远条且。"毛传："远，长也。"郑玄笺："椒之气日益远长。"烟寒：寒烟，寒冷的烟雾。南朝宋颜延之《应诏观北湖田收》诗："阳陆团精气，阴谷曳寒烟。"

[4]笔墨：指诗文作品。汉王充《论衡·乱龙》："子骏汉朝智囊，笔墨渊海。"

[5]让：忍让。渔樵：指隐居。唐杜甫《村夜》诗："胡羯何多难，渔樵寄此生。"

[6]招：引起关注。这里指彰显。

三肴

原文	译文
不肯逢人作解嘲[1]， 都缘身世总无交[2]。	不肯逢人如扬雄自我解嘲， 都因终生一直无密友厚交。
一壶绿酒谁堪赊[3]， 几卷丹经我自钞[4]。	一壶老酒谁能赊账， 几卷丹经钱自己掏。
月满寒泉龙入定[5]， 云连古树鹤归巢。	寒泉月满蛟龙安静， 云接古树鹤鸟归巢。
此间便是神仙宅， 何必天台结远茅[6]。	这里就是神仙的理想住宅， 何必远到天台山结草盖茅。

[1] 解嘲：因被人嘲笑而自作解释。《汉书·扬雄传下》："时雄方草《太玄》，有以自守，泊如也。或嘲雄以玄尚白，而雄解之，号曰《解嘲》。"

[2] 身世：一生；终身。宋王安石《相送行》："一车南，一车北，身世匆匆俱有役。"

[3] 绿酒：唐宋时中国传统的酿造酒（包括浊酒和清酒）都呈绿色，故称。如唐白居易《问刘十九》云："绿蚁新醅酒，红泥小火炉。晚来天欲雪，能饮一杯无。"北宋晏殊《清平乐》词云："金风细细，叶叶梧桐坠，绿酒初尝人易醉，一枕小窗浓睡。"明王稚登《新春感事》："红颜薄命空流水，绿酒多情似故人。"赀：借，借贷，赊账。

[4] 丹经：讲述炼丹术的专书。晋葛洪《抱朴子·金丹》："凡受太清丹经三卷，及九鼎丹经一卷，金液丹经一卷。"钞：纸币。

[5] 入定：佛教语。静坐修行，进入安静不动状态。唐白居易《在家出家》诗："中宵入定跏趺坐，女唤妻呼多不应。"

[6] 天台：天台山，坐落于浙江省东中部天台县境内，因"山有八重，四面如一，顶对三辰，当牛女之分，上应台宿，故名天台"。以"佛宗道源，山水神秀"闻名于世，是中国佛教天台宗和道教南宗的发祥地，又是活佛济公的故里。结茅：编茅为屋。谓建造简陋的屋舍。南朝宋鲍照《观圃人艺植诗》："抱锸垄上餐，结茅野中宿。"

	原文	译文
四豪	燕山陇水枉同遭[1]， 湖海风尘亦太劳[2]。 往事久随飞絮杳[3]， 幽心直挟乱云高[4]。 偷安身世归田亩[5]， 苟且琴书伴酒糟[6]。 自是不闲闲便得[7]， 主人终日对蓬蒿。	长安北京徒劳地赶考， 奔波海内奔走太疲劳。 往事像随风的飘絮了无踪迹， 隐居心一直控制着心气浮躁。 经历贪图安逸回到田园操劳， 得过且过抚琴读书伴着酒糟。 从此不能这样空闲， 主人整天对着蓬草。

[1] 燕山：指燕山山脉。中国北部著名山脉之一。这里指北京。陇水：河流名。源出陇山。这里指长安。枉：白白，徒劳。遭：遇，受。1777 年赴长安

应乡试中举人，1778年赴北京考进士不第而归。

　　[2]湖海：泛指四方各地。唐李顾《送綦毋三谒房给事》诗："惜哉湖海上，曾校蓬莱书。"风尘：谓行旅辛苦劳顿。《艺文类聚》卷三二引汉秦嘉《与妻书》："当涉远路，趋走风尘。"

　　[3]往事：过去的事情。《史记·太史公自序》："此人皆意有所郁结，不得通其道也，故述往事，思来者。"飞絮：飘飞的柳絮。宋辛弃疾《摸鱼儿》词："算只有殷勤，画檐蛛网，尽日惹飞絮。"杳：消失，不见踪影。

　　[4]幽心：隐居之心。唐杜甫《凭何十一少府邕觅桤木栽》诗："草堂堑西无树林，非子谁复见幽心。"乱云：流动无序的云。这里指混乱的思绪。

　　[5]偷安：贪图安逸。《史记·秦始皇本纪》："小人乘非位，莫不悦忽失守，偷安日日。"身世：指人生的经历、遭遇。田亩：泛指农村。唐白居易《适意》诗之二："自从返田亩，顿觉无忧愧。"

　　[6]苟且：只图眼前，得过且过。晋陆机《五等论》："为上无苟且之心，群下知胶固之义。"琴书：琴和书籍。多为文人雅士清高生涯常伴之物。晋陶潜《归去来兮辞》："悦亲戚之情话，乐琴书以消忧。"酒糟：造酒剩下的渣滓，这里指淡酒。

　　[7]自是：只是。得：如此、这样。唐崔涂《春夕旅怀》诗："自是不归归便得，五湖烟景有谁争？"

五
歌

原文	译文
旅社聊同安乐窝， 一枝暂得慰蹉跎[1]。	旅馆暂且如同我的安乐窝， 中举暂可安慰虚度的岁月。
花间酌酒尘缘净， 竹外摊书爽气过[2]。	花中间喝酒尘缘洁净， 竹林外翻书凉爽掠过。
极目海涛留泡影[3]， 委身法界任婆娑[4]。	放眼海涛变成泡影， 置身法界随我自得。
闲情一例都抛却[5]， 不必青灯读楚歌[6]。	闲情逸致一律抛绝， 不必清苦伤感地活。

　　[1]一枝：喻举第登科。唐罗隐《送秦州从事》："一枝何足解人愁，抛却还随定远侯。"蹉跎：失意；虚度光阴。

　　[2]爽气：谓凉爽之气。宋陆游《水亭独酌十二韵》："清风扫郁蒸，爽气生户牖。"

〔3〕极目：纵目，用尽目力远望。唐杜甫《自京赴奉先县咏怀五百字》："群水从西下，极目高崒兀。"海涛：海浪。泡影：泡泡和影子。佛教用以比喻事物的虚幻不实，生灭无常。后比喻落空的事情或希望。

〔4〕委身：置身，寄身。宋文天祥《〈临江军〉诗跋》："委身荒江，谁知之者？"法界：佛教道教术语。法，泛指宇宙一切事物。界，界限、分界。这里指佛家、道家之境。婆娑：逍遥；闲散自得。宋陆游《渔父》诗："数十年来一短蓑，死期未到且婆娑。"

〔5〕一例：一律；同等。《公羊传·僖公元年》："臣子一例也。"

〔6〕青灯：借指孤寂、清苦的生活。楚歌：楚人之歌。《史记·高祖本纪》："项羽卒闻汉军楚歌，以为汉尽得楚地，项羽乃败而走，是以兵大败。"这里指读使人伤感的书。

原文	译文
六麻 孤琴短剑老风沙[1]， 到处安身到处家。 半亩绿云新柳叶[2]， 一帘红雨小桃花[3]。 静中随意酬人事[4]， 忙里偷闲玩物华[5]。 九十春光留不得[6]， 聊斟浊酒饯天涯[7]。	孤琴短剑经常的风沙， 到处安身到处可做家。 半亩新柳叶如绿色的云， 一面酒旗衬着雨中桃花。 静中随便应酬着人事， 忙里偷闲地赏玩烟霞。 春天明媚时光留不住， 暂倒浊酒送春到天涯。

注解

〔1〕短剑：短小的剑，匕首之类。老：经常，很久以前就存在的。

〔2〕绿云：绿色的云彩。唐李白《远别离》诗："帝子泣兮绿云间，随风波兮去无还。"

〔3〕一帘：一帘酒旗，即酒家望子，借指酒家。红雨：落在红花上的雨。唐孟郊《同年春宴》诗："红雨花上滴，绿烟柳际垂。"

〔4〕酬：用财物报答。人事：指人世间事。《乐府诗集·杂曲歌辞十三·焦仲卿妻》："自君别我后，人事不可量。"

〔5〕偷闲：挤出空闲的时间。唐白居易《岁假内命酒赠周判官萧协律》诗："闻健此时相劝醉，偷闲何处共寻春。"物化：自然景物。

〔6〕九十：谓一季。一季九十日。唐陈陶《春归去》诗："九十春光在何处，

古人今人留不住。"

　　[7]浊酒:用糯米、黄米等酿制的酒,较混浊。饯:设酒食送行。天涯:天边。指极远的地方。

原文	译文

七阳

独坐空庭纳晚凉[1],　　　　　　　　晚上独坐空寂的庭院乘凉,
半添炉火半添香。　　　　　　　　　边添炉火边添香。
野花知我怜开落[2],　　　　　　　　野花知道我爱怜它们的荣衰,
幽鸟逢人话短长[3]。　　　　　　　　幽静处的鸟碰到人说短道长。
几卷诗书拚白首[4],　　　　　　　　几卷诗书拼到头白衰老,
百年身世寄黄粱[5]。　　　　　　　　一生努力都交付于黄粱。
梦中如遇希夷面[6],　　　　　　　　梦中如遇道士的面,
不问丹方问睡方[7]。　　　　　　　　不问仙方只问远离尘嚣的睡觉方。

注解

　　[1]空庭:幽寂的庭院。南朝宋谢灵运《斋中读书》诗:"虚馆绝诤讼,空庭来鸟雀。"纳凉:乘凉。宋苏轼《和子由木山引水》之一:"遥想纳凉清夜永,窗前微月照汪汪。"

　　[2]怜:爱惜,爱怜。

　　[3]幽:僻静且光线不刺眼的地方。短长:短处和长处,优劣,是非。

　　[4]白首:犹白发。表示年老。《史记·范雎蔡泽列传》:"范雎、蔡泽世所谓一切辩士,然游说诸侯至白首无所遇者,非计策之拙,所为说力少也。"

　　[5]百年:一生,终身。唐杜甫《登高》诗:"万里悲秋常作客,百年多病独登台。"寄:托付,委托。黄粱:同"黄粱梦"。唐沈既济《枕中记》载,有个卢生,在邯郸旅店中遇见道士吕翁,卢生自叹穷困。道士借给他一个枕头,要他枕着睡觉。这时店家正煮小米饭。卢生在梦中享尽了一生荣华富贵。一觉醒来,小米饭还没有熟。后用来比喻想要实现的好事落得一场空。也说黄粱美梦、一枕黄粱。

　　[6]希夷:指道家、道士。唐元稹《周先生》诗:"希夷周先生,烧香调琴心。"

　　[7]该句典出于陆游《午梦》:"华山处士如容见,不觅仙方觅睡方。"相传陈抟善于自处,不求闻达于当时,以善睡闻名,人称"睡仙",在华山修道四十年,故称"华山处士"。该句是说,在睡梦中暂时远离喧嚣的尘世。我如果能见到华山处士陈抟,不向他寻觅成仙的方法而是要向他讨教入睡的良方(因为睡着以后可以与现实的世界彼此暂时忘却)。丹方:炼丹的方术,据说吃道家炼的丹药,可以成仙。

	原文	译文

八庚

原文

古径苔干屦齿轻[1]，
柴门晴锁午烟平[2]。
风丝暗逐窗棂入[3]，
云气虚从屋角生。
讲席长留幽鸟迹[4]，
诗壁犹见故人名。
老夫只解蒲团坐[5]，
宠辱无关梦不惊。

译文

古径苔干脚步轻，
晴锁柴门午烟平。
风丝儿暗中追逐从窗格入，
云气从屋角的空虚处升腾。
讲席上一直留着幽鸟的痕迹，
题诗的墙壁上还能见古人名。
老夫我只高兴在蒲团打坐，
宠辱与我无关睡梦中不惊。

注解

[1] 屦齿：指履声，脚步声。明王世贞《曾太学携酒见访作》诗："花宫寂无事，屦齿破高眠。"

[2] 柴门：代指贫寒之家。宋杨万里《送蔡定夫提举正字使广东》诗："柴门僵卧三腊雪，鱼釜仅续一线烟。"

[3] 窗棂：即窗格。唐裴铏《传奇·崔炜》："炜恐悸汗流，挥刃携艾，断窗棂跃出，拔键而走。"

[4] 讲席：高僧、儒师讲经讲学的席位。南朝梁沈约《为齐竟陵工发讲疏》："置讲席于上邸，集名僧于帝畿。"幽鸟：幽静处啼叫的鸟。唐韦应物《燕居即事》："幽鸟林上啼，青苔人迹绝。"

[5] 蒲团：用蒲草编成的圆形垫子。多为僧人坐禅和跪拜时所用。宋苏轼《谪居三适·午窗坐睡》诗："蒲团盘两膝，竹几阁双肘。"

九青

原文

坐卧闲房户不扃[1]，
朝朝蚤起阅金经[2]。
神归虚室常生白[3]，
云过空山不染青[4]。
蝶梦有时游汗漫[5]，
莺声何事费丁宁[6]。
幽栖幸遂平生愿[7]，
晚酌还应醉绿醽[8]。

译文

坐卧在空房没关门，
每天早起阅读经文。
神回心境常显光明，
云过空山没染上青。
梦中蝶有时漫游远，
黄莺何事再三叮咛？
幽居如有幸顺遂平生愿，
晚上饮酒醉倒在美酒中。

[1]闲房：空房。三国魏曹植《闺情》诗之一："闲房何寂寞，绿草被阶庭。"扃：门闩。

[2]蚤起：蚤，通"早"。《史记·吕太后本纪》："赵王少，不能蚤起。"金经：指佛道经籍。唐陈子昂《酬田逸人游岩见寻不遇》诗："石髓空盈握，金经秘不闻。"

[3]虚室：比喻心境。生白：生出光明。《庄子·人间世》："瞻彼阕者，虚室生白，吉祥止止。"陆德明释文："崔云：'白者，日光所照也。'司马云：'室比喻心。心能空虚则纯白独生也。'"

[4]空山：幽深少人的山林。唐韦应物《寄全椒山中道士》诗："落叶满空山，何处寻行迹？"染青：染上绿色。即幽静山林中的绿色，没有使飘过的白云变绿。

[5]蝶梦：《庄子·齐物论》："昔者庄周梦为胡蝶，栩栩然胡蝶也，自喻适志与，不知周也。俄然觉，则蘧蘧然周也。不知周之梦为胡蝶与，胡蝶之梦为周与？周与胡蝶，则必有分矣。此之谓物化。"后因以"蝶梦"喻迷离惝恍的梦境。游汗漫：也作"汗漫游"，即世外之游，形容漫游之远。唐杜甫《奉送王信州崟北归》诗："复见陶唐理，甘为汗漫游。"

[6]莺声：黄莺的啼鸣声。唐白居易《春江》诗："莺声诱引来花下，草色勾留坐水边。"丁宁：叮咛，嘱咐，告诫。《诗·小雅·采薇》："曰归曰归，岁亦莫止。"汉郑玄笺："丁宁归期，定其心也。"

[7]幽栖：幽僻的栖止之处。宋范仲淹《与孙元规书》："肺疾未愈，赖此幽栖，江山照人，本无他望，以此为多。"

[8]绿醽：醽醁（líng lù），美酒名。宋黄庭坚《念奴娇》："密宴既集，醽醁不撤。"

十

蒸

原文	译文
老去何嫌白发增， 任他乌兔坠还升[1]。	年老何必嫌白发增， 随他日月是落是升。
长生岂有千年药， 禅定难逢一个僧[2]。	长生难道有千年的药， 端坐静修难遇一个僧。
二六时中谈白业[3]， 三千轴里映青灯[4]。	整日整夜谈论善业， 把卷苦读映照青灯。
近来不减游山兴， 拟向昆仑顶上登。	近来游山兴趣不减， 打算向昆仑顶上登。

[1]乌兔：神话谓日中有乌，月中有兔，故以"乌兔"指日月。晋左思《吴都赋》："笼乌兔于日月，穷飞走之栖宿。"

[2]禅定：指僧侣端坐静修。唐王维《过福禅师兰若》诗："欲知禅坐久，行路长春芳。"唐贾岛《赠无怀禅师》诗："禅定石床暖，月移山树秋。"

[3]二六时中：十二时辰，即一整天。白业：佛教语。善业。《五灯会元·东土初祖·菩提达磨大师》："当勤修白业，护持三宝，吾去非晚，一九即回。"

[4]轴：古代用轴装成的书卷。唐韩愈《送诸葛觉往随州读书》诗："邺侯家多书，插架三万轴。"青灯：光线青荧的油灯。唐韦应物《寺居独夜寄崔主簿》诗："坐使青灯晓，还伤夏衣薄。"

	原文	译文
十一尤	但得安闲便好休， 阎浮且住任优游[1]。 亦知心似源头水， 却笑身为海上沤。 暂向壶中延岁月[2]， 何须皮里记春秋[3]。 于兹更作空明悟[4]， 数斗尘从物外收[5]。	若能安闲就好罢休， 暂住人世任我游玩。 也知心如源头的水， 却笑自身被海水淹。 暂向道教中延寿命， 何须心目中存褒贬。 至今更要洞彻心性， 尘埃数斗从世外敛。

[1]阎浮："阎浮提"的省称，原指印度之地，后泛指人间世界。南朝梁沈约《内典序》："圣迹彪炳，日焕于阎浮；神光陆离，星繁于净刹。"优游：谓悠闲地居其中。《后汉书·班固传》："则将军养志和神，优游庙堂，光名宣于当世，遗烈著于无穷。"

[2]壶中：也称"壶中天"或"壶中日月"。旧指道家悠闲清静的无为生活。唐李白《下途归石门旧居》："何当脱屣谢时去，壶中别有日月天。"

[3]皮里记春秋：嘴里不说好坏，而心中有所褒贬。语本《晋书·外戚传·褚裒传》："谯国桓彝见而目之曰：'季野有皮里春秋。'言其外无臧否，而内有所褒贬也。"春秋，记载鲁国历史的书，后来把这部书奉为评论是非，褒贬善恶的范本。

[4]空明：指洞澈而灵明的心性。宋苏辙《读旧诗》诗："老人不用多言语，一点空明万法师。"

[5]物外：超脱于尘世之外。汉张衡《归田赋》："苟纵心于物外，安知荣辱之所如！"

十二侵

原文	译文
当年谁辟幽人径[1]， 此日堪疑静者心[2]。 老我乾坤双眼在， 任他霜雪一头侵[3]。 樱花有态空来去， 山水无情自古今。 踪迹久逃嚣境外[4]， 何须杯酒涤尘襟[5]。	当年谁开辟了隐士路， 这天很疑惑幽静之心。 使我老的天地有双眼， 任凭他霜雪突然入侵。 樱花美艳空来去盛衰， 山水无情自中外古今。 行踪早逃离喧嚣世界， 何必拿点酒洗涤俗胸。

 注解

[1]幽人：幽隐之人；隐士。《易·履》："履道坦坦，幽人贞吉。"

[2]静者：超然恬静的人。多指隐士、僧侣和道徒。《吕氏春秋·审分》："得道者必静，静者无知。"

[3]一头：突然。

[4]嚣境：喧嚣的世界。

[5]尘襟：世俗的胸襟。唐黄滔《寄友人山居》诗："茫茫名利内，何以拂尘襟。"

十三覃

原文	译文
雨雪经春集小庵[1]， 葛衣楼上一登探[2]。 风光过眼聊相赏， 时序惊心莫漫谈。 古渡桥边明晚照[3]， 香炉峰顶拥晴岚[4]。 年来亦有嵇康懒[5]， 不止常情七不堪[6]。	春天的雨雪集中在小寺院， 穿葛布夏衣上楼眺望观览。 姑且欣赏这过眼的风光， 惊心的时序变换别论谈。 古渡桥边晚照明， 香炉峰顶罩青岚。 一年来也如嵇康那样疏懒， 不限于人之常情有七不堪。

注解

[1] 小庵：小寺院。

[2] 葛衣：用葛布制成的夏衣。《韩非子·五蠹》："冬日麂裘，夏日葛衣。"

[3] 晚照：夕阳的余晖；夕阳。

[4] 香炉：指庐山香炉峰。唐孟浩然《彭蠡湖中望庐山》诗："香炉初上日，瀑水喷成虹。"晴岚：晴日山中的雾气。明刘基《郁离子·玄豹》："暖霭晴岚，山蒸泽烘，结为祥云。"

[5] 年来：近年以来或一年以来。唐戴叔伦《越溪村居》诗："年来桡客寄禅扉，多话贫居在翠微。"嵇康懒：三国魏嵇康（字叔夜），曾任中散大夫，因不满司马氏集团专政，不愿出仕，说自己生性疏懒，不修边幅，时常不洗脸、不洗头，甚至夜里憋尿也懒得起来解手，身上布满虱子等等。见《晋书·嵇康传》《文选·嵇康〈与山巨源绝交书〉》。后因以"嵇康懒"指散漫疏懒，不耐官事。

[6] 不止：不仅；不限于。《墨子·天志中》："此天之所不欲也。不止此而已。"七不堪：嵇康在《与山巨源绝交书》中列陈自己不能出仕的原因，"有必不堪者七，甚不可者二"。后来诗文中把"七不堪"作为疏懒或才能不称的典故。

原文	译文
十四盐	

原文	译文
论古何妨去取严[1]，	评论古人何必苛严，
平生企仰是陶潜[2]。	平素仰慕的是陶潜。
风尘作吏人皆羡[3]，	人人羡慕尘世的官，
道路折腰尔独嫌[4]。	谁都屈身独你厌烦。
除却田园安有癖[5]，	除去田园哪里还有癖好，
偏于松菊不能廉[6]。	对傲寒的松菊偏爱不断。
晚从慧远归莲社[7]，	晚年从慧远归佛教，
仙佛居然一例兼[8]。	仙佛安稳同时修炼。

注解

[1] 不妨：表示可以、无妨碍之意。

[2] 平生：平素；往常。企仰：踮起脚来仰望。引申指景仰、仰慕。宋王安石《上郎侍郎书》："庶几进望庭下，解积年企仰之意。"陶潜：东晋文学家、诗人。一名潜，字元亮，私谥靖节。浔阳柴桑（今江西九江市西南）人，曾为江州祭酒、镇江参军，后任彭泽令。因不满当时官员的腐败而去职，归隐田园，

至死不仕。其诗以《归去来兮辞》《饮酒》《桃花源诗》《咏荆轲》《读山海经·精卫衔微木》等为代表，今存《陶渊明集》。

〔3〕风尘：尘世，纷扰的现实生活境界。唐皇甫冉《送朱逸人》诗："虽在风尘里，陶潜身自闲。"作吏：谓担任官职。晋嵇康《与山巨源绝交书》："游山泽，观鱼鸟，心甚乐之。一行作吏，此事便废。"

〔4〕道路：路上的人。指众人。《史记·郦生陆贾列传》："道路皆言君谗，欲杀之。"折腰：《晋书·隐逸传·陶潜》："吾不能为五斗米折腰，拳拳事乡里小人耶！"后以"折腰"比喻屈身事人。

〔5〕除却：除去。唐元稹《离思五首》（其四）："曾经沧海难为水，除却巫山不是云。"

〔6〕松菊：松与菊不畏霜寒，因以喻坚贞节操或具有坚贞节操的人。晋陶潜《归去来兮辞》："三径就荒，松菊犹存。"廉：绝，断。《周礼·考工记·轮人》："外不廉而内不挫。"注："绝也。"

〔7〕莲社：晋代庐山东林寺高僧慧远与僧俗十八贤人结社念佛，因寺池有白莲，故称。这里指佛教。

〔8〕仙佛：指道教与佛教。居然：安然，形容平安，安稳。唐陈子昂《夏日晖上人别李参军序》："江汉浩浩而长流，天地居然而不动。"一例：一律；同等。《公羊传·僖公元年》："臣子一例也。"

十五 咸

原文	译文
权将艺圃作云岩[1]，	暂把写作当作爬高山，
几净窗明兴不凡。	窗明几净兴趣不衰减。
静里情怀元淡荡[2]，	心中安静自在悠闲，
个中滋味别酸咸[3]。	滋味感受各有酸甜。
禅宗本自空兼有[4]，	禅宗主张修行、顿悟二者兼，
诗律何劳细更严[5]。	写诗求真韵律也无须太谨严。
吟就七言三十韵[6]，	吟成七言律诗三十首，
不妨一一缀书函[7]。	不妨把它们收进诗函。

 注解

〔1〕艺圃：这里指著述之事。宋楼钥《送刘仲起主簿》诗："公余黄卷频卷舒，艺圃工夫日加葺。"明张居正《恭励圣学诗》："书帷简儒彦，艺圃覃文思。"云岩：高峻的山。唐高适《同群公题中山寺》诗："平原十里外，稍稍云岩深。"

〔2〕淡荡：悠闲自在。钱谦益《感叹旧游如在宿昔作此诗以寄之》："美君真作淡荡人，闲即牵舟湖上住。"

〔3〕滋味：引申指苦乐感受。唐刘知几《史通·杂说上》："叙兴邦则滋味无量，陈亡国则凄凉可悯。"酸咸：比喻不同的爱好、兴趣。唐韩愈《酬司门卢四兄云夫院长望秋作》诗："云夫吾兄有狂气，嗜好与俗殊酸咸。"

〔4〕禅宗：佛教宗派名。又名佛心宗或心宗，以印度菩提达摩为初祖。禅宗之名称始于唐代。由达摩而慧可、僧璨、道信，至第五世弘忍门下，分成北方神秀的渐悟说和南方慧能的顿悟说两宗。但后世唯南方顿悟说盛行，主张不立文字，直指人心，顿悟成佛。禅宗兴起后，流行日广，影响及于宋明理学。空兼有：禅宗认为，万法皆空，因果不空。它们二而一，一而二，无分无别。

〔5〕诗律：诗的格律。

〔6〕七言：指七言诗。宋严羽《沧浪诗话·诗体》："七言起于汉武柏梁。"

〔7〕书函：书套。

清秋偶吟

五言律诗三十韵

一东

原文

少壮无多日，
居然成老翁。
闲情消暮雨，
往事付秋风[1]。
蒲柳惊心早[2]，
烟云过眼空。
延生须问道，
吾欲上崆峒[3]。

译文

青壮时日瞬间过，
而今居然成老翁。
闲情逸致消暮雨，
往事历历付秋风。
蒲柳惊心秋来早，
烟云过眼是非空。
想要延年须问道，
我想修身上崆峒。

注解

[1]付：交，给。

[2]蒲柳：水杨。一种入秋就凋零的树木。南朝宋刘义庆《世说新语·言语》："蒲柳之姿，望秋而落；松柏之质，经霜弥茂。"后因以比喻未老先衰，或体质衰弱。

[3]崆峒（kōng tóng）：崆峒山，道教圣地，距离甘肃省平凉市区12公里，东至西安市300多公里。崆峒山峰峦雄峙，危崖耸立，林海浩瀚，烟笼雾锁，如缥缈仙境。传说黄帝问道于崆峒山的广成子，因此被称为道家第一山。崆峒山所在的大区域有伏羲故里，是中国人文发源地之一。

	原文	译文

二冬

原文	译文
小屋环桑柘[1]， 吟声和晚钟。	桑柘青青绕小屋， 吟诗诵文和晚钟。
爱闲依白杜[2]， 藉阴种青松。	闲暇爱靠白杜树， 就着阴坡种青松。
风雨灯光暗， 莓苔草色浓[3]。	风雨飘摇灯光暗， 青苔葱郁草色浓。
安期同曼倩[4]， 何处访仙踪？	安期如同东方朔， 现今何处访仙踪？

[1] 桑柘：桑木与柘木。这里泛指树木。

[2] 白杜：小乔木，高可达 6 米。白杜的枝、叶、果都美，具有抗旱、耐瘠薄、适应性广等特性，是园林绿地的优美观赏树种。叶可代茶，树皮含硬橡胶，种子可做工业用油，花果与根均入药。其木材白色细致，是雕刻小工艺品、桅杆、滑车等细木工的上好用材。白杜枝条柔韧，可编制各种驮筐、背斗、果筐等，其嫩枝叶是牲畜的好饲料，也是重要的燃料林树种。

[3] 莓苔：青苔。莓同苺。晋孙绰《游天台山赋》："践苺苔之滑石，搏壁立之翠屏。"

[4] 安期：安期生。晋皇甫谧《高士传》记载：安期生者，琅琊人也，受学河上丈人，卖药海边，老而不仕，时人谓之千岁公。到汉武帝时期，方士李少君曾对汉武帝刘彻说："臣常游海上，见安期生。食巨枣，大如瓜。"安期生对秦汉燕齐方士活动、方仙道的形成、秦始皇屡遣方士入海求长生不老药影响很大，成为当时帝王重视、方士尊崇的仙人和中国道教史上的名人。曼倩：汉代滑稽家东方朔的字。东方朔，字曼倩，西汉时期著名文学家。汉武帝即位，征辟四方士人。东方朔上书自荐，拜为郎。后任常侍郎中、太中大夫等职。性格诙谐，言词敏捷，滑稽多智，常在汉武帝前谈笑取乐，曾言政治得失，上陈"农战强国"之计。汉武帝始终视为俳优之言，不以采用。作者认为东方朔言行有道家风范，故比拟安期生。

三江

原文	译文
结庐嫌近市[1]，	居住多嫌近闹市，
放眼倚秋窗。	倚靠秋窗放眼望。
复此登云阁[2]，	又上这座登云阁，
浑如坐钓艭[3]。	很像坐在钓舟上。
看山人意淡[4]，	远望苍山情怀淡，
把卷我心降[5]。	拿着书卷悦心房。
爽籁随时发[6]，	沙沙秋声随时生，
长吟续短腔。	就像长吟续短腔。

[1] 结庐：建造住宅，这里是居住的意思。源于陶渊明诗句：《饮酒》："结庐在人境，而无车马喧。"

[2] 登云阁：这里指高耸入云的楼阁。

[3] 钓艭（shuāng）：垂钓的小舟。

[4] 人意：人的意愿、情绪，这里指入世的情怀。

[5] 降：欢悦；悦服。《诗经·召南·草虫》："亦既见止，亦既觏止，我心则降。"

[6] 爽籁：比喻秋声。爽，指秋高气爽。籁，类似箫的一种乐器，这里喻自然的声音。王勃《滕王阁序》"爽籁发而清风生，纤歌凝而白云遏。"

四支

原文	译文
碌碌成何事，	忙忙碌碌成何事？
穷途且力支。	处境艰危尽力撑。
路难惟蹭蹬[1]，	困顿失意行路难，
心苦有栖迟[2]。	心中苦闷久隐遁。
出世还依佛，	出世离俗皈佛道，
修身未得师。	修身养性师未逢。
老寻归隐地，	年迈寻求归隐地，
聊与遂吾私。	聊且遂我心底情。

[1] 蹭蹬：困顿，失意。宋陆游《秋晚》诗："一生常蹭蹬，万事略更尝。"

[2] 栖迟：即栖迟。淹留，隐遁。《后汉书·冯衍传下》："久栖迟于小官，不得舒其所怀。"

	原文	译文

五微

已为形骸累，
偷闲且掩扉。
眼中人半尽，
身外事全非。
藜藿心长在[1]，
山林志久违[2]。
烟霞軗好句[3]，
吾爱谢元晖[4]。

心神已被身拖累，
偷闲暂且掩柴门。
眼中熟人剩一半，
身外之事全颠顿。
平民百姓心常在，
隐居山林志难伸，
沉迷烟霞觅好句，
我爱谢朓玄晖君。

[1] 藜藿：藜和藿，泛指粗劣的饭菜，借指老百姓。明唐顺之《尹洞山祭酒枉顾草堂有作见赠次韵又叠》之一："儒冠本不闲军旅，肉食谁能念藿藜。"

[2] 山林：这里借指隐居。南朝梁沈约《与谢朓敕》："尝谓山林之志，上所宜弘。"

[3] 烟霞：烟雾和云霞，也指山水胜景。軗：同耽。沉溺；迷恋。

[4] 谢元晖：谢朓（464—499 年），字玄晖（玄同元），陈郡阳夏（今河南太康县）人。南朝齐杰出的山水诗人。

	原文	译文

六鱼

伏枕荒园晚，
谋生计也疏[1]。
栖身三径日[2]，
抱瓮九秋初[3]。
破浪心何壮[4]，
游山愿已虚[5]。
欲从白云子[6]，
踪迹定何如。

埋头荒园睡到晚，
谋求生路计缺失。
寄身家园暂住日，
抱瓮灌园初秋时。
长风破浪心多壮，
游山愿景不再期。
想随道士白云子，
不知如何定踪迹。

[1] 疏：同"疏"，空虚，稀疏。

[2] 栖身：寄生；暂住。三径：意为归隐者的家园或是院子里的小路。唐孟浩然《秦中寄远上人》："一丘尝欲卧，三径苦无资。"

[3]抱罋：即"抱瓮灌园"。传说孔子的学生子贡，在游楚返晋过汉阴时，见一位老人一次又一次地抱着瓮去浇菜，"搰搰然用力甚多而见功寡"，就建议他用机械汲水。老人不愿意，并且说：这样做，为人就会有机心，"吾非不知，羞而不为也"。（见《庄子·天地》）这里指劳作。九秋：秋天。

[4]破浪：比喻志向远大。李白《行路难》诗："长风破浪会有时，直挂云帆济沧海。"

[5]游山：《游山》是唐代黄滔创作的一首五律，表述了作者想在远隔尘世的深山之中寂寞地但是高贵地生活着的愿景。黄滔出身贫寒，志向远大。青少年时代在家乡的东峰书堂（今广化寺旁）苦学，唐咸通十三年（872年）北上长安求取功名，由于无人引荐屡试不第，直到唐乾宁二年（895年）才考中进士。其时藩镇割据，政局动荡，朝廷无暇授官，至唐光化二年（899年），黄滔才被授予"四门博士"的闲职。

[6]白云子：本名司马承祯，字子微，法号道隐，唐河内温县人。道教上清派第十二代宗师。自少笃学好道，无心仕宦之途。师事嵩山道士潘师正，遍游天下名山，隐居在天台山玉霄峰，自号"天台白云子"。武则天闻其名，召至京都，亲降手敕，赞美他道行高操。唐睿宗景云二年，召入宫中，询问阴阳术数与理国之事，他回答阴阳术数为"异端"，理国应当以"无为"为本。颇合帝意，赐以宝琴及霞纹帔。羽化后，追赠银青光禄大夫。

七虞

原文	译文
却笑狂吟客[1]，	归笑纵情吟诵客，
高阳旧酒徒[2]。	原是高阳嗜酒人。
鼓琴幽意动[3]，	弹琴引动思绪多，
弹铗旅情孤[4]。	思归家乡孤旅心。
返照心能寂[5]，	对照查检心能静，
安禅境已枯。	打坐入定已不能，
尘缘消未得，	消灭尘缘尚未得，
吾欲向浮屠[6]。	向往佛教是心境。

注解

[1]却：回转；返回。狂吟：纵情吟咏。唐白居易《洪州逢熊孺登》诗："靖安院里辛夷下，醉笑狂吟气最粗。"

[2]高阳酒徒：秦末，谋士郦食其去追随刘邦时对自己的称呼。其后代指

嗜酒而放荡不羁的人。语出《史记·郦生陆贾列传》："走！复入言沛公，吾高阳酒徒也，非儒人也。"

[3] 幽意：幽深的思绪；幽闲的情趣。南朝梁江淹《灯夜和殷长史》："客子依永夜，寂寞幽意长。"

[4] 弹铗：弹击剑把。铗，剑把。语出《战国策·齐策四》。这里指思归。明郭登《送岳季方还京》诗："身留塞北空弹铗，梦绕江南未拂衣。"

[5] 返照：佛教指用佛性对照检查自己。《坛经·行由品》："与汝说者，即非密也；汝若返照，密在汝边。"

[6] 浮屠：这里指佛教。

	原文	译文
八齐	坐久忘朝暮， 秋林日已西。 人同欹石瘦[1]， 天与远云齐。 莲社谁堪入[2]， 庐峰不可梯[3]。 平原如就饮[4]， 何惜醉如泥。	阅卷久坐忘朝暮， 秋色染林日已西。 人似歪石一样瘦， 长天远云混为一。 诵佛莲社谁能入？ 攀登佛境没有梯。 如似食客附平原， 哪管酒醉如烂泥。

[1] 欹：倾斜，歪向一边。

[2] 莲社：东晋慧远大师居庐山，与刘遗民等同修净土，寺中有白莲池，因号莲社，又称白莲社。后指以念佛为主旨的团体。

[3] 庐峰：这里指会浙江绍兴稽山的香炉峰，相传山上有"金简玉字之书"，夏禹发之，"知山河体势"，终于治平洪水。香炉峰高 354 米，从峰北过南镇殿，拾级而上，沿途"郁郁苍苍，岩岩兔兔，磅礴蜿蜒"，大有"天柱可梯"之感。峰顶数十米见方，形似香炉，峰由此而得名，是一处佛教寺院与风景名胜兼有的游览胜地。这里是说佛境如同庐峰，但无梯可上。

[4] 平原：战国时平原君（？—前 253 年），赵武灵王之子，赵惠文王之弟，封于东武（今山东武城），号平原君。在赵惠文王和赵孝成王时任相，以善于养士而闻名，门下食客曾多达数千人。

	原文	译文
九佳	穷老无余事， 经年坐小斋。 秋风歌楚调[1]， 夜雨续齐谐[2]。 日暮虫声急， 天高雁影排。 鞫君归去后[3]， 寂寞与谁偕。	贫穷衰老无多事， 一年到头坐小斋。 秋风瑟瑟似楚歌， 夜雨凄凄续异怪。 日暮虫鸣声声急， 天高雁影一字排。 问君今日归去后， 寂寞跟谁在一块。

[1] 楚调：泛指古代楚地的汉族民间曲调，后为汉乐府相和调之一。这里指四面楚歌之意。比喻陷入四面受敌，到达孤立无援的窘迫境地。

[2] 齐谐：语出《庄子·逍遥游》："齐谐，志怪者也。"后世神怪小说多以此名之，如南朝梁吴均的《续齐谐记》。诗句是说在夜雨中无眠，续作志怪之书。

[3] 鞫：通"鞠"，讯问。

	原文	译文
十灰	放怀天地外， 今古一徘徊。 未了三生业[1]， 空燃百念灰。 蓬心惟自辟[2]， 道眼向谁开[3]。 此意何人识， 吾将问辩才。	胸怀放置天地外， 古今是非任徘徊。 没有了却三生业， 百念空燃成了灰。 浅陋只有自提升， 道眼洞察向谁开？ 此中深意何人识， 我将拿它问辩才。

[1] 三生：佛教语，指前生、今生、来生。唐牟融《送僧》诗："三生尘梦醒，一锡衲衣轻。"

[2] 蓬心：比喻知识浅薄，不能通达事理。出自《庄子·逍遥游》。后也常自喻浅陋。

[3] 道眼：佛教语。指能洞察一切、辨别真妄的眼力。

	原文	译文

十一真

护花宜蚤起，
况复是秋新。
四序无多日[1]，
百年只此身[2]。
凉风轻杖屦[3]，
爽气肃衣巾[4]。
吾自从吾好，
林泉乐性真。

保护花朵宜早起，
何况又是新秋临。
四季没有多余日，
即到百岁只这身。
秋风吹来杖鞋轻，
凉爽气息理衣巾。
遵从我心保本性，
乐于林泉真性情。

 注解

[1] 四序：指春、夏、秋、冬四季。

[2] 百年：指人寿百岁。

[3] 杖屦：手杖与鞋子。古礼，五十岁老人可扶杖。

[4] 肃：整理。

	原文	译文

十二文

五亩烟霞地[1]，
秋来灌且耘。
鸟声闲里度[2]，
花气静中闻。
茂草多依树，
狂歌半入云[3]。
老思贤与圣[4]，
不惜醉颜醺[5]。

烟雾笼罩五亩田，
耕耘灌溉在秋天。
空闲漫听鸟声过，
静来花气鼻中钻。
茂盛草丛多依树，
放纵歌声半空传。
经常思想古圣贤，
不怕饮酒喝醉眼。

 注解

[1] 烟霞地：烟雾笼罩之地。

[2] 度：过。

[3] 狂：狂放，任情放荡。清刘开《问说》："狂夫之言，圣人择之。"

[4] 老：经常，总是。

[5] 醺：醉。

十三元

原文	译文
地僻无车马，	地处僻地无车马，
徜徉郭外村[1]。	城外村中漫徘徊。
占晴锄菽麦，	晴天挥汗锄豆麦，
冒雨畜鸡豚。	饲养鸡猪冒雨来。
静与幽人会[2]，	静谧之时见隐士，
闲同达者论[3]。	闲暇时节会达才。
自知非上客[4]，	自知不是上等客，
不敢谒侯门。	显宦侯门不敢拜。

[1] 徜徉：徘徊，盘旋往返。《淮南子·人间训》："翱翔乎忽荒之上，徜徉乎虹蜺之间。"郭外：城外。"郭"通"廓"，城墙。

[2] 幽人：隐居之士。

[3] 达者：通达之人。

[4] 上客：上等门客，贵宾。

十四寒

原文	译文
晚凉天宇净，	晚来凉爽天宇净，
趺坐笑相看[1]。	盘坐相看露笑颜。
草木经秋变，	草木经秋颜色变，
星河入夜寒。	长空星河入夜寒。
何人同啸傲[2]，	何人与之同逍遥，
此景好盘桓[3]。	对此美景好流连。
醉卧花阴外，	饮酒醉卧花荫外，
长宵梦亦安[4]。	漫漫长夜梦也安。

[1] 趺坐：即结跏趺坐。是佛家坐法之一。即互交二足，将右脚盘放于左腿上，左脚盘放于右腿上的坐姿。在诸坐法之中，以此坐法为最安稳而不易疲倦，为圆满安坐之相，是初学佛法者次第修行的一个方便法门。诸佛都依此而坐，故又称如来坐、佛坐。方言也称"盘坐"。

［2］啸傲：指逍遥自在，不受世俗礼法拘束，出自晋郭璞《游仙》诗之八："啸傲遗世罗，纵情在独往。"

［3］盘桓：滞留，游乐。

［4］长宵：漫长的夜。

原文	译文
不作寻诗计，	本不打算找新诗，
新秋早闭关[1]。	新秋匆匆早闭关。
古今双眼在，	阅遍古今双眼在，
天地一身闲。	立于天地一身闲。
玩世风尘外，	玩世不恭风尘外，
放怀花鸟间，	摒世放怀花鸟间。
偶吟冰雪句[2]，	偶尔吟诵清新句，
把酒慰愁颜。	拿起酒杯慰愁颜。

十五删

［1］闭关：修行者独居一处静修，不与外界往来。

［2］冰雪句：诗意清新的句子。

原文	译文
万世空回首，	万世回头都作空，
相将息世缘[1]。	息事宁人缘相伴。
忘形非一日[2]，	忘形物外非一日，
添老又三年[3]。	大病添寿又三年。
兴尽葡萄酒，	葡萄美酒尽心怀，
秋高苜蓿天。	苜蓿茂盛秋高天。
安心何处是，	何处安心可养性？
朗咏紫霞篇[4]。	高声朗诵紫霞篇。

一先

［1］相将：相随，相伴。息世：原指不生事，不骚扰百姓，后指调解纠纷，使事情平息下来，使人们平安相处。缘：人与人之间命中注定的遇合机会。

［2］忘形：这里指超然物外，忘了自己的形体。《庄子·让王》："故养志者忘形，养形者忘利，致道者忘心矣。"

［3］添老又三年：作者在此注曰：予五十五岁，抱病半年，今五十八岁。

［4］紫霞篇：唐天宝十三年（754年）韩云卿任玄宗的文学馆学士，他在漫游黄山后，曾寄诗于李白，说黄山是："丹岩翠障都成画，异草奇花尽是书。万卷青缃何必读，其君来此共吟趋。"这首诗激起了诗人李白"一生好作名山游"的兴趣，答谢了他一首《至陵阳山登天柱石酬韩侍御见招隐黄山》，其中有"朗咏紫霞篇，请开蕊珠宫"。这里指韩云卿寄给李白的诗。

原文	译文
潇洒三秋景[1]，	凄清寂寞三秋景，
烟云伴寂寥[2]。	唯有云霞伴寂寥。
一瓢林外掷[3]，	一瓢抛洒秋林外，
万轴酒边消[4]。	无数书籍酒边消。
守道轻仙梵，	守着道统轻仙佛，
忘情混牧樵[5]。	陶醉忘情混牧樵。
未能成大隐[6]，	假如不成真隐士，
莫赋小山招[7]。	小山招隐别写了。

注解

［1］潇洒：凄清、寂寞貌。唐李德裕《题奇石》诗："蕴玉抱清辉，闲庭日潇洒。块然天地间，自是孤生者。"

［2］寂寥：寂静冷清；空旷高远。

［3］一瓢：出自《论语·雍也》："贤哉，回也！一箪食，一瓢饮，在陋巷，人不堪其忧，回也不改其乐。"后多以喻生活简单清苦。此处指简陋酒具中的酒浆。掷：抛洒。

［4］万轴：形容书非常多。

［5］牧樵：放牧打柴。这里指普通平民百姓。

［6］大隐：指身居朝市而志在玄远的人，也指真隐士。

［7］小山：汉淮南王刘安招集文人从事著述，各造辞赋，小山为部分门客的共称。今存辞赋《招隐士》，召唤隐士离开山林回到人群中来，到宫廷里去。王逸《楚辞章句》题为淮南小山作，认为是小山之徒"闵伤屈原"而作。王夫之《楚辞通释》说是淮南小山"为淮南王召致山谷潜伏之士"而作。

	原文	译文
三肴	回头三界岸[1]， 犹似梦魂交[2]。 结网迷鸿阵[3]， 为庐笑鹊巢[4]。 年华随逝水， 身事感浮泡。 俯仰增惆怅[5]， 何妨自解嘲。	回头遥望苦海岸， 如同梦魂打交道。 似蛛结网迷魂阵， 像鹊编巢惹人笑。 年华逝去如流水， 身事变幻似浮泡。 左右周旋增惆怅， 百无聊赖自解嘲。

[1]三界：佛教将众生世间的生灭流转变化，按其欲念和色欲存在的程度而分为欲界、色界、无色界三种，统称为三界。又称为苦界，或苦海。居住在"欲界"的众生，从下往上，又可分为地狱、饿鬼、畜生、阿修罗、人、天人六种。

[2]梦魂：古人以为人的灵魂在睡梦中会离开肉体，故称。

[3]迷鸿阵：旧指能使人灵魂迷失、令人不辨方向的阵列。

[4]庐：房舍。作者在该句后注有"二语包括往事"。

[5]俯仰：低头抬头。这里指左右周旋。

	原文	译文
四豪	我心躭泉石[1]， 非关养望高[2]。 酒寻陶令趣， 诗爱杜陵豪。 瘦骨怜芳草， 烦心触絮袍。 山居吾夙志， 长此卧蓬蒿[3]。	我心沉溺山水间， 无关隐居求名高。 饮酒追寻陶潜趣， 赋诗喜爱杜甫豪。 瘦骨嶙峋爱芳草， 烦心事多触絮袍。 退隐山居吾夙愿， 从此常卧在蓬蒿。

[1]泉石：喻指山水。

[2]养望：隐退闲居。《北史·魏收传》："不养望于丘壑，不待价于城市。"

[3]蓬蒿：蓬草和蒿草。泛指草丛，草莽。这里指荒野偏僻之处。

五歌

原文	译文
啸罢长林外[1]，	吟诗高啸长林外，
声声唤奈何。	声声心曲唤奈何。
暮年朋辈少，	暮年朋辈日渐少，
往事别离多。	回味往事别离多。
世路机心息[2]，	经历人世机心息，
欢场老眼过。	欢心场面老眼过。
不如寻道侣，	不如寻找同道侣，
高唱采芝歌[3]。	同声高唱采芝歌。

[1] 啸：一种歌吟方式，不遵守既定的格式，只随心所欲地吐露出一派风致，一腔心曲，历史上的魏晋时期多有名士之啸。

[2] 世路：指人世的经历。机心：机巧功利之心。

[3] 采芝歌：作者宋钱时，全文如下："岩花开兮香满堂，秋旻杲杲兮秋风长。采芝一曲兮何荒唐，为秦而遁兮出为子房。天下有道兮登姚皇，共鲧斥兮夔龙骧。山中人兮乐时康，采芝采芝兮无褒我裳。"

六麻

原文	译文
一年寻好景，	一年之中寻好景，
秋色最清华[1]。	清美华丽秋最佳。
老圃凝红叶[2]，	老圃地上聚红叶，
疏林起赤霞。	疏林叶艳赤如霞。
纫兰怜楚客[3]，	佩戴兰花爱屈原，
采菊慕陶家[4]。	采菊东篱慕陶家。
乐事随缘得，	快乐之事随缘得，
吾生亦有涯。	我的生命也有涯。

[1] 清华：清美华丽。

[2] 老圃：古旧的园圃。宋韩琦《九月水阁》诗："虽惭老圃秋容淡，且看寒花晚节香。"

［3］纫兰：佩带兰花。楚客：这里指屈原。这里化用屈原的《楚辞·离骚》：
"扈江离与辟芷兮，纫秋兰以为佩。"

［4］陶家：指陶渊明。

	原文	译文
七阳	老觉身多事， 扪心暗自防。 垂帘忘日永， 欹枕耐宵长。 未用三尸守[1]， 空谈四戒香[2]。 江湖惊晚岁[3]， 愁绝鬓如霜。	老觉身有烦心事， 抚胸反省暗中防。 垂帘忘记日已高， 靠着枕头耐夜长。 不用欲望来相守， 空谈四戒也生香。 世人害怕到晚年， 忧愁到顶鬓如霜。

［1］三尸：道教术语，指道教的三尸神。道教认为人体有上中下三个丹田，
各有一神驻跸其内，统称"三尸"，也叫三虫、三毒等。上尸好华饰，中尸好滋味，
下尸好淫欲。道教认为要斩"三尸"，恬淡无欲，神静性明，积众善，就能成仙。
这里指欲望产生的地方。

［2］四戒：佛教术语，指"贪、嗔（怒）、痴、恨"，也指"杀、盗、淫、妄"。
世人也指"财、色、酒、气"。

［3］江湖：泛指四方各地。

	原文	译文
八庚	孤怀何所寄， 山气养秋清。 江海存吾道， 风尘见世情[1]。 霜天浮雨色， 石径响泉声。 索寞同谁语[2]， 抽书对短檠[3]。	情怀孤独何处寄？ 清秋山气养性情。 江海天地存我道， 尘世纷扰见世情。 霜天隐隐浮雨色， 石径幽幽响泉声。 寂寞萧索跟谁说， 抽书翻卷对短灯。

[1] 风尘：尘世，纷扰的现实生活境界。晋郭璞《游仙诗》："高蹈风尘外，长揖谢夷齐。"

[2] 索寞：寂寞，萧索。

[3] 短檠：代称一种油灯。檠指托灯盘的立柱，以立柱的长短分为长檠和短檠，长檠富贵人家使用，一般人家多用短檠。翁森《四时读书乐》说："近床赖有短檠在，趁此读书功更倍。"

原文	译文
最喜园林小，	最喜自家小园林，
还依旧草亭。	还是仗赖旧草亭。
月光孤枕白[1]，	孤枕独宿月色白，
山色一楼青。	满眼山色一楼青。
静意涵秋水，	秋水悠悠涵静意，
渔歌遍夕汀[2]。	渔歌声声遍晚汀。
若无杯底物，	假如没有杯中酒，
不是爱长醒。	也非心中爱长醒。

九青

[1] 孤枕：借指独宿、独眠。

[2] 夕汀：傍晚的河中小洲。

原文	译文
何曾怀抱好[1]，	往日抱负何尝好，
万念净如僧。	至今万念净如僧。
榻响千竿竹，	卧榻声响千竿竹，
书摊一盏灯。	书摊眼前一盏灯。
径幽苔更滑，	小径幽深苔更滑，
人静月初升。	夜深人静月初升。
便拟寻丹诀[2]，	打算寻找炼丹法，
踌躇恐未能。	前思后想怕不能。

十蒸

[1] 何曾:何尝。三国魏曹丕《与吴质书》:"昔日游处,行则连舆,止则接席,何曾须臾相失?"怀抱:这里指胸襟、抱负、胸怀。

[2] 便拟:打算。丹诀:炼丹的方法。

十一尤

原文	译文
澹尽人间事[1],	阅尽淡薄人间事,
欣从物外游。	喜欢随从世外游。
乾坤双短鬓,	乾坤运转双鬓白,
湖海一虚舟[2]。	湖海漂流一虚舟。
老去凭谁识,	逐渐老去任谁知,
闲来得自由。	今且闲来得自由。
平生飞动意[3],	往常振奋飞扬意,
早已付沧州[4]。	湮灭灰飞居闲久。

注解

[1] 澹:淡薄。《庄子·刻意》:"澹然无极而众美从之。"

[2] 虚舟:任其漂流的小舟。常比喻人事飘忽,播迁无定。金卢挚《折桂令·武昌怀古》曲:"身世虚舟,千载悠悠,一笑休休。"

[3] 飞动:振奋。唐杜甫《赠高式颜》诗:"平生飞动意,见尔不能无。"

[4] 沧州:出自陆游《诉衷情·当年万里觅封侯》:"当年万里觅封侯,匹马戍梁州。关河梦断何处,尘暗旧貂裘。胡未灭,鬓先秋,泪空流。此生谁料,心在天山,身老沧洲。"这里指不能为世所用而闲居。

十二侵

原文	译文
莫道无佳境,	别说身边无佳境,
芳园半里阴。	芳园葳蕤半里阴。
自从甘淡泊[1],	自从醒世甘淡泊,
不复叹升沉[2]。	不再纠结叹升沉。
才老名心尽,	才能衰老名心尽,
情空野趣深。	情怀落空野趣深。

睡余忘物我^[3]，　　　　　　大梦睡醒忘物我，
短句且长吟^[4]。　　　　　　　且将诗句来长吟。

[1] 淡泊：指不慕虚荣不爱名利，心态平和宁静。

[2] 升沉：仕宦的升降进退。

[3] 睡余：睡醒。

[4] 短句：这里指诗句。

十三覃

原文	译文

秋色园林满，　　　　　　　　迷人秋色满园林，
风光我自探。　　　　　　　　无限风光任我探。
故人谁命驾^[1]，　　　　　故友旧交谁使驾，
长者未停骖。　　　　　　　　德高望重马未闲。
逸兴收诗袋^[2]，　　　　　逸兴勃发存诗袋，
雄心罢剑镡^[3]。　　　　　壮志雄心罢于剑。
佯狂聊复尔^[4]，　　　　　装疯卖傻就这样，
莫笑老夫憨^[5]。　　　　　不要笑话老头憨。

[1] 故人：故旧，故友。命：派，发号。

[2] 逸兴：清闲脱俗的兴致。唐王勃《滕王阁序》："遥襟俯畅，逸兴遄飞。"诗袋：贮放诗稿的袋子。宋代的著名诗人梅尧臣，凡外出游玩或访亲会友时，总是随身带着一个号称"诗袋"的布袋，看到什么新鲜的事或美丽的风景，有的得句，有的成诗，立即用笔在纸上记下，把它投入袋中。长此以往，梅尧臣的诗作获得了很高的成就。

[3] 剑镡：剑首，又称剑鼻。这里指剑。

[4] 聊复尔：姑且如此。

[5] 憨：痴，傻。

	原文	译文
十四盐	贫也原非病， 哪知贫病兼。 注庄秋洗砚[1]， 读易夜垂帘[2]。 药在随时办， 花开任意拈[3]。 近来尤好饮， 却喜酒杯添。	贫穷清寒本非病， 哪里知道贫病兼。 秋洗砚台注庄子， 夜垂窗帘读易篇。 用药解痛随时干， 花开时节任我拈。 近来尤其好饮酒， 再喜酒量又增添。

注解

[1] 作者在此注解说："予著有《读庄新解》。" 洗砚：古人以毛笔蘸墨写字，磨墨的工具就是砚台，砚台用久或者用的次数多会很脏，因此需要清洗，才能保持干净。

[2] 易：《易经》。

[3] 拈：搓转，用指取物体。

	原文	译文
十五咸	夜凉眠不得， 独坐整书函。 淡月窥长簟[1]， 轻飚拂短衫[2]。 秋光分冷暖， 世味别酸咸。 习气消难尽， 从教次第芟[3]。	秋至夜凉难入眠， 独坐床上整书函。 淡月入室窥竹席， 疾风阵阵拂短衫。 秋日时光分冷暖， 世间人情别酸咸。 习气虽老难消尽， 随从佛老次第删。

注解

[1] 长簟：竹席。

[2] 轻飚：疾风。

[3] 教：指佛教、道教、儒教。次第：依次，按照顺序。芟：删割，清除。

嘉庆二年闰六月立秋后吴枟敬亭氏脱稿,时年五十有八。

二、赋

说　明

　　赋，古代的一种文体，最早出现于诸子散文，讲究文采、韵律，兼具诗歌和散文的性质。其特点是"铺采摛文，体物写志"，侧重于写景，借景抒情。赋的发展经历了骚赋、辞赋、骈赋、律赋、文赋等几个阶段。从先秦到南北朝八百年中，产生了一大批优秀的辞赋作家及闪烁着耀眼光辉的作品。在唐以后至明清的漫长历史旅程中，辞赋的形式虽继续发生流变并步入末途，但它的作者代不乏人，不少名篇佳作脍炙人口，久远相传。吴栻得"赋"之精髓，用"赋"的形式，描述了大自然的神奇多彩，反映了社会生活，述说了自己的遭遇，表现了乡关之思和怀才不遇的无奈，情真意切，于咏物中寄寓着身世之感。

　　"赋"在古典文学作品中是最难读的，我不揣简陋，聊作解、译，望读者鉴之。

冬蝶赋

原文

维元冥之司令兮[1]，
值初冬之小阳[2]。
有寒蝶之孤飞兮，
乃羽衣而黄裳[3]。
集予袖而不返兮[4]，
若瞻顾而彷徨[5]。
认寒窗为春坞兮[6]，
遂摇曳而颠狂[7]。
既无花之可恋兮，
胡忍冻而匆忙。
怜穷檐之瘦影兮[8]，
岂冷艳之难忘[9]。
筹去住于滇臾兮，
任横斜而远扬[10]。
将栩栩其归兮[11]，
入漆园而梦庄[12]。
鄙魏收之轻薄兮[13]，
爱谢逸之芬芳[14]。
思栖神于粉洞兮[15]，
留画本于滕王[16]。
歌曰[17]：
蝶兮离却水云乡[18]，
误向亭皋觅晚芳[19]。
曾忆桃源花似锦[20]，
教人何处问渔郎[21]。

译文

水神元冥把时令掌啊
正当初冬十月的小阳。
有只寒蝶在孤独地飞，
衣衫轻盈下体黄。
爬在我袖上不回返啊，
像瞻前顾后犹豫彷徨。
把寒窗当春天的蔽障啊，
举止狂乱到处晃荡。
已经无花可留恋啊，
为何忍寒冻来去匆忙。
喜爱茅屋的瘦影啊，
难道耐寒艳丽的花难忘？
谋划到别处驻短暂的时光啊，
任凭横飞斜飘飞往远方。
正要欢喜自得返回啊，
进入漆园而梦见庄周徜徉。
看不起魏收著史的轻薄啊，
喜爱谢逸蝴蝶诗篇的芬芳。
想凝神养元在修仙洞啊，
留蝴蝶画范本的是滕王。
歌词说：
蝴蝶离开了隐藏游居乡，
错向晚秋水边地找花香。
曾记桃花源花开似锦绣，
无奈找不到摆渡的渔郎。

注解

[1]维：语气词，居句首，没有实际的意思。元冥：玄冥。水神名。《山海经·海外北经》"北方禺强"，晋郭璞注："字元冥，水神也。"司令：掌管时令。书载颛顼（元冥）所居玄宫为北方之宫，北方色黑，五行属水，因此古人说他是以水德为帝，又称玄帝。

[2]值：遇到、逢着。初冬：即十月。小阳春：夏历十月仿如春天，故十月也称为小阳春。

〔3〕羽衣：指轻盈的衣衫。南朝宋鲍照《代白纻舞歌词》之一："吴刀楚制为佩袆，纤罗雾縠垂羽衣。"

〔4〕集：本意指群鸟栖止于树上。这里指停、止。

〔5〕瞻顾：瞻前顾后。彷徨：徘徊，犹豫不决的样子。

〔6〕寒窗：指冬日寒冷的窗前。坞：小障蔽物。春坞，这里指温暖、舒适的地方。

〔7〕遂：于是，就。摇曳：晃荡；飘荡。颠狂：举止狂乱貌。唐杜甫《江畔独步寻花》之一："江上被花恼不彻，无处告诉只颠狂。"

〔8〕怜：喜爱。穷檐：茅舍，破屋。唐韩愈《孟生》诗："顾我多慷慨，穷檐时见临。"瘦影：消瘦的影子。

〔9〕冷艳：形容花耐寒而艳丽。

〔10〕横斜：或横或斜。多以状梅竹之类花木枝条及其影子。这里指蝴蝶飞舞时的动作或横或斜。

〔11〕栩栩：欢喜自得貌。《庄子·齐物论》："昔者庄周梦为胡蝶，栩栩然胡蝶也。"成玄英疏："栩栩，忻畅貌"

〔12〕漆园：古地名。战国时庄周为吏之处。宋陆游《上虞逆旅见旧题岁月感怀》诗："漆园傲吏犹非达，物我区区岂足齐？"梦庄：《庄子·齐物论》载：有一天，庄周梦见自己变成了一只翩翩起舞的蝴蝶，非常快乐，悠然自得，不知道自己是庄周。一会儿梦醒了，却是僵卧在床的庄周。不知是庄周做梦变成了蝴蝶呢，还是蝴蝶做梦变成了庄周？庄周与蝴蝶必定有区别，这就是所说的化为物（指大道时而化为庄周，时而化为蝴蝶）。庄子认为人们如果能打破生死、物我的界限，则无往而不快乐。

〔13〕鄙：轻蔑，看不起。魏收：（507—572年），字伯起，小字佛助，北齐钜鹿下曲阳人。机警能文，与温子升、邢子才号称三才子，但生性轻薄。他奉命著《魏书》时曾声称："什么样的小东西，敢跟我魏收作对，我的史笔抬举你，你就能上天；能贬低你，你就可入地。"书成之后，众口喧嚷，指为"秽史"，魏收三易其稿，方成定本。轻薄：言行不庄重、不敦厚。

〔14〕爱：喜欢。谢逸：（1066？—1113），字无逸，号溪堂，北宋抚州临川（今江西抚州）人。屡举进士不第，后绝意仕进，以诗文自娱，终身隐居。曾作蝶诗三百首，多有佳句，盛传一时，时人因称"谢蝴蝶"。江西诗派重要作家。其词既具花间之浓艳，又有晏殊、欧阳修之婉柔，长于写景，风格轻倩飘逸。著有《溪堂集》十卷。芬芳：香；香气。这里指喜欢谢逸写蝴蝶的诗篇。

〔15〕栖神：凝神专一。为道家保其根本，养其元神之术。南朝梁陶弘景《真诰·运象二》："为道者常渊澹以独处，每栖神以游闲。"粉洞：道教修行的山洞。

〔16〕画本：绘画的范本。滕王：据《宣和画谱》云："滕王元婴，唐宗室

也。善丹青，喜作蜂蝶……"滕王指唐高祖李渊之子、唐太宗李世民之弟李元婴。他画过许多蝴蝶图，最有名的一幅是《百蝶图》，并从此在画坛留下了"滕派蝶画"的美名。"滕王蛱蝶江督马，一纸千金不当价。"这是宋朝诗人陈师道写的赞扬滕王蝶画的诗句，说明滕王所创作的蝶画水平之高。因为蛱蝶图是滕王首创，所以人们便将他的蝶画称为"滕派蝶画"。

［17］歌曰：赋体常用的一种表达方式，一般用在最后，起总括、深化等作用。

［18］水云乡：水云弥漫，风景清幽的地方。多指隐者游居之地。

［19］亭皋：水边的地方。晚芳：这里指深秋的花卉。

［20］忆：记得。桃源："桃花源"的省称，在湖南省桃源县境。陶渊明因此地而作《桃花源记》，故而得名。也称"桃花浔""桃花洞"。后"桃花源"也指避世隐居的地方和理想的生活环境。

［21］渔郎：打鱼的年轻男子。明文徵明《桃园图》诗："桑麻鸡犬自成村，天遣渔郎得问津。"该典故出自《桃花源记》。渔郎即渔人。

五峰山赋

以五峰森立形如举掌为韵考古题

原文	译文
发远脉于昆仑兮，	是遥远的昆仑山生发的支脉啊，
临奇观于潢土[1]。	在潢土上居高临下显露出奇象。
起伏之势，	起伏的姿势，
既蜿蜒以蟠龙；	既像蜿蜒的蟠龙；
突兀之形，	高耸的雄姿，
复葱茏而踞虎。	又似丛聚蹲卧的虎状。
取配不双，	峰数配制不成双，
制数以五。	五是峰峦的数量。
危峰互立兮，	高峻的山峰相互耸立啊，
开擘疑自巨灵[2]；	怀疑是巨灵神分开的手掌。
削壁相杂兮，	陡峭的峰峦相互间隔，
刊随如经神禹。	似经过大禹神斧的砍创。
尔其烟岚霭霭，	如此的烟雾缭绕，
云雨重重。	云叠雨忙，
窈窕而耸千岩[3]，	像美女耸立在高高的岩石上。
尖如露顶；	山尖是美女露出的头顶，
微茫而分一角，	像一侧的发髻模糊迷茫，

远欲藏峰。	远远地想藏起自己峦峰的模样。
似五指之分明兮，	像五指那样分明啊，
各奠五方之位；	各自归位奠定五方；
如五星之联贯兮，	如金木水火土五星联贯啊，
高挹五岳之宗[4]。	很低调谦逊不称五岳的宗长。
面面丹青，	峰峦面面都精美如画，
何须五色之染；	何用颜色去渲染夸张？
层层透辟[5]，	山势层层通透精美，
无待五丁之从[6]。	无须大力士开道帮忙。
观夫山容漠漠，	看山的容颜草木茂盛，
霁色森森，	晴朗的天空下幽暗荫浓，
别白而定一尊；	分别明了而定独尊。
道惟对待（峙）[7]，	对立是自然规律，
积累而成五数。	积聚成为五峰。
理可推寻，	事物的原理尽可推导找寻，
惟寻生之不爽，	追寻它诞生的过程没差错。
斯此类而相深（探），	就这类事物相互探讨，
岂神灵之不测，	难道是神灵没有检测，
泄妙蕴于遥岑[8]。	把奇妙的蕴藏泄露到遥远的山界。
故天数五，	因此天上有五星，
地数五，	地上有五岳，
合以五峰之形势。	合成五峰的形态。
理本相生，	物理本来相互滋生和助长，
通五气，	通风、火、温、湿、燥五气，
分五行，	分金、木、水、火、土五行，
参以五峰之错综，	参照五峰的交叉错综，
数自相及，	数字自然相当；
是以如云削成，	因此如削彩云而成，
如柱矗立，	似天柱耸立，
固足并太华之三峰；	足以和华山的三峰相抗。
宁止壮河湟之一邑。	哪里只是壮美在河湟一地？
将见撑起翠微[9]，	被撑起的青山，
高欲摩斗[10]；	其高想迫近北斗，
划开碧落[11]，	划开青天，

势欲摘星。	姿势想要摘星玩。
其仰视也，	仰视五峰山，
平远参差，	参差平静而相距远，
互作提携之状；	互作提携牵扶样；
其近视也，	近看五峰山，
高低错落，	高低错落，
同为拱揖之形。	共同作出拱揖的形状。
练界千条之白；	以千条白绢为界，
螺分五道之青。	似青螺分为五层。
为金天兮通户牖，	是通往金天的门户，
似玉女兮启窗棂。	像玉女开启的窗棂。
若论其山形之曲折，	若说山形的曲折，
山势之卷舒，	山势的舒卷，
则云飞一朵，	就是一朵飞云，
俨玉笋排空。	恰似玉笋冲向高空。
朗朗而擎溷洞[12]，	明朗的山腰托举着混沌的峰顶，
月吐五更，	月亮露脸在五更，
如明珠在握，	如手握着明珠，
高高而捧太虚。	高高地捧着太空。
则尝优游林表，	尝试洒脱于林外，
偃仰山居[13]，	悠然自得地居住在山中，
历四时而览眺，	游览眺望四季的变化，
对数峰以踟蹰。	对着这些山峰而徘徊。
写春光之霭若，	描述春光里的云雾，
障夏林之翳如，	遮掩在夏季的密林
望秋容之惨淡，	望着悲惨凄凉的秋色，
对冬景之萧疏。	面对萧条寂寞的冬景，
能不依平林而挂笏[14]。	能不依山丘上的林木而辞官？
傍石径以停车。	靠山间石路停车，
至于花鸟新奇，	到达花鸟新奇地。
生植翘楚，	生长的灌木荆树，
则柽椐檿（yǎn）柏[15]，	旱柳柽槚山桑园柏，
卉谱不可胜收；	草类众多不可胜收；
鹗莺鹳鹏[16]，	鹗鹰青鸟黄鹏，

禽经终难枚举，	禽经也难以全数举列。
前人之载记已尽焉。	前人记载已详尽，
今我之敷陈独何与，	今天我为何独自敷陈？
吾是以怜落落之孤踪，	因为我爱怜五峰孤独的踪影，
睹岩岩之气象。	目睹高耸的五峰气象，
峥嵘秀发，	突兀高峻植物茂盛，
横远塞而镇边陲；	横在遥远的边塞镇守着边境，
磊落层生，	峻伟高大层层生成，
压秦关而控仙掌[17]。	镇服秦关控制华阴，
将来咸轶无文，	将来都散失无字文。
名山以享。	享受名山之望，
自可通云海而效灵，	自可通云海而显灵，
亦且共岳渎而长养[18]。	又可与高山大河共长成。
吾能不大其观瞻而动其向往。	我能不深深观赏而向往动情！

题解

五峰山位于青海省海东互助县五峰乡，古代被列为"湟中八景"之一。距西宁市40公里，海拔2800米，因五峰耸立形如举掌而得名。山上布满松树、杨树等乔木和大批灌木。春夏之间，满山青翠，秋深以后，色彩斑斓，令人赏心悦目。山腰有洞穴三处，中有小道相通。洞下有澄花泉。泉水自山腰沿石壁跌落，形成瀑布，为五峰山一大景观。山上有五峰寺，是远近知名的寺院之一。每年农历六月初六日举行"花儿会"，漫山遍野，歌海人潮，极富民族特色。该赋对互助的五峰山进行了深情的描绘和赞美。

注解

［1］潢：通"湟"。

［2］开擘:分开。唐李朝威《柳毅传》:"乃擘青天而飞去。"巨灵:即巨灵神，担任中军统帅托塔天王帐前先锋，力大无穷，可举动高山，劈开大石。在宋元明清的通俗文学与民间传说里，是常见的天将。民间传说，古时人间遭受洪灾，因受到高山阻隔，洪水无法顺利排入东海，所以洪水四处泛滥，世人疾苦不堪而惊动上天。天帝乃命巨灵神下凡，一夜之间搬走群山，解救了万民。

［3］窈窕：美好的样子。《诗·周南·关雎》:"窈窕淑女，君子好逑。"

［4］高把：很谦虚低调。

［5］透辟：通透精辟，这里指五峰山层级清晰精美。

［6］五丁：神话传说中的五个大力士。《艺文类聚》卷七引汉扬雄《蜀王

本纪》："天为蜀王生五丁力士，能献山，秦王（秦惠王）献美女与蜀王，蜀王遣五丁迎女。见一大蛇入山穴中，五丁并引蛇，山崩，秦五女皆上山，化为石。"一说"秦惠王欲伐蜀而不知道，作五石牛，以金置尾下，言能屎金，蜀王负力。令五丁引之成道。"见北魏郦道元《水经注·沔水》。

[7] 待：似应为"峙"。

[8] 遥岑：远处陡峭的小山崖。这里指五峰山。

[9] 翠微：青翠的山色，也泛指青翠的山。

[10] 摩：接触，迫近。斗：北斗星。

[11] 碧落：道家称东方第一层天为"碧霞满空"，也叫"碧落"。后来泛指天空。白居易《长恨歌》："上穷碧落下黄泉，两处茫茫皆不见。"

[12] 澒（hòng）洞：混沌，弥漫不清状。

[13] 偃仰：随世俗沉浮或进退，也指生活悠然自得。

[14] 挂笏：卸掉责任，隐退。笏，笏板。古代君臣在朝廷上相见时手中所拿的狭长板子，按品第分别用玉、象牙或竹制成，以为指画及记事之用。借指仕宦。

[15] 翘楚：语本《诗·周南·汉广》："翘翘错薪，言刈其楚。"郑玄笺："楚，杂薪之中尤翘翘者。"本指高出杂树丛的荆树。后用以比喻杰出的人才或突出的事物。柽（chēng）：柽柳，也称红柳。柜（jū）：满身结节的古木，即灵寿木，槚。檿（yǎn）：山桑。

[16] 莺：莺，黄鹂。鹂鶊：应为"鹂鹒"，黄鹂的别名。

[17] 仙掌：华山主峰仙人掌峰的简称，华阴也曾称为仙掌。这里泛指华山。

[18] 岳渎：即五岳与四渎。据《礼记·王制》，古代的天子祭天下名山大川，四渎是我国古代对四条独流入海的大河的称呼，即"江、河、淮、济"。现有的记载首见于《尔雅·释水》。

原文	译文
覧湟中之形胜兮， 惟山水之绵延。 睹昆仑之蠹蠹兮[1]， 而西海之渊渊[2]。 千峰环绕而不断兮， 数峡重叠而相连[3]。 周回万里， 控制三边。	放眼河湟的山川啊， 高山绵延大河流淌。 看昆仑高峻重叠啊， 青海湖深邃宽广。 千峰环绕不断啊， 数峡重叠相望。 周围万里， 控制边疆。

翠山赋　考古题以延连明翠可爱为韵

更有翠岭，
俯乎晴川。
倚地势以特起兮[4]，
指太虚而高悬。
星分朱雀之野兮[5]，
色映青冥之天。
经四时而不改，
历万古而常鲜。
尔乃嶂转天开，
崖深气至。
遥岑一望，
戚轻岚而螺黛生春[6]；
远岫数重，
浥湛露而蔚蓝[7]。
献媚似泰山兮未了青，
如葱岭兮常滴翠。
非关渲染之工，
殊尽淡浓之致。
故骚客寻芳[8]，
幽人适意[9]。
盱衡十笏之室[10]，
别有洞天[11]。
徘徊千仞之冈[12]，
如游福地[13]。
当夏景之清和，
眺山容之婀娜。
一帘飞瀑，
石骨玲珑，
双髻烟鬟，
云根闪躲。
况复长林插汉[14]，
总教绿荫斜封；
乔木凌空，
都被清阴横锁。

更有青翠的山岭，
俯视蓝天下河水激荡。
倚仗地势崛起啊，
指向天空而高昂。
星宿的分野是朱雀啊，
翠色映照天光。
经四季而不改，
历万古而照常。
你是直立的高峰天然裂开，
山崖深邃，时气通畅。
在陡峭的小山崖上眺望，
淡雾升起，高峰似螺黛生春。
数重远山，
蔚蓝而露水湿润浓重。
似泰山献美啊青无穷，
青葱的山岭啊翠滴生。
与渲染的工巧无关，
尽显淡淡的巧妆。
因此文人寻芳，
合幽居人的思想。
用秤杆细的木头盖的小房，
洞中另有天地藏。
徘徊在千仞的高岗，
如游览神仙居住的地方。
当夏季天气清明和暖，
眺望远山的优雅身量。
门帘一样的瀑布，
玲珑奇巧的岩石，
两个环形发髻一样的云雾，
在深山云起之处躲避闪亮。
何况又有高大的林木直插云汉，
下面总让绿荫斜面封上；
高大的树木耸立在空中，
周围都被清凉的树荫遮挡。

景物随时而皆宜，　　　　　　　景物随时节都合时宜，

形色无往而不可。　　　　　　　形状色彩无论到哪都适当。

如堪陟巘，　　　　　　　　　　如能攀登险峰，

应踏开白雾千层；　　　　　　　要踏开白雾千层；

倘得扶筇[15]，　　　　　　　　如能借助扶杖，

定捧出青云几朵。　　　　　　　定会捧出几朵青云献上。

观夫雾色浮晴空，　　　　　　　看那雨后的晴空，

秋容增暮霭，　　　　　　　　　秋景里黄昏中雾云增，

翻万壑而艳影忽沉，　　　　　　越万壑美艳的形象忽然消沉，

薄千岩而流光可爱。　　　　　　近千山流动的光彩令人喜爱。

有声有色，　　　　　　　　　　有声音有色彩，

披来郭拱辰之图画[16]；　　　　似打开了郭拱辰的图画；

不远不平，　　　　　　　　　　不深奥不平庸，

写入李长吉之诗袋[17]。　　　　写入了鬼才的诗袋。

若夫律转元英[18]，　　　　　　假如季节转冬，

时届冬日，　　　　　　　　　　时到冬日，

石镜倍觉空明，　　　　　　　　山石如镜倍觉空旷澄净，

山光弥形崒嵂[19]。　　　　　　山光中全是高峰在比赛。

白云深处，　　　　　　　　　　白云深处，

认练影而却非；　　　　　　　　认为是白练的倩影却不好猜；

红叶丛中，　　　　　　　　　　红叶丛中，

疑霞光而忽失。　　　　　　　　怀疑是霞光而忽然不在。

故朝昏之际，　　　　　　　　　故朝昏之时，

气候各殊，　　　　　　　　　　气候各异，

昼夜之间，　　　　　　　　　　昼夜之间，

阴晴不一。　　　　　　　　　　阴晴常改。

是则时既同于春夏秋冬，　　　　因而时间即同于春夏秋冬，

景不异乎风花雪月。　　　　　　景物等同于风花雪月。

三峰劈华[20]，　　　　　　　　玉女、莲花、落雁三峰劈开华山，

不足喻其明妆；　　　　　　　　不足以理解它明艳的妆饰；

二室瞻嵩[21]，　　　　　　　　少室山太室山东西相望，

差堪拟其秀骨。　　　　　　　　略可比上它的不凡气势。

故探作翠之原，　　　　　　　　因此探索产生翠色的缘由，

岂青入东君之眼[22]，　　　　　难道青碧进了太阳神之眼，

颇费设施；　　　　　　　　颇费安排布置；

挹染翠之象[23]，　　　　　像倒出了染翠的液体，

即墨画西子之眉，　　　　拿墨画西施的秀眉，

何嫌唐突？　　　　　　　哪里嫌它冒犯、亵渎？

因为之歌曰：　　　　　　于是为它歌唱说：

山从苍昊映青苍[24]，　　　山随青天返照出翠苍，

雨壑风岩别样妆。　　　　雨洒风吹山川别样妆。

岂是愚公移到此，　　　　难道是愚公移山到此，

遂教秀色遍河湟。　　　　于是让秀色遍布河湟。

锦囊佳句，尽入赋中，翠山得此，所谓庐山真面目也。

　　翠山指作者家乡河湟的青翠山脉。主要指湟水北岸祁连山的支脉大阪山，湟水南部的拉脊山、青沙山等。诸山奇峰林立，层峦叠嶂，云蒸霞蔚，逶迤绵延数百里。其间峡谷串联，险隘深邃。碧莹莹的草甸绵延千里，似从山头溢下的绿涛，在阳光的折射下，绿得惊艳、绿得养眼，又如一张黛绿色的巨毯，铺陈在河湟广阔的大地上。高山流水，河湟青草碧连天；鸟语花香，峡谷涧底水潺潺。该赋对家乡的青山作了深情的礼赞。

　　［1］蠢蠢：巍峨高耸的样子。

　　［2］渊渊：深广，深邃。《庄子·知北游》：“渊渊乎其若海，巍巍乎其终则复始也。”

　　［3］数峡重叠：指湟水上老鸦峡、大峡、小峡湟源峡、巴燕峡峡峡相望，黄河上积石峡、李家峡、松巴峡、龙羊峡相连。

　　［4］特起：突起，崛起。出自《史记·项羽本纪》：“少年欲立婴便为王，异军苍头特起。”司马贞索隐曰：“特起犹言新起也。”

　　［5］朱雀：古代神话中的南方之神。南方七宿井、鬼、柳、星、张、翼、轸联为鸟形，亦称“朱鸟”。

　　［6］戚：疑为“起”。螺黛：这里喻指盘旋高耸的青山。明唐寅《登法华寺山顶》诗：“昔登铜井望法华，炊岧螺黛浮蒹葭。”

　　［7］浥：湿润。湛露：露水浓重。

　　［8］骚客：诗人的别称。源于屈原所作之《离骚》，后人多以骚客来形容

诗人，或文人的不得志。

[9] 幽人：幽隐之人，隐士。

[10] 衡：绑在牛角上的横木。盰：应为"杆"。杆衡：称杆。笏：笏板，又称手板，是古代臣下上殿面君时的工具。古时候文武大臣朝见君王时，双手执笏以记录君命或旨意，亦可以将要对君王上奏的话记在笏板上，以防止遗忘。《礼记》中记载笏长二尺六寸，中宽三寸，由于古代的尺寸和今天的尺寸不同，长大约合今50厘米，宽6.7厘米。唐代以后，五品官以上执象牙笏，六品以下官员执竹木笏。十笏：来自唐人所著《法苑珠林·感通篇》，其中说，印度吠舍哩国有维摩居士故宅基，唐显庆中王玄策出使西域，过其地，以笏量宅基，只有十笏，故号方丈之室。后人即以"十笏"来形容小面积的建筑物。盰衡十笏之室：用秤杆一样细的木头盖的窄小房子。

[11] 别有洞天：洞中另有一个天地。喻风景奇特，引人入胜。

[12] 千仞：形容极高或极深。古以八尺或七尺为仞。网：应为"岗"。

[13] 福地：指神仙居住之处。道教有七十二福地之说。也指幸福安乐的地方。

[14] 汉：天空。

[15] 扶筇：扶着竹子拐杖。

[16] 郭拱辰：宋代三山（福州）人，是朱熹的门生，善于绘画，画像传神。

[17] 李长吉：即李贺，字长吉，唐代著名诗人，与李白、李商隐三人并称唐代"三李"。外出时背一破囊，得句即写投囊中，暮归足成诗篇。李贺的诗，想象丰富、构思奇特，驰骋天上人间，化平庸为神奇。世称鬼才、诗鬼。

[18] 元英：冬季的别称。

[19] 崒嵂（zú lǜ）：高俊的样子。

[20] 三峰：华山有玉女、莲花、落雁三峰。

[21] 二室瞻嵩：嵩山由太室山、少室山组成，总面积约为450平方公里，海拔最高处为1512米，各有三十六峰。高崖万丈，绝壁千仞，沟壑丛生，山峰间云岚瞬息万变，美不胜收。少室、太室东西相对，两山相距约10公里。这里是说，嵩山两面东西相望。

[22] 东君：《博雅》曰："朱明、耀灵、东君，日也。"

[23] 挹：舀，把液体盛出来。

[24] 苍昊：苍天。

春雨如膏赋

原文	译文
国家泽润生民，	国家施恩百姓，
恩流下土。	恩德流遍天下。
人耕禹甸之昀昀[1]，	人们耕大禹的平整土地，
地庆周原之膴膴[2]，	欢庆地似周原肥沃美佳。
聿呈宝道，	能呈现出美妙，
仰玉烛之先调[3]；	仰仗先调四时和祥，
克理阴阳，	能治理阴阳，
知金瓯之早补[4]。	就知早早料理地上。
故七政以齐[5]，	因此用来整齐七政，
三辰是抚[6]。	安抚日、月、星三光。
和风如期而到，	和风如期而至，
永协乎七十二风[7]；	永远协顺于七十二候象；
甘雨应候而来，	甘霖应时而来，
不愆乎三十六雨[8]。	不耽误雨下三十六场。
律维姑洗[9]，	乐律姑洗指三月，
序属春余。	按时序属春末。
萍草抽芳而出水，	萍草抽芽花苞出水，
桐花吐秀而当除[10]。	桐花吐秀在大路旁。
绮陌之新秧已换[11]，	美丽的路上已换新秧，
芳塍之宿麦将除[12]。	芳香田埂上冬麦已黄。
布谷催耕，	布谷催耕叫声忙，
声来绿树，	声音来自绿树上，
鸣鸠唤雨，	斑鸠咕咕在唤雨，
羽拂红蕖。	翅羽拂动荷花晃。
苟非甘霖沃若，	如没有甘霖润泽，
湛露沛如，	露水丰沛，
荷栽培于帝力[13]，	大自然用什么栽培万物？
降膏泽于田庐，	降雨水于农家，
安能慰三农之望[14]，	怎能告慰三农的期望？
而备百室之储？	准备百库的储藏。
尔乃天飞瀑布，	你是天上的瀑布，
雾卷波涛，	云雾的波涛，

泻流光于大野，
走急流于平濠。
当春水之方生，
如凝腻碧，
肖春山之欲醉，
似饮醇醪，
是谁将九天化雨，
沛作六合恩膏。
其润物也，
非密非疏，
宛然飞丝而散缕；
其及土也，
不深不浅，
奚烦抱甓而携槔。
莺花既形其畅遂，
人物亦乐其融陶。
一斛螺黛之痕，
旋点眉于岸柳；
几碗胭脂之汁，
忽匀脸于园桃。
思公子兮[15]，
鹂添黄背；
盼王孙兮[16]，
草染青袍[17]。
此画工之妙笔，
而元气之澄淘也。
既而云收雨歇，
物洗天新，
长空凝远色，
紫陌敛轻尘。
青畴足，
绣甸匀，
千家燕喜，
万物皆春。

在旷野倾泻流光，
填沟平壕急流忙。
当春水初降，
如碧色的凝脂，
春山雨后像要醉，
似饮了味厚的美酒；
是谁将高天变化为雨？
化作天地丰沛的恩赏。
它润物时，
没有亲疏，
宛如飞丝散缕布满天；
到达土地，
不分深浅，
哪烦你抱瓮带水车去先抢。
花鸟显得畅快尽情，
人们也融洽而欢畅。
似乎倒下了一斛螺黛，
很快给岸柳点了翠眉；
几碗胭脂的液体，
忽然给园里的桃树匀了脸。
思念公子啊，
又听到黄鹂鸟的鸣唱；
盼王孙啊，
青草染绿了衣裳。
这是画工的妙笔，
诗人精气澄沙淘金的结果。
不久云收雨歇，
万物被洗宇宙一新，
天空下远处的景物凝固，
郊野道路上没有了飞尘。
翠绿的田间雨水充足，
美丽的郊外气色匀称。
千家宴饮喜乐，
万物充满生机。

杏榆丛中，	茂盛的杏榆丛中，
都是笠蓑之影[18]；	都是劳作人的身影，
桑拓村里[19]，	桑柘遮阴的村里，
无非钱镈之人[20]。	无非是从事农活人。
总之休征之宣昭[21]，	总之，宣扬吉祥的征兆，
皆由圣德广布；	都由于圣德广布；
惟神明之运，	只有神明运作，
并清宁而悉协其宜。	才清明宁静而全都和谐适度。
斯风雨之来，	这风雨到来，
应箕毕而不愆其度[22]。	应和着箕毕二宿而不错限度。
岂必雨金雨玉，	哪里一定要上天下金下玉，
始讶神奇。	才惊讶它的神奇。
即此有干有年，	就这样有根本有丰年，
已呈祥祚[23]，	已呈现吉祥、福安，
以故野老欢腾，	因此村野老人欢腾，
农夫欣慕。	农夫喜欢爱慕。
恭逢率育之时，	恭逢甘霖普降养育万物之时，
愿上升平之赋。	愿意献上我的太平之赋。

实腻如膏，典雅精切，一种秀倩之致，溢于楮墨之外。

一年之计在于春，春日甘霖贵如油。作者见春雨沛然而降，仿佛看到丰收的希望。本文字里行间流露的是对春雨的喜爱，文笔细致，春雨仿佛活生生的精灵，带给人幸福和希望。

［1］禹甸：指禹所垦辟之地，后因称中国之地为禹甸。《诗·小雅·信南山》："信彼南山，维禹甸之。畇畇原隰，曾孙田之。"畇畇（yún yún）：形容田地平整的样子。

［2］周原：本指周朝发源的地方，后用来泛指中国的土地。膴膴（wǔ wǔ）：肥美。《诗·大雅·绵》："周原膴膴，堇荼如饴。"

［3］玉烛：四时之气和畅。《尔雅·释天》："四气和谓之玉烛。"

［4］金瓯：比喻疆土完固，后也指土地。

［5］七政：此处指天、地、人和四时。《尚书大传》卷一："七政者，谓春、秋、冬、夏、天文、地理、人道，所以为政也。"

［6］三辰：指日、月、星。《左传·桓公二年》："三辰旂旗，昭其明也。"杜预注："三辰，日、月、星也。"

［7］七十二风：即七十二候，是中国最早的结合天文、气象、物候知识指导农事活动的历法。源于黄河流域，完整记载见于公元前2世纪的《逸周书·时训解》。以五日为候，三候为气，六气为时，四时为岁，一年二十四节气共七十二候。各候均以一个物候现象相应，称候应。其中植物候应有植物的幼芽萌动、开花、结实等；动物候应有动物的始振、始鸣、交配、迁徙等；非生物候应有始冻、解冻、雷始发声等。七十二候的依次变化，反映了一年中气候变化的一般情况。

［8］三十六雨：指十日一雨，一年下雨三十六次。形容风调雨顺，五谷丰登。

［9］姑洗：古代乐律名。古乐分十二律，阴阳各六，第五为姑洗。各律制度从低依次为：黄钟、大吕、太簇、夹钟、姑洗、仲吕、蕤宾、林钟、夷则、南吕、无射、应钟。古人把十二律与十二月相配，农历十一月配黄钟，十二月配大吕，以此类推，三月配姑洗，所以这里姑洗指农历三月。

［10］当除：当途。

［11］绮陌：风景美丽的郊野道路。

［12］芳塍：弥漫着花草香气的田埂。

［13］荷：通"何"。帝力：天帝的力量，这里指自然的力量。

［14］三农：平地农、山农、泽农。《周礼·天官·大宰》："以九职任万民，一曰三农生九谷……"郑玄注："三农，平地山泽也。"这里泛指农民。

［15］思公子兮：出自屈原《九歌·湘夫人》："沅有芷兮澧有兰，思公子兮未敢言。"

［16］盼王孙：宋李清照词《怨王孙·春暮》中有："帝里春晚，重门深院。草绿阶前，暮天雁断。楼上远信谁传？恨绵绵。"此词主旨是思妇念远，通过描写春暮时节的景物以及女主人公对"远信"的痴想，生动地刻画了一个京城思妇。

［17］草染青袍：汉乐府《穆穆清风至》有："青袍似春草，草长条风舒。"

［18］蓑笠：斗笠与蓑衣。借指劳动人民。

［19］拓：应为"柘（zhè）"，落叶灌木或小乔木，叶子可喂蚕，根皮可入药。

［20］钱镈（qián bó）：古代的两种农具名。后泛指农具，借指农事。

［21］休征：吉祥的征兆。《汉书·终军传》："故周至成王，然后制定，而休征之应见。"

［22］箕毕：箕与毕为二星宿名，据传箕宿主风，毕宿主雨。《文选·张协〈杂诗〉之九》："虽无箕毕期，肤寸自成霖。"

［23］祥祚：吉祥福运。

喜雨赋

以太平见时雨不破墙为韵

原文	译文
惟祝融之司时[1]，	祝融掌管时令时，
遭旱魃之为害[2]。	遭到旱魔的祸害。
群持鹭羽[3]，	人们拿着求雨的道具，
呼吁国中；	在城中呼吁请求罢晒；
编画龙媒[4]，	编画成龙的模样，
祈请郊外。	拥抬到郊外求龙王带雨来。
不旋日而好雨忽倾，	不久好雨忽然倾泻而下，
甘霖大沛，	甘霖丰沛，
既物茂而人和，	接着万物茂盛人民和洽，
兆年丰而时太。	预兆年成丰收四时不乏。
夫当其馨圭璧以致祷[5]，	当人们用尽玉器去祈祷，
循奠瘗兮旁求[6]。	循旧法祭天地搜埋露在田野的骨头。
而视兹悠悠[7]，	看着旱象深深忧愁，
悔祸乎否[8]；	天加给百姓的灾祸是否会撤走；
问彼梦梦[9]，	问谁都昏乱不明，
骏德焉不[10]。	高尚的德操不在这头。
既箕毕各违其度，	箕毕两宿已犯了法度，
斯雨旸或愆其休[11]。	下雨放晴错过了时光。
今何幸而玉女之袖初披，	今有幸初遇仙女舒广袖，
雷公之车已过，	雷公驾车已在隆隆炸响，
灵液降临，	神灵的甘露渐渐而降，
仁风渐播，	和煦的春风渐渐欢畅，
柳眼忽新，	初生的柳芽忽忽窜长，
花心欲破。	花骨朵争抢着要绽放。
是谁一诚相通，	是谁通过一片诚心，
致令四方来贺。	使得祝贺来自四方？
兹者为此，	兹者为此，
花县凫飞[12]，	花开满县野鸭飞，
琴堂鹤舞[13]，	鹤舞欢唱在琴堂。
惟致恁之诚[14]，	只有恭谨而虔诚，
有感斯灵，	感谢上天的神明，
则好生之德，	而不杀生的品德，
自公而溥。	自然广博而公平。

奚必击阴石之鞭[15]，	何必鞭击阴石，
添牛背之土[16]？	筑堤坝把土封？
僧舍稽首于双龙，	和尚向双龙礼拜，
仙室气灵于两虎。	道士向两虎求灵。
而后施恺泽[17]，	然后上天施加快乐恩泽，
将膏之雨乎？	使雨水丰沛大增？
尔乃洒芳田兮色净，	这才飘洒到芳田使色彩明净，
浥绣甸兮妍呈。	浇灌锦绣土地呈现美艳兴盛。
点点如珠，	春雨点点如珍珠，
佳苗野草竞秀。	佳苗野草比秀影。
霏霏如露，	雨雾纷纷如甘露，
麦浪荇菜争荣。	麦浪荇菜争繁荣。
岂洗豆花之白，	难道春雨洗白了豆花，
而故分先后；	所以分有先后两样；
或染梅子之青，	还是染青了梅子，
而自解送迎。	而自己解色相送往。
时物形其畅遂，	这时万物畅快遂心，
岁序于均平。	年岁时序均平。
于是遥浦拖蓝兮，	远处的河口拖着蓝色的彩带啊，
不辨烟波之色；	分不清是烟云还是波浪；
远山凝黛兮，	远山凝固成了螺黛色啊
新列叠嶂之奇。	重新排列成奇特的峰峦山岗。
名亭志喜[18]，	《喜雨亭记》写下雨的欢欣，
未足多也；	不值得赞赏；
陈宝闻香，	陈列宝物与闻其香味，
何可比之？	两者怎么能比较短长？
故虞寄上瑞雨之颂[19]，	因此虞寄献《瑞雨颂》，
子由作喜雨之诗[20]。	苏子由作《喜雨亭》。
以其逢三十六雨之候，	是他们碰上了下雨的节候，
遇十日一雨之时。	遇上了该下雨的时辰。
是以欢声遍于群黎，	因此欢呼声遍布百姓，
戴德通于覆载[21]。	感恩上天和感激皇恩相通。
自玉烛之调和，	自然玉烛指四时谐调和顺，
岂有虞夫破块[22]？	岂有虞寄毁坏农田的《瑞雨颂》？

题解

历史上一直多有求雨的记载，或祷龙王，或祈雨师。祥雨既降，万家同欢。丰沛的雨水意味着丰收，浸润了雨水的万物也生机盎然。作者强调了风雨都是自然现象，都在随时令而行，赞美了及时雨的美妙可爱。

注解

[1]祝融：火神。司：掌握，掌管。

[2]旱魃（bá）：传说中引起旱灾的怪物。《诗·大雅·云汉》："旱魃为虐，如惔如焚。"孔颖达疏："《神异经》曰：'南方有人，长二三尺，袒身，而目在顶上，走行如风，名曰魃，所见之国大旱，赤地千里，一名旱母。'"

[3]鹭羽：白鹭的羽毛。古人用以制成舞具。《诗·陈风·宛丘》："无冬无夏，值其鹭羽。"这里指求雨的道具。

[4]龙媒：用土法编制成的龙。人们以为可招诱真龙来降雨。北周庾信《和李司录喜雨》："临河沉璧玉，夹道画龙媒。"倪璠注："《新论》：'刘歆曰：致雨具作土龙。龙见者辄有风雨，起以迎送之，故缘其象类而为之。'"

[5]罄：尽。圭璧：祈雨时所用的玉器。

[6]奠瘗（yì）：奠，陈列祭品。瘗，掩埋暴露在外的尸骨。

[7]悠悠：悠长，不断。《诗·邶风·终风》："莫往莫来，悠悠我思。"郑玄笺："言我思其如是，心悠悠然。"这里指忧思长。

[8]悔祸：撤去所加的灾祸。

[9]梦梦：昏乱，不明。《诗·小雅·正月》："民今方殆，视天梦梦。"

[10]焉：于之，在此。

[11]雨旸：雨天和晴天。出自《尚书·洪范》："曰雨，曰旸。"

[12]花县：《白孔六帖》载：晋潘岳为河阳令，满县遍种桃花，人称"河阳一县花"。凫：野鸭。这里是说，满县花开，野鸭翻飞。

[13]琴堂：《吕氏春秋·察贤》："宓子贱治单父，弹鸣琴，身不下堂而单父治。"后遂称州、府、县署为琴堂。鹤舞：形容优美的舞姿。这里是说天降喜雨县衙里跳起了优雅的舞蹈。

〔14〕悫（què）：恭谨、谨慎。溥（pǔ）：广博。

〔15〕击阴石之鞭：相传难留城（今湖北宜昌）山上有一石洞，洞中有两块大石，俗名阴阳石。阴石常湿，阳石常燥。每遇水旱不调，百姓便进洞祈福。天旱则鞭打阴石得雨，雨多则鞭打阳石天晴。事见北魏郦道元《水经注·夷水》。后作为乞求晴雨和洽的典故。

〔16〕牛背之土：堆在堤坝上以备抢修用的土堆，远看形似牛，故称。

〔17〕恺：快乐。

〔18〕名亭志喜：指苏轼的《喜雨亭记》。

〔19〕虞寄之颂：《南史》载：梁朝大同年间，曾在殿前降下暴雨，里面常常夹带着各色宝珠。梁武帝看到后特别高兴。虞寄因此写了《瑞雨颂》呈上。梁武帝对虞寄的哥哥虞荔说"此颂典庄而有体制，清秀脱俗，是有才华的人，准备提拔任用"。虞寄听后，感叹说："赞美皇帝的圣德和容貌神色，也用来申明暴雨冲毁土地的感受。我难道是买名求同情的人吗？"

〔20〕子由：苏辙的字。按《喜雨亭记》乃苏轼所作，此系作者误记。

〔21〕覆载：指天地。这里比喻帝王的恩德。

〔22〕破块：谓暴雨毁坏农田。汉桓宽《盐铁论·水旱》："当此之时，雨不破块，风不鸣条，旬而一雨，雨必以夜，无丘陵高下皆熟。"

五月鸣蜩赋

原文	译文
伊鸣蝉之微姿[1]，	蝉的微小身姿，
何藏身乎碧树。	为何藏在碧树。
恋景光于芳郊[2]，	留恋光阴在芳香的郊野，
散清韵于秀圃。	散发清韵在秀美的菜圃。
既彗彗而将沉[3]，	当阳光如彗微西沉，
亦殷殷而欲吐[4]。	就急急地鸣叫显露。
当畏日之方中，	害怕正中的太阳，
正阴月之维五[5]。	夏历四月飞上树。
空庭避暑，	人在空庭避暑，
颇厌声繁；	声繁惹人厌恶；
水殿纳凉，	人们在水殿纳凉，
谁怜吟苦？	谁可怜它吟唱苦？
不偷香而窃粉，	它不偷香不窃粉，
宁随蝶报闹三春；	情愿随蜂蝶闹三春；

非叫雨而呼晴，
岂逐蛙声当两部？
观夫蛪蟟之称不齐[6]，
蝼蛄之号可核[7]；
纵命名之各殊，
岂逸响之或滑？
洁其体，
禀吸风饮露之空灵；
荫其身，
有潜形匿影之超越。
何此笃时之寒虫[8]，
竞尔奋翼于炎月？
于是或临溪作语，
或隔浦飞声，
或纷如玉管，
或细如银筝，
或悲若明幽怨，
或密如话私情。
当此昼长风暖，
天朗气晴，
茌苒柔竿[9]，
一丸聊资。
羽化蹁跹薄翼，
两腋不待风生；
自有心怀可诉，
难容口舌相争。
乍过别枝，
非关有意而去。
时曳残响，
岂真不平则鸣。
有时居高明而远眺望，
处台榭以乐逍遥。
忽闻此如羹如沸，
如蟫如蜩[10]。

不叫雨不呼晴，
难道追逐蛙声唱二重？
看蛪蟟鸣蜩称呼不一，
蝼蛄的名号可以核审；
纵然命名各不同，
难道奔放的鸣声婉转滑动？
清洁自身，
秉承着吸风饮露的空灵；
荫蔽自身，
超越了潜形匿影。
为何这限时的寒虫，
竟这样在炎月飞腾。
在这时或溪边作语，
或隔河奋飞发声，
或纷争发声如玉管，
或鸣音精细如银筝，
或悲伤诉幽怨，
或隐秘话私情。
昼长风暖，
天朗气清，
柔弱的竹竿，
有一点助援。
羽化薄翼舞蹁跹，
不待两腋风满；
自有心怀叙谈，
难容口舌相争拌。
突然飞过别的枝干，
与有意地离开无关。
不时拖着余音残响，
难道真的不平喊冤！
有时你居高处望远，
在亭阁上逍遥盘桓。
忽听这里音声如水滚、羹沸，
这是知了在唱响。

能令羁人肠断，	旅人听到愁思断肠，
迁客消魂。	文人墨客彷徨悲伤。
时则舒清啸于长林，	有时在长林放声，
任抑扬而远度。	任抑扬之声传远方。
音来疏柳外，	音从稀疏的柳树外传来，
不辨宫商[11]；	辨不清音律模样；
吟向小桥西，	吟唱声飘向小桥西，
无分朝暮。	不分日暮天亮。
质既全乎五德[12]，	我本性也是五德俱全，
堪咏宾王之诗[13]；	能咏吟骆宾王的蝉唱；
才却逊夫千言[14]，	文采却相差万语千言，
空效子建之赋[15]。	在此空效曹植的诗章。

雕绘物情，节短韵长，至字句工丽，兼擅徐庾之胜。

该题出自《诗经·豳风·七月》："四月秀葽，五月鸣蜩。"此赋匠心独具，将夏日清唱、秋日凄切的知了描绘得活灵活现。闭目品之，耳边宛若响起蝉虫聒噪之声，鼻孔闻到了夏日的气息。作者寄心于鸣蝉，它似乎是作者自身的缩影：怀才不遇，抱负难展，无人可诉，此心难托。

[1] 蝉：蜩，俗称知了。

[2] 景光：光阴。汉苏武《诗》之四："愿君崇明德，随时爱景光。"

[3] 彗彗：光线微弱，如彗星一样即将消失。

[4] 殷殷：众多繁盛貌。吐：显露，呈现。

[5] 阴月：农历四月的别称。《西京杂记》卷五："四月，阳虽用事，而阳不独存；此月纯阳，疑于无阴，故亦谓之阴月。"

[6] 蜩蟟（diāo liáo）：民间将春末的蝉叫蟪蛄（huì gū），夏至称黑蚱蝉，中暑时叫蜩蟟，夏末伏暑叫鸣蜩。

[7] 蝼蛄：《本草纲目·释名·蝼蛄》："蝼蛄。蝼，臭也。此虫气臭，故得蝼名。蟪蛄同蝉名，蝼蝈同蛙名，石鼠同硕鼠名，梧鼠同飞生名，皆名同物异也。"

[8] 笃时：限时，有时间约束。

[9] 荏苒：草叶柔弱的样子。

［10］蜩螗沸羹（tiáo táng fèi gēng）:《诗·大雅·荡》:"如蜩如螗，如沸如羹。"后因以"蜩螗沸羹"形容声音嘈杂喧闹，好像蝉噪、水滚、羹沸一样。（蜩螗：蝉的别称。）

［11］宫商：五音中的宫音与商音。泛指音律。

［12］五德：儒家指温和、善良、恭敬、节俭、谦逊五种美德。

［13］宾王：即初唐诗人骆宾王。他与王勃、杨炯、卢照邻合称"初唐四杰"。骆宾王作有《在狱咏蝉》:"西陆蝉声唱，南冠客思侵。不堪玄鬓影，来对白头吟。露重飞难进，风多响易沉。无人信高洁，谁为表予心。"咏蝉的高洁品行，以蝉比兴，以蝉寓己，寓情于物，寄托遥深。

［14］逊：差，退。

［15］子建：三国时曹植。后人因他文学上的造诣而将他与曹操、曹丕合称为"三曹"，南朝宋文学家谢灵运更有"天下才有一石，曹子建独占八斗"的评价。曹植曾作《蝉赋》。

	原文	译文
小雪赋 以薄如秋雪轻似玉尘为韵	秋日阴凝[1]，	秋日阴天，
	凉天辽廓[2]。	辽阔天凉，
	金风度兮霰飞[3]，	秋风吹雪星飞过，
	寒气腾兮雪作。	寒气升腾雪飘落，
	夫连日凝冻，	连日阴云冻雨，
	穷巷起高卧之人[4]，	穷巷内有操守的人也不能卧。
	此岁甚寒，	这年太寒，
	南州听言冷之鹤[5]。	鹤鸣叫着急急迁往南国。
	此皆大雪之时，	这里处在大雪时，
	行不必侈谈天厚薄[6]，	行走不必大谈天气的好恶。
	若乃瑶华难折，	假如玉花难折，
	玉屑不如霏微大野[7]。	玉屑不如旷野的细雪。
	零落前除[8]，	飘落在屋前台阶，
	委地则干。	散落于地就消没。
	表三冬之不爽[9]，	表述冬天的不舒服，
	翻空虽小[10]，	作文奇想的空间不多，
	识六出之无虚[11]。	知道雪花无所爱恶。
	依阴则光不照宇[12]，	阳光照不到背光的房屋，

临宇则辉难映书[13]。

光照房屋也难映照到书册。

则见飞随广甸[14]，

但见雪花随风飘广郊，

影入妆楼[15]，

也飘进女眷的化妆楼，

细细而千岩送冷[16]，

密密地给千山送寒冷，

飘飘而万户迎秋。

飘飞进万家迎来深秋。

芦花江上，

芦苇花絮飘散的江上，

残英错落[17]，

残花参差交错，

瑞木丛中[18]，

树木丛中，

碎叶纷凋。

零碎的叶片纷纷凋落。

浮光则并皎月[19]，

雪的反光与月光并合，

散质则澹寒霜[20]。

消散则比寒冷的冰霜暖和。

既盖坳而堆垺[21]，

雪覆盖坳沟堆积成丘，

亦遇珪而成方[22]。

有时遇有四面就成方。

独钓寒江，

渔翁独钓寒江，

轻点渔翁之笠，

雪轻落在渔翁斗笠上。

引凤歌馆[23]，

引来凤凰的歌舞楼馆，

斜沾术士之裳[24]。

雪斜粘在儒士的衣裳。

当其客集琼筵，

当客集宴盛，

席上之落花点点。

席间雪花点点飘扬。

风开画阁，

风吹开华丽的阁窗，

奁中之香粉莹莹[25]。

雪如镜匣中的香粉光洁晶亮。

云英方其清素[26]；

微雪如同云气的精华清淡素净，

雾縠逊其轻盈[27]。

比薄雾般的轻纱还轻盈。

梅匝地以横飞[28]；

如梅花绕地四处横飞，

絮因风而乍起。

似风吹柳絮突然发生。

微交月影，

微雪隐约与月影相交，

天边之孤雁应迷。

使天边的孤雁迷途。

稍混林梢，

悄悄混进林梢，

枝上之寒鸦堪指。

树梢上的寒鸦能指出。

故银葩珠蕊，

因此银花珠蕊，

未足形容；

不能完全形容。

而蝶粉鹤翎，

白色的蝴蝶、仙鹤的羽毛，

差堪比拟[29]。

略可比拟。

拂桂林之一枝[30]，

像抖动了桂林的一枝，

碎昆山之片玉，	如昆仑山的片片碎玉，
氤氲向夕[31]，	到傍晚香气弥漫浓郁，
乍散乍凝。	时散时聚。
沾洒凌晨，	在清晨挥洒浸湿，
忽断忽续，	忽断忽续。
慨幽兰之入谱[32]。	感慨雪声似美妙的幽兰曲可入乐谱，
未识琴心[33]，	没识得琴的柔情，
按阳春之有词[34]；	按照有歌词的阳春曲，
谁和郢曲[35]，	谁来唱曲和歌？
乃知滕六弄巧[36]。	下雪才知雪神卖弄技巧，
花样更新，	花样翻新，
映日而难分细影；	映射着日光而难区分出细小的身影，
开帘而不辨轻尘。	掀开门帘辨不明微雪与轻尘。
霜刃遥挥兮，	远远挥动霜刃，
剪碎珠帘之箔；	砍碎了薄薄的珠帘门。
石砧高举兮[37]，	高举石砧啊，
敲残玉碗之珍。	敲烂了玉碗里的宝珍。
既咏歌兮难尽，	咏诵歌唱难描述穷尽，
恐绘画兮未真。	绘画怕也未必能显真。
惟余晖之有耀[38]，	只有余晖映照着小雪，
原托庇乎芳辰[39]。	祈愿庇护小雪在芳辰。

自评

切定小字着笔，绝不呆填话头，故目超绝。

自评 译文

确定从"小"着笔，绝不呆板组词造句，因此标题超群出众。

题解

本文以深秋的小雪为题，作者思虑万千，从天上到地下，从传说到当下、从仕宦人家到平民百姓，从视觉、听觉、味觉等多方面描绘了深秋雪的特点，歌颂了雪的洁白、轻盈、变化多端，绚丽多姿。

注解

吴斌
诗文译注

[1]阴凝：云气凝结，指阴天。

［2］凉天：秋天。辽廓：辽阔无边际。

［3］霰（xiàn）：小冰粒，雪星。

［4］穷巷：冷僻简陋的小巷。高卧之人：袁安卧雪，典出《后汉书·袁安传》。这里指有操守的人。

［5］南州：泛指南方地区。这句话的意思是：南方地区的人听见北飞而来鹤的叫声，就如同听见它们在诉说北方的寒冷一样。大雪：冬季节气之一。

［6］侈（chǐ）谈：大谈，纵论。厚薄：好坏。《荀子·成相》："守其职，足衣食，厚薄有等明爵服。"

［7］瑶华：白色的仙花。《楚辞·九歌·大司命》："折疏麻兮瑶华，将以遗兮离居。"王逸注："瑶华，玉华也。"洪兴祖补注："说者云：'瑶华，麻花也，其色白，故比于瑶。此花香，服食可致长寿，故以为美。'"霏微：细小的雨雪。大野：广大的原野、田野。

［8］零落：散落。除：台阶。

［9］三冬：冬季。犹冬季三个月。爽：舒服。

［10］翻空：作文构思时奇想。

［11］六出：花分瓣叫出，雪花六角，因以为雪的别名。无虚：虚无，指清静无欲，无所爱恶。《素问·上古天真论》："虚邪贼风，避之有时；恬惔虚无，真气从之；精神内守，病安从来？"

［12］依阴：背阴。宇：空间。

［13］临宇：对着屋檐，靠近房屋。

［14］广甸：这里指广阔的田野或郊外。甸，郊外。

［15］影：雪花。妆楼：妇女的居室。

［16］细细：密密。宋苏轼《风水洞和李节推》之二："细细龙鳞生乱石，团团羊角转空岩。"千岩：重山叠岭。送冷：送来了寒冷。

［17］残英：残花。

［18］瑞木：指连理木。古人认为王者德泽纯洽、八方合为一始生。这里指树木。

［19］浮光：水面或物体表面反射的光。则并：那么就合并。皎月：明月。

［20］散质：指雪消散。澹：淡。

［21］坳：低凹的地方。垤（dié）：小丘。

［22］珪（guī）：同"圭"。一种上圆下方的玉器。

［23］引凤：招引凤凰。汉刘向《列仙传·萧史》："萧史善吹箫，作凤鸣。秦穆公以女弄玉妻之，作凤楼，教弄玉吹箫，感凤来集，弄玉乘凤，萧史乘龙，夫妇同仙去。"歌馆：表演歌舞的楼馆。

［24］术士：儒生。裳：古代指下衣，后泛指衣裳。

〔25〕奁（lián）：古代盛梳妆用品的匣子。莹莹：物体明亮光洁。

〔26〕云英：云气的精华。宋晁端礼《蓦山溪》词："飞雪满空来，翦云英、群仙齐到。"清素：清淡素净。

〔27〕雾縠：当为"雾縠（hú）"，薄雾般的轻纱。《文选·宋玉〈神女赋〉》："动雾縠以徐步兮，拂墀声之珊珊。"李善注："縠，今之轻纱，薄如雾也。"逊：次，差，不及。轻盈：轻柔秀丽。

〔28〕梅：梅花。匝地：绕地。横飞：四处飞舞。

〔29〕差堪：略可。

〔30〕拂：掠过或轻轻擦过。桂林一枝：《晋书·郄诜传》："（诜）累迁雍州刺史。武帝于东堂会送，问诜曰：'卿自以为何如？'诜对曰：'臣举贤良对策，为天下第一，犹桂林之一枝，昆山之片玉。'"原为自谦之词，谓己只是群才之一。后用以喻珍贵稀有或出类拔萃的人。

〔31〕氤氲（yīn yūn）：形容云气浓郁。向夕：傍晚；薄暮。

〔32〕慨：感慨。幽兰：古琴曲名。战国楚宋玉《讽赋》："臣援琴而鼓之，为《幽兰》《白雪》之曲。"入谱：能入乐谱，喻下雪声美妙动听。

〔33〕琴心：琴声表达的情意，柔情。《史记·司马相如列传》："是时，卓王孙有女文君新寡，好音，故相如缪与令相重，而以琴心挑之。"

〔34〕按：查考。阳春：古琴曲名。战国楚宋玉《讽赋》："臣援琴而鼓之，为《幽兰》《白雪》之曲。"词：歌词。

〔35〕和：应和，跟着唱。郢曲（yǐng qǔ）：乐曲。战国楚宋玉《对楚王问》："客有歌于郢中者，其始曰《下里巴人》，国中属而和者数千人；其为《阳阿》《薤露》，国中属而和者数百人；其为《阳春白雪》，国中属而和者不过数十人；引商刻羽，杂以流徵，而和者数人而已。"后以"郢曲"泛指乐曲。

〔36〕滕六：指雪神。书载滕文公去世后下了场大雪，使原定的葬期推后，后人认为：滕文公可以通过降雪改变葬期，这是能主宰冰雪降与停的表现，所以称他为雪神。又因一般花为五瓣而雪花为六角，于是称雪为滕六。

〔37〕石砧：捣衣石。

〔38〕余晖：剩余的光辉；也指傍晚的阳光。有耀：拥有光辉。

〔39〕托庇：谓靠别人的庇护。芳辰：美好的时光，多指春季。

冬日可爱赋

以时至岁寒阳和照临为韵

原文

译文

北陆驾曦[1],

太阳在北方运行,

元冥司时[2]。

水神玄冥掌时辰,

天光栗烈[3],

天气寒冷凛冽,

日色和熙[4]。

日色和暖光明。

旸谷能温[5],

初升的太阳使大地温暖,

匪秋日之烈烈[6],

不再似秋日烈火烧燃,

轮辉惜短[7];

可惜日光短暂,

异春日之迟迟[8],

不同于春天的光线充足温暖。

是以围炉不用。

春日不用火炉,

挟纩何为[9],

也不用披衣棉,

感阳德而倾心[10],

感受到太阳的温暖而仰慕向往,

如亲照乘之宝[11],

如亲近照亮车子的珠光。

望东君而暴背[12],

对着太阳晒背,

俨同向日之葵[13]。

俨然葵花向阳,

尔乃肃气潜腾[14],

肃杀之气潜藏升腾,

朔风暗至[15],

呼呼北风暗自到场。

孤寒幸余晖之可托[16],

孤寒人幸有充足的光辉可依,

万物羡荣耀之堪庇[17]。

万物渴慕灿烂的阳光能庇养。

入图书之府[18],

冬日进入藏书的地方,

万卷重明[19]。

使贤明的读书人显扬,

暖诵读之帏[20],

温暖读书人的帷帐,

三冬有志。

使他们在寒冬也怀志向。

暄生蔀屋[21],

阳光照进破屋,

瑞霭门阑[22],

祥云萦绕门框,

能解霜威之肃;

能解除肃杀之霜,

顿敛朔气之寒[23]。

立马收敛冬的冷怆。

披青天之云,

如拨开云雾见青天,

咸知乐广[24]。

大家都知犀利的乐广。

消埋径之雪,

消去埋路的大雪,

可访袁安[25]。

去探视袁安之房。

于是,天子奋重离之光[26],

于是,天子重视太阳的光芒,

坐响明之制[27]。

重掌朝廷的规章。

快旭景之曈昽[28]，

捧红云之佳丽，

太和之象[29]。

负暄者[30]，

尽人皆知。

仁霭之休[31]，

戴德者[32]，

无处不逮[33]。

故梧桐翔凤[34]，

集止朝阳。

若灵木鸟[35]，

翱翔盛世，

幸值煦姁之天[36]，

共乐升平之岁。

故星周四序[37]，

泰启三阳[38]。

仰望之忱弥切[39]，

就瞻之意倍长。

出入而殷迎送，

昭回而不变炎凉[40]。

添一线之微[41]，

寸阴是惜；

树八尺之表[42]，

圭影可量[43]。

遂能减爝火之末光[44]。

等狐裘之有曜[45]，

忽及卓午[46]，

将五色以齐辉[47]，

不辨元英[48]，

与九州而同照；

不畏凛冽，

咸慕温和。

极其远[49]，

则燕谷生春[50]，

快速明亮的旭日，

捧持着漂亮的红光，

情景淡泊平和，

背晒太阳的，

都知道暖和仰仗太阳。

温润的云气降下美好，

感恩戴德者，

无处不在颂扬。

所以梧桐招来凤凰，

积聚于梧桐而朝阳。

这梧桐上的凤凰鸟，

在盛世翱翔，

正好碰上温暖的上苍，

同乐于升平的世上。

因此一年四季，

三阳开泰，

仰望冬日之情越急切，

靠近沾光的心情就倍长。

冬日出入殷切送迎，

光耀回转而不变炎凉。

哪怕增添细微的一线，

也要珍惜这寸阴寸光。

树立八尺的测影之表，

圭表的日影可以度量。

冬日能减少小火的微光，

等于狐裘有光亮，

忽然到中午，

带五色一起辉煌。

冬日不辨冬季，

普照天下，

不怕寒冷，

万物都羡慕它的温和光芒。

冬日到达的尽头，

就会寒谷生春，

奚烦邹衍之吹律[51]，	哪烦邹衍吹律使地生阳。
亲其光，	亲近冬日阳光，
则明空复旦[52]，	就会使天空重新光明，
岂假虞廷之作歌[53]。	难道要借用圣朝作歌？
夫是以寅宾兮[54]，	因此要恭敬地导引啊，
惜之如玉。	玉一样珍惜，
向明晦兮[55]，	面对明暗，
爱之如金。	爱黄金一样的阳光。
布天光兮其溥[56]，	散布光明在广阔的天空，
感阳德兮偏深[57]。	感恩太阳之德特别深广。
一岁之日无私照兮[58]，	一年太阳不偏照啊，
何独冬日之是临。	为何冬日独降？
惟因寒而生爱，	只是因寒而生爱，
可以验趋向于人心。	能以此验证冬日趋向于人的想望。

添彩高翔，声华并茂。（添加文采高飞，声文并茂。）

本文通过广泛的观察、联想，多方面描绘出了冬日的可爱。

［1］北陆：即虚宿。位在北方，为二十八宿之一。《左传·昭公四年》："古者日在北陆而藏冰。"孔颖达疏："日在北陆，为夏之十二月也。十二月，日在玄枵之次……于是之时，寒极冰厚，故取而藏之也。"《汉书·律历志下》："是故日行北陆谓之冬。"后来人们用"北陆"借指冬天。驾：操纵，驾驭。曦：太阳，阳光。

［2］元冥：即玄冥。水神名。《山海经·海外北经》"北方禺强"条晋郭璞注："字符冥，水神也。"司时：即掌管时令。

［3］天光：天气。栗烈：凛冽。形容严寒。栗，通"凓"。《诗·豳风·七月》："一之日觱发，二之日栗烈，无衣无褐，何以卒岁？"

［4］日色：阳光。和熙：形容阳光明媚温暖。熙：暖和，明亮。

［5］旸谷（yáng gǔ）：传说中日出的地方，亦作"汤谷"。古人传说太阳早晨从东方的"旸谷"出发，晚上落入西方的"禺谷"。温：加热，使暖和。

［6］匪：不，不是。表示否定。秋日：秋天的太阳。烈烈：猛火炽盛貌。

[7]轮辉:指日光。唐独孤铉《日南长至》诗:"轮辉犹惜短,圭影此偏长。"

[8]异:不同于。春日:春天的太阳。迟迟:阳光温暖、光线充足的样子。《诗·豳风·七月》:"春日迟迟,采蘩祁祁。"朱熹·集传:"迟迟,日长而暄也。"

[9]挟纩:喻指披着棉衣。《左传·宣公十二年》:"申公巫臣曰:'师人多寒。'王巡三军,拊而勉之,三军之士皆如挟纩。"杜预注:"纩,绵也。言说(悦)以忘寒。"

[10]阳德:指阳光。《艺文类聚》卷一引晋傅玄《众星诗》:"阳德虽普济,非阴亦不成。"

[11]如亲:如同亲近。照乘:光亮能照明车辆的宝珠。唐高适《涟上别王秀才》诗:"何意照乘珠,忽然欲暗投。"

[12]望:向,对着。东君:传说中的太阳神。暴背:晒背。

[13]葵:向日葵。

[14]尔乃:发语词,无义。汉班固《西都赋》:"尔乃正殿崔嵬,层构厥高,临乎未央。"肃气:肃杀之气。唐杨炯《宴皇甫兵曹宅》诗序:"阴云已墨,肃气弥高。"潜:隐藏的,秘密的。腾:上升,升入空中。

[15]朔风:北风,冬风。暗室:无光的地方。

[16]孤寒:这里指孤独寒冷之人。幸:希望。余晖:充足的光辉。可托:能够依托。

[17]荣耀:光荣显耀。堪庇:能庇护。

[18]图书之府:藏书的地方。

[19]万卷:即万卷书,这里指读书多的人。重明:明明,显扬贤明之人。《荀子·致士》:"衡听、显幽、重明、退奸、进良之术。"王先谦集解:"重明,犹《书·尧典》之明明。此言用人之术。"

[20]暖:温暖;使温暖。诵读:指读书的人,即书生。帏:帐子、幔幕。

[21]暄:太阳的温暖。生:产生,发生。蔀屋(bù wū):草席盖顶之屋。泛指贫家之屋。宋王安石《寄道光大师》诗:"秋雨漫漫夜复朝,可嗟蔀屋望重霄。"

[22]瑞霭:吉祥的云气。门阑:门框或门栅栏,也指家门。

[23]顿:立刻。敛:收敛。朔气:北方的寒气。

[24]乐广:《晋书》载:乐广,字彦辅,南阳淯阳人。善于言谈议论,常常用简明的语言分析事理,他不懂的事,就沉默不说。尚书令卫瓘见到乐广,认为他是个奇才,说:"这个人是人中的清水明镜,见到他如同玉石有光彩,像是云雾散开看见了青天一样。"

[25]可以探望袁安。袁安:见《后汉书·袁安传》"袁安高卧"。

[26]奋:重视。重离:《周易》离卦卦象为离下离上相重,故以"重离"指太阳。

［27］坐：掌管。响明：通"向明"，朝南向阳，引申为朝廷。制：规章，制度。

［28］旭景：旭日。曈昽（tóng lóng）：微明貌。

［29］太和：天地间冲和（淡泊平和）之气。《汉书·叙传上》："沐浴玄德，禀印太和。"《文选》作"太龢"。后指太平。象：景象。

［30］负暄者：冬天受日光曝晒取暖。

［31］仁：温润。霭：云气。休：美好。

［32］戴德：感戴恩德。

［33］不逮：比不上；不及。《尚书·周官》："今予小子，祗勤于德，夙夜不逮。"孔传："虽夙夜匪懈，不能及古人。"

［34］翙（huì）：鸟飞的声音。凤：凤凰，百鸟之王。

［35］灵木：传说梧桐能引来凤凰，并有应验时事之能，故被视为"灵树"。

［36］值：遇到。煦妪（xù yù）：温暖，暖和。唐白居易《岁暮》诗："加之一杯酒，煦妪如阳春。"

［37］星周：星辰视运动历一周天为一星周，即一年。四序：指春、夏、秋、冬四季。《魏书·律历志上》："然四序迁流，五行变易。"

［38］三阳："十二消息卦"的说法，十月为坤卦，纯阴之象。十一月为复卦，一阳生于下；十二月为临卦，二阳生于下；正月为泰卦，三阳生于下；冬去春来，阴消阳长，有吉亨之象。故旧时以"三阳开泰"为岁首称颂之语。

［39］忱：真诚的情意。弥：更加，越发。切：急切。

［40］昭回：星辰光耀回转。《诗·大雅·云汉》："倬彼云汉，昭回于天。"朱熹集传："昭，光也。回，转也。言其光随天而转也。"炎凉：犹冷热。指气温。

［41］一线：形容极其细微。金元好问《自题写真》诗："东涂西抹窃时名，一线微官误半生"。

［42］八尺之表：古时春分、夏至、秋分、冬至都会立表测影。古人测影之表，一般长八尺，即所谓一寻。表，圭表，测量日影的仪器。圭是平卧的尺，表是直立的标杆。表放在圭的南、北端，与圭垂直，以测日影。

［43］圭影：圭表上的日影。可量：能够度量。

［44］爝火：小火。《庄子·逍遥游》："日月出矣，而爝火不息；其于光也，不亦难乎！"末光：微光。

［45］狐裘：用狐皮制的外衣。曜（yào）：光亮，明亮，光曜。

［46］卓午：中午。

［47］将：带领。五色：指青、黄、赤、白、黑五色，也泛指各种色彩。齐辉：共同辉煌。

［48］元英：玄英。冬季的别称。宋秦观《代贺皇太后生辰表》："考历占星气，应元英之候。"

［49］极：尽，达到顶点。

［50］燕谷：即寒谷。《太平御览》卷五四引汉刘向《别录》："《方士传》言：邹衍在燕，有谷地美而寒，不生五谷。邹子居之，吹律而温气至，而生黍谷。今名黍谷。"生春：产生了春天。这里指寒谷暖和后，黍谷开始生长。

［51］吹律：吹奏律管。律为阳声，故传说可以使地暖。

［52］明空：使天空明亮。复旦：谓又复光明。旦，明亮。《尚书大传》卷一下："日月光华，旦复旦兮。"郑玄注："言明明相代。"

［53］岂：哪里。假：借用。虞廷：相传虞舜为古代的圣明之主，故亦以"虞廷"为"圣朝"的代称。

［54］寅宾：恭敬导引。《书·尧典》："分命羲仲，宅嵎夷曰旸谷，寅宾出日。"孔传："寅，敬。宾，导。"孔颖达疏："令此羲仲恭敬导引将出之日。"

［55］面：面朝，面对。明晦：明暗，阴晴。

［56］天光：日光。溥：广大。

［57］偏：很，特别。

［58］私照：偏照。《礼记·孔子闲居》："天无私覆，地无私载，日月无私照。"

	原文	译文
奇石赋 以有扁斯石在河之浒为韵	湟水呈祥[1]， 无物不有， 偶得一石， 在河之右。 击便成音[2]， 鸣必待叩。 内结云根[3]， 外穿海口[4]。 淖约似丽人之形[5]， 而坚贞类仁者之寿[6]。 于是立斋头[7]， 置案首[8]， 以丈而呼[9]， 为徒而友。 标格实获乎心[10]， 摩挲不离手。	湟水呈祥， 无物不有， 偶得一石， 在河边上。 击打发出乐音， 鸣叫必等敲叩。 里面结集着云根， 外面连通着大口。 姿态柔美似美人， 坚硬纯正类仁寿。 于是置立在书屋， 放置在案首。 称呼为老人家， 引为同党视为朋友。 格调确实合我心， 抚摸搓揉不离手。

其质以瘦，　　　　　　　　　它的形体偏瘦，

其体不扁，　　　　　　　　　其体不扁，整体不平薄，

经霜华兮色淡[11]；　　　　　像经历了霜雪色淡，

挟雨方兮光鲜[12]。　　　　　似刚经雨水而光鲜。

水衣牵而不动[13]，　　　　　水苔牵而不动，

苔发长而弥坚[14]。　　　　　苔发长而越坚。

抱傀儡兮若含碧血[15]，　　　拥抱着傀儡啊似含着碧血，

披鬖髿兮似洗绿钱[16]。　　　披着长发像在洗绿苔。

既吞文于成子[17]，　　　　　既生吞成子的画意，

堪下拜于米颠[18]。　　　　　又微似米芾的画风。

有时折桂蟾宫[19]，　　　　　若能榜上有名，

凭伊磨剑以勤学[20]。　　　　凭着磨剑一样学勤。

谈经虎寺[21]，　　　　　　　在虎寺学经，

赖汝点头而悟禅[22]。　　　　靠你点头参悟禅理。

绝岩山中，　　　　　　　　　绝壁山中，

曾邀捣砧之女[23]；　　　　　曾邀捣砧的女人。

济北桥下[24]，　　　　　　　济北桥下，

还逢辟谷之仙[25]。　　　　　还逢神仙黄石公。

率本来之面目，　　　　　　　大略是本来的面目，

标独得之丰姿[26]。　　　　　显出独特的风姿。

洞庭无此险峻[27]，　　　　　洞庭山没它险峻，

巫峡逊其参差[28]。　　　　　巫峡比不上它错落参差。

虽三株之双蹲堪谱[29]，　　　虽然三树干蹲踞很值得记，

而一卷之特立自奇[30]。　　　一排都是独特不凡的形体。

非真不可转也[31]，　　　　　不是真的不能改变它，

岂谓焉用文之[32]？　　　　　难道用得着修饰？

良以独善则善矣[33]，　　　　确实独自认为好就好，

安见斯焉而取斯[34]！　　　　哪见得它取自哪里？

若夫列于几席[35]，　　　　　假如把它摆在桌面，

把玩朝夕。　　　　　　　　　早晚拿着赏玩。

作镜则光鉴人形[36]，　　　　作镜亮得能见人形，

用砚则篆飞鸟迹[37]。　　　　当砚台则字如鸟篆。

其攸往而咸宜者[38]，　　　　其所往均适宜恰当，

皆预卜于斯时石[39]。　　　　都让这块石头卜占。

尔乃本天而动[40]，遵循自然规律而动，

因物而采[41]。顺万物的本性运转。

欲贵重于丹精[42]，想比肩道家的仙丹，

非图利于紫彩[43]。不贪图皇家的紫颜。

还期柱立中流[44]，仍期待砥柱中流，

船装大海[45]，似大海上的船，

嶙峋之骨相弥奇[46]，使嶙峋突兀的骨架更显。

崒嵂之精神不改[47]。但气势不改高耸峻险。

故负奇而抱异者，因此背抱着奇宝异珍，

未计何年[48]，计算不出是哪年。

韬光而匿迹者[49]，不显露锋芒隐藏形迹的

莫知几载[50]。没有谁知道过了多少年。

究之宝燕石者有人[51]，探究起来以燕石为宝的多有，

识卞和者安在[52]？认识卞和怀宝的人哪里见？

故出自学海，故学识渊博如海，

显于文河，显身于文采的大河，

不能为粮而煮，该石虽不能当作粮食煮着吃，

亦可作鼓而歌[53]。也可当作鼓而和歌。

岂选名经娲皇之炼[54]，难道选为经书中女娲的补天石，

支机投织女之梭[55]，织女织布机的撑垫石，

遂能邀高人之顾盼，就能受到高人的顾盼重视，

而动学士之抚摩。而使学士赏识把玩。

夫当日鞭阳可晴[56]，至于当天鞭打阳石天放晴，

鞭阴而雨，鞭打阴石就下雨。

叱则成羊[57]，黄初平叱白石成活羊，

射而疑虎[58]。李广射石没镞疑为虎。

何形怪而神完[59]，为何形状怪异神气足，

心清而貌古。内心清净外貌古板。

将来班固勒铭[60]，将来似班固勒铭于燕然山，

伏波题柱[61]，伏波马援立铜柱于交趾南，

充翰墨之林[62]，填充文坛，

入图书之府[63]，进入图书收藏之地，

岂不胜于山隈[64]，难道不胜过弃在山角，

沉于水浒[65]。或沉到水边？

石鼓之文，陆离斑驳。（像石鼓文一样，色彩绚丽灿烂。）

本文描述了自己捡到的河湟石的奇妙不凡，希望能展示自己的才华，不要像河湟石一样沉于水边，无人问津。

[1]湟水：黄河上游重要支流，发源于青海省海晏县境内的包呼图山，流经青海大通达坂山与拉脊山之间的纵谷，为羽状水系。

[2]音：乐音，好听的声音。

[3]内结：里面结集。云根：云起的地方。

[4]外穿：穿通。海口：大的孔，大的口子。

[5]淖约：姿态柔美貌。淖，通"绰"。《庄子·逍遥游》："肌肤若冰雪，淖约若处子。"陆德明释文："淖约，李云柔弱貌，司马云好貌。"

[6]坚贞：这里指坚硬纯正。仁寿：有仁德而长寿之人。语出《论语·雍也》："知者动，仁者静，知者乐，仁者寿。"

[7]斋头：指书斋、书屋。清黄景仁《答仇一鸥和韵》："逢君陌上鞭双控，醉我斋头被共眠。"

[8]案首：书桌上面。

[9]丈：古时对老年男子的尊称。

[10]标格：风范，品格。唐杨敬之《赠项斯》诗："几度见诗诗总好，及观标格过于诗。"获：俘获，得到。

[11]霜华：霜雪。唐戴叔伦《独坐》诗："二月霜花薄，群山雨气昏。"

[12]狭：携带。方：刚刚，才。光鲜：光亮鲜艳。这句是说，就像刚刚下过雨，石头被洗刷得十分鲜亮。

[13]水衣：即水苔。苔藻类植物。也叫石衣、水绵，可食。唐杜甫《重题郑氏东亭》诗："崩石鼓山树，清涟曳水衣。"牵：拉，牵拉。其意思为：牵拉而不能使其移动。

[14]苔发：谓其状如发之苔。唐罗隐《绝境》诗："水流苔发直，风引蕙心斜。"长而弥坚：更加牢固坚实。

[15]傀儡：用土木等制成的偶像。碧血：鲜血。《庄子·外物》："人主莫不欲其臣之忠，而忠未必信，故伍员流于江，苌弘死于蜀，藏其血三年，而化为碧（玉）。"后人遂用"苌弘化碧""碧血"等形容为正义事业而流的鲜血。

〔16〕鬖髿（sān suō）：毛发下垂貌。多喻草木枝叶散乱。绿钱：青苔的别称。《文选·沈约〈冬节后至丞相第诣世子车中〉》："宾阶绿钱满，客位紫苔生。"

〔17〕吞：生吞，这里指生搬硬套地学。文：图画。成子：宋代的著名山水画家。黄庭坚赞他"成子写浯溪，下笔便造极。"

〔18〕米颠：北宋书画家米芾的别号。米芾行止违世脱俗，偶傥不羁，人称"米颠"。

〔19〕有时：如愿之时。折桂蟾宫：攀折月宫桂花，比喻科举登第，榜上有名。

〔20〕伊：你。磨剑以勤学：比喻多年刻苦磨炼学习。

〔21〕虎寺：苏州虎丘寺。这里指该石曾经道生法师在虎丘寺点化悟禅的石头。

〔22〕赖：倚靠，仗恃。悟禅：参悟禅理。晋无名氏《莲社高贤传·道生法师》载：道生被逐出庐山后，入吴中（今苏州境内）虎丘山，传说他曾聚石为徒，讲《涅槃经》，说到一阐提（断绝善根的人）有佛性，群石皆为点头。

〔23〕邀：逢，遇到。捣砧女：洗衣女。砧，捣衣的石头。出典不详。

〔24〕《史记·留侯世家》载，送给张良兵书的老者曾对张良说："十三年孺子见我济北，谷城山下黄石即我矣。"十三年后张良跟从刘邦过济北，"果见谷城山下黄石，取而葆祠之"。该处是说，这块石头就是当年授张良兵书后来变为黄石的老者。

〔25〕辟谷：不食五谷。道教的一种修炼术。辟谷时，仍食药物，并须兼做导引等工夫。《史记·留侯世家》：张良晚年"乃学辟谷，道引轻身。"

〔26〕标：显出。丰姿：风姿。

〔27〕洞庭：即现在的君山。古称洞庭山、湘山、有缘山，是八百里洞庭湖中的一个小岛，与千古名楼岳阳楼遥遥相对，取意神仙"洞府之庭"。传说"洞庭山浮于水上，其下有金堂数百间，玉女居之，四时闻金石丝竹之声，彻于山顶"。后因舜帝的两个妃子娥皇、女英葬于此，屈原在《九歌》中称之为湘君和湘夫人，故后人将此山改名为君山。总面积0.96平方公里，由大小七十二座山峰组成，被道书列为天下第十一福地。以"奇""小""巧""幽""古"著名。无此：指比不上石头所呈现出的险峻。

〔28〕巫峡：长江三峡之一。一称大峡。西起四川省巫山县大溪，东至湖北省巴东县官渡口。因巫山得名。峡长谷深，奇峰突兀，层峦叠嶂，云腾雾绕，江流曲折，百转千回。峡江两岸，青山不断，群峰如屏，船行峡中，时而大山当前，石塞疑无路；忽又峰回路转，云开别有天，宛如一条迂回曲折的画廊。逊其：比不上它。参差：长短、高低不齐的样子。

〔29〕株：树干。谱：记录。

〔30〕一卷：一排。特立：独立，挺立。自奇：谓自得奇趣。

［31］转：迁徙，改变。

［32］岂：难道。焉用：哪用。文之：修饰它。

［33］良以：确实。善：好，美好。

［34］斯焉取斯：它取自哪里？语出《论语》："子谓子贱：'君子哉若人！鲁无君子者，斯焉取斯？'"（孔子评论子贱说："这个人真是个君子呀。如果鲁国没有君子的话，他从哪里学到这种品德的呢？"）

［35］列：摆出，放置。几席：几和席，为古人凭依、坐卧的小桌子、席子等器具。

［36］鉴：照。

［37］篆飞鸟迹：篆字如同空中鸟飞。这里指石上字体如鸟篆。

［38］攸往：所往。咸宜：都有适宜的事情。

［39］预卜：预测占卜。斯石：这块石头。

［40］尔乃：发语词，无义。本天：遵循自然。

［41］因：顺，顺应。采：选取，开发。因物而采：顺着万物的本性而选取利用。

［42］丹精：即"精丹"，道家炼制的长生不老药。

［43］紫彩：紫色。古代统治者崇尚的颜色，用以代表皇家。皇帝诏书叫紫诏，神仙、帝王所居叫紫台、紫垣，皇宫叫紫阙、紫禁城，高官的衣服叫紫袍等。

［44］还：仍然。期：期盼。柱立中流：指"中流砥柱"，位于三门峡大坝下方的激流之中。黄河上的艄公又叫它"朝我来"，千百年来，巍然屹立于黄河之中，唐柳公权形容它"孤峰浮水面，一柱钉波心。顶住三门险，根连九曲深。柱天形突兀，逐浪素浮沉"。相传砥柱是大禹治水时留下的镇河石柱，自古被喻为坚强而能起支柱作用的人或集体，是中华民族精神象征之一。这里是说希望成为中流砥柱、国家栋梁。

［45］船装大海：大海载船。装，被装载。

［46］嶙峋：形容山石突兀、峻峭。骨相：骨架。弥奇：更加奇异。

［47］崒嵂（zú lǜ）：高耸险峻貌。精神：风姿神韵。

［48］计：计算、核查。

［49］韬光匿迹：收敛光芒，隐藏踪迹。比喻不显露锋芒和才能。

［50］莫：没有谁。

［51］究：探究。燕石：燕山所产的一种类似玉的石头。《太平御览》卷五一引《阙子》："宋之愚人得燕石于梧台之东，归西藏之，以为大宝。周客闻而观焉，主人端冕玄服以发宝，华匮十重，缇巾十袭。客见之，卢胡而笑曰：'此燕石也，与瓦甓不异。'主人大怒，藏之愈固。"后以"燕石"喻不足珍贵之物。

［52］识：识得。卞和：春秋楚人。相传他得玉璞，先后献给楚厉王和楚武王，

都被认为欺诈，受刑砍去双脚。楚文王即位，他抱璞哭于荆山下，文王使人琢璞，得宝玉，名为"和氏璧"。

［53］作：敲，击打。

［54］名经：经义之书。娲皇之炼：女娲炼石补天。《淮南子·览冥训》载：水神共工造反，与火神祝融交战，共工被祝融打败了，他气得用头去撞西方的世界支柱不周山，导致天塌陷，天河之水注入人间。女娲不忍人类受灾，于是炼出五色石补好天空，折神鳖之足撑四极，平洪水杀猛兽，人类始得以安居。

［55］支机：支机石的简称。传说为天上织女用以支撑织布机的石头。《太平御览》卷八引南朝宋刘义庆《集林》："昔有一人寻河源，见妇人浣纱，以问之，曰：'此天河也。'乃与一石而归。问严君平，云：'此支机石也。'"唐宋之问《明河篇》："更将织女支机石，还访成都卖卜人。"明何景明《七夕》诗："乘槎莫问支机石，河汉年年此夜阴。"投：投掷。织女：支机女。古代神话传说中的天上织女。元萨都剌《补阙歌》："玉桥素练悬银河，支机女儿飞凤梭。"梭：梭子。织布时往返牵引纬线（横线）的工具，两头尖，中间粗，像枣核形。这里指织布机。

［56］鞭阳可晴：鞭打阳石可以使天晴。《水经注》卷三十七："夷水自沙渠入县，水流浅狭，裁得通船。东迳难留城南，城即山也。独立峻绝，西面上里余，得石穴。把火行百许步，得二大石碛，并立穴中，相去一丈，俗名阴阳石。阴石常湿，阳石常燥。每水旱不调，居民作威仪服饰，往入穴中，旱则鞭阴石，应时雨，多雨则鞭阳石，俄而天晴。相承所说，往往有效，但捉鞭者不寿，人颇恶之，故不为也。"

［57］叱则成羊：《艺文类聚》卷九四引晋葛洪《神仙传》：黄初平牧羊，为一道士引至金华山石室中，四十余年未归。其兄初起寻访至山，问羊何在，答云，"在山东"。"兄往视，但见白石，不见羊。平曰：'羊在耳，兄自不见。'平乃往，言：'叱！叱！羊起！'于是白石皆起成羊数万头。"初起见道术如此神奇，便从弟学道，从此亦不食人间烟火，仅服食松子茯苓。久而久之，兄弟俩均成仙，合称为二黄君。

［58］射而疑虎：《史记·李广列传》："广出猎，见草中石，以为虎而射之，中石没镞，视之石也。因复更射之，终不能复入石矣。广所居郡闻有虎，尝自射之。及居右北平射虎，虎腾伤广，广亦竟射杀之。"

［59］神完：精神饱满。

［60］班固勒铭：《后汉书·窦宪传》载：东汉永元元年，车骑将军窦宪领兵出塞，大破北匈奴，登燕然山，刻石勒功，记汉威德，令班固作铭。后泛指歌颂边功的诗文。

［61］伏波题柱：《后汉书·马援传》载：(汉光武帝刘秀)拜马援为伏波将军，南击交趾(今越南北部)，建武十九年正月，斩征侧、征贰两人，乱遂平。援于

是立铜柱以为汉之极界，后世称之为"伏波标柱"。

[62] 充：填充。翰墨之林：文章汇集之处，犹文坛。

[63] 图书之府：荟萃藏书的地方。

[64] 山隈：山的弯曲处。晋潘岳《杨仲武诔》："朝济洛川，夕次山隈。"

[65] 水浒：水边。《诗·大雅·绵》："率西水浒，至于岐下。"毛传："浒，水厓也。"

白雁赋

以故园露前飞 来报信为韵

译文	译文
金风初飘，	秋风初来，
玉露渐注。	秋露逐渐加重。
望阳鸟之新来兮[1]，	望秋阳翻新，
认凫乙之如故[2]。	识别野鸭燕子与前同。
既嗈嗈兮声音[3]，	既有嗈嗈的叫声，
复皎皎兮毛羽[4]，	又有明亮的羽翎。
楚泽兮呼鹅鸭，	楚天的湖泽中鹅鸭叫，
吴江兮侣鸥鹭。	吴地的江河里鸥鹭鸣。
衔芦远渚[5]，	在远处的小洲衔芦草，
不辨清莹；	洁净白亮辨不清雁身；
啄草芳田，	啄草在芳香的地头，
共讶皓素[6]。	共同惊讶它的白净。
尔其素秋南游[7]，	至于秋季迁徙南飞，
新春北息[8]。	新春又到北方生存。
白日凝光，	白天似凝聚着日光，
凉天同色。	天凉时色与天混。
占时者待乎露零[9]，	南迁的待露水降落，
御气必借乎风力。	驾驭云气必借助风动。
搏云兮疑设网而萦[10]，	出入云层怀疑有网罗而绕行，
避月兮似弯弓而弋[11]，	月光下躲避猎人的射击弯弓。
逃炎热于西方；	到西方逃避炎热，
恋稻粱于南国。	在南方留恋稻粱。
散清泪于九霄；	到九霄抛洒清泪，
排素影于八极[12]。	去远地白影成行。

沆寥兮迎晓日[13]，　　　　　　　　天空晴朗迎旭日，

广漠兮爱寒霜[14]。　　　　　　　　地大空旷爱寒霜。

度远塞兮惨淡[15]，　　　　　　　　艰难飞越遥远的边塞，

落平沙溪微茫[16]。　　　　　　　　落在隐秘的平沙溪旁。

素而又轻，　　　　　　　　　　　　洁白而轻盈，

堪系帛书于汉[17]，　　　　　　　　能系帛递信息给汉皇。

惊而获免，　　　　　　　　　　　　惊动白雁的行人免于死伤，

得遇谏臣于梁[18]。　　　　　　　　是梁王碰到直言规劝之臣。

来碧海之路，　　　　　　　　　　　青天是回来的路，

入白云之乡。　　　　　　　　　　　白云是要入的乡。

故婚贽献瑞于敬帝[19]，　　　　　　故作为祥瑞的婚礼献给敬帝，

而社稷拜贺于秦王[20]。　　　　　　唐高宗获白雁作婚礼图吉祥。

映带寒山之雪[21]，　　　　　　　　映衬着寒山的雪，

飘摇远渚之烟[22]。　　　　　　　　像烟雾飘摇在远处沙洲上。

风紧草枯，　　　　　　　　　　　　风急草枯，

乍怜颜色俱淡[23]。　　　　　　　　颜色浅淡忽然哀伤。

潭清潦净[24]，　　　　　　　　　　水潭清明积水净光，

勿讶羽毛何鲜[25]。　　　　　　　　不要惊讶羽毛为何鲜亮。

岂第落二矢于天际[26]，　　　　　　被天边的两箭射落时正平静地飞翔，

傲五色于庭前已哉[27]。　　　　　　因色彩艳丽骄傲地摆在庭上。

有时轻试雪衣[28]，　　　　　　　　有时身上被轻雪覆盖，

四海横飞[29]，　　　　　　　　　　四海横飞，

过石头之城[30]，　　　　　　　　　飞过石头城。

轻摇寒影，　　　　　　　　　　　　轻轻摇动寒冷的身影，

临星子之渚[31]，　　　　　　　　　来到星子江边的沙汀。

遥带晚晖。　　　　　　　　　　　　远远带着傍晚的余晖，

布阵兮薄翎耐冷[32]，　　　　　　　薄薄的羽毛忍耐着寒冷排列成阵，

迎宾兮素心无违[33]。　　　　　　　迎接宾客不违背纯洁之心。

有时佳人爱妃，　　　　　　　　　　有时似佳人爱妃，

中夜徘徊，　　　　　　　　　　　　半夜徘徊。

金闺露滴[34]，　　　　　　　　　　闺房露滴，

绣阁风来[35]，　　　　　　　　　　绣房风来，

见之偏怜清冷[36]，　　　　　　　　见它偏爱清冷，

望焉深费疑猜[37]。　　　　　　　　望它很使人费解疑心。

桂殿月明[38]，
对孤影而形偏瘦。
长门灯暗[39]，
叫数声而梦已回[40]。
咏后主空闺之愁[41]，
已可见矣。
吟简文半路之失[42]，
将无同哉[43]。
乃有寒门戍妇[44]，
独抱衾帱[45]，
其巾则綥[46]，
其衣则缟[47]，
叹夫婿兮未归，
悲宾鸿兮先到[48]。
信清白之堪持，
复淡妆之可好，
故儿女矶畔[49]，
曾投尺素之书[50]，
垢妇津头[51]，
更冀华笺之报[52]，
又有羁客怀乡[53]，
游人遣兴[54]，
睹鸟篆之文，
寄家庭之信。
则题名塔上[55]，
终仿佛而莫寻[56]。
回影峰头[57]，
亦依稀而难认[58]。
人谓其关山难越，
吾爱其形质特俊[59]。
自能妆点夫三秋[60]，
而翱翔乎千仞[61]。

月宫明亮，
月下孤影形体瘦。
长门宫内灯光暗，
叫几声使人梦醒。
雁叫似李后主的空闺之愁，
依然可见。
与梁简文帝失于半路的咏叹，
难道不同？
于是守边的寒门妻子，
独自抱着枕头，
青黑色的佩巾，
白色的衣裙，
叹息夫婿没回归，
而悲叹鸿雁先到。
相信能保持自己的清白，
恢复淡妆可好？
赤壁矶江边，
曾投下信让鲤鱼传交，
垢妇渡口，
更希望来信回报。
又有旅客怀念故乡，
流浪之人解闷散心，
看见用鸟篆文字
寄给家庭的信帛。
进士及第在雁塔题名，
最终似有若无而不能找寻。
回雁峰头，
也隐约难认。
人们说关山难越，
我爱它才具气质特别超群。
自然能装点三秋，
翱翔在千仞高空。

评

紧切白字生情，极妍尽态，句句飞鸣。

题解

白雁也作"白鹰"，候鸟，体色纯白，似雁而小。古时多用作婚礼时赠送的礼物。婚礼用雁，取鸿雁知礼守节、从一而终的美德，尊鸿雁为美好婚姻的使者。汉班固《白虎通·嫁娶篇》说："用雁者，取其随时南北，不失其节，明不夺女子之时也。又取飞成行，止成列也。明嫁娶之礼，长幼有序，不逾越也。"鸿雁蕴含的守节知礼、志存高远，忠贞不渝、从一而终，羁旅思乡怀亲等文化意象，自古以来广受大众的喜爱和青睐，人们常常借用鸿雁来表达心中的情感。作者在这里对白雁诸多品格作了深情礼赞。

注解

［1］阳乌："乌"应为"乌"。阳乌，神话传说中在太阳里的三足乌。《文选·左思〈蜀都赋〉》："羲和假道于峻歧，阳乌回翼乎高标。"李善注：《春秋元命包》曰：'阳成于三，故日中有三足乌，乌者，阳精。'"这里指太阳。

［2］凫乙（fú yǐ）：野鸭燕子。《南齐书·高逸传·顾欢》："昔有鸿飞天首，积远难亮。越人以为凫，楚人以为乙，人自楚越，鸿常一耳。"

［3］噰噰（yōng yōng）：鸟叫声。

［4］皎皎：明亮的样子。

［5］渚：水中小洲。

［6］皓素：洁白、纯白。

［7］素秋：秋季。古代五行之说，秋属金，其色白，故称素秋。唐杜甫《秋兴》诗之六："瞿唐峡口曲江头，万里风烟接素秋。"南游：迁徙南飞。

［8］北息：到北方生息。

［9］占时：占据南迁的时间，南迁。露零：露水降落。

［10］搏云：与云搏斗，即出入于云层。

［11］弋：射，用带绳子的箭射。

［12］排：排成行列。八极：八方极远之地。

［13］泬寥：天空清朗貌。

［14］广漠：地大空旷，如同沙漠。

［15］惨淡：艰苦地；苦费心力地。

［16］微茫：隐秘暗昧。

［17］典出《汉书·苏武传》。苏武被困匈奴多年，单于诡称苏武已死。后

来汉使探知实情，声言汉天子在上林苑射得大雁，雁足系有苏武所写帛书，云在某泽中。单于不得已，交还武等九人。后遂以"雁足传书"指大雁能传递书信。

[18]刘向《新序·杂事》载：梁君出猎，见白雁群，下车欲射而行人不听梁君之劝，惊动白雁，梁君怒而欲杀之。其御公孙袭下车制止，引齐景公求雨为民而不以人作为求雨的祭品，进而说："今主君以白雁之故欲射人，袭谓主君言无异于虎狼！""梁君援其手而上车归，入庙门，呼万岁，曰：'幸哉今日也！他人猎皆得禽兽，吾猎得善言而归。'"

[19]婚赞：婚礼时用的礼物。敬帝：梁敬帝萧方智。

[20]《旧唐书·李弘传》记载：唐高宗时，太子李弘纳裴居道的女儿为妃，主办官员上奏应以白雁为见面礼。正好苑中获得白雁，高宗欢喜地说："汉朝获得朱雁，于是作了乐府；今天我获得白雁，作为订婚的礼品。这事就会被人作歌谣传颂，婚礼是人伦之首，后代会看着我们，我就无愧于心了。"

[21]映带：景物相互映衬。

[23]乍：忽然。

[24]潦：路上的积水。

[25]讶：惊讶。

[26]岂第（kǎi tì）:同"恺悌"，平和的样子。《诗·小雅·湛露》："其桐其椅，其实离离。岂弟君子，莫不令仪。"

[27]傲五色：以五色为傲。

[28]轻试雪衣：指身上被轻雪覆盖。

[29]四海：世界各地。横飞：交错飞行。

[30]石头之城：南京城的别称。这里泛指石头建筑之城。

[31]星子：地名，是江西省九江市下辖的一个县。旁靠长江，背倚庐山，面临鄱阳湖。

[32]翎：鸟翅和尾上的长而硬的羽毛，这里指羽毛。

[33]素心：纯洁之心。

[34]金闺：闺阁的美称。

[35]绣阁：绣房。后蜀欧阳炯《菩萨蛮》词之四："画屏绣阁三秋雨，香唇腻脸偎人语。"

[36]偏怜：特别宠爱。

[37]深费：很费解。

[38]桂殿：月宫。

[39]长门：汉宫名。长门宫原是馆陶长公主刘嫖所有的私家园林，后来刘嫖的女儿陈皇后被废，迁居长门宫。相传皇后陈阿娇不甘心被废，千金买赋，得司马相如所作《长门赋》，以期君王回心转意。此赋使长门之名千古流传。长

门宫也成为冷宫的代名词。

[40] 梦已回：梦已醒。

[41] 后主：南唐后主李煜。李煜的词《相见欢》《浪淘沙》《虞美人》等反映宫廷生活和男女情爱，意境深远，满心的哀愁，无比冷清的庭院，孤独的春花秋月……哀婉凄凉，均为千年不衰的绝唱。在晚唐五代词中别树一帜，对后世词坛影响深远。

[42] 简文：梁简文帝萧纲。半路之失：所指不详。

[43] 将：岂；难道。《国语·楚语》："若无然，民将能登天乎？"

[44] 戍妇：守边丈夫的妻子。

[45] 衾帱：被子和帐子。

[46] 綦：青黑色。

[47] 缟：白色，没经染色的绢。

[48] 宾鸿：鸿雁。

[49] 儿女矶：指赤壁矶。宋辛弃疾的作品《满江红·送李正之提刑入蜀》下阕："儿女泪，君休滴。荆楚路，吾能说。要新诗准备，庐江山色。赤壁矶头千古浪，铜鞮陌上三更月。正梅花、万里雪深时，须相忆。""儿女泪"取王勃"无为在歧路，儿女共沾巾"之意。词意为不要流泪伤心，请用诗写下一路美好景色：庐山的丰姿，赤壁的激浪，襄阳的明月。正是梅花花开、大雪纷飞季节，务必相互勉励莫相忘并不断传递消息。

[50] 尺素之书：古代写信用绢帛，通常长一尺，因此指称书信或传递书信。古乐府《饮马长城窟行》："客从远方来，遗我双鲤鱼。呼儿烹鲤鱼，中有尺素书。"

[51] 垢妇津头：唐段成式《酉阳杂俎·诺皋记上》载，晋刘伯玉妻段氏甚妒忌。伯玉尝诵《洛神赋》，曰："娶妇得如此，吾无憾焉！"其妻恨曰："君何得以水神美而欲轻我？我死，何愁不为水神？"乃投水而死。后因称其投水处为"妒妇津"。相传妇人渡此津，必坏衣毁妆，否则即风波大作。故又称"垢妇津"。

[52] 华笺：质好而色美的纸。常用来写信、题诗等。也用来敬称他人来信。

[53] 羁客：旅客；旅人。南朝·宋·鲍照《代櫂歌行》："羁客离婴时，飘飘无定所。"

[54] 遣兴：抒发情怀，解闷散心。

[55] 塔：大雁塔，在陕西西安的慈恩寺中，为唐玄奘所建。题名塔上，即雁塔题名，唐朝新中进士，均在大雁塔内题名。故以"雁塔题名"代称进士及第。

[56] 仿佛：似有若无貌。

[57] 回影峰：指南岳衡山回雁峰。唐代诗人王勃在《滕王阁序》中有"雁阵惊寒，声断衡阳之浦。"杜甫曾居衡阳，留下了"万里衡阳雁，今年又北归"

的诗句。

[58] 依稀：含糊不清，不明确；隐隐约约，若有若无。南朝宋谢灵运《行田登海盘屿山》诗："依稀采菱歌，彷佛含嚬容。"

[59] 形质：才具，气质。《晋书·刘曜载记》："自以形质异众，恐不容于世，隐迹管涔山，以琴书为事。"俊：超群。

[60] 三秋：秋季，这里指全年。

[61] 千仞：形容极高或极深。古以八尺为仞。

原文	译文

白燕赋

以梨花庭院冷侵衣为韵

原文	译文
猗华胥之素羽[1]，	啊梦中的白燕，
向海岛以幽栖[2]。	临海岛住在幽僻之地。
远集桑柘[3]，	到远处收集桑柘之枝，
高飞枣梨。	高飞在枣梨之际。
月榭归来[4]，	从赏月的台榭归来，
寻踪迹兮如矢。	如飞箭寻找踪迹。
云轩漂去[5]，	像云车一样飘去，
望形色兮欲迷[6]。	望着形色啊使人陶醉沉迷。
尔乃耀霜翮[7]，	闪耀着霜雪一样的羽毛，
媚春华[8]。	逢迎着春花。
任尔高衔杏蕊，	任你高高叼衔着杏花，
碧不染于微翎。	碧绿不会浸染一点羽毛。
凭他细啄桃花，	凭它仔细啄食桃花，
红不粘乎小喙。	红粉也不会粘在嘴角。
掠水则淡，	掠过水面颜色变浅，
受风则斜。	受风吹拂身子斜滑。
明光掩映，	掩映在明亮的光辉下，
白羽交加。	与白色羽毛辉映交加。
名谁唤乌衣[9]？	谁在召唤白羽鸟？
偶尔记六朝之巷[10]，	偶尔记得南京城的巷道，
梦不到朱户，	梦中富贵院落没有找到，
依然入百姓之家。	依然进到百姓院巢。
将欲托身大厦，	准备想托身在华堂大厦，
寄迹深庭。	寄身深庭之角。

则凄凉歌舞之堂，　　　　　　　　凄凉的歌舞楼堂，
惟生虚白，　　　　　　　　　　　只有空白，
寂寞金珠之宅，　　　　　　　　　寂寞的金珠华丽宅院，
只剩空青，　　　　　　　　　　　只剩空荡荡的绿茵，
惟此双双素影，　　　　　　　　　只有这成双的白影，
两两真形。　　　　　　　　　　　成双成对是真实的体形。
认路而从容入，　　　　　　　　　认得路从容进入，
寻巢而次第经。　　　　　　　　　寻找旧巢依次通行。
何飞鸣之无识，　　　　　　　　　为何飞鸣时似不识，
似去就之有灵[11]。　　　　　　接近旧巢时有神灵。
于是用淡浓，　　　　　　　　　　在此用淡妆，
明素绚[12]，　　　　　　　　　表明素白本真，
不以繁华为工，　　　　　　　　　不以容貌美丽为精巧，
不以颜色自炫。　　　　　　　　　不以颜色而自炫鸣。
但有寒门堪依，　　　　　　　　　只要有寒门能依存，
岂必华屋为恋。　　　　　　　　　何必一定要贪恋豪门。
觅关氏于楼畔[13]，　　　　　　在楼边寻觅关盼盼，
空悲昔日之白杨；　　　　　　　　空悲伤在往日的白杨前。
吊姚家于冢傍[14]，　　　　　　在坟旁吊唁姚家，
犹系当年之红线。　　　　　　　　如同系着当年的红线。
盛衰之感，　　　　　　　　　　　盛衰使人感叹，
怅望千秋。　　　　　　　　　　　怅望千年。
今古之情，　　　　　　　　　　　今古之情，
离迷一片[15]。　　　　　　　　心神恍惚一片。
是以玳瑁梁间[16]，　　　　　　因此画梁之间，
睹兹素服[17]，　　　　　　　　见这白色，
则怀少妇于卢家[18]。　　　　　就对卢家的少妇心怀挂念。
珍珠帘外，　　　　　　　　　　　珍珠帘外，
见此缟衣[19]，　　　　　　　　见这白燕，
则思丽质于汉殿[20]。　　　　　就思念汉宫丽人赵飞燕。
又奚必化簪头之白玉。　　　　　　又何必变簪头为白玉燕，
宠冠后宫，　　　　　　　　　　　在后宫争宠夺冠。
舞堂上之白罗，　　　　　　　　　在堂上舞动白罗，
情生别院已哉。　　　　　　　　　情生别院。

由是望琪围（闱）[21]，　　　　由此望着美好的后宫，

思画省[22]，　　　　　　　　　思念尚书省，

窥高帷，　　　　　　　　　　窥探高高的帷幔，

历清境，　　　　　　　　　　经历清静之境，

客江湖而不饱[23]，　　　　　　客居江湖而不满。

谁怜惨淡之神，　　　　　　　谁怜悯悲惨凄凉的神灵，

傍门户，　　　　　　　　　　靠近门户，

以依人，　　　　　　　　　　依靠他人，

空有羁栖之影[24]。　　　　　　空有淹留他乡之影。

将魂梦以同清，　　　　　　　带着魂梦与他共同清净，

与衣裳而俱冷。　　　　　　　给他衣裳而一起寒冷。

藉主人之清白，　　　　　　　借主人的清白，

感旧谊之高深，　　　　　　　感念旧日友谊的高深。

展蹁蹁之弱羽，　　　　　　　展开歪斜的弱翅，

抱区区之微忱。　　　　　　　怀抱微薄的诚心。

允遂归洁之志，　　　　　　　应允完成洁身归根的志向，

不受染污之侵。　　　　　　　不受污染的蚀侵。

从此路入青云，　　　　　　　从此一路青云，

何妨试兹利剪。　　　　　　　何不试这利剪似的翅翎。

天作红雨，　　　　　　　　　天降红雨，

岂遂沾此玉衣，　　　　　　　难道会淋湿这玉衣？

惟本质之不玷。　　　　　　　只要本质没污点，

自素心之无违，　　　　　　　与自己本心无违反。

待羽毛兮能丰满，　　　　　　待羽毛丰满，

将翔集兮有光辉。　　　　　　将来翱翔有光点。

 原批

寄托深远，素彩缤纷，明袁凯诗，不得专美于前。

 题解

　　作者深情地描述了罕见的白燕，赋予它们高洁的品格，如玉纯洁，遗世独立，孤高自许。在作者的笔下，燕子是吉祥的象征，是爱情的使者。借助于白燕也抒发了作者的心境和期望。

[1] 猗（yī）:叹词。常用于句首，表示赞叹，相当于"啊"。《诗经·齐风·猗嗟》:"猗嗟昌兮，颀而长兮。华胥:《列子·黄帝》载，黄帝梦入华胥之国。该国百姓听任自然，甚为自得。后指梦境、仙境，或指无所管束的理想境地。素羽:白色羽毛，这里借指白燕。

[2] 幽栖:幽僻的栖止之处。唐王昌龄《过华阴》诗:"羁人感幽栖，宵映转奇绝。"

[3] 桑柘:桑木柘木，叶可喂蚕。宋朱彧《萍洲可谈》卷二:"而先植桑柘已成，蚕丝之利，甲于东南，迄今尤盛。"

[4] 月榭:赏月的台榭。南朝梁沈约《郊居赋》:"风台累翼，月榭重栖。"

[5] 云轩:云车。传说中仙人的车驾。《文选·张协〈七命〉》:"尔乃巾云轩，践朝雾。赴春衢，整秋御。"李善注:"郑玄《周礼》注曰:巾，犹衣也。"

[6] 迷:使人陶醉。

[7] 尔乃:发语词，无义。

[8] 媚:逢迎。

[9] 名谁唤乌衣:该句有误，疑为"谁换乌衣"。

[10] 六朝:历史上三国东吴，东晋，南朝宋、齐、梁、陈都以今南京为首都，合称六朝。

[11] 去就:接近。

[12] 于是:在此。《史记·孟子荀卿列传》:"中国外如赤县神州者九，乃所谓九州也。于是有裨海环之，人民禽兽莫能相通者。"淡淡、素绚:偏义复词，意为淡、素，即白色。

[13] 关氏:关盼盼。文学故事人物。唐代徐州著名歌妓，相传为礼部尚书张建封宠妾，建封死后，独居徐州燕子楼十余年，不愿改嫁。

[14] 傍:应为"旁"。姚家:不详。

[15] 离迷:心神恍惚。

[16] 玳瑁梁:画梁的美称。唐沈佺期《古意》诗:"卢家少妇郁金堂，海燕双栖玳瑁梁。"

[17] 素服:指白燕。

[18] 卢家:乐府古诗《河中之水歌》:"十五嫁作卢家妇，十六生儿字阿侯。"后人往往以卢家妇作为年轻女子的代称。

[19] 缟衣:指代白燕。

[20] 丽质:指汉宫丽人赵飞燕。《飞燕外传》称其名为赵宜主，出身平民之家，家境贫穷，选入宫中为家人子（即宫女），后在阳阿公主处学舞，为汉成

帝刘骜第二任皇后。

　　[21]琪：形容美好，珍贵。围：应为"闱"，后妃居处。琪闱即美好的后宫。

　　[22]画省：指尚书省。唐岑参《暮秋会严京兆后厅竹斋》诗："盛德中朝贵，清风画省寒。"这里指朝廷。

　　[23]饱：满足。

　　[24]羁栖：淹留他乡。

秋心赋

原文	译文
触景兴怀者，	见景引起感触的，
惟此三秋之际。	只有这秋天的时光。
布沉寥兮八荒[1]，	宇宙空阔晴朗，
开萧瑟于一岁[2]。	开始了一年的冷清凄凉。
降霜华兮青娥[3]，	雪霜之神降下霜，
司金令兮白帝[4]。	秋天由白帝执掌。
物盛衰而悲秋，	事物经盛衰而悲秋，
人迭更而阅世[5]。	人经替换而知世相。
伊四序之推迁[6]，	四季推移变迁，
纷生降而互替。	万物纷纷降生替代消长。
慨万感之萦心[7]，	感慨万端牵萦于心，
杂交而莫制。	心情杂乱不能抵抗。
则有送君南浦，	有人送君水南面，
饮饯河梁[8]。	饮酒饯行河桥上。
离亭落叶，	驿亭上树叶飘落
客馆停觞[9]。	客馆里停了杯觞。
摇鞭兮影急[10]，	挥动马鞭啊身影急促，
分袂兮魂伤[11]。	分手别离啊极度悲伤。
订归期于几日？	归期订在哪日？
指客路兮何方？	客路指向何方？
野踟蹰兮草短，	踟蹰在外啊秋草短，
山辽远兮云凉。	山遥远啊秋云凉。
送征衣兮登长路[12]，	送旅衣啊踏上长路，
念游子兮恋故乡。	想游子啊眷恋故乡。

是以行子宵征[13]，

悄然不乐[14]。

忽漫漫兮天地寒，

乍飒飒兮风雨作。

车辚辚兮陟山岩，

马啸啸兮入城廓。

盼前途兮阻长[15]，

望故乡兮寥廓[16]。

若乃羁客愁卧[17]，

秋思不禁。

物回薄兮异色[18]，

天惨淡兮多阴[19]。

蝉萋萋兮繁响[20]，

鸿飘飘兮远音。

念家山之迢递兮[21]，

孰忧思之可任。

凭南窗以遥望兮，

向西风而开襟。

惟故土之可怀兮，

岂异地而殊心。

至如少妇卢家[22]，

名姝窦氏[23]，

玩花阶前，

拜月闺里[24]，

巡玉桂而徘徊，

下兰台而倚徙[25]。

念藁砧兮隔远山[26]，

对蒹葭兮临秋水[27]。

羡莫羡兮燕双飞，

怨莫怨兮人千里。

若夫关塞防秋[28]，

边庭驻将[29]，

雪压颓垣，

沙飞叠嶂，

因此旅人夜里出行，

心中不乐而忧伤。

忽然漫漫世界啊天地寒，

猛然飒飒作响啊风雨狂。

车辚辚啊走在石岗陟山，

马啸啸啊进入都市街巷。

盼望的前路啊遥远艰险，

遥望故乡啊深远空旷。

至于旅人愁卧，

愁思不能阻挡。

万物循环变化而异色，

天空凄惨暗淡啊多阴。

蝉声嘈嘈繁密作响，

鸿雁咕咕传来远音。

思念遥远的家乡啊，

什么忧思可担当？

凭依南窗遥望啊，

对着西风解开衣裳。

只有故乡可怀念啊，

难道处在异地而变忘！

至于卢家少妇，

出名的美女窦氏，

（此时）在阶前赏花，

在闺房拜月，

巡看桂树而徘徊，

步下兰台而流连。

思念丈夫啊隔着远山，

对着芦苇啊面临秋天。

没有比燕子双飞更让人羡，

没有比爱人外出千里更让人怨。

至于边疆要塞防秋守关，

边地官署的驻将，

雪压着颓败的墙垣。

沙飞在重叠的山岗。

辽海阔兮深难行，
雁山横兮高莫状[30]。
风力劲兮草离坡，
日光寒兮云荡漾。
金镞鸣兮影参差，
芦箭吹兮声悲壮[31]。
送豪士兮赠宝刀，
别故人兮饯羽帐[32]。
念异地兮思归，
明肝胆兮谁谅?
瞻大漠兮迢遥，
抚身世兮惆怅。
他如金台贵族[33]，
珂里芳邻[34]，
失势远去。
罢归长贫，
睹凉天之坠露，
悲木叶之成薪。
羁空亭兮滋泪，
忆华屋兮伤神。
辞东都之妖冶[35]，
别南国之佳人[36]。
弃蕙心兮莲质[37]，
梦玉貌兮丹唇。
车与马兮辞故主，
金与玉兮委荒尘[38]。
叹薰歇兮烬灭[39]，
忽响绝兮光泯。
每想像于平素，
念独处兮谁亲。
感今昔之殊势，
犹寒暑之相因。
将怀归兮未得，
纵含意而莫申。

似海辽阔啊深远难行，
雁门山横列啊高万丈。
疾风劲吹啊草离了坡，
日光寒冷啊云飘荡。
金箭鸣响啊箭影参差，
吹动芦箭啊声音悲壮。
送别豪杰啊赠送宝刀，
别离旧交啊饯行在羽帐。
念叨在他乡啊想回家乡，
谁明心意啊谁能体谅?
望着大漠啊遥无边，
安抚身世啊惆怅。
其他如养尊处优的贵族，
他乡的近邻，
失去权势去远方。
罢官归乡长贫穷，
目睹秋天的露霜，
为树叶成了柴薪悲伤。
停在空亭啊眼泪汪汪，
忆起华美的房屋啊神伤。
辞别东都的艳妇，
离开南国的美娘。
抛弃了纯洁高雅，
梦见了美人红唇。
车马辚辚啊辞别故土，
金玉丢在荒野中。
叹薰香停歇啊灰烬湮灭，
忽然音响断绝光亮消泯。
平时常常想起，
独处时谁是亲人?
感叹今昔形势不同，
如同寒暑轮替相承。
想归故乡啊不能，
就是有此心也不能申明。

至如烈士暮年[40]，　　　就如志向高远人的晚年，
蹉跎壮志。　　　　　　壮志失意。
蓟櫩惨兮悲秋[41]，　　面对光秃的树梢悲秋，
玩芳蔼兮凝思[42]。　　观赏繁盛的花草沉思。
澹容与兮无言[43]，　　恬静悠闲没言语，
感生平兮滋愧。　　　感念生平生愧意。
时飘忽其不来[44]，　　光阴迅速消失不再来，
老睕晚兮将至[45]。　　年老日暮晚年将至。
桑榆迫兮悲年华[46]，　暮年迫近啊悲叹年华，
蒲柳零兮触情致[47]。　蒲柳凋零啊触动情志。
远复远兮帐前修[48]，　怅望前贤远又远，
念复念兮牵往事。　　牵动往事念又念。
乃若妾驻河西[49]，　　至于妾守在河西，
君留塞北[50]，　　　　君留于塞北，
誓瞰日兮同情[51]，　　对日发誓一意同心，
共明月兮一色[52]。　　在同一景象下共赏明月。
君思妾时远遥，　　　君思妾时妾遥远，
妾忆君兮心恻。　　　妾想君啊心凄恻。
念自伯之远违兮[53]，　念夫婿远离啊，
首飞蓬其谁肴[54]。　　头像飞蓬谁能宽容体贴。
抚孤枕而独眠兮，　　抚摸孤单的枕头独眠啊，
孰情思之有极[55]。　　情思萦绕哪有边界？
忽梦想以通神兮，　　忽然在梦中通了神啊，
恍君身之在侧。　　　恍惚君身就在侧。
惕寐觉而无依兮[56]，　害怕梦醒后无依靠啊，
数更漏以长忆[57]。　　数更漏声用来度长夜。
君若归兮急蹄轮，　　君若归啊紧赶车，
妾欲飞兮无羽翼。　　妾想飞来啊不是鸟雀。
故夫秋之为气也，　　因此秋的气息，
类夫人少必老，　　　类似人从年少到年老，
物盛则穷[58]。　　　　物繁盛后就会衰灭。
无秋不感，　　　　　没有到秋天不感叹的，
无感不同。　　　　　感受没有不同的。
使人神清意懒，　　　秋使人神志清明心生懒怠，

欲净心空[59]，	想使心净洁虚空，
惟旷达者安其运，	只有开朗豁达地安于命运。
明悟者平其衷[60]。	聪慧觉悟的安定内心。
放览乎人间之世，	放眼观览于人世，
逍遥乎云水之中，	逍遥在云水的漂泊无定中，
不知夫岁华之迟速，	不知那年岁的快慢，
又安论秋景之葱茏也哉。	又怎么谈论秋天的葱茏美景呢！

松花道人（临洮吴镇）

赋在文通别恨之间[61]，而兼有芜城之雄健[62]，长门之绵邈[63]。

（该赋写离愁别恨，可堪比拟江淹《别赋》《恨赋》，兼有《芜城赋》的雄健和《长门赋》的深情。）

"秋心"二字合为"愁"，全篇围绕"愁"字展开。以秋景烘托秋思，以离情渲染秋愁。表达了"美人迟暮，壮志不遂"的人生感慨。

［1］泬寥（xuè liáo）：空旷清朗貌。《楚辞·九辩》："泬寥兮天高而气清。"八荒：宇宙，天下。

［2］萧瑟：形容风吹树叶的声音，形容环境冷清、凄凉。宋苏轼《定风波》词："回首向来萧瑟处，归去，也无风雨也无晴。"

［3］青娥：神话传说中的霜雪之神。

［4］司：负责，掌握。金令：秋天的时令。白帝：中国古代神话中的西方之神。

［5］迭更：替换。阅世：阅历时世。宋苏轼《送参寥师》："阅世走人间，观身卧云岭。"

［6］四序：春夏秋冬。

［7］萦心：牵挂心间。

［8］南浦：南面的水边。《楚辞·九歌·河伯》："送美人兮南浦。"常指送别之地。河梁：桥。李陵《与苏武》诗之三："携手上河梁，游子暮何之？"借指送别之地。

［9］觞：酒杯。

［10］摇鞭：挥动马鞭。多指远行。唐方干《送吴彦融赴举》诗："西陵柳路摇鞭尽，北固潮程挂席飞。"

［11］袂（mèi）：衣袖。分袂，离别。唐李山甫《别杨秀才》诗："如何又分袂，

难话别离情。"

[12] 征衣：旅人之衣。宋刘儗《诉衷情》词："征衣薄薄不禁风，长日雨丝中。"

[13] 行子：出行的人。南朝宋鲍照《代东门行》："野风吹草木，行子心肠断。"

[14] 悄然：忧伤的样子。苏轼《后赤壁赋》："予亦悄然而悲，肃然而恐。"

[15] 阻长：形容道路艰险而遥远。《诗·秦风·蒹葭》："溯洄从之，道阻且长。"

[16] 寥廓：空旷深远。《楚辞·远游》："下峥嵘而无地兮，上寥廓而无天。"洪兴祖补注引颜师古曰："寥廓，广远也。"

[17] 若乃：至于。用于句子开头，表示另起一事。汉班固《西都赋》："若乃观其四郊，浮游近县，则南望杜霸，北眺五陵。"羁（jī）客：旅客；旅人。南朝宋鲍照《代櫂歌行》："羁客离婴时，飘飘无定所。"

[18] 回薄：循环变化。

[19] 惨淡：凄惨暗淡。

[20] 彗彗：嘒嘒，象声词。蝉鸣声。

[21] 家山：故乡。唐钱起《送李栖桐道举擢第还乡省侍》诗："莲舟同宿浦，柳岸向家山。"迢递（tiáo dì）：也作"迢遰"。遥远貌。三国魏嵇康《琴赋》："指苍梧之迢递，临回江之威夷。"

[22] 卢家少妇：名莫愁，梁武帝萧衍诗中的人物，后来用作少妇的代称。唐沈佺期《独不见·卢家少妇郁金堂》："卢家少妇郁金堂，海燕双栖玳瑁梁。"

[23] 名姝窦氏：出名的窦家美女。窦漪，清河郡（今河北清河）人，汉文帝皇后。

[24] 拜月：指关汉卿《拜月亭》的故事。

[25] 兰台：台子的美称，犹如兰舟、兰室。倚徙（yǐ xǐ）：流连徘徊。南朝宋鲍照《拟行路难》之七："人生不得恒称意，惆怅倚徙至夜半。"

[26] 薰砧（gǎo zhēn）：古代妇女称丈夫的隐语。汉徐陵《玉台新咏·薰砧今何在》："薰砧今何在？山上复有山。何当大刀头？破镜飞上天。"

[27] 蒹葭：芦苇。《诗经·秦风·蒹葭》："蒹葭苍苍，白露为霜。"

[28] 若夫：至于。句首语气词，用在句首或段落的开始，表示另提一事。宋欧阳修《醉翁亭记》："若夫日出而林霏开，云归而岩穴暝，晦明变化者，山间之朝暮也。"防秋：古代西北各游牧部落，往往趁秋高马肥时南侵。届时边军特加警卫，调兵防守，称为"防秋"。

[29] 边庭：边地的官署。《敦煌曲子词·失调名》："良人去住边庭，三载长征。"

[30] 雁山：雁门山。南朝梁江淹《别赋》："辽水无极，雁山参云。"也

作"鴈山"。

［31］芦笳：古代的一种管乐器。以芦叶为管，管口有哨簧，管面有音孔，下端范铜为喇叭嘴状，吹时用指启闭音孔，以调音节。清代兵营多用作巡哨。宋曾慥《类说·集韵》："胡人卷芦叶而吹，谓之芦笳。"

［32］羽帐：有翠羽装饰的帐篷。

［33］金台：黄金台，亦称招贤台，战国时期燕昭王筑，为燕昭王尊师郭隗之所。这里指延揽士人养尊处优之处。

［34］珂里：对他人故乡的美称。清周亮工《复高念东》："两过珂里，俱以急行，不得作竟夕之饮。"芳邻：对邻居的美称。

［35］东都：历代王朝在原京师以东的都城。

［36］南国：古时称南方诸侯之国。

［37］蕙心、莲质：蕙、莲均为香草名。比喻女子心地纯洁，品质高雅。

［38］委：丢弃。荒尘：荒野尘埃之地。

［39］薰：一种香草，古人燎薰以取其香。

［40］烈士：有抱负、志向高远的人。三国魏曹操《步出夏门行》："老骥伏枥，志在千里。烈士暮年，壮心不已。"

［41］莦（shāo）：同"梢"，树梢。櫹槮（xiāo shěn）：树梢光秃秃的样子。

［42］芳蔼：芳香而繁盛。三国魏曹植《洛神赋》："微幽兰之芳蔼兮，步踟蹰于山隅。"这里指花草。

［43］澹：恬静、安然的样子。容与：悠闲自得的样子。晋陶渊明《闲情赋》："步容与于南林。"

［44］飘忽：指光阴迅速消逝或时间短暂。《文选·陆机〈叹逝赋〉》："时飘忽其不再，老晼晚其将及。"

［45］晼晚：太阳将落山的样子。屈原《楚辞·哀时命》："白日晼晚将入兮，哀余寿之弗将。"

［46］桑榆：太阳落下的地方。比喻老年。

［47］情致：情感。

［48］帐：疑为"怅"，怅望。前修：前贤。宋范仲淹《淡交若水赋》："士有远慕前修，聿希令望。"

［49］河西：河西走廊。

［50］塞北：长城以北。

［51］誓瞰日：对着太阳发誓。同情：同心，一心。《后汉书·马援传》："四海已定，兆民同情。"

［52］色：景象。

［53］伯：古代女子对丈夫的称谓。《诗·卫风·伯兮》"自伯之东，首如飞蓬。

岂无膏沐？谁适为容！"违：离别。

[54]飞蓬：枯后根断遇风飞旋的蓬草，比喻头发蓬乱。宥：应为"宥"，宽恕，原谅。

[55]孰：通"熟"，表程度深。

[56]惕：害怕。寐觉：睡醒。

[57]更漏：漏壶，计时器。古代用滴漏计时，夜间凭漏刻传更，故称。唐李肇《唐国史补》卷中："惠远以山中不知更漏，乃取铜叶制器，状如莲花，置盆水之上，底孔漏水，半之则沉，每昼夜十二沉。"

[58]穷：穷尽，衰谢。

[59]心空：佛教语。指心性广大，含容万象，如虚空无际。也指本心澄澈空寂无相。

[60]衷：内心。

[61]文通：南朝梁文学家江淹的字。别恨：离别之愁，此指江淹的《别赋》《恨赋》。

[62]芜城：指南朝鲍照的《芜城赋》，为南朝抒情赋名篇。芜城即广陵（今江苏扬州）。此赋将广陵山川胜势和昔日热闹繁华的景象与眼前荒草离离、河梁圮毁的破败景象进行对比，在对历史的回顾和思索中，通过气氛的渲染和夸张的描绘，表现了作者对屠城暴行的谴责，寓有今昔兴亡之感。语言清新遒丽，形象鲜明，风格沉郁，具有强烈的艺术感染力。

[63]长门：《长门赋》，见于南朝梁萧统的《昭明文选》，据其序，是汉代文学家司马相如受汉武帝失宠皇后陈阿娇的百金重托而作的一篇骚体赋。作品以一个受到冷遇的嫔妃口吻写成。此赋以景写情，情景交融，表现陈皇后被遗弃后苦闷和抑郁的心情，艺术表现上反复重叠，表达女性感情极其细腻，是一篇优秀的骚体赋。绵邈：也作"緜邈"。形容含意深远或情意深长。晋陆机《文赋》："函緜邈于尺素，吐滂沛乎寸心。"

园禾三穗赋

以园禾三穗书田有秋为韵

原文	译文
有怡云之野客[1]，	有位怡云庵的村夫，
辟半亩之荒园，	开辟了荒园半亩。
杂以泉石，	用泉水石块杂布，
布以墙垣。	用墙垣围住。
小筑新成[2]，	新落成的小居，
看丹英之入户。	看红花伸进户。
残棋闲度，	闲暇时下残棋，
爱绿荫之临轩[3]。	爱小屋被绿掩。
四季有花，	四季有花，
迎风艳冶。	迎风妖冶娇艳。
一渠通水，	一条渠水通过，
入夜潺湲。	入夜水声潺潺。
调余食兮花有药，	花里有药可调理我的饮食，
蠲余忿兮草有萱[4]。	除去我的怒忿啊草中有萱。
抚松筠兮寒有色[5]，	抚摸松竹啊天寒见本色，
攀桃李兮澹无言。	攀附在桃李上恬静无言。
锡以庸名[6]，	赐给它平常的名字，
漆园之蝴蝶堪拟[7]。	庄子的蝴蝶能比肩。
倚为别业[8]，	倚仗为别墅，
云阁之鹪鹩可援[9]。	高楼的小鸟可攀援。
时维四月，	时间在四月，
节届清和。	节气清明和暖。
园渠仅尺，	仅一尺的渠边，
突出嘉禾。	突然长出好苗。
美双苗之葱郁，	鲜美的双苗郁郁葱葱，
见三穗之婆娑[10]。	看见三穗舞动盘旋。
无种而生，	没撒种而出生，
华林之十枝并重[11]。	似茂盛的林中十枝同繁。
不耕而植，	没耘耕而竖立，
固始之七穗同科[12]。	本始于七穗同一茎秆。
麻姑爪攫之珠[13]，	麻姑手抓的珍珠，
一粒尤贵。	一粒都无比贵重。

天帝云飞之粟，
几颗为多？
尔乃草亭日暖[14]，
茅屋云蓝。
田非上下，
亩异东南。
颖发沟中[15]，
疑是金铺玉列。
秀凝墀畔[16]，
无非云护烟含。
闻唤雨之鸣鸠，
声出湾前九九[17]。
听催耕之布谷，
音来径里三三[18]。
祈千仓兮物象攸纪[19]，
祝万宝兮风光可探[20]。
岂禄膺上品之荣[21]，
梦征蔡茂[22]。
或民歌渔阳之政，
瑞继张堪[23]。
羌观出水之苗[24]，
忽迓明昭之赐[25]。
琼英粲粲[26]，
俨然握瑾而怀瑜[27]。
云稼油油[28]，
宛尔山辉而川媚。
嘉双岐兮同一茎，
合两根兮成六穗。
何殊紫瑛结绿，
充牣半亩之宫。
岂异明月夜光，
照耀百弓之地[29]。
仆廿年株守[30]，
数载巢居，

从天帝云端飞来的谷粒，
几颗会嫌多？
草亭白日温暖，
茅屋上面云蓝。
好苗不在田亩上下，
也不在土地的东南。
新颖发生在沟坎，
怀疑是铺金地上玉列班。
秀丽地凝视台阶边，
不外有云雾保护遮掩。
闻唤雨的斑鸠，
九九声传出湾前。
听催耕的布谷，
自小路传来，声音遥远。
祈祷千仓满啊万物长得治理，
祝福万物啊繁华景象可问探。
难道有受上品福泽的荣耀，
梦中预示境遇如蔡茂。
或如民歌赞颂的"渔阳惠政"，
继承祥瑞于张堪。
看高出渠水的禾苗，
忽然迎来显明的恩赐。
似鲜花一样闪闪发亮，
简直抱持着美玉。
庄稼茂盛绿油油，
就如山有光辉河妩媚。
嘉美的两叉同一茎，
合成两根啊抽出六穗。
为何与紫玉上结的绿色不同，
光芒充满了半亩室宫。
难道和明月夜光珠不同？
照耀方圆远至百弓。
我拘泥守候二十载，
数年隐居，

痴同高风之漂麦[31]，　　　　　　　　痴呆读书如高凤，

穷慕虞卿之著书[32]。　　　　　　　　困穷而羡慕虞卿的著述。

求至味于芸编[33]，　　　　　　　　　在书中寻求最美的滋味，

何曾食古而化？　　　　　　　　　　何时消化了古代的书？

睹坤珍于石窦[34]，　　　　　　　　　从石孔中看大地的符瑞，

奚必带经而锄[35]。　　　　　　　　　何必边学经典边把地锄。

岂缘鬻蔬多年[36]？　　　　　　　　　难道因妇人卖菜果多年？

酬间居于潘岳[37]。　　　　　　　　　见美男潘岳就把水果向他抛出。

或因下帷有日[38]，　　　　　　　　　或许汉武帝称帝时日不久，

报美贶于仲舒[39]。　　　　　　　　　以隆重的礼仪报答董仲舒。

于是玩嘉种，　　　　　　　　　　　在此赏玩美妙的物种，

俯流泉，　　　　　　　　　　　　　俯视流动的泉水，

洵麻桑之可乐[40]。　　　　　　　　　桑麻农事实在使人欢快。

沐雨露之无偏，　　　　　　　　　　沐浴着没偏心的雨露，

邀大烹以代耕[41]，　　　　　　　　　邀请替耕人盛情照待。

禾占三百，　　　　　　　　　　　　庄稼估计每亩可打三百斤，

兆荣禄以备养[42]。　　　　　　　　　兆示利禄功名养家也可待。

岁卜十千[43]，　　　　　　　　　　　占卜一年是禄十千，

岂必九茎丹芝[44]。　　　　　　　　　难道一定是九茎灵芝到来。

积于元圃[45]，　　　　　　　　　　　聚集在园圃，

恰如一双白璧。　　　　　　　　　　正好像一双白色玉璧摆。

种自蓝田，　　　　　　　　　　　　品种来自蓝田，

是皆我国家率育下民[46]。　　　　　　这都是国家供养百姓的安排。

百福翕受[47]，　　　　　　　　　　　合受百福，

罄无不宜[48]。　　　　　　　　　　　用尽也没关系。

克开厥后，　　　　　　　　　　　　能开其后，

行见宝鼎与芝房骈臻[49]，　　　　　　显出宝鼎与灵芝并至，

白麟与朱雀为偶[50]。　　　　　　　　白麒麟与朱雀为伴侣。

自兹太史执笔而书曰：　　　　　　　自此史官执笔写道：

"年登大有[51]"；　　　　　　　　　　"年成大丰收"；

乃复为之歌曰：　　　　　　　　　　又为这事歌唱说：

"稼穑维宝[52]。　　　　　　　　　　　"农业生产是宝。

贻来牟兮[53]，　　　　　　　　　　　赠麦子啊，

一茎九穗。　　　　　　　　　　　　一茎九穗。

兆嘉禾兮，	兆示嘉麦啊，
大田多稼。	大面积的田里多庄稼。
服先畴兮，	适应先前的田地啊，
良苗叠秀。	良苗重叠而秀发。
比琳球兮[54]，	与美玉比并啊，
亿万斯年[55]，	亿万万年，
庆有秋兮[56]。"	庆祝有丰年。"

原评

笔笔从园禾渲染，镂金错彩，笔有宝光。

题解

此篇及以下两篇都写祥瑞。儒学认为出现《河图》《洛书》或彩云、禾生双穗、地出甘泉、奇禽异兽显现等等都是天意的表达，这些有益的自然现象是上天对朝廷或官员行为的赞赏和褒奖，观测和解释这些现象，是儒者的重要工作。本篇对禾生三穗进行了描述和礼赞。

作者认为，"园禾三穗"是勤劳的结果，勤苦读书也会有收获。

注解

[1] 野客：村野之人。多借指隐逸者。唐杜甫《柟树为风雨所拔叹》诗："野客频留惧雪霜，行人不过听竽籁。"

[2] 小筑：指规模小而比较雅致的宅园。宋陆游《小筑》诗："小筑清溪尾，萧森万竹蟠。"

[3] 轩：有窗的长廊或小屋。

[4] 蠲（juān）：免除。萱：萱草，多年生宿根草本。具短根状茎和粗壮的纺锤形肉质根。别名有"金针""黄花菜""忘忧草""宜男草""疗愁""鹿箭"等。

[5] 松筠：松和竹。松竹皆岁寒不凋，因用以比喻节操坚贞。

[6] 锡：通："赐"。

[7] 漆园：漆园吏，指庄子。蝴蝶：庄周梦见自己变成蝴蝶，不知道自己原本是庄周。突然间醒过来，不知是庄周梦中变成蝴蝶呢，还是蝴蝶梦见自己变成庄周呢？堪拟：能比拟。

[8] 别业：原宅院外另营别墅。

[9] 云阁：高耸入云的楼阁。鹪鹩：鸟名。形小，羽毛有黑褐色斑点。尾羽短，略向上翘。巢大如鸡卵，系以麻发，于一侧开孔出入。俗称巧妇鸟，又名桃雀、桑飞等。《庄子·逍遥游》："鹪鹩巢于深林，不过一枝。"

〔10〕婆娑：盘旋舞动的样子。

〔11〕华林：繁盛的树林。

〔12〕科：通"棵"，量词。

〔13〕麻姑：神话中仙女名。传说她寿很长，经历过三次大海变桑田。东汉桓帝时麻姑应仙人王方平召唤，降于蔡经家。麻姑年轻貌美，手纤长似鸟爪。蔡经见后，心中想："脊背很痒时，得到这个手爪来搔痒脊背，应当很好。"王方平知蔡经心中所想，让人鞭打蔡经，并说："麻姑是神人，你为何想着麻姑的手搔爬你的背呢！"后用做长寿、吉祥的象征。

〔14〕尔乃：更端发语词。班固《西都赋》："尔乃正殿崔嵬，层构厥高，临乎未央。"

〔15〕颖：禾的末端，禾本科植物小穗基部的苞片。

〔16〕堦：同"阶"，台阶。

〔17〕九九：斑鸠声。

〔18〕径里：小路上。三三：指三乘以三，喻遥远。

〔19〕物象：外界事物。攸纪：长久治理。

〔20〕万宝：万物。

〔21〕上品：指最高的门阀品第。《晋书·刘毅传》："是以上品无寒门，下品无士族。"

〔22〕蔡茂：汉哀帝、汉平帝年间以儒学闻名，征召试为博士，对策陈述灾异，以优异被擢拜为议郎，迁侍中。

〔23〕张堪：字君游，南阳宛县（今河南南阳）人。张堪很早就成为孤儿，他把父亲留下的数百万家产让给堂侄。16岁时，他来到长安受业学习。诸儒都称他为"圣童"。张堪文武全才，拜渔阳太守后，在军事上，打得北部匈奴不敢南犯，经济上创造性的落实了光武帝刘秀的休养生息的国策，出现了史学家称为的"渔阳惠政"。百姓歌颂说："桑树茂盛无旁枝，麦结双穗丰收时。张君治理郡中事，其乐融融不可支。"我国东汉著名科学家、文学家张衡就是他的孙子。

〔24〕羌：句首语助词，无义。

〔25〕逆：迎。明昭：昭明，显明。

〔26〕琼英：喻美丽的花。元无名氏《一枝花·惜春》曲："春阴低画阁，梅瓣琼英落。"

〔27〕俨然：简直，真像。瑾瑜：美玉名，泛指美玉。

〔28〕云稼：形容庄稼茂盛。唐黄滔《绛州郑尚书》诗："旌旗日日展东风，云稼连山雪刃空。"

〔29〕百弓：五百尺。弓，丈量土地的计算单位，约合五尺。这里借指百弓土地。

〔30〕株守：比喻拘泥守旧，不知变通。

〔31〕风：应为"凤"。漂麦：《后汉书·逸民传·高凤》载：汉时，高凤妻在庭院晒麦，让高凤看护麦子。高凤持书诵读，当时天降暴雨，积水漂走了麦子，高凤竟然不知。后以"漂麦"指专心读书。

〔32〕虞卿：赵国中牟（今河南鹤壁）人，脚蹬草鞋，肩挂雨伞，游说赵孝成王，任赵国上卿，所以称他为虞卿。后来虞卿因为魏国宰相魏齐的缘故，抛弃了万户侯的爵位和卿相大印，离开了赵国，在魏国大梁遭到困厄。魏齐死后，虞卿不得志，就著书立说，参考《春秋》，观察近代的世情，写下了《节义》《称号》《揣摩》《政谋》共八篇，用来评议国家政治的成败，世传之为《虞氏春秋》。

〔33〕芸编：指书籍。芸，香草，置书页内可以辟蠹，故称。

〔34〕坤珍：指大地呈现出的符瑞。

〔35〕带经而锄：《汉书·倪宽传》载，倪宽跟着孔安国学习五经，缺乏学习费用，还要为弟子们做饭，有时还要下地干活。他下地时总要带着经书，休息时便抓紧学习。这里指生活贫苦依然坚持学习。

〔36〕鬻蔬：靠卖自己所种的蔬菜为生。《文选·潘岳〈闲居赋〉》："灌园粥蔬，以供朝夕之膳"。

〔37〕酬间居于潘岳：《晋书·潘岳传》："岳美姿仪，辞藻绝丽，尤善为哀诔之文。少时常挟弹出洛阳道，妇人遇之者，皆连手环绕，投之以果，遂满车而归。"（少年潘岳风流顽皮，喜欢挟牛皮弹弓到洛阳城外游玩，妇人们见着，竟手拉手围将起来，争相丢水果，都将车丢满了。）

〔38〕下帷：放下悬挂的帷幕，这里指称帝。

〔39〕贶（kuàng）：赠，赐。仲舒：董仲舒。董仲舒提出"罢黜百家，独尊儒术"，适应了汉武帝加强中央集权的需要，是汉武帝的得力大臣。他死后，汉武帝有一次经过他的墓地，特意下车凭吊，后来，董仲舒的墓地被称为"下马陵"。

〔40〕洵：实在，的确。麻桑：指农事生产。

〔41〕该句是说，邀请替耕帮忙的人，做好菜好饭盛大地招待他们。

〔42〕荣禄：功名利禄。备养：预备供养。该句是说，预示着会取得功名来养家。

〔43〕岁卜：占卜一年的大事。

〔44〕丹芝：紫芝，指最好的灵芝。

〔45〕元：应为"园"。园圃，种植果木菜蔬的田地。

〔46〕率育：用来供养。

〔47〕翕（xī）：合，聚，和顺。

〔48〕罄：尽，用尽。

〔49〕骈臻（pián zhēn）：并至，一并到来。

［50］白麟、朱雀：都为神话中的吉祥动物。

［51］登：成熟，丰收。

［52］稼穑：种植与收割，泛指农业劳动。

［53］来年：麦子。

［54］琳球（lín qiú）：也作"琳璆"，美玉。《宋书·傅亮传》："饯离不以币，赠言重琳球。"

［55］亿万斯年：斯，语助词，无义。亿万年，形容长远的年代。旧时多用于祝国运绵长。出自《诗经·大雅·下武》："于万斯年，受天之祜。"

［56］有秋：丰收，有收成；丰年。《尚书·盘庚上》："若农服田力穑，乃亦有秋。"

双头芍药赋

以花神报瑞春满琼林为韵

原文	译文
揽群芳之旧谱[1]，	拿着《群芳谱》，
美芍药之奇葩[2]。	艳美的芍药是奇特的花种。
色映朱明[3]，	花色辉映在夏季，
堪养高人之性[4]。	能培养高尚人的品性。
名标素间，	名称标明平常，
常栽处士之家[5]。	故常栽在处士之门。
发自三春[6]，	春天发芽，
香生帷幄[7]。	室内香生。
开于四月，	四月开花，
色夺云霞。	华美的色彩超过霞云。
袭环佩于五夜[8]，	香气在夜晚侵袭美女，
领芳菲于百花。	芬芳的百花中当首领。
尔乃托根老圃[9]，	寄身在老菜园，
毓秀芳辰[10]。	孕育秀美生辰。
常媚探花之客[11]，	常吸引着赏花的看客，
还倚折桂之人[12]。	还倚靠夺冠登科之人。
一茎并丽[13]，	一茎两朵同时开花，
类嘉莲之出水，	类似美莲出水，
似福草之离尘[14]。	像福草离开了埃尘。
冠三十一种之花丛，	三十一种花中领冠，
全空色相[15]。	其他花形貌全苍白空洞。

经二十四番之风信[16]，历经二十四节气的雨风，

独擅丰神[17]。独占风貌神情。

于以伴我萧栖[18]，因此陪伴我在冷落的住地，

随人高蹈[19]，随人隐居，

散影石隈[20]。倒映在石角，

流芳溪隩[21]。花瓣在溪流拐弯处漂动。

境以窄而弥深，境界因狭窄而越深，

当地偏而益奥[22]。地处偏僻而更蔽隐。

纷披李泌之书床[23]，（我的）书架似李泌的一样散乱，

掩映嵇康之锻灶[24]。居处如嵇康的锻铁铺被树掩映。

翠分千林之杏[25]，翠色与周围的杏林相区分，

蝶影频翻。蝴蝶身影频繁地飞去返转。

幽夺九畹之兰[26]，幽香胜过百亩的兰花，

人踪罕到。人踪罕见。

玉盘兆庆[27]，芍药似白玉盘预示吉庆，

恍同双玉之耕[28]。恍如一双玉人并肩。

金带呈祥，金饰的腰带将吉祥显呈，

似卜泥金之报[29]。似预卜有中进士的泥金帖笺。

仆本恨人[30]，我本是个失意之人，

心惊往事，害怕往事，

年与时驰，年龄随时间飞逝，

心为形累，心被形体所累，

辟梦园以寤言[31]，开辟梦园以便醒后说说话，

锡（赐）兹名而示意。起了这个名字来表达。

久知困于株木[32]，久知被刑事所困，

自食其贫。自己使自己陷入贫乏。

何期贲于邱园[33]，何时盛装在乡村家园，

天兆其瑞。天兆瑞嘉。

两华叠秀，两花重叠而秀出，

春生蓬户之辉。陋室里生出春天的光华。

一发双莲，一茎生出两个莲花，

品重玉堂之器[34]。品质重过豪宅的用具价。

于是携草具[35]，于是携带粗劣的饭食，

坐花茵（荫），坐在绿茵茵的草上赏鲜花。

消永日[36]，	消遣漫长的白日，
饯残春[37]。	送走残剩的春天。
窈窕晴窗[38]，	美妙明亮的窗户，
赤城之霞四起。	赤城之霞满天。
霏微雨砌[39]，	雨接连雾气弥漫，
蜀江之锦双新[40]。	芍药似蜀锦双双新艳。
景既缤纷[41]，	景物既缤纷多姿，
性复疏懒。	性情又不拘懒散。
懊恼之歌皆删，	烦恼之歌全抛删，
合欢之斝常满[42]，	联欢杯中酒常满，
又奚必羡金谷[43]。	又何必羡慕金谷的奢华。
贻彤管搴香草于琪围[44]，	在美妙的围田里赠彤管拿香草，
撷神芝于云馆也哉[45]。	采摘灵芝在云馆。
乃知休征将见[46]，	这才知吉祥的征兆将要出现，
嘉卉叠生[47]。	美好的花卉重叠而生。
酿坤灵之厚德[48]，	大地酝酿出大德，
荷培植之深情。	担负培植的深情。
昔独赏其孤芳，	从前孤芳独赏，
晦藏有待，	隐晦暗藏有等待，
今互发其浓艳，	今天互相发出浓姿艳态，
显用时行[49]。	时髦流行重用。
臭味比于金兰[50]，	气味和金兰相比并，
三径之会心不远[51]。	领悟归隐之心不远。
奇葩宝于珠桂[52]，	奇花比珍珠桂树宝贵，
半园之得气偏清。	芍药使半园的气息变香清。
夕摇少女之风，	傍晚摇动出轻微和煦的风，
吸于姑射[53]，	吸取于仙女姑射。
晨浥仙人之露[54]，	早晨被仙人的露水湿润，
饮自飞琼[55]。	露水来自仙女飞琼。
永集作邦作对之福[56]，	永远成就建国的福泽，
宁止一室一家之荣。	怎会止于一家一户的荣宠？
是皆我国家之馨德上达，	这都是国家的美德上达于天，
物象昭临，	故祥瑞事物光临。
蒸为瑞霭[57]，	热气上升成吉祥的云气，

溢为芳阴[58]。	满而涌出为月明。
望十笏之居[59]，	望着小小的居所，
葱葱郁郁。	郁郁葱葱。
睹双花之异，	看着奇异的一对芍药，
灿灿森森[60]。	灿灿闪亮而茂盛。
是可勒上瑞于文囿[61]，	这可在文苑记为最大吉兆，
纪嘉禾于翰林[62]。	记载美花于文人。

摹写物态风韵绝佳，入后渐入胜景，令人赏玩不置。

作者带着兴奋的心情，记载、描写了双头芍药的风姿和给作者带来的联想。

［1］群芳旧谱：指《群芳谱》，全称《二如亭群芳谱》，明王象晋编著。全书三十卷，约四十万字，记载植物达四百余种。重视植物形态特征的描述，注意名称订正，纠正以往混淆之处，略于种植而详于疗治之法与典故艺文。清康熙四十七年（1708 年），汪灏等人奉康熙帝之命，在《群芳谱》的基础上改编成《广群芳谱》一百卷。"旧谱"针对《广群芳谱》而言。

［2］奇葩：奇特而美丽的花朵。

［3］朱明：夏季。尸子《卷上》："春为青阳，夏为朱明，秋为白藏，冬为玄英。"

［4］高人：志行高尚的人。《晋书·邵续传》："续既为勒（石勒）所执，身灌园鬻菜，以供衣食。勒屡遣察之，叹曰：'此真高人矣。不如是，安足贵乎！'"

［5］处士：指有才德而隐居不仕的人，后也泛指未做过官的士人。《荀子·非十二子》："古之所谓处士者，德盛者也，能静者也。"

［6］三春：指春季的第三个月，暮春。唐岑参《临洮龙兴寺玄上人院同咏青木香丛》诗："六月花新吐，三春叶已长。"

［7］帷幄：室内悬挂的帐幕，帷幔。这里指室内。

［8］袭：触及，侵袭。环佩：古人所系的佩玉。后也指佩玉饰的美女。《礼记·经解》："行步则有环佩之声，升车则有鸾和之音。"五夜：五更，古代民间把夜晚分成五个时段，用鼓打更报时，所以叫作五更、五鼓或五夜。唐王建《和元郎中从八月十二至十五夜玩月》之五："仰头五夜风中立，从未圆时直到圆。"

［9］尔乃：更端发语词，无义。汉班固《西都赋》："尔乃正殿崔嵬，层构厥高，临乎未央。"托根：附着生根。比喻置足，寄身。

〔10〕毓秀：孕育着优秀的人物。

〔11〕媚：有魅力，具有诱惑力或吸引力。

〔12〕折桂：古代指夺冠登科。古时科举考试正处在秋季，恰逢桂花开的时候，故借喻高中状元。

〔13〕并丽：并列两朵同时开花。

〔14〕福草：朱草，传说中的一种红色瑞草，古人以为朱草生是福德的征兆。

〔15〕色相：佛教语。指万物的形貌。全空：不包含什么，没有内容。

〔16〕风信：随着季节变化应时吹来的风。唐张继《江上送客游庐山》："晚来风信好，并发上江船。"

〔17〕丰神：风貌神情。

〔18〕于以：是以。

〔19〕高蹈：隐居。清孔尚任《桃花扇·归山》："党祸起新朝，正士寒心，连袂高蹈。"

〔20〕散影：倒映。

〔21〕流芳：指流动的花瓣。隩（yù）：河岸弯曲的地方。

〔22〕奥：幽深隐蔽。

〔23〕纷披：散落。书床：书架。李泌（bì）：字长源，唐朝中期著名政治家、谋臣、学者。李泌淡泊明志，宁静致远，善于运用黄老拨乱反正之道，具有丰富的政治阅历，目光敏锐，善于洞察事物，足智多谋，并善于劝谏，是肃宗、代宗、德宗三朝的重要人物。在平定安史之乱中发挥了作用，在相当程度上保证了贞元时期唐帝国的稳定。累官至中书侍郎、同平章事，封邺县侯。此处是说自己像李泌一样与世无争。

〔24〕嵇康：字叔夜，谯国铚县（今安徽省濉溪县）人。三国时期曹魏思想家、音乐家、文学家。为"竹林七贤"的精神领袖。《晋书·嵇康传》载"（嵇）康居贫，尝与向秀共锻于大树之下，以自赡给"。《文士传》里说嵇康爱好打铁，铁铺子在后园一棵枝叶茂密的柳树下，他引来山泉，绕着柳树筑了一个小小的游泳池，打铁累了，就跳进池子里泡一会儿。该句是说自己似嵇康一样率性而行。

〔25〕千林之杏：千杏之林，喻多。

〔26〕畹：《说文》："田三十亩曰畹。"

〔27〕玉盘：比喻盘状的白花。唐白居易《东林寺白莲》诗："泄香银囊破，泻露玉盘倾。"

〔28〕双玉：一对玉。耕：泛指致力于某种工作或事业。如笔耕、舌耕、目耕。汉扬雄《法言·学行》："耕道（致力于研求道之真谛）而得道，猎德而得德。"

〔29〕泥金之报：用金粉涂饰的笺帖，唐以来用于报新进士登科之喜。五代王仁裕《开元天宝遗事·泥金帖子》："新进士才及第，以泥金书帖子附家书中，

用报登科之喜。"

　　[30] 恨人：失意抱恨的人。南朝梁江淹《恨赋》："于是仆本恨人，心惊不已。"

　　[31] 寤言：醒后说话。《诗·卫风·考槃》："独寐寤言，永矢弗谖。"

　　[32] 株木：指刑杖。《易·困》："初六，臀困于株木，入于幽谷，三岁不觌。"高亨注："臀困于株木者，盖谓臀部受刑杖也。杖以木株为之，故谓之株木。"这里指作者1790年在姑臧（今武威）遭人构陷，遭法网之害事。

　　[33] 贲（bì）：文饰，盛装。邱园：乡村家园。

　　[34] 玉堂：豪贵的宅第。

　　[35] 草具：粗劣；粗劣的饭食。《战国策·齐策四》："左右以君贱之也，食以草具。"

　　[36] 永日：长日，漫长的白天。

　　[37] 残春：指春天将尽的时节。唐贾岛《寄胡遇》诗："一自残春别，经炎复到凉。"

　　[38] 窈窕：美好貌。

　　[39] 霏微：雾气、细雨弥漫。雨砌：雨连接。明刘基《夏日杂兴七首》："雨砌蝉花粘碧草，风檐萤火出苍苔。"

　　[40] 蜀江之锦：蜀锦。

　　[41] 缤纷：繁多交错的样子，指颜色繁多，非常好看。

　　[42] 斝（jiǎ）：古代用于温酒的酒器，通常用青铜铸造。

　　[43] 金谷：即金谷园。指晋石崇于金谷涧中所筑的园馆。此馆因山形水势，筑园建馆，挖湖开塘，周围几十里内，楼榭亭阁，高下错落，金谷水萦绕穿流其间。园内筑百丈高的崇绮楼，可"极目南天"，里面装饰以珍珠、玛瑙、琥珀、犀角、象牙，穷奢极丽。石崇和当时的名士左思、潘岳等二十四人曾结成诗社，号称"金谷二十四友"。每次宴客，必命绝美的宠姬绿珠出来歌舞助酒，见者都忘失魂魄。

　　[44] 彤管：红色管状的初生植物。《诗·邶风·静女》："静女其娈，贻我彤管。"香草：含有香味的草。汉刘向《说苑·谈丛》："十步之泽，必有香草；十室之邑，必有忠士。"琪圃：美好珍贵的圃田。

　　[45] 撷（xié）：摘下，取下；用衣襟兜东西。神芝：即灵芝。《汉书·王莽传上》："甘露降，神芝生。"云馆：高耸入云的馆舍。《文选·左思〈吴都赋〉》："寒暑隔阂于邃宇，虹蜺回带于云馆。"

　　[46] 休征：吉祥的征兆。

　　[47] 嘉卉：美好的花草树木。《诗·小雅·四月》："山有嘉卉，侯栗侯梅。"此处指芍药。

　　[48] 酿：酝酿，逐渐形成。坤灵：古人对大地的美称；大地的灵秀之气；大地之神灵。汉扬雄《司空箴》："普彼坤灵，侔天作则。分制五服，划为万国。"

厚德：大德。《易·坤》："地势坤，君子以厚德载物。"

　[49] 显用：重用。《后汉书·张玄传》："解天下之倒县，报海内之怨毒，然后显用隐逸忠正之士，则边章之徒宛转股掌之上矣。"时行：指当时流行的；时髦的。语出《易·坤》："坤道其顺乎，承天而时行。"

　[50] 臭味：气味。

　[51] 三径：三条小路，这里指归隐者的家园。会心：领悟于心。

　[52] 珠桂：指米如珠、薪如桂，极言物价昂贵，生活困难。

　[53] 少女风：轻微和煦的风。宋王之道《秋兴八首追和杜老》诗之七："宣情藩似贤人酒，诗思清于少女风。"姑射（gū yè）:《庄子·逍遥游》："藐姑射之山，有神人居焉，肌肤若冰雪，淖约若处子。"后诗文中以"姑射"为神仙或美人代称。宋苏轼《杨康功有石状如醉道士为赋此诗》："海边逢姑射，一笑微俯首。"

　[54] 浥（yì）：湿润。

　[55] 飞琼：传说中的仙女，是西王母身边的侍女。唐顾况《梁广画花歌》："王母欲过刘彻家，飞琼夜入云軿车。"

　[56] 集：成就，成功。作邦作对：建立周王朝。作，建立。邦，国家。对，配，指配天的君主。典出《诗经·大雅·皇矣》："帝作邦作对，自大伯王季。"

　[57] 蒸：热气上升。瑞霭（ruì ǎi）：吉祥的云气。

　[58] 芳阴：月亮。宋周端臣《木兰花慢·送人之官九华》："霭芳阴未解，乍天气、过元宵。"

　[59] 十笏：形容小面积的建筑物。

　[60] 森森：茂盛状。

　[61] 勒：刻，这里指写、记载。上瑞：最大的吉兆。文囿：文苑、文坛。

　[62] 嘉禾：这里指芍药。翰林：皇帝的文学侍从官。这里指文士。杜甫《宴胡侍御书堂》诗："翰林名有素，墨客兴无违。"

燕麦歌并序 [1]

原文

　　敝庐东邻某家 [2]，有质解一所 [3]，偶遭回禄 [4]，荡然无存，其屋主即以灰壤，播种燕麦。嗟嗟，昨日之画栋雕梁 [5]，今日之碎石破瓦也。昨日蜀锦吴绫 [6]，今日之荒蓬断梗也 [7]。有是哉，须臾幻化，顷刻古今，物理循环 [8]，固如是乎，因仿骚体，作燕麦歌：

　　华屋为虚兮周道旁 [9]，
　　燕麦青青兮秋草黄。

昔何繁缛兮今荒凉[10]，

眼底荣枯兮变景光[11]。

译文

　　我的东邻某家，有一所当铺，偶然遭到火灾，荡然无存，屋主人就用烧过的灰土，播种了燕麦。唉，昨天的雕梁画栋，今天成了碎石瓦砾；昨天的蜀锦苏绣，今天成了荒蓬断梗。有这样的啊，变化须臾如幻，顷刻古今难辨。事物的道理是循环，本来就是这样的吧？于是仿照骚体，作了《燕麦歌》：

　　华美的房屋啊变废墟在大路旁，

　　燕麦繁盛青葱啊秋草枯黄。

　　往日多富丽堂皇啊今日多荒凉，

　　眼皮下荣枯啊瞬间变了样。

注 解

　　[1]燕麦：又名雀麦、野麦。燕麦一般分为带稃型和裸粒型两大类。世界各国栽培的燕麦以带稃型的为主，常称为皮燕麦。我国栽培的燕麦以裸粒型的为主，常称裸燕麦。裸燕麦的别名颇多，在我国华北地区称为莜麦；西北地区称为玉麦；西南地区称为燕麦，有时也称莜麦。歌：旧诗的一种体裁，音节、格律比较自由。

　　[2]敝庐：敝，我的谦辞。庐，房舍。

　　[3]质解：当铺，旧时亦称质库、解库、典铺、解典铺等。

　　[4]回禄：相传为火神之名，引申指火灾。

　　[5]嗟嗟：叹词，表示感慨。画栋雕梁：指有彩绘装饰的华丽房屋。

　　[6]蜀锦：四川生产的彩色丝织品。吴绫：江浙一带生产的薄丝织品。这里泛指各种精美的丝织品。

　　[7]荒蓬断梗：如荒芜地上的蓬蒿，折断的草茎一般。

　　[8]物理：事物的道理。

　　[9]周道：大路。《诗·小雅·四牡》："四牡骓骓，周道倭迟。"朱熹《诗集传》："周道，大路也。"

　　[10]繁缛：繁复的华丽装饰。

　　[11]景光：光景，景况。

千穗谷歌[1]

原文	译文
谷名千穗兮枝蒙茸[2]，	谷名叫千穗啊枝干蓬松。
赤比丹砂兮色更浓。	颜色像丹砂啊比丹砂更红。
树如珊瑚兮秀如峰[3]，	枝干如珊瑚啊秀穗如山峰，
形如车盖兮密如松[4]。	形状如车盖啊枝叶密如松。
一朝凛冽兮雪霜冲[5]，	一旦遭严寒啊遇到雪霜猛。
感兹憔悴兮忆繁浓[6]。	感伤凋零啊回忆当日繁盛。
时乎时乎去无踪[7]，	适宜的时令啊去无踪，
谷兮谷兮难为容[8]。	千穗谷啊失了过去的颜容。

注解

[1]千穗谷，又名猪苋菜，野生，营养价值较高，适口性好，纤维素含量低，是养猪、禽的好饲料。千穗谷的分枝再生能力很强，适于多次刈割。

[2]蒙茸：蓬松；杂乱的样子。

[3]秀：植物吐穗开花。《尔雅》："木谓之华，草谓之荣。不荣而实者谓之秀。"这句是说千穗谷的枝干像珊瑚一样，穗像山峰一样。

[4]车盖：古代车上遮雨蔽日的篷子，形圆如伞，下有柄。这句是说：千穗谷的形状像车盖一样，枝叶稠密得像松树一样。

[5]凛冽：极为寒冷。常用于形容隆冬时的寒风。冲：猛烈，强烈。这里指雪和霜很大。

[6]憔悴：花草树木枯萎，凋零。繁浓：繁，多，兴盛。指千穗谷繁盛浓密的景象。这句话是说一旦寒冷的天气到来，雪和霜且很大。就会感伤时下的枯萎凋零，而想念往日的繁盛浓密。

[7]时：时令，季节。指适宜千穗谷生长的季节或时令。无踪：没有踪迹，踪影。

[8]容：相貌，状态。这句是说千穗谷啊千穗谷啊时令不适宜很难再有繁盛时的容貌或景象了。

（以上两首见《赘言存稿》）

三、序跋

排律诗自序

原文

诗由来尚矣[1]。在心为志，在言为诗[2]。自三百篇后[3]，楚谣、汉体、魏制、晋风无论已[4]。惟唐以诗取士，酌文质之中，备风人之旨[5]，称极盛焉。

我朝师教丕著[6]，轶宋超唐[7]，乡会两试[8]，具有排律一首[9]，与四书文并衡[10]。浓化熏蒸[11]，人文蔚起[12]，一时承明著作之选[13]。扬葩离藻[14]，人人握隋侯之珠[15]，家家怀荆山之玉[16]，麟麟炳炳[17]，和其声以鸣[18]，国家之盛者，固已无美不具矣。予枯槁余生[19]，旅食四方，何敢以雕虫小技[20]，自附于英华艳丽之场[21]。顾排律之为体也[22]，与八比文格式虽异[23]，而法度则同，其中起、承、转、合[24]，开、合、擒、纵[25]，抑、扬、顿、措[26]，反、正、虚、实缺一不可；而且寓精巧于意言之表[27]，溢机趣于规矩之余，其灵敏之思，秀逸之态，视人自具。初不系于学问，而亦不关乎腹笥之盈虚也[28]。此排律诗之难而易，易而难也。予客甘泉二年[29]，夏日无事，因检旧日课训生徒，所作排律诗若干首，手自批点，缮写成册，藏诸家塾，俾儿孙辈，耕作之暇，把卷吟咏，以为试帖之始基，其于声律之学，未必无小补云。

乾隆五十七年秋七月乐都怡云道人序[30]

译文

诗产生已很久了，在内心就是志趣，说出来就是诗。自《诗经》后，楚辞、汉赋、魏的选官制度、晋时的社会风气不用说了。唐以诗取士，在文华与质朴中间斟酌，具备诗人的宗旨，号称盛大到极点了。

我朝诗歌的教育很显著，超越唐宋，乡试、会试两次考试都要写一首排律，和四书文并列，熏陶出浓厚的风气，礼乐教化蓬勃兴起，很快明白选择接受的著作，文采焕发，人人都像握着随侯珠，家家似怀着荆山玉，十分光彩灿烂，回应着他们诗歌的鸣唱，国家的兴旺，本已经没什么美好的东西不具备了。我晚年穷苦潦倒，旅居四方讨生活，哪里敢拿微不足道的技能，自己附着在精英集聚的场所！考虑到排律的体制虽然和八股文的格式不同，但规范相同，其中的起、承、转、合，开、合、擒、纵，抑、扬、顿、措，反、正、虚、实缺一不可。而且把精巧寄托在宗旨的外表，在标准以外流出风趣。

其机敏的思绪，清秀飘逸的状态，所有的人都具有，开始与学识无关，也不关腹中知识的多少。这是排律诗既难又易既易又难的道理所在。我客居在张掖甘泉书院两年，夏日无事，于是翻检往日的课本教诲学生，所写排律诗若干首，自己亲手批注圈点，誊写成册，藏在家中书房，使后辈儿孙在耕作之余，拿着吟诵，作为写试帖诗的基础，它对于学习诗律，未必没有小的补益。

乾隆五十七年（1792年）秋七月乐都怡云道人序

《怡云庵排律诗稿》是作者客居张掖甘泉书院时整理的，目的在于让子孙后辈把卷吟咏，培养写试帖诗的基础。作者在序中表述了自己写排律诗的意见，写试帖律诗既难又易，排律诗与八股文形式不同但实质相同，如技巧把握得好且具有灵敏的才思，无论学问深浅，都能写好试帖诗。时年吴栻五十二岁。

［1］由来：自始以来，历来。尚：古，久远。

［2］该句出自《毛诗·序》。

［3］三百篇：《诗经》共三百零五篇，后人简称"三百篇"。

［4］楚谣：楚辞。楚辞中有大量楚地的民谣。汉体：指汉赋。汉赋喜堆砌词语，好用难字，极尽铺陈排比之能事，被后人视为赋体正宗。魏制：指九品中正制。魏文帝曹丕采纳吏部尚书陈群的意见制定的制度。九品中正制上承两汉察举制，下启隋唐之科举，在中国古代政治制度史上占有十分重要的地位，是中国封建社会三大选官制度之一。从曹魏始至隋唐科举的确立，约存在了四百年。晋风：指的是魏晋时期名士们所具有的率直任诞、清俊通脱的行为风格。饮酒、服药、清谈和纵情山水是魏晋时期名士所普遍崇尚的生活方式。《世说新语》集中记录了魏晋风度的种种表现。

［5］风人：诗人。

［6］丕：大。

［7］轶：超过。

［8］乡试：明、清时在各省省城举行的科举考试。考中的称举人。每三年举行一次，遇皇家有喜庆之事加科称为恩科，由皇帝钦命正副主考官主持，凡获秀才身份的府、州、县学生员、监生、贡生均可参加。考试通常安排在八月举行，因此叫"秋试"。按四书五经、策问和诗赋分三场进行考试，每场考三天。考中的称为"举人"，头名举人称"解元"。成了举人才有资格进入更高层次的会试。乡试录取榜称为"乙榜"，又称"桂榜"。中了举人便具备了做官的资格。会试：明、

清两代每三年在京城举行的一次考试。各省乡试录取的举人，于次年二三月入京参加由礼部主持的考试，皇帝任命正、副总裁。以往各届会试中未中的举人与国子监的监生也可一同应试。因考试在春天，又称春试或春闱。若乡试有恩科，则次年也举行会试，称会试恩科。考三场，每场三日。取中者为贡士，第一名称会元。会试后贡士再由皇帝亲自御殿复试，试期一天，依成绩分赐及第、出身、同出身，然后授官。

［9］排律：按律诗规定格式加以铺排延长的诗。每首至少十句，有至百韵的。本文所指排律指试帖诗，排律的一种，大都为五言六韵或八韵，以古人诗句或成语为题，冠以"赋得"二字（所以也叫"赋得体"），并限定韵脚，为科举考试所采用。

［10］四书文：八股文，也称"时文""制艺"，是明、清科举考试用的文体，有固定格式，由破题、承题、起讲、入手、起股、中股、后股、束股八部分组成。大多内容空洞，形式死板。甚至连字数都有一定的限制，大多按照题目的字义敷衍成文。衡：平，均衡。

［11］化：习俗，风气。熏蒸：熏染，熏陶。

［12］人文：指礼乐教化。蔚起：蓬勃兴起。

［13］一时：短时间。

［14］扬葩离藻：也作"扬葩振藻"，喻文采焕发。《北史·文苑传序》："汉自孝武之后，雅尚斯文，扬葩振藻者如林。"

［15］隋侯之珠：传说春秋时隋侯救了一条受伤的大蛇，后来大蛇在江中衔一明珠报隋侯，被称隋侯之珠。它与"和氏之璧"并称为春秋两大奇宝。这里形容珍贵。三国魏曹植《与杨德祖书》："人人自谓握灵蛇之珠，家家自谓抱荆山之玉。"

［16］荆山之玉：荆山，湖北南漳县西，据传和氏璧就出自此山。

［17］麟麟炳炳：光明辉煌。麟，通"燐"，光明。炳，光耀。

［18］和：附和，回应。声：音乐，诗歌。鸣：疑为"鸣"，鸣唱。

［19］枯槁：穷困潦倒。晋陶潜《饮酒》诗之十一："虽留身后名，一生亦枯槁。"余生：犹残生。指晚年。

［20］雕虫小技：比喻微不足道的技能。雕，刻。虫，鸟虫书，古代的字体。

［21］附：附着。英华：精英。

［22］顾：顾虑，考虑。体：体制，规则格式。

［23］八比文：元仁宗实行科举后采用的文体。文章规定分为起、中、后、末四个段落，每段各有二股，即二比，共八比。文句排偶比对，比与比之间用文句相联，最后以末比收结。字数限制在三百字至五百字以内。明代发展成为八股文，成为明清科举考试的固定文体。这里指八股文。

［24］起：起因，文章的开头。承：过程。转：转折。合：合议，结尾。

［25］擒纵：捉住主题。纵，放任，洒脱，不受局限。

［26］抑：降低。扬：升高。顿：停顿。挫：转折。抑扬顿挫指声音的高低起伏和节奏的停顿转折。寓：寄托。

［27］精巧：精致巧妙。意：思想感情。言：语言。表：外表。

［28］腹笥：学识。《后汉书·边韶传》："边韶字孝先，以文章知名，教授数百人。韶口辨，曾昼日假卧，弟子私嘲之曰：'边孝先，腹便便，懒读者书，但欲眠。'韶潜闻之，应时对曰：'边为姓，孝为字。腹便便，《五经》笥（sī，藏书的竹器）。但欲眠，思经事。寐与周公通梦，静与孔子同意。师而可嘲，出何典记？'"

［29］甘泉：指乾隆时张掖甘泉书院。

［30］怡云道人：吴杖的号。

怡云庵赋草自序［1］

原文

登高作赋，才兼乎遇者也［2］。以余潦倒穷年，何暇赋，亦何能赋乎？祗缘童年小试［3］，与友朋会文时［4］，东涂西抹［5］，辄有所作［6］，迄今三十年矣。兹于敝筐中，检旧稿若干首，大都散失中，仅存十一者，录为一册。噫！雕虫小技，壮夫不为。余今老矣，犹整理幼艺，其不为壮夫所窃讥者几希［7］。

丙午九月云庵道人自书于篇首

译文

登高作赋，要有才能兼具当时有际遇的。以我的潦倒穷困，哪有空闲作赋，又怎能写赋呢？只因童年小试，和朋友切磋诗文时，随意提笔涂写，每次都有作品，到现在三十年了。今天在破筐中，选检出旧稿若干首，多数都在散失中，十份中仅存了一份，记录为一册。唉！微不足道的小技能，壮健的人不做。我现在老了，还在整理幼时的技艺，大概不被壮健之人私下讥讽的恐怕极少！

丙午年（1786年）九月吴杖自书于篇首

注 解

[1] 赋草：赋体的草稿。谦辞。

[2] 遇者：遭遇，碰到的环境。

[3] 小试：旧时太学生、童生应贡举及学政、府县的考试。明丘濬《大学衍义补》："《宋史》所谓缪种流传，今日时文之弊，殆类此也。然此又不但科试为然，而提学宪臣之小试，殆又有甚焉者也。"

[4] 会文：文人聚会，切磋诗文。

[5] 东涂西抹：随意提笔涂写。

[6] 辄：总是，每次。明袁宏道《满井游记》："每冒风驰行，未百步辄返。"

[7] 窃讥：私下讥讽、嘲笑。几希：甚微，极少。《孟子·离娄下》："人之所以异于禽兽者几希。"赵岐注："几希，无几也。"

清秋旅吟自序

壬寅（1782年）九月镇邑草

原文

镇邑官舍之西园[1]，约三亩许，余同年王公宰镇[2]，命人艺花其中[3]，五六月间，花开烂熳，不减河阳[4]。余在幕中，每与同人，吟赏瞻眺，致足乐也[3]。未几而秋风起，白露零，黄叶飞，寒云灿，气秋而人亦秋矣[4]。余因之有感也。夫人少即春也；壮即夏也；衰即秋也：老即冬也。天不能有春而无秋，犹人不能有少而无老也。故春女能歌，秋士能赋[5]，盖有感发于不容自已者，是以古人制字以秋心为愁，义本相属，而情复相近也。余年逾四十，家计萦心[6]，旅思触梦，对秋景不生秋心乎？所谓气秋而人亦秋者，是耶，非耶？爰草秋心赋一篇[7]，并咏秋景五字诗三十首，抒客怀并以自遣云。

译文

永登县城官署的西园，约有三亩多，我中举时的同年王公主管永登，命人在园里种上花。五六月间，花开烂漫，不输于往日的河阳。我在幕府中，常和同事吟赏观瞻，快乐满怀。不久秋风兴起，白雾零落，黄叶飞舞，寒云耀眼，天气到了秋天而人也到了晚年，我于是有感触。人年轻就是春天，壮年就是夏天，衰败就是秋天，老了就是冬天。老天不能有春而没秋，如同人不能有年少而无年老。因此青春少女能唱歌，迟暮不遇之士能赋诗，都是有感而发不能控制自己的，因此古人造字以秋心为愁，意义本来相连，而情感也是相近的。我年过四十，家中生计牵挂心间，在外旅居常常显现梦中，面对秋景能不生愁吗？所说的节气到秋而人也衰败的，是对呢？错呢？于是草拟《秋心赋》，并咏诵秋景五言诗三十首，抒发客居的心情并用来消遣自己。

注解

[1] 镇邑：县城。这里指永登县城。官舍：官署；衙门。

[2] 同年：明清乡试、会试同榜登科者都互称"同年"。宰：主管。

[3] 艺：种植。

[4] 减：损色。河阳：古县名。西汉置，旧址在今河南省孟州市西，南临黄河，向为洛阳外围重镇。河阳历来有"花县"之称。杜甫、李白、李商隐等文人骚客多有诗文赞美河阳之花。

[5] 秋士：迟暮不遇之士。《淮南子·缪称训》："春女思，秋士悲，而知物化矣。"

[6] 萦心：牵挂心间。

[7] 草：草稿。

原文

双瑞赋序

乙巳（1785年）四月望后草 [1]

双瑞者予园所产也。今年四月，予园芍药丛中，忽发双头二枝，状如并头莲花，余其异焉。亭前水渠中，有自生禾二十余茎，禾中有一茎三穗者，又一禾两穗相并，其两穗之下，旁生一穗，较一茎三穗相并者，愈出而愈奇也。考物暨符瑞诸书 [2]，芙蓉一茎两华 [3]，谓之瑞莲。明平昌城吴氏宅中，牡丹忽发双头，其后连发科第 [4]。芍药亦牡丹莲花之类也，可例推之。至麦穗双岐，已见于汉张堪之守渔阳矣 [5]；若夫同本异穗，仅见于商；三苗并秀，仅见于周。猗欤盛哉，天地珍奇之物，固不可数见也，而何以嘉瑞迭臻 [6]，尽聚于余之荒园乎。盖缘我国家德馨上达，物象昭宣，托根荒园，以彰至治 [7]，是以福必叶五 [8]，而庆必成双也。余老矣，犹得与瑞药嘉禾均沾，熙朝之雨露 [9]，与余俱有荣施焉，因濡毫而赋之 [10]，并叙其形状云。

译文

双瑞芍药生在我的园子。今年四月，我园芍药丛中，忽然生出双头的花骨朵两枝，形状如并头莲花，我感到诧异。亭前水渠中，有自己长出的禾苗二十多株，其中有一茎分蘖出三穗，又有一株两穗并列，两穗之下，旁边生出一穗，和一茎三穗及两穗相并的比较，越生越奇。考证物象和吉祥征兆之类的书，芙蓉一茎两花，称为瑞莲；明代平昌城吴氏家中，牡丹忽然发出两个头，这以后接连产生科考上榜的人。芍药也属牡丹莲花之类，可依例推导它。至于麦穗分叉兆示祥瑞，已表现在汉代张堪"渔阳惠政"的民谣中了。至于同根异穗，仅见于商代；三穗一茎，仅出现在周。哎呀繁盛啊，天地珍奇的事物，本不可能多见，而为何祥瑞重叠着到来，全集聚在我荒芜的园中呢。大概由于我的国家品德馨香上达于天，通过物象昭示明宣，寄生在荒园，用来表彰最好的治理，所以福必合五，而庆必成双。我老了，尚且得与把芍药禾苗的祥瑞都沾上了，兴盛朝代的雨露，恩惠与我都有施加，因此蘸笔写了赋，并描述了它的形状。

[1] 望后：望日之后。望，月圆时，每月十五。草：草拟，起稿。

[2] 暨：和，并。

[3] 芙蓉：荷花的别名。《楚辞·离骚》："制芰荷以为衣兮，集芙蓉以为裳。"洪兴祖补注："《本草》云：其叶名荷，其华未发为菡萏，已发为芙蓉。"

[4] 科第：科考及第。唐罗隐《裴庶子除太仆卿因贺》诗："秩随科第临时贵，官逐簪裾到处清。"

[5] 张堪：字君游，东汉人，他自小品行超群，诸儒都称他为"圣童"。公元 39 年到 46 年期间，张堪拜渔阳太守。在军事上，打得北部匈奴不敢南犯，经济上创造性地落实了光武帝刘秀的休养生息的国策，出现了史学家称为的"渔阳惠政"。百姓歌曰："桑无附枝，麦穗两岐。张君为政，乐不可支。"

[6] 迭臻：重叠着到来。

[7] 至治：最好的治理。

[8] 叶（xié）：合。

[9] 熙朝：兴盛的朝代。

[10] 濡毫：蘸笔。

先公尝呼不肖而诲之曰[1]："吾家原籍金陵[2]，自明时播迁金城。遭家不造[3]，吾曾祖讳坤者，年甫十四，负主担书，迁于碾邑[4]。闵兹弱令[5]，远适异国[6]，克定厥家[7]，佑启我后。旧有谱牒，毁于兵燹，吾今耄矣[8]，尔小子其善继之。"杙谨受命，时杙年十三。

越明年癸酉，先公见背[9]。杙即奉母命，出就外傅[10]。乙亥，补博士弟子员[11]，旋食禀饩[12]。当是时，家道中落，每年就馆四方[13]，以供慈闱甘旨[14]，谱牒之修，有志未逮。乙酉选拔[15]，丙戌廷（乡）试[16]。癸巳季冬，先慈遐逝，风木之感[17]，触忤予怀。丁酉倖叨科名[18]，戊戌下第归家。因自念不克振拔，罔绍衣德[19]，今已年届四十，头颅如许蒲柳之叹[20]，不必及秋而始惊心也。

抚今追昔，二十年以来，上之不能光显前徽，为吾祖宗宏似续之业[21]，下之不能垂裕后昆[22]，为吾子孙作燕翼之谋[23]；当此精力就衰之际，尚不使谱系自我而修明，不惟贻恫于先灵，抑且遏佚前人光而大[24]，伤厥考心也。爰辑旧闻[25]，勒成一书，既总汇其源，复缕晰其流[26]，使前有所考，后有所承，即至世远年湮，亦不至支脉莫辨，昭穆阙如也[27]。

呜呼！我高祖以冲幼迁居[28]，克开厥后[29]，貌兹一线[30]，延及八世，凡我子孙，尚其汲井而思源[31]，缘木而求根也。宗谱即竣，爰设奠于宗祠[32]，并致祭于先公之灵。用告厥成，敬复遗命，庶几昭兹来许[33]，俾后之踵[34]，事增华者[35]，有基勿坏云。

译文

先父曾喊不孝的我而教诲说："我家原籍南京，从明代迁徙到兰州，家中遭遇不幸，我们的曾祖吴坤，年刚十四，背着主人担着书，迁移到碾伯。哀伤年龄这样小，到遥远的异域，把家安定下来，保佑启发我家后人。旧有的家谱，毁于兵火，我今天老了，希望你们小子好好继承他。"吴杙我慎重地接受了命令，当时我十三岁。

第二年癸酉（1753年），父亲去世。我遵奉母亲之命，出外就学。乙亥年（1755年），递补为府学生员，不久吃上政府的禄米。当这时，家境衰败，每年到四方教书充当幕僚，以供母亲饮食，修订家谱，有志而做不到。乙酉年（1765年）选拔为秀才，丙戌年（1766年）参加乡试。癸巳年（1773年）腊月，母亲离世。没赶上侍养父母的感叹，一直触动我的心。丁酉年（1777年）有幸中举而取得功名，戊戌年（1778年）殿试没考中回家。因自想不能振奋自拔，没承继旧闻善事，奉行先人的德化教言和恩德，今已年满四十，岁数这么大，感叹身体衰弱，不必年老才心惊害怕。

抚今追昔，二十年以来，我上不能光耀前人的美好，继承发扬祖宗的事业，下不能为后人留下业绩或名声，为我子孙做好打算。当此精力接近衰败之际，还不能使家谱上的系统由我而昌明，不只给先灵留下恐惧，而且丧失光大前人，伤了父亲的心。于是编辑往昔的典籍和传闻，刻成一书，既聚总汇合源头，又详尽清楚其流传，使前可考察，后有继承，即使世代遥远，年久湮没，也不至于支脉不能辨别，昭穆位次缺失。

哎！我的高祖以年幼迁居，开创了基业，后辈相承细长如线，延续到八代，凡我子孙，注重取井水而思其源，爬树而求根。宗谱告竣，于是在宗祠祭奠，并在父亲灵前祭祀。报告宗谱修成，恭敬地回复遗留给我的命令，希望后代争气扬名，继承前人事业，使它更美好完善，有根基而不坏。

［1］先公：对自己已故父亲的尊称。不肖：不孝，作者自谦自己不孝。

［2］金城：兰州的古称。

［3］遭家不造：家中遭遇不幸。语出《诗·周颂·闵予小子》："闵予小子，遭家不造，嬛嬛在疚。"

［4］碾邑：今乐都区碾伯镇。清时为碾伯县，辖今乐都区、民和县。

［5］闵兹弱令："闵"同"悯"，怜恤，哀怜。弱令：年龄小。

［6］异国：异域。

［7］厥：其，他的。

［8］耄：老，年纪大。语出汉曹操《对酒歌》："耄耋皆得以寿终，恩泽广及草木昆虫。"

［9］见背：指父母或长辈去世。晋李密《陈情表》："生孩六月，慈父见背。"

［10］外傅：出外就学，所从之师称外傅。

［11］补博士弟子员：递补为府学生员。

［12］廪饩：供给薪俸。饩，生食。廪，米粟之类。《南史·儒林传序》："馆有数百生，给其饩廪。"

［13］就馆：到主人家授徒或充幕僚。

［14］慈闱：对母亲的尊称。甘旨：养亲的食物。

［15］选拔：选拔为秀才。

［16］廷试：误，应为乡试，即省级考试，考中者为举人。

［17］风木之感：《韩诗外传》卷九载：孔子行，见皋鱼哭于道旁，辟车与之言。皋鱼曰："吾失之三矣：少而学，游诸侯，以后吾亲，失之一也；高尚吾志，间吾事君，失之二也；与友厚而小绝之，失之三也。树欲静而风不止，子欲养而亲不待也，往而不可得见者亲也。吾请从此辞矣。"立槁而死。后以"风木之悲"比喻父母亡故，不及侍养的悲伤。明顾大典《青衫记·元白揣摩》："早年失怙，常怀风木之悲；壮岁鼓盆，久虚琴瑟之乐。"

［18］倖叨：有幸。

［19］绍衣：承继旧闻善事，奉行先人之德化教言。清《睢阳袁氏家谱序》："大参石寓（袁可立子袁枢）公，绍衣作求，敦族谊，振家声，世系历历可考。"

［20］头颅如许：年龄这么大。《宋史·杨万里传》："吾头颅如许，报国无门。"如许：像这样。蒲柳：水杨，秋天凋谢早。多用来比喻身体衰弱或未老先衰。

［21］似续：继承，继续。《诗·小雅·斯干》："似续妣祖，筑室百堵。"毛传："似，嗣也。"

［22］垂裕：为后人留下业绩或名声。

［23］燕翼之谋：原指周武王谋及其孙而安抚其子。后泛指为后嗣做好打算。《诗经·大雅·文王有声》："武王岂不仕，诒厥孙谋，以燕翼子。"

［24］遏佚（èyì）：断绝，丧失。

［25］旧闻：往昔的典籍和传闻。

［26］缕晰：详尽而清楚。

［27］昭穆：古代宗庙的排列次序。始祖居中，左昭右穆。二世为昭，三世为穆；四世为昭，五世为穆；六世为昭，七世为穆。父子始终异列，祖孙则始终同列。墓地的葬位也同样以此为准分为左右次序。在祭祀时，子孙也要按照这样的规定来排列次序，用以分别宗族内部的辈分。正如《礼记·祭统》所说："夫祭有昭穆，昭穆者，所以别父子、远近、长幼、亲疏之序而无乱也。"

［28］冲幼：年幼。南朝宋刘义庆《世说新语·方正》："成帝初崩，于时嗣君未定，何欲立嗣子，庾及朝议以外寇方强，嗣子冲幼，乃立康帝。"

［29］克开厥后：开创了基业。《诗经·周颂·武》："于皇武王，无竞维烈。允文文王，克开厥后。"

［30］貌兹：晚辈。一线：细长如线。

［31］尚其：注重。

［32］宗祠：供奉祖先和祭祀场所。

［33］昭兹来许：昭明后进。即后代争气扬名。

吴甡
诗文译注

［34］俾后：帮助以后。踵：脚后跟，这里指继承者。

［35］增华：增加光华，指继续以前的事业并更加发展。化用"踵事增华"，出自南朝梁萧统《〈文选〉序》："若夫椎轮为大辂之始，大辂宁有椎轮之质，增冰为积水所成，积水曾微增冰之凛，何哉？盖踵其事而增华，变其本而加厉，物既有之，文亦宜然。"

原文

傅氏家谱序 己丑（1769年）仲春作

家何谱乎尔？一本九族，非谱无以联之；而宗祖之行与事，非谱无以记之。夫行与事何谱乎尔？《礼记》曰："先祖无美而称之，是诬也；有善而弗知，不明也；知而弗传，不仁也。"此所以谱之尔。然吾尝见今之为谱者矣，攀援仕宦，附会名流，曰吾宗即某卿之分脉，某相之箕裘也[1]。而不知资彼德业，足以光我泉壤，则可谱；寂彼声华，足以光我门闾，则可谱；若犹未也，何谱乎尔？

乙酉（1765年）岁余与傅友赓南，杯酒论文，偶语及家乘[2]，赓南慨然有请曰："吾族徙居乐都，多历年所，迄今文献无征，阙略滋惧，谱而不作于吾也。后畴能作者，愿以此举，谋及吾子。"余曰："吾幼见令先子[3]，与其弟昆，皆仁厚有德，为乡里望；又见君之弟若侄，率皆恂谨老成[4]，恪守祖训，天之报施善人，所以昌厥后也。又见君少事双亲，备尝艰苦，后攻举子业，即树帜艺林，德行文章，蔚然并茂，承先启后，惟君之责，考古证今，惟君之事，君宜谱之尔。况余与君共笔砚[5]，芸窗雪案[6]，未尝一日相离。今士林中，无不知君者，然终不如余知君之最稔也，余故不得不为君谱之尔。虽然余将趋车北上，急应廷试，君故待之。"

越明年，槐花方绽，马蹄正忙，余又与赓南同射策青门[7]。既归，赓南复以谱事嘱余，余遂与赓南朝夕商榷，互相考订，帙既成[8]，赓南复邀余题辞，余进而请曰："君家累世书香，其先世事迹，莫不照耀典册，君何不一一谱及之？"赓南曰："家之有谱，犹国之有史，所以存实录也。今碑碣于风雨，衣冠邈若山河，必欲向杳冥恍惚中，远引繁称是自诬耳[9]，何谱焉？此崇韬拜令公之墓[10]，不如狄青却梁相之图也[11]。且士苟克自树立，即可以褒扬先烈[12]，庇荫后人[13]，又奚必攀龙附凤，以贻我先人羞哉？"余闻而壮之曰[14]："若赓南者，其志洁，其行廉，其旨远，真吾之畏友也。余虽秃笔不花[15]，然慨为谱之[16]。"遂不辞为君序之尔。

译文

　　为何要有家谱呢？一个根生出九族，没家谱没法联起来；而祖先的品行和事业，没谱无法记载下来。品行与事业为何要记载呢？《礼记》上说："祖先没有美好的东西而称道，这是说假话冤枉别人；有善行而不知，是不贤明；知而不流传下去，是不仁义。"这就是写家谱的缘由。但我曾经见过写家谱的人，拉扯官宦，依附名流，说我的祖宗就是某高官的分支，某某宰相相传的事业，而不知道资助了人家的德业。足以能使我祖宗光耀的，就可谱写，使他家声望沉寂，足以增光我的门第，那么就可以谱写，假如不是如此，则谱写什么？

　　乙酉年我和朋友傅赓南喝酒论文，偶尔说到家谱，赓南感情激昂地邀请说："我们这一族迁移居住在乐都，经历了很多年，到今天文献没有证明。因这些缺漏而心生惧怕，家谱没有在我头上篡修。后面同类中能作的，愿意拿这件事和你商量。"我说："我小时见令尊和他的弟兄，都仁厚有德，为乡里仰望；又见你的弟弟你的侄子，都恭顺谨慎成熟稳重，坚守祖训，天报答施惠好人，就使他的后代昌盛。又见你年轻时奉使父母，艰苦遍尝，后致力于举业，就在文艺界独树一帜，道德品行文章，茂盛华美。承前启后，是你的责任，考古证今，是你的事情，你应该把家谱写出来。何况我与你同学，辛勤读书，未曾相离一天。今天的知识界，没有不知道你的，然而不如我最知道你，我因而不得不为你做谱。虽然这样，我将赶车北上，急急去参加朝廷的考试，你姑且等待一下。"

　　第二年，槐花正在开放，马蹄正忙，我又和赓南一起参加长安的举人考试。回来后，赓南又以修家谱事叮嘱我，我于是和赓南早晚商量，互相考订，书册既已写成，赓南又邀请我作序，我进一步请求说："你家累世书香，其中先世的事迹，没有不照耀典册的，你为何不一一谱写出来呢？"赓南说："家中有家谱，犹如国家有史书，因此要保存实录。今天祖宗碑碣蚀于风雨，衣着穿戴渺茫如观山河，一定要向幽暗恍惚中广征博引，这是自己欺骗自己，写家谱干什么呢？与其如晚唐的郭崇韬认名将郭子仪为祖宗，不如学狄青不消除自己脸上的疤痕保持真相。况且读书人假如能自立，就可以赞扬彰显祖宗的功业，庇护后人，又何必攀龙附凤，给我的先人留下羞愧呢！"我听后很赞赏他，说："像赓南这样，他的志向纯洁，他的行为清廉，他的志趣远大，真是我敬畏的朋友。我虽笔秃不能妙语生花，但不吝啬为他谱写。"于是不推辞为你作序。

〔1〕箕裘：《礼记·学记》："良冶之子，必学为裘；良弓之子，必学为箕。"意即子弟往往耳濡目染，继承父兄之业。比喻祖上的事业。

〔2〕家乘：家谱。

〔3〕先子：去世的父亲。

〔4〕恂谨老成：恭顺谨慎成熟稳重。

〔5〕共笔砚：两人使用一个墨盒，即同学。

〔6〕芸窗雪案：为勤学苦读的典实。《晋书·车胤传》："胤恭勤不倦，博学多通。家贫不常得油，夏月则练囊盛数十萤火以照书，以夜继日焉。"《初学记》卷二引《宋齐语》："孙康家贫，常映雪读书。"

〔7〕射策：也称对策。泛指应试。唐皮日休《三羞》诗序："丙戌岁，日休射策不上，东退于肥陵。"青门：特指汉代长安城的东南门。（乾隆时，西北的乡试点在长安。）

〔8〕帙（zhì）：书；书的卷册。

〔9〕诓：骗。

〔10〕崇韬拜令公之墓：郭崇韬，代州雁门人，五代时期后唐名将。他的同事豆卢革向他献媚说："汾阳王郭子仪是代北人，后来迁移到华阴，侍中大人您世代在雁门，和汾阳王大概有些关系吧。"郭崇韬就顺水推舟地说："乱世之中家谱不幸丢失，先人们常说汾阳王是我们四世之祖。"豆卢革接着说："难怪大人如此英武多谋，原来是汾阳王的后代。"从此，郭崇韬就以郭子仪的子孙自居。郭子仪是唐朝著名的大将，功高盖世，为唐朝平定安史之乱立下了汗马功劳。郭崇韬妄自攀比祖宗，说明他的虚荣心也很大。

〔11〕狄青却梁相之图：《宋史·狄青传》载：狄青在军队中奋斗，十多年后才显贵起来，当时脸上还留有黑疤。皇帝曾劝狄青敷药除掉黑疤，狄青指着自己的脸说："陛下根据功劳提拔臣，而没过问臣的出身门户，臣之所以有今天，就是因这些疤痕，臣希望保留它好鼓励军队，不敢奉行您的命令。"梁相：鼻梁，面相，泛指面相。图：意图。

〔12〕先烈：先辈的功业。

〔13〕庇荫：庇护。

〔14〕壮：称赞。

〔15〕秃笔不花：源自"妙笔生花"，比喻文人才思俊逸，写作的诗文极佳。五代王仁裕《开元天宝遗事下》："李太白少时梦所用之笔头上生花，后天才赡逸，名闻天下。"作者此说与"妙笔生花"相对，系自谦之辞。

〔16〕慨：不吝啬，慷慨。

石砚铭并序

乙未（1775 年）季秋

余于乙酉（1765 年）秋，赴试长安，路经平凉，购得崆峒石砚[1]。巉岩古奥[2]，不圆不方，余珍爱之。远近出游，必与砚俱随。余奔走四方，斯砚亦与有劳焉。今岁乙未，计砚之受磨砺者，十有一年。形色黯淡，中心不平，无复畴昔精莹之象[3]。噫，吾不得不为斯砚惜矣！使斯砚而用之于翰墨之林[4]，将见操觚者[5]，玉质金相[6]，珥笔者云兴霞起[7]，其见赏于文园，而争光于艺圃者，当不知若何也[8]。即不然而置之藩溷[9]，可供取于左思[10]；设之门户，足备用于王充[11]；周旋大雅之侧[12]，亦足以发玉吐芬矣。乃不遂起用，竟与余订金石之交，则砚之沦落风尘，适如余之潦倒穷途者乎？吾为砚惜，非仅为砚惜也，夫砚其小焉者也。

铭曰：崆峒之石，产于西鄙。追琢其章，用佐文史。凤尾含毫，龙睛纳水。外圆如规，中平如砥。日余奔走，遇诸风尘。贾用即售，拂拭维新。作囊中物，为席上珍。遍阅凉燠[13]，历受苦辛。荏苒十年，磨砺将穿。行销内外，色晦中边。一斛香墨，半勺寒泉。系如匏畦[14]，耕似石田。念兹片石，十载交情。爱管城子[15]，伴楮先生[16]。琳琅高价[17]，兰苣芳声[18]。质原自重，心何不平。剡乃清器，渐老墨庄。情随浓淡，交耐久长。处正守直，剑彩韬光[19]。潜深必发，蕴久自彰。光都一启，亻采仙乡。

译文

我于乙酉年（1765 年）秋，赴长安乡试，路经平凉，购得一方崆峒山石砚。山石高耸古雅陈旧，不圆不方。我珍爱它，远近出游，一定随身带着，奔走四方，这方砚也劳苦了。今年（1775 年）算起来砚台受磨砺的时间，十一年了。形色黯淡，中心不平坦，没了从前晶莹的相貌。唉，我不得不为这块砚可惜啊！要是这块砚用在士林，让它见到能写作的人，相貌端美品学兼优的文人似云气蒸腾，彩霞聚集，它在文园被赏识，争光在艺苑，面对着不知会怎样。即使不这样而放到篱笆或厕所，可供左思取用；设置在门和窗户处，足够王充所使；周旋在学识渊博者的旁边，也足以生出玉，吐出芳芳了。却不能称心起用，竟与我约定为忠贞的朋友，那么砚台沦落到漂泊江湖，正如我潦倒穷途吧！我为砚台可惜，不是只可惜砚台，那砚台恐怕是微小的了。

铭文说：

崆峒山的石头，产自西部边远。雕琢它的花纹，用来佐辅文坛。

蘸笔处似凤尾，纳水地如龙眼。外如规画成圆，中似磨石平坦。

往日我去赶考，在风尘中遇见。要买就给了我，擦拭后换新颜。

当作囊中之物，席间当作珍玩。阅遍世间冷暖，经历无数苦难。

不知不觉十年，摩擦磨砺将穿。内外并行销蚀，中间边缘晦暗。

研磨数根香墨，盛着半勺寒泉。如葫芦系腰间，似在耕作石田。

想着这块石砚，我们交情十年。喜爱管城毛笔，纸先生是侣伴。

美玉琳琅价高，兰花茝草香艳。品质原本自重，心中为何不畅。

况是清纯之器，渐衰老于墨庄。笔墨浓淡随情，忍耐交往久长。

处正守直不变，莲花敛藏光芒。潜藏深必大发，蕴藏久自显彰。

光彩启动京都，风采仁立仙乡。

1765年作者赴长安赶考，经平凉时买了一方砚台，随身十一年，通过铭文和序，描述了与砚台惺惺相惜的情感。

［1］崆峒：甘肃平凉崆峒山。

［2］巉岩：山石高耸。古奥：古雅陈旧。

［3］精莹：晶莹，透明光亮。这里指石砚被打磨得光滑明亮。

［4］翰墨之林：士林，文艺界。

［5］操觚：写作。宋洪迈《〈唐黄御史公集〉序》：“士以操觚显者，无虑数百家。”

［6］玉质金相：形容人相貌端美。质，本质。相，外貌。

［7］珥笔：把笔插在帽子上，以便随时记录、撰述。曹植《求通亲亲表》：“执鞭珥笔。”这里指学者、文人。云兴霞起：云气升腾，彩霞聚集。

［8］当：面对着。

［9］藩溷：藩，篱笆。溷：厕所。

［10］左思：西晋著名文学家。左思的《三都赋》构思写作了十年，家门口，庭院里，厕所里，都摆放着笔和纸，偶尔想出一句，马上就记录下来。司空张华见《三都赋》后称左思为张衡、班固一流的人物，说此赋历时越久，越有新意。于是豪门贵族之家争相传阅抄写，京城洛阳的纸张供不应求，价格大涨。

［11］王充：东汉思想家，王充认为庸俗的读书人做学问，大多都失去儒家

的本质，于是闭门思考，谢绝一切庆贺、吊丧等礼节，窗户、墙壁都放着刀和笔。写作了《论衡》八十五篇，二十多万字，解释万物的异同，纠正了当时人们疑惑的地方。

[12] 大雅：称德高而有大才的人。泛指学识渊博的人。

[13] 凉燠：冷暖。

[14] 匏畦：种植葫芦的田地。匏：葫芦的一种，即匏瓜。

[15] 管城子：笔的别称。唐代韩愈曾写《毛颖传》，说毛笔被封在管城，叫"管城子"。后为毛笔的代称。亦称"管城君"等。

[16] 楮先生：纸的别称。

[17] 琳琅：精美的玉石，比喻美好珍贵的东西。

[18] 兰茝（chǎi）：兰花茝草。茝，香草名。

[19] 剑彩：莲花。唐骆宾王《秋日饯尹大往京》："剑彩沉波，碎楚莲于秋水；金晖照岸，秀陶菊于寒堤。"

送郑秀峰明府闽序 [1]

戊戌（1778年）孟秋

原文

闽中云水之乡也 [2]。山川清旷，风物暄妍 [3]。秀峰胸襟浩落 [4]，颇嗜幽退 [5]，凡遇奇山异水，辄留连数日。后作宰西陲，公务之暇，觞咏不辍，其意翛然远也 [6]。余遇于云川 [7]，订诗酒交 [8]，相契最深。丁酉小春 [9]，余公车北上 [10]，就别云川，与明府盘桓数日，赋诗赠别。越岁六月，余始至里，闻明府将致仕归闽，余喜而叹曰："知足不辱，奚必见秋风而思鲈脍哉 [11]！尝观世之癖泉石者，则有废弃不平之感；浮宦海者，则有舟楫失坠之虑，二者穷达累之，累则无适也。昔不为五斗米折腰，怜故园松菊，飘然长往，结庐人境，日对南山，其心适也。明府无穷达之累者乎？无累则无物，无物则无我，无我则身无拘碍，心无留恋，而无弗适矣。"明府素慕靖节之高风，故临别赠言，为书斯语以相质云。

译文

福建是云水的家乡，山川晴朗开阔，气候暖和，景色明媚。秀峰胸襟开朗坦荡，很喜欢僻远深幽之处，只要遇上奇山异水，就要流连数日。后在西部边陲作县令，公闲之余，饮酒咏诗不停，其意境超脱深远。我在永昌遇到秀峰，许为志趣相投的朋友，相合最深。

丁酉（1777年）初冬，我赴京参加进士考试，前去永昌道别，和明府住宿逗留几日，写诗赠别。第二年六月，我才到家，听说明府将要退休回福建，我高兴地感叹说："知足的不会受辱，何必见秋风而思家乡的美味呢！曾观察世间癖好山水的，有废弃山水而不平的感叹；漂浮在官场的，有舟楫失坠的顾虑，困顿与显达两者都使人乏累，乏累后就没地方去了。从前陶渊明不为五斗米折腰，爱故园松菊，心情轻松一去不返，在人间搭草房，每日面对南山，这是心向往的归宿，明府没有困顿与显达的拖累吧？没拖累就没身外之物，没身外之物就无我，无我那么身无拘束障碍，心无留恋，而无不安适了。"明府平常羡慕陶靖节的高尚风操，因此临别赠言，为他写上这些话用来相询问。

［1］这是作者给永昌县令郑秀峰退休回福建老家的送别序。明府：明府君的略称。汉时用为对太守的尊称。唐代别称县令为明府，后世相沿不改。

［2］闽中：福建。

［3］暄妍：天气暖和，景色明媚。南朝宋鲍照《春羁》诗："暄妍正在兹，摧抑多嗟思。"

［4］浩落：开朗坦荡。

［5］幽遐：僻远深幽之地。

［6］倏然：无拘无束貌，超脱貌。《庄子·大宗师》："倏然而往，倏然而来而已矣。"

［7］云川：今甘肃永昌。

［8］诗酒交：志趣相投的朋友。

［9］小春：农历十月，也称小阳春。宋欧阳修词《渔家傲》："十月小春梅蕊绽，红炉画阁新装遍。"

［10］公车北上：汉代以公家的马车送就举的人，后来以"公车"为举人入京应试的代称。

［11］《世说新语·识鉴》："张季鹰辟齐王东曹掾，在洛见秋风起，因思吴中菰菜羹、鲈鱼脍，曰：'人生贵得适意尔，何能羁宦数千里以要名爵！'遂命驾便归。俄而齐王败，时人皆谓为见机。"

募画石沟寺序

碾邑城南，距城二十里，有石沟焉。两面皆石山，壁立万仞，缘延八九里，皆大石盘结，如云连霞起之状。中有小径，仅容人足。登此山者，扪萝穿棘[1]，如蚁旋转，非有绝大胆力，不能一至其巅。故选胜者[2]，自崖而返，境自此封矣。石崖之东，攀援而上，有观音小寺，悬立石磴之间[3]。相传明时有采樵者，往往见石穴中有红衣人，空际往来，里人惊以为神。风雨水旱，有祷辄应，遂辟石为寺，创立明万历年间。迄今木石剥落，神宇不宁。前年甲午，里人倡议垂葺[4]，复辟石数丈，高楼杰阁，气象峥嵘，视昔之规模，倍宏大矣。

岁在乙未之春，余读书山中，每遇风花雪月之辰，升高远望，见夫怪石磷磷，如羊如虎，森然向人；夜闻清响，如仙人咳笑于云霄间者。山僧曰："此鹘声也[5]。不鸣则已，一鸣惊人。"余方倾耳以听，忽有大声发于石罅[6]，如洪钟不绝。余不觉心恐，山僧曰："此山鸣也，山鸣而谷应之也。"余谓山僧曰："所谓山灵者，灵于人，实灵于山也。坤舆蕴蓄之精[7]，磅礴郁积，久而必泻，故云雨之升降，草木之变蒸，山林之吼啸，莫不孕奇毓异，以呈露于荒崖墟莽之间。信乎乾坤奥衍之区[8]，皆沕穆之精神所栖[9]。则昔之所惊以为神，而今之所有感辄应者，其在斯乎？其在斯乎？但梓材粗就，绘事未兴，翻使山灵笑人之不克有终也。"爰发微忱，恭疏短引。吾知四方仁者，必有乐山之趣，所翼各助余蓄，共襄盛举，庶使千年之异境，因人以传；而人之九仞一篑之功[10]，亦得与山并寿云。

碾伯城南距城二十里，有一条石沟。石沟两面都是山，像墙壁一样直立万丈，绵延八九里，都是大石盘绕聚合，如云连霞起的样子。中间有条小路，只容得下人的脚。登这个山的，攀援葛藤，穿越棘丛，似蚂蚁一样旋转，没有特别大的胆气和力量，不能一人到山顶。所以寻找名胜的，都从山脚返回，该地从此封闭了。石崖的东边，有观音小寺，悬立在石阶之间。相传明时有打柴的，常见石洞中有红衣人，在天空往来，当地人害怕当作神。风雨水旱，有祷告就有响应，于是辟石建成寺，创立在明朝万历年间。到今天木石脱落，供神的屋宇不安宁。前年（1774年），当地人倡议整修。又开辟石阶数丈，楼阁高杰，气象峥嵘突兀，比往日的规模宏大了一倍。

乙未年（1775 年）春，我在山口读书，每当风花雪月之时，登高远望，就见怪石突兀，如羊如虎，阴森可怕地对着人；夜间听到清越的声响，似有仙人像小孩一样在云霄间笑。山僧说："这是鹰的声音。不鸣则已，一鸣惊人。"我正倾耳来听，忽然从石缝中发出大声音，如洪钟声而不断绝。我不觉心中害怕，山僧说："这是山鸣，山鸣响而谷沟应和。"我对山僧说："所说的山灵，比人还灵，实际上灵在山中。大地蕴蓄的精华，磅礴无边地聚积，时间久了一定要发泄，因此云雨的升降，草木的变化生长，山林的吼啸，没有不孕育奇异，来呈现表露在荒崖废墟榛莽之间。确实相信天地精深博大之地，都是深奥微妙的精气元神所聚积的地方。那么从前自己惊怕当作神，而现在之所以有感就响应，大概这就是吧！大概这就是吧！但石沟寺优质的屋宇粗成，绘画之事没举办，反而使山灵笑人不能有终。"于是抒发微薄的心意，恭敬地写了短短的引言。我知道四方仁德之人，必有乐山的兴趣，希望各自帮助点积蓄，齐心协力完成这项盛大的举措，使千年的奇异境地，因我们这些人而传；而这些人的功德，也得以与山并寿。

注解

[1] 扣萝穿棘：攀援葛藤，穿越棘丛。

[2] 选胜：寻找名胜。

[3] 石磴：石头台阶。

[4] 垂葺：整修。垂，敬辞。

[5] 鹘：隼，鹰。

[6] 石罅：石缝。

[7] 坤舆：坤为地，能载万物，故曰"坤舆"。

[8] 奥衍：精深博大。

[9] 沕穆：深奥微妙。《史记·屈原贾生列传》："沕穆无穷兮，胡可胜言！"司马贞索隐："沕穆，深微之貌。"

[10] 九仞一篑：《尚书·旅獒》："为山九仞，功亏一篑。"仞，古代的长度单位。篑，盛土的竹器。

书陶靖节文集后

余少诵陶靖节诗，慨然想见其为人。读文集其佳处颇能领略，窥其胸中，浩浩落落[1]，别有天地在抱。其发为文词，具有太和气象[2]。若在圣门，当时曾点一流人物[3]。而人以其嗜酒，概以旷达目之，则浅之乎？窥靖节矣[4]。

译文

我年轻时诵读陶渊明的诗，很感慨想见他这个人。读文集时其中的好的地方很能领略，窥探其心境，豁达坦荡，胸怀不同的天地。表现在他的诗文中，具有淡泊平和的气象。如进到孔子门下，应当是曾点一类的人物。而人们因为他喜爱饮酒，一概用心胸开朗豁达来看他，那就浅薄了吧？小看陶渊明了。

注解

[1]浩浩落落：豁达坦荡。

[2]太和：淡泊平和。《易·乾》："保合大和，乃利贞。"朱熹本义："太和，阴阳会合冲和之气也。"

[3]当时：疑为"当是"。曾点：孔子的弟子，人生理想是社会安定、天下太平，主张每个人都真正享受生命。追求安详、自得、恬淡的生活。见《论语·先进》。

[4]窥：从小孔或门缝里看。

梦园吟自序[1]

甲辰（1784年）秋月

原文

天地一大园也。山川草木，风花雪月，鸟鸣花笑，鱼跃鸢飞[2]，莫不蕴诸所有，又莫不空诸所有也。人日游园中，而不知行生之趣；于夫人日在天地间，而不悟高厚之旨者奚异哉[3]？而不见夫并物有我乎？我固梦中人也。寓我有园乎？园亦梦中境也。我日啸歌于园中，颇有自得之趣，虽妻孥告米尽弗恤也[4]。夫万物，日游天地之大园而不知其大，予日游咫尺之园而不觉其小，其何故哉？盖天地为园，予亦园中一物也。见为园而不见为我，则己小而园大矣，此小大之辨也。

卧园有日，偶于醉梦中，得诗若干首。随手录出，置诸案头，风雨朗吟，可供一笑。予非能诗者，亦如园中之侯（候）虫时鸟，自鸣自息于天地间斯已耳。诗云乎哉？

译文

　　天地是一个大园子，山川草木，风花雪月，鸟鸣花笑，鱼跃鹢飞，所有的没有不蕴藏在其中，又没有不把所有的都空起来。人们天天在园中游玩，而不知行动生命的趣味；和在天地间而不能领悟天的高、地的厚的意旨有何不同呢？不见那合并物时有我吗？我本来是梦中人，住的地方有园子吗？园子也是梦中的境界。我天天在园中长啸吟咏，很有自得的趣味，虽然妻儿告诉吃的米完了，我也不体恤顾惜。万物每日游于天地的大园中而不知道它的大，我每日游在巴掌大的园中而不觉它小，这是什么原因呢？因天地为一个大园子，我也是园中一物。看见为园的天而不见我，那是自己小而园子大，这是小和大的区别。

　　睡卧在园中几天，偶尔在醉梦中得到若干首诗。随手录出来，放在案头，吹风下雨时朗诵，可供一笑。我不是能写诗的人，也如同园中按节气出现的虫子和候鸟，自己鸣叫、自己止息在天地间罢了。诗说什么呢？

笔意在马蹄秋水间。

注解

［1］梦园：作者给自己园子起的名字。

［2］鸢（yuān）：鹞鹰。

［3］高厚：天的高、地的厚。

［4］恤：体恤顾惜。

送郡伯入都序[1]

乙巳（1785年）春作

西郡古湟中地[2]，北控新疆，西通海藏。人民杂处其中，抚绥之术，惟太守之任[3]，专且重也。匪望匪镇[4]，匪能弗厘[5]，匪德不洽。地之需才，与才之遇地[6]，相须恒殷[7]，而相遇每疏也。惟某郡伯，荣莅吾郡，见夫土瘠民贫，喟然叹曰："民敝久矣，无他，抚之未得其道也。"由是整躬率下，劝善革奸，未及期而同俗丕变[8]，气象重新。一郡三邑之人，蔼蔼如登春台焉。异哉，吾湟为股肱郡，而郡伯真治平才也。兹者节届春和，郡伯捧檄入都[9]。行旌将发[10]，父老攀辕卧辙者，至车马不能前。在郡伯为吾郡造无疆福，天必为郡伯增无量禄。今之入觐也，早知循声卓绩[11]，宠深紫禁[12]，于オト之[13]，实于德卜之。夫士君子学古入官，动则古昔[14]，而追踪者恒不数遘[15]。惟郡伯以经世鸿猷[16]，与古良二千石后先辉映[17]，谁谓古今人不相及也耶？

译文

西宁府为古湟中地，北部控制新疆，西面通往青海湖和西藏。人民杂处其中，安抚的方法，只有太守担当，单纯而重要。没有名望就不能镇守，没有能力就不能治理，没有德行就不能使人们融洽。地方需要人才，和人才遇合地方，相互等待常常很多，而相互遇合的每每稀少。只有郡伯，荣幸地莅临我西宁府，见这里土地贫瘠，人民贫困，感叹说："百姓衰败时间长了，没别的，安抚没得好方法啊。"由此亲自率领百姓，劝导百姓向善，革除奸佞，任期没满而使风俗大变，气象更新。一郡三县的人温暖地好像春日登台览胜那样激动幸福。奇怪啊，我湟水西宁府为重要的府郡，而郡伯真是治国平天下的人才。这时节气到了暖和的春天，郡伯奉诏要入京都，仪仗将要出发，百姓舍不得，手抓车辕，身卧车轮下，使车马不能前进。在任上郡伯为我郡创造了无边的福，老天必定为郡伯增加无量的禄。今天入京朝见皇上，早就知道为官奉公守法成绩卓著，皇帝重视，得到朝廷的宠信，根据才能选择，实则是根据德行选择。那些士人君子学古人作了官，动不动就说古时，而追随古人的常不多见。只有郡伯凭治世的良谋，和古代的郡守先后辉映，谁说今人赶不上古人呢？

注解

[1] 郡伯：景福，时任分巡抚治西宁道，在任两年。

[2] 西郡：指西宁道。

[3] 惟太守之任：疑为"惟太守任之"。

[4] 匪望匪镇：没有名望就不能镇守。匪……匪……，表示关联，相当于"非……不……"之类的句式。《诗·大雅·江汉》："匪安匪舒，淮夷来铺。"

[5] 厘：治理。

[6] 遇：遇合，相遇而彼此投合。

[7] 相须：相互等待。殷：众多。

[8] 同俗：风俗。丕：大。

[9] 捧檄：奉诏。

[10] 行旌：出发时的旗子，指仪仗队。

[11] 循声：循良之声，即奉公守法。

[12] 宠深紫禁：皇帝重视，得到朝廷的宠信。

[13] 于：根据。卜：选择。

[14] 古昔：古时。

[15] 数遘：多次遇见。

[16] 鸿猷：深远的谋划，良谋。

[17] 两千石：汉代郡守俸禄为二千石，故用为郡守的代称。

读本一禅院碑铭书后

原文

　　明冯华亭作《本一禅院碑铭》，余读之得悉其始末。本一禅师者，宋忠臣赵公孟间也。公为文丞相藩客[1]，去为黄冠[2]，已而披缁事佛[3]，为中峰禅师，因改号月麓，为禅院开山之祖。其署名本一者，盖取总持三教意也。月公之友如郑所南、谢皋羽、方凤、张雯、陈谦辈[4]，或对哭严陵[5]，或守死吴市[6]，一时逋臣遁客，或隐或现，或歌或泣，而月公其善遁者也。公以宋室王孙，心悲故国，感知己之既逝，叹柴市之风埃[7]，不得已而弃须发，就空王以自全[8]。其从一之义，呜呼可谓忠矣。

　　夫当曰文山气节[9]，既得死所，所以报国恩而酬人望者，无余事矣。为月公者，脉接天潢[10]，义不可辱，独其志有所为，而时事万不可为。效忠无地，杀身无补，遂自投于山崖墟莽，古刹萧寺之中[11]，其迹似晦，其志益悲矣。

所可怪者，松雪学士[12]，即月公近属兄弟。院中祖像，乃松雪真迹，一时名流，莫不瞻仰。吾不知松雪传神写照时，亦曾洒黍离之涕[13]，而抱崖山之恸否耶[14]？亦曾思迈征之义[15]，而动死丧之怀否耶？虽文采风流，照耀千古，而大节有亏，负惭名教。以视月公之忠孝双全，儒释兼尽者，同气也而不啻天渊矣[16]。故余读《本一禅师碑铭》，而书其后者，为故宋忠臣，阐发幽光；并以愧夫世之有文学，而无志节者。

译文

明代冯华亭作《本一禅院碑铭》，我读它后得以知道事情的始末。本一禅师是宋朝忠臣赵孟间。他是文天祥丞相的侍卫，离开后作了道士，不久出家为僧事佛，成为中峰禅师，于是改号"月麓"，是禅院的开山始祖。他署名"本一"，是取概括儒释道三教的意思。赵孟间的朋友如郑所南、谢皋羽、方凤、张雯、陈谦等，有的退隐江湖，有的忍辱负重以图东山再起。一时间逃亡和隐居的大臣，或隐或现，或歌或泣。赵孟间是个善于隐藏的人，他是宋朝的王室子孙，心中为故国的消亡悲伤，感慨知己已离逝，叹息菜市口风卷起的尘埃（文天祥被害），不得已而剃去须发，做和尚来保全自己。他的从一而终的义气，唉，可以说是忠了。

当日文天祥的气节，已死的其所，只能用这样的方式报答国恩，酬谢民众的期望，没更多的事了。作为赵孟间，血脉分枝皇室，道义上不可受辱，即使他独自想有所作为，而当时的事态根本不可能有作为。没地方效忠，自杀于事无补，于是投身到山崖荒野、古刹佛寺中，他的行迹好像隐晦，他的心志也够使人悲伤了。

可奇怪的是赵孟頫，他是赵孟间的近宗兄弟。院中祖宗的像，是赵孟頫的真迹，当时的名流，没有不去瞻仰的。我不知道赵孟頫画像时，是否也曾洒感慨亡国的泪水，而胸怀崖山蹈海之恸呢？也曾想过南宋覆亡的意义，而在心中动过死丧的念头呢？赵孟頫虽文采风流，光照后代，但大节有亏，辜负惭愧于名声教化。以此来看赵孟间的忠孝两全，儒释道兼枝，两人虽同气连枝而区别如同天渊了。因此我读《本一禅师碑铭》，而写到后面的，是为故宋的忠臣阐述并发挥其潜隐的光辉；并以此使在世有文艺才能而没有志气节操的人感到惭愧。

[1] 文丞相：文天祥。南宋末政治家、文学家、爱国诗人、抗元名臣、民族英雄，与陆秀夫、张世杰并称为"宋末三杰"。文天祥才德兼优，南宋德佑二年（1276年）正月担任临安知府，不久，担任右丞相兼枢密使。

[2] 黄冠：道士之冠，借指道士。宋陆游《书喜》诗："挂冠更作黄冠计，多事常嫌贺季真。"

[3] 披缁：出家为僧尼。缁，缁衣，僧尼之服。五代齐己《夏日寓居寄友人》诗："披缁影迹堪藏拙，出世身心合向闲。"

[4] 月公：赵孟间改号"月麓"，故称"月公"。

[5] 对哭严陵：即严光，字子陵，省称严陵，与汉光武帝是旧交。光武帝即位后诏其做官，光固辞不受，退隐于富春山。后人称他所居游之地为严陵山、严陵濑、严陵钓台。1283年1月文天祥遇害，1290年，文天祥部下谢翱登上严陵钓台西台，由严子陵三十五代孙陪同，备酒哭祭文天祥等。这里是说南宋亡国之后，赵孟间的朋友有的退隐。

[6] 守死吴市：春秋时，伍子胥为报父兄之仇，自楚逃至吴，曾吹箫乞食于吴国市面，以图后起复仇。也称"吴市吹箫"。这里指赵孟间的朋友过艰苦的流亡生活，以图再起。

[7] 柴市：南宋民族英雄文天祥就义处。其地当即今北京市宣武门外菜市口，菜市为柴市音转；一说为菜市口以西的旧柴炭市。

[8] 空王：佛的尊称。佛说世界一切皆空，故称"空王"。

[9] 文山：文天祥初名云孙，字天祥。选中贡士后，换以天祥为名，改字履善。宝祐四年中状元后再改字宋瑞，后因住过文山，而号文山，又号浮休道人。

[10] 天潢：古时称皇室为"天潢"，说皇族分枝，如导源于天池，故称。

[11] 萧寺：唐李肇《唐国史补》卷中："梁武帝造寺，令萧子云白大书'萧'字，至今一'萧'字存焉。"后因称佛寺为萧寺。

[12] 松雪学士：即赵孟頫，号松雪。其人本是南宋宗室，宋亡，归里闲居。元初经举荐始任兵部郎中，后官至翰林学士承旨，封魏国公，谥文敏。

[13] 黍离：《诗·王风·黍离序》："《黍离》，闵宗周也。周大夫行役，至于宗周，过故宗庙宫室，尽为禾黍，闵周室之颠覆，彷徨不忍去而作是诗也。"后遂用作感慨亡国之词。

[14] 崖山：即厓山。亦称厓门山、厓门。在广东省新会县南大海中。形势险要，南宋末张世杰奉帝昺扼守于此。兵败，陆秀夫负帝昺蹈海死，宋亡。

[15] 迈征：《诗·王风·黍离》："行迈靡靡，中心摇摇。"意为走路走得很慢，内心十分愁苦，是为了思虑周王室的颠覆而忧伤。这里是思虑南宋的颠覆而愁困。

[16] 不啻：如同。

怡云子者,余四十年前老友也。遭逢世故,辛苦备尝,短发种种[2],尚在人间。性命相契[3],形影相依,天壤间惟吾两人而已。怡云胸襟潇洒,济以敏捷之性,当其情往兴来,酒酣耳热,有以诗文来质者,怡云拂衣而起,染翰挥毫,文气奔腾,诗情豪放,从口鼻中流出,顷刻盈纸,勃勃然如有生气,不可捉摩。盖得于性天者如此,非枝枝节节而为之也。

怡云丰于才而啬于遇[4],挟琴书为依人之计,远而燕山汾水,近而古堞边亭,莫不有车辙马迹焉。而所如不偶[5],动辄得咎。于是抑郁不得志,将焚弃笔砚,埋所著诗文于土中,而归卧南园之志决矣[6]。

余闻而慰之曰:"以子之精神意气,必放怀于深山大泽,渤海长江,极人间奇险高旷之境,然后可以快心荡目,以发抒其倜傥不羁之气。若夫玩花木之清幽,赏竹树之荫翳,此皆穷愁枯槁之士,无所表见者之所为也。而子奚取乎?且自以所著诗文,掘地三尺,埋在瓮中,吾知必有精灵光怪,透金铁而抉木石者,飞跃而出焉,吾子能终蔽之耶?"怡云曰:"不然。倦飞息羽,倦游息机。半亩荒园,可以乐而忘老矣。身将隐,焉用文之?"

余见其志坚,不可复留,遂听之去,且为他日之约曰:"余将登峨嵋,泛洞庭,吐纳烟云,以洗胸中浊秽,使灵虚之气,焕发于山容水态之间。然后握管以尾吾子之后。君其许我乎?"怡云将归,与余杯酒作别,余临别赠言,而漫为之序[7]。

译文

怡云子是我四十年前的老友。遭逢世事变故,辛苦遍尝,发稀老衰,还在人间。性命相合,形影相依,天地间只有我两人罢了。怡云胸怀洒脱自然大方,加上性格敏捷,当他情趣来,酒喝得很痛快,有用诗文来质询的,怡云撩开衣襟站起来,挥笔书写,文气奔腾,诗情豪放,从口鼻中汹涌而出,一会儿写满纸张,生机勃勃,不可捉摸。这是天性如此,不是零零碎碎的情景能达到的。

怡云才能丰厚而机遇少,挟持琴书依靠别人生活,远到燕山汾河,近至古堡边亭,车辙马迹没有不到的。而到的地方不投合,动不动遭受责备处分。于是抑郁不得志，准备烧笔弃砚，把写的诗文埋在土里而决心回归南园家中。

我听后安慰他说："以你的精神志气，一定要把胸怀放到深山大泽，渤海长江，以及人间奇险高旷的境界，然后才能称心眩目，来抒发他的洒脱豪放，不受拘束的气质。假如玩赏花木的清幽，鉴赏竹树之荫翳，这都是穷愁枯槁的读书人，没处表现者的所作所为。而你从中要汲取什么呢？况且把自己写的诗文，掘地三尺，埋在瓮中，我知道必有精灵神奇怪异，透过金铁而剔出木石的，飞跃而出，你能一直遮蔽住它吗？"怡云说："不是的。飞行疲倦了让翅膀歇息，游离疲倦了让机遇歇息。半亩荒园，可以使我快乐而忘老了。身体将要隐遁，文章往哪里用呢？"

我见他的志气坚定，不能再留，于是听他离去，并定他日之约说："我准备登峨眉山，泛洞庭湖，吞吐烟云，来洗涤我胸中的浑浊污秽，让宇宙的气息，焕发在山水风光景色之间。然后拿着笔追随在你身后，您答应我吗？"怡云将要回归，和我喝酒作别，我临别赠言，就随意地作了这篇序。

净雪道人

胸次潇洒，笔更超忽，楮墨间，疑有灵气往来。

注解

[1]该序为自己写的序，怡云子为虚拟的我。

[2]种种：头发短少貌，形容衰老。《左传·昭公三年》："余发如此种种，余奚能为！"

[3]相契：相合，相交深厚。

[4]啬：小气。这里指薄，少。

[5]偶：偶合，相合。

[6]南园：作者家乡自家小园名。

[7]漫：随意。

发于天机之不容已^[2]，而感于人心之不自知者，其为文乎？坡翁自言，其文得力于庄子，故其为文，诡奇变化，如列子御风^[3]，可以驰骤一世。予以为坡公，不惟文似南华^[4]，其人亦漆园来也^[5]。观夫垂老之年，谪居儋耳^[6]，穷愁颠倒，无不自得。苟非齐得丧、一死生^[7]，乌能心与天游，而超然物外乎？人或疑庄子为荒渺之谈^[8]，此何异醯鸡处瓮中^[9]，以瓮为天地，而不知瓮外别有天地也。坡翁可作乎？当不河汉予言^[10]。

译文

发于天赋的机灵容不得停下来，能感动人心自己感觉不到的，大概是文章吧？东坡自己说，他的文章得力于庄子，因此他的文章，诡奇变化，如列子御风而行，可以驰骋一世。我认为东坡，不仅文章似《庄子》，这个人也从漆园来。看他老年，贬官居住在岭南儋州，穷愁潦倒，没有不自得的。假如不是得到和失去相同，死亡和生存一样，怎能心与天游，超然物外呢？有人怀疑庄子的谈论荒唐渺茫，这与处在醋瓮中的小虫蠛蠓有何差别，以瓮作天地，而不知瓮外别有天地。若东坡复生，当不以我此言与他河汉悬隔。

注解

[1]苏文忠公：北宋苏轼，四川眉山人，字子瞻，号东坡居士，唐宋八大家之一，谥号文忠。

[2]天机：天赋的灵机。《庄子·大宗师》："其耆欲深者，其天机浅。"不容已：容不得停下来。

[3]列子御风：庄子《逍遥游》："夫列子御风而行，泠然善也，旬有五日而后反。"

[4]南华：《南华经》，《庄子》的道家称谓。唐玄宗天宝元年（724年），尊《庄子》为《南华经》，封庄子为南华真人。

[5]漆园：庄子曾经做过漆园小吏。

[6]儋：即海南省西北部的儋州。

[7]齐得丧、一死生：得到和失去都是相同的，死亡和生存都是一样的。见庄子《齐物论》。

[8] 荒渺：荒唐渺茫，指不真实。

[9] 醯（xī）鸡：醋瓮中的小虫蠛蠓（miè méng）。古人以为蠛蠓是酒醋上的白霉变成，醋瓮有盖盖着，蠛蠓不见天日，一旦揭去盖子，它就见到天了。例如：元好问《清平乐·太山上作》："井蛙瀚海云涛，醯鸡日远天高。"也作"醯鸡瓮里"。后以"瓮里醯鸡"比喻见识浅陋的人。醯，醋。瓮，一种肚大口小的容器。

[10] 河汉：银河。

原文

人者，天地之心也。人为天地之心，故能与天地同体，而参赞位育之功[2]，不以穷达而有异也。自虞廷一十六字之传[3]，遂立性道之宗[4]。而后之言心言性者，自孟氏之后[5]，代不乏人。宋自濂、洛、关、闽以后[6]，求其本道德以发为事功，原性命以著为学术，得之躬行实践之余，以为觉世牖民之具者[7]，惟姚江阳明夫子一人而已。夫子以"致良知"三字[8]，提倡后学，呼昧者而使之醒，指迷者使之悟，虽庸夫愚妇，闻此说而皆能格其非心焉[9]。非夫子淑世情殷，指点亲切，何以至此？

予小子童年失怙，三党无依[10]，既失蒙养之功，又无师友之益。及其壮也，驰驱灞水，奔走燕山，冀求升斗之粟，以养慈闱[11]；而有志未遂，心为形役[12]，言念昔畴，感慨系之矣。今日者，头白似雪，心冷如灰，第以家计艰难，犹旅食于天山之外[13]。

自前岁馆于甘泉提军之署，暇时闭门静坐，颇有悔心。偶得周至李中孚先生《传心录》[14]，以及《四书反身录》等书读之，言言醇正，字字切实，遂手抄一册，置之案头。中孚先生亟称姚江之学[15]，以为得圣门之真髓。惟是地处边末，不得求其书而读之，深以为恨。

今年春，偶得阳明夫子全集，恰之天之巧合其缘，以默遂夫羹墙之愿也者[16]。因手抄年谱一册，并抄讲学录数卷，其余奏疏杂著，卷帙浩繁，一时不能尽录。予小子即其言而体究之，返之吾性之所固有，觉得昭昭明明于心目之间者，固如是之简易也。而始悔曩之驰逐于名利，涉猎于文词，都是梦中儿戏。由是怨艾弥深，愧悔交集，因别号曰洗心道人，志自新也。

嗟乎，东隅已失，桑榆未晚[17]！若再因循岁月，倘呼吸一去[18]，抱憾何及？自今以往，当痛自淬砺[19]，趁此形神未离时，提起良知，早做工夫，庶不虚私淑先型之夙志也[20]。至夫子之立德、立身、立言，载在史册，照耀千古，予小子又何赘焉？

乾隆五十六年次辛亥孟夏月湟中后学吴栻洗心道人撰

译文

人是天地的心。人为天地之心，所以能和天地同体，而彻悟人生真谛，与天地合二为一的功绩，不因为得志不得志而有差异。自从传下尧舜时十六字的道德修养和治国原则，于是建立了人性天道的宗派。以后说心论性的，自孟子以后，每代都不缺乏论说的人。宋代自周敦颐、程颢、程颐、张载、朱熹以后，追求以道德为根本，外发为事业功绩，以论述性命的本原作为学术，在得到亲身实践之余，具有用它唤醒世人、诱导世人的，只王阳明先生一人罢了。先生以"致良知"三字，为后来的学者提出倡议，呼喊愚昧的使他清醒，指引迷途的使他醒悟，虽平庸愚笨的男女，听到这个说法都能革除他的错误之心了。不是先生救世情深，亲切指点，哪能到这个地步呢？

后生我童年丧父失去护佑，父母妻三族都无依靠，既失去父亲抚育的成效，又没老师朋友的教益帮助。到了成年，驰驱在灞水，奔走于燕山，希望求得升斗之粮，来养慈母，但有心志而未能如愿。心被身形所累，谈论回忆往昔，深有感触，慨叹不已。今天头白似雪，心冷如灰，但因家中生计艰难，还旅居生活在天山外。

自前年馆居在甘泉提军官署，闲暇时闭门静坐，很有后悔之心。偶尔得到陕西周至李颙先生的《传心录》和《四书反身录》等书，读之每句都醇厚正派，字字切实，于是手抄一册，放置在案头。中孚先生极力推崇王阳明的学说，认为得到了圣门的真义精要。只是地处边界，不能求得他的全部著作而读，深为遗憾。

今年春，偶尔得到阳明先生全集，恰巧天合其缘，默默实现了仰慕圣贤的愿望。于是手抄年谱一册，并抄了讲学录数卷，其余奏疏杂著，卷帙浩繁，一下子不能全录。后生我就他的话进行体验，返回到我固有的本性，觉得心目之间明明白白，本来这样简单容易啊。开始后悔往日追逐名利，涉猎在文辞间，都是梦中小儿的游戏。由此悔恨越加深，惭愧后悔交加，于是起别号为"洗心道人"立志自新。

唉，东隅已失，桑榆未晚。如再迟延拖拉，假如呼吸停止，胸怀遗憾也来不及了。自今而后，应当痛下决心刻苦努力，趁形神没分离的时候，提起良知，早做功夫，大概才不使老师先前的愿望落空。至于先生的立德、立身、立言，记载于史册，照耀千秋，后生我又何必多言呢？

乾隆五十六年（1791年），岁星次于辛亥，夏历四月湟中后学吴栻洗心道人撰写。

该序讲了号为"洗心道人"的缘由，是受到王阳明心学，心即理、知行合一、致良知的核心理念熏陶的结果，作者领悟了阳明心学的神奇智慧精髓，决心修炼内心强大的自己，洗心革面，开启新的人生之路。

［1］王文成：王守仁，字伯安，别号阳明。浙江绍兴府余姚县人，因曾筑室于会稽山阳明洞，自号阳明子，学者称之为阳明先生，亦称王阳明。明代著名的思想家、文学家、哲学家和军事家。阳明心学集儒、释、道三家之大成。王阳明创立阳明心学，参透世事人心，终成一代圣哲。著有《王文成公文集》三十八卷。

［2］参赞位育：儒者修身践履，彻悟人生真谛，与天地相参赞。

［3］虞廷十六字：虞廷指上古尧、舜二帝时期，是圣朝的代称。十六字，指《尚书·大禹谟》里的"人心惟危，道心惟微，惟精惟一，允执厥中"。宋儒将此十六字视为尧、舜、禹心心相传个人道德修养和治理国家的原则。

［4］性道：中国哲学概念，指人物的自然质性，通常指人性；孟子以及宋儒特指人的义理（道德）之性。

［5］孟氏：孟子。

［6］濂、洛、关、闽：濂指周敦颐；洛指洛阳程颢、程颐；关指陕西张载；闽指福建朱熹。四人均为宋代大儒，是理学家的代表。

［7］觉世牖民：唤醒世人，诱导世人的意思。《诗·大雅·板》："天之牖民，如埙如篪。"毛传："牖，道也。"孔颖达疏："牖与'诱'古字通用，故以为导也。"事功：事业、功绩。为学注重实际功用和效果，反对理学家讳言功利和空谈心性命理。

［8］致良知：明代王守仁的心学主旨。"良知"语出《孟子·尽心上》："人之所不学而能者，其良能也，所不虑而知者，其良知也。""致良知"即在实际行动中实现良知，知行合一，是王守仁心学的本体论与修养论直接统一的表现。

［9］格：革除，纠正。

［10］三党：即父党、母党、妻党，即父母妻三族。

［11］慈闱：慈母。

［12］心为形役：心神被生活、功名利禄所驱使，受到形体的奴役。形容人的思想不自由，做一些违心的事。出自东晋陶潜《归去来辞》："既自以心为形役，奚惆怅而独悲？"

［13］天山：今祁连山，古称天山。

［14］周至李中孚：李颙字中孚，哲学家，陕西周至人，号二曲。著有《传心录》《四书反身录》《悔过自新说》《二曲集》等。

［15］亟称：极力推崇。

［16］羹墙：《后汉书·李固传》："昔尧殂之后，舜仰慕三年，坐则见尧于墙，食则睹尧于羹。"后以"羹墙"为追念前辈或仰慕圣贤的意思。

［17］东隅已失，桑榆未晚：东隅指日出处，表示早年。桑榆指日落处，表示晚年。早先的美好时光虽然已经消逝，如珍惜黄昏也为时不晚。唐王勃《滕王阁序》："北海虽赊，扶摇可接；东隅已逝，桑榆非晚。"

［18］呼吸一去：指时间流逝得飞快，只在呼吸之间，便可变老死去。

［19］淬砺：淬火磨砺兵刃，喻为刻苦努力。

［20］私淑：指未能亲自受业但敬仰并承传其学术而尊之为师。

原文

傅赓南寿序

甲寅（1794年）孟秋作

赓翁与余交三十余年矣。客路家山，未尝不杯酒与共，肝胆相结也。翁髫年游泮[1]，弱冠食饩[2]，试必冠军。屡赴秋闱不遇[3]，以明经宿学，教授生徒，门下士蝉联鹊起[4]，令嗣昆玉[5]，皆有声黉序[6]。翁近年来，寄迹醉乡，怡怡然有自得之趣。

客冬余抵里门[7]，今岁课孙家居，得与翁把酒言欢，抚今道故。而翁年六旬有五，犹矍铄善饮，颜如渥丹[8]。余问其摄养之术，笑而不答。意者精神不为世用，故其倜傥慷慨，菁华壮往之气[9]，宽然有余而优游难老[10]，长有其山林诗酒之乐乎[11]？

时维陬月[12]，逢翁诞辰，戚友门人，咸裁诗为寿，而以寿辞属余。余不习祝寿之辞，姑粗陈大略，于以见余两人之交谊久而挚，绵绵无已也。翁别号雪峰，意其净心莹抱[13]，高洁崚嶒[14]，援以自肖，而胸无俗累，则嗜欲不侵，身心宁谧，此又翁所以致寿原欤？

余与翁婚嫁俱毕，行将周览名胜，游历山川，钓拂水渔湾，卧沧江之蟹舍。当夫天寒岁晚，褰衣孤舟，诵惠连之雪赋[15]，披摩诘之雪图[16]，不可乐而忘老乎？世无王子猷、苏子瞻[17]，此意谁知之

396

者？吾将泛剡溪[18]，步临皋而问焉[19]。

译文

　　赓南翁和我交往三十多年了。在旅途或故乡，没有不是一杯酒一起喝，肝胆相互交结。老翁童年就读于县学，二十取得廪生资格，考试必得冠军。屡赴乡试不得志，凭着通晓经术、学识渊博，教授学生门徒，门下的学子连续相承，像鹊鸟一样飞起。令郎兄弟，在学校名望都大。翁公近年来寄身醉乡，安适愉快而满足。

　　去年冬天我到家乡，今年居家给孙子教书，得到和老翁把酒言欢的机会，说今道古。老翁年纪六十有五，仍精神健旺善于饮酒，脸色红润。我问他养生的方法，他笑而不答。意思是风采神韵不被当世所用，洒脱大方，精气亦如壮年，宽绰有余而十分闲适，难以衰老，因此能长久地持有隐居的快乐了吧！

　　时间在七月，碰上老翁的生日，亲戚友朋学生，都作诗祝寿，嘱托让我作寿词。我不熟悉祝寿的文辞，姑且粗略写个大概，在此也可见我们两人友谊的久远深挚，绵绵无尽。老翁别号雪峰，意取其胸怀净莹，高洁突兀，拿来作为学习的榜样。胸无世俗所累，则嗜好欲望不会入侵，身心安宁静谧，这又是老翁长寿的原因吧！

　　我和老翁婚嫁都已完备，即将遍览名胜，游历山川，在风轻轻擦过水面的渔湾垂钓，在蓝色江流的渔家躺卧。当天寒岁末，穿着蓑衣在孤舟上，诵读谢惠连的《雪赋》，披着王维的《雪图》，不能快乐得忘了老吧？世上没王子猷、苏子瞻，知道其中意思的是谁？我将要泛舟剡溪，步行到临皋去问了。

　　[1]髫年游泮：髫，古时候小孩垂在两旁的头发，这里指童年。游泮，明清科举制度，经州县考试录取为生员，就读于州、县开办的学校，称游泮。

　　[2]弱冠：男子二十行冠礼，以示成年，但体犹未壮，故称"弱"。冠，帽子。食饩：明清时经考试取得廪生资格的生员享受官府的膳食津贴。饩，赠送人的粮食。

　　[3]秋闱：秋天的考试，即由州府举办，考取举人的乡试。

　　[4]蝉联鹊起：蝉联，连续相承。鹊起，比喻名声兴起。

　　[5]昆玉：对兄弟的尊称。

［6］黉序（hóng xù）：古代的学校。

［7］客冬：去年冬天。里门：家乡。

［8］渥丹：润泽光艳的朱砂。多形容红润的面色。《诗·秦风·终南》："颜如渥丹，其君也哉！"

［9］菁华壮往：精气亦如壮年。

［10］优游：十分闲适。

［11］山林诗酒：隐居。

［12］峻月：夏历七月。

［13］净心莹抱：心胸纯净晶莹。

［14］崚嶒（líng céng）：高耸突兀。

［15］惠连：谢惠连，南朝宋文学家，世称"谢法曹"。著有《雪赋》《秋怀》《捣衣》等，后人把他和谢灵运、谢朓合称"三谢"。

［16］摩诘：王维，字摩诘，唐朝诗人、画家。他的诗画被苏轼称为"诗中有画，画中有诗"。

［17］王子猷：东晋大书法家王羲之的第五子，名徽之，任达放诞，率性而为。苏子瞻：苏轼，北宋文学家、书画家。字子瞻，号东坡居士，谥文忠。

［18］剡（shàn）溪：曹娥江干流，流经浙江省绍兴市嵊州一段称剡溪。晋王子猷雪夜访戴的故事很有名，使此溪声名大显。

［19］临皋：苏东坡被贬黄州时，曾暂居临皋亭。

原文

旱庄王氏家谱序

《周礼·大宗伯》："以饮食之礼，亲族兄弟。"《小宗伯》："掌三族之籍[1]，以别亲疏。"当是时，家兴仁让，俗尚淳良，何风之古也！慨自宗法不明，人心思竞，而古人尊祖敬宗，收族之至意，邈不可追矣[2]。然则宗法有关于世道人心也，顾不重哉！

吾邑王君，奕叶书香[3]，宗祖之盛，甲于一乡。而王君为人恺悌[4]，孝友成性[5]，因心每扶其报本崇先之夙志，以兴宗祖相往复。一日展其家乘[6]，而问序于余。余曰："家之有谱，犹国之有史，所以信今而传后者也。今受读君家之谱，见其序次详明，原原本本，固如山之有昆仑[7]，河之有星宿也[8]。自今伊始，藏之家庙，世世孙孙，检其篇帙，究其支脉，不第一本，九族之爱油然而生，即君今日仁孝诚敬之心，千百世下无不想见焉。然则君之家谱，即为与瓜瓞之章[9]，斯干之什[10]，同衍庆于无疆也可。"

乙酉（1765年）科拔贡生候铨知县吴栻拜题

吴栻 诗文译注

译文

《周礼·大宗伯》说："用饮食的礼仪，亲近族内兄弟。"《小宗伯》说："执掌父、母、子三族的书册，用来区别亲疏。"当这时，家道兴旺仁爱谦让，风俗崇尚醇厚善良，风尚为何这样古朴呢！感慨自从宗法不明，人心想着竞争，而古人尊敬祖宗，收拢宗族人心的最终目的，遥远得不能追寻了。然而宗族的法则关系到世道人心，反倒不重视吗？

我县王君，世代都是读书人，宗族兴盛，在乡中为第一。王君为人平和，孝顺父母、友爱兄弟，天性如此，因此心中常怀着报答父母尊崇先辈的心愿，以使兴旺的宗族循环往复。有一天展开他的家谱，而向我问序言。我说："家中有家谱，如同国家有国史，用来不怀疑今天而流传后世的。今天拜读君家之谱，见其中次序详细明了，原原本本，牢固如山有昆仑，河有星宿海。自今开始，藏于家庙，世世子孙，查检篇目，探究他的支脉，不但一本家谱，九族之间的亲爱油然而生，就是您今日仁孝诚敬的心意，千百代后没有不想见的。如此君家的家谱，就是与《诗经·大雅·绵》中的瓜瓞之章，《诗经·小雅·斯干》中的'秩秩斯干，幽幽南山'，一同绵延吉庆无疆也是可以的。"

乙酉（1765年）科拔贡等候选择录用知县吴栻拜题

解

[1] 三族：父族、母族、子族。

[2] 邈：遥远。

[3] 奕叶：累世，代代。

[4] 恺悌：平和。《左传·僖公十二年》："《诗》曰：'恺悌君子，神所劳矣。'"

[5] 孝友：事父母孝顺、对兄弟友爱。《诗·小雅·六月》："侯谁在矣，张仲孝友。"毛传："善父母为孝，善兄弟为友。"

[6] 家乘：家谱，又称族谱、家乘、祖谱、宗谱等。

[7] 山之有昆仑：古时认为万山起于昆仑山。

[8] 河之有星宿：古时认为万河发源于星宿海。

[9] 瓜瓞之章：喻子孙繁衍，相继不绝。《诗·大雅·绵》："绵绵瓜瓞，民之初生，自土沮漆。"朱熹《诗集传》："大曰瓜，小曰瓞。瓜之近本初生常小，其蔓不绝，至末而后大也。"

[10] 斯干之什：《诗经·小雅·斯干》，该篇一、二两章描述了兄弟同住，和睦相爱，继承先祖，共建家园的图景。

读王芍坡先生《吟鞭剩稿》序[1]

王芍坡先生，名曾翼，号芍坡，为江左名下士[2]。天才豪迈，弱冠由进士馆选在部曹多年[3]，明于吏治，熟于典故。退食之暇[4]，开轩吟咏，当其兴酣落笔，有云蒸泉涌之势。其体裁，博大精深；其光焰，芒寒色正。而虚怀若谷，虽著作等身，而不轻举以示人，其谦让有如此。嗣以部郎外转，观察五凉后调任湟郡[5]，旋量移兰州。当是时，福嘉勇公[6]，总制三秦[7]，深器重先生，事无钜细，相与筹咨而后行。先生又随福公相，赴喀什噶尔[8]、叶尔羌[9]，往返数万里，题咏成编。洵足润色新疆，为艺林增一故实已[10]。

予于乾隆戊申岁谒见先生于兰泉[11]。先生闻予学诗，因索予拙稿，予以五色蝶诗求教，缪承许可。是年冬，先生荐予河州路总镇幕府，因疾未赴。越明年，先生复荐予甘州苏军门幕府[12]，予在甘四载，适先生入觐，以到甘所著诗草，属予校对，邮寄甘泉[13]，予得细读全诗。既先生觐旋，予亦归里。先生复荐予主讲平邑书院[14]。前后六年之内，瞻晤者再。虽云泥远隔，而鳞羽频通[15]，不论势位，独念寒微。处荣华而怜憔悴，其居心慈祥类如此，不意于乾隆甲寅孟春，先生骑箕尾而附列星矣[16]。

呜呼！悲哉！念我廿载孤踪，如交廖落[17]，先生拯我于穷途，吹嘘殆遍[18]，遂使寒花小草，得近春晖；涸鲋残鳞[19]，长沾河润。士君子诎于不知己，而伸于知己。如先生者，予之知己也。睠念畴昔，能无慨然？因略叙梗概，以志铭感，并忆曩赴甘泉。呈先生拙诗二首，附录于后云：

铅椠随人类转蓬[20]，欣逢使节驻湟中。

平原敞刺惭狂客，荐福残碑感钜公[21]。

巷近乌衣秋燕贺[22]，家临青海冻鱼穷。

宗生破浪仍怀想[23]，敢负龙门一席风[24]。

琅琊家世重朝簪[25]，下榻难忘爱士心。

千里何能驱驽马，一枝早已借微禽。

律吹邹子暄如日[26]，书得刘公贵比金[27]。

从此雪梅兼冻芋[28]，天山高处戴商霖[29]。

嘉庆四年（1799）年孟冬月吴敬亭识并书时年六旬

王芍坡先生名曾翼，号芍坡，为江东名士，才由天赋而秉性豪迈，二十由进士馆选到六部做司官多年。懂得官吏的治理，熟悉典籍掌故。退朝回家之余，开窗吟诗，当他兴浓落笔时，有云蒸泉涌的气势。他的体制，博大精深，其光芒清冷而颜色纯正，胸怀像山谷一样深广，虽著作等身，而不轻易拿出来给人看，他的谦虚礼让就像这样。接着以部员外郎的身份转往地方，巡查甘肃青海等原五凉之地，后调任西宁巡抚，不久迁职兰州。当时，福嘉勇公，为陕甘总督，很器重先生，事无巨细，都相互咨询策划然后实行。先生又随从福嘉公，奔赴喀什噶尔、叶尔羌，往返几万里，题辞歌咏成书。确实足以增加新疆的光彩，为艺林增加了解新疆的旧事。

我于乾隆戊申年（1788 年）在五泉兰州拜见先生，先生听说我学诗，于是向我要诗稿，我用五色蝴蝶为题写诗求教，承蒙错爱赞许。这年冬，先生推荐我到河州总镇幕府，因病未赴。第二年，先生又把我推荐给甘州（张掖）苏军门下作幕府，我在甘州四年，刚巧先生入朝觐见，把到甘肃时写的诗稿，托付我校对，邮寄到张掖甘泉书院，我得以细读全诗。到先生朝觐返回，我也回到家乡。先生又推荐我主讲平番县书院。前后六年内会见了两次，虽天地远隔，而书信一直往来，不管权势地位，独独想到我身世贫贱。身处荣华富贵而怜悯漂泊憔悴的人，其居心慈祥大多这样。想不到在乾隆甲寅（1794 年）正月，先生仙逝而附列到星宿中去了。

唉，悲伤啊，回想我二十年孤独的踪迹，如意的朋友稀少，先生把我从穷途中拯救出来，奖励引荐提拔几乎作遍，才使寒花小草似的我，得以接近春光，穷困潦倒满身伤痕的我，长久地沾上大河的润泽。读书人屈才于没有知己，而伸张于了解自己的人。像先生，是我的知己。眷念往昔，能不感慨？所以略为叙述一下大概，用来记载铭刻在心感戴不忘之意，并回忆往日奔赴张掖甘泉，呈献给先生的两首诗，附录于后：

诗稿随人行似风中蒿蓬，欣慰逢朝廷使节驻湟中。
平原君放手毛遂惭狂客，中举落魄的我感念恩公。
靠近豪门秋燕都能沾光，家临青海冻鱼末路途穷。
我仍怀乘风破浪的理想，哪敢辜负芍坡公一片情。

琅琊王氏累代为国重臣，住宿休息也不忘读书人。

驱赶劣马能使行走千里，大树一枝早借给了微禽。

似邹子吹律使地暖日照，给我刘弘似的金贵书信。

从此才如雪梅冬吃的芋，公是天山上拥戴的甘霖。

嘉庆四年（1799 年）十月吴敬亭记并书时年六十

注解

[1] 王芍坡：名曾翼，浙江人，乾隆五十一年至五十四年任分巡抚治西宁道。

[2] 江左名下士：应为"江左名士"，"下"为衍文。江左也叫"江东"，指长江下游南岸地区。

[3] 馆选：从明代开始采取的一种考试制度。明代进士一甲三人被授翰林院修撰和编修之职，二、三甲进士可参加翰林院庶吉士考试，称馆选。部曹：各部司官的称谓。

[4] 退食：退朝就食于家或公余休息。

[5] 五凉：五胡十六国时由汉、氐、鲜卑、匈奴等民族建立的五个政权，即前凉、后凉、西凉、北凉、南凉，主要活动在河西走廊和青海河湟地区。

[6] 福嘉勇公：其人不详。

[7] 三秦：指关中地区。项羽破秦入关，把关中之地分给秦降将章邯、司马欣、董翳，因称关中为三秦。这里指西北。

[8] 喀什噶尔：今新疆喀什。

[9] 叶尔羌：今喀什莎车县。

[10] 故实：有参考或借鉴意义的旧事。

[11] 兰泉：兰州。

[12] 甘州：即今甘肃张掖，古称甘州。

[13] 甘泉：张掖甘泉书院。

[14] 平邑：平番县，今兰州永登县。

[15] 鳞羽：代称鱼和雁，借指书信。

[16] 骑箕尾而附列星：骑坐箕宿和尾宿，而永远排列在星神的行列里。喻去世。清赵翼《题黄陶庵手书诗册》诗："呜呼公已骑箕去，故纸残零亦何有。"

[17] 如交：如意的朋友。廖落：稀少。

[18] 吹嘘：奖励引荐提拔。《宋书·沈攸之传》："卵翼吹嘘，得升官秩。"

[19] 涸鲋残鳞：涸鲋，即"涸辙之鲋"，干涸了的车辙沟里的鲫鱼。残鳞，鳞甲残破。比喻处于极度窘困境地，亟待救援。

［20］铅椠：本指古人书写文字的工具，这里指文章。

［21］荐福残碑：今西安小雁塔出土的荐福寺残碑。明清时期残碑出土两块，佐证了"雁塔题名"是唐代进士金榜题名后在慈恩寺大雁塔下书名留念的盛事。明清时期，文举继续在大雁塔题名，武举则改在小雁塔题名，是陕甘地区文人武士的人生快事。这里是说，我像荐福残碑，虽曾辉煌中举，今天却衰败落魄。

［22］乌衣：乌衣巷，位于江苏省南京市秦淮区。乌衣巷是晋代王谢两家豪门大族的宅第，走出了王羲之、王献之，及山水诗派鼻祖谢灵运等文化巨匠。两族子弟都喜欢穿乌衣以显身份尊贵，因此得名。这里借指豪门，世家大族居住之地。

［23］宗生破浪：《南史·宗悫传》载：宗悫年少时，其叔父丙问他的志向，悫回答说："愿乘长风破万里浪。"

［24］龙门：比喻声望卓著的人的府第。

［25］琅琊家世重朝簪：琅琊王氏是中古时期中原最具代表性的名门望族，素有"华夏首望"之称。琅琊王氏肇端于西汉时期的琅琊临沂（今山东省临沂市），发展于曹魏西晋，确立于东晋初年并达到最盛时期，史称"王与马，共天下"，据统计，从东汉至明清1700多年间，琅琊王氏共培养出了以王吉、王导、王羲之、王元姬等人为代表的92位宰相和600多位文人名士。这里是说，王曾翼为琅琊王氏名门之后。朝簪：朝廷官员的冠饰。常用以指京官。

［26］律吹邹子：西汉刘向《别录》中说：古代燕地气温低，人们种的五谷收获不了，邹子在黍谷山上吹箫，使地温升高，使寒黍谷变为暖谷，从此人们种下的五谷有了收获。

［27］刘公：刘弘。西晋末年，荆州刺史刘弘管辖十个郡治，因为他处事有方，又极细心认真，部下认为得到他的一封书札，胜于十部从事官员的督办成效。后用为咏州、郡地方官善于为政之典。

［28］雪梅：雪因梅透露出春的信息，梅因雪更显出高尚的品格。冻芊：芊芳。因成熟较晚，常于冬天食用，故称。

［29］戴：尊奉，拥戴。商霖：及时雨。《尚书·说命上》载，商王武丁任用傅说为相时，命之曰："若岁大旱，用汝作霖雨。"孔传："霖，三日雨。霖以救旱。"谓依为济世之佐。后以"商霖"为称誉大臣之词。

读《松崖文稿》吴敬亭诗序后[1]

吾宗松崖先生，甘肃名士也。十二岁能诗，乾隆辛酉拔贡[2]，庚午孝廉[3]。初仕学博[4]，历任名邦，后保举县令，旋推沅郡太守[5]。先生性爱闲静，自率天真，除风雅外，不屑于细物。人目之为简傲[6]，或笑其迂阔[7]，以故不利于仕途，遂罢郡旋里。时福嘉勇公相，总制三秦，雅重先生，聘主兰山书院讲席。忆先生拔贡时，予甫生一岁，暨予年十五六时，读先生所刻诗，雄深苍老，常叹同乡豪士，并世作家，无从把晤[8]，计私心抱憾者四十余年矣。

乾隆乙巳岁，余客兰城，适先生住书院，晋谒之后，以拙稿求政（正），过承奖励，复为改正字句。时先生年近七旬，予年四十余，先生略分忘年[9]，以弟呼之。越数载，予赴甘州苏军门幕府，因至省垣，时先生仍主书院，复得晤言。先生劝余刻诗，予固辞焉。予到甘州一载，先生为余作诗序，邮寄甘泉，且以书勖予曰[10]："此序何足为吾弟重，第念吾年耄矣，青眼高歌[11]，望吾子非漫作元晏也[12]。"

今先生已为古人，读此序且感且愧。呜呼！老成凋谢，离索兴怀，数年之间，物换星移，忽忽俱成往事矣，能勿因文而思其人哉！因略叙交谊，并志作序之缘起云。

时嘉庆四年（1799 年）冬吴敬亭识并书时年六旬（印）

我的同宗松崖先生是甘肃名士。十二岁能作诗，乾隆辛酉年（1741 年）拔贡，庚午年（1750 年）举人。开始做学官主管教育，历次任职著名的地区，后被保举为县令，不久推举为沅陵郡太守。先生性爱闲静，自律而心地单纯直率，除高贵典雅外，不计较小事。人们看作高傲，有人笑他不切合实际，因而仕途不顺，郡守被罢免回归故乡。当时福嘉勇公作朝廷辅相，总管西北，器重先生，聘请主持兰山书院的讲习。回想先生考上拔贡时，我刚一岁。当我十五六岁时，读先生刊刻的诗，雄浑深厚苍凉老练，常感叹同乡如此豪杰侠士，并列在世的诗人，无从握手晤面，算起来私下抱憾四十多年了。

乾隆乙巳年（1785 年），我客居兰州，正好先生住在书院，拜见之后，我拿文稿寻求指教、改正，先生对我的文稿予以很高奖励，又为我改正字句。当时先生已年近七十，我年纪四十多，先生忽略差别忘却年龄，称我为弟弟。过了几年，我前往张掖苏军门作幕府，因而到省城，当时先生仍然主持书院，又得以会晤交谈。先生劝我刻诗出书，我坚决辞谢。我到张掖一年，先生为我作诗序，邮寄到甘泉，并用信勉励我说："这篇序哪里值得我弟弟你看重，只是想我年纪大了，喜爱你高声唱，望你不是随意就成了孙元晏（流传后世）。"

现在先生已成古人，读这篇序又感动又惭愧。唉，练达稳重的人凋谢，因分离孤独长引起感慨，几年之内，物换星移，很快都成往事了，能不因为文章而思念这个人吗！因此大略叙述我们的交往友谊，并记载作序的缘起。

嘉庆四年（1799年）冬吴敬亭记并书写时年六十

［1］《松崖文稿》：清甘肃吴镇著，吴镇字松崖。该题意即"读《松崖文稿》作者吴镇先生的《吴敬亭诗序》后"。

［2］拔贡：科举制度中选拔贡入国子监的生员的一种。清制，初定六年一次，乾隆七年改为每十二年（即逢酉岁）一次，由各省学政选拔文行兼优的生员，贡入京师，称为拔贡生，简称拔贡。经朝考合格，入选者一等任七品京官，二等任知县，三等任教职；更下者罢归，谓之废贡。参阅《清史稿·选举志一》。

［3］孝廉：汉武帝时设立的察举考试科目，是"孝顺亲长、廉能正直"的意思。明朝、清朝雅称举人为孝廉。

［4］学博：唐制，府郡置经学博士各一人，掌以五经教授学生。后泛称学官即主管教育的官员。

［5］沅郡：沅陵县，现隶属于湖南省怀化市。汉高祖五年（前202年）始置沅陵县，历为郡、州、路、府、道和湘西行署治所，曾是湘西地区政治、经济、文化、军事中心。

［6］简傲：高傲，傲慢。《三国志·蜀志·简雍传》："性简傲跌宕。"

［7］迂阔：思想行为不切实际事理。

［8］把晤：握手晤面。

［9］略分：忽略差别。

［10］勖：勉力，勉励。《诗·邶风·燕燕》："以勖寡人。"

［11］青眼：指对人喜爱或器重，与"白眼"相对。唐杜甫《短歌行·赠王郎司直》："仲宣楼头春色深，青眼高歌望吾子。"

［12］元晏：孙元晏，晚唐诗人，江宁（今南京）人。元晏著有《六朝咏史诗》一卷七十五首，都为七言绝句，分咏吴、东晋、宋、齐、梁、陈诸朝人物，与胡曾《咏史诗》合观，可见一时风气。《金陵诗征》卷四说："咏金陵事为一集者，实自元晏始。"这里是说，诗人漫不经心就自成一家，流传后世了。

赘言存稿自序[1]

嘉庆三年季冬，予病沉重，越明年首夏[2]，病渐愈，皆有诗文以纪其事，其病重存稿，自书其后云，此后若再有言，则赘甚也。吾因言之赘而生感矣，念四十年来，饥寒未已而奔走之，奔走之未已而困苦之，困苦之未已而恐怖之，恐怖之未已而贫病之，贫病之未已而忧劳之，忧劳之未已而疲乏之，疲乏之未已而郁闷之，郁闷之未已而人从而辱之，辱之未已而人从而讼之[3]，凡此皆有身之为累也，若然大赘在身，无身何缀，身且赘矣，何有于言。虽然大赘之身，今尚存焉，则赘言与身俱存可也。遂将近年来，已病复病之诗文，汇缮成册[4]，题之曰赘言存稿。鸣呼！此后若再有言，则迂甚也，痴甚也。

　　　　嘉庆五年四月中浣洗心道人自序并书时年六十有一

译文

　　嘉庆三年（1798年）腊月，我病得很重，第二年初夏，病逐渐痊愈，都有诗文记载这件事，病重时写的存稿，自己写在后面，此后若再有说的话，那就太多余了。我因说它是废话而生感触了，回想四十年来，饥寒不停而奔走，奔走不停而困苦，困苦不停而害怕，害怕不停而贫病，贫病不停而忧愁劳作，忧愁劳作不停而疲乏，疲乏没完而郁闷，郁闷没完而有人跟着侮辱，侮辱没完跟着人打官司，这些大多都因有身而累，如此大的累赘在身，若无身体还累赘什么，有了身体就有累赘，再说什么？虽身有大累赘，今天还存在，那么冗词与身体都可以存在。于是将近年来病中和后又病的诗文，汇集缮写成一册，题名为赘言存稿。唉！此后如再有言说，就太迂腐了，太痴呆了。

　　　　嘉庆五年（1800年）四月中浣洗心道人自序并书写时年六十一

注解

[1]赘言：闲文，冗词，废话。

[2]首夏：初夏，农历四月。

[3]讼：打官司。

[4]汇缮：汇集抄写。

三教同归录自序^[1]

盖闻儒祖尼山^[1]，释祖乾竺^[2]，道祖柱下^[3]，古今三大法门也。推三大法门之所由起^[4]，皆因教人而设也。天下古今之理，只此善恶两途。三教之意，无非教人改恶从善耳。人苟能以佛治心，以道治身，以儒治世，则头头是道，滴滴归源。可知心也，身也，世也，不容有一之不治，则三教岂容有一之不立哉。然则按名执象^[5]，业峙立以成三^[6]，而返本还源，实三同而归一，乃今之儒者^[7]，或以圣避佛，或以佛驾于圣，今之僧道，或誉佛而诋道，或诩道而谤佛，总于儒释道一原之故未明，致令天地人才之理不备，抑知三教原无同异，能为圣贤，能为仙佛，则三教分可也，合可也。借曰未能，何为是謷謷者哉^[8]？予数年来，老病闭关^[9]，手录先儒读书录一卷^[10]，南华经节录一卷^[11]，心经注解^[12]，并历代尊宿语录一卷^[13]，采真集一卷^[14]，附入石成金传家宝节录一卷^[15]，题之曰三教同归录。鸣呼衰老之年，劳精疲神，何自苦如是，亦聊以救吾过而已，运之腕底^[16]，藉是以为惩忿窒欲之资^[17]，置诸案头，求所以安身立命之本，以予之志也，纂述云乎哉？

译文

听说儒家的祖师仲尼，天竺的佛祖释迦牟尼，道家的祖师柱下史老子，是古今修行者入道的三大门径。推敲三大法门产生的缘由，都为教化人而设。天下古今的道理，只有这善恶两条路。三教的旨意，无非教人改恶从善罢了。人如能用佛教治心，用道教治身，用儒教治世，就会头头是道，滴滴归于本源。可知内心归宿、自身的修炼、世界的治理，不容许有一样不治，那么三教难道容许有一样不树立吗？这样那么按名称看表象，业已并立而成了三种教，但返本还源，实际上三教相同而归于一致。可是今天尊崇儒学的，有的用圣人名义躲避佛教，有的将佛教凌驾于圣人之上，今天的和尚道士，有的称誉佛而诋毁道，有的称赞道而诽谤佛，总之对儒释道一个源头的缘由没明白，致使天地人才的道理不完备。可是知道三教原本没差异，能成为圣贤，能成为仙佛，那么三教分开也行，合起来也可。有人借口说不能，为何这样愁叹不已呢？我几年来，年老生病不与外界交往，手抄先儒《读书录》一卷，《南华经节录》一卷，《心经》注解和《历代尊宿语录》一卷，《采真集》一卷，附加石成金《传家宝节录》一卷，题名为《三教同归录》。唉，衰老的年龄，精气和心力疲劳，为何这样自己苦自己，也聊且救救我的过错罢了。拿在手中，借它作为克制愤怒，抑制嗜欲的资本，放到案头，寻求用来安身立命的根本，以我的志向，编纂著述说些什么呢？

注解

[1]儒祖尼山：《史记》载：孔子父母"祷于尼丘而得孔子"，所以孔子字仲尼。尼山海拔340余米，山顶五峰连峙，中峰为尼丘。

[2]释祖乾竺：乾竺，天竺，尼泊尔、印度的古称。佛家的鼻祖释迦牟尼来自尼泊尔。

[3]柱下：柱下史，是商周掌管中央奏章、档案、图书以及地方上报材料的大夫。《后汉书·张衡传》注引应劭曰："老子为周柱下史，朝隐终身无患。"

[4]法门：指修行者入道的门径。

[5]执象而求：执着于表面现象寻求真情。

[6]业：既，已经。

[7]乃：可是，然而。《徐霞客游记》："时夫仆具阻险行后，余亦停弗上。乃一路奇景，不觉引余独往。"

[8]謷謷：愁叹不已的样子。

[9]老病：年老生病。闭关：封闭关口，指不与外界交往。

[10]读书录：书名，明薛瑄撰，共二十三卷，大多论述性理之学。提出"天地万物，惟性一字括尽"，认为理气不可分，并认为"学问实自静中有得；不静，则心既杂乱，何由有得？"又说："为学最要务实，知一理即行一理，知一事即行一事。"

[11]南华经：本名《庄子》，汉代出现道教，经魏晋南北朝的演变，老子庄子的学说成为道教思想的核心内容。唐玄宗天宝元年（724年）封庄子为"南华真人"，所著书《庄子》，诏称《南华真经》。

[12]心经：全称《摩诃般若波罗蜜多心经》，简称《般若心经》《心经》。汉传佛教通行版为玄奘译。心，有精要、心髓等意。本经将内容庞大的般若经浓缩，成为表现"般若皆空"精神的简洁经典。"心经"是说此经乃定心的路径。

[13]尊宿语录：佛教禅僧语录汇编，共四十八卷。南宋时期禅僧赜藏主持编辑。"尊宿"，指受人尊敬的前辈，书中汇编了自中唐至南宋前期南岳怀让一系（惠能门下两大法系之一）几十家"尊宿"的语录。

[14]采真：道教语。指顺乎天性，放任自然。《庄子·天运》："古之至人，假道于仁，托宿于义，以游逍遥之虚，食于苟简之田，立于不贷之圃。逍遥，

吴
轼
诗文译注

无为也；苟简，易养也；不贷，无出也。古者谓是采真之游。"郭象注："游而任之，斯真采也。真采则色不伪矣。"成玄英疏："谓是神采真实而无假伪，逍遥任适而随化遨游也。"后多指求仙修道。

［15］石成金传家宝：清代石成金所著的一部教人如何处世、生活的著作。作者把人们普遍关心的各种人生问题，从修身齐家到待人处世，从读书到娱乐，从生儿育女，怡神养性的奇方妙法，到士、农、工、商各行各业的经营诀窍，大凡人生的所经、所用，都博采兼收，综汇其中。在清代刻版传世以后，流行天下，被人们奉为传家之宝。

［16］运之腕底：把书拿在手里。运：用，拿。

［17］惩忿窒欲：克制愤怒，抑制嗜欲。

原文

采真集自序［1］

采真集者，洗心道人悔过之所由辑也［2］。道人晚年好静，喜阅佛乘教典，因于暇时，择录因果诸说，日久成编，题之曰："采真集"。客见而览之，因诘予曰："录此奚为者？宣室鬼神之论［3］，不载史册，报应之说［4］，儒者不道，且募禹稷之案［5］，亦既允矣，而其间有大谬不然者。谓天果福善乎，孔圣何以终穷？谓天果祸淫乎，暴秦何以致王？而且太公封侯，夷齐饿死，颜胡以夭？跖胡以寿？炎胡以促？瞒胡以昌？下此已结未结，指不胜屈。子能执天律而平反之乎？"予曰："此正天律之所以昭示万古也。信如子言，宁夭而颜乎？将寿而跖乎？宁哀炎之促乎？将快瞒之昌乎？"客曰："否、否，我正欲为古今来善正类，吐不平之气耳。"予曰："然则子固知善可为，恶不可为矣。既信其理，又何疑于天哉？吾且略因果报应之精蕴，而姑言其粗迹。在儒者之论，则曰：'生从形化，死归断灭，天堂地狱，谬妄不经。'此乃世儒矫偏持世之权法。而局曲之士，反执以为训。信斯言也，将使为恶者，任其横恣，而无所畏惧。王罚弗及，阴遣并废，则温、懿、操、莽之奸，概蒙之宥；而杀、盗、淫、邪之雄，半逸国法。岂天人幽明之通理，化诲愚蒙之圆教哉［6］？易曰精气为物，游魂为变，足证轮回；积善余庆，积恶余殃，足决因果。且子不见夫树艺之事乎？种禾者得粟，栽树者得果。虽燥湿肥瘠，万有不齐，而谷自禾生，果从树结，断断不易之理也。子可以悟矣。"客曰："然。"因并记之。

译文

　　《采真集》是洗心道人为悔过而编纂的。道人晚年好静，喜欢阅读佛教经典，因此在空闲时，选择因果等学说，日久编成一书，题名叫《采真集》。有客人见了阅览后问我说："抄录这做什么呢？西汉宣室的有关鬼神的论述，史册中没有记载，因果报应之说，儒家不讲，况且募集大禹后稷的案例，虽也已允准这种说法，但其中有大错不合适的。说天赐福给善人，孔子为何最终穷困潦倒？说天确实降灾祸给邪恶放纵的人，暴虐的秦凭什么称王天下？而且姜太公封侯，讲气节的伯夷叔齐被饿死，颜渊为何寿短夭折？盗跖为何长寿？炎帝当政为何短促？曹阿瞒当政为何昌盛？下面这些已有结果没有结果的，扳着指头数也数不过来。你能拿上天的律法条令平反吗？"我说："这正是天条昭示万世的。确实如你所言，你肯让颜渊夭折？并且让盗跖长寿？宁可使炎帝哀伤短促？且高兴于曹操的昌盛吗？"来客说："不，不是，我正想为古今以来行善为正这类人，表达我的不平之气罢了。"我说："这样那么你本知道善事可以做，恶行不能做了。既然信这个道理，又为何怀疑老天呢？我暂且略去因果报应的精深含义，而姑且说说它的大道正理。在儒家的理论中，会说：'生命随形体的变化而变化，死了就什么都没有了，天堂地狱，荒谬愚妄没有根据。'这是俗儒纠正偏斜维持世道平衡的法则。而卑躬屈膝的人，反而拿着当作规范。相信这些话，就会使作恶的，任他横行放肆而无所畏惧。国家的惩罚到不了他头上，阴间的责罚一并废弃，那么朱温、司马懿、曹操、王莽这类篡位的奸臣，一概受到宽恕原谅，而杀人、盗犯、淫贼、奸邪之类的头头，一半逃脱国法。难道天人阴阳的道理相同，感化教诲愚昧不明的是园林教育吗？《易经》上说'精气作为物体，是游魂变的'，足以证明有轮回，《周易》第二卦坤卦说'积累善行，福报就不会断绝，后代也会承受福报。常常做不善之事，就会经常发生灾祸，连累后代'，足以断定有因果。况且你没见栽培的事吗？种庄稼的得到粮食，栽树的得到果实。虽然干湿肥瘦，差别万种，但谷子由禾苗而来，果子结在树上，绝对不会变的道理。你可以醒悟了。"客人说："对的。"因而一并把它记载下来。

注解

　　[1] 采真：道教语。指顺乎天性，放任自然。后多指求仙修道。

410

吴
栻
诗文译注

　　[2]洗心道人：作者给自己起的道号。

　　[3]宣室：古代宫殿名，指汉代未央宫中之宣室殿。鬼神之论：《史记·屈原贾生列传》："孝文帝方受釐，坐宣室。上因感鬼神事，而问鬼神之本。贾生因具道所以然之状。"

　　[4]报应：佛教认为，有施必有报，有感必有应，故现在之所得，无论祸福，皆为报应。

　　[5]禹稷之案：大禹后稷的案例。出自《孟子》：禹、后稷处在太平时代，三次路过家门都不进去，孔子称赞他们。颜子处在乱世，居住在僻陋的巷子里，一个小竹筐装饭吃，一个瓢子舀水喝，别人忍受不了那种清苦，颜子却不改变他的快乐，孔子称赞他。孟子说："禹、后稷、颜回（遵循）同一个道理。禹一想到天下的人有淹在水里的，就觉得仿佛是自己使他们淹在水里似的；后稷一想到天下的人还有挨饿的，就觉得仿佛是自己使他们挨了饿似的，所以才那样急迫（地去拯救他们）。禹、后稷和颜回如果互换一下处境，也都会这样的。"孟子推崇禹、稷、颜回三人把天下的疾苦，当作自己的疾苦，安贫乐道执着不变。禹、稷公而忘私，颜回安贫乐道，使禹、稷居于颜回的那种处境，禹、稷依然快乐，使颜回居于禹、稷的那种地位，颜回也能忧禹、稷所担忧的事情。

　　[6]化诲：感化教诲。愚蒙：愚昧不明。园教：园林、园艺教育，即种瓜得瓜，种豆得豆。

题赵怀亭画卷后

原文

　　赵怀亭，金城之韵人也[1]。与予十年前，缔交于甘泉[2]。今春寄予画竹一卷，风枝雨叶[3]，横斜纵直，变态百出，莫窥其妙。当盛暑时，开卷一览，如闻萧飒之声。吁，技一至此乎！殆天授神行，非关学也。

译文

　　赵怀亭是兰州的风雅之人，和我十年前在张掖甘泉书院结交。今年春寄给我一卷画竹，风雨吹打着枝叶，或横或斜或竖或直，变化多端，不能窥探出它的奇妙。当盛夏酷暑时，打开观看，如听到风吹雨打的萧瑟声音。噫，画技竟然到了这样的境地啊！怕是老天授予的神来之笔，与学识没关系。

[1] 韵人：雅人，风雅之士。

[2] 甘泉：甘泉书院。位于甘肃省张掖市。清乾隆二十四年（1759年）甘州知府冯祖悦、张掖知县王廷赞创建于南门内街东，因临甘泉，故名。拨有学田 6000 亩。相传书院有讲堂、书斋等三进房舍。咸丰年间毁弃。

[3] 风枝雨叶：风吹雨淋的叶子。

原文

盖自桂苗金芳[2]，香泛婆娑之树；月明银汉，光凝烂漫之霞。当秋霁之方舒[3]，双开寿域[4]；值天垣之兆瑞[5]，两庆芳辰[6]。此箕子衍畴[7]，止宜导扬美盛；封人效祝[8]，所以表祝嘉休也[9]。

恭维兰翁[10]："江左名家[11]，海南硕彦[12]。德推三让[13]，无双擅至美名；道足千秋，独立表绝群之异。"积累有素，绍述弥光。至其静默性成，聪明天授。才多八斗[14]，博综邱索之华[15]；学富五车[16]，宏揽天人之奥。三花在手[17]，稳架珊瑚，五色罗胸，大铺锦绣。等身巨作，宁惟独步胶痒；传世鸿篇，咸拟联镶殿阁[18]。而乃具抶电掣霆之笔[19]，不克凌云；负腾蛟梦鸟之奇[20]，未能化风。于是传经后进，息意前征。扶大雅之轮，依依槐市[21]；树斯文之帜，蔼蔼苏湖[22]。盖拟其文章，俨当年之才老；方兹理学，真此日之幼清。况万孺人[23]，少悠闲之声，长传淑慎之誉，御族党以和睦，抚臧获以恩慈[24]。鸿案相庄[25]，味洁醍醐之馔[26]；鹿车共挽[27]，躬亲井臼之操[28]。较诸邰缺于田[29]，克全妇道；岂若刘刚远举[30]，厥有仙踪。

若夫麟角金相，凤毛璇式。充闾有庆[31]，由能善读父书；肯构得名，知其夙承母训。长公才高班马，早拔帜之于艺林；书压钟王[32]，久驰声于文苑。乃以和羹妙手，试烹鲜于湟中[33]；补衮宏才[34]，暂制锦于塞上[35]。黄河波静，庆四民之二天[36]；青海春深[37]，酿五风而十雨[38]。湛恩溢叶县，比药草之流泉；厚泽满花村，等龙池之甘露。岂止三秦留康侯之绩[39]，四野兴廉叔之歌而已乎[40]。将来飞帛书御史之名，坐席正讲官之体[41]。于兹肇焉，洵足慕焉也。

然我父台[42]，政治无双，允矣仁吏。而兼才人之目，渊源有自。信乎求忠臣于孝子之门，盖用昭一日之贤能，由凤禀双亲之训诲者也。

兼以花萼争秀[43]，以陆海而并鄱江[44]；兰兹著芳，非荀龙而即薛凤[45]。诚人间之奇遇，天下之殊荣者矣。乃太先生暨太孺人，思称职之难，念贻谋之善[46]，当其捧檄辞临岐谆复，思全令子之廉明。洎乎遣舆迎来，退食丁宁，惟励荩臣之介节[47]；行见凤诰耀琳琅之彩，鸾章烂金石之文[48]。

荣分七叶[49]，直从星海探河源；荫逮三槐[50]，欣看天阶承雨露。兹者天香飘月窟，爰知种自吴刚；琼液泛瑶池，更喜杯呈王母。昊穹垂象，应占有烂之文；父老举觞，用迓无疆之祚。共祝筹添海屋[51]，木公偕金母以延令[52]；花满庭闱，元鹤并紫鸾而承瑞[53]。凤占雅化，曷敢献冰桃云藕之词[54]；久仰清标[55]，用以代南山北海之什[56]。谨序。

译文

桂树苗壮，金色的桂花芬芳，清香迷漫在婆娑的树上；月明银河灿烂，凝聚着灿烂的霞光。当秋日雨后天空放晴舒展，一齐尽享天年；遇上星辰现祥瑞，庆祝双亲生日。这如同箕子给武王讲解治国大法，只适宜启发美好壮盛；效法守边官员，祝贺幸福美善。

称颂兰翁：江东名家，海南杰出的学者。德行如泰伯让位受人推重，占有美名世上无双；道德足够寿千年，独显超出同辈的才干。积累于平素，继承前辈更有光。至于沉默宁静成性，耳聪目明都是天授。才高八斗，博通古籍的精华；学富五车，广览天人的奥秘。修炼得道，稳稳支撑着珊瑚；五彩遮胸，铺开大块的锦绣。等身的巨著，难道只独步在学校？传世的巨篇，都可并行在殿堂楼阁。而你具有的电闪雷鸣之笔，不能凌云；怀有腾蛟梦鸟的奇才，未能化风成俗。于是传经学于后辈，绝意以前的征途；护持德高博学人的车子，留恋学界；树立起文人的旗帜，在繁盛的苏州太湖。比拟他的文章，俨然是当年之才而更娴熟；方今理学，（真因您而得以）稍稍澄清。何况万孺人，少年时就有悠然娴静的声名，长大后传颂着贤良谨慎的美誉。以和睦治理同族亲属，用仁爱慈善安抚奴婢下人。夫妻和好相敬，做的饭食洁净味美；夫妻同心，亲自操持家务，夫妻恩爱能和春秋时晋国隐居的郤缺夫妇相比，能使妇道周全。难道如刘刚走避远方，留有仙踪。

至于尊贵的相貌如麒麟角一样稀少，楷模如美玉，稀少如凤凰毛。喜庆门第光大，缘由在善读父书；肯学得到名望，平素承受了母亲的训导。长公子才能与班固、马融一样高，早早在艺林拔旗称雄；书法直逼钟繇和王羲之，在文苑久有声名。就用做羹汤的妙手，试着烹调在湟中；补阙的大才，暂出任边境县令。黄河风浪平静，庆贺士农工商的恩人。青海春意浓，风调雨顺；深恩充满绿荫之县，如同流淌的药水泉；丰沛的春雨满花庄，如同龙池的甘露抛洒。何止像关中留下康侯一样的政绩，四野兴起颂唱廉叔一样的歌而已。将来飞帛上书写着御史的名字，席位上端正讲官的体式。从这开始，实在足以仰慕啊。

这样我们的父母官，社会的治理无人能比，公允仁德的官员，兼有文人的眼光，渊源自有来处。相信在孝子家中寻求忠臣，而彰显贤良有才能，是由于平素受双亲的教诲。加上兄弟争秀比美，文采如陆海潘江并列；兰草越加芬芳，不是荀龙就是薛凤；的确是人间的奇遇，得到世间特殊荣誉了。是太先生和太孺人，思虑德才和职位相配困难，常思长辈训诲的善意。当他接委任状临别时反复叮咛，想成全佳儿清廉贤明。等到派车辆去迎，又反复叮咛归隐，劝勉要有忠臣的耿直气节。表露出诰命妇人耀眼美好的光彩，文采华美音调铿锵的形象。

富贵分延七代，直接从星河到河源；庇荫直到三公，欣喜地看到承受着朝廷的恩泽。现在月宫飘天香，于是知道桂树种自吴刚；瑶池美酒泛滥，更欣喜给王母把美酒呈上。苍天显示征兆，应能占卜到绚丽的星象；父老举杯，用来迎无疆之福。共祝长寿，木公偕同金母来延寿；花满庭院，黑鹤和紫鸾象征瑞祥，素常占有文雅。何敢献上普通的文辞，久仰清正的榜样，用它来代表我祝寿的篇章。恭敬地叙述。

 题解

寿序，祝寿的文章。明中叶以后开始盛行。清陈康祺《郎潜纪闻》卷七："寿序谀词自前明归震川（归有光）始入文稿。然每观近今名人集中偶载一二，亦罕有不溢美者。"鲁迅《华盖集·并非闲话（三）》："在中国，骈文寿序的定价往往还是每篇一百两，然而白话不值钱。"

吴景周《吴敬亭诗文集·祝吴拙庵双亲寿序》文后注解："此序为乾隆三十二年，碾伯县知事吴鼎新所作。吴鼎新字如皋，江苏人。"查《西宁府续志·官师志》："吴鼎新，江苏如皋人，乾隆三十二年任碾伯县知县。"吴拙庵应为吴鼎新的字。1. 从行文看，非吴鼎新所作，是别人为吴鼎新父母祝寿的。2. 吴栻将其收入《云庵四六文草》，没作说明，可知为吴栻自己所作。3. 此篇与后面吴栻

吴栻
诗文译注

的几篇寿序文风相似，也可佐证为吴栻作无疑。4. 吴鼎新于乾隆三十二年到任，大约在任八年。此序不一定写于乾隆三十二年。（时吴栻27岁）

 注解

[1] 双亲：父亲与母亲。

[2] 茁：茁壮。金芳：芳香的金黄色的桂花。

[3] 秋霁：秋日雨后天晴。

[4] 双开：建立两个。寿域：寿穴，坟茔。后代为孝敬老人提前给老人买好墓地，立一个碑，因为人还活着，碑上就写×××寿域。

[5] 天垣：天上的星辰。垣：星的区域，中国古代把众星分三垣（紫微、太微、天市）二十八宿。兆瑞：吉祥的兆头。

[6] 两庆芳辰：庆贺双亲的生日。

[7] 箕子：纣王的叔父，官太师，封于箕（今山西太谷一带）。衍畴：讲解九畴。《尚书·洪范》篇载：周武王灭商后，向箕子请教治国之法，箕子就对武王讲解了"洪范九畴"。"洪范九畴"用今天的话来说就是"大法九种"，即治理国家的九种原则。

[8] 封人效祝：效法封人的祝愿。封人：周代管理边疆的官。《庄子·天地》载："尧观乎华，华封人曰：'嘻，圣人！请祝圣人，使圣人寿。'尧曰：'辞。''使圣人富。'尧曰：'辞。''使圣人多男子。'尧曰：'辞。'"后多用作祝寿时的颂词。

[9] 嘉休：吉庆幸福美善。

[10] 恭维：称颂，颂扬。兰翁：吴拙庵的父亲。

[11] 江左：指长江下游南岸地区。

[12] 海南硕彦：海南杰出的学者。硕彦，才智杰出的学者。按：吴拙庵之父兰翁大约在海南一带做过官，有一定文名。

[13] 三让：指周泰伯让位于季历事。《论语·泰伯》："泰伯，其可谓至德也已矣！三以天下让，民无得而称焉。"

[14] 才多八斗：比喻极有才华。《南史·谢灵运传》："天下才共一石，曹子建独得八斗，我得一斗，自古及今共用一斗。"

[15] 邱索：指八索九邱。传说中的上古典籍。这里指古籍。华：精华。

[16] 学富五车：形容读书多，学识丰富。《庄子·天下》："惠施多方，其书五车。"

[17] 三花：宋苏轼《三朵花》诗序："吾州有异人，常戴三朵花，莫知其姓名，郡人因以'三朵花'名之，能作诗，皆神仙意。"后以冠簪三花指修炼得道。

[18] 联镳（lián biāo）：犹联鞭。并骑而行。唐权德舆《酬崔千牛四郎早秋见寄》诗："联镳长安道，接武承明宫。"

［19］抶电掣霆：电闪雷鸣。比喻诗文气势宏伟。

［20］《晋书·文苑传·罗含》："含幼孤……尝昼卧，梦一鸟，文彩异常，飞入口中。"自此后藻思日新。后因以"梦鸟"喻诗文才思丰富。

［21］槐市：汉代长安读书人聚会、贸易之市。因其地多槐而得名。后借指学界、学苑。

［22］蔼蔼：茂盛貌。苏湖：苏州太湖一带。

［23］孺人：明清为七品官的母亲或妻子的封号。也通用为妇人的尊称。

［24］臧获：家奴婢女。

［25］鸿案相庄：夫妻相互敬重。据《后汉书·逸民传·梁鸿传》载，梁鸿家贫而有节操。妻孟光，有贤德。每食，光必对鸿举案齐眉，以示敬重。

［26］醍醐：古时指从牛奶中提炼出来的精华，这里指美食。

［27］鹿车共挽：旧时称夫妻同心，安贫乐道。鹿车，古时的一种小车；挽，拉。《后汉书·鲍宣妻传》："妻乃悉归侍御服饰，更着短布裳，与宣共挽鹿车归乡里。"

［28］井臼：汲水舂米，泛指操持家务。汉刘向《列女传·周南之妻》："亲操井臼，不择妻而娶。"

［29］郤缺于田：郤缺：姬姓，郤氏，名缺，即郤成子。《左传》载：一次，晋文公的大臣胥臣路经冀野，看见郤缺在田里锄草，其妻送饭到田间，二人相敬如宾，很受感动。胥臣回去以后，对晋文公说，他看出郤缺是有德君子，可以治民，不能因为他父亲有罪就摒弃他，应该充分利用他的德才为晋国服务。由于胥臣的极力推荐，晋文公任命郤缺为下军大夫。后郤缺从政多年，历事数君，未见失误，终成晋国上卿，是晋国史上少有的稳健的政治家。

［30］刘刚：三国时吴下邳人。《神仙传》说他能檄召鬼神，后与妻樊云翘同入四明山仙去。远举：走避远方。

［31］充闾：光大门楣。

［32］书压钟王：书法逼近钟繇和王羲之。钟繇，钟繇字元常，颍川长社（今河南长葛东）人。三国时期曹魏著名书法家、政治家。在书法方面颇有造诣，据传是楷书（小楷）的创始人，与晋代书法家王羲之并称为"钟王"。

［33］烹鲜：语本《老子》："治大国若烹小鲜。"后以"烹鲜"比喻治国便民之道。

［34］补衮（bǔ gǔn）：也称补阙，唐代中央官名，主职匡补君王的缺失。

［35］制锦：《左传·襄公三十一年》："子皮欲使尹何为邑。子产曰：'不可……子有美锦，不使人学制焉。大官、大邑，身之所庇也，而使学者制焉，其为美锦不亦多乎？'"后以"制锦"比喻贤者出任县令。塞上：边境地区。

［36］四民：《日知录》："士农工商谓之四民，其说始于管子。"二天：恩人。对庇护者的感恩之辞。明无名氏《飞丸记·誓盟牛女》："这深恩何惭二天。"

［37］春深：春意浓郁。唐储光羲《钓鱼湾》诗："垂钓绿湾春，春深杏花乱。"

［38］酿：形成。五风十雨：五天刮一次风，十天下一场雨。形容风调雨顺。

［39］康侯：周武王弟姬封，初封为康侯。周成王亲政，改封康叔为卫君，建立卫国，被推举为司寇。

［40］廉叔：廉范字叔度，赵将廉颇之后。汉兴，廉氏世为边郡守，累世有名。廉范任蜀郡太守时，清正廉明而养民以富，故民间有"廉叔度，来何暮？不禁火，民安作。平生无襦今五绔"的歌来颂廉范。

［41］讲官：为皇帝经筵进讲的官员。也指东宫侍讲官员。

［42］父台：父母官，对县令的尊称。

［43］花萼：萼和花同生一枝，且有保护花瓣的作用，古代常以"花萼"比喻兄弟或兄弟间和睦友爱的情谊。《诗·小雅·常棣》："常棣之华，鄂不韡韡。凡今之人，莫如兄弟。"

［44］陆海潘江：南朝梁钟嵘《诗品》卷上："谢混云：'潘诗烂若舒锦，无处不佳；陆文如披沙简金，往往见宝。'……余常言陆才如海，潘才如江。"后以"陆海潘江"比喻有文才。

［45］荀龙：东汉荀淑，为战国荀卿第十一世孙，品行高洁，学识渊博，乡里称其为"智人""神君"。他的八个儿子，并有才名，人称"荀氏八龙"。荀氏在魏晋时期，是中原世族的重要代表。薛凤：即河东三凤，隋末唐初时期薛收、薛德音、薛元敬叔侄三人以才华闻名于世，被当时誉称为"河东三凤"。

［46］贻谋：长辈训诲。出自《诗·大雅·文王有声》："诒厥孙谋，以燕翼子。"

［47］荩臣：忠臣。

［48］鸾章：指诗文的文采华丽。

［49］七叶：七代。《隋书·孝义传·郭儁传》："家门雍睦，七叶共居。"

［50］三槐：相传周代宫廷外种有三棵槐树，三公朝天子时，面向三槐而立。后因以三槐喻三公。

［51］筹添海屋：也省作"海屋""海筹"，喻指长寿。苏轼《东坡志林》载：三位鹤发童颜的老者相遇谈笑风生，当互相询问年岁时，回答妙趣横生。第一位老人说："吾年不可计，但忆少年时与盘古有旧。"第二位老人说："每当我看到人间的沧海变为桑田，就在瓶子里添一个筹码，现在堆放筹码的屋子已经有十间了。"第三位老人说："吾所食蟠桃，弃其核于昆仑山下，今已与昆仑山齐矣。"

［52］木公偕金母：即仙人东王公偕同西王母。后用于祝寿时的主人夫妇。

［53］元鹤：玄鹤，即黑鹤。《古今注》："鹤千岁则变苍，又二千岁则变黑，所谓玄鹤也。"

［54］冰桃云藕：上寿时的寿桃和藕片。清梁章钜《和韵》："冰桃雪藕凉如许，忽捧红云喜欲狂。"这里说祝词普通。

[55] 清标：清正的榜样。

[56] 南山北海：如同"南山春不老，北海量尤深"，多用作祝寿常用语。什：篇章。

祝佟翁八十寿序

原文

盖闻星纪老人[1]，阅历天中之甲子[2]；寿归仁者，逍遥物外之春秋[3]。故祝彼三多[4]，聿推善地；颂兹百禄[5]，用广福田[6]。岂必白石流膏[7]，挹长令于菊井[8]；青城聚瑞，著仙籍于桂阳而已哉[9]。如东侯佟太先生：门第清华，家声赫奕；一门孝友，五世荣昌。

大被姜肱[10]，缲自同功之茧[11]；三荆田氏[12]，根生连理之枝。广贮书厨，宏开家塾。班荆赠纻[14]，门来问字之宾；倒庋倾箱，座有横经之客。而且惠能远被，救急解平仲之骖[15]；泽被旁流，市义焚田文之卷[16]。是以桑梓邦内，人伦群奉为仪型；棣萼楼中[17]，天性尤征其笃挚[18]。

家兴仁让，箕子之畴必多[19]；祚卜亨嘉[20]，于公之门果大[21]。诞生骥子，受训鲤庭[22]。人夸贾氏之彪[23]，室有桓家之豹[24]。无林不桂，宁高五窦之名[25]；何树非琼，讵羡双丁之目[26]。长公龙文抗鼎[27]，鸿笔摩空，射策则誉满天边，谈经则声喧日下[28]。次公业轻书柿[29]，技擅穿杨，不屑难肋以挥毫[30]，自负虎头而投笔[31]。仲氏作干城之寄，伯也入翰墨之场。斯真吐茹[32]，本乎刚柔，才略兼乎文武者矣。矧乃韦家令嗣，独重元成，刘氏诸贤推孝绰[33]，长君符分五马[34]，瑞报双岐[35]。湛恩与湟水长流，卓绩并兰山永峙。

休声虽歌夫慈父，治谱实授自严君[36]。快见荣诰重颁，积若床头之笏[37]。思纶屡赐[38]，多于架上之书。太翁方且含饴弄孙[39]，篝灯课子，誉儿膝上[40]，不殊文度之贤。梦弟春前，益笃惠连之爱[41]。静能淳德，已裕曰寿曰富之模；和以怡神，早植如冈如陵之体。固以朱颜白发，无须鸿烈之仙方[42]；碧奈黄精[43]，不假乔松之秘诀者也[44]。

兹者天开寿域，人庆昌期；节届三冬，年登八秩[45]。恰逢乐宫转律，正值海屋添筹[46]。缇室书祥[47]，芝草并葭灰争暖；华延祝嘏[48]，笔花随蕚叶竞芳[49]。喜看十叟八公，树摘长生之果；三明七穆[50]，酒倾延寿之觞。谨序。

听说星纪老人，经历天上的岁月；长寿归于仁德之人，渡春秋逍遥世外。因此祝他三多，寻求好地块；祝愿他多福，用以增广福田。何必像仙人吃白石流脂，从桔井舀水可长生。青城山聚集着祥瑞，显出籍贯为湖南桂阳罢了。象佟翁老先生：门第清高显贵，家中声望显赫；一家孝顺友爱，五代繁荣昌盛。

姜肱与兄弟大被同眠，缫丝来自共作之茧；田真因荆树相感，靠同根才使两树树枝相连。扩充储藏书橱，扩大私塾的设置。朋友相遇赠予麻布，门口来了求教的客人；倾倒箱架，座位上有横放经籍的客人。恩惠能覆盖远处，解救危机如解开被寇准卸留的马；恩泽广泛流布，如冯谖烧债券给田文买义。因此故乡国内，人们尊奉为楷模；楼中兄弟，表现出的天性格外真诚。

家庭兴起于仁爱谦让，类似箕子的一定很多；福赐优秀人物汇聚，于公的大门果真阔大。降生俊才，受教于父训。人们都夸奖有贾彪之才，家中有桓嗣一样的儿孙。林中的树没有不是桂树的，难道名望高于五代窦禹钧；何树不美，怎羡慕丁仪兄弟的眼光。班固文笔雄健能负重任，大笔凌空；策论则美名扬天下，谈经则声望传京都。班超在事业上轻视书画，射技能百步穿杨，不值得介意的人难以强制他运笔，相信自己的虎头形象而投笔上疆场。老二寄托为国家的捍卫者，老大也可进入翰墨场。这真的吐刚茹柔，本于刚柔相济，才能韬略兼有文武了。何况是韦家令郎，独重考取功名，刘家最贤明的推刘孝绰，长兄的符节分派五马，喜讯报于双亲，深恩与湟水长流，卓越的功绩跟兰山一样永远耸立。

美好的名声虽歌颂慈父，治理的成绩实来自严父。很快可见光荣的任命再次颁布，累积的任命如床边上朝的笏板那样多。中央屡赐的文书，多于架上的书籍。太翁正含饴弄孙，燃灯督教儿读书，在膝上抚育孙儿，和文人的胸襟贤德没有区别。春前梦见弟弟，更加深兄弟的友爱。清净能够使德性淳厚，已是寿、富宽绰的楷模；平和能使心神愉悦，早已长成山岗峰峦样的身体。本来凭红颜白发，不需道术仙方；食碧柰黄精，不借用仙人的长寿秘方。

这是上天开启得尽天年的盛世，人们庆祝昌盛的时期；节气临近冬天，年龄到了八十。恰逢乐宫转变改换乐律，正碰上给长寿人祝寿。缇室记载着吉祥，灵芝与葭灰争着报告温暖；生日祝寿，生花笔与蓂叶竞相开放。喜看众多寿星，在树上摘长生果；众多豪杰显贵，倒酒在长寿之杯。郑重地叙述。

注解

[1] 星纪：古人为了观测日、月、五星的运行情况和气节的变换情况，把周天分为十二等分，叫作十二次，并将十二次一一命名，星纪为十二次之一。十二次与周天二十八宿可相配，二十八宿中的斗、牛二宿属十二次中的星纪。

[2] 甲子：中国古代纪年法，甲、乙、丙、丁、戊、己、庚、辛、壬、癸，叫十天干；子、丑、寅、卯、辰、巳、午、未、申、酉、戌、亥，称十二地支。用十天干和十二地支依序组合，共得六十组，称"六十花甲"，第一组为甲子，称"甲子年"，以此类推，完后重新循环。这里指岁月。

[3] 物外：世外。

[4] 三多：祝颂之辞。指多福、多寿、多男子。语本《庄子·天地》："尧观乎华，华封人曰：'嘻，圣人！请祝圣人，使圣人寿。'尧曰：'辞'。'使圣人富。'尧曰：'辞'。'使圣人多男子。'尧曰：'辞'。"明李渔《慎鸾交·赠妓》："长幡绣佛祝三多。"

[5] 百禄：多福。《诗·小雅·天保》："罄无不宜，受天百禄。"

[6] 福田：佛教认为行善修德，犹如播种田亩，有秋收之利，故称。

[7] 白石：传说中神仙的粮食。

[8] 挹：舀。长令：长长的年龄，高龄。菊井：菊通桔，桔井，隐居修道处。本自晋葛洪《神仙传·苏仙公》桔叶、井水治疫事。

[9] 仙籍：古称科举及第者的籍贯为仙籍。唐李沧《及第后宴曲江》诗："紫毫粉壁题仙籍，柳色箫声拂御楼。"桂阳：今湖南郴州市桂阳县。

[10] 大被姜肱：《后汉书》载：汉姜肱，字伯淮，与二弟仲海季江，友爱天至，虽各娶，不忍别寝，作大被同眠。这里指兄弟友爱。

[11] 缫：煮茧抽丝。同功之茧：二蚕以上共作之茧。

[12] 三荆田氏：《续齐谐记》载京兆田真兄弟三人，共议分财。生资皆平均，唯堂前一株紫荆树，共议欲破三片。翌日就截之，其树即枯死，状如火然。真往见之，大愕，谓诸弟曰："树本同株，闻将分斫，故憔悴。是人不如木也。"因悲不自胜，不复解树。树应声荣茂，兄弟相感，遂和睦如初。

[13] 连理之枝：两树枝条相连。比喻关系亲密的人。清方文《送从子密之计偕》诗："家园十载学同师，远近人称连理枝。"

[14] 班荆：布荆条于地，即席地而坐。指朋友相遇，共坐谈心。

[15] 解平仲之骖：《宋史》载：寇准字平仲，性豪侈，喜剧饮。每宴宾客，常关上门不让客人离开，甚至把来客车上拉车的马卸下，让人家走不了。

[16] 市义焚由文之卷：见《战国策·冯谖客孟尝君》冯谖烧债券为孟尝君

买义事。

〔17〕棣萼：比喻兄弟。出自《诗·小雅·常棣》："常棣之华，鄂不韡韡。凡今之人，莫如兄弟。"按：鄂不即萼柎，花苞与花蒂。

〔18〕征：征兆，迹象。笃挚：真诚，真挚。

〔19〕箕子：纣王的叔父，官太师，封于箕，学问渊博，人品出众。在商周政权交替与历史大动荡的时代中，因其道之不得行，其志之不得遂，"违衰殷之运，走之朝鲜"，其流风遗韵，至今犹存。

〔20〕祚：福。卜：赐予。亨嘉：众美会聚。

〔21〕于公：汉时东海郯人，是汉相于定国之父，于公在县上做狱吏时，为被冤杀的东海孝妇申冤成功后，天作大雨，于公家大门倒塌。父老乡亲都来抢修，于公说："不要修得那么高大，能过驷马车辆就可以了。"后来他的子孙都很有出息，有的做了丞相，有的做了御史大夫，世代封侯。

〔22〕受训鲤庭：《论语·季氏》载，孔鲤"趋而过庭"，遇见其父孔子，孔子教训他要学诗、学礼。后以"鲤庭"指子受父训。

〔23〕贾彪：东汉名士，初与郭泰同为太学生首领，联合李膺、陈蕃等，评论朝廷，褒贬人物。

〔24〕桓家之豹：桓嗣，字恭祖，小字豹奴。桓嗣督荆州三郡、豫州四郡军事，建威将军，江州刺史，莅事简约，有政声。

〔25〕五窦之名：五代时燕山人窦禹钧，三十多岁还没儿子，梦见祖父要他多积阴德，窦禹钧于是力行善事，救济别人，广积阴功，数年以后，连生五子，且都高中科举，做了官，他本人也活到八十有二，无疾谈笑而逝。

〔26〕双丁之目：《梁书·到溉传》载：三国魏丁仪、丁廙兄弟两人博学多才，为世所重，主张拥曹植为帝，曹丕登基后，借故杀了丁氏兄弟。目，这里指眼光看错了人。

〔27〕长公：这里指班固，班彪长子，有史学名著《汉书》和经典《白虎通义》传世。龙文：喻文笔雄健。扛鼎：喻有大才，能负重任。

〔28〕日下：天子脚下，京都。

〔29〕次公：班超，班彪的次子，班固的弟弟，东汉名将，在出使西域三十一年中，以大智大勇的英雄气概，经过七年的浴血奋战，攻杀了匈奴使团，平息了部族叛乱，使西域各国摆脱了匈奴的控制；收服了西域诸国，畅通了丝绸之路，为巩固统一的多民族的国家做出了杰出的贡献。书柿：在柿子树的落叶上练习字画，后喻艰苦学习。

〔30〕不屑：不值得介意的人。肋：强迫。

〔31〕虎头：头型似虎，喻威武大贵。

〔32〕吐茹：吐刚茹柔，吐出硬的，吃下软的。

〔33〕刘孝绰：《梁书·刘孝绰》：刘孝绰（481—539年）字孝绰，本名冉，小字阿士，彭城（今江苏徐州）人。能文善草隶，号"神童"。年十四，代父起草诏诰。初为著作佐郎，后官秘书丞。

〔34〕长君：长兄。符：符节，权力。

〔35〕双岐：双亲。

〔36〕治谱：治理的成绩。严君：严格的父亲。

〔37〕笏：笏板，古代大臣上朝时拿的手板，用玉、象牙或竹片制成，上面可以记事。

〔38〕思纶：疑为"丝纶"，皇帝或中央朝廷奉旨发往中枢各省的文书。

〔39〕太翁：对德高望重的长者的尊称。含饴弄孙：含着糖逗小孙子玩。形容晚年生活的乐趣。《后汉书·明德马皇后纪》："吾但当含饴弄孙，不能复知政事。"

〔40〕誉：通"育"。

〔41〕惠连：《南史·谢方明传》："（谢方明）子惠连，年十岁能属文，族兄灵运嘉赏之，云：'每有篇章，对惠连辄得佳语。'尝于永嘉西堂思诗，竟日不就，忽梦见惠连，即得'池塘生春草'，大以为工。"

〔42〕鸿烈：《淮南子》别称《鸿烈解》，省称《鸿烈》，主道家学说，因用以指道经、道术。

〔43〕碧奈："奈"应为"柰"。梵音又叫频婆，树、果都像花红，比花红大，可栽种可嫁接。有白、红、青三种颜色。白的叫素柰，红的叫丹柰，青的叫青柰，也叫碧柰，都在六、七月成熟。主治补各脏腑气不足，和脾。捣成汁服，治暴食引起的饱胀和气壅不通。益心气，耐饥，生津止渴。黄精：药草名。多年生草本，中医以根茎入药。三国魏嵇康《与山巨源绝交书》："又闻道士遗言，饵术黄精，令人久寿，意甚信之。"

〔44〕乔松：王子乔和赤松子的并称，两人均为传说中的仙人。

〔45〕八秩：八十。

〔46〕海屋添筹：海屋：寓言中堆存记录沧桑变化筹码的房间。筹，筹码。旧时用于祝人长寿

〔47〕缇室：古代察候节气之室。《后汉书·律历志上》："候气之法，为室三重，户闭，涂衅必周，密布缇缦。室中以木为案，每律各一，内庳外高，从其方位，加律其上，以葭莩灰抑其内端，案历而候之。气至者灰动。"

〔48〕华延：应为"华诞"，即生日。祝嘏（zhù gǔ）：祝贺寿辰。

〔49〕蓂叶：帝尧时，有一种奇异的小草生于帝庭，小草由每月的头一天开始，每日生出一片叶子，十五天后，每天落一片叶子，至月尾最后一天刚好落尽；如果此月为小月（少一天），最后的那片叶子就只凋零而不落下。帝尧奇之，呼为"蓂荚"，又名"历草"。人们认为是象征祥瑞的草。

[50] 三明：汉段颎字纪明，与皇甫威明、张然明称凉州三明。见《后汉书·段颎传》。七穆：指春秋郑穆公后裔子展、子西、子产、伯有、子太叔、子石、伯石，是掌握郑国政权的世卿。见《左传·襄公二十六年》。这里泛指来宾，达官显贵。

葛都阃四十序 [1]

己亥（1779 年）

原文

盖闻丰水名区 [2]，镐京沃壤 [3]。三峰华岳，人物尽禀金精 [4]；九派黄流 [5]，英豪实涵水德 [6]。则知山川能生云雨，松柏岂产培塿 [7]。从来获福，原归积善之家；自古长年，必属修身之士。华辰祝嘏，宾僚既执币以称觥 [8]；昼锦张筵，士卒咸历阶而扬觯 [8]。天保申九如之颂 [9]，箕畴开五福之祥 [10]。用阐鸿猷 [11]，竞祝鹤算 [12]。恭维葛静庵先生 [13] 门第高华，家声赫奕。世传隐德 [14]，勒勋绩于荡阴 [15]；代有仙迹，采丹砂于勾漏 [16]。双戟兆瑞，七叶舒祥 [17]。始则花发金陵，旧称江淮巨族；既而莲开玉井 [18]，衍为关陇名家 [19]。庾氏之功名 [20]，辞南益显；陆家之群从 [21]，仕北尤多。或则节建锦江，久叶师中之吉 [22]；或则旌扬渭水，曾清海上之尘 [23]。固已尽室鸣珂 [24]，举宗馔玉者矣 [25]。

洎乎静公 [26]，幼而岐嶷 [27]，长即敦敏；等终军之弱冠 [28]，志在请缨 [29]；慕宗悫之长风 [30]，思欲投笔。弓弯似月，必贯虱以称奇 [31]；剑淬成花，恒专犀而耀彩。夙娴豹略 [32]，早谙龙韬。功著三巴 [33]，已表刘琨之勇 [34]；神劳五夜 [35]，咸钦陶侃之忠 [36]。兼之才擅旁通，复见书成指顾。赋诗马上，韵高王粲之从征 [37]；草檄军中，笔拟文成之报捷 [38]。允矣身兼文武，诚哉智迈英雄。由是坐大树以论勋 [39]，其猷克壮 [40]；营细柳而申令 [41]，其德克明。爰勒绩于燕山，遂移节于湟水。崔苻永靖 [42]，庆安堵于干村 [43]；保障斯崇，奠长城之半壁。同袍同泽 [44]，三军怀挟纩之恩 [45]；有春有伦，六步严鸣镝之习 [46]。行见握权阃外，拥节寰中 [47]。黄扉纪不世之勋 [48]，紫阁图无竟之烈 [49]。既出忠而入孝，复黼国而黻家 [50]。

五世其昌，一门独贵。楼迎花萼 [51]，伯仲之埙篪交吹 [52]；座满金貂 [53]，少长之袍笏互映。加以荀家会食 [54]，子侄皆龙；薛氏行觞 [55]，兄弟俱凤。洵属人间之盛世，永符天上之昌期。兹当己亥，祈麦佳辰；适逢静公悬弧令旦 [56]，春深日永；迓福祉于冈陵，柳暗花明；瞻长龄于棻戟，桓桓介胄 [57]；争捧延寿之觞，济济军民。敬献引年之罍，夫固葆其敦厚[58]；知上士之天已全，亨此亨嘉[59]，验仁者之征必寿。奚必羡琼浆玉液，洞中传不老之方；绛阙碧霄[60]，人间筑长春之馆而已哉。

译文

听说有名的丰水，在镐京这肥沃的地方。华山三峰峙立，人物秉性都属西方金精。众多支流汇入黄河，英雄豪杰含有水德。就知道山川能产生雨，松柏难道生在小土丘？从来获得福运，原本归于积善的人家；自古年龄大，一定属于修身的人。生日祝福，宾客幕僚拿礼举杯祝酒；白日穿锦衣设宴，士兵都登阶扬起酒器。《诗经》九如申明祝福绵长，箕子讲九畴开启五福吉祥。因开辟大业，竞相祝愿长寿。颂扬葛静安先生"门第高贵华耀，家声显赫美盛"。世代传递隐德，刻功勋在荡阴；历代都有仙人的踪迹，采集丹砂在勾漏山。双戟兆示双吉，七叶树展示祥瑞。起初花开放在金陵，以前叫江淮大族；不久莲花开在华山玉井，衍生为关陇名门。庾信的功名，告别南方越加老成显眼。如陆机家族群从陆机，在北方做官的尤其多。有的在锦江持符做官，长久地帮助军队统帅持中吉祥；有的高扬旌旗在渭水，曾清除过海上的盗贼。后来固然全家显贵，整个家族吃的是珍美如玉的食品了。

等到静公，幼年聪慧；长大后敦厚敏捷，与终军年轻时等同，立志请求杀敌担重任；羡慕宗悫的远大志向，想着投笔从军。弓弯似月，一定箭贯穿虱子的心脏才称奇；淬剑时水花泛起，永久锋利闪耀光彩。平素熟悉用兵韬略，早知太公望兵法《六韬》。功名卓著于三巴，已表明了刘琨一样的勇力；耗费精神到五更，都钦佩陶侃的忠心。加上才能善于旁通，又见文书完成迅速。马上赋诗，高雅脱俗像王粲随军从征；在军中草拟檄文，文笔似刘伯温报捷。

平正啊身兼文武，诚信啊智慧超英雄。因此如冯异坐大树下不争功勋，他的谋略能够宏大；似周亚夫扎营细柳申明号令，他的品德清明。于是在燕山上刻石记功，转任于湟水。盗贼永远平定，庆祝安居在相互关联的村庄；保护他的崇高，奠定长城的半壁。同穿一件战袍，三军怀想抚慰之恩；春天按次序来，六步内严格遵从鸣镝指向的习惯。行动表现为握权在朝廷外，任职天下。三公衙记载着不凡的功勋，丞相府思虑着无比的功业。既出为国尽忠又入为家尽孝，国家文教的治理，美如锦绣。

五代昌盛，一家独贵。楼迎兄弟，弟兄间吹拉弹唱亲密和睦；满座都是富贵之人，老老少少的官服和笏板相互映衬。加上似东汉荀淑家举办家宴，子侄都是人中龙；唐太宗时薛元敬家喝酒，兄弟都是人中凤。的确属人间盛世，永远符合天上昌盛的期待。当下是己亥，祈求麦子丰收的好时辰，正好碰上静安公的生日。春深日长，迎幸福在山岗丘陵；柳暗花明，在仪仗中瞻望长寿。是威武的武士，争抢着捧上长寿的酒；是众多的军民，敬献上延年长寿的酒。仍然保持身体粗壮结实，明白道德高尚的人，上天已使他周全。优秀人物齐聚，查验仁德之人，兆示一定长寿，何必羡慕琼浆玉液，洞中传授不老之方！仙界青天，在人间筑造长春馆罢了。

[1] 都阃（dōu kǔn）：统兵在外的将帅。清方还《旧边诗·大同》："绕镇卫城分十五，沿边都阃辖西东。"

[2] 丰水：丰一作沣，又作酆。关中八川之一。即今陕西西安和咸阳境内之沣河。下游历代略有变迁。《诗经·大雅·文王有声》："丰水东注，维禹之绩。"

[3] 镐京：西周国都。故址在今陕西省西安市西南沣水东岸。周武王既灭商，自丰徙都于此，谓之宗周，又称西都。

[4] 金精：西方之气。《后汉书·郎颛传》："凡金气为变，发在秋节……金精之变，责归上司。"《文选·祢衡〈鹦鹉赋〉》："体金精之妙质兮，合火德之明辉。"

[5] 九派：九条河流，这里指支流众多。

[6] 水德：以水德而王。古代阴阳家称帝王受命的五德之一。《史记·秦始皇本纪》："始皇推终始五德之传，以为周得火德，秦代周德，从所不胜。方今水德之始，改年始，朝贺皆自十月朔。"

[7] 培塿（péi lǒu）：本作"部娄"。小土丘。《左传·襄公二十四年》："部娄无松柏。"杜预注："部娄，小阜。"

[8] 觯（zhì）：古代酒器。

[9] 天保申九如之颂：天保，《诗经·小雅》中的篇名。九如，该诗中连用了九个"如"字，祝贺福寿延绵不绝。

[10] 箕筹："筹"通"畴"。箕子讲"洪范九畴"，故称为"箕畴"。五福：指《洪范》的长寿、富贵、康宁、好德、善终。

[11] 阐：开，开辟。鸿猷：鸿业；大业。

[12] 鹤算：鹤寿，长寿。宋刘克庄《贺新郎·二鹤》词："古云鹤算谁能纪。叹归来，山川如故，人民非是。"

［13］恭维：称赞，颂扬。葛静庵：葛都阃的字。

［14］隐德：施德于人而不为人所知。

［15］荡阴：在今河南安阳境内，因在荡水之南得名，因温变暖故改名汤阴。

［16］勾漏：也作"勾屚"。山名。在今广西北流东北。有山峰耸立如林，溶洞勾曲穿漏，故名。盛产丹砂。为道家所传三十六小洞天的第二十二洞天。见《云笈七签》卷二七。

［17］七叶：落叶乔木。叶子对生，掌状复叶，花白色，略带红晕，是著名的观赏植物。唐罗隐逸句："夏窗七叶连阴暗。"舒：展。祥：特指吉兆。

［18］莲开玉井：传说华山峰顶有玉井，产巨莲。唐韩愈《古意》诗："太华峰头玉井莲，开花十丈藕如船。"《华山记》云："山顶有池，生千叶莲花，服之羽化，因曰华山。"

［19］关陇：指关中和甘肃东部一带地区。

［20］庾氏：庾信，字子山，小字兰成。南阳新野（今属河南）人。著名诗人。梁元帝时，奉命出使西魏，在此期间，梁为西魏所灭。北朝君臣一向倾慕南方文学，庾信又久负盛名，被迫又很受器重地留在了北方，官至车骑大将军、开府仪同三司；北周代魏后，更迁为骠骑大将军、开府仪同三司，封侯。羁留北朝后，诗赋抒发了自己怀念故国乡土的情绪，以及对身世的感伤，风格也转变为苍劲、悲凉。所以杜甫说："庾信文章老更成，凌云健笔意纵横。"

［21］陆家：陆机，字士衡，吴郡吴县（今江苏苏州）人，西晋文学家、书法家。祖父陆逊为三国名将，曾任东吴丞相，父陆抗曾任东吴大司马，领兵与魏国羊祜对抗。吴灭后，陆机与弟陆云、陆耽，二子陆蔚、陆夏和堂兄弟及诸子侄都任职西晋司马朝廷。陆机曾历任平原内史、祭酒、著作郎等职，世称"陆平原"。后死于"八王之乱"。群从：指堂兄弟及诸子侄。

［22］叶：协助。师中之吉：在军队中任统帅，持中不偏便可吉祥。

［23］海上之尘：海边的灰尘，即海边盗贼。

［24］尽室：全家。鸣珂：显贵者所乘的马以玉为饰，行则作响，喻指居高位。明李东阳《重经西涯》诗之一："岂谓鸣珂还故里，敢将华发恋微官。"

［25］举宗：整个家族。馔玉：吃的是珍美如玉的食品。

［26］洎：等到，及。静公：即葛都阃。

［27］岐嶷：《诗·大雅·生民》："诞实匍匐，克岐克嶷。"朱熹集传："岐嶷，峻茂之状。"后多以"岐嶷"形容幼年聪慧。《东观汉记·马客卿传》："马客卿幼而岐嶷，年六岁，能接应诸公，专对宾客。"

［28］终军：字子云，西汉济南人。少年时代刻苦好学，以博闻强记、能言善辩、文笔优美闻名于郡中。十八岁被举荐为博士弟子，赴京师。官拜谒者给事中。武帝时，南越尚未归附，自请出使南越，表示"愿受长缨，必羁南越王而致之阙下"。至南越后，他说服南越王臣服汉朝，但南越丞相吕嘉极力反对，发兵攻杀南越王及汉使者，终军亦被杀。

死时年仅二十岁，时人称之为"终童"。弱冠：古代男子二十岁行冠礼，表示已经成人，但体还未壮，所以称作弱冠，后泛指男子二十左右的年纪。

［29］请缨：指投军报国。缨，绳子。

［30］宗悫（què）：南北朝人，他从小就有远大的志向，精心刻苦练武，直到练成了才对他哥哥说："我有了本事，就可以乘长风破万里浪。"后来宗悫真的成了一位赫赫有名的大将军。见《宋书·宗悫传》。长风：远风，大风。

［31］贯虱：贯穿虱心。极言善射。典出《列子·汤问》："纪昌者，又学射于飞卫……昌以氂悬虱于牖，南面而望之，旬日之间，浸大也；三年之后，如车轮焉，以睹余物，皆丘山也。乃以燕角之弧，朔蓬之簳射之，贯虱之心而悬不绝。"宋刘克庄《蠹赋》："古有所谓贯虱之射手，承蜩之病偻。"

［32］豹略：古代兵书《六韬》中有《豹韬》篇，后泛指用兵的韬略。

［33］三巴：今四川嘉陵江和綦江流域以东的大部地区。《资治通鉴·晋安帝元兴三年》："玄以桓希为梁州刺史，分命主将戍三巴以备之。"

［34］刘琨：字越石，汉中山靖王之后，美姿仪，弱冠以文采征服京都洛阳，为司州主簿时，与祖逖闻鸡起舞。八王之乱又经永嘉之乱，神州陆沉，北方沦陷，只有刘琨坚守在并州，是当时北方仅存的汉人地盘。后因辽北内部争权而死。

［35］神劳：耗费精神。五夜：五更。

［36］陶侃之忠：陶侃，字士行、士衡，本为鄱阳（今江西鄱阳）人，后徙庐江寻阳（今江西九江西）。中国东晋时名将，大司马。都督八州诸军事。他精勤吏职，不喜饮酒、赌博，为人称道。是晋代著名诗人陶渊明的曾祖父。

［37］王粲：字仲宣，山阳高平（今山东邹城）人。东汉末年著名文学家，"建安七子"之一，以诗赋见长，《初征》《登楼赋》《槐赋》《七哀诗》等是其代表作。

［38］文成：元末明初著名的政治家、军事家谋略、文学家刘基（字伯温）的谥号。

［39］大树：冯异，东汉开国名将，"云台二十八将"之一。为人谦退，从不居功自傲。光武手下将领有时互相在一起争功，而冯异则独自在树下，并不与其争功，得到了"大树将军"的美名。

［40］其猷克壮：语出《诗·小雅·采芑》："方叔元老，克壮其猷。"壮猷，宏大的谋略。

［41］营细柳：汉文帝时，周亚夫为将军，屯军细柳。帝自劳军，至细柳营，因无军令而不得入。于是使使者持节诏将军，亚夫传令开壁门。既入，帝按辔徐行。至营，亚夫以军礼见，成礼而去。帝曰："此真将军矣！曩者霸上，棘门军，若儿戏耳！"见《史记·绛侯世家》。后称军营纪律严明者为细柳营。

［42］萑苻（huán fú）：指盗贼；草寇。《明史·李俊传》："尸骸枕藉，流亡日多，萑苻可虑。"

〔43〕干村：相互关联的村庄。

〔44〕同袍同泽：同穿一件战袍。典出《诗经·秦风·无衣》："岂曰无衣，与子同袍。王于兴师，修我戈矛，与子同仇。岂曰无衣，与子同泽，王于兴师，修我矛戟，与子偕作。"

〔45〕挟纩（jiā kuàng）：披着绵衣。比喻受人抚慰而感到温暖。《左传·宣公十二年》："申公巫臣曰：'师人多寒。'王巡三军，拊而勉之，三军之士皆如挟纩。"杜预注："纩，绵也。言说（悦）以忘寒。"

〔46〕严鸣镝之习：《史记·匈奴列传》载：匈奴冒顿决心杀父篡位。为了实现这个目标，必须使军队绝对服从其指挥。冒顿制作了一种鸣镝，命令练习骑射时均以他的鸣镝为号。鸣镝所射的目标就是诸军射杀的目标，有不从者斩。经过多次严格训练，终于练成一支绝对可靠的军事力量，在狩猎时，偷袭射杀了自己的父亲，做了单于。鸣镝：古时一种射出去带响的箭，多用于发号令。

〔47〕拥节：持符节，即任职。寰中：天下，宇内。

〔48〕黄扉：旧时三公、丞相等高官之门一般涂为黄色。比喻高官办事的处所。

〔49〕紫阁：旧指丞相府。

〔50〕黼国黻家（fǔ guó fú jiā）：指国家文教之治，美如锦绣。黼黻，在丝帛上绣的日、月、星、山、龙等十二种纹样。

〔51〕楼迎花萼：花萼，指兄弟。典出《诗经》中的"棠棣之花，萼不韡韡（wěi wěi，光明，光亮）。凡今之人，莫如兄弟。"萼，花托，花朵最外面一圈绿色小片。这里的意思是说棠梨花，花复萼，萼承花，兄弟之间的情谊，就如同这花与萼一样，相互辉映。唐明皇李隆基助其父唐睿宗李旦果敢夺回李氏江山，其兄李宪自知才能远不及其弟，果断请辞继承帝位，李隆基雄才大略，开创了大唐的"开元盛世"。玄宗感念哥哥李宪的德行义举，继位以后，在兴庆宫里专门为他们弟兄修建了"花萼相辉楼"。携弟兄们时时登临，一同奏乐坐叙，一起吃饭、喝酒、下棋，赠金银丝帛取乐。他还制作了长长的枕头和宽大的被子，与弟兄们同床共寝。

〔52〕伯仲：兄弟之间的老大和老二。埙篪（xūn chí）：埙、篪皆古代乐器，二者合奏时声音相应和。因常以"埙篪"比喻兄弟亲密和睦。

〔53〕金貂：皇帝左右侍臣的冠饰。汉始，侍中、中常侍之冠，于武冠上加黄金珰，附蝉为文，貂尾为饰，谓之赵惠文冠。借称侍从贵臣。

〔54〕荀家：指东汉荀淑，生有八子，并有才名，人称"荀氏八龙"。

〔55〕薛氏：唐太宗时，薛收与族兄薛德音、侄子薛元敬，都长于文学，驰名文苑，深得唐太宗之赏识，世称"河东三凤"。

〔56〕悬弧令旦：男子的生日。女子生辰叫设帨（shuì）佳辰。

[57] 桓桓：勇武、威武貌。介胄（jiè zhòu）：穿盔甲的，指武士。

[58] 敦厚：粗壮结实。

[59] 亨嘉：美好的事物会聚在一起。比喻优秀人物济济一堂。

[60] 绛阙：宫殿寺观前的朱色门阙。也借指朝廷、寺庙、仙宫等。

祝陈翁寿序

庚戌（1790年）二月

原文

　　尝考云梦名区[1]，洞庭胜地，黄鹤楼外[2]，曾镌李太白之诗；鹦鹉洲边[3]，久著祢正平之赋[4]。湘烟渚雨[5]，地势接星汉之光；沅芷澧兰[6]，人物毓山川之秀。宿分牛斗[7]，代产文人；兆叶凤骉，世钟巨族[8]。陈翁家传治谱[9]，继太丘清白之声[10]；名人贤书[11]，除元龙湖海之气[12]。徐陵孩岁[13]，已识麒麟[14]；张融妙年[15]，曾邀鹭羽。遂乃情萦文史，擅闻望于青箱；俗仗弦歌[16]，播经猷于墨绶[17]。育菁莪于天水[18]，即是潘花[19]；膏苗黍于陇山，宁栽陶柳[20]。于是乡连桑梓[21]，愿借寇君[22]；社称枌榆[23]，争迎召父[24]。公堂息讼，羡鼠之无牙[25]；蔀屋怀恩[26]，类春之有脚[27]。人霑二天之雨露[28]，地茂十里之粳稌。嘉猷视江崖而倍峻[29]，岂泽与青海而俱深。宜其凤诰频颁[30]，酬勤劬者已及二世[31]；龙章叠锡[32]，褒循良者何待三年。而余孺人鸿案相庄[33]，鹿车共挽[34]。铭椒赋菊[35]，徽柔允奉为女宗[36]；习礼通诗，静好无烦于姆教。固宜其翟茀致饎（饰）[37]，聿彰车马之容；象服增辉[38]，用表山河之度。况谢庭之多凤[39]，更荀里之皆龙。儿扶藤杖，悉属班香宋艳之才[40]；孙舁篮舆[41]，竞为竹马羊车之戏。故挹其声华，虽仲举之统百僚[42]，弗能及矣；钦其品望，即孔璋之在七子[43]，何以遇焉。斯真盛世之休征，而德门之韵事也[44]。兹者节届青阳[45]，律中姑洗，春来天上，小红开称意之花。泽沛寰中，重碧酝延龄之酒。云璈张队[46]，谬充蓬岛之宾；书锦开筵[47]，冀献麦丘之祝[48]。谨序。

译文

　　曾经考察著名的云梦泽、名胜洞庭湖。黄鹤楼外，曾镌刻有李太白的诗；鹦鹉洲边，祢正平的《鹦鹉赋》久来著名。湘江中的绿洲烟雨弥漫，地势接着天河的光芒；沅水澧水边芷兰茂盛芬芳，秀美的山川孕育出杰出的人物。分野是斗宿牛宿的楚地，历代盛产文人；兆叶凤缫四姓，世代是击钟奏乐而食的豪门大族。陈老先生家传治理方案，继承陈太丘的清白名誉；著名人物举荐贤能的文书，改变陈元龙湖海一样的豪气。徐陵早年，就被认出是麒麟；张融二十，有人就赠送他珍稀的白鹭羽麈尾扇。于是情感就缭绕于文学、史学中，占有收藏名望书籍字画的箱笼；习惯于凭借邑令之典，播散纲纪之言、法则于所治县。在天水育才，如同潘岳；在陇山润苗，宁愿栽种柳树似陶潜。在这里任职连接着家乡，愿像寇准不失民望。里社叫枌榆，百姓争迎像召父一样的地方官。官府公堂上平息了讼争，羡慕没人打官司；贫寒人家怀恩，说类似长了脚的阳春。人们沾染恩人的雨露，地上十里的稻米茂盛。看治国的好规划似江边的峭壁倍觉挺拔，恩泽与青海一样深。无怪朝廷封赠的命令频繁颁布，赏赐辛劳者已达两代。朝廷的诏书接连赐予，褒扬奉公守法的哪里要等三年？与妻子相互敬重，夫妇同心安贫乐道。咏草吟花，善良仁慈的确奉为女中楷模；熟悉礼仪懂得诗歌，娴静美好无须女师传教。确实应在车厢两旁以翟羽为饰，彰显车马的仪容；盛装的礼服增添光辉，用来显示山河一样的气度。况且谢家多优秀子弟，更有荀淑八子都是龙。儿子搀扶拿拐杖的老人，都属班固宋玉一样的人才；孙子抬着竹制的座椅，争做竹马羊车的游戏。引出他的美好声誉，虽是统率百官的名臣陈蕃也赶不上。钦佩他的人品名望，就是陈琳所在的建安七子，凭什么遇合呢？这真是盛世的祥兆，有德之家的风雅之事，当下的时节接近春天，十二律中属姑洗三月，春来天上，称意之花微开小红。恩泽充满天下，酿造出深绿色的延龄益寿酒。架起云锣张开队列，错误地充当蓬莱的宾客；用华美的祝词开宴，希望献上高寿的祝愿。恭敬地叙述。

注解

[1] 云梦：云梦泽。古籍《左传》《国语》中多有记载，位于今湖北省长江两岸，地域广阔。春秋时，梦在楚方言中为"湖泽"之意，与"漭"相通，由于长江泥沙沉积，云梦泽分为南北两部分，长江以北后成为沼泽地带，长江以南仍保持着浩瀚的水面，后称之为洞庭。

[2] 黄鹤楼：我国古代的著名楼观。始建于三国吴黄武二年（223年）。传说古仙人子安从此地乘鹤而去。它雄踞武汉长江之滨，蛇山之首，背倚万户林立的武昌城，面临汹涌浩荡的长江，位于东西水路与南北陆路的交汇点上。登

吴斌 诗文译注

上黄鹤楼，武汉三镇的旖旎风光历历在目，辽阔神州的锦绣山河也遥遥在望。由于这独特的地理位置，以及前人流传至今的诗词、文赋、楹联、匾额、民间故事等，使黄鹤楼成为山川与人文景观相互倚重的文化名楼，素来享有"天下绝景"和"天下江山第一楼"的美誉。

［3］鹦鹉洲：在今武汉市西南长江中。与黄鹤楼遥遥相望。唐崔颢《黄鹤楼》诗有："晴川历历汉阳树，芳草萋萋鹦鹉洲。"相传东汉末江夏太守黄祖长子黄射在此大会宾客，有人献鹦鹉，祢衡作《鹦鹉赋》得名。后祢衡被黄祖杀害，也葬于洲上。历代不少名人，"藏船鹦鹉之洲"，纵观大江景色，留下了很多诗篇。鹦鹉洲在明末逐渐沉没。

［4］祢正平：祢衡，汉末辞赋家，字正平。平原般（今山东临邑德平镇）人。少有才辩，性格刚毅傲慢，好侮慢权贵。因拒绝曹操召见，操怀忿，因其有才名，不欲杀之，罚作鼓吏，祢衡则当众裸身击鼓，反辱曹操。曹操怒，欲借人手杀之，因遣送与荆州牧刘表。仍不合，又被刘表转送与江夏太守黄祖。后因冒犯黄祖，终被杀，终年26岁。祢衡的代表作《鹦鹉赋》是一篇托物言志之作，以鹦鹉自况，抒写才智之士生于乱世的愤懑心情，反映出作者对东汉末年政治黑暗的强烈不满。此赋寓意深刻，状物维肖，感慨深沉，融咏物、抒情、刺世为一体，是汉末小赋中的优秀之作。

［5］湘烟渚雨：湘江中的绿洲烟雨弥漫。

［6］沅芷澧兰（yuán zhǐ lǐ lán）:《楚辞·九歌·湘夫人》:"沅有芷兮澧有兰。"王逸注:"言沅水之中有盛茂之芷，澧水之内有芬芳之兰，异于众草。"沅，沅江，发源于贵州省，流经湖南省入洞庭湖。澧水，发源于湖南省西北与湖北省鹤峰县交界处，东南流入洞庭湖。

［7］宿：星宿。分：分野。春秋、战国后，人们将天上的星宿和地上的一些州郡对应起来，认为天上一定星区的天象预兆着各对应地区的吉凶，这就是分野。牛斗：指二十八宿中的牛宿和斗宿，其分野为今江苏、浙江、两湖等地。

［8］世钟巨族：世代宴享时击钟奏乐的贵族家庭。

［9］治谱：治理的方案。

［10］太丘：陈实（104—187年），字仲弓，河南许州（今河南许昌）人。生于汉和帝永元十六年，卒于灵帝中平四年,年八十四岁。曾任太丘长，为政清廉，为人宽厚，是当时河南许州（今许昌）德高望重之人。

［11］贤书：举荐贤能的文书。

［12］除：改变，变换。元龙湖海之气：东汉陈登，字元龙，性格豪放超群。有次刘备、许汜与刘表在一起共论天下之士。谈到陈登时，因陈登曾慢待过许汜，许汜不以为然地说："陈元龙乃湖海之士，骄狂之气至今犹在。"刘备说："像元龙这样文武足备、胆志超群的俊杰，只能在古代寻求。当今芸芸众生，恐怕很

难有人及其项背了。"豪，形容性格豪放。

［13］徐陵：南朝梁陈间的诗人，文学家。八岁能撰文，十二岁通《庄子》《老子》。长大后，博涉史籍，有口才。被人赞誉为"天上石麒麟""当世颜回"，他家族成员都非常刚正严肃，又诚恳谦逊。当时朝廷文书制度，多由徐陵写成，梁武帝萧衍时期，任东宫学士，常出入禁闼，为当时宫体诗人，与庾信齐名，并称"徐庾"。蚤通"早"。

［14］识：识别出。麒麟：古代传说中的一种动物。形状像鹿，头上有角，全身有鳞甲，尾像牛尾。古人以为仁兽、瑞兽，拿它象征祥瑞。《管子·封禅》："今凤凰麒麟不来，嘉穀不生。"

［15］张融：南齐文学家、书法家。字思光，一名少子。吴郡（今江苏苏州）人。出身世族，二十岁就有名望。同郡道士陆修静赠给他一柄白鹭羽尘尾扇，说："这东西既然是奇异之物，就把它奉送给奇异的人。"张融在清谈、佛学、书法等方面都有很深的造诣。尤其是他特立独行的个性、诙谐幽默的语言、机敏善辩的口才及风姿飘逸的名士风范对后世影响很大。妙年：弱冠之年，即二十岁。

［16］弦歌：《论语·阳货》记孔子学生子游任武城宰，以弦歌为教民之具。后因以"弦歌"为出任邑令之典。

［17］经：常道。指常行的义理、准则、纲纪之言。猷：道，法则。墨绶：结在印钮上的黑色丝带。《汉书·百官公卿表上》："县令、长，皆秦官，掌治其县……皆铜印黑绶。"后以"墨绶"作为县官及其职权的象征。唐岑参《送宇文舍人出宰元城》诗："县花迎墨绶，关柳拂铜章。"

［18］菁莪：《诗·小雅·菁菁者莪序》："菁菁者莪，乐育材也，君子能长育人材，则天下喜乐之矣。"后以"菁莪"指育材。明刘基《送赵元举之奉化州学正》诗："泮水紫芹香可揽，倚看待佩乐菁莪。"

［19］潘花：据晋潘岳《闲居赋》载，潘岳曾为河阳令，于县中满种桃李，后因以"潘花"为典，形容花美，或称赞官吏勤于政事，善于治理。宋梅尧臣《县署丛竹》诗："陶柳应惭弱，潘花只竞红。"也作"潘岳花"。孙枝蔚《赠钱塘县丞季孚公》诗："颇胜长江簿，即看潘岳花。"

［20］陶柳：指柳树。晋陶潜少时，宅边有五株柳树，自号五柳先生。后世称柳为"陶柳"。

［21］桑梓：古代常在家屋旁栽种桑树和梓树。又说家乡的桑树和梓树是父母种的，后人用"桑梓"比喻故乡。

［22］寇君：寇准，华州下邽（今陕西渭南）人，北宋政治家、诗人，历任参知政事、宰相，贬谪到雷州后，教书传艺，传播中原文化，传授先进生产技术，促进了当地人与中原的交流和当地的经济发展；最后病逝于雷州。去世后，经他夫人宋氏请求，将灵柩运到洛阳安葬。

〔23〕社：里社。枌榆（fén yú）：泛指故乡。

〔24〕召父：《后汉书·杜诗传》记载：西汉召信臣，东汉杜诗，先后为南阳太守，有善政，时人语曰"先有召父，后有杜母"。后以"召父杜母"为颂扬地方长官政绩的套语。

〔25〕鼠之无牙：《诗·召南·行露》："谁谓鼠无牙，何以穿我墉。"这里指没人闹腾、打官司。

〔26〕蔀屋：草席盖顶的屋。泛指贫寒人家。

〔27〕春之有脚：亦作"有脚阳春"。对官吏施行德政的颂词。典出五代王仁裕《开元天宝遗事·有脚阳春》：唐中宗时，宋璟任地方官，廉洁奉公，尽力为百姓做好事，使当地民风变得淳朴起来，家家户户都安居乐业。他在广州任都督时，当时广东人都用茅竹建房子，经常发生大火。宋璟教他们用砖瓦盖房，减少了火灾，造福了百姓。后来他当了宰相。在宋璟的治理下，唐朝出现了路不拾遗的局面，史称"开元盛世"。当时人们称赞宋璟像长了脚的春天，走到哪里，就把光明和温暖带到哪里。

〔28〕二天：恩人，对庇护者的感恩之辞。

〔29〕嘉猷（jiā yóu）：治国的好规划。倍峻：更加高耸挺拔峻峭。

〔30〕岂泽：同"凯泽"，恩泽。

〔30〕凤诰：帝王任命或封赠的文书。《清会典事例》：凡追赠大臣、贬谪有罪、赠封其祖父妻室，不宜于廷者，皆用诰。一品至五品，皆授以诰命，六品至九品，皆授以敕命。

〔31〕勤劬（qín qú）：辛苦劳累。

〔32〕龙章：对皇帝文章的谀称。借指诏书、敕令。叠：连续。锡：通"赐"。

〔33〕余：疑为"与"。孺人：古时称大夫的妻子，这里尊称妻子。鸿案相庄：《后汉书·逸民传·梁鸿传》载：鸿家贫而有节操。妻孟光，有贤德。每食，光必对鸿举案齐眉，以示敬重。相庄，相互敬重。

〔34〕鹿车共挽：旧时称夫妻同心，安贫乐道。《后汉书·鲍宣妻传》："妻乃悉归侍御服饰，更着短布裳，与宣共挽鹿车归乡里。"鹿车，古时的一种小车；挽：拉。

〔35〕铭椒赋菊：指咏草吟花。

〔36〕女宗：女中楷模。

〔37〕翟茀（zhái bó）：古代贵族妇女乘的一种车子。车帘两边或车厢两旁以翟羽为饰。《诗·卫风·硕人》："翟茀以朝。"毛传："翟，翟车也，夫人以翟羽饰车。茀，蔽也。"饻，疑为"饰"，装饰。

〔38〕象服：古代贵夫人所穿的礼服，上面绘有各种物象作为装饰。《诗·鄘风·君子偕老》："象服是宜。"毛传："象服，尊者所以为饰。"器度。

［39］谢庭多凤：谢庭，谢安的门庭。凤，喻优秀子弟。

［40］班香宋艳：班固和宋玉均善辞赋，以富丽见称，后以"班香宋艳"泛称辞赋之美者。

［41］舁（yú）：抬，共同抬东西。篮舆：古时一种双人肩抬的竹制座椅。《晋书·隐逸传》："弘要之（陶潜）还州，问其所乘，答云：'素有足疾，向乘篮舆，亦足自返。'"

［42］仲举：陈蕃，字仲举，东汉名臣。《后汉书·陈蕃传》载：陈蕃忠君爱民，言论直率，行为清廉，是读书人的楷模。他初次做官，就有志澄清国家政治。任豫章太守时，一到郡，就打听徐孺子（徐稚）的住处，想先去拜访他。主簿禀报说："大家的意思是希望府君先进官署视事。"陈仲举说："周武王刚战胜殷，就表彰商容，当时连休息也顾不上。我尊敬贤人，不先进官署，又有什么不可以呢！"

［43］孔璋：陈琳（？—217年），字孔璋，广陵射阳（今江苏淮安东南）人。东汉末年著名文学家，"建安七子"之一。其作《为袁绍檄豫州文》，文中历数曹操的罪状，诋斥及其父祖，极富煽动力。《饮马长城窟行》，描写繁重的劳役给广大人民带来的苦难，颇具现实意义。全篇以对话方式写成，乐府民歌的影响较浓厚，是最早的文人拟作乐府诗作品之一。

［44］韵事：风雅的事，旧时多指文人名士吟诗作画等活动。

［45］青阳：春天。

［46］云璈（yún áo）：云锣，打击乐器。

［47］书锦：华美的文辞。

［48］麦丘之祝：汉刘向《新序·杂事四》载：齐桓公至麦丘，遇一老人，问其年岁，云八十三。桓公令其以寿祝。麦丘邑人一祝主君甚寿，金玉是贱，人为宝；二祝主君无羞学，无恶下问，贤者在傍，谏者得人；三祝主君无得罪于臣下和百姓。后以"麦丘之祝"指直谏。这里指祝寿。

秋菊吟自序

敦牂纪岁[1]，金虎司晨[2]。发清响于空林[3]，散幽光于素节[4]。霜华入夜，悬柑橘之金丸；月影澄宵，缀茱萸于彩袖[5]。于是陆圃词章之士[6]，争咏芳情；梁园诗赋之宾[7]，竞观节物。予也裁云补屋[8]，长为风月主人；藉草铺床[9]，暂署烟霞总管[10]。况复金英满砌[11]，未敢自认家贫；玉楮盈窗[12]，所愧偏逢才尽。遂乃开襟遣兴，为泛菊之清谈[13]；即景消愁，继题糕之胜事[14]。枯毫无露，漫成三十鄙里之词[15]；秃笔不花，雅慕六一清新之句。斯时也，守王恂之别业[16]，但贮兰浆[17]；坐帐（张）嵊之名园[18]，惟存桂醑[19]。人逢佳节，偏爱故里之松篁[20]；天借新晴，不送满城之风雨。黄花插鬓，徒嗤落帽之狂[21]；白雁横天[22]，只切悲秋之感。年年漉酒[23]，常存元亮之中[24]；岁岁看花，惯作宾王之序[25]。

译文

岁在马年，旭日报晓。清脆的响声从树叶落尽的林中传出，微弱的光散布在秋季。霜花入夜，悬挂在金黄的柑橘上。月亮在清明的天空，缝缀茱萸在彩袖上，登高辟邪。在这时似陆游在沈园题词一样的文士，争着抒写美好的情怀；梁园中作诗写赋的宾客，竞相观看各季节的景色风物。我也裁剪行云来补房屋的漏洞，长久以来作风月主人；用草垫衬铺床，暂时代理烟霞胜景的总管。何况又是金菊满阶，不敢自认家贫；玉琢的楮叶满窗，惭愧偏逢才能有限。于是就敞开衣襟抒发情怀，作重阳泛菊的清雅论谈；就眼前的景物来消除忧愁，接着以"糕"为题的趣事。干枯的毛笔没有露水，信手写就三十首粗鄙的菊花诗；秃笔不能生花，很仰慕六一居士欧阳修的清新诗句。这时候，守着王恂的别墅，里面只储藏着美酒；坐在张嵊的园中，只存有桂花酒。人逢佳节，偏爱故乡松和竹；趁着天刚放晴，不送行刚才满城的风雨。黄菊花插在鬓发间，徒增似任性讥笑孟嘉落帽；白雁横越天空，只契合悲秋的感觉。年年滤酒，胸中常存陶渊明；岁岁看花，习惯于作骆宾王似的冒雨寻菊序。

[1] 敦牂（dūn zāng）：古称太岁在午之年为"敦牂"，意为该年万物盛壮。

《尔雅·释天》:"(太岁)在午日敦牂。"郝懿行义疏:"《占经》引李巡云:'言万物皆茂壮,猗那其枝,故曰敦牂。'"纪岁:记年的方法,这里实指十二地支纪年。古时候人们以天上的星宿方位来判断时节和方位,木星十二年运行一个循环,被古人作为纪年的参考物,所以被称为岁星,民间将岁星的神格称为太岁。太岁纪年法的本质,实际上就是十二地支纪年法的初起形式,所以有人说它是由岁星纪年向干支纪年的过渡。其纪年方法实质上就是十二地支纪年法。为了回避地支之名,于是又给每个地支另外起一个别名:子——困敦;丑——赤奋若;寅——摄提格;卯——单阏;辰——执徐;巳——大荒骆、大荒落;午——敦牂;未——叶洽、协洽;申——涒滩;酉——作鄂、作噩;戌——阉茂、掩茂;亥——大渊献。

[2]金虎:指太阳。南朝梁刘孝绰《望月有所思》诗:"玉羊东北上,金虎西南昃。"明何景明《后白菊赋》:"金虎兮屏舍,白帝兮徂驾。"司晨:报晓。陶渊明《述酒》诗:"流泪抱中叹,倾耳听司晨。"

[3]空林:木叶落尽的树林。唐章八元《新安江行》:"古戍悬鱼网,空林露鸟巢。"

[4]素节:秋季。宋欧阳修《水谷夜行寄苏子美》诗:"我来夏云初,素节今已届。"明何景明《杂诗》之一:"西陆移修晷,素节多寒阴。"

[5]缀茱萸:古人认为佩带茱萸,可以辟邪去灾。《风土记》记载:"九月九日折茱萸以插头上,辟除恶气而御初寒。"在重阳节这一天,按照我国民间风俗,人们除登高望远、畅饮菊花酒外,还要身插茱萸或佩带茱萸香囊以辟邪。

[6]陆圃:陆游题词的园圃即沈园。沈园位于绍兴市区延安路和鲁迅路之间,相传宋时沈园池台极盛,是"越中名园"。南宋爱国诗人陆游初娶唐琬,恩爱非常,后被迫离异。公元1151年(绍兴二十一年),两人邂逅于沈园。陆游感慨怅然,题《钗头凤》词于壁间,极言"离索"之痛。唐琬见而和之,情意凄绝,不久悒郁而逝。晚年陆游,又数访沈园,赋诗述怀。沈园由此而载入典籍。

[7]梁园:又名梁苑、兔园、睢园、修竹园,俗名竹园。为西汉梁孝王刘武所营建的游赏延宾之所,故址位于今河南省商丘市睢阳区东。梁园周围三百多里,宫观相连,奇果佳树,错杂其间,珍禽异兽,出没其中。刘武曾在园中设宴,司马相如、枚乘等都应召而至,成为竹荫蔽日的梁园宾客,并为之吟咏,后代的很多辞赋均提及了这一盛况。

[8]裁云:裁剪行云。唐李义府《堂堂词》之一:"镂月成歌扇,裁云作舞衣。"补屋:补房屋的漏洞。

[9]藉草铺床:藉:垫衬。用草垫衬铺床。

[10]暂署:代理、暂任。烟霞:云霞。泛指山水胜景。

［11］金英满砌：金菊满台阶。

［12］玉楮（yù chǔ）：玉琢的楮叶。

［13］泛菊：指古人重阳节登山宴饮菊花酒的活动。唐李峤《九日应制得欢字》诗："仙杯还泛菊，宝馔且调兰。"

［14］题糕：指唐刘禹锡重阳题诗不敢用"糕"字的故事。宋邵博《闻见后录》卷十九：有一年的重阳节，刘禹锡和一些朋友头戴茱萸，登高饮酒，联句作诗。看着眼前一盘盘蒸得香喷喷的糕，想用糕这个词作诗。觉得用"糕"字，写的是眼前事，声音也响亮，用到诗句里颇合适。但又一想：不对呀，糕字在老百姓的口里倒常常提到，但古书里没有"糕"字，能用吗？他反复思量，叹息一声："唉，既然《六经》里没有'糕'字，我就不用吧。"后来，别人也写《重九诗》就在诗中嘲笑刘禹锡，说："刘郎不敢题糕字，空负诗中一世豪。"

［15］三十鄙里之词：三十首菊花方面见识浅显的诗（现在已经遗失）。鄙，边邑，借指粗鄙，见识不高。

［16］王恂：王珣，琅邪临沂人。东晋大臣、书法家，丞相王导之孙，于谢安当政时为秘书监。累官尚书左仆射，加征虏将军，尚书令。王珣工书法，其代表作《伯远帖》是东晋时难得的法书真迹，也是东晋王氏家族存世的唯一真迹，一直被历代书法家视为稀世瑰宝。沈约说王珣颇好积聚，财物布在民间。董其昌称其"潇洒古澹，东晋风流，宛然在眼"。

［17］兰浆：美酒。

［18］帐嵊："帐"疑为"张"。张嵊，字四山，吴郡吴县（今苏州）人，南朝梁大臣。侯景之乱，张嵊据守城郡，众军土崩。张嵊释戎服，坐于听事，贼临之以刃，终不为屈。侯景刑之于都市，时年六十二。贼平，梁世祖（萧绎）追赠侍中、中卫将军、开府仪同三司，谥曰忠贞。

［19］桂醑（guì xǔ）：桂花酒。泛指美酒。南朝梁沈约《郊居赋》："席布骐驹，堂流桂醑。"

［20］松篁：松与竹。北魏·郦道元《水经注·沔水二》："池中起钓台，池北亭，郁慕所在也，列植松篁于池侧。"

［21］落帽之狂：《世说新语》载，东晋时，荆州刺史桓温于重阳节在龙山东南端的台上设宴，邀集部属饮酒赏菊。席间，参军孟嘉的帽子被风吹落，孟嘉佯装不知，仍然尽情畅饮。待孟嘉离席净手的时候，桓温便让另一名士作文嘲笑孟嘉，孟嘉归席，挥毫作答，其文辞之优美，令满座叹服，于是"笑怜从事落乌纱"的佳话传为登高雅事，落帽台也因此而得名。

［22］横天：横越天空。唐顾况《小孤山》诗："古庙枫林江水边，寒鸦接饭雁横天。"

［23］漉酒：喝酒时将酒过滤。古人的酒是酿造酒而非今天的蒸馏酒，故喝

酒时对新酿的酒须过滤去除酒糟等杂质。

[24]元亮:东晋诗人陶潜字元亮,曾任彭泽令,因不愿为五斗米折腰而归隐。后常用为隐居不仕的典故。宋范成大《次韵徐廷献机宜送自酿石室酒》之一:"元亮折腰嘻已久,故山应有欲芜田。"

[25]宾王之序:指骆宾王的《冒雨寻菊序》。

原文

秋闺怨序

癸卯(1783年)镇邑作

盖闻关河写怨[1],楼头多织锦之妻[2];花鸟萦情[3],窗里有题襟之妇[4]。盛年红粉[5],响砧杵于天边[6];异国青衫[7],听琵琶于亭畔[8]。未有不魂销绿柳,梦断丹枫者也。姜少知菊铭[9],幼学椒颂[10]。才非刘援,情耽花烛之词[12];慧逊丁娘[13],句爱催妆之什[14]。然而莺莺老去[15],燕燕空忙[16]。愁孔雀之东南[17],怅浮云之西北[18]。年年寄外,谜语未便言环[19];岁岁望夫,痴心或恐化石[20]。况复珊瑚制枕,待子三秋;蛱蝶成灰,别欢几载。妾拟相思之曲,属意樱桃[21];郎记别离之时,宁忘豆蔻[22]。爰裁俚句[23],纳诸奁中;用写新愁,出之袖里。此则韩娥荡魄[24],声因激楚而弥长;魏女言怀[25],诗以凄清而忘丑也。郎斯时也,香生兰苣,或牵楚客之心;味恋莼鲈[26],易入吴人之梦。岂知茱萸帐底,屡换轻纨[27];翡翠床边,空怜小玉[28]。瞻言思妇[29],徒工倩媚之新声[30];寄语才郎,莫效轻狂之故态。况逢家令[31],犹有内人;岂是敬通,偏憎悍妇。噫嘻,一时兴到,聊凭凤管书来[32];七字成诗[33],急觅鸾笺写书。君诚好事,填成锦瑟之章;郎若多情,采入玉台之咏云尔[34]。

译文

听说《关河令》写闺房愁怨,楼上多有纺织锦缎之妻;花鸟怀恋,窗里有抒写情怀的妇女。盛年美女,将捣衣声从极远处传来;他乡的失意官员,听琵琶抒情在亭边。没有不被绿柳销魂,梦醒红枫叶的。我小时就知道菊花的铭文,幼年学习《椒颂》。才能不及刘援,情感沉溺于新婚之词;才智逊于丁娘,诗句爱婚嫁的篇章。但是莺莺已老,燕燕白忙。忧愁孔雀东南飞,怅望浮云去西北。每年寄信物于外,谜语不便说回还;年年望夫,痴心恐怕化作望夫石。加上用珊瑚制成枕头,等你三年;蝴蝶变成灰,离别欢聚已多年。我起草相思的曲子，倾心樱桃一样的俊美男子。郎君我们分离时，难道忘了豆蔻年华的我？援引裁定些俗言口语，采纳在梳妆匣子里，用来抒写新愁，出现在衣袖中。这就是韩娥震撼魂魄，歌声因高亢凄清而越发悠长；魏女抒发情怀，诗意凄凉而忘了丑陋的缘由。郎君在此时，兰茝生香，或许能牵动被贬来楚人的心；眷恋莼羹、鲈鱼脍的美味，容易进入吴人的梦境。哪知茱萸帐下，屡换轻白的绢衣；翡翠床边，白白怜悯侍女小玉。望远言说怀念远出丈夫的妇人，空自擅长可爱的新声；转告才郎，不要效法轻狂的举止神态。何况有家规，还有屋内的妻子；难道只是敬重通达的，特别憎恨凶悍泼妇。唉，一时来了兴趣，聊且听任听笙箫、阅书籍的人到来；七字组成一句诗，急寻彩笺写出来。君确喜好事，填成华美的文章；郎如多情，采入《玉台新咏》一样的诗集罢了。

闺怨词主要抒写古代民间弃妇和思妇（包括征妇、商妇、游子妇等）的忧伤，或者少女怀春、思念情人的感情。闺怨词是中国古典诗歌中一个很独特的门类，有春闺怨、秋闺怨、寒闺怨之分，大致说来，秋闺怨就是写少妇、少女秋季在闺阁中的忧愁和怨恨。闺怨词有女人自己写的，更多的是男人模拟女人的口气写的。本序应是为自己或他人将历代秋闺怨的诗词加以集结整理后写的序。

［1］关河写怨：晏殊（一说为欧阳修）词有"关河愁里望处满，渐素秋向晚。雁过南云，行人回泪眼。双鸾衾裯悔展。夜又永，枕孤人远。梦未成归，梅花闻塞管"。抒写秋季闺房怨妇之情，周邦彦题此调为《关河令》。

［2］织锦：编织彩绸锦缎。

［3］萦情：怀恋，心有所寄托。

［4］题襟：抒写胸怀。

［5］红粉：妇女化妆用的胭脂和粉，旧时借指年轻妇女，美女。

［6］砧杵：捣衣石和棒槌。泛指捣洗衣物。唐韦应物《登楼寄王卿》诗："数家砧杵秋山下，一郡荆榛寒雨中。"天边：指极远的地方。

［7］异国：异乡，他乡。青衫：唐制，文官八品、九品官服青色。唐白居易《琵琶行》："座中泣下谁最多？江州司马青衫湿！"后借指失意的官员。宋王安石《杜甫画像》诗："青衫老更斥，饿走半九州。"

［8］听琵琶：此处借用唐白居易《琵琶行》的典故。

［9］菊铭：有关菊花的文章。这里指学习文化，识文断字。

〔10〕椒颂:《晋书·列女传·刘臻妻陈氏》:"刘臻妻陈氏者，亦聪辨能属文，尝正旦献《椒花颂》。"

〔12〕情耽:情感沉溺。花烛:饰有龙凤花纹的蜡烛，旧时婚仪点用，借指新婚。

〔13〕丁娘:隋代乐妓丁六娘的省称。丁娘著有乐府诗十首。

〔14〕催妆:婚姻礼仪。指女方出嫁须得男方多次催促，才梳妆启行。什:诗篇。

〔15〕莺莺:喻指众多的姬妾。语本宋苏轼《张子野年八十五尚闻买妾述古令作诗》:"诗人老去莺莺在，公子归来燕燕忙。"清侯方域《为吴氏祷子疏》:"莺莺渐老，傍公子以何依？燕燕空忙，叹佳人之不用！"老去:年纪大。

〔16〕燕燕:喻娇妻美妾。

〔17〕孔雀之东南:指《孔雀东南飞》，通过刘兰芝与焦仲卿恩爱夫妇的爱情悲剧，控诉了封建礼教、家长统治和门阀观念的罪恶，表达了青年男女要求婚姻爱情自主的合理愿望。是我国最早的一首叙事诗。

〔18〕浮云之西北:比喻征夫被迫出征。典出曹丕《杂诗·西北有浮云》:"西北有浮云，亭亭如车盖。惜哉时不遇，适与飘风会。"

〔19〕言环:说还，告诉他回来。

〔20〕化石:指妇人伫立望夫日久化而为石。《初学记》卷五引南朝宋刘义庆《幽明录》:"武昌北山有望夫石，状若人立。古传云:昔有贞妇，其夫从役，远赴国难，携弱子饯送北山，立望夫而化为立石。"

〔21〕属意樱桃:樱桃属蔷薇科落叶乔木果树，樱桃成熟时颜色鲜红，玲珑剔透，味美形娇，营养丰富，医疗保健价值颇高。这里比喻倾心于俊美可爱的帅哥。

〔22〕豆蔻:多年生草本植物，初夏时开淡黄色花，秋季结实，果实扁球形，种子像石榴子，可入药，有香味。指女子十三四岁时。唐杜牧《赠别》诗:"娉娉袅袅十三余，豆蔻梢头二月初。"

〔23〕俚句:地方的俗言口语。

〔24〕韩娥:韩娥是战国时韩国一个善于歌唱的女子。一次韩娥经过齐地，没了盘缠，店住不成，吃饭也成了问题，极尽凄苦，禁不住拖着长音痛哭不已。她那哭声弥漫开去，竟使得方圆一里之内的人们，无论男女老幼都为之动容，大家泪眼相向，愁眉不展，难过得三天吃不下饭。韩娥难以安身，便离开了这家旅店。人们发现之后，急急忙忙分头去追赶她，将她请回来，让他为大众纵情高歌一曲。韩娥的热情演唱，又引得一里之内的老人和小孩个个欢呼雀跃，鼓掌助兴，大家忘情地沉浸在欢乐之中，将以往的许多人生悲苦都一扫而光。为了感谢韩娥给他们带来的欢乐，大家送给韩娥许多财物和礼品，使她满载而归。

〔25〕魏女:战国时，魏王曾送给楚怀王的美女。开始很受楚怀王宠爱，楚

怀王之姬郑袖假意善待魏女以示不妒。教美女见王时要以手掩鼻。王问郑袖:"魏女为何见我掩鼻?"郑袖以"恶王之臭"对。怀王很生气,割去了美女鼻子。(事见《史记·屈原贾生列传》)

[26]莼:莼菜。比喻怀念故乡的心情。《晋书·张翰传》:"翰因见秋风起,乃思吴中菰菜、莼羹、鲈鱼脍。"味:口味,味觉。恋:思念,怀念。

[27]轻纨:轻薄洁白的绢衣。

[28]小玉:泛称侍女。唐元稹《暮秋》诗:"栖乌满树声声绝,小玉上床铺夜衾。"

[29]瞻言:望远言说。思妇:怀念远出丈夫的妇人。

[30]倩媚:美好,可爱。新声:新作的乐曲;新颖美妙的乐音。

[31]家令:家规。

[32]凤管:笙箫或笙箫之乐的美称。南朝宋鲍照《登庐山望石门》诗:"倾听凤管宾,缅望钓龙子。"

[33]七字成诗:七字组成一句诗。

[34]玉台之咏:《玉台新咏》。它是继《诗经》《楚辞》之后中国古代的第三部诗歌总集。收录作品上至西汉、下迄南朝梁代。本书编纂的宗旨是"选录艳歌",即主要收男女闺情之作。入选各篇,皆取语言明白,而弃深奥典重者,所录汉、晋时童谣等都属这一类。比较重视民间文学,中国古代长篇叙事诗《孔雀东南飞》就首见此书。《上山采蘼芜》《陌上桑》《羽林郎》等作品,表现出真挚爱情和妇女痛苦,反映了一定的社会现实。该书重视南朝时兴起的五言四句的短歌,书中收录了沈约《八咏》一类杂言诗,也可据此了解南朝末年诗和赋的融合以及隋唐歌行体的形成。

自勖录序

壬子(1792年)正月上元

原文

　　曩读蘧大夫传[1],至行年五十而知四十九年之非。未尝不掩卷叹息曰:"古人为学之功,与年俱进,有如是乎?"今而实有其事矣,适逢其年矣。始信古人不我欺也[2]。余年十三,先严弃世,余奉养老母,艰苦备尝,兼以内患外侮交作,左支右绌,有不可终日之势,先慈涕训余曰:"尔当发奋读书,以光大前烈,否则尔孤我寡,将何以为门户计?"余遂奋志芸窗[3],昼则从师,夜则先慈坐灯下缝纫,每夜课读三更[4],余年十六年幸入黉序[5],自此加意治举子业[6],兼学诗古文词,年二十五,谬为督学所赏识,以选贡送入成均[7],当是时,先慈衰老,欲求升斗禄不得,嗣丁先慈难[8],服阕之后[9],家计日窘,奔走四方，藉馆谷以赡家[10]，而妻子婚嫁之念，遂憧憧起矣[11]。

岁在丁酉，馆于云川[12]。偶因同人相劝[13]，秋闱应举幸捷[14]，连上礼闱不第[15]，燕台既遭旅次之惊[16]，家乡复闻兵燹之变[17]，踉跄归里，心力俱瘁，嗣馆平邑[18]，闲阅内典[19]；有志净业[20]，复得《参同契》《悟真篇》[21]，暇时读之，便觉心底清凉，私谓二氏之教，乃火宅燄中一滴甘露也[22]。

岁在戊申，余四十九岁，是年家居，时值孟冬，染伤寒大病，九死一生，辗转床褥者三月，及病甫愈之时，气存如线，心冷似灰，追思往事，浑如一场戏剧，不禁感慨系之矣。越明年乙酉，余年五十岁，应苏提军之聘，就馆甘泉，得关中李二曲先生全集读之[23]，始知五经四书，皆所以明吾心而复吾性也。惜乎其见之晚也。于是反而求诸身心之内，而深悔畴昔之所学所为，甘自入岐途而不知返；迷幻境而不自觉也。因痛自责曰："吾四十九年中之心，如镜被尘，如珠蒙垢，至五十而始有警觉耶！"

综计吾之平生，溺于词章者有年[24]，困于家计者有年，劳于笔墨者有年，疲于道途者有年[25]；所历非一境，所接非一事，由今思之，境皆戕心之境[26]，而事皆役心之事也，有千非而无一是也。从此洗心涤虑[27]，自立严誓，题其斋曰"洗心斋"，易其号曰"洗心道人"，盖欲洗既往之心，涤旧染之污，而不敢复循故步焉耳。因思《二曲集》中推崇王阳明先生致良知之学[28]，谓得孔孟真脉，但王阳明之书，目所未觏，私淑无由[29]，辛亥夏月，得《阳明全集》，朝夕寻绎[30]，随录要言一帙，奉为圭臬[31]，时时体认，刻刻提撕[32]，当从此潜心密诣[33]，以期自证，何敢稍涉著述，复蹈前愆。第恨岁月蹉跎[34]，年华老大，据今日地头，必立定脚跟，栽培后来根株，填补从前欠缺，庶失之东隅，或可收之桑榆[35]，此亦万有一然之想也[36]。爰定为学之工夫次第，采先哲之嘉言善行；随意手录，都无伦次，间以鄙言，附之于内，日久成书，分为四卷，置诸案头，以为身心性命之助，因自叙其颠末云。

　　乾隆五十七年岁次壬子春正月上元乐都吴栻洗心道人自识并书

译文

　　从前读蘧伯玉传记，年龄到五十而知道四十九年之错。没有不合上书感叹说："古人治学的工夫，跟着年龄一起进步，竟有像这样的吗？"今天实有其事了，我正好碰上这个年龄，才相信古人不欺骗我。我十三岁时，先父去世，奉养老母，艰难困苦全都尝遍，加上内患外侮交相发生，左右应付，有不能终日的架势，慈母含泪训导我说："你一定要发奋读书，用来光大前辈先烈，否则你是孤儿我是寡妇，将来凭什么支撑起家中的门户？"我于是发奋立志于读书。白天跟从老师，夜晚慈母坐在灯下缝纫，每晚学习到三更半夜，我十六岁有幸进入官办的学堂，此后一直专注致力于科举考试的事业，兼学古文诗词，二十五岁时，为督学赏识错爱，以选贡身份送我入最高学府。这时慈母衰老，想求一升一斗粮食的钱都得不到，接着遭逢慈母去世守制，守丧期满后，家中生计一天比一天窘迫，四方奔走，借学堂的粮食来赡养家，而婚嫁娶妻的念头，就来回不断地产生了。

丁酉年（1777年），教学于云川。因同事偶尔相劝，乡试应考有幸告捷中举，接连上京会试考取进士没能考中，在京都旅馆暂住时已遭惊吓，又听到家乡发生了战乱，跟跟跄跄回到家乡，心力交瘁疲惫。接着到平番教书，闲暇阅读佛典，有志于净业，又得《参同契》《悟真篇》，闲时读它，就觉得心底清凉，私下认为佛、道的教诲，是火宅火焰中的一滴甘露。

戊申年（1788年），我四十九岁，这年住在家中，时间正值初冬，染上大病伤寒，九死一生，在床褥间辗转三个月，到病刚愈的时候，留存的气息如细线，心中冰冷如灰，追思往事，真如一场戏剧，不禁感慨多多。第二年己酉（1789年），我五十岁，应苏提军的聘请，赴张掖甘泉军门治事之所，得以阅读关中李二曲先生全集，才知五经四书，都是用来明我的心而恢复我的性情的。可惜见它晚了。于是返回去寻求内心，而深悔往昔所学所为，自己甘心入歧途而不知返回；迷于虚幻之境而不能觉悟。因此痛苦自责说："我四十九年中的心，如同镜子蒙了一层灰尘，如珍珠被污垢掩盖，到五十而才有警醒觉悟啊。"

综合算计我的一生，沉溺在诗文里多年，被家中生计困扰多年，用力在笔墨上多年，疲惫于路途上多年；经历的不是一个境地，接触的不是一件事，今天想来，境地都是残杀心的境地，而事都是劳役心的事，有千错而无一对。从此洗心革面，自己立下重誓，题名自己的书斋为"洗心斋"，改变自己的号叫"洗心道人"，就是想清洗以往的心，荡涤长久以来沾染上的污垢，而不敢再循从以前的脚步罢了。由此思想《二曲集》中推崇王阳明先生"致良知"的学说，认为得到了孔孟真谛，但王阳明的书，眼没看到，也无法得到先生的亲身教授。辛亥年（1791年）夏天，得到《阳明全集》，早晚反复探索推求，随手记录下主要言论一套，奉为准则，时刻体会认识，时刻提醒，从此应专心于品德学识的修养，以此期望证明自己，哪敢涉及一点点著述，又重犯以前的错误。只是遗憾虚度光阴，年纪老大，占据今日地头，必定要立定脚跟，栽培后来的根株，填补从前的缺失，差不多早失晚得，这也是一万中有一个对的想法。于是排定学习时间的顺序，采纳先辈才德高尚的美言善行，随意手录，都没条理顺序，间或加上自己不高明的话，附加在里面，日久成书，分为四卷，放在案头，把它作为身体心理性命的助力，因而自叙其始末。

乾隆五十七（1792年）年岁次壬子春正月元宵节

乐都吴栻洗心道人自己识见并书写

注解

[1] 曩（nǎng）：以前。蘧（qú）大夫：蘧伯玉，春秋时卫国大夫，名瑗，是孔子的朋友。相传他"年五十而知四十九年非"，是一个求进很急并善于改过的贤大夫。见《淮南子·原道训》。孔子对蘧伯玉的品行评价很高，见《论语·宪问》。

[2] 不我欺：不欺我。

[3] 奋志芸窗：发奋立志于读书。芸窗：指书斋。唐萧项《赠翁承赞漆林书堂诗》："却对芸窗勤苦处，举头全是锦为衣。"

[4] 课读：学习。

[5] 黉序：古时官办的学校。

[6] 加意举子业：专注于科举应考的事业。

[7] 选贡：科举制度中贡入国子监生员的一种。明代在岁贡之外考选学、行兼优者充贡，称选贡。清代定拔贡、优贡之制，亦由此而来。成均：相传为尧舜时的学校，后泛称官设的最高学府。明何景明《送林利正同知之潮阳》诗："忆在成均共携手，泉山门下相知久。"

[8] 嗣：接着。丁先慈难：遭逢慈母丧事。"丁……难"即丁忧。旧制，政府官员在位期间，如父母去世，从得知丧事的那一天起，必须辞官回到祖籍，为父母守制二十七个月，叫丁忧。子女守丧丁忧期间，不理政务，不婚娶，不赴宴，不应考。作者为"选贡"，入了最高学府，属政府内编制人员，所以要守制。

[9] 服阕：守丧期满除服。阕：终了。

[10] 馆谷：学校的粮食。

[11] 憧憧：来往不绝。

[12] 云川：古地名，在今甘肃永昌县。

〔13〕同人：旧时称在同一单位工作的人或同行业的人。又作"同仁"。

〔14〕秋闱：乡试。清代乡试是在南、北直隶和各布政使司驻地举行的地方考试。每三年一次，逢子、午、卯、酉年举行，又叫乡闱。考试的试场称为贡院。考期在秋季八月，故又称秋闱。乡试考中的称举人，放榜之时，正值桂花飘香，故又称桂榜。放榜后，由巡抚主持鹿鸣宴。席间唱《鹿鸣》诗，跳魁星舞。中乡试后，可参加会试。闱：考场。

〔15〕礼闱：指金元明清会试，是中国古代科举制度中的中央考试。应考者为各省的举人，录取者称为"贡士"，第一名称为"会元"。会试就是共会一处，比试科艺。由礼部主持，在北京内城东南方的贡院举行。因在京城由礼部主办，故称礼闱。

〔16〕燕台：战国时燕昭王所筑的黄金台。这里指北京。旅次：旅途中小住的地方。也指旅途中暂作停留。

〔17〕兵燹（bīng xiǎn）：因战乱而造成的焚烧破坏等灾害。

〔18〕嗣：接续。平邑：平番，今甘肃省永登县。

〔19〕内典：佛教徒称佛经为内典。宋王禹偁《左街僧录通惠大师文集序》："释子谓佛书为内典，谓儒书为外学。"

〔20〕净业：佛教特指善业，即将人的各种情感和本能欲望洗除净尽。

〔21〕《参同契》：《周易参同契》，是现知最早的包含着系统的内外丹理论的养生著作，有明显的黄老道家特色。东汉魏伯阳著。后被道教吸收奉为养生经典。《悟真篇》：北宋张伯端仿效《周易参同契》，祖述黄老，以诗、词、曲等体裁阐述内丹理论，使内丹之学大显于世。《参同契》《悟真篇》并推为道家正宗经典。与《老子河上公章句》《黄庭经》为古代中国早期四大内丹术专著。

〔22〕火宅：佛教称入世即居火宅，为僧而有室家，是未离火宅，故称。

〔23〕李二曲：李颙（1627—1705 年）明清之际思想家、哲学家。字中孚，号二曲。陕西盩厔（今周至）人。因为"盩厔"在《汉书》中解释为山曲和水曲。所以人们便称他为二曲先生。家贫，借书苦学，遍读经史诸子以及释道之书。曾讲学江南，门徒甚众，后主讲关中书院。与孙奇逢、黄宗羲并称三大儒。清廷屡以博学鸿词征召，以绝食坚拒得免。为学主兼采朱（熹）、陆（九渊）两派，以为"朱之教人，循循有序"，"中正平实，极便初学"；"陆之教人，一洗支离锢蔽之陋，在儒者中最为儆切"。主张兼取其长。所著有《四书反身录》《悔过自新说》《二曲集》等。

〔24〕词章：诗文。

〔25〕道途：路途，为生计忙碌奔波，走南闯北。

〔26〕戕（qiāng）：残杀、杀害。

〔27〕洗心涤虑：悔过自新，洗心革面。

［28］王阳明：王守仁，字伯安，别号阳明。浙江绍兴府余姚县人，因曾筑室于会稽山阳明洞，自号阳明子，也称王阳明。明代著名的思想家、文学家、哲学家和军事家，陆王心学集大成者，精通儒家、道家、佛家。弘治十二年（1499年）进士，历任刑部主事、贵州龙场驿丞、两广总督等职，晚年官至南京兵部尚书、都察院左都御史。因平定宸濠之乱而被封为新建伯。王守仁的心学，是明代影响最大的哲学思想。其学术思想传至日本、朝鲜半岛以及东南亚，立德、立言于一身，成就冠绝有明一代。弟子众多，世称姚江学派。有《王文成公全书》。

［29］私淑：未能亲自受业但敬仰并承传其学术而尊之为师。《孟子·离娄下》："予未得为孔子徒也，予私淑诸人也。"

［30］寻绎：反复探索，推求。

［31］圭臬：土圭和水臬，古代测日影、正四时和测度土地的仪器。喻指事物的准则。

［32］体认：体会认识。提撕：提醒。

［33］潜心密诣：专心品德学识的修养。

［34］恨：遗憾。

［35］失之东隅，收之桑榆：早失晚得。东隅，太阳初升之所，指东方，也指事情开始之时；桑榆，黄昏，太阳落下之所，也指事情最终结果。比喻在这边受到损失，到那边取得补偿。

［36］然：对，正确。

原文

自勖录中编序

　　《内编》二卷八条，自《志学》以至《乐善》，次叙分明，苟能凝神一志[1]，循循于诚意正心[2]，修身复性之学，以自致其功。其始之从事也，必有所甚难，黾勉以进[3]，庶几其有得乎，犹虑其蔽也。盖人有此形，即不能无所欲，欲因形起，则心为心（形）役[4]，日用饮食之间，其为障道者何限[5]，缘择其最易犯者，列为中编，分为四条，晨夕展阅，庶触目警心[6]，知所悚惕[7]，将从此而加励焉。以内外夹持之功，为身心性命之助，或以修慝之始基也[8]。自念以尤悔丛集之身，当迟暮衰残之岁，止觉今日之是，终不胜往日之非，是以夙夜扪心[9]，有刻刻不能释然者，爰述是编，以自勖云[10]。

洗心道人自识

　　《内编》二卷八条，从《志学》到《乐善》，次序分明，假如能专心一意，有顺序地诚实意志端正内心，修养身心恢复天性地学习，以便使自己取得这样的功效。开始致力于某种事，必定有的地方很难，努力进取，差不多大概有心得吧，但还是忧虑受蒙蔽。因为人有身形，就不能没有欲望，欲望由于形体而生，那么心就被形体役使拖累，日用饮食中，那些挡道的东西无边无垠，因而选择最易违犯的，列为中编，分为四条，早晚展开阅读，但愿触目惊心，知道恐惧警惕，将从此加以劝勉。凭内外夹持的工夫，作为身心性命的助手，或许把它当作改恶的开始。自己思念以过失悔恨累积的身体，承担暮年衰残的岁月，只觉得今日的对，终究胜不过往日的错，因此日夜反省，时刻不能放下，于是编所论述，用它来勉励自己。

洗心道人自记

 注解

　[1] 凝神一志：专心一意。

　[2] 循循：有顺序的样子。

　[3] 黾勉：努力，尽力。《诗·邶风·谷风》："黾勉同心，不宜有怒。"

　[4] 心为心役：疑为"心为形役"。

　[5] 何限：无限，无边。唐韩愈《郴口又赠》诗之二："沿涯宛转到深处，何限青天无片云。"

　[6] 庶：但愿，或许。

　[7] 悚惕：恐惧、警惕。

　[8] 修愿：改正过错。愿：邪恶、恶念。

　[9] 扪心：抚摸胸口。表示反省。

　[10] 勖（xù）：勉励。

予少读《韩昌黎文集》，见其极力辟佛[1]，至欲焚其庐，火其书，谓异端之足以害道也[2]。后读《朱子全书》，谓佛老近理而乱真[3]。至谤释门如杨朱、墨翟之邪见外道[4]，谓之无父无君者。于是主先入之见，遂摈弃二家之书，未尝一寓目也[5]。岁在己酉，予年五旬，馆于甘泉，偶游普门寺，请经数卷读之，始大惊曰："不读如是书，几虚度一生矣。"暇时复借《指月录》《传灯录》细阅之[6]，如历代诸大尊宿[7]，皆天下古今第一流人物，所谓始知周孔外，别自有英豪也。夫孔孟传授心法[8]，未尝轻言性与天道，大学言心，中庸言性，佛氏兼言心性之理[9]，洁净精微，实与圣门相为表里，中外二圣，其揆一也[10]。合尔论之，孔子之言性，止于无声无臭，如来之印心[11]，极于无性无生，其微有不同者，此又入世出世之名之所从来也[12]。学人若能洞彻本原，便不妨实指妙明圆觉[13]，亦不妨直认中和位育[14]，头头指来[15]，处处现出，何难直证无上菩提也哉[16]。

洗心道人自识

译文

我年轻时读《韩昌黎文集》，见他极力排斥佛教，甚至于要焚佛身，烧佛经，说异端足以伤害道统。后来读朱熹的《朱子全书》，书中说：佛家、老庄看似合乎情理，实际上违背了事实真相。甚至诽谤佛门像杨朱、墨翟的学说一样不合于正道，说它无父无君。于是持着这个先入之见，就摈弃了佛、老两家的书，未曾去看一眼。

己酉年（1789 年），我年五十，作幕宾于张掖，偶尔游普门寺，请了几卷佛经去读，才大惊说："不读这样的书，几乎虚度一生了。"闲暇时又借《指月录》《传灯录》仔细阅读，像历代那些高僧，都是古今天下第一等人物，才开始知道周公、孔子之外，另外还有英豪。孔孟传授重要心得和方法，未曾轻易谈论性和天道，《大学》谈论心，《中庸》说性。佛教兼论心性的道理，洁净精微，确实和孔门呼应，相为表里，中外两个崇高的事物，两者的道理是一样的。合起来说，孔子说性，停止在无声无味；如来说性，印证于心而顿悟，尽于我省我身，无性无生，这是略微不同处，而这又是入世、出世名称的由来。学习的人如能彻底理解根源，就不妨实指"妙明圆觉"，也不妨直接认作"中和位育"，指着每件到来的事，处处表现出这种思想，直接证实无上菩提有何难呢！

洗心道人自记

注解

[1]韩昌黎：韩愈，字退之，河南河阳（今孟州市）人，自称"郡望昌黎"，世称"韩昌黎"。唐代杰出的文学家、思想家、哲学家、政治家。贞元八年登进士第，两任节度推官，累官监察御史、史馆修撰、中书舍人等职。元和十四年（819年），因谏迎佛骨被贬至潮州。晚年官至吏部侍郎，人称"韩吏部"。韩愈是唐代古文运动的倡导者，被后人尊为"唐宋八大家"之首，与柳宗元并称"韩柳"，有"文章巨公"和"百代文宗"之名。辟佛：驳斥、排除佛。元和十四年正月，宪宗派使者去凤翔迎佛骨，长安一时间掀起信佛狂潮，韩愈不顾个人安危，毅然上《论佛骨表》极力劝谏，认为供奉佛骨实在荒唐，要求将佛骨烧毁，不能让天下人被佛骨误导。宪宗览奏后非常生气，将他贬为潮州刺史。韩愈被贬后，写下"一封朝奏九重天，夕贬潮阳路八千，欲为圣明除弊事，肯将衰朽惜残年"的诗句，表达了自己忠心进谏、一心为国为民的情怀。极力：尽力；尽一切办法。唐杜甫《剑门》诗："并吞与割据，极力不相让。"

[2]异端：古代儒家称其他学说、学派为异端。《论语·为政》："子曰：'攻乎异端，斯害也已。'"朱熹集注："异端，非圣人之道，而别为一端，如杨墨是也。"

[3]佛老：佛家和道家的并称。佛家以佛陀为祖，道家以老子为祖，故称。唐韩愈《进学解》："先生之业可谓勤矣，觝排异端，攘斥佛老，补苴罅漏，张皇幽眇。"近理：近乎情理。乱真：混淆真相；以假充真。

[4]释门：佛门。杨朱：先秦哲学家，战国时期魏国（今河南开封市）人，字子居，反对儒墨，尤其反对墨子的"兼爱"，主张"贵生""重己"，重视个人生命的保存，反对他人对自己的侵夺，也反对自己对他人的侵夺。他的见解散见于《庄子》《孟子》《韩非子》《吕氏春秋》等书。墨翟：春秋末期战国初期宋国人，是墨家学派的创始人，战国时期著名的思想家、教育家、科学家、军事家。墨子创立了墨家学说，墨家在先秦与儒家并称"显学"。其思想以兼爱为核心，以节用、尚贤为支点。墨子在战国时期创立了以几何学、物理学、光学为突出成就的一整套科学理论。有《墨子》传世。外道：泛指不合于正道。

[5]寓目：过目；观看。

[6]《指月录》：佛学著作，成书于明代，主要记述了禅宗的发展历史及其内部派别的沿革过程。是一部反映禅宗各派公认理论的著作。《传灯录》：又称《灯录》，指记载禅宗历代传法机缘的著作。灯或传灯，意思是以法传人，如灯火相传，辗转不绝。灯录之作，出现于禅宗成立以后，至宋代达于极盛。禅宗语要，

都在诸灯录中，如宋代所著《景德传灯录》等。

[7] 尊宿：也作"尊夙"，指年老而有名望的高僧。唐贾岛《送灵应上人》诗："遍参尊宿游方久，名岳奇峰问此公。"

[8] 心法：泛指授受的重要心得和方法。宋朱熹《〈中庸〉章句》："此篇乃孔门传授心法，子思恐其久而差也，故笔之于书，以授孟子。"

[9] 心性：中国古典哲学范畴，指"心"和"性"。战国时孟子有"尽心知性"之说。其后佛教各宗盛谈心性，禅宗认为心即是性，倡明心见性，顿悟成佛。宋儒亦喜谈心性，但各家解说不一。程颐、朱熹等以为"性"即"天理"，"心者，人之神明，所以具众理而应万事者也。"故"心""性"有别。陆九渊则主张"心即理也"，认为"心""性"无别。后人亦以"心性之学"称宋明理学。

[10] 揆：道理。

[11] 如来：佛的别名。即从如实之道而来，开示真理的人。又为释迦牟尼的十种法号之一。南朝宋谢灵运《庐山慧远法师诔》："仰弘如来，宣扬法雨；俯授法师，威仪允举。"印心：佛家指印证于心而顿悟。宋苏轼《书〈楞伽经〉后》："吾观震旦所有经教，惟《楞伽》四卷可以印心。"

[12] 入世：投身于社会。出世：超脱人世。

[13] 圆觉：佛教语。指佛家修成圆满正果的灵觉之道。南朝梁元帝《扬州梁安寺碑序》："旃檀散馥，无复圆觉之风。"

[14] 中和位育：儒家修养工夫的极致，儒家认为能"不偏不倚"而致"中和"，则天地万物均能各得其所，达于和谐境界。《礼记·中庸》："喜怒哀乐之未发谓之中，发而皆中节谓之和；中也者，天下之大本也，和也者，天下之达道也。致中和，天地位焉，万物育焉。"

[15] 头头：每桩，每件。唐方干《献王大夫》诗："直缘材力头头赡，专被文星步步随。"

[16] 无上菩提：佛教语。指最高的觉悟境界。《大宝积经》卷二八："彼菩萨信诸如来正真正觉无上菩提。"

自勉录外编序·二

原文

　　余幼读老庄《道德》《南华》诸经[1]，词意渊奥，茫无津涯，及翻阅久之，虽有一二悟处，而其秘妙之旨，终不可得而窥测也。嗣读濂洛关闽之书[2]，力避老庄，谓其近理而乱真，遂将一切道书[3]，束之高阁者[4]，三十余年。近得《参同契》《悟真篇》一函[5]，朝夕快读，并细阅云阳道人朱元育注解，始知此书之作，皆假卦爻法象[6]，以显性命根源[7]，其言金液还丹之法[8]，即吾儒穷理尽性以至于命之功夫也[9]，而始悔从前所阅丹经[10]，悉属旁蹊曲径矣[11]。争奈缁黄缝掖[12]，各执专门，互相抵毁，岂知教虽分三，道乃归一乎。爰择其简易之词，扼要之语，录之于册，以便披览[13]，从此因流溯源，举一赅百[14]，其于心性之功，庶不致迷于所往也。

译文

　　我幼年读老子、庄子的《道德经》《南华经》等，词意深奥，茫无边际，等翻阅时间长了，虽能领悟一点，但他的神秘奇妙之处，始终把握不得，而只是窥探揣测。接着读周敦颐、程颐、程颢，张载、朱熹的书，尽力避开老子庄子，说老庄他们似乎合乎情理，实际上违背了真相，于是将一切道家的书，捆起来放在高高的书架上三十多年。近来得到《周易参同契》《悟真篇》一套，早晚畅快地阅读，并仔细阅读云阳道人朱元育的注解，才知该书的写作，都是借卦爻法象，用来显示性命的根源，它说的金液还丹的方法，就是我们儒家穷理尽性而至达命的功夫，才开始后悔从前所阅读的讲述炼丹术的专书，都属大道旁边狭小而弯曲的路径。无奈僧道各自拿着专长，互相诋毁，哪知教虽分为三门，道最终归于一统呢？于是选择简单容易的语词、扼要的话语，记录到册子上，以便于翻阅，从此根据流而溯源，举一而完备一百，它对于心性的作用，或许不至于迷失方向。

注解

　　[1]南华:《南华真经》的省称。即《庄子》的别名。唐贾岛《病起》诗:"灯下《南华》卷，祛愁当酒杯。"

　　[2]濂洛关闽:濂指周敦颐。因其原居道州营道濂溪，世称濂溪先生，为宋代理学之祖，是程颢、程颐的老师。洛指程颢、程颐兄弟，因其家居洛阳，世称其学为洛学。关指张载，因其家居关中，称张载之学为关学。闽指朱熹，

朱熹曾讲学于福建考亭，故称闽学。濂、洛、关、闽属不同的理学流派。

　　[3]道书：道家的典籍。

　　[4]高阁：置放书籍、器物的高架子。唐韩愈《寄卢仝》诗："《春秋》三传束高阁，独抱遗经究始终。"

　　[5]《参同契》：全名《周易参同契》，东汉魏伯阳著，道教早期经典，全书托易象而论炼丹，是道家重要的内丹著作。《悟真篇》：北宋张伯端撰。该书以诗、词、曲等体裁阐述内丹理论，是道家重要的内丹著作。

　　[6]卦爻：《易》的卦和组成卦的爻。宋沈括《梦溪笔谈·象数一》："卦爻之辞，皆九六者，惟动则有占，不动则无朕。"

　　[7]性命：中国古代哲学范畴。指万物的天赋和禀受。《易·乾》："乾道变化，各正性命。"孔颖达疏："性者，天生之质，若刚柔迟速之别；命者，人所禀受，若贵贱夭寿之属也。"朱熹本义："物所受为性，天所赋为命。"

　　[8]金液：古代方士炼的一种丹液。据说服之可以成仙。晋葛洪《抱朴子·金丹》："金液太乙所服而仙者也，不减九丹矣。"还丹：道家合九转丹与朱砂再次提炼而成的仙丹。称服后可以即刻成仙。

　　[9]穷理：穷究事物之理。晋葛洪《抱朴子·行品》："甄坟索之渊奥，该前言以穷理者，儒人也。"尽性：儒家谓人物之性均包含天理，唯至诚之人，才能发挥人和物的本性，使各得其所。《易·说卦》："穷理尽性，以至于命。"孔颖达疏："穷极万物深妙之理，究尽生灵所禀之性。"

　　[10]丹经：讲述炼丹术的专书。晋葛洪《抱朴子·金丹》："凡受太清丹经三卷，及九鼎丹经一卷，金液丹经一卷。"

　　[11]旁蹊曲径：大道旁边狭小而弯曲的路径。

　　[12]争奈：怎奈；无奈。唐顾况《从军行》之一："风寒欲砭肌，争奈裘袄轻。"缁黄：指僧道。僧人缁服，道士黄冠，故称。宋洪迈《夷坚丙志·程佛子》："每岁必以正月十六日，设斋饭缁黄，名曰龙会斋。"缝掖：亦作"缝腋"。大袖单衣，古儒者所服。亦指儒者。《后汉书·王符传》："徒见二千石，不如一缝掖。"李贤注："《礼记·儒行》孔子曰：'丘少居鲁，衣逢掖之衣。'郑玄注曰：'逢犹大也。大掖之衣，大袂单衣也。'"

　　[13]披览：翻阅，展读。南朝陈徐陵《〈玉台新咏〉序》："往世名篇，当今巧制，分诸麟阁，散在鸿都，不藉篇章，无由披览。"

　　[14]赅：完备。

自勖录后序

是书内中二编甫成，余于癸丑春，就馆平邑[1]，复集外编，偶随兴之所至，作七言绝句三十韵，七言近体三十韵，以性情之所寄，形诸歌咏焉。

夫诗以言志，志之所在，发言为诗，当其静室焚香[2]，朗诵一过，油然有水流云在之致。昔陶靖节啸傲田园[3]，放怀杯酒，雅不欲以诗自名[4]，而"结庐人境，心远地偏"之句[5]，至今犹想见其高风。闻陶暮年，相依莲社[6]，高人韵事[7]，身兼仙佛[8]，风雅乃有余绪[9]。今诵陶之诗，慕陶之为人[10]，余诗中三致意焉。因别有遥集之神[11]，遂不顾迂妄之诮[12]，此余附拙诗微意也。人或以习气未除，笑余多事，余亦笑而受之矣。

时乾隆五十八年岁次癸丑仲夏月上浣[13]

书于平番肇兴书院洗心道人序

译文

这书内编中编刚完成，我就在癸丑年（1793年）春，到平番教学，又收集外编，偶尔随着自己的兴趣，作七言绝句三十首，七言近体三十首，以寄托性情，把它们表现在诗歌里。

诗歌用来表达自己的思想和志趣，思想和志趣表现在语言文字上成为诗，在安静的室内点上香，一朗诵完，自然而然有行云流水一样不受约束的感觉。从前陶渊明放歌长啸，傲然自得于田园，放怀饮酒，很不想用诗自称，而"结庐人境，心远地偏"一样的诗句（自然流出），至今仍想见他的高风亮节。听说陶渊明晚年，互相依靠在佛教团体，高洁人风雅事，身体兼具仙佛，诗文竟然有流传后世的，今日诵读陶渊明的诗，羡慕陶渊明的为人，我在诗中多次表达了这个意思。因另从远处聚集心神，于是不顾荒唐的责备，这是我附上我的诗的细微之意，有人或许认为我习气没除，笑我多事，我也笑着接受了。

乾隆五十八年（1793年）岁星在癸丑五月上旬

写于平番肇兴书院洗心道人序

[1] 就馆：称到某地授徒或充幕僚。

[2] 静室：指寺院住房或隐士、居士修行之室。这里指自己的书房。北周庾信《咏画屏风诗》之二一："洞灵开静室，云气满山斋。"

[3] 啸傲：放歌长啸，傲然自得。形容放旷不受拘束。陶潜《饮酒》："啸傲东林下。"

[4] 雅：很，极。自名：自称；自命。宋苏轼《辛丑七月赴假还江陵夜行途中作口号》："诗人如布谷，聒聒常自名。"

[5] 晋陶潜《饮酒》诗之五："结庐在人境，而无车马喧。问君何能尔，心远地自偏。"该诗体现了作者心平气和、心无旁骛地与大自然相承合，心不为物役，不为凡事俗情所羁绊，心灵上的真正忘我的状态。这个时候，不管形体在田园还是在闹市，"心远地自偏"，这种澄明无碍、自由自在的心灵使万物都展现出宁静悠远的情韵。

[6] 莲社：东晋慧远大师居庐山，与刘遗民等同修净土，寺中有白莲池，因号莲社，又称白莲社。后泛指以念佛为主旨的团体。

[7] 高人：志行高尚的人。多指隐士、修道者。《晋书·邵续传》："续既为勒（石勒）所执，身灌园鬻菜，以供衣食。勒屡遣察之，叹曰：'此真高人矣。不如是，安足贵乎！'"韵事：风雅之事。《儒林外史》第三十回："花酒陶情之余，复多韵事。"

[8] 仙佛：指道教与佛教。清薛福成《庸盦笔记·江南某生神游兜率天宫》："窃观苍苍者，实系清虚之气，而仙佛诸家皆有天宫之说，何也？"

[9] 风雅：指诗文之事。南朝梁萧统《〈文选〉序》："故风雅之道，粲然可观。"余绪：留传给后世的部分。北齐颜之推《颜氏家训·勉学》："或因家世余绪，得一阶半级，便自为足，全忘修学。"

[10] 为人：做人和处世接物的态度。《论语·学而》："其为人也孝弟，而好犯上者，鲜矣。"

[11] 遥集：从远处聚集。

[12] 迂妄：荒诞。《新唐书·外戚传·武士彠》："帝笑曰：'尔故王威党也，以能罢系刘弘基等，其意可录，且尝礼我，故酬汝以官。今胡迂妄媚我邪？'"

[13] 岁次：也叫年次，古代以岁星（木星）纪年。古人将天空的赤道部位分作12等分，每等分中以某些恒星为标志。木星正好每年走一等分，12年走一周。每年岁星（木星）所值的星次与其干支称为岁次，也称"岁在"。癸丑：癸丑为干支之一，顺序为第50个。前一位是壬子，后一位是甲寅。干支纪年法是中国古代一直使用的纪年方法。

洗心斋类说自序

原文

　　嘉庆元年，岁在丙辰，暮春之初，予自塞外旋里[1]，静居小楼之洗心斋中。每日课孙之暇，读性理、近思录、宋儒语录诸书而外，复阅金刚经、楞严经以及指月录、传灯录等书。推原圣佛立教之本意，研究儒释救世之异同，各以类从，分为八条，非敢于圣教之外别竖异帜也。原夫天命之性，原无古今，原无中外，原无圣凡，原无老少。莫不同此高厚[2]，即莫不同此秉彝[3]，乃人之好善去恶者不少概见[4]。于是圣贤仙佛不得已而著为经籍，以训世人，其大指所归，不越劝惩二义，而儒家之读经书者，专一此为敲门（砖）。释道之诵经典者，专以此为讨饭局，将圣贤垂世立教之至意辜负尽矣。间有留意心性之学[5]，以恪遵圣教[6]，则共目为迂腐，甚或从而非毁之。或有浏览内典[7]，以博理趣，则以为阴趋异教[8]，甚或从而非斥之，且曰：舍现在而冀将来之不可知[9]，何愦愦如是也。予谓不然，使善而立福，孰不为善，恶而立祸，孰不去恶，盖将来固自可知，而独无以烛现在者之深锢。此笑人愦愦者之终于愦愦也[10]。夫太上率性，其次养性，其下则违性，是以福善祸淫之说，特为中下人劝诫，非为上根利器说也[11]。故曰感应一书，只三代而下之君子功过两条，乃三代而上之小人正谓此尔。今使令于众曰：吾悬重赏而拯人水火。一时趋者如鹜焉。何也？有所慕而然也。又使令于众曰：吾申严禁而网人匪彝[12]，一时避者如仇焉。何也？有所畏而然也。然则有所慕而始为善，有所畏而始去恶，衡以崇德修匿之本心，果如是乎？然而审时度势，正未可刻以相绳也[13]。当此世风日下，人之根性愈薄，求其明心见性[14]，嗜仁好义者，指不多屈[15]，有能慕而为善、畏而去恶者，即属殊妙，虽欲降心相从，恐亦不可多得也。岂敢严以律人而宽以待己哉？予性本顽钝，心为形役[16]，当此暮年，诸多愧悔，读书静坐而外，偶有所得，随笔记之，标其名曰《洗心斋类说》，藉以振自己之愚顽，启自己之聋聩而已。览是说者，尚其悯予之蓬心也夫[17]。

　　　　　　　　嘉庆元年岁次丙辰秋月吴栻自序并书时年五十有七

译文

　　嘉庆元年（1796年），丙辰暮春初，我从塞外回到家乡，静静居住在小楼洗心斋里。每天督促孙子功课之余，阅读性理、近思录、宋儒语录诸书外，又阅读《金刚经》《楞严经》《传灯录》等书。追寻圣佛礼教的本意，研究儒家、佛家救世的异同，各自以类相从，分作八条，不敢在圣教外另立旗帜。追溯天命的本性，原本无古今，原本无中外，原本无圣凡，原本无老少。没有谁不和它高度厚度一样，没有谁不和它一样持有美德，是人的好善去恶的不少记载概略，使圣贤仙佛不得已而写为经籍，用来教训世人，它的大的主旨意向，不会超越劝善惩恶二义，而儒家读经书的，专门把它作为敲门砖。佛道中诵读经典的人，专门把它当作讨饭的机构，把圣贤传世立教的深远用意辜负尽了。偶尔留心理学，用来恭谨遵守儒教，就都看作迂腐，甚至跟着非难诋毁他。有人浏览佛经，用来扩大义理情趣，就认为是趋暗异教，甚至跟着非难排斥他，并说：舍弃现在而寄希望于不可知的将来，为何这样糊涂。我认为不是这样，使行善的产生幸福，谁不去行善，凶恶的产生灾祸，谁不去除恶，这是因为未来本可自己知道，而独自不要被眼前见到的一点深深禁锢自己。这是嘲笑别人糊涂而最终是自己糊涂。最上等的率性而为，其次修身养性，其次违背本性，因此福善祸淫的说法，只是为了劝诫中下等的人，不是为天资、才能极高的人说的话。因此说"感应"这种书，只是夏商周三代以下的君子说的"功、过"两条，三代以上的小人正说的是这个。今天假使下令给众人说："我悬重赏把人从水火中拯救出来。"一时趋之若鹜，为什么呢？有羡慕的东西使他成了这样。又假使给众人下令说："我申明严格的禁令而网罗人违背常规。"一时如避仇敌。什么原因呢？有所害怕使他们成了这样。然而有所追慕而开始行善，有所害怕而开始除恶，以尊崇德行修行隐藏的本心加以平衡，果然能这样吗？然而审时度势，正不能死守教条，固执不变。当这世风日下，人的本心越加淡泊，要求他大彻大悟，特别爱好仁义，扳着指头数也数得过来，有能因欣羡而行善，因害怕而除恶的就属很妙，虽想平心相从，害怕也不能多得。哪敢严以律人，宽以待己呢？我的性格本来愚笨，心被形体奴役，当这暮年时节，生出许多惭愧后悔，读书静坐外，偶尔有所得，随笔记录，起名《洗心斋类说》，借以振作（别人认为的）愚昧顽固，开启（别人认为的）昏聩无知罢了。看到这篇文章的，恐怕会可怜我的浅陋之心吧。

嘉庆元年丙辰秋月吴栻自序并书写时年五十七

注**解**

〔1〕塞外：这里大概指湟源或青海牧区。

〔2〕高厚：高度和厚度。

〔3〕秉懿：秉持美德。

〔4〕概见：概略的记载。

〔5〕心性之学：理学。

〔6〕恪遵圣教：恭谨遵守儒教。

〔7〕内典：佛经。

〔8〕阴趋：趋向阴暗。

〔9〕冀：通"冀"，希望。

〔10〕愦愦：昏庸，糊涂。

〔11〕上根利器：泛指天资、才能极高的人。

〔12〕匪彝：违背常规的行为。

〔13〕刻以相绳：死守教条，固执不变。

〔14〕明心见性：大彻大悟，摒弃世俗的一切杂念。

〔15〕指不多屈：扳着指头数也数得过来。清陈康祺《郎潜记闻》："本朝大臣夺情任事者，指不胜屈。"

〔16〕心为形役：心神被生活、功名利禄所驱使，受到形体的奴役。形容人的思想不自由，做一些违心的事。形，形体。

〔17〕蓬心：比喻知识浅薄，不能通达事理。

清秋偶吟自序

原文

忆少壮时，流观经史[1]，每及越石扶风之歌[2]，步兵广武之叹[3]，未尝不引觞击节，曳裾起舞。年运而往[4]，老冉冉其将至[5]，意气消落，匿影投灰，回思往事，如醉如梦。每喜静坐，刻意摆脱万缘，还吾湛寂之本体[6]。一切豪情盛概，久已化为乌有矣。今岁六月，偶因缘感，作清秋偶吟三十韵，不觉举四十年来之境遇悉流露于纸上。抑何音节变易若是耶！夫诗本于性情，与鼓琴无异。鼓琴于高山流水之间则手挥目送，皆泉石之清音也。鼓琴于市肆屠沽之间而其音变矣。鼓琴于忧愤郁困之时而其音又变矣。诗之忽而和平，忽而激烈，得无与琴音有相类者乎！是以古之作者必有所感，以发抒其哀乐之情，未有无病而呻吟，不愁苦而欷歔呜咽者，虽然，亦视其人之所养何如耳。余学道有年[7]，偶因一事之触忤，顿发其澒落不羁之气[8]，自知持志不坚，养气不固，其功力浅甚也，予宁不愧于心哉！倘天假以年[9]，得终老烟霞[10]，除眠食外，不以外事相添，齐彭殇[11]，忘物我，泊然其无营[12]，怡然其自适，则性定而情自正，其于富贵贫贱穷通得丧之相值[13]，若飘风浮霭薄雾闲云之往来变化于太虚中而于己无与也。不然者，一事逆而形诸歌咏，一言拂而见于篇什，甚至芥蒂于怀而不能释，是何异于梦为仆役，觉而涕泣者与？予虽无状[14]，何至如痴人说梦，则由是而息心静虑，以冀收功于末路，不知得遂此愿否耶，志自我立，命由天定未至之遭逢，予惟候命而已矣，复何容心焉。

嘉庆二年岁在丁巳闰六月既望[15]吴杕敬亭氏别号洗心道人自序并书

译文

回忆年轻力壮时，观览经史，每次读到刘琨受重围而唱悲壮激昂的歌，使敌军解围；阮籍登广武城，感叹"时无英雄，使竖子成名"，没有不拿起酒杯击打节拍高歌，拉起衣服大襟跳舞的。岁月流逝，人渐渐要老了，意气凋落，隐藏踪迹，对名利如抛弃灰尘，回思往事，如醉了酒，做了一梦。常常喜欢静坐，用尽心思摆脱一切因缘，恢复我沉寂的本体。一切豪情盛景，早已全部消失。今年六月，偶尔因为有感，作《清秋偶吟》三十首，不想四十年来的境遇全流露在纸上。为何音节的变易是这样呢！诗作本于性情，跟弹琴没区别。在高山流水之间弹琴则手眼并用，怎么想就怎么做，都是泉石的清亮之音。在街道市场里弹琴音声就变了。在忧愁愤怒郁闷困顿时琴音又变了。诗的忽而和平、忽而激烈，是否与琴音相类似呢？因此古代作诗的人必有所感，用来抒发他的哀乐情感，没有无病呻吟，无愁苦而哭泣抽噎的，虽然这样，也看这个人的修养如何了。我有志于道义多年，偶尔因一事冒犯，一下触发自己沦落失意桀骜不驯的气质，自己知道持有的志向不坚定，修养之气不牢固，功力浅得太多，我难道在心中不愧疚吗！假如老天延长我的寿命，得以在山水胜景中终身除了吃睡，不增添其他的事，把寿命长短看作一样，忘掉物我的界限，恬淡无欲无所谋求，悠然闲适而自得其乐，那么性情安定而情感自然不偏，对富贵、贫贱、穷通、得失同样看待，就如飘风、浮云、薄雾、闲云往来变化在太空而和自己无关一样。不这样，一件事逆反就表现在歌咏中，一句话不顺就表现在文章里，甚至耿耿于怀而不能放开，这与在梦中做仆役，醒来后哭泣的有何不同？我虽行为失检，没有礼貌，哪里到痴人说梦的地步，由此而安心静虑，以求收功在末路，不知是否能遂我的心愿？志由我自己立，命由天定，没有到来的遭遇，我只有等候命运罢了，又留心在意什么呢？

嘉庆二年丁巳闰六月十六吴栻别号洗心道人自序并书

[1] 流观：涉猎，广泛阅览。

[2] 越石：指晋代抗敌名臣刘琨。《晋书·刘琨传》："琨字越石……在晋阳，尝为胡骑所围数重，城中窘迫无计，琨乃乘月登楼清啸，贼闻之，皆凄然长叹。中夜奏胡笳，贼又流涕歔欷，有怀土之切。向晓复吹之，贼并弃围而走。"明末钱谦益《浩气吟序》："睢阳苦战，更楼起横笛之吟；越石重围，长啸发扶风之咏。"扶风：指悲壮激昂之作。李白《宣城送刘副使入秦》诗："凄清横吹曲，慷慨扶风词。"

[3] 步兵广武之叹：《晋书·阮籍传》："（籍）尝登广武，观楚汉战处，叹曰：'时无英雄，使竖子（指汉高祖刘邦）成名！'"阮籍曾任步兵校尉，世称阮步兵。

[4] 年运：指岁月不停地运行。宋陆游《秋日次前辈新年韵》："旅游浑似梦，年运遂成翁。"

[5] 老冉冉其将至：人渐渐要老了。屈原《离骚》："老冉冉其将至兮，恐修名之不立。"

[6] 湛寂：沉寂。

[7] 学道：学习道艺，即学习儒家学说，如仁义礼乐之类。

[8] 濩落（hù luò）：原作"廓落"，指沦落失意。唐韩愈《赠族侄》诗："萧条资用尽，濩落门巷空。"

[9] 假年：给以岁月。指延长寿命。

[10] 烟霞：烟雾和云霞，这里指山水胜景。元乔吉《绿幺遍·自述》曲："时时酒圣，处处诗禅，烟霞状元，江湖醉仙。"

[11] 彭殇：寿命短长。彭，彭祖，古代传说中的长寿之人。殇，夭折。

[12] 泊然：恬淡无欲的样子。无营：无所谋求。

[13] 相值：相匹敌，同样。

[14] 无状：指行为失检，没有礼貌。

[15] 既望：农历十六。

四、论辩

读养生论赘语

乙未（1775年）秋作

原文

余自幼质弱，肢体羸瘦[1]，饮食减少，药饵罔效。性好读书，然气短不能长诵；尤爱涉猎经史，但不能久坐，坐必有所倚，不然则宁卧以便翻阅焉。人有怜余弱薄，常规余以养生之术，余亦颇知调摄，弥用自珍。比年二十七[2]，北上燕台[3]，跋涉风霜，世路之艰难以此经，而躯体之坚强，亦以此始。

夫少时席堂上之泽[4]，暖衣饱食，温润丰厚，亦云自适，而体衰不能以自振。迨至饱尝世故，孔瘁我躬[5]，翻觉善饭，无复畴昔屑微之态。噫！是可怪也。盖天下盈虚之数[6]，有所盈，必有所缺；有所屈，必有所伸，理或然耶！

甲午冬余，携长儿发元馆于河桥，发元偶染沉疴[7]，几于莫救，余延调剂，仅乃得免，然心力俱瘁矣。暨至腊月念五日抵里[8]，家中幼女又殇[9]。郁满伤怀，哀乐乖性[10]，兼以空囊羞涩，无颜对索逋人[11]。百端交集，万感俱生，物纷于外，心战于内，五日为期，而余体颓然矣。

乙未朔旦，比身驯至不起[12]，暂延残喘，以至季春，复患隐忧之疾[13]。自分此时，可以长谢尘寰矣。谁知彼苍之不我歼也，而春而夏而秋依然无恙，但觉两鬓皤然，须以渐白，宛然老翁也。

时维九月，坐守穷庐，乃内事外侮，种种萦怀，而隐忧之疾复作。嗟乎！余以藐尔之躯[14]，内外受敌，身非金石，其能久乎？爰于寒夜，取嵇中散《养生论》反复读之[15]，叹前贤之先得我心也。用广数语于后，以志吾生阅历之境云尔。

译文

我自小体质孱弱，肢体羸瘦，饮食不多，药丸无效。天性喜好读书，但气短不能长时吟诵；尤其爱好浏览经籍史书，但不能久坐，坐时一定要有东西依靠，不这样宁可睡卧以便翻阅。有人怜悯我身体瘦弱单薄，常用养生的方法规劝我，我也颇知道些调理保养之法，长久地采用当作自己的珍宝。等到二十七岁，北上京都，在风霜中跋涉，由此经历了世上的艰难路途，而身体的坚毅刚强，也从这时开始。

小时坐享父母的恩泽，穿得暖吃得饱，家中温暖滋润富裕，也可说是悠然闲适，然而体质衰弱不能自己振作。等到饱尝世俗人情，很伤我自身，反而觉得饭量很好，不再有从前孱弱的体态。唉，这的确可怪啊。天下发展变化的规律，有满的，必有所缺的；有弯曲的，必有伸长的，道理或许就是这样吧！

甲午年（1774年）冬末，携带长子吴发元在河桥教书，发元偶尔染上重病，几乎到没救的地步，我长时间调制方剂治疗，他才得免于难，但我心力交瘁了。等腊月二十五到家中，家中幼女又夭殇，郁闷伤心满怀。哀伤使心情反复无常，加上衣袋中无钱，无颜面对催债的债主，各种事端交集在一起，万种感念都产生，在外事物纷纷交集，身内心惊胆战，五天的期限，而使我身体垮塌了。

乙未年（1775年）初一，整个身体逐渐起不了身，暂时苟延残喘，一直到了暮春三月，又得隐忧不能告人的疾病（痔疮）。此时自己想，可以撒手尘世了。谁知苍天不灭我，从春到夏到秋依然没疾病，只觉两鬓发白，胡须也逐渐白了，宛然成了一个老头。

时在九月，坐守在穷房子里，竟然家中的事，外受的屈辱，种种情景围绕在胸怀，而痔疮又发作。唉！我以小小的身躯，内外受敌，身体不是金属、石头，能够坚持长久吗？于是在寒夜取嵇康《养生论》反复阅读，感叹前贤先于我得到我心中的感受。用来增扩几句话在后面，以记我活的时候阅历的境况如此。

注解

［1］羸瘦：瘦弱。

［2］比：及，等到。《史记·项羽本纪》："比至定陶，再破秦军。"

［3］燕台：本指战国时燕昭王为延请天下名士所筑的黄金台。这里指到京都赶考。

［4］席堂上之泽：坐享父母的恩泽。坐在席子上。堂上：父母亲，也称高堂。

［5］孔瘁（cuì）：特别劳累。

［6］盈虚之数：发展变化的规律。

［7］沉疴：重病或者久治不愈的病。

［8］念：通常写作"廿"，二十。

［9］殇：未成年而死。

［10］哀乐：哀伤。乖性：性情、脾气反常。

［11］索逋人：催讨欠债的债主。

［12］驯至：逐渐达到；逐渐招致。也作"驯致"。

［13］隐忧之疾：不能告人之疾，这里说的是痔疮。

［14］菽尔之躯：弱小的身躯。

［15］嵇中散：嵇康，字叔夜，竹林七贤之一。拜中散大夫，世称嵇中散。

原文

袁
了
凡
立
命
辩

乙未（1775 年）季秋作

　　余年十五时，读袁了凡《立命篇》[1]，喜孔生之善谈性命[2]，禅师之阐发理数[3]，而了凡之能振作有为也[4]。读之色喜，因喜生信，因信生悟，悟夫命之在人，所以定庸愚，非以定豪杰也。后阅十年，余稍涉世故，暇时复取展读，并合了凡之身世观之，何前后判若两人哉！因信生疑，复因疑生信，不觉疑信参半焉。后阅十年，余奔趋风尘，饱尝艰苦，始悟人之一生，都在命中，而了凡此说不足取信也明矣。

　　盖道之大原出于天，人之穷途由于命，而人力不与焉。假使命由自立，信如云谷禅师之说，则何以圣如尧舜，而子皆不肖；圣如尼山[5]，而道莫能容？伯牛死于恶疾[6]，颜渊贫而短命，若此类者，不可胜道。岂圣贤尚有遗行欤[7]？抑圣贤不能立命欤？况为善非为邀福之具[8]，古有一念之诚，足以动天地、感鬼神者，非有心以祈福而福自至。未闻有意为善以求福，而福即若左券操者[9]，此市心，非善心也。何了凡累试累验若此哉？故余昭读而悟，既悟而信，既信而疑，既疑而乃知"尽信书不如无书"之语[10]，子舆氏先得我心也夫。

译文

　　我十五岁时，读袁黄《立命篇》，喜欢孔老先生的善谈性命定数，云谷会禅师阐发的道理，而袁黄能由此振作有了大作为。读后喜悦流露在脸上，因喜欢产生信任，由信任产生觉悟，觉悟到人的命运好坏在自身，用来决定平庸、愚蠢，不是用它来定豪杰的。后来阅历十年，我逐渐涉入世故人情，空闲时又取来展开阅读，并结合袁黄的身世观察，为何前后判若两个人呢！由信任产生怀疑，又由怀疑产生信任，不觉疑信各半。后又阅历十年，我奔忙漂泊在江湖，饱尝艰苦，开始觉悟到人的一生，都在命中，而袁黄的这种说法不足以取信于人也很明显了。大道的本源出自天，人处境艰危是由于命，人力是参与不进去的。假使命运由于自己的努力而成立，确实如云谷禅师所说，那么凭什么圣明如尧舜，而儿子都不孝；圣哲如孔子，而其道不能为世容纳？伯牛死于恶病，颜渊贫困而短命，像这类事不能说完。难道圣贤品德有缺陷？还是圣贤不能修身养性以奉天命呢？何况行善不是邀请福的手段，古代有一个诚心的念头，足以动天地、感鬼神，并不是有心求福，福就会自己到来。没听说有意行善就是用来求福的，而福就像拿着索取凭证，这是买卖心，不是善心。为何袁黄累试累验呢？因此我读明白后而觉悟，觉悟就相信自己，由信自己而有了怀疑，既已怀疑，才知"尽信书不如无书"的话，孟子先于我而就有这个心得了。

注解

[1] 袁了凡：袁黄，号"了凡"，明代浙江嘉兴府人，万历进士，官至兵部职方主事，明代思想家。《立命篇》：袁黄著《了凡四训》，从四个方面讲解了为人要懂得改变自己命运，而改变命运要懂得用合适的方法。该书融会道教哲学与儒家理学，劝人积善改过，强调从治心入手的自我修养，提倡记功过格，在社会上流传甚广。《立命篇》是其中的第一篇。

[2] 孔生之善谈性命：《立命篇》中说，袁黄曾在慈云寺遇见一姓孔的老先生给他算命，其后的经历与孔老先生提前算的分毫不差。并说他命中登不了科第，没有儿子，五十三岁寿终。袁黄认定人一生的荣辱生死，皆有定数，改变不了。因此拔贡进入燕都，留京一年中，不思进取，终日静坐，不阅文字。

[3] 禅师之阐发理数：后来袁黄在京郊栖霞山拜访了云谷会禅师，与禅师对坐一室，三昼夜没合眼。云谷问道："凡人作不得圣贤，是因为妄念相缠。你坐三日，一点妄念不起，是什么原因？"袁黄说："我被孔先生算定，荣辱生死，都有定数，即使要妄想，也没什么可妄想的。"云谷禅师笑道："我认为你是豪杰，原来只是个凡夫。"随后指出：天作孽，犹可违；自作孽，不可活。要自求多福，从前种种，譬如昨日死；从后种种，譬如今日生；人只要不安于现状，扩充德性，改过行善，多积阴德，就可改变自己的命运。理数：道理。

[4] 了凡振作有为：袁黄认为禅师说得有理，当时发愿，自此行善改过，十二年后，有了儿子；十七年后，考中了进士；说自己寿命是五十三岁，至今六十九，仍好好的。

[5] 尼山：尼山原名尼丘山，孔子父母"祷于尼丘得孔子"，所以孔子名丘字仲尼，后人避孔子讳称为尼山。此处指孔子。

[6] 伯牛：孔子弟子冉耕。《论语·雍也》："伯牛有疾，子问之，自牖执其手，曰：'亡之，命矣夫！斯人也而有斯疾也！斯人也而有斯疾也！'"后世诗文中以"伯牛之疾"指不治的恶疾。

[7] 遗行：失于检点的行为，品德有缺陷。《文选·宋玉〈对楚王问〉》："楚襄王问于宋玉曰：'先生其有遗行与？何士民众庶不誉之甚也？'"李善注："遗行，可遗弃之行也。"

[8] 邀福之具：祈求赐福的手段。

[9] 左券：古代称契约为券，用木竹做成，分左右两片，左片叫左券，是索取的凭证。

[10] 尽信书不如无书：语出《孟子·尽心下》："尽信书，则不如无书。吾于武成，取二三策而已矣。"

名族曾孙说

乙未秋

原文

吾裔出延陵[1]，原籍金陵，其先世文献不足，世系无征[2]，第等诸郭公、夏五之阙已耳[3]。后于明季，播迁陕右之金城郡，不知其择地而蹈耶？抑或因故而徙耶？俱不可考。传闻明肃王驻节兰州[4]，先世祖职司太医。因遭家不造[5]，备详家谱，始祖讳坤者，行年十四寄居乐都，迄今九世矣。凡我同宗，鲜有知其颠末者[6]。

夫凡物莫不各有其本，本立则道生焉。人苟有返本之思，继十世百世，千里百里，而吾诚敬之心通之，则百世如一日也，千里如同堂也，安在远之不可追哉。今吾族数家，而吾之曾孙如瓜瓞之绵[7]，岂非我祖在天之灵，有以呵护于不堕者乎？属在后昆[8]，安可不溯厥由来，而使之各返其本乎？因名之曰某南云尔者[9]，使后之人知吾族之自南而北，自北而西也。诗云"绳其祖武"[10]，书曰"绍闻衣德"[11]，吾之即名思义者，此物此志也夫！

译文

我们吴氏后代子孙出自吴地延陵，原来籍贯在南京，先世的文献不足，世系相传的系统没有实据，次序辈分等文字缺漏遗失。后来到明朝末年，散播于陕西西面的兰州，不知是选择地方辗转而来，还是由于别的缘故迁徙而来，都不好考证。传说明朝肃王朱楧为使节驻在兰州，先世祖上为职太医，因家中遭遇不幸，详细见于家谱。始祖名讳吴坤，年龄刚十四寄居在乐都，到今天已有九代了，凡是和我同宗的，很少知道吴坤前后的经历。

事物没有不各有根本的，根本立起来，道就随之产生。人假如有返本的思想，继十代百代，距离千里百里，而我诚敬的心相通，那么虽历百代就像一天，虽隔千里如同在一个堂屋，哪里因为远而不能追寻的呢！今天我们家族几家，而我的曾孙如瓜瓞绵延不绝，难道不是我祖宗在天之灵，有用来呵护不使家族坠落的东西吗？属于后代子孙,怎么能不追溯由来,而使他们各返本源呢？因而说"某（我）是南来的",为的是使后来的人知道我们家族从南到北，又从北到西的。《诗经·大雅·下武》说"踏着祖先的足迹继续前进",《尚书·康诰》说："继承旧闻善事，奉行先人的德化教言",我根据名称思考它的意义，恐怕就是这件事，这个志向吧！

注解

[1]延陵：春秋时吴王寿梦第四子公子札的封邑，位于今长江边常州、江阴一带，延陵郡是中国十大姓之一"吴"姓的郡望。

[2]世系无征：世代相传的系统没有实据。

[3]第等诸郭公、夏五之阙已耳：次序、辈分等文字脱漏缺失。按:《春秋》一书中，"郭公"下未记事，"夏五"后缺"月"字。后用以比喻文字脱漏。

[4]肃王：指明肃王朱楧。朱元璋庶十四子，初封汉，二十五年改封肃，就藩甘州，后移兰州。永乐十七年薨。历八代，最后一任万历四十二年封世子。天启元年袭封。崇祯十六年死于农民起义。

[5]遭家不造：遭遇家中不幸的事。《旧唐书·昭宗纪上》："朕遭家不造，布德不明，十载已来，三雁播越。"

[6]颠末：前后经过。

[7]瓜瓞之绵：喻子孙繁衍，相继不绝。《诗·大雅·绵》："绵绵瓜瓞，民之初生，自土沮漆。"

[8]后昆：指后嗣，子孙。

[9]某：某人。代替不明确指出的人。

[10]绳其祖武：踏着祖先的足迹继续前进。绳，继续；武，足迹。比喻继承祖业。《诗经·大雅·下武》："昭兹来许，绳其祖武。"

[11]绍闻衣德：继承旧闻善事，奉行先人德化教言。绍，继承。衣，同"依"。《书·康诰》："今民将在祗遹乃文考，绍闻衣德言。"

原文

龙说

龙,性最难驯者也。当其困于泥涂[1],虫蛆嘬血[2],蝼蚁攒鳞[3],蠢然者莫能施其力。一朝得云雨，吐纳六合[4],神灵变化，人莫得而测也。岂龙之工于跃渊，而拙于行地哉？升沉之境异，而通塞之途殊也。《易》曰"潜龙勿用[5]",又曰"飞龙在天[6]"。意在斯乎，意在斯乎！

译文

　　龙是所有动物中最难驯服的。当他被污泥所困，虫蛆吸血，蝼蚁钻入鳞片，只能蠕动而不能施展它的威力。一旦得到云雨，吞吐宇宙，变化神奇，非人力所能窥测。难道龙擅长腾跃出深渊，而笨拙于在地上行走？升沉的环境不同，而通达闭塞的路途有差别。《易经》上说"龙潜深渊，应藏锋守拙，不可轻动"，又说"升天之龙，可吞吐宇宙，左右逢源"，意思在这里吧，意思在这里吧。

注解

　　[1]泥涂：污泥，淤泥。

　　[2]喅血：吸血。

　　[3]攒鳞：钻入鳞片中。

　　[4]吐纳：吞吐。六合：天地四方，整个宇宙的巨大空间。《庄子·齐物论》："六合之外，圣人存而不论；六合之内，圣人论而不议。"

　　[5]潜龙勿用：意为龙潜深渊，应藏锋守拙，不可轻动。

　　[6]飞龙在天：意为升天之龙，可吞吐宇宙，左右逢源。

困卦续说

己亥（1779年）七月

原文

　　困卦之象辞曰[1]："泽无水，困。"夫水归泽，泽受水，有相需之义焉。今水下漏，则泽上枯。泽本不枯，因无水而泽以枯，困之象也。故初六曰"臀困于株木[2]，入于幽谷"，六二曰[3]"困于石，据于蒺藜[4]"。阴柔而不中正，虽似大人之德，将焉往而不困哉？余处困境，而读困卦，并详观困字之义，以木而置于四围之中，木之生意微矣，此水漏泽枯之象也，又安望木之茂哉？夫木无知也，困则犹不得遂其生，而况于人乎？

译文

　　困卦的象辞中说："沼泽没水，困。"水流淌进沼泽，沼泽是接受水的地方，有相互需要的意义在。现在水下漏，则沼泽就干枯了。沼泽本来不枯，因没水而泽枯，这是受困的象征。因此初六说："屁股卡在树木中，因为进到了幽深的山谷。"六三说："被石所困，卡在蒺藜荆棘中。"温顺柔和而不正，即使像大人的德行，到哪里会不受困呢？我处在困境而读困卦，并详细观察"困"的字义。把树栽在四面包围中，树木的生机就很微小了，这是水漏泽枯的征候，又怎指望树木茂盛呢？树木没知觉，受困尚且不能按常态生长，何况是人呢！

注解

　　[1]困卦：《易经》六十四卦中的第四十七卦。本卦为坎下兑上。上卦为兑，兑为阴，为泽；下卦为坎，坎为阳，为水，大泽漏水，水草鱼虾，处于穷困之境。阳处阴下，刚为柔掩，像君子才智难展，处于困乏之地。所以卦名曰困。象辞：说明卦爻的辞。

　　[2]臀困于株木：屁股卡在树木之中。

　　[3]六二：应为"六三"。

　　[4]困于石，据于蒺藜：困于石头之间，缠于有刺的草丛之中。

养心说

原文

　　心不可有所滞[1]，滞于名利，得内热癖[2]；滞于岑寂[3]，得烟霞癖[4]；滞于修养，得金石癖[5]；滞于文字，得辞章癖；滞于杯酒，得曲糵癖；滞于博弈[6]，得玩物癖；滞于书画，得嗜古癖。夫心者空洞无物，庄子《逍遥游》，已确指其元妙矣[7]。所以圣人不凝滞于物，而能与世推移者，此物此志也[8]。吾人无卓识，挟其仕宦妻子之胸[9]，以驰逐于风尘道路之间[10]，未几而日月逝酒浆，车马生坟邱，良可慨也，则滞甚也。

译文

　　内心不可拘泥执拗，执拗于名利，得内心焦灼的病；执拗于寂寞，得游山玩水的病；执拗于修养，得痴迷乐器的病；执拗于语言文字，得迷恋辞章的病；执拗于酒杯，得嗜酒的病；执拗于下棋，得玩物的毛病；执拗于书写绘画，会染上好古的毛病。人的心空洞无物，庄子的《逍遥游》，已确指其妙。所以圣人不执拗万物，而能和世界一同发展变化，用事物的行为来寄托、表达心意。我们没卓越的见识，怀着光武帝刘秀"仕宦当作执金吾，娶妻当得阴丽华"的心思，奔驰在追名逐利的道路上。不久光阴在酒水中流逝（为酒所困），曾经车走马踏的路成了坟墓。的确让人感慨啊，那是因为执拗太过分了。

注解

［1］滞：凝滞不通，喻执拗沉溺，不知变通。

［2］内热癖：内热，谓内心忧煎焦灼。癖，对事物的偏爱成为习惯，中医指饮水不消的病。这里把各种心有所滞的表现都形容成病状。

［3］岑寂：寂寞，孤独冷清。

［4］烟霞：泛指山水、山林。

［5］金石：这里说的是乐器。《礼记·乐记》："金石丝竹，乐之器也。"

［6］博弈：下棋。

［7］元妙：极言其妙。

［8］此物此志：用事物的行为寄托、表达自己的心意。也作"比物此志"。东汉班固《汉书·贾谊传》："圣人有金城者，比物此志也。"

［9］挟其仕宦妻子之胸：此句用光武帝刘秀"仕宦当作执金吾，取妻当得阴丽华"的典故，借指追逐功名富贵之心。

［10］风尘：艰辛劳累。

［11］车马生坟邱：曾经车走马踏的路变成了坟墓。宋张耒《美哉》诗："昔人屯田戍兵处，今人阡陌连邱墓。"

原文

子者何，称也。经传凡敌者相谓[1]，皆言吾子，或直言子。称师亦曰子。是子者，男子之统称也。既属统称，则凡身列儒林者[2]，何不皆以子称之？不敢从同也，其不敢从同奈何？道德素裕[3]，足以师表当时，垂教后世者，方得称子。非是，则不可概以子称之也。凡书传直言"子曰"者，皆指孔子，以其师范来世，人皆知之，故不必言师也。自孔子以下，皆以氏冠子，使人知之也。其冠子于氏上者何？称师也。何以知其为称师也？《公羊传》云[4]"子'沈子'曰"，何休云："'沈子'称子冠氏上者，著其为师也。"然则后人称先师，则以子冠氏上者，所明其为师也。如子公羊子，子沈子，朱子称程子为子程子，后人称朱子为子朱子之类是也。有宋名儒蔚起[5]，衍孔孟之绪者数十人[6]，其例得称子者，周、二程、张、邵、朱仅六人焉。圣祖仁皇子所定也。凡诏诰奏章皆然，于以见我朝崇尚正学^[7]，卓越前代焉。

译文

　　子是什么，是一种称谓。经传中凡是（身份、地位、学识等）相当的人物相互间称呼，都说"吾子"，有的直接说"子"。称呼老师也说"子"。这样说来，"子"是男子的统称。既然属于统称，那么凡是身列儒家学者之群的人，为何不都用"子"称呼？是因为不敢相同。不敢相同是什么原因呢？德行质朴沛然，足以在当时做表率榜样，垂范教育后代的，才能称为"子"。不是这样，则一律不能用"子"来称呼他。凡书传直接说"子曰"的，都指孔子，因他是后世学习的模范，人们都知道，因此不必称作老师。自孔子以下，都把姓氏放到"子"的前面，使人们知道。为何要把姓氏放在"子"前面？称他为老师，凭什么知道称呼他为老师？《公羊传》说："子'沈子'曰。"何休说："'沈子'称'子'放在姓氏前，著明他是老师。"那么后人称为先师，把"子"字放在姓氏前面的，表明他是老师。如"子公羊子""子沈子"，朱子称程子为"子程子"，后人称朱子为"子朱子"之类都是这样。宋代名儒蓬勃兴起，推衍孔孟未竟事业的有几十人，按惯例得以称"子"的，只有周敦颐、程颢、程颐、张载、邵雍、朱熹六人。这是康熙皇帝定的，凡是诏书、诰命奏章都是这样，从中可见我朝崇尚理学，超越了前代。

注解

　　[1]敌者：相当的。

　　[2]儒林：儒家学者群。

　　[3]素裕：质朴丰沛。

　　[4]《公羊传》：也称《春秋公羊传》《公羊春秋》，是专门解释《春秋》的一部典籍。着重阐释《春秋》所谓的"微言大义"，用问答的方式解经。作者旧题是战国时齐人公羊高。

　　[5]蔚起：蓬勃兴起。

　　[6]衍：延长，扩展。绪：前人未完成的事业。

　　[7]正学：中国儒学发展到理学阶段的称谓。以区别于佛、道等宗教和其他哲学派别。

论语旧注疏纰缪辨

闻《十三经注疏》[1]，有魏何晏《论语集解》，宋邢昺《论语疏》[2]。其注"知者乐水"，言知者乐运其才知以治世，如水之流而不已也。其注"知者乐"，言知者自役得其志[3]，故乐也。世有知者而自役者乎，既自役矣，何乐之有？

其注"宰我问曰：'仁者，虽告之曰'"一章。言有仁人堕井将自投下，从而出之，否乎。君子但可使之往视之，不肯自投于井，死生莫保，乃使之往视而不救，是岂仁人之心乎？在宰我与夫子设言此事，原据理而论。今诸儒训解，难通于理矣。

其注"子（见）南子"，言孔子欲见南子，欲因以说灵公，使行治道也。其注"予所否者"三句，言我见南子，所不为求行治道者，愿天厌弃之。孔氏安国曰："此先儒旧说也，行道既非妇人之事，而弟子不说，与之咒誓，义可疑焉。"愚按子见南子，乃圣人出格事。若非夫子（不）磷不缁[4]，则不敢见南子；非见南子，不足以见夫子；非子路之严气正性[5]，则不敢不悦；非不悦，不足以见子路。此何等心事，何等力量，学者须于此处识得圣贤身份，则知圣人之道大，无所不可也。汉儒不知圣贤之分量，无惑乎以枉己辱身之事窥测圣人[6]，其诬圣实甚。独怪孔氏为夫子十一世嫡孙。当时，承诏作《论语训解》，自当辨旧说之非而改正之，乃仅曰："义有可疑，吾甚惑焉。"偶阅此三章注疏，有乖子理，不近人情。其他类此者，不可胜数。嗟呼！夫子精义微言[7]，昭示万古，乃竟为诸儒锢蔽，良可慨也。故辨之。

译文

听说《十三经注疏》有魏何晏《论语集解》，宋邢昺《论语疏》。他们注"智者乐水"，说智者乐于运用其才智来治世，如水流淌而不停。其中注"智者乐"，说智者驱使自己实现他的志向，因此快乐。世间有聪明人自己驱使奴役自己的吗？既然自己驱使奴役自己，有何快乐？

其中注"宰我问曰：'仁者，虽告之曰'"一章。说有仁人坠井，不认可自己下井救人。君子只是让他前去探视，不肯自己下井，因死生不能保证，才使他前去探视而不救他，这难道是仁人的心吗？在此宰我与孔夫子假设说此事，本是根据道理论说。今天那些儒者的解释，难以通达于常理。

他们注"子见南子"，说孔子想见南子，希望趁机游说卫灵公，实行他治理国家的方针、政策。其中注"予所否者"三句，说我见南子，所做的事如不是为实行我的治国理想的，愿老天厌弃我。孔安国说："这是先儒的旧有说法，推行自己的主张既然不是妇人的事，而弟子不高兴，老师给他发誓，说法很可怀疑。"我认为孔子见南子，是圣人超出常规的事。如不是孔老夫子坚贞高洁，就不敢见南子；不见南子，不能显现出孔老夫子的品行；不是子路性格刚直，毫不苟且，就不敢不高兴；高兴，就不能完全显现出子路的刚直。这是多么不寻常的心事，多么不寻常的力量，学习的人必须在此处认识圣贤身份，就知道圣人之道的伟大，没有什么不可的。汉代的儒生不知圣贤的分量，不奇怪用冤枉屈辱自己的事窥探测度圣人。

这样诬蔑圣人实在太过分。只怪孔安国为孔夫子十一世嫡孙，当时，承接诏书对《论语》训诂解释，自己应辨别旧说的错误而加以改正，竟然只是说："释义可疑，对此我很疑惑。"

偶尔阅读这三章的注疏，违背孔子的义理，不近人的常情。其他类似的，数不胜数。唉！孔老夫子言辞精微，道理深刻，昭示万年，竟然被这些儒生禁锢蔽塞，确实感慨不已。因此加以辨别。

注解

[1]《十三经注疏》："十三经"指《周易》《尚书》《诗经》《周礼》《仪礼》《礼记》《春秋左传》《春秋公羊传》《春秋谷梁传》《论语》《孝经》《尔雅》《孟子》等十三种典籍，因为历代将它们尊为儒家经典，故称为"经"。其成书年代各不相同，上自上古，下迄秦汉；其内容极其广泛，包括哲学、文学、历史、政治、经济、语言文字、伦理、民俗、地理、科技、典章制度等，是研究中国古代社会不可缺少的重要的历史文献。《十三经注疏》是清代由阮元主持校刻的十三部儒家经典注和疏的汇编，共有四百一十六卷，是文史研究工作者经常要查检的书。

[2]《论语疏》：《十三经注疏》之一，共二十卷，魏何晏等集解、宋邢昺疏。

[3]自役：自己驱使、奴役自己。

[4]不磷不缁：磨不薄，染不黑。比喻坚贞高洁的品质，不因外界影响而有所改变。语出《论语·阳货》："不曰坚乎，磨而不磷。不曰白乎，涅而不缁。"

[5]严气正性：性格刚直，毫不苟且。气，脾气；性，性格。《后汉书·孔融传论》："夫严气正性，覆折而已。"

[6]枉己辱身：冤枉屈辱自己。

[7]精义微言：言辞精微，道理深刻。

四书注疏说

原文

夫子删述六经[1]，垂训万世。夫子殁，七十子之徒，会集夫子所言，以为《论语》。则《论语》者，五经之管辖，六艺之喉衿也[2]。在昔有《鲁论语》《齐论语》之别，传之者，各有专家。《古论语》，出自孔壁中，博士孔安国为之训解，而世不传。后汉马融，亦为之训说，郑康成为之注。其《大学》《中庸》，原载《礼记》，朱子本程子之意，表章出之。与论、孟并列为四书。

《孟子》七篇，解者甚众，其说多乖异不同[3]。今颁及学宫《十三经注疏》[4]：《论语》，魏何晏集解，宋邢昺疏；《孟子》，汉赵岐注，宋孙奭疏。其注《孟子》，大醇小疵[5]，庶几不谬亚圣之意[6]。独《论语注疏》，有不能释然于心者。缘汉初诸儒，专治训诂，只言某字解某字，教人自寻义理而已。

西汉末年，渐有见得稍亲切者，终是不见全体，所以义理舛谬，不可为训。吾始而疑焉，继乃深思而得其故矣。盖能学圣贤之学者，方能解圣贤之言，所谓为圣人能知圣人也。若汉马融、魏何晏辈，其人品心术与圣贤相背而驰，乃欲解说圣贤之心志，无怪乎扞格而不相入也[7]。

自孔孟而后，历汉唐来千有余载，始得有宋周张二程诸大儒，递相授受，粹然孔孟渊源。朱子生于其后，折衷于诸儒之同异是非，然后道术一归于正焉[8]。其作《四书集注》，兼总众美，深心实学，具见于内。至今赖以取士，辅佐太平，厥功伟矣。

昔人云："天生伏羲、尧、舜、文王后，不生孔子不得；生孔子后，不生孟子不得；后二千年不生二程子不得。"予则以为孔孟二程之后，不生朱子尤不得。盖孔子集群圣之大成，而朱子集宋儒之大成也。假使四子之书，无朱子集注，将汉魏之注疏流传至今，其记录之泛滥，衍说之支离[9]，有误学者之心思，非浅鲜也。然则四书为六经之阶梯，朱子集注又为四书之阶梯。学者幸生明备之后[10]，字求其训，句索其解，日从事于下学[11]，以求上达[12]。于以直追洙泗相传之心法无难矣[13]。奚必考证于旧说，徒滋纷扰也哉。

译文

孔夫子删改讲述六经，垂示教训万世。孔夫子过世后，七十多个学生、门徒，汇集孔夫子说的话，成为《论语》。那么《论语》是统辖《诗经》《尚书》《仪礼》《周易》《春秋》五经的，是"礼、乐、射、御、书、数"等六艺的纲领。从前有鲁国《论语》、齐国《论语》的分别，传授的人，各自有专门的研究家。古《论语》出自孔子墙壁中。博士孔安国对它进行了训释，但世上没流传开。后汉的马融，也进行训释解说，郑玄为他作了注。《大学》《中庸》，原先记载于《礼记》，朱熹本着程颢、程颐的意思，上奏章分离出来，与《论语》《孟子》并列为《四书》。

《孟子》七篇，解说的人很多，其中论说多有怪异而不近情理的。现今颁布的涉及政府官办学校的《十三经注疏》，《论语》，魏·何晏集解，宋·邢昺疏；《孟子》，汉·赵岐注，宋·孙奭疏。其中赵岐的《孟子》注，大体纯正，而略有缺点，亚圣孟子的意思差不多没错。独《论语》注疏，其缺陷不能在心中消失。因为汉初诸儒，专门致力于训诂，只就字解字，教人自己找寻义理罢了。

西汉末年，逐渐对《论语》见解有略微亲切的，但最终不见全貌，所以义理错乱，不能作为准则。我开始怀疑，接着深入思考后找到原因了。即能学习圣贤之道的学者，方能解释圣贤的话，所谓做圣人才能知圣人。像汉代马融、三国魏何晏等辈，他们的人品心术和圣贤背道而驰，竟然想解说圣贤的心性意志，怪不得相互抵触，格格不入。

自孔子孟子之后，历经汉唐一千多年，才得以有宋朝的周敦颐、张载，程颐程颢这些大儒，相互传授，是纯粹的孔孟渊源。朱熹生在他们后面，对诸儒的同异、是非加以折中，然后孔孟的学说统一归于正道了。他作的《四书集注》，兼收总括众人的优点，专心于经世致用，都表现在其中了。到今天依赖它录取士子，辅佐天下太平，其功太伟大了。

前人说："天生伏羲、尧、舜、文王后，不生孔子不得了；生孔子后，不生孟子不得了；后两千年不生程颐程颢不得了。"我则认为孔孟二程后，不生朱熹尤其不得了。因孔子集中了众多圣人的道德智慧大有成就，而朱熹集中了宋儒的学问智慧而大有成就。假如四子的书，没有朱熹集注，将汉魏的注疏流传到今天，其中记录泛滥，演述讲说残缺没条理，使学者心性思想受到损害，不是轻微的事。那么四书作为学习六经的阶梯，朱子集注又是学四书的阶梯。学习的人幸好生于明确完备之后，字寻求训释，句子寻求解读，日日从事基础学习，以求通达于仁义。于是用来直追人人口头相传的义理就不难了，何必去考证旧说，白白增加混乱呢！

注解

[1] 删述：相传孔子序《尚书》，删《诗经》。六经：六部儒家经典，是指经过孔子整理而传授的六部先秦古籍，包括《诗经》《尚书》《仪礼》《乐经》《周易》《春秋》。（其中《乐经》已失传，所以通常称"五经"。）

[2] 六艺：中国古代儒家要求学生掌握的六种基本技能，出自《周礼·保氏》："养国子以道，乃教之六艺：一曰五礼，二曰六乐，三曰五射，四曰五驭，五曰六书，六曰九数。"喉衿：纲领。

[3] 乖异：怪异而不近情理。

[4] 学宫：政府办的学校。

[5] 大醇小疵：大体纯正，而略有缺点。醇，纯正；疵，毛病。

[6] 亚圣：孟子，名轲，字子舆，邹国人，战国时期伟大的思想家、教育家、政治家，儒家的主要代表之一，在政治上主张法先王、行仁政；在学说上推崇孔子，反对杨朱、墨翟。孟子继承并发展了孔子的思想，被后世尊称为"亚圣"。其弟子将孟子的言行记录成《孟子》一书，属语录体散文集，是孟子的言论汇编。

[7] 扞格：相互抵触，格格不入。

[8] 道术：学说。

[9] 支离：残缺，没条理。

[10] 明备：明确完备。

[11] 下学：学习基础。

[12] 上达：通达于仁义。

[13] 洙泗相传：指儒家学术传承。洙泗即洙水和泗水，春秋时属鲁国，孔子在此聚徒讲学，《礼记·檀弓上》："吾与女事夫子于洙泗之间。"后即以"洙泗"代称孔子及儒家。心法：儒家根本义理。

原文

按孔氏安国曰"左邱明鲁太史[1]，受春秋经于孔子者也"，则为夫子弟子明矣。其传春秋也，或先经以始事，或后经以终义，或依经以辨理，或错经以合异。随义以发其例，因事以详其文。而后春秋之大义昭彰，体例明备，非公穀（谷）可比[2]。然则左氏春秋内外传[3]，殆游夏之俦[4]，非特诸子之论也。其作传之故，身为国史，躬览载籍，必广记而备言之，以尽厥职。非必如太史公所言："左邱无目，终不可用，退而论书，策以舒其愤，思垂空文以自见也。"至左氏行事，无明文可考。

赵氏圣曰[5]："鲁侯欲以孔子为司徒[6]，将召三桓议之[7]，乃谓左邱明。（左邱明）曰：'周爱裘而与狐谋其皮，好珍而与羊谋其馐，终不可得。今君欲以孔某为司徒，召三桓而议之，亦与狐谋裘，与羊谋馐也。'于是鲁侯遂不与三桓谋，而召孔子为司徒。"据此一事，而左氏智足以知圣人，又明于邪正之分，进退之道，其立心正直可见矣。夫子明可耻之事，而引左氏为同心[8]。或以此与，薛方山曰[9]：先儒如贾逵、王肃、虞翻、韦昭辈，咸高左氏之为人。其章句迨宋儒，因韩子谓左氏浮夸，柳子又谓其说多淫，遂谓鲁论，所载邱明，非传春秋者。于是析一人而二之。至论其所谓浮淫，乃"石言""子晋神降于莘"之类，以是为浮淫，而并疑夫子之所称过矣。此方山平心之论也。考宋真宗大中祥符二年夏五月，追封文宣王庙，又封左邱明等十九人为伯，岂非以左氏羽翼麟经[10]，有功圣教，特隆从祀之典与？然则子程子谓左氏为古之闻人，必别有考据，或古有姓名相同而传闻互异者，俱未可知。若必因韩、柳讥左氏浮淫之言，遂据为定论，以抑左氏，而以夫子所引之人，非即作传之人，则拘矣[11]。予蓄疑有年，因略述梗概，以俟博雅君子，为之研辨焉。

译文

按孔安国说"左丘明是鲁国太史，随从孔子，接受了《春秋》经的人"，那么左丘明是孔夫子的弟子就明显了。他解释《春秋》，有的先于经叙述事的开头，有的在经的后面终结义理，有的以经来辨理，有的使经相互交错来弥合差异，随文义阐发它的体例，根据事件使文字周详，然后《春秋》的大义得以彰显，体例明确完备，不是《公羊传》和《谷梁传》能比的。那么《左传》《国语》的作者大概与子游、子夏为同辈，不仅仅是诸子的主张。他作传的原因，自身为国史，亲自阅览册籍，必定广泛记载以备言用，用来竭尽自己的职责。不一定如太史公司马迁所说的："左丘目盲，终不能用，退隐下来著书立说以抒发怨愤，想留下空洞文章来表现自己。"至于左氏的行事，没明确的文章可以考证。

赵氏圣说："鲁侯想以孔子为司徒，准备召集大夫孟孙氏、叔孙氏和季氏商议这件事。为此去咨询左丘明。左丘明说：'周朝有个人喜欢皮衣，于是就与狐狸商量要它把毛皮送给自己。他还爱吃精美的饭食，跑去跟羊商量，要把它的肉割一些给他吃，最终没有得到这些东西。现在国君想以孔子为鲁国司徒，却召三桓来商量，这与狐狸商议要它的皮，跟羊商量要割它身上的肉是一个道理。'于是鲁侯就不跟三桓商议，而召命孔子为司徒。"根据这一件事，左丘明的才智足以了解圣人，又明了邪正的区分，进退的办法，他的立心正直可以见到了。孔夫子明白什么是可耻之事，而以左丘明为同心之人。有人赞同此说。薛方山说：先儒像贾逵、王肃、虞翻、韦昭这些人，都高看左丘明的为人。这样剖章析句一直等到宋儒，由于韩愈说左丘明文章浮夸不实，柳宗元又说他叙事多渲染过分，于是说《鲁论》所载记的左丘明，不是解释《春秋》的人，是把一人分成了两个。至于谈论到所说的"浮、淫"，是指《左传》中的"石头说话""神明降到莘"之类，以此作为"浮、淫"的证据，从而怀疑孔夫子对左丘明的称许，错了。这是薛方山的公正评论。考察宋真宗大中祥符二年夏五月，追封孔子庙为文宣王庙，又封左丘明等十九人的爵位为伯，难道不是因为他阐释了《春秋》，对儒教有功，特意隆重地在典礼中祭祀！如此，那么程颢、程颐说左丘明是古代闻名的人物，必定另有考证，或古代有姓名相同传闻相互不同的，都不能知道。假如一定因韩愈、柳宗元的讥讽，认为左丘明《左传》的语言浮夸不实、渲染过分，于是作为定论，以此压抑左丘明，而认为夫子所牵引的人不是给《春秋》作传的人，就拘谨了。我存疑多年，所以略述大概，以此等待渊博雅正的君子，对此研究辨别。

注解

〔1〕左邱明：一般作左丘明，鲁国人，因其父任鲁国左史官，自己继任鲁国左史官，故称左丘明。春秋末期史学家、文学家、思想家、散文家、军事家。与孔子同时或者比孔子年龄略长。为解析《春秋》而作《左传》（又称《左氏春秋》），又作《国语》，两书记录了不少西周、春秋的重要史事，保存了具有很高价值的原始资料。由于史料翔实，文笔生动，引起了古今中外学者的爱好和研讨。被誉为"文宗史圣""经臣史祖"，孔子、司马迁均尊左丘明为"君子"。

〔2〕公穀：《公羊传》《谷梁传》。

〔3〕春秋内外传：指《左传》《国语》。唐人认为《左传》是左丘明所作。而司马迁曾经说过"左氏失明，厥有国语"。两者都是《春秋》的"传"。因为《左传》解释的是《春秋》，所以是内传。而《国语》据说是左丘明收集了写《左传》剩下的材料形成的，按照国别体编排，和《春秋》关系较远，价值较小，所以

是外传。不过经过今人研究,《左氏传》可能未必出自左丘明之手,因为左丘明其实比孔子年纪大,有人认为卫国左氏人吴起才是《左传》的真正作者。而《国语》,专家通常认为和《春秋》其实没有关系,更和左丘明没有关系,应该是韩赵魏三国的史官所作。

[4]游夏:孔子学生言偃,字子游;卜商,字子夏,故并称"游夏。"《论语·先进》:"文学:子游、子夏。"相传子夏是孔子学生中著作传世最多的一个。子夏撰写的《诗序》,阐说了诗歌的特征、内容、分类、表现方法和社会作用,为先秦儒家诗论的总结。历来文学家都视此为千古不刊之论,是比较完整的文学理论。相传《论语》为子夏与仲弓合撰;《毛诗》传自子夏,《易传》一卷,亦为子夏所撰。汉徐防则说:"诗、书、礼、乐,定自孔子,发明章句,始于子夏。"子游与子夏并列入文学科。《史记》说他"少孔子四十五岁",据此推算,当生于周敬王十四年。孔子自卫返鲁后,子游从而学,后仕鲁为武城宰。有人以其为《论语》的撰人之一。俦:同类,辈。非特:不仅仅。论:主张,学说。

[5]赵氏圣:其人不详。后面的叙事见《太平御览》卷二〇八引符子。

[6]司徒:古官名,相传尧、舜时已经设置,主管教化民众和行政事务。夏、商、周时期,朝廷都设有司徒,为六卿之一,称为地官大司徒,职位相当于宰相。春秋时列国也多设有这个职位。

[7]三桓:指鲁国卿大夫孟氏、叔孙氏和季氏,因为三家都出自鲁桓公,故史称"三桓"。鲁国公室自宣公起,日益衰弱,而国政操纵在以季氏为首的"三桓"手中。孔子曾经试图改变卿大于公的局面,但是在"三桓"强大的势力面前,无法成功,最终被赶出鲁国。

[8]夫子明可耻之事,而引左氏为同心:《论语·公冶长》:"子曰:'巧言、令色、足恭,左丘明耻之,丘亦耻之。匿怨而友其人,左丘明耻之,丘亦耻之。'"(用动听的言语和伪善的面目取悦于人,用十足的恭敬对待人,左丘明羞耻于这样做,我孔丘也羞耻于这样做。心中埋藏着怨气而像好朋友一样对人,左丘明羞耻于这样做,我孔丘也羞耻于这样做。)

[9]薛方山:薛应旗,明代学者、藏书家。字仲常,号方山,今江苏省常州市武进区横林镇余巷村人。嘉靖进士,曾任慈溪知县,官南京考功郎中,博学,与王鏊、唐顺之、瞿景淳齐名。因对严嵩不满,被贬为建昌通判、浙江提学副使,归居后,潜心研究理学,著书立说和讲学。

[10]羽翼:比喻辅佐。麟经:指《春秋》。

[11]拘:拘谨,拘束。

栽竹说

植物之中，予独爱竹。以竹有君子之道四焉。竹本固[1]，固以树德。君子见其本，则思确乎不拔者。竹性直，直以立身。君子见其性，则思中立不倚者。竹心空，空以体道。君子见其心，则思应用虚受者。竹节贞，贞以立志。君子见其节，则思砥砺名行者。故多树之于亭焉。

忆予弱冠时[2]，游三原崔胡二氏园[3]。见绿竹千竿，皆大如椽，玉骨嶙峋[4]，霜根蔚茂[5]。玩赏之余，爱不能舍。迄今四十年，每经记忆，觉翠盖低枝[6]，犹依依在心目间也。今春养病小园，园中有松无竹，殊觉不韵。闻北山有竹，命人移种于园，意谓雷笋初抽[7]，风篁高矗[8]，可以观美箭之菁菁[9]，听寒涛之簌簌矣。乃至则高仅尺许，其细如箸。予惊问之，则曰："此山中毛竹也[10]。"呜呼！噫嘻！大造生物，固如是之参差不齐乎？坤舆磅礴之气[11]，岂必偏聚于丰镐[12]？乃哲人代兴，硕辅应运[13]，则知秦中土厚水深，所产自异。即草木之微，而渭川千里至今犹称盛也。意者云水效灵，山岩毓秀。固厚于中华[14]，而薄于边徼；丰于沃壤，而啬于穷荒。

人耶竹耶？是耶非耶？予因之有感矣。以予赋性孤介，不能混俗和光[15]，以取悦于同侪，故落落寡合，欲求一性直心虚之友[16]，而渺不可得。常自叹曰："不逢知己，我友云山，不遇同心，我友松竹。"遂筑室小园，为息老计，讵意种树有年，而松树小不成荫，竹细不堪栽矣，余将恶乎友哉。他日，深山大泽，茂林修竹中，若有幽人，找我邀游者，予老矣，尚能裹粮从之[17]。

译文

植物中，我独爱竹子。因为竹子有君子的四种美德。竹子的根坚固，根坚固可凭此树立美德；君子见竹子的根，就会想意志像竹子那样刚强坚决，不可动摇。竹子本性直，直用来立身；君子见直立的性格，就会思考中立而不偏倚。竹子中心空虚，空虚体现出道理；君子看见竹子的内心，就思考应虚心接受有用的东西。竹节坚贞，坚贞是为了立志；君子看见竹节，就思想着磨炼自己的品行，因此好多人把它种植在庭院中。

回忆我二十时，游览三原县崔、胡两家的园子，见有绿竹千竿，都像椽子一样粗壮，碧玉似的竹竿瘦硬高耸，气节不凡，历经霜雪的根兴盛繁茂,玩赏后,喜爱得舍不得放下。到今天四十年,每次回忆起来,感觉低垂的竹枝组成的翠色遮蔽的景象,仍然在眼前随风摇摆。今年春天在小园养病,园中有松无竹,很觉不协调,听说北山有竹子,让人移植到园中。想着春天冒芽抽笋,夏季风吹着高高的竹林,秋天可以观看到茂盛美丽的竹子,寒冬听到簌簌的竹涛声了。但到头移植来的竹子高只有一尺多,细得像筷子。我吃惊地问原因,回答说:"这是山中的毛细竹子。"唉!嗨!大自然造物,本就像这样参差不齐的吗?大地如此的磅礴气势,难道一定要使它们偏偏聚集在丰镐之地?是才智卓越的人更迭兴起,贤良的辅弼之臣顺应时势,那么就知道关中地区土厚水深,出产自然异常。即使是微小的草木,在千里渭川,到今天依然茂盛。或许云水效果灵验,山川孕育优秀的人物,本来华夏的中心丰厚,而边疆微薄;丰厚于肥沃的土壤,啬于边荒之地。

人,还是竹子呢?对,还是错呢?我由此而生感触了。以我的耿直方正秉性,不能同于尘俗,不露锋芒,以取悦同辈,因此跟别人合不来。想找一个性直谦虚的朋友,而渺茫不能得。常自己感叹说:"碰不到知己,我与云山为友,遇不到同心,我与松竹为友。"于是在小园修筑房舍,作为休息养老之地,谁知种树多年,松树小而不能成荫,竹子细小不能栽种了。我将以谁为友呢?来日,深山大泽,茂林修竹中,假如有幽雅的人,找我远游的,我虽老了,还是能携带干粮随从他。

 注解

[1]本:草木的根。固:坚定,不变动。

[2]弱冠:古人二十岁行冠礼,以示成年,但体犹未壮,还比较年少,故称"弱"。冠,戴帽子。古时候,不论男女都要蓄留长发,等他们长到一定的年龄,要为他们举行一次"成人礼"的仪式。男行冠礼,就是把头发盘成发髻,谓之"结发",然后再戴上帽子。

[3]三原:陕西三原县,位于关中平原中部,因境内有孟侯原、丰原、白鹿原而得名。

[4]玉骨嶙峋:碧玉似的主干瘦硬高耸气节不凡。

[5]霜根:经历霜雪的根。蔚茂:兴盛繁茂。

[6]翠盖低枝:低垂的竹枝组成的翠色遮蔽的天空

[7]雷笋:竹笋,早春打雷即出笋,故名。初抽:刚刚冒出。

[8]风篁:指风吹竹林。南朝宋谢庄《月赋》:"若乃凉夜自凄,风篁成韵。"高矗:高高地耸立着。

[9]美箭:美竹。唐杜甫《石龛》诗:"为官采美箭,五岁供梁齐。"清黄

遵宪《和平里行》:"澄潭小渚风不波,奇卉美箭枝交柯。"菁菁:茂盛的样子。《诗经·唐风·杕杜》:"其叶菁菁。"

　　[10]毛竹:细小的竹子。按:吴栻文中所记竹子,"皆大如椽,玉骨嶙峋",应为毛竹无疑。毛竹属禾本科刚竹属,单轴散生型常绿乔木状竹类植物,老竿无毛,并由绿色渐变为绿黄色。毛竹竿型粗大,竿高可达20多米,粗可达20多厘米,壁厚约1厘米,是中国栽培悠久、面积广、经济价值很高的竹种。宜供建筑用,如梁柱、棚架、脚手架等,篾性优良,供编织各种粗细的用具及工艺品,枝梢作扫帚,嫩竹及竿箨作造纸原料,笋味美,鲜食或加工制成玉兰片、笋干、笋衣等。毛竹叶翠,四季常青,秀丽挺拔,经霜不凋,雅俗共赏。作者命人移植的竹子,结果"高仅尺许,其细如箸",显然属于矮小竿细的类型,如箭竹、凤尾竹、龙须竹之类,与今天的毛竹迥异。虽然如此,但均为人工栽培,非山中野生之竹。

　　[11]坤舆(kūn yú):大地。《易·说卦》:"坤为地……为大舆。"孔颖达疏:"为大舆,取其能载万物也。"

　　[12]丰镐:丰京和镐京的统称,周朝的都城。周文王之时,在沣渭间筑设丰京;周武王继位,再建镐京。丰京是周王宗庙和园囿的所在地,镐京为周王居住和理政的中心。

　　[13]硕辅:贤良的辅佐之臣顺应时势。

　　[14]中华:华夏中心地带。

　　[15]混俗和光:同于尘俗,不露锋芒。明凌蒙初《二刻拍案惊奇》卷四十:"典册高文,不晓是翰墨林中大手;淫词艳曲,多认作繁华队里当家。只得混俗和光,偷闲寄傲。见作开封监税,权为吏隐金门。"

　　[16]心虚:谦虚不自满。《淮南子·原道训》:"故得道者,志弱而事强,心虚而应当。"

　　[17]裹粮:携带干粮,喻远行。

原文

福善祸淫说

　　大凡人之坚于有为者,莫不有所恃。彼小人之为不善,有所恃也。假令早夺其不善之恃,而深知为善之必福。则小人未必不勉强于善,以为幸福之具,况君子乎。惟小人祇(只)知有所恃,挟为恶之才[1],恣行贪暴,无所不至。且诩于人曰[2]:"彼怀清履洁者[3],衣食或不给,而吾之膏粱文绣自若也[4]。彼怀仁抱义者,箪瓢或不振[5],而吾之芝兰玉树自茂也[6]。"曰:"吾有所恃也。"问其所恃。则曰:"恃作恶之无报也。"于是为恶者遍天下,为善者百无一二。而世道人心,遂不堪问矣[7]。盖作善降祥,作恶降殃,乃理之常,天者理而已,岂高高在上者,而不据理以断之哉。奈何视天梦,梦而竟颠倒错乱如斯乎。

予则以为天道与世运相为表里者也[8]。世运盛,则天道自明;世运薄[9],则天道渐晦。此理昭昭在人耳目间,而人特未之思耳。夫尊,莫尊于天。以天下而论,天之权似君;以一家而论,天之权似父。君能使臣,君之权重,而所使之臣,率皆违君命而妄行,虽君亦无如之何,而君之权穷。父能教子,父之权重,而所教之子,有时忤父命而放恣,虽父亦无如之何,而父之权穷。以君父之权,上准于天,则天之权,虽重于古今,然亦有时而穷,何也?当世运污浊之际,天下为善者甚少,为恶者日多。天不能择人而福之,亦不能尽人而诛之。祸福两无所施,遂一听善、不善之自荣[10],自枯于天地之间,而天若无闻知也。彼为恶者,适逢其会[11],乃公然以为天道无知,肆行无忌[12],以为吾有所恃也。岂知暂恃者之不可常恃乎?倘一旦杲日当空,群阴荡尽[13],景星庆云层见迭出[14],将见荡平之世。真正是与一切魑魅魍魉化为乌有。当此之时,天果有权乎?无权乎?问彼作恶者,可恃乎?不可恃乎?而特疾夫作恶者,巧遇可恃之时,而隐以侮慢夫天也。此理哉,此理也哉。

译文

大抵一个人坚持要做什么事的,没有不有所倚仗。那小人行为不善,有所倚仗,假如早早夺掉他不善的倚仗,而使他深深知道做善事必得福报,那么小人未必不勉强于行善,把它作为导致幸福的工具,何况是君子呢。只是小人只知道有所倚仗,怀着作恶的能耐,横行贪暴,无恶不作,并向人夸耀说:"那胸怀清明,实践廉洁之道的人,穿衣吃饭有时都不能自给,而我锦衣玉食的奢华生活依然如故。那怀抱仁义的,祖先的事业不一定振作。而我有出息的弟子自然茂盛。"说:"(这是因为)我有所倚仗。"问他倚仗的是什么。就说:"倚仗作恶没有恶报。"于是作恶的遍布天下,行善的一百人中不到一两个,而世道人心,就不忍心问了。行善降吉祥,作恶降灾殃,这是常理,天就是理罢了,哪有高高在上,而不根据理判断的呢?为何看天在做梦一样,做梦而竟然像这样颠倒错乱呢!

我以为天的运行规律与世间的盛衰变化相为表里。世运兴盛，那么天道自然清明，世运衰败，那么天道逐渐昏暗。这个理明明白白在人的耳目间，人只是没思想罢了。要说尊贵，没有比天更尊贵的。以天下来说，天的权力就像国君，拿一家来说，天的权力就像父亲。国君能使唤臣子，是因为国君的权重，假使所使唤的臣子，都违背君命而胡作非为，虽然是国君也不知该咋办，国君的权力就没了。父亲能教育儿子，则父亲的权力重，如教育的儿子有时违背父命而胡作非为，虽是父亲也无可奈何，这时父亲的权威没了。以国君、父亲的权威，法象天的权威，虽古今权力都重，但也有时荡然无存，这是什么原因呢？当世运衰败污浊时，天下行善的很少，作恶的一天比一天多。上天不可能选择善人赐福给他，也不可能把所有的恶人都加以惩处。祸福两者无处实施奖罚，于是完全听凭行善、作恶的自生自灭，盛衰、穷达在天地间，而好像上天没听到、不知晓一样。那些作恶的，正好碰上恶人们聚会在一起，就公然认为天道无知，恣意妄为无所忌惮，以为我有所依仗，哪里知道暂时倚仗的东西不能长久倚仗呢？倘若一旦明亮的太阳当空，涤荡尽那些阴霾暗象，瑞星祥云接连不断地多次出现，将会出现清平治世，真正让一切魑魅魍魉消失殆尽。当这时，上天果然有权威，还是没权威呢？问那些作恶的人，能倚仗呢，还是不能倚仗呢？而只是恨有的恶人，恰巧遇到有所依仗的时候，而被蒙蔽，以为可以欺侮轻慢天。就是这个理，就是这个理啊！

注解

[1] 挟：怀抱，怀着。

[2] 诩：夸耀，说大话。

[3] 怀清：内心清明。履洁：行为高洁。

[4] 膏粱文绣：形容富贵人家锦衣玉食的奢华生活。膏粱，肥肉和细粮。泛指肥美的食物。文绣，刺绣华美的丝织品或衣服。自若：一如既往，依然如故。

[5] 簸裘：簸箕和皮袍。借指祖先的事业与遗产。语出《礼记·学记》："良冶之子，必学为裘；良弓之子，必学为簸。"古时候巧铁匠的儿子，必须先学习缝合袍裘、兽皮，作为日后学习铸冶铁器的基础；而一个制造弓箭的能手，他的儿子要先学习用竹子、柳条来编制畚簸，为学习造弓奠下根基。比喻能够继承父业。

[6] 芝兰玉树：比喻有出息的子弟。《晋书·谢安传》："譬如芝兰玉树，欲使其生于庭阶耳。"

[7] 不堪：不忍心。南唐李璟《浣溪沙》词："还与容光共憔悴，不堪看！"

[8] 天道：自然的运行规律。世运：世间盛衰治乱的更迭变化。

[9] 薄：这里指衰败。

[10] 一听：完全听凭。《旧五代史·梁书·末帝纪下》："如愿出家受戒者，皆须赴阙比试艺业施行，愿归俗者一听自便。"

[11] 其会：恶人聚会。其，这里指恶人。

[12] 肆行：恣意妄为。

[13] 群阴：各种阴象。宋黄庭坚《岁寒知松柏》诗："群阴彫品物，松柏尚桓桓。"荡尽：清除完。

[14] 景星庆云：瑞星祥云。景星，大星，瑞星。庆云，五色云，祥瑞之云。古人认为它们现于有道之国。明方孝孺《御书赞》："惟天不言，以象示人，锡美垂光，景星庆云。"

寿夭说

原文

按《周书·召诰》曰[1]："今天其命哲[2]，命吉凶[3]，命历年[4]。"言敬德则获吉享受也。《无逸》云："不知稼穑之艰难，不闻小人之劳，惟耽乐之从，自时厥后，亦罔或克寿。"言人勤劳则能享寿，若耽乐愈甚，则享年愈促也。夫子曰："仁者寿[5]。"言仁者心无私累，自有得寿之理。凡此皆圣人之言寿也。

执是说也，则古来得寿者，宜莫如颜子[6]：冠德行科，德备矣；三月不违仁，仁熟矣；躬耕郭外田，劳甚矣。三十蚤卒，贫无以葬，天之报施善人，固如是乎？汉张仓[7]，穷奢极欲，养成肥瓠之躯[8]，姬妾数十，有子百人，寿一百八十岁。或德，或不德。或夭，或寿。何颠倒错谬一至此哉。盖天下所可信者，理也。所不知者，数也。颜子宜寿而反夭，理可信而数难穷。张仓宜夭而反寿，数可信而理难知。古今人之类于颜子、张仓者，不可胜数也。可解乎，不可解乎？将穷理乎，亦穷数乎？理数皆出于天，欲问天而天无言也。

译文

《尚书·周书·召诰》说："现今上天期望给予明哲，给予吉祥，给予长年。"说的是恭敬天道就会获得吉祥享受。《尚书·周书·无逸》说："不知耕种收获的艰难，不知老百姓的劳苦，只追求过度逸乐，自此以后，在位的商王没有能长寿的。"说的是人勤劳就能享受

吴
栻
诗文译注

长寿，如沉溺逸乐越深，那么享受的时间越短促。孔夫子说："有仁爱心的人长寿。"说的是有仁心，无私欲的牵累，自然有得以长寿的道理。这些都是圣人谈论长寿的。

以这种说法为准绳，那么古来长寿的，应该没有人超过颜渊：在德行这方面数第一，德行很完备了；三个月不违背仁德，仁德的培养很成熟了；亲自在城外耕田，很劳累了。但三十就早早去世，贫寒没东西下葬。上天报答给善人的，本来应当如此吗！汉代张仓穷奢极欲，身躯肥胖圆得像瓠瓜，妻妾几十个，生有一百个儿子，活到一百八十岁。有的有德，有的无德；有的长寿，有的夭折，为何颠倒差谬到这样的境地？天下可信的是理，不可知的是数。颜渊应当长寿却早夭，因为义理能够相信，但天数难以穷尽。张仓应当夭折却反而长寿，因为天数可信而义理难以知道。古今类似颜渊、张仓的人，数不胜数。能理解呢，还是不能理解呢？准备穷究义理呢，还是也要穷究天数？义理天数都出于天，想问天而天不说话了。

注解

[1]《周书·召诰》：《尚书》中的篇名。《尚书》是我国最早的散文总集，是中国上古历史档案的汇编，被认为是中国现存最早的史书，相传由孔子编选而成，该书分为《虞书》《夏书》《商书》《周书》，传本有些篇目是后人追述补充进去的，如《尧典》《皋陶谟》《禹贡》等。战国时期总称《书》，汉代改称《尚书》，即"上古之书"。因是儒家五经之一，又称《书经》。召诰，周成王的辅臣召康公的诰词。

[2]命：给予。《小尔雅·广言》："命，予也。"哲：聪明，有智慧。其：语气词，表示期望。

[3]吉凶：该处为偏义复词，偏指吉祥。

[4]历年：多年。

[5]仁者寿：语见《论语·雍也》："子曰：'知者乐水，仁者乐山；知者动，仁者静；知者乐，仁者寿。'"

[6]颜子：名回，字子渊，孔子最得意的弟子。《论语·雍也》说他"一箪食，一瓢饮，在陋巷，人不堪其忧，回也不改其乐"。谦逊好学，"不迁怒，不贰过"。他异常尊重老师，以德行著称。

[7]张仓：也作张苍，西汉丞相，《史记》称之为张丞相，生于战国末年（公元前256年），死于汉景帝五年（公元前152年），谥号为文，称北平文侯。与李斯、韩非等人是同门师兄弟。在秦朝时曾当过御史。西汉王朝建立之后，他先后担任过代相、赵相等官职。汉文帝时接任丞相一职，汉文帝后元元年因政见不同

而自动引退。《史记》记载张苍享寿104岁，也无"肥豭之躯"的记载。

[8]肥豭之躯：身躯肥胖滚圆像葫芦一样。豭，葫芦。

文肖性情说

原文

文章发抒性灵[1]，不可强同也。人各有性情，即各有永章[2]。性情有静噪缓急[3]、浮沉浅深之不同，而文皆肖心而出，均如其人焉。盖言为心声，所以道性情，输肺腑[4]，不可丝毫假借也。秦汉以后，能文之士，不绝于世。有相学而无相袭，彼此所学者，不过在规模气象间[5]。至精神之流露，则庄列不能告之马班，马班不能告之韩柳欧苏。其性情各别，其发抒各异也。世之工画者，画人之形貌，无不皆肖，人咸称传神之笔。吾谓形似或有之，神似则未也。求神似者，其在文乎。览人之文，可以知人之性情，可以知人之心术。即人之寿命福泽，无不可于文卜之。则谓作文为自己传神写照可也。阅文者，谓别具观人之法亦可也。

译文

文章表现人的内心世界，不可强迫相同。每人各自有不同的禀赋性格，就是各有自己的调调和文采。禀赋性格有安静的、有浮躁的，有缓慢的、有急促的，浮沉浅深各自不同，而文章都像心志一样表现出来，均如其人。言语是心声的表现，所以言说性情、传达内心，不能有一点假借的东西。秦汉以后，能写文章的人，在世上源源不绝，有相互学习的而无相互重叠沿袭的。彼此学习的地方，仅仅在结构形式和气韵风格上。至于精神方面的表现，则庄子、列子不能告诉司马迁、班固，司马迁、班固不能告诉韩愈、柳宗元、欧阳修、苏轼。他们的性情各自有别，抒发表现时也各自不同。世上擅长作画的，描画人的形体相貌，无不逼真相似，人们都称为神来之笔。我说形似的或许有，神似的却没有。寻找神似的，大约在文章里吧。观览一个人的文章，可以知道他的禀赋性格，可以知道这个人的心术。就是这个人的寿命福泽，也能从文章中预先知道。那么说一个人写文章是把自己生动逼真地刻画出来也是可以的。说阅读文章是别具一种观察人的方法，也是可以的。

注解

［1］性灵：内心世界。指人的精神、性格等。

［2］永：咏唱，抑扬地念。章：文采。

［3］静躁：静和动。缓急：慢和快。

［4］输肺腑：传达内心。

［5］规模：指模仿，取法。气象：指诗文字画的气韵和风格。

穷愁解
［1］

原文

　　有客来舍，双眉不开[2]。予怪而问之，则曰谓穷之故。予解之曰：世有更穷于子者，子特未之思耳。子目甚明，子耳甚聪[3]。较之聋瞶乞食者，子得天已厚矣。不知乐此，而反以为愁，毋乃不情之甚乎[4]？且世人之忧乐，约有两端[5]。忧莫尤于失，乐莫乐于得。人而处穷，固有得无之境也。何也？膏粱文绣[6]，富贵以为常也，偶而饥寒则忧。藜藿不给[7]，裋褐不完[8]，贫贱以为常也，偶而温饱则乐。若然，富贵者忧其或失温饱也；贫贱者忧其不得饥寒哉。且饥寒不过穷子之身耳，忧饥寒则穷子之心，始而以身之贫穷，困子之心，继能以心之贫穷，病子之身，卒之贫穷不能去其万一，而忧贫穷之身，有时先贫穷而去也，是则可忧也，予贫穷何有哉。迨忧贫之身既去，则虽求为今日之能忧也，予贫穷何有哉。迨忧贫之身既去，则虽求为今日之能忧者杳不可得[9]，然则子之能忧，又即子之所以足乐乎！子可以悟矣。

译文

　　有客人来到我的住处，双眉紧锁而不舒展。我感到奇怪而问他，他告诉我说因为贫穷。我劝解他说：世上有比你更穷的，你只是没想到罢了。你的眼睛很明亮，你的耳朵很灵敏，和那些聋子、瞎子、要饭的相比，你得到上天的眷顾已优厚了。不知为此快乐，反以为愁，恐怕太不合情理了吧？再说世人忧愁快乐，大约有两方面。忧愁没有比失去更忧愁的，快乐没有比得到更快乐的。人处在贫穷时，本来就处在得到和失去的环境里。为什么呢？美食锦衣，是富贵的常态，偶尔饥寒就会忧愁。吃着匮乏粗劣的饭食，穿着破旧的粗布短衣，这是贫贱的常态，偶尔穿暖吃饱就快乐。若是这样，富贵的忧愁自己或许失去温饱；贫贱的忧愁不要受饥寒。况且饥寒不过穷的是自己的身子罢了，忧愁饥寒则是穷了你的心，开始因为身受贫穷，困住了你的心，接着忧虑贫穷之心能损害你的身体，最终贫穷不能去掉一点点，而忧愁贫穷的身体，有时会先于贫穷而失去，这才是真正值得忧虑的，贫穷有什么好忧愁的呢？等忧愁贫穷的身体已去，那么即使寻求今日的忧愁之心（亦不可得），贫穷跟我有什么关系呢？等到忧愁的身体已经离去，那么即使寻求今日的忧愁，也无影无踪不能得到。既然如此，那么你能忧愁，就是值得你快乐的吧！你可以醒悟了。

注解

[1] 解：文体的一种，如韩愈《进学解》。

[2] 不开：不舒展。

[3] 聪：听觉灵敏。

[4] 毋乃……乎：表示委婉的商榷语气，意思是"恐怕……吧"，也作"无乃……乎"。《礼记·檀弓下》："君反其国而有私也，毋乃不可乎？"

[5] 两端：两方面。

[6] 膏粱：肥肉和细粮。泛指肥美的食物。文绣：刺绣华美的丝织品、衣服。

[7] 藜藿（lí huò）：指粗劣的饭菜。藜，藜草，叶细长，茎直立，嫩叶可吃。藿，豆类植物的叶子。不给（jǐ）：供给不足；匮乏。

[8] 裋褐（shù hè）：古代仆役所穿的粗布短衣。不完：破旧不完整。

[9] 杳：无影无踪。

芍药说

原文

予园有芍药十数本[1]，其中有千叶一本[2]，每枝花皆数朵，其枝头一朵皆千叶，大如碗，艳冶可爱，其傍朵皆单叶。家人问其故，予曰："花之菁英止有此数[3]，丰于彼，则啬于此。原无并盛之理，今每枝高头皆千叶，以菁华尽泄于梢头故也[4]。而犹望傍枝皆作千叶，恐造物不能为力矣[5]。岂惟花哉？作花观可，即不作花观亦可。"

译文

我园中有十多株芍药，其中有一株花瓣重叠繁多，每枝上都有

吴栻
诗文译注

几朵花，其中枝头一朵花瓣重叠，像碗一样大，艳丽妖冶令人喜爱，它旁边的花朵都是单瓣。家人问我原因，我说："花的精华，只有这些，丰富于那个，就吝啬于这个，本来没有全都旺盛的道理，今日每枝高头都花瓣重叠，是因为精华全泄露在枝头，还希望旁边的枝上都花瓣重叠繁多,怕自然的力量也无能为力了。哪里只是花如此呢!（这道理）当作花看可以，就是不当作花看也行。"

注解

[1] 本：株。

[2] 千叶：形容花瓣重叠繁多。

[3] 菁英：精华。比喻事物之最精粹、最美好的部分。

[4] 泄：宣泄，表露。

[5] 造物：造化，自然的力量。

五、杂记

先孺人行状[1]

癸巳（1773年）季冬作

呜呼恸哉！不孝杕行年十三，而为无父人，迄今二十一年矣。零丁孤苦，赖吾母保抱携持[2]，以至成立。念自失怙后[3]，逐日奔波，未获邀一命[4]，以伸奉养之志，而吾母遽焉溘逝[5]，杕自今又永为无母人矣。于父未奉菽水[6]，于母未致禄养[7]，杕抚膺顿足，无意人间，然仰惟吾母[8]，平生孝慈顺义，懿行卓卓[9]，万不容以不孝之愚昧，遂致湮没。夫一十三岁之孤，既不克述厥父；三十四岁之孤，又不克述厥母，则不孝之罪，百身莫赎。因于抢呼余生[10]，滴血濡墨[11]，略述梗概，伏望仁人君子怜而鉴焉。

先孺人姓舒氏，允吾名家女[12]。先外曾祖，绩学有素，早卒。先外祖讳云翔，文行兼优，为平邑多士领袖[13]。先孺人其仲行也[14]，年十七归先君府行一[15]，讳遵文。初娶李氏，生兄相、桓；吾母则继娶者也。入门时，先祖母沈氏，尚康强无恙。先孺人事之孝且谨，衣食必问所欲，虽力不能给，必多方曲致，温饱而后即安，是以颐养天年[16]，享年八十六岁而寿终。相先府君必敬必戒，先府君廉静耿直，不趋势利，自先祖母卒，先府君时已膺岁荐[17]，家居读礼，闭户十年，一切家计，皆先孺人主之，昼理农务，夜勤女红，量薄田之蓄租[18]，以为终岁之需。一丝一粒，皆先孺人十指之所出，宁缺于己，而不贷于人，适合先府君恬淡之素志。举凡食苦居贫，实有他人所不能堪者，而先孺人安之若素。

先孺人赋性至孝，每以平碾相距二百余里，归宁有愿，道阻且长为恨。暨先府君平番司训[19]，先外祖母卒，不孝随任之平，平邑为先孺人桑梓故地，洎赴任后瞻拜先外祖妣坟墓。斯时，先外叔祖、外叔祖母俱存，亲戚姻娅[20]，欢欣话旧，此似天之巧合其缘，以默遂先孺人孺慕之诚也者[21]。先府君服官七年，致任归里，寻以寿终，享年六十又八。先孺人悲恸摧裂，以头触馆，绝而复更者再，因痛念不孝年幼，无人抚养，遂稍自节哀，勉营丧葬，无不中礼。不孝幼瘦弱，先孺人忧其不寿，恩勤倍至。待先府君不禄，门祚衰薄[22]，内难外侮交作，先孺人以身任其劳怨，常训不孝曰："尔父为湟郡知名士[23]，尔宜勉旃[24]，勿堕先人业。"每夜课不孝，读书未逾三更，不使安寝，鸡鸣即起，无问寒暑。自不孝入庠食饩，而先孺人常食粗粝，衣补缀衣。不孝间以为言，先孺人曰："尔孤我寡，此衣若食，已邀天眷矣，尔奈何薄之？"

丙戌岁，不孝以选贡入都[25]。朝考[26]，私念有母尸饔[27]，行止不决。先孺人曰："尔赴功名，勿以我老为念；况显扬正所以为孝也。尔毋多虑。"壬辰春，不孝援例就教职[28]，先孺人曰："吾果目见汝出仕，吾可以对汝父于地下矣。第恐吾不及待尔。"是岁仲冬，忽得胃疾，饮食渐减，自冬历春，自春徂夏，医药罔效，竟舍不孝栻而长逝矣。呜呼！恸哉！先孺人平生妇道母仪[29]，终始全备[30]，至于和睦族党，体恤周亲[31]，种种善状，不能殚述。

先孺人生于康熙四十八年十一月二十二日子时，卒于乾隆三十八年十二月十五日戌时，享年六十有五。前子二，相、桓；生子一，即不孝栻，乙酉科拔贡生，候选教谕，娶李氏，同乡处士发贵公次女[32]；生女二，长适杨君次子生荚，次适李君长子大兰；孙男二，长发元，次发祥，孙女一，未字。不孝苫块残喘[33]，心神迷乱，语无伦次，挂漏尤多，伏望大人先生俯为垂鉴[34]，略其罪而哀其所述，赐琬琰以光显泉壤[35]，则不孝栻世世子孙，感且不朽。

译文

唉悲恸啊！不孝的吴栻我年龄十三，就成了没有父亲的人，到今已二十一年了。孤苦伶丁，依赖母亲抱我在怀中扶持携带，一直到长大。思念自从失去父亲后，天天奔波，没获得一次指派，来伸张奉养母亲的心志，而我母亲仓促地忽然去世，吴栻我自今后永远又成为无母之人了。对父亲没奉献供养，对母亲没达成官俸养亲，吴栻我捶胸顿足，不想在人间。但仰望思及母亲平生孝敬长辈，慈爱幼小，行事顺义，美好的品行高超出众，万万不容许以我的愚昧而导致湮灭无闻。一十三岁的孤儿，既然不能叙说他的父亲，三十四岁的孤儿又不能描述他的母亲，那不孝的罪过，一百个身子也不能赎回。于是以此残生抢地呼天，滴着血合为墨汁，略为叙述大概，希望仁人君子怜悯明鉴。

母亲姓舒，永登有名望人家的女儿。外曾祖功业学术都有所成就，早逝。外祖父舒云翔，文章德行都优秀，是平番（今永登）众多读书人的领袖。母亲排行老二，十七岁归嫁父亲吴行一，字遵文。父亲初娶李家女，生哥哥吴相、吴桓；我母亲是续娶的，进门时，祖母沈氏还壮健无病。母亲侍奉她孝顺小心，穿的吃的一定要问婆婆想要的，即使能力不能供给的，也必定多方想法达到，温饱而后才安心，祖母因此安享晚年，八十六岁时无病而终。母亲辅助父亲，敬重他、顺从他，父亲谦逊沉静耿直，不趋炎附势，祖母去世后，父亲已接受岁荐，居于家中读书，闭门十年，家中一切生计，都由母亲主持，白天打理农活，夜晚尽力于针线活，衡量单薄田地上的全部收成，作为一年的需求。一根丝、一粒粮食，都是出自母亲的双手，宁肯自己不足，也不去向别人借贷，正好合乎父亲向来怀有的恬淡志向。总之，吃苦、过清贫的生活，确实有别人不能忍受的，而母亲安然相处，毫不在意。

母亲生性十分孝顺，常常因平番、碾伯两县相距二百多里，有回娘家的心愿，但抱恨道路的艰难漫长。及父亲任平番县学教谕，外祖母去世，我随父亲上任到平番。平番是母亲的故乡，到平番赴任后，瞻仰参拜外祖父母坟墓。当时外叔祖、外叔祖母都还健在，亲戚姻亲，高兴地谈论过往，这好像上天巧合的机缘，默默遂了母亲爱戴怀念故乡的诚心。父亲在此任职七年，退休回到家乡，不久寿终去世，享年六十八岁。母亲悲恸欲绝，用头撞棺，昏厥过去多次，因心痛思念我年幼，无人抚养，于是略微节制哀痛，勉力筹办丧葬，没有不符合礼的。我幼年瘦弱，母亲担心我寿不长，对我加倍地恩爱关怀。等到父亲没了俸禄，家世衰败人情刻薄，家内的艰难和外面的欺负轻慢交相发作，母亲只身任劳任怨，常训导我说："你父亲是湟水府县的知名人士，你应努力于此，不要堕落先人的事业！"每天夜晚督促我，读书不超过夜晚十一二点，不让睡觉。鸡叫就起床，不管寒暑。自从我考入学校成为廪生，吃政府补贴，而母亲常吃粗劣的饭菜，穿补丁衣服。我偶尔把这件事给她说，母亲说："你是孤儿、我是寡母，有这样的衣穿，有这样的饭吃，已受到上天的眷顾了，你为何还认为菲薄？"

丙戌年（1766年），我以拔贡的身份进了京都。朝廷考试，私自念叨母亲主持家中炊食劳作，对赶考犹豫不决。母亲说："你奔赴功名，不要考虑我。况且显身扬名正是孝的表现，你不要多想。"壬辰年（1772年）春天，我按照先例任教谕的职位，母亲说："我果然亲眼见你走上仕途了，我可以在地下面对你的父亲了。只是害怕我来不及等你。"这年十一月，母亲忽然得胃病，饮食逐渐减少，自冬到春，从春至夏，医药无效，竟然舍弃不孝子我而远去了。唉！悲恸啊！母亲平生遵守妇道，是做母亲的仪范，有始有终，至于与家族邻居和睦，怜悯、帮助周围的亲属，种种善行，不能尽述。

母亲生于康熙四十八年（1709年）十一月二十二日子时，去世于乾隆三十八年（1773年）十二月十五日戌时，享年六十五。父亲前妻有两个儿子吴相、吴桓；母亲育有一子，就是不孝的吴栻，乙酉年（1765年）拔贡，候选教谕，娶妻李氏，是同乡处士李发贵的二女儿；母亲育有两女，长女嫁给了杨君的次子杨生莱，次女嫁给了李君的长子李大兰；孙子两个，长孙吴发元，老二吴发祥，孙女一个，还没出嫁。不孝子吴栻枕着土块睡在草席上，喘息着残存之气，心神迷乱，语无伦次，挂一漏万的尤其多，希望大人先生俯察，忽略他的罪过而哀怜他的述说，恩赐碑石来使九泉下的父母先辈光耀显亮，那么不孝的吴栻我子子孙孙，感恩永存。

注解

〔1〕孺人：古时称大夫的妻子，明清时为七品官的母亲或妻子的封号。也多通用对妇人的尊称，这里是尊称。行状：文体名。专指记述死者世系、籍贯、生卒年月和生平概略的文章。也称状、行述。

〔2〕保抱：抱在怀中。携持：扶持。

〔3〕失怙：失去依靠，指丧父。

〔4〕命：指派。

〔5〕遽焉：仓促地。溘逝：忽然去世。

〔6〕菽水：豆与水。指所食只有豆和水，形容生活清苦。语出《礼记·檀弓下》："子路曰：'伤哉，贫也！生无以为养，死无以为礼也。'孔子曰：'啜菽饮水尽其欢，斯之谓孝。'"后常以"菽水"指晚辈对长辈的供养。

〔7〕禄养：以官俸养亲。古人认为官俸本为养亲之资。唐司空图《卢公神道碑》："禄养之荣，孝敬之美，一时罕及也。"

〔8〕仰惟：仰望思念。

〔9〕懿行：美好的品行。卓卓：高超出众。

〔10〕抢呼：呼天抢地，形容极度悲伤。余生：残生。

〔11〕滴血濡墨：滴下的血沾湿墨。

〔12〕允吾（qiān yá）：今甘肃永登县。

〔13〕平邑：平番县，即今甘肃永登县。

〔14〕仲行：排行老二。

〔15〕先君府：去世的父亲。

〔16〕颐养天年：安享晚年。

〔17〕膺：接受，承当。岁荐：明清时，由主管上司每年举荐品学兼优者数人入学，这些人就有了参加正式科举考试的资格，成为资历较深的生员。《儒林外史》第四回："去岁宗师案临，幸叨岁荐。"

［18］蓄租：积聚。这里指全部收成。租，积。

［19］司训：明清时县学教谕的别称。

［20］姻娅：亲家和连襟，泛指姻亲。

［21］儒慕：爱戴，怀念。

［22］门祚：家世。衰薄：衰败浇薄。

［23］湟郡：湟水流域郡县，即当时的碾伯、西宁等府县。

［24］勉旃：努力。多用于劝勉时。旃，语助词，之焉的合音字。《汉书·杨恽传》："方当盛汉之隆，愿勉旃，毋多谈。"食饩：指明清时经考试取得廪生资格的生员享受廪膳补贴。也即成为廪生。

［25］选贡：科举制度中贡入国子监生员的一种。明代在岁贡之外考选学行兼优者充贡，称选贡。《明史·选举志一》："弘治中，南京祭酒章懋言：'……乞于常贡外，令提学行选贡之法，不分廪膳、增广生员，通行考选，务求学行兼优、年富力强、累试优等者，乃以充贡。'"按，清代定拔贡、优贡之制，也由此而来。

［26］朝考：这里指由各省主持的乡试，即举人的考试。

［27］尸饔：主持炊食劳作。尸，主持、主管；饔，熟食、饭菜。

［28］援例：惯例，先例。

［29］母仪：做母亲的仪范。

［30］终始：终生。全备：完整。

［31］体恤：怜悯、帮助。

［32］处士：本指有才德而隐居不仕的人，后亦泛指未做过官的士人。

［33］苫块："寝苫枕块"的略语。苫，草席；块，土块。古礼，居父母之丧，孝子以草荐为席，土块为枕。残喘：垂死时仅存的喘息。

［34］俯为垂鉴：俯察。

［35］琬琰：对碑石的美称。唐玄宗《孝经序》："写之琬琰，庶有补于将来。"宋苏轼《贺林待制启》："著书已成，特未写之琬琰；立功何晚，会当收之桑榆。"泉壤：指九泉之下的父母先辈。

祭陈月岩先生文

原文

维×年×月×日[1]，陈月岩先生之枢，将葬于定山。敬亭炙鸡絮醑[2]，遥祭于金城兰山之麓。曰：呜呼！维师遐逝[3]，奄忽及期[4]。想师话言，山巅水湄。缅师文行，遵道据德。六弃南宫[5]，才丰遇啬[6]。灵辆辚辚[7]，飞旐翩翩[8]。形躯掩地，神爽陟天[9]。定山在望，匪堂匪防[10]。椒浆一奠[11]，风雪苍茫。呜呼尚飨[12]。

译文

×年×月×日，陈月岩先生的灵枢，将要葬在定山。吴拭我带着烤鸡新酒，远远地在金城兰山的山脚致祭。说：呜呼！老师远游，忽到周年。想师话言，山顶水边。缅师文行，遵道据正。六弃会试，才丰遇啬。灵辆辚辚，魂幡飘动。身躯掩地，神灵登天。定山在望，非屋没墙。椒酒一奠，风雪苍茫。呜呼来享。

注解

[1] 维：文言助词，用于句首或句中，无语义。

[2] 炙鸡絮醑：烤鸡新酒。《后汉书·徐稚传》载：徐稚将鸡烤熟，丝绵一两渍酒中，晒干之后裹在了鸡上。如遭朋友之丧，就携带至墓前致祭。用水渍丝绵裹鸡，使酒味散出。也作炙鸡渍酒、炙鸡、渍酒、裹鸡、絮酒、徐稚吊等，作为对亡友或故人的悼念之词。醑，新酿制的没过滤的酒。

[3] 遐逝：远游。指离世。

[4] 奄忽：忽然，疾速。

[5] 六弃南宫：指六次放弃了会试的机会。南宫指礼部主持的进士考试。

[6] 才丰遇啬：才华出众，没有机遇。

[7] 灵辆辚辚：指送葬的车辆车轮滚滚的声音。

[8] 飞旐翩翩：指送葬时引魂蟠飘飞的景象。

[9] 神爽：神灵，灵魂。陟：登。

[10] 匪堂匪防：没有堂屋，没有围墙。

[11] 椒浆：以椒浸制的酒浆。古代多用以祭神，后来也用来祭奠死者。

[12] 尚飨：也作"尚享"。旧时用作祭文的结语，表示希望死者来享用祭品。

都中公祭杨太翁文[1]

原文

呜呼太翁[2]，维邦之杰。秉心慈惠，立身高洁。作瑞升平[3]，年登太耋[4]。讵意仙逝[5]，溘焉永诀[6]。闻公弱龄[7]，纯孝心结。善事椿萱[8]，呜呼总桷[9]。每食问欲，甘旨必设[10]。先意承志[11]，心力俱竭。子心孺慕[12]，亲心欢悦[13]。公受父训，教弟谆切。黄卷青灯[14]，风雨不辍。弟入校庠，遗命罔缺。闻公诲子，义方循辙[15]。不斗才华，惟敦品节。伯氏吹埙[16]，支持门阄[17]。仲氏吹篪，天性明澈。壮岁登科[18]，文坛树臬[19]。六上南宫[20]，才巧遇拙[21]。叔子明经[22]，声闻颉颃[23]。广文一官[24]，郑虔三绝[25]。岷塞停云，阳关飞雪[26]。清俸远浆[27]，以供饮啜。季子采芹[28]，待食井渫[29]。膝下瞻依，朝夕扶挚。更怜少子，意态雄杰。投笔从军，鹰烈奋烈[30]。诸孙竞秀，亭亭森列[31]。草映青袍，花明彩缬[32]。玉笋班中[33]，丰姿各别。维公顾之，笑言咥咥[34]。如何孟春，云归飘瞥[35]。哲人逝矣，神爽不灭。嗟哉孝廉[36]，闻讣泣血。燕邸抢呼[37]，五内崩裂。念我同人，西望奠醊[38]。泪洒长空，临风呜咽。公其来歆，鉴兹惙惙[39]。呜呼有哀，尚飨。

译文

呜呼太翁，邦国英杰。持心慈惠，立身高洁。行善太平，年到八十。不料仙逝，忽然永别。闻公少年，孝心深刻。善事父母，照应周切。每食问欲，美味必设。承志意先，尽心竭力。幼爱父母，双亲欢悦。公受父训，教弟恳切。深夜苦读，风雨不歇。弟子入学，遗嘱不缺。闻公教子，循规蹈矩。不争才华，只重品节。长子吹埙，支撑门楣。次子吹篪，天性清明。壮年登科，文坛标准。六次会试，才巧遇少。三子贡生，声名抗衡。教官一个，诗书画绝。岷塞停云，阳关飞雪。俸禄远浆，以供吃喝。小儿秀才，待食自持。膝下瞻依，早晚服侍。更爱少子，神态出众。投笔从军，似鹰腾飞。诸孙争秀，亭亭森列。草映青袍，花明锦绣。朝班清俊，丰姿各别。太翁看之，笑颜满满。为何正月，似云归落。哲人逝矣，神灵不灭。伤心举人，闻讣泣血。京邸号哭，五脏崩裂。念我同人，西望奠酒。泪洒长空，临风呜咽。望公来享，见此忧伤。呜呼哀痛，来享。

题解

本文大约是代表官府写的公祭文。

注解

[1]都中：京都，京城。公祭：官府或公共团体为向英灵、逝者表示致敬、缅怀、哀悼所举行的祭奠，赞扬亡者在世时所付出的伟大功绩或后代子孙对亡者的追思。

[2]太翁：对德高望重的长者的尊称，如"姜太翁"。

[3]作瑞：行善。升平：太平。

[4]年登太耋：年到八十。登，到、达。耋，古指七八十岁的年纪。

[5]讵意：不料。

[6]溘焉：忽然。永诀：去世，永别。

[7]弱令：疑为"弱龄"，少年。晋陶渊明《始作镇军参军经曲阿》："弱龄寄事外，委怀在琴音。"

[8]椿萱：椿，落叶乔木。古代传说大椿长寿，庄子曾说"上古有大椿者，以八千岁为春，八千岁为秋"，因此古人就把它拿来比喻父亲，盼望父亲像大椿一样长生不老。萱，古人以为可以使人忘忧的萱草。古称父为"椿庭"，母为"萱堂"。椿、萱合称代指父母，父母都健在称为"椿萱并茂"。唐牟融《送徐浩》诗："知君此去情偏急，堂上椿萱雪满头。"

[9]鸣呼：呼应。栉：梳子和篦子的总称。这里比喻对父母的照应像梳齿那样密集。

[10]甘旨：美味。

[11]先意承志：孝子不等父母开口就能顺父母的心意去做。

[12]儒慕：幼童爱慕父母。

[13]亲：双亲、父母。

[14]黄卷青灯：青色的灯光照着书籍，形容深夜苦读。黄卷，古代书籍多用黄纸缮写，因指书籍。青灯，发青色光的灯，指油灯。后也指修行礼佛的孤寂生活。宋陆游《客愁》："苍颜白发入衰境，黄卷青灯空苦心。"

[15]义方循辙：循规蹈矩。

[16]伯氏吹埙（xūn）、仲氏吹篪（chí）：哥哥吹埙，弟弟吹篪。伯，哥哥。仲，弟弟。埙，古代用陶土烧制的一种乐器。篪，一种竹制的乐器。语出《诗经·小雅·何人斯》："伯氏吹埙，仲氏吹篪。"比喻兄弟和睦相爱。

[17]门阒（qù）：家中安宁。阒，寂静。岳珂《拙妇吟》："君不见昨朝县吏踏门阒。"

［18］登科：考中进士。

［19］臬（niè）：箭靶子。目标，准则。

［20］六上南宫：六次会试。南宫：指礼部主持进士考试的地点。

［21］遇拙：机遇少。

［22］叔子：长子、次子、幼子以外的其他儿子。此指三子。明经：清代贡生的别称。

［23］声闻颉颃：声名抗衡。声闻：声望闻名。颉颃，相抗衡。

［24］广文：唐天宝九年设广文馆。设博士、助教等职，主持国学。明清时称教官为"广文"，也作"广文先生"。

［25］郑虔三绝：诗、书、画似郑虔一样妙绝。《新唐书·文艺列传中·郑虔》："虔善图山水，好书，常苦无纸，于是慈恩寺贮柿叶数屋，遂往，日取叶肆书，岁久殆遍。尝自写其诗并画以献，帝大署其尾曰：'郑虔三绝'。"

［26］岷塞停云，阳关飞雪：在云停的岷江要塞、在飞雪的阳关有杨太翁的儿子为国效力。

［27］清俸：俸禄，旧时官吏的薪金。金董解元《西厢记诸宫调》卷三："恁时节，奉还一年清俸。"远浆：远处的酒水。

［28］季子：四子。采芹：语出《诗·鲁颂·泮水》："思乐泮水，薄采其芹。"毛传："泮水，泮宫之水也。"郑玄笺："芹，水菜也。"古时学宫有泮水，入学则可采水中之芹以为菜，故称入学为"采芹""入泮"。后亦指考中秀才成了县学生员。

［29］井渫（xiè）：指井已疏浚治理。比喻洁身自持。

［30］鹰烈奋烈：似鹰突然起飞。即飞黄腾达。

［31］亭亭森列：突出繁密的排列。

［32］花明彩纈（xié）：艳丽明亮的花绣在有褶的彩色丝织品上。

［33］玉笋班：英才济济的朝班。玉笋，清秀俊茂。

［34］咥咥（xì xì）：发笑的样子。

［35］飘瞥：迅速飘落。

［36］嗟哉：叹词。孝廉：汉武帝时设立的任用官员的一种察举考试科目，孝廉是"孝顺亲长、廉能正直"的意思。明清变为对举人的雅称。

［37］燕邸：泛指旧时官员在京师的邸舍。抢呼：哭天抢地。

［38］奠醊（diàn zhuì）：奠酒。

［39］惙惙：忧伤貌。《诗·召南·草虫》："未见君子，忧心惙惙。"

祭部郎李西谷先生文[1]

代镇邑绅士作壬寅（1782年）仲冬

呜呼先生，先民是程[2]。幼而颖异[3]，长而聪明。南宫树帜[4]，词坛主盟[5]。润色大业[6]，掌握文衡[7]。甄陶多士[8]，鼓舞群英。伊阳作宰[9]，懋著循声[10]。首崇教养，克尽厥诚[11]。三载考绩，永观厥诚。人歌乐只[12]，德遍蚩民[13]。寝庙奕奕[14]，俎豆长荣[15]。晋擢兵部，赞礼戎兵。夙夜匪懈，竭力经营。引年归老，晚节峥嵘。主持风雅，寄志蓬瀛。优游泉石，和乐且平。呜呼先生，殁无余憾，生无遗行[16]。其与万物同归者，暂聚之体；不与万物同尽者，不朽之名。呜呼先生，垂裕奕世[17]，叠茂簪缨[18]。芝兰挺秀，彩凤连鸣。长君筮仕[19]，小试边城。一官身远，两袖清风。克光前烈，允继忠贞。爰望南而陨涕兮，慨道路之继横。悲落日之旷野兮，凄风动乎灵旐[20]。述芳徽而远播兮，嘉令绪之纷呈。具鸡黍而遥奠兮[21]，难罄仰止之深情。尚飨。

译文

呜呼先生，效法先贤。幼年出众，长大聪明。礼部之旗，词坛主盟。增色大业，掌评会文。造就多士，鼓舞群英。主政汝阳，声誉显著。首重教育，竭尽其诚。三年考绩，永观其诚。人歌快乐，德遍民众。寝庙高大，祭祀长盛。晋升兵部，赞礼戎兵。夙夜不懈，竭力经营。引年归老，晚节不群。主持风雅，寄志仙境。优游泉石，和乐且平。呜呼先生，去世无憾，生无弃行。那与万物同归的，暂有的身体；不与万物同尽的，不朽的声名。呜呼先生，留功后代，茂盛世家。芝兰挺秀，彩凤连鸣。公子初仕，小试边城。一官身远，两袖清风。能光前烈，允继忠贞。于是望南而落泪啊，慨叹道路横断不通。悲伤落日的旷野啊，寒风吹动灵旐。讲述美德让他远播啊，美好连绵的情思纷呈。准备上酒饭远远祭奠啊，难尽敬仰的深情。来享。

[1]部郎：中央六部中的郎中、员外郎。

[2]先民：古人，指古贤者。程：效法。

[3]颖异：才能出众。

[4]南宫树帜：礼部树立的旗帜，指考中进士。

[5]主盟：倡导并主持某事。

[6]润色：修饰文字，使有文采。《论语·宪问》："为命，禆谌草创之，世叔讨论之，行人子羽修饰之，东里子产润色之。"鸿业：大业。多指王业。

[7]文衡：评判会试文章的高下。评文似以秤衡物，故云。

[8]甄陶：造就，化育。《文选·何晏〈景福殿赋〉》："甄陶国风。"李周翰注："甄陶，谓烧土为器。言欲政化纯厚，亦如甄陶乃成。"

[9]伊阳：河南省汝阳县的旧称。宰：主管。

[10]懋著：显著。《清史稿·圣祖纪二》："赵良栋前当逆贼盘踞汉中，首先入川，功绩懋著。"循声：为官有奉公守法的声誉。清袁枚《随园诗话》卷十："张名开士，字轶伦，杭州壬戌进士，历任有循声。"

[11]厥：他的，那个。

[12]乐只：和美，快乐。只，语助词。《诗经·小雅·南山有台》："乐只君子，邦家之基。乐只君子，万寿无期。"

[13]蚩：无知。

[14]寝庙：古代宗庙的正殿称庙，后殿称寝，合称寝庙。奕奕：高大貌。《诗·小雅·巧言》："奕奕寝庙，君子作之。"

[15]俎豆：俎和豆是古代祭祀、宴会时盛肉类等食品的两种器皿。俎豆合称指奉祀。

[16]遗行：应遗弃的行为，缺点。

[17]垂裕：为后人留下业绩或名声。奕世：累世。

[18]簪缨：古代达官贵人的冠饰，借指世代做官的人家。

[19]长君：成年的公子。《后汉书·独行传·李善传》："续（李续）虽在孩抱，奉之不异长君，有事辄长跪请白，然后行之。"筮仕：占卜做官。这里指初出做官。

[20]灵旌（jīng）：丧事中的引魂幡。

[21]鸡黍：指酒饭。出自《论语·微子》："止子路宿，杀鸡为黍而食之。"

葛衣先生祠记

原文

平邑葛衣先生祠，即今之肇兴书院也。余于丙午二月，承乏讲席[1]，居三贤楼下。所谓三贤者，葛衣先生，暨嘉靖御史包公讳节[2]，康熙四十年，庄浪司马金公讳人望者是也[3]。楼上有葛衣像，旁书包、金二公讳。盖先有葛衣祠，而以二公配之也。祠有碑记，康熙四十年翰林院庶吉士汪份所撰[4]。

其文称葛衣无姓名，或指三原赵天泰，或指襄阳王之臣，或云随建文出亡者，或辨建文赴火，无出亡之事。文词隐约迷离，余读而惑焉。旁有金公小碣，其载葛衣，止传葛衣为鲁家佣，临死托主人焚骨扬灰数语，余读而疑信参半焉。

夫修祠立庙，祀典攸关[5]，必其人之精神气节，有万万不可泯灭者，而后可信于当时，可传于后世，非贤者而能若是乎？若以羁旅之人[6]，漫无所表见，第以葛衣焚骨之故而祀之，毋乃昧所以来乎[7]？此余居祠二年，而不能无疑者也。

今读明陈眉公《致身录》序[8]，而葛衣先生之始末了然矣。《致身录》者，随建文出亡之臣史仲彬所撰也[9]。载建文于夏六月庚申十三日未时，从鬼门出[10]，此时愿扈驾者[11]，二十有二人。与建文同祝发者，吴王教授杨应能，编修程渝，称比邱[12]，御史叶希贤，称道人是也。余如史仲彬、冯濯、郭节、宋和、王之臣、牛景先、廖平、金焦、王艮、蔡运、梁田玉、梁仲节、王资、刘伸、何洲，编修三原人赵天泰，适衣葛称葛衣翁，时称天肖子，诸人之姓氏爵里，俱核在录中，而葛衣尤著。此皆《革除志》《吾学编》所不载也[13]。

夫以诸臣之扈从，而赵公以内史，竭力周旋于其间。历滇南巴蜀，海角天涯，夜行昼伏，奔窜崎岖。其遇帝也，或相视目成，或吞声欲泣，或行乞于市井，或潜宿于山林；其失帝也，或暗祷于鬼神，或密访于樵牧，或病而旋没于道途，或合而复离于旅次，藏形匿影，灭迹削踪，惟恐捕者之摄其后而蹈于不测也。呜呼，险莫险于此矣，急莫急于此矣！

嗟乎，士君子以身事主，不幸而值流离琐尾之秋[14]，而能憔悴一身，跋涉万里，卒能保其身以全其君，不至坏七尺之躯，构十族之祸[15]。此其艰难困顿，誓九死而不悔者，较之冒白刃、赴汤火者，不更难乎？及其殁也，耿耿此心，犹不肯以青白之骨，占异乡之土。当其天寒云幕，风紧日曛，忠魂毅魄呼啸于荒烟枯草之际，有不益增忉怛者乎？

葛衣随风化去，而灵光岿然独存。则金司马之率邑人立祠也，必有感动于中者，故为之立像于楼上，虽俎豆千秋，馨香百世可也。余悲葛之姓氏不彰，传闻互异，故据《致身录》序而表章之，俟后之采风者。

平番（永登）的葛衣先生祠，就是今天的肇兴书院。我在丙午年（1786年）二月，任职书院讲习，住在三贤楼下。所说的三贤是：葛衣先生，明嘉靖御史包节，康熙四十年时任庄浪同知的金人望。楼上有葛衣的像，旁边写着包节、金人望的名讳。应该是先有葛衣先生祠堂，后来以二人陪祀。祠堂有碑记，是康熙四十年翰林院庶吉士汪份撰写。

碑文称葛衣没名姓，有人说指的是三原（今咸阳三原县）的赵天泰，有人说指襄阳的王之臣，有人说指随从明建文帝出逃的人，也有人分辩说建文帝跳进火海，无出逃的事。文辞隐约模糊，我读后感到迷惑。旁边有金人望的小圆顶石碑，上面记载葛衣，只写葛衣是鲁家的佣人，临死前托主人把自己焚骨扬灰几句，我读后对此疑信参半。

修立祠庙，记载祭祀仪礼的典籍很关键，必定此人的精神气节，有万不能丧失的，然后在当时可信，可传到后世，不是贤良的能这样吗？若依寄居异乡的人来看，迷离而没表露显现，只是凭葛衣焚烧骨殖的原因而祭祀他，莫非是隐瞒来这里的来由吗？这是我住在祠堂两年，而不能不怀疑的。

如今读明代陈眉公的《致身录》序，而葛衣先生的始末清楚了。《致身录》是随建文出亡的大臣史钟彬撰写，记载建文帝在夏六月十三日下午三至五时，从鬼门逃出，此时愿意追随逃亡的有二十二人。与建文同时削发的，吴王教授杨应能，称作比丘的编修程渝，称作道人的御史叶希贤。其余的如史仲彬、冯濯、郭节、宋和、王之臣、牛景先、廖平、金焦、王艮、蔡运、梁田玉、梁仲节、王资、刘伸、何洲，编修三原人赵天泰正好穿的是葛布衣，称作葛衣翁，当时称天肖子，诸人的姓氏职位籍贯，都核查后记录其中，而葛衣尤其显著。这都是《革除志》《吾学编》没记载的。

在这些随从的大臣中，赵天泰以内史身份，竭尽全力在其间应酬周旋。历经云南巴蜀，海角天涯，昼伏夜行，在崎岖坎坷的路上奔跑逃窜。当他们遇到建文帝时，有的用眼神交流，有的想哭不敢出声，有的在街头乞讨，有的偷偷住宿在山林。当和建文帝失去联系时，有的暗暗向鬼神祈祷，有的秘密在樵夫牧人中走访，有的病重死在路上，有的会合后又离别在路上，藏匿自己的身影，消灭自己的踪迹，只怕追捕的跟在后面踩进危险之地。唉！危险没比这时更危险的，疲惫也没这时更疲惫的。

唉，士大夫君子用自己的身躯侍奉其主，不幸而碰上处境由顺利转为艰难的时候，而能够以自己黄瘦憔悴的身子，跋山涉水万里，最终保住自身而使国君得以完全，没使自身毁坏，招来灭十族的祸患。在这样艰难劳累到不能支持的环境下，发誓死多次也不后悔的，比较那些面对刀剑，跳火海深渊的不是更难吗！到他们牺牲时，这种耿直之心，还不肯以自己清白的骨头，占异乡的土地。当天寒云合，风紧日暮，忠毅的魂魄在荒烟枯草间呼啸，有不增加忧伤悲恸的吗？

葛衣尸骨随风化去，而神异之光岿然独存，同知金人望带领平番百姓立了祠堂，一定有感动其内心的事，因此把葛衣先生的像立在楼上，虽祭祀千年，香气散播百代也是可以的。我悲伤葛衣的姓氏不能彰显，传闻相互不同，因此根据《致身录》的序而表明彰显，等待后来采集民情风俗的人。

怡云子 评

忠孤颠踬，羁旅无聊顿有此篇。传其心曲，作者哀音缭绕，读者情致缠绵。

注解

［1］承乏：补充空缺的职位，多用为在任者的谦辞。语出《左传·成公二年》："敢告不敏，摄官承乏。"

［2］包节：明嘉靖十一年（1532年）进士，洁身自好，为官清正。嘉靖二十三年，任御史，曾劾兵部尚书张瓒纳贿事。后出巡云南，提议在当地选拔人才来充任地方官。中央政府采纳他的建议，颁行于云贵、两广等地，颇收良效。嘉靖三十一年，再次出巡湖广，显陵守备中官廖斌作威作福，欺压百姓，有百姓状告廖斌庇护奸豪周章等，他查实后，斩了周章。廖斌怀恨在心，诬奏包节不先谒皇陵为大不敬，明世宗大怒，将包节发配庄浪卫，不久病卒。著有《湟中稿》《包侍御集》及《陕西行都司志》。

［3］金人望：清词人。字留村，又字道洲，一作道驺，安东（今江苏淮安涟水）人。康熙十一年（1672年）副贡，官广西马平知县，改关中长武知县。康熙三十八年，充陕西乡试同考官，晋升甘肃庄浪同知（知府副职，负责分掌地方盐、粮、捕盗、江防、海疆、河工、水利以及清理军籍、抚绥民夷等事务），卒于官。与汪森、钮琇、阎若璩等交游，为词嗜好辛弃疾，其词"淋漓痛快""放胆无畏""无限牢骚全盘托出"（严迪昌《清词史》），善"借古人之调，以吐胸中之奇"（阮晋跋《瓜庐词》），气盛而情郁，能发扬稼轩词风。著有《瓜庐词》。

［4］汪份：字武曹，江苏长洲人。生于顺治十二年（1655年），卒于康熙

吴
轼
诗文译注

六十年（1721年）。与陶元淳、何焯俱以文学知名，同游徐乾学、翁叔元之门。康熙四十三年进士，改翰林院庶吉士，授编修。后奉命督学云南，未赴而卒。著有《邃喜斋集》《河防考》《清史列传》，并传于世。

［5］祀典：记载祭祀仪礼的典籍。

［6］羁旅：寄居异乡。

［7］昧：隐藏，隐瞒。

［8］陈眉公：明代文学家和书画家陈继儒（1558—1639年），字仲醇，号眉公，华亭（今上海松江）人。二十一岁补诸生，二十八岁弃去，隐居于小昆山之阳，设馆课士，杜门著述。为人重然诺，饶智略，与达官困儒，皆有来往，不显清高，人称他为"山中宰相"，在当时影响极大。陈继儒著述繁丰，据《四库全书》所收，达三十余种，因《建州策》一文贬低努尔哈赤及女真族，清时遭禁。《致身录》：史仲彬著，是史仲彬侍从建文帝出逃过程中的笔记。有人认为此书为伪书。史仲彬，建文帝即位，钦授翰林院侍书，传说为随建文帝出亡二十二臣之一。

［9］建文：朱允炆，明朝第二位皇帝，1398—1402在位，年号建文，故后世称建文帝。明洪武十年（1377年）十二月五日，朱允炆出生于应天府（今南京），为懿文太子朱标次子，明太祖朱元璋之孙，明洪武三十一年（1398年）继皇帝位。朱允炆在位期间增强文官在国政中的作用，宽刑省狱，严惩宦官，同时改变其祖父朱元璋的一些弊政，史称"建文新政"。后世有人以其年号而称建文帝。建文称帝后，建文帝的叔父燕王朱棣为夺取政权，寻衅和朝廷间开始了一场血腥的、持续三年的军事对抗；后来这场战争被掩饰而说成是"靖难"之役。建文四年六月，燕军渡江直逼南京城下，谷王朱橞（huì）与曹国公李景隆开金川门迎降，京师遂破。燕兵进京，在燕王军队抵达后的一场混战中，南京城内的皇宫大院起了火。当火势扑灭后在灰烬中发现了几具烧焦了的残骸，已经不能辨认，据太监说他们是皇帝、皇后和他的长子朱文奎的尸体。但朱允炆的下落最终成为一件悬案，谁也不能肯定他是否真的被烧死了。后来对他的帝业抱同情心的人们都说他乔装成和尚逃离南京。当时官方的记载当然只能说皇帝及其长子已死于难中；否则，燕王就不可能名正言顺地称帝了。600多年来朱允炆最后的真正命运一直是一个谜。

［10］鬼门：指皇宫的东北门。《吴越春秋·勾践归国外传》："是古经西北为天门，东南为地户，西南为人门，东北为鬼门。"后世遂以东北为鬼门。也暗指建文帝等人九死一生，从鬼门关里逃了出来。

［11］扈驾：随侍帝王的车驾。这里指随着建文帝逃亡。

［12］比邱：佛教指受具足戒的出家人。也作"比丘"。

［13］《革除志》：记录明朝建文帝时期君臣情况和靖难之役的部分有功之臣的历史文献，是研究明代历史的重要文献史料。作者黄佐（1490—1566年），明

广东香山人，字才伯，号泰泉。正德十六年进士，选庶吉士，授编修。出为江西提学佥事，旋改督广西学校。弃官归养，久之擢侍读学士。《吾学编》：记载明洪武至正德间历史的著作，共六十九卷，仿历代正史体裁而略有变通，含记、传、表、述、考共十四篇。作者郑晓，明嘉靖二年进士。

[14] 流离琐尾：比喻处境由顺利转为艰难。典出《诗·邶风·旄丘》："琐兮尾兮，流离之子。"

[15] 十族：父四族，自己一族、出嫁的姑母一族、出嫁的姐妹一族、出嫁的女儿一族；母三族，外祖父一族、外祖母一族、姨妈一族；妻二族，岳父一族、岳母一族；第十族是门生。

原文

呜呼！星陨少微[1]，典型凋谢，望摧硕果[2]，楷模沦亡。杖履空存，幻影随寒云俱尽；衣冠犹在，虚灵与野马齐飞[3]。是以读郭有道之碑[4]，望园林而叹息；制陶渊明之诔[5]，抚椒桂而咨嗟[6]。而况谊切崔卢[7]，地连桑梓者哉。

惟我太公，湟中巨族，海表名家[8]。先民擅美儒林，多士腾声艺苑。真德门之华胄，而甲第之荣辉也。太翁幼即擅艺菽之能[9]，长未遂采芹之愿[10]。烟霞有癖，向崖岭而卜居；泉石为怀，对山林而键户[11]。移家于少陵宅畔，便令栽花；傲屋于元亮庐前，知堪种柳。田多二顷，桔有千头。量雨较晴，何殊山中宰相；蒸梨吹黍[12]，即是世外神仙。暇则服垫角之巾[13]，抱汉阴之瓮[14]。黄昏遣兴，浇庾杲之鲑畦[15]；白昼消闲，灌周颙之韭圃[16]。真名利之心胥淡，而丘壑之兴偏浓者也[17]。又况太孺人恭敬如宾，箴规似友。宜其子树燕山之五桂，孙飞荀氏之八龙。是则庆一堂而连三世；早羡拭目鸾骞，颂二老而跻七旬。正拟齐眉鸿案，讵意太翁跨鹤而归嵊岭，骑鲸而返帝乡。社中之九老奄然，林下之五君尽矣。

呜呼！诵陆士衡哀逝之赋，流涕人文；展庾兰成思旧之铭，伤心鬼录。宋玉之《招魂》不返，屈平之《天问》无辞。某等忝附葭莩[18]，谬叨秦晋[19]，既断金台之梦[20]，空成薤露之歌。敬制芜词，用伸奠意。爰洁蔬而荐酒，冀昭格以来歆。

唉！士大夫陨落，模范谢世，埋怨毁坏硕果，榜样沦丧。逝者
的手杖、鞋子空放，虚幻的影子随同寒云全都消失；衣帽还在，空
虚的灵魂与野外蒸腾的水汽一起飞翔。因此读蔡邕的《郭有道林宗
碑并序》，望着园林而叹息；阅颜延之撰写的《陶征士诔》，抚摸椒
桂而感慨。何况我与大户熊氏友谊密切，地与家乡相连呢！

熊翁太公，湟中大族，边疆名家。先辈在儒者群中独享美名，
众多贤士在文苑传声扬名。真是有德之家的后代，贵族豪门的荣耀。
太翁自幼擅长种植豆子，长大没能实现进入学宫的愿望。嗜好山水成
癖，对着高崖峻岭选择居处；以山水为念，面对山林闭门不出。（若是）
迁移到杜甫住所的旁边，就让手下种植花木；租赁房屋在陶渊明房舍
前，知道能够种柳。田地多达二顷，橘树足有千棵。观察确定晴天雨天，
何异山中宰相；煮野菜作黍米饭，就是世外神仙。空闲时戴上垫角巾，
对事物不刻意用心。黄昏解闷散心，像庾杲之一样给单调的菜畦浇水；
白天消闲，如周颙似的灌溉韭菜圃。确实名利心都淡，而对幽美的山
水兴趣更为浓厚。又何况熊太孺人与熊翁相敬如宾，劝诫规谏似朋友。
无怪其子建树像窦燕山一样五子登科，孙子个个出息似荀淑的八个
儿子慈明无双。这就是庆贺一人而连带三世，本来羡慕注视鸾鹤飞舞；
祝颂二老到达七十，正准备举案齐眉。哪料到太翁跨鹤仙去，骑鲸
返回天帝住的地方。里社中告老还乡者离世，竹林下的五君没有了。

唉！朗诵陆机的《叹逝赋》，文人流泪；展开庾信的《思旧铭》，
鬼神伤心。宋玉的《招魂》没有回音，屈原的《天问》没有答辞。我
等愧附远亲，错承亲家，已断神仙梦，空成《薤露》似的挽歌。恭
敬地撰写了芜杂之词，用来祭奠表达心意。于是摆上洁净的果蔬而
进献上酒，希望神灵来享用。

[1] 星陨：天星坠落。喻名人死亡。少微：星座名。共四星，在太微垣西南。
《史记·天官书》："廷藩西有隋（垂下）星五，曰少微，士大夫。"

[2] 望：怨恨，责怪。摧：摧毁，毁坏。

[3] 野马：田野上蒸腾浮游的水汽。

[4] 郭有道之碑：东汉蔡邕的作品《郭有道林宗碑并序》。

[5] 园林：指故乡。《元诗纪事》卷三四引元僧实《竹深处》诗："宦游十

载天南北，犹想园林思不忘。"顾炎武《秋雨》诗："流转三数年，不得归园林。"制：撰写。诔：哀悼死者的文章。颜延之有《陶征士诔》，哀悼陶渊明。

[6]椒桂：椒与桂，皆香木。常用以比喻贤人。晋葛洪《抱朴子·汉过》："养豺狼而奸驎虞，殖枳棘而翦椒桂。"咨嗟：叹息。汉焦赣《易林·离之升》："车伤牛罢，日暮咨嗟。"

[7]崔卢：自魏晋至唐代，山东士族大姓有崔氏、卢氏，长期居高显之位。这里指熊氏。

[8]海表：犹海外。古代指中国四境以外僻远之地。此处指边疆地区。名家：名门。

[9]艺菽：种豆子。

[10]采芹之愿：进入学校的愿望。古时学宫有泮水，入学则可采水中之芹以为菜，故称入学为"采芹""入泮"。后亦指考中秀才，成了县学生员。

[11]键户：居住，婉指闭门不出。

[12]蒸梨吹黍：煮野菜作黍米饭。"梨"通"藜"，"吹"通"炊"。唐王维《积雨辋川庄作》诗："积雨空林烟火迟，蒸藜炊黍饷东菑。"

[13]垫角之巾：折角巾。东汉郭太，字林宗。名重一时。一日道路遇雨，头巾沾湿，一角折叠。时人效之，故意折巾一角，称"林宗巾"。宋陆游《雨中过东村》诗："垫巾风度人争看，蜡屐年光我自悲。"

[14]抱汉阴之瓮：《庄子·天地》载，子贡到汉阴，见一老人用瓮从井中取水浇菜地，向他推荐"桔槔"汲水，汉阴老人认为机械是智巧机诈的产物，不合天然浑成的"道"，不愿使用机械。后用"抱瓮灌园"等表示纯朴无邪，对事物不刻意用心。

[15]庾杲之鲑菜：比喻生活贫苦，也称"庾鲑"。鲑（xié），鲑鱼，这里指菜。鲑菜，有韭蒜等气味的菜菜。《南齐书·庾杲之传》："（庾杲之）清贫自业，食唯有韭菹、瀹韭、生韭杂菜，或戏之曰：'谁谓庾郎贫，食鲑常有二十七种。'言三九（韭）也。"

[16]周颙之韭圃：这里也指生活清贫。周颙字彦伦，南朝宋汝南安城人。建元中，为始兴王前军谘议，直侍殿省。颙于钟山西筑隐舍，休沐则居之，终日长蔬，颙以为适。王俭尝问："卿山中何所食？"颙曰："赤米，白盐，绿葵，紫蓼。"文惠太子问："菜食何味最胜？"答曰："春初早韭，秋末晚菘。"

[17]丘壑：山水，泛指山水幽美的地方。清方文《庐山诗·白鹤观》："时时过江来，庐山访丘壑。"

[18]葭莩：芦苇秆内的薄膜。这里指亲戚。温庭筠《病中书怀呈友人》诗："浪言辉棣萼，何所托葭莩？"蒲松龄《聊斋志异·婴宁》："葭莩之情，爱何待言。"

[19]秦晋：原指春秋时秦、晋两国世通婚姻，后泛称两姓联姻。

[20]金台：传说中的神仙居处。

伯府八门李氏新修宗祠记

戊戌（1778年）十月

吾郡称伯府李氏者，因李尔雅公，于明天顺间，以右都督封高阳伯[1]；李士杰公，于明宣德间，以左都督封会宁伯[2]。二伯分东西府，故称伯府是也。吾邑东溪之北，距城五里许，李氏之族聚焉。相沿称为八家李氏者，因高阳伯有子十人，其第八子之后裔，世居兹土，因称为八家李氏是也。

李氏为湟郡巨姓，东西大宗，各分职守，其他随地卜居者[3]，势不能合族会食，以共裔祀事也。于是八门李素培明经先生，慨然以奠祖敬宗为己任，爰于谱牒修明之日，聚族而谋曰："吾今之比闾相居者[4]，莫不各依先人之敝庐，以庇吾身，而翻使先人，无宁宇以栖神休，吾心安乎哉！"是不可不行分祀之法。众志既定，询谋金同[5]，各输家赀[6]，共襄盛事。即举素培为家督，乃相基度地，选才鸠工，上建神宇三楹[7]，中设影堂，悬高阳伯画像，余奉神主，昭穆为序[8]，两廊如法营造；对建享庭三楹[9]，围以墙垣，饰以丹碧，美哉仑奂。奉先恒于斯，睦族恒于斯，四时祭毕，受胙享庭[10]，诸父兄弟，备言燕私[11]，既醉既饱，小大稽首。素培扬觯而言曰："自今伊始，祝祭于祊，祀事孔明[12]，昭兹来许[13]，俾后之踵事增华者[14]，有基勿坏云。"

宗祠告成，爰谋勒石，嘱余为文，以纪翔实。余曰："七世之庙，可以规德，李氏贵胄簪缨，世笃忠贞，属在象贤，莫不各展孝思，一门之庆，即邦家之光也。易曰：'西邻礿祭[15]，实受其福。'诗曰：'既燕于宗，福禄攸降。'其是之谓欤！其是之谓欤！"

译文

我郡称作伯府李姓的，因为李尔雅，在明英宗朱祁镇天顺年间以右都督的身份封为高阳伯；李士杰，在明宣宗朱瞻基宣德年间以左都督的身份封为会宁伯。二伯分为东西两府，因此称为伯府。我县东溪的北面，距离县城五里左右，李姓家族聚集在此，递相沿袭称作八家李姓，因高阳伯有十个儿子，他的第八子的后人，世代居住在这里，因此称为八家李姓。

李姓是河湟地区的大姓，东西府的大宗，各自分别任职地方，其他的随地选择居处，势必不能全族合在一起吃饭，作为后人共同祭祀祖先。于是第八门李素培先生慷慨地以奠祖敬宗作为自己的责任，在修家谱的日子，聚合全族商量说："我们今天一起居住，没有不各自依靠先人的旧房子以庇护自身的，今天反而使赐给我们幸福的祖先神灵没有安宁的房屋，我们心里安宁吗？"这样的状态不能不分开祭祀。大家就定下意见，商议后一致赞同，各自出资，一起努力把这件盛大的好事办成功。即时推举李素培为李家督办，查看基地，度量地势，甄选材料，聚集工匠，上建祭祀祖宗的家庙三间，中间设置灵堂，悬高阳伯李尔雅的画像，其余供奉神主，以左昭右穆为顺序，两廊如法营造；对面建祭祀享用的庭堂三间，用墙垣围起来，用颜料加以装饰，雄伟壮观、富丽堂皇。常在这里供奉祖先，常在这里和睦宗族，四季祭祀完毕，接受胙肉，在庭堂享用，父老兄弟，详叙同族情谊，进行私宴，吃饱喝足，从小到大行跪拜礼。李素培举起酒杯说："从今天开始，由主祭主持，祭神在家庙里，祭事完备周详，后代争气名远扬，使后代继承前人事业，使它更美好完善，有基础而不毁坏。"

宗族祠堂宣告建成，于是商量刻石树碑，嘱咐我作文，加以翔实的记载。我说："七世的宗庙，可以规范德行，李家是高官显宦的后代，世代笃实、忠贞，属于能效法先人的贤德家族，没有不各自展示孝心的，八家一门的庆贺，就是国家的荣耀啊。《易经》说：'周人薄祭鬼神，得到鬼神的福佑。'《诗经·大雅·凫鹥》说：'宴席设在宗庙里，神赐福禄频降下。'说的就是这种事吧，说的就是这种事吧！"

注解

　　[1]高阳伯：李文（？—1489年），字尔雅，陕西行都指挥使司西宁卫（今青海省西宁市）人，李英侄子，明朝军事将领，封高阳伯。宣德年间，李文任陕西行都司都指挥佥事。当时西番思俄可尝盗他部善马，都指挥穆肃求不得，于是诬陷其为偷盗、收掠致死，西番人心惶惶。李文于是弹劾穆肃，逮肃下吏，西陲从此宁定。后累升至都指挥使。天顺元年（1457年），因夺门之变冒迎驾功，晋升为都督佥事。未几出任右都督，出镇大同，其率众击败蒙古入侵，封高阳伯。曹石之变后，革夺门冒功者官。李文自首，明英宗以其镇守边界，不予追问。天顺四年（1460年），孛来大举进犯，李文按兵不战。致使孛来进入雁门关，大举掠夺忻州、代州等地，京师震恐。后李文下诏狱，论斩。英宗宥死，降都督佥事，立功延绥。既而进都督同知。成化年间，与右通政刘文往甘肃经略援助哈密，后无功而还。弘治初年去世。正德初年，赠高阳伯。

　　[2]会宁伯：李英（1356—1437年），字士杰，西番人，李南哥之子。历任

吴
栻
诗文译注

西宁卫指挥使、都指挥佥事、右府左都督。宣德二年（1427年），封会宁伯。正统七年（1442年）卒。

李英其父南哥，在洪武年间率众归附明朝，朱元璋授其西宁州同知，后累功至西宁卫指挥佥事。李英嗣官。永乐十年（1412年），番酋老的罕叛变，李英讨伐，后有所斩获，晋升都指挥佥事。当时番僧张答里麻，居住于西宁，骄傲恣甚，借助通翻文书而计取西番贡使资。李英发其事，磔死，籍其家。永乐末年，中官乔来喜、邓诚等出使西域，经过安定、曲先，遇贼见杀，掠所赍金币。李英率兵追缴，并俘虏杀死一千一百余人。宣宗嘉奖，擢右府左都督，赐赉加等。宣德二年，封会宁伯，禄千一百石，并封南哥如子爵。李英因公骄横，于是多有不法之事。宁夏总兵官史昭奏英父子有异志。南哥上书辩解，后宣宗赐敕慰谕。宣德七年（1432年），西宁指挥祁震子祁成当袭父职，而其庶兄祁监藏为李英外甥，欲夺之。祁成祖父祁太平带着祁成进京城辩解时，李英派人逮捕祁太平及其义子杖击，义子竟死。御史听闻后纷纷交相弹劾，并追及其前罪，李英下诏狱，夺爵论死。正统二年(1437年)释放。正统七年卒。（后在青海民和县享堂发现《会宁伯李英神道碑》。碑第一行书：明故前推诚宣力武臣特进荣禄大夫柱国会宁伯李公神道碑。）

［3］卜居：择地居住。

［4］比闾：古代户籍编制基本单位。《周礼·地官·大司徒》："令五家为比，使之相保；五比为闾，使之相受。"后因以"比闾"泛称乡里。

［5］佥同：一致赞同。《尚书·大禹谟》："朕志先定，询谋佥同。"

［6］家赀：家中的财产。也作"家资"。

［7］神宇：家庙。《文选·潘岳〈寡妇赋〉》："仰神宇之寥寥兮，瞻灵衣之披披。"

［8］昭穆：宗庙或宗庙中神主的排列次序，始祖居中，以下父子（祖、父）递为昭穆，左为昭，右为穆。

［9］享庭：祭祀享用的庭堂。

［10］胙：古代祭祀时供的肉。一般祭祀完毕家族成员会分得一部分祭品，叫作"分胙"。

［11］燕私：古代祭祀后的同族亲属私宴。《诗·小雅·楚茨》："诸父兄弟，备言燕私。"毛传："燕而尽其私恩。"郑玄笺："祭祀毕，归宾客豆俎，同姓则留与之燕，所以尊宾客、亲骨肉也。"

［12］祝祭于祊，祀事孔明：主祭祭神庙门里，祭事完备又周详。语出《诗·小雅·楚茨》。祝祭，主祭的人。祊，古代在宗庙门内设祭的地方。孔明，很完备整洁。

［13］昭兹来许：后代争气名远扬。典出《诗经·大雅·下武》："昭兹来许，绳其祖武。"

［14］踵事增华：继承前人事业，使它更美好完善。

[15] 西邻礿（yuè）祭：周人薄祭鬼神，得到鬼神的福佑。西邻：周朝的人。礿祭：古代宗庙时祭名。在夏商时为春祭，在周代则为夏祭。《易·既济》："东邻杀牛，不如西邻之礿祭，实受其福。"

梦吾子传

戊戌（1778年）十月作并赞

原文

梦吾子者，寓于形梦者也[1]。性嗜酒，兼嗜睡，稍余杖头钱[2]，即沽美酒，饮至数升[3]，解衣磅礴[4]，颓然而睡，睡亦忘其为冬夜夏日。醒则摊书，倦夏枕藉而卧[5]，自以为得梦中之趣云。尝醉睡歌以自娱，人无不笑其迂者。今年及四十，得毕向平之愿[6]，行将解脱束缚，着道履短衣，登华岳，上莲峰，访仙人之洞，求希夷当年睡处[7]，而后归卧云庵[8]，以觉大梦与。

赞曰[9]：尔貌清癯，尔性夷犹[10]。闭关守寂，醉睡忘忧。匪羽士之翱游[11]，抑岂同石隐之流。噫喜（嘻）！庄周梦蝴蝶，讵知蝴蝶非庄周。

译文

梦吾子，是寓寄在我梦中的形体。嗜好喝酒，还特别喜好睡觉，稍微有点酒钱，就去买美酒，喝到几升，解开衣服张腿箕坐，任情豪放地睡卧。睡时也忘了冬夜夏日，醒后就摊开书，夏天疲倦了就纵横交错地和书躺卧在一起，自以为得到了梦中的趣味。曾醉睡唱歌自娱自乐，人们没有不笑他迂腐的。今年快到四十，得以完成子女婚嫁之事，将要解脱束缚，穿上道士的鞋平民穿的短衣，登华山，攀上莲花峰，寻访仙人洞，寻求陈抟当年睡卧之地，而后归卧怡云庵，以使大梦觉醒吧。

赞文说：你的相貌清瘦，你的性格从容。独居守静，醉睡忘忧。不是道士遨游，或难道同隐石一样。噫！庄周梦蝴蝶，哪知道蝴蝶不是庄周。

注解

[1] 寓于形梦：寓寄在梦中的形体。

[2] 杖头钱：酒钱。《世说新语·任诞》："阮宣子常步行，以百钱挂杖头，至酒店，便独酣畅。虽当世贵盛，不肯诣也。"

　　[3]升：《小尔雅》："两掬谓之升。"

　　[4]磅礴：箕坐，两腿张开坐着，形如簸箕。元金灏《竹深处》诗："净扫苍苔夜留客，解衣磅礴兴无穷。"

　　[5]枕藉：纵横交错地躺卧在一起。

　　[6]向平之愿：子女婚嫁之事。

　　[7]希夷：陈抟，字图南，号扶摇子，北宋著名的道士、养生家，尊奉黄老之学。著有《胎息诀》《指玄篇》《观空篇》《易龙图序》《太极阴阳说》《太极图》等，后晋天福十二年（947年），陈抟同麻衣道者隐居华山云台观。常游历于华山、武当山之间。宋太宗赵光义两次召见陈抟，赐"希夷先生"称号。北宋端拱初年（988年），仙逝于华山张超谷，享寿118岁。

　　[8]云庵：作者书斋名"怡云庵"的简称。

　　[9]赞：一种文体，用于颂扬人物。

　　[10]夷犹：从容不迫。

　　[11]羽士：旧指道士。

自寿文

乙未（1775年）四月

原文

　　人莫不欲有寿，有乐乎寿而不获者，人祈寿而天靳寿也[1]；有不乐乎寿而偏致寿者，人厌寿而天予寿也。且世之寿人者，人有可寿之实，寿之可也，即不寿亦可也；人无可寿之实，寿之亦无不可也，而不寿转觉其不可也。

　　有可以寿而寿之者，金薤珠玉皆寿器也[2]，锦绣纂组皆寿物也[3]，岛屿蓬瀛皆寿语也[4]，青衿朱履皆寿衣也[5]，八龙三凤皆寿裔也[6]，天寿而人争寿之也。有不求寿而获寿者，藜藿三餐皆寿馔也[7]，鹑衣百结皆寿服也[8]，负薪执爨皆寿事也[9]，涕唾沾巾皆寿容也，子堕孙愚皆寿嗣也，人不欲寿而天寿之也。

　　余也年及强仕[10]，而半通未绾[11]，似无事可寿；攻苦廿年，而牛衣尚拥[12]，似无名可寿；且酒债诗魔缠绕半生，而无以自遣也，似无可寿之趣；雪案萤窗[13]，耗费心血，而无以自娱也，似无可寿之学；头童矣[14]，齿豁矣，似无可寿之征；磬悬矣，甑尘矣[15]，又无可寿之境。然而性灵耿耿，寿神即寿形也；元精历历，寿心即以寿身也。啸歌发于金石[16]，寿在林泉也；著作藏于蓬庐，寿在简编也；有书可读，有子可教，寿在家庭也；胸无俗情，心无机事，寿在清明也。我不必有求于寿，安知寿之不适如乎我所愿也？我虽不乐乎寿，又安知寿之不适中乎我所厌也？

我所谓寿，皆世之所见为无可寿者，而我乃得以寿我也。我所为寿，正天之所不肯轻寿人之者，而我幸得承天之寿我也。人虽欲寿我，而我还以人之寿者问诸天，必不以人之寿人者寿我也。天将欲寿我，而我即以天之寿寿诸我，必不以我之自寿者寿我也。天寿之，不必其人寿之[17]，不如我自寿之也。

译文

人没有不想长寿的，有乐于长寿而不能得到的，有祈求长寿而上天不肯给予长寿的。有不乐于寿偏偏长寿的，这是人厌恶长寿而上天给予长寿。何况世上祝人长寿的，有能长寿的实际景况，长寿是可以的，就是不长寿也行；人无长寿的实际景况，祝其长寿也是可以的，而不祝其长寿反觉不妥。

有能长寿而祝其长寿的，金花珠玉都是他的寿器，精美的织锦都是寿物，蓬莱瀛洲等仙境都是寿语，青衫红鞋都是长寿衣服，儿女成才都是长寿的后代，天给予他们长寿而人们争着给他祝寿。有不求寿而获得长寿的，每日粗劣的饭菜都是长寿饭，破烂的衣服都是长寿服装，打柴做饭都是长寿的事，鼻涕唾沫满脸都是长寿的容颜，儿子堕落孙子愚昧都是长寿的后代，他们个人不想长寿而天让其长寿。

我年近四十，虽中举有了做小官的资格，但没授实职，似乎没什么事情可寿。攻书苦读二十年，而仍然穿着贫寒的衣服，似乎无名望可寿，况且酒债、为诗着魔缠绕半生，而没东西消遣，似没长寿的兴趣；勤学苦读，耗费心血，而没有自娱的东西，似没可寿的知识；头秃了，齿豁了，似乎无长寿的征兆；乐器悬挂起来了，蒸锅落满了尘土，没有长寿的环境。但是精神性格显著，长寿的精神就是长寿的形体；天地的精气分明，长寿的心就是长寿的身。

长啸吟咏发生在钟磬一类乐器上，长寿在幽林泉边；著作藏在茅舍，长寿在简要的书本上；有书可读，有子能教，长寿在家庭；胸中没世俗的情思，心中没机巧的事，长寿在于清明。

我不必求长寿，哪里知道长寿不适合我所愿呢？我虽不乐于长寿，又哪里知道长寿不切合我厌恶的东西呢！

我所说的寿，都是世上见到的不能增寿的，而我才得以增寿给自己。我所作的寿，正是老天不肯轻易增寿给别人的，而我有幸得以承受上天让我长寿。人们虽然想使我长寿，而我还以长寿的人问之于天，必不会以长寿的人给我祝寿。天想使我长寿，我就以天给我的寿命祝寿于我，必定不会以我自己想活多少寿命来助寿于我。天给寿命于他，不必别人给他增寿，不如我自己给自己增寿。

[1] 靳：吝惜，不肯给予。

[2] 金薤（xiè）：泛指金花、金枝。薤，野蒜。

[3] 纂组：赤色绶带。亦泛指精美的织锦。

[4] 岛屿蓬瀛：传说中的三大仙山中的蓬莱和瀛洲。

[5] 青衿朱履：明清科举时代专指秀才穿的服装。衿，衣领。履，鞋子。

[6] 八龙三凤：汉代荀淑的八个儿子人称八龙，唐代薛收的三个儿子人称三凤。这里是比喻儿女成才。

[7] 藜藿：藜和藿，两种野菜。亦泛指粗劣的饭菜。《韩非子·五蠹》："粝粢之食，藜藿之羹。"馔：这里指食物。

[8] 鹑衣：破烂的衣服。鹑尾秃，故称。出自《荀子·大略》："子夏贫，衣若县鹑。"百结：用碎布缀成的衣服。《艺文类聚》卷六七引晋王隐《晋书》："董威辇每得残碎缯，辄结以为衣，号曰百结。"

[9] 负薪：背负柴草。谓从事樵采之事。《礼记·曲礼下》："问庶人之子。长曰：'能负薪矣。'幼曰：'未能负薪也。'"

[10] 强仕：四十岁的代称。语本《礼记·曲礼上》："四十曰强，而仕。"

[11] 半通未绾：中举有了做小官的资格但没授实职。半通，即"半印"，旧印章名。下级官吏所用。汉制，丞相、列侯至令丞，都用正方形的大印。小官如管仓库、园林的，只能用大官印的一半，印呈长方形。后世沿其制，叫半印。这里指自己中举，有做官的资格。未绾：未绾结，指未授实职。

[12] 牛衣：用麻或草织的给牛保暖的护被。比喻处境贫寒。《汉书·王章传》："章疾病，无被，卧牛衣中。"

[13] 雪案萤窗：在冰凉的案头伴着微如萤火的灯火读书，比喻勤学苦读，同"雪窗萤几"。元吴昌龄《张天师》第一折："[小生]雪案萤窗，辛勤十载，淹通诸史，贯串百家。"

[14] 童：秃。

[15] 甑尘：甑上布满灰尘。形容生活贫苦，食物多为粥汤，蒸锅罕用，以至落满灰尘。甑，古代蒸饭的一种瓦器，底部有许多透蒸气的孔格，置于鬲上蒸煮，如同现代的蒸锅。

[16] 金石：指钟磬一类乐器。

[17] 其人：那个人，多指第三方。

与杨槐园同年书

壬寅（1782年）自镇邑寄

原文

去冬自尊府一别，倏易裘葛[1]。青海黄河，时深跂予之望[2]；停云落月[3]，殊增离索之思[4]。鳞羽稀逢[5]，音问间阔[6]。每忆西窗剪烛时[7]，不禁寤寐系之矣[8]。自嘉平月得接手书[9]，承示镇番之役，即于正月朔六日束装起身，十七日抵镇。数月以来，惯见风撼长林，沙飞石漠，昼掩双扉，夜剔残烛，客中滋味，惟自知之，不堪向知己告也。每常别有所图，而机会难遭，动辄相左，是以暂尔淹留，职此之故，非得已也。比稔吾兄寄迹朔方，起居佳胜，足慰远怀。

三月间，吾兄与桐封一札[10]，内别有所云。仆看来事恐不谐，似不必以前言作左券操耳[11]。令五弟曾否就馆[12]，并未得信，闻高昆圃主河州讲席，我辈踪迹，半是依人，而兄以旷达之怀，寓繁盛之地，人影衣香[13]，倍增风韵，如仆之旅况寂寥，又将何以为情耶？

每欲修候，但握管不知所云，徒乱人意，所以迟迟至今。此江郎因别赋而销魂[14]，非叔夜懒作报书故也[15]。想知己必能鉴原于格外耳。

译文

去年冬天从贵府分别，倏忽寒暑易节。处在青海黄河的我，时刻深切地跂脚遥望；思念之情使云停月落，特别增加萧索孤独之感。书信稀少，音讯久别。每当回忆起剪烛聚谈，不禁日夜想念不已。自从腊月接到手信，承蒙示意赴镇番（今甘肃民勤县）任职役使，就在正月初六收拾行装起身，十七日到镇番镇，几月以来，习惯于见大风撼动高大的树林，沙子飞扬在石滩荒漠，白天关着双门，夜间挑着残烛，客居在此的滋味，只有自己知道，不能向知己你相告。常常想别的出路，但机会难遇，动不动彼此相违，因此暂时羁留，任职在此，情非得已。您寄居朔方（今宁夏吴忠），日常生活美好，足以使远方的我感到安慰。

三月间，您寄给我帝王封拜的信一份，里面有别的说法。我看事恐怕不成，似乎不必把以前的话当作有把握的事。你的五弟是否赴宫廷治事之所，并没得到信息，听说高昆圃主讲河州教席，我们这些人一半是依从之人，兄弟你以旷达的胸怀，寓居在繁华兴盛之地，当地女子的人影衣香，倍增风韵，像我的旅居状况寂寞空虚，又用什么寄托情感呢？

每当想写信问候，但握笔不知说些什么，所以迟迟到了今天（才写这封信）。这是我像江郎因《别赋》而销魂，不是似嵇康因懒散，向山巨源写信而辞官的缘故。想必了解我的你一定能格外鉴察原谅我。

[1]倏易裘葛：寒暑变化很快。倏易，急速变化。裘，冬衣；葛，夏衣。借指寒暑时序变迁。

[2]跂予之望：踮起我的脚远望。《荀子·劝学》："吾尝跂而望矣。"

[3]停云落月：思念之情使云停使月落，指对亲友的思念深沉。典出晋陶潜《停云诗序》："停云，思亲友也。"唐杜甫《梦李白》诗："落月满屋梁，犹疑照颜色。"

[4]离索：因分居而孤独，萧瑟。

[5]鳞羽：代称鱼和雁，借指书信。稀逢：指书信来往少。

[6]间阔：久别，远隔。汪藻《庚午岁屏居零陵》诗："人言间阔者，一日如三秋。"

[7]西窗剪烛：原指思念远方妻子，盼望相聚夜语。后泛指亲友聚谈。唐李商隐《夜雨寄北》诗："何当共剪西窗烛，却话巴山夜雨时。"

[8]寤寐（wù mèi）：醒和睡。指日夜。引申指日夜思念、渴望。

[9]嘉平月：腊月的别称。

[10]桐封：周成王的胞弟叫叔虞，据传叔虞与成王玩耍，成王把一桐叶剪成一个似玉圭的玩具，对叔虞说：我将拿着玉圭封你，史称"桐叶封弟"。后因以指帝王封拜。简称"桐封"。

[11]左券操：古代称契约为券，用竹做成，分左右两片，立约的各拿一片，左券常用作索偿的凭证。后来说有把握叫操左券。

[12]就馆：赴官府治事之所。

[13]人影衣香：人的影子，衣服上的香气。写女性的气息、形体。见清王士祯《冶春绝句》："日午画船桥下过，衣香人影太匆匆。"

[14]江郎因别赋而销魂：江郎，南朝江淹，其《别赋》有："黯然销魂者，唯别而已矣。"

[15]叔夜懒作报书：叔夜，嵇康的字。山巨源，名涛，与嵇康等友好，为"竹

林七贤"之一。嵇康听到山涛在由选曹郎调任大将军从事中郎时，想荐举自己代其原职的消息后写信给山涛。信中拒绝了山涛的荐引，指出人的秉性各有所好，申明自己赋性疏懒，不堪礼法约束，不可加以勉强。他强调放任自然，既是对世俗礼法的蔑视，也是他崇尚老、庄消极无为思想的一种反映。全文奋笔直书，说理透辟，文辞犀利，字里行间洋溢着不与世俗同流合污的兀傲情绪，具有鲜明个性。

原文

月望接手书[2]，情文兼至，恍如把臂人（入）酒肆[3]，畅饮快谈，一倾胸中积愫也[4]。忆客岁仲夏[5]，河梁做别，黯然消魂者数日。抵家半月，接高昆圃手书，知家室无恙，远怀为慰。而吾兄消息，从无侦问[6]，时深悬念。

九月初，仆因事赴兰，得知吾兄尚住河州，阖潭团聚[7]，真吉人天相，而慈悲大士之经，吾兄一路讽诵之精诚，足以格神灵而御凶暴矣[8]。逖听好音[9]，为立额庆。

仆住省二十日，暇时与昆圃诸同人，登华林山，慨然见青山白骨，益增凄楚。于是陟山陬，登五泉，见夫昔日之危楼杰阁，一变而为碎瓦颓垣。天下盛衰之感，固如是之迅速乎？更见夫高明之家[10]，鬼瞰其室，屈指旧交，半为磷火[11]，有不触目而怆怀者乎？于是览毕而叹，兴尽而返。正月朔六日，仆有镇番之役，自念头颅如许[12]，何堪为人作嫁，但为此阿堵物竟尔逐人于长城之外[13]，想我辈必是前劫中挥霍过甚[14]，故今生罚在贫苦队里受此折磨耳。如仆庸碌，固无足怪，而吾兄以文人而娴吏治，尚尔奔驰千里，无一美善之区，其他又何论焉？

仆暂栖此地，以俟别有机缘，再图良策，吾兄行住若定，尚惠我好音，以慰离思，是所切望。

译文

十五日接手信，情感文采兼到，恍然如握持着手臂进入酒楼，畅快地饮酒，愉快地交谈，尽数倒出了心中多年的真情。回忆去年五月，河桥作别，使人心神沮丧、失魂落魄了好几日。

到家半月，接高昆圃手信，知家眷平安，欣慰他远地记怀。而你的消息，没地方打听，时时深切挂念。

九月初，我因事去兰州，得知你还在河州，全家团聚，真是吉人天助，而慈悲大士的经文，你一路精诚讽诵，足以感通神灵而抵御凶暴了。远闻好消息，为你立刻额手称庆。

我住省城二十天，闲暇时与昆圃及同道之人登华林山，看见青山上的白骨，感慨之外更增凄凉悲哀。于是从偏僻处攀爬，登上五泉山，见往日高耸的楼阁，一下变成了颓垣碎瓦。世道的盛衰，就像这样迅速吗？更见那以前的富豪之家，鬼窥视着内室，屈指可数的旧交，一半变为磷火，有不见眼前之景而悲怆怀念的吗？于是观览后感叹，兴尽而返。正月初六，我有赴镇番镇的差使，自念年龄这样大了，怎能忍受为人作嫁衣裳，但为了钱最终追逐到长城外，想来我等必定前劫中挥霍过度，因此今生被惩罚在贫苦行列里受折磨吧。像我平庸碌碌无为，本来没什么奇怪的，而老哥你凭文人身份而熟悉吏治，尚且这样奔跑千里，没一个美好的地区（落脚），其他人又说什么呢？

我暂时栖居在这里，等待别的机会缘分，再谋好的办法，老哥行住若能安定，还望告知我好消息，以安慰我离别的思念，这是我殷切盼望的。

注解

　　[1]孝廉：汉武帝时设立的察举、任用官员的一种科目，孝指孝顺亲长，廉指廉能正直。明、清雅称举人为孝廉。镇邑：今甘肃民勤。

　　[2]月望：望月，月满之时。月满通常在月半，故多指农历十五。

　　[3]人：疑为“入”。

　　[4]积愫：多年的真情。

　　[5]客岁：去年。

　　[6]从无：疑为“无从”。

　　[7]阖潭团聚：全家团圆。阖，全。潭，潭府，尊称别人的大宅。

　　[8]格：感动通达。《尚书·君诰》：“格于皇天。”

　　[9]遄：远。

　　[10]高明之家：富贵、有声望的人家。

　　[11]磷火：人或动物尸体腐烂分解出的磷化氢，自燃后发出青白色火焰。民间认为是鬼魂，俗称“鬼火”。这里指去世。

　　[12]头颅如许：年龄这样大了。《宋史·杨万里传》：“吾头颅如许，报国无路，惟有孤愤。”

[13] 阿堵物：西晋的一些文士自命清高，耻于言钱，钱被称为"阿堵物"，如同后代称钱为"孔方兄"。"阿堵"为六朝时口语"这个"的意思。

[14] 劫：佛教名词。"劫波"（劫簸）的略称，意为极久远的时节。古印度传说世界经历若干万年毁灭一次，重新再开始，这样一个周期叫作一"劫"。

徐老实传

原文

徐老实者，苏山书院役人也。性痴憨，人以老实呼之。予于壬寅秋，受同年王公聘[1]，主镇邑书院讲席。到馆日，见有徐老实者，供支洒扫，收管门户。予见其贫老，颇怜之。癸卯春，予自里门，复至苏山，徐仍服旧役，予觇其为人[2]，年老而发黑，善睡善饭，性最拙。室中盘盂诸器[3]，都不辨识，至于移席掇茗之役[4]，俱不能办，其他事之拙类此者不可胜纪。予因徐不能供细务，常面斥之曰："世之拙如尔者，有几人哉？"既而悔己之过，且慕徐之拙。

夫天下之巧者挟其聪明才智，以争胜于名利之场，卒至日暮途远，无所栖泊者何可胜道。即或侥幸于万一，而有时事起于仓促，功堕于末路，欲求为庸人，而万万不可得者，岂少哉？此其人才力皆足以有为，而精神复足以相济，非巧而曷克至此？迨至追维往昔悔恨无端，而始叹巧之不如拙也，抑已晚矣！庄子曰："木之臃肿不材者，得自老其天年。"徐某者，貌陋而性拙，身强而多寿，与木之不材也。予有感于徐之拙而为之传。嘉徐之拙，藉以自警也。

禀为未敢慢藏，俨同海盗[5]；不矜细行，终累大德事，情缘小人[6]。服劳艺苑，业已等于执鞭[7]；供役文场，事竟同于破甑。时维九月，蒙赏工食于馆人[8]；漏值三更，偶遇机心于多士[9]。岂真幻同蕉鹿[10]，顿成一梦之疑；或是质化飞蚨[11]，莫辨五铢之去[12]。自念老夫耄矣，谁怜囊橐之空；因思稚子茫然，乃工攫拿之术。虽其细已甚，而大德逾闲。在此日佩鞬佩觿[13]，渐成书幌之蠹[14]；则他年采芹采藻[15]，定类泮林之鸮[16]。如兹夜之为，岂是青衿之隽在[17]，小人泆踊而走[18]，已嗟南郭之贫；在伊等凿壁以偷，甘蹈东陵之虐。此真有腼面目，别有肺肠者矣。噫！不作万选之青钱，双眸小于鹅眼；自污千金之白璧，半点细似蝇头。狗盗出其门，漫说孟尝之得士；兔园工其册[19]，空谈枚叔之多才。伏维，一路福星[20]，万家生佛，俾得珠还合浦[21]，剑复平津[22]。庶城厥无佻达之风，而茅簷（檐）感生之德矣。

乾隆四十八年癸卯在镇番书院代门役徐某戏作，时余主镇邑书院讲席。镇番书院之门役即徐敬堂，因附粘于此传之后。

译文

徐老实是苏山书院跑腿打杂的，性子愚笨朴实，人们用"老实"称呼他。我在壬寅年（1782年）秋天，受同榜王公的聘请，主讲镇番县（今甘肃民勤）书院。到馆舍那天，见有个叫"徐老实"的，供我使唤打扫，收拾管理门户。我见他贫寒年老，很可怜他。癸卯年（1783年）春，我从里门又到苏山书院，徐仍然做以前的差使，我暗中查看他的为人，年老而头发黑，睡得香，饭量好，性最笨拙。室内的各种圆盘方盂等器皿，都不能辨识，至于考生考试时坐错位置，拾掇茶水等事都不能办理，其他类似的笨事举不胜举。我因徐老实不能供使琐碎事务，常当面斥责他说："世间像你这样笨拙的有几个人啊！"过后又后悔自己错了，并羡慕徐老实的笨拙。

那些天下灵巧的人凭着自己的聪明才智，在名利场争胜，到最后日暮路远，没地方栖居停泊的哪里说得完，即使一万人中有一个侥幸成功的，有时事起仓促，功劳坠落在末路，想求为平庸的人，也万万不得的，难道还少吗？那人才干能力都足以有为，而精神又足以相助，不是恰巧而何能至此？等到追忆往昔悔恨无边，才开始感叹灵巧不如笨拙，然而已经晚了！庄子说："树木臃肿不成材的，得以自然老死而尽天年。"徐老实，相貌粗陋而心性笨拙，身体强健而长寿，与树木不成材相类。我有感于徐的笨拙而为他写了传，嘉奖徐老实的笨拙，借此自己警示自己。

禀性如此，收藏财物不慎，很像诱人偷窃；不慎于小事，终损大德。和小人结缘，服务劳作在文学艺术荟萃的处所，已经等于执教，在文教之地服务奔走，所从事的工作最终如同对着一个破瓦器。时间在九月，上级给书馆的人发工钱，时间到夜半，偶尔在众多士人中遇上了盗贼。难道真的如同蕉鹿似的幻觉，一下子怀疑是一个梦。或许变化为飞钱，不能辨别钱的去向。自念我老了，谁可怜我囊中空空，由此思念幼子不知该怎么办。他竟擅长抓取之术，虽小到极点，而大德越出法度，在这里天天摆出佩戴鞯鞴的斯文架势，却哪知逐渐成了书房的蛀虫，那么以后考得功名，必定类似于学林中的猫头鹰。

像这夜的作为，哪里是学生中俊才，小人极端恐惧而逃跑，已嗟叹南郭先生的贫困，在他这类人打洞来偷，甘心投身东陵的虐待。这真要有厚脸皮，别有心思的。噫，不做万中选一的优秀人才，双眼比鹅眼还小，自己玷污了价值千金的洁白玉璧，换用细似蝇头的微利。狗盗之徒从这门里出来，别说孟尝君能得到真正的士；学堂里擅长浅近的书籍，说枚乘多才就是空谈。低头思考，一路福星当头，泽被万家，使得消失的珍珠重新回来，剑恢复平静。但愿此后城里没了轻薄放荡的风气，而茅屋感谢无凿壁的恩德了。

乾隆四十八年癸卯（1783年）在镇番书院代替姓徐的守门人戏作，当时我主持镇番县书院讲席。镇番书院的门房就是徐敬堂，因而附粘在这篇传的后面。

王壹斋

评

古今多少聪明汉，断送茫茫苦海中，读之发人深省。

注解

[1] 同年：同榜或同一年考中的人。

[2] 觇：暗中察看。

[3] 盘盂诸器：圆盘方盂等器皿。

[4] 移席：科举考试用语。清制，童生的考试多在考棚中进行，考前要将考生编号，考生入场后必须依号入座，如有随便换坐者，称移席。按规定，移席属违章之举。掇茗：拾掇茶水。

[5] 慢藏诲盗：语出《易·系辞上》：“慢藏诲盗，冶容诲淫。”意即，财物保管不善，无异于诱人偷窃；女子打扮妖冶，无异于引诱别人做出过分之举。

[6] 情缘：指一般缘分。《西游补》第一回："总见世界情缘，多是浮云梦幻。"

[7] 执鞭：做教师。

[8] 工食：工钱。

[9] 机心：技巧功利之徒，这里疑指小偷。

[10] 蕉鹿：《列子·周穆王》载：郑国有个人在野外打柴，遇到一只惊慌奔跑的鹿，郑人拦截击打，打死鹿后怕有人见到，急忙把鹿藏到无水的城壕中，用柴草覆盖。不久，忘记了藏鹿的地方，于是认为自己可能做了个梦。蕉，通"樵"。后以"蕉鹿"指梦幻。元贡师泰《寄静庵上人》诗："世事同蕉鹿，人心类棘猴。"

[11] 蚨：古代用作铜钱的别名。

[12] 五铢：中国古代货币。这里指铜钱。

〔13〕佩鞢（shè）佩觹（xī）：佩戴鞢觹等玉器。鞢用玉或象骨制的钩弦用具，着于右手拇指，射箭时用于钩弦拉弓，即扳指。觹，古代一种解结的锥子，用骨、玉等制成，也用作佩饰。

〔14〕书帏之蠹：书房里的蠹虫。书帏，书帷，也指书房。南朝梁刘孝绰《〈昭明太子集〉序》："犹临书帏而不休，对敧案而忘怠。"

〔15〕采芹采藻：指考取功名。采芹，《诗·鲁颂·泮水》："思乐泮水，薄采其芹。"毛传："泮水，泮宫之水也。"郑玄笺："芹，水菜也。"古时学宫有泮水，入学则可采水中的芹以为菜，故称入学为"采芹""入泮"。后也指考中秀才，成了县学生员。采藻，同上，"思乐泮水，薄采其藻"。

〔16〕泮林之鸮：指学林中的败类。鸮，猫头鹰，凶禽。

〔17〕青衿：典出《诗经·郑风·子衿》："青青子衿，悠悠我心。"描写的是周朝学子的服装，因此"青衿"代指周朝国子生，明、清也指秀才。隽：通"俊"，优秀，才智出众。

〔18〕浃踵：疑为"浃踵"。"汗流浃踵"的缩写，意思是汗出得多，流到脚跟。常形容极端恐惧或惭愧。清蒲松龄《聊斋志异·晚霞》："阿端意计穷蹙，汗流浃踵。"

〔19〕兔园工其册：擅长浅近的书籍。兔园册，读书不多的人奉为秘本的浅陋书籍。清龚自珍《与吴虹生书》之十一："已就丹阳一小小讲席，岁修不及叁百金，背老亲而独游，理兔园故业，青镫顾影，悴可知已。"

〔20〕一路福星：原指一个行政区域为民谋福的好长官。后用作祝人旅途平安的客套话。路，本为宋代的行政区域名，后指道路；福星，岁星。

〔21〕珠还合浦：东汉时，合浦郡盛产珍珠，当地老百姓以采珠为生，贪官污吏趁机盘剥，珠蚌产量越来越低，饿死不少人。汉顺帝派孟尝当合浦太守，他革除弊端，不到一年，合浦又盛产珍珠了。比喻东西失而复得或人去而复回。

〔22〕剑复平津：典出《晋书·张华传》。吴未灭之时，斗牛之间有紫气，平吴后，紫气益盛。张华与精通纬象的豫章人雷焕密谈，认为这是"宝剑之精，上彻于天耳"，于是让雷焕主政豫章丰城，暗寻宝剑。雷焕果然于丰城地下掘出宝剑两柄，一曰"龙泉"，一曰"太阿"。雷焕将其中一支送予张华，一支自用，有人认为雷焕"得两送一"，而张华不可欺，雷焕说："本朝将乱，张公当受其祸。此剑当系徐君墓树耳。灵异之物，终当化去，不永为人服也。"张华得剑，回信雷焕："详观剑文，乃干将也，莫邪何复不至？虽然，天生神物，终当合耳。"后来张华被诛，剑失。雷焕卒，其子雷华为州从事，持剑过延平津，剑忽然从腰间跃出，堕入水中，派人寻之，水中不见剑，但见两龙盘旋。雷华叹道："先君化去之言，张公终合之论，此其验乎！"

睡乡记

癸卯（1783 年）镇邑作

睡乡者海上怡云道人之所居也。道人好游，数至青门[1]。望终南，蹑华岳。走龙门[2]，探禹旧迹，访伊洛间[3]。涉瀍涧[4]，北过易水[5]，登燕山。途经邯郸，访卢生入梦处[6]。入晋地，过平阳、蒲坂，凭吊唐虞故都[7]。到榆关[8]，历朔方。倦游而返憩于睡乡。是乡风景顿异，其山川人物，率多目所未觏（睹），道人日徜徉其中，倏然有世外想。予与道人相交于四十多年前，形影与俱，每饭不忘。今年来，道人邀予驻是乡，颇恣幽讨。道人嘱予曰："此中趣，惟此中人领之，不足为外人道也。"予将归，道人嘱予为记。因记其乡，并志与道人相交最久矣。

译文

睡乡是海上怡云道人居住的地方。道人喜欢游历，几次到达陕西长安城东南门。眺望终南山，踏登华山。走访河南龙门山，探讨大禹留下的旧迹，访问河南伊河、陕西洛河之地。跋涉瀍水涧沟，向北经过河北易水，攀登京郊燕山。经过河北邯郸，走访传说卢生在邯郸做黄粱梦的地方。进入山西，过平阳、蒲坂，凭吊尧、舜的古都。到山海关，游历河套。游离疲倦而返回休息在睡乡。这乡的风景立刻异常，这里的山川人物，大多没有见过，道人每日陶醉其中，忽然有脱离尘世的思想。我与道人相交在四十多年前，形影都在一起，每次吃饭不忘记。今年以来，道人邀请我停留在睡乡，很放纵寻讨幽隐的山水秘境。道人嘱咐我说："这里的趣味，只有这里面的人领会，不值得给外人说。"我将要回归，道人嘱托我记载，所以记述睡乡，并记我与道人是相交最久的了。

注解

[1]青门：长安城东南门。本名霸城门，因其门色青，故俗呼为"青门"或"青城门"。

[2]龙门：山名，在河南省洛阳市南。《汉书·沟洫志》："昔大禹治水，山陵当路者毁之，故凿龙门，辟伊阙。"

[3]伊洛间：指河南伊河、陕西洛河之间。

[4]瀍：水名，在河南省洛阳市西北，东南流入洛水。

[5]易水：水名。在河北省西部。源出易县境，入南拒马河。《战国策·燕

第三》："风萧萧兮易水寒，壮士一去兮不复还。"

[6]卢生入梦：也称卢生梦、黄粱梦，唐沈既济《枕中记》载：卢生在邯郸旅馆住宿，入睡后做了一个梦，梦中享尽了人生的荣华富贵，醒来的时候小米饭还没有熟。

[7]唐虞故都：山西平阳相传为古帝尧帝的都城，山西永济市古称蒲坂，传为舜帝的都城。

[8]榆关：山海关的古称，也称"临榆关"。

醉乡记

原文

醉乡者，醉侯刘公之所居也[1]。醉侯性旷达，不耐烦嚣，胸襟无所累于世，每超然有物外之风焉。有密友掬生者，嗜好颇洽，遂定平生欢。相偕居于其乡，兴至则啸歌一室[2]，或弄柔翰[3]，顷刻万千言，率皆豪放不羁，有时与掬生上下其议论，口若悬河，必尽吐其胸中之奇气而后止。或有讥醉侯者曰："公岂有托而逃焉者耶？"公曰："吾与掬生交二十年，未尝一日相离，行将老于是乡焉，何清冥之逃耶[4]？"予与醉侯交最久，常来往是乡，颇领其趣。予近抱微疴，不能造访，而是乡风景，依依宛在目前，昔王无功作醉记[5]，不知与侯所居之乡同耶，否耶？他日搜遗文而读之，知必有以开拓予心也。

译文

醉乡是竹林七贤之一醉侯刘伶住的地方。醉侯性格旷达，不喜烦闹喧嚣，心中对尘世没牵挂，常常有超出世俗生活之外的举止态度。有个亲密朋友叫掬生，嗜好跟他很相投，于是定为好朋友，相互偕同住在醉乡，兴致来了就在同一间房里长啸歌吟，或把玩毛笔，一阵功夫写出成千上万的字，大多豪放不羁；有时与掬生共同议论文章，口若悬河，必定尽吐胸中的奇特不凡之气才停止。有个讥讽醉侯的人说："您难道有所寄托而在逃避吗？"醉侯说："我和掬生交往二十年，未曾离开一天，将要在这醉乡养老，为何逃避这清澄而深远之地呢？"我和醉侯交往最久，常来往于醉乡，很领会其中的乐趣。我近来身患小病，不能去拜访，而这醉乡的风景，萦绕胸怀宛然就在眼前，从前王无功作《醉记》，不知与醉侯所住的醉乡相同呢，还是不同呢？将来有一天搜到遗留下的文章来读它，知道必定有开拓我心的地方。

注解

[1] 醉侯刘公：刘伶字伯伦，沛国（今安徽淮北）人，魏晋时期名士，与阮籍、嵇康、山涛、向秀、王戎和阮咸并称为"竹林七贤"。刘伶嗜酒如命，被称为"醉侯"常常坐着鹿车，带一壶酒，使人扛着锹跟着，说："如果我醉死了就把我埋了。"还曾发出"我以天地为栋宇，屋室为裈衣，诸君何为入我裈中？"的酒后豪言。好老庄之学，追求自由逍遥、无为而治。曾在建威将军王戎幕府下任参军，因无所作为而罢官。泰始二年，朝廷派特使征召刘伶再次入朝为官。而刘伶不愿做官，听说朝廷特使已到村口，赶紧把自己灌得酩酊大醉，然后脱光衣衫，朝村口裸奔而去。朝廷特使看到刘伶后深觉其乃一酒疯子于是作罢。刘伶最终一生不再出仕，老死家中。

[2] 啸歌：长啸歌吟。《诗·小雅·白华》："啸歌伤怀，念彼硕人。"

[3] 柔翰：毛笔。《文选·左思〈咏史〉》："弱冠弄柔翰，卓荦观群书。"刘良注："柔翰，笔也。"

[4] 清冥：清澄而深远。

[5] 王无功：唐代诗人王绩，字无功。王绩隋末举孝廉，除秘书正字，后弃官归乡。性简傲，嗜酒，能饮五斗，自作《五斗先生传》，撰《酒经》《酒谱》。

原文

同谱兄弟，远隔云山。自兰泉一别，五历岁华。云鹤雪鸿，踪迹莫定。瞻望停云，倍多离绪。自壬寅春月，君客朔方，仆馆苏山[1]。虽藉尺素以抒怀，而脉脉孤情[2]，有非楮墨所能尽者[3]。继而君馆河州，仆适在家赋闲。虽河湟咫尺，而鳞羽稀逢，莫由修候。每当天朗气晴，酒酣耳热，时时有一君之笑貌声音，辘轳胸次也。至仆连年景况，家居则贫，甚于北门[4]，履穿于东郭[5]，出门则借枝于鹪鹩[6]，争食于鸡鹜[7]。仆之出处，诚不堪为知己道也。兹因契好荐人中协，到馆后，即造尊府，晤令八弟，坐谈片刻，得悉文履绥和[8]，诸多畅遂，遂泐一函奉候[9]。凉入清照[10]，惟我辈碌碌依人，终非长策，丁未大挑伊迩[11]，机会万不可失。惟我二人，当明岁嘉平之月[12]，驾款段车[13]，登长安道，或者天悯我俩劳人，于莫可捉摩之中，博得一冷官到手[14]，彼此可以娱老矣。此亦日落穷途，

吴
梠
诗文译注

无聊中之极想也。君其首肯余言否？节届中秋，仆客居珂里，愧无以为萱堂之敬^[15]。谨备月饼瓜果二色，略展微忱，并以远闻。

译文

  同榜中举的兄弟，远隔云遮雾障的高山。自兰州五泉山分别，已历五个春秋。各自如云中飞鹤、雪中鸿雁，踪迹不定。远望停留的云彩，离别思念之情加倍。自壬寅（1782年）春，君客居在朔方，我住宿在镇番苏山书院，虽凭借书信来抒怀，连绵不断的孤独，不是文字能够表达完的。接着君主讲河州，我正好没有职业在家闲住。虽然黄河、湟水相隔咫尺，而行迹稀少，没有修书问候。每当天气晴朗，酒酣耳热，时时有你的笑貌声音，在胸中如同旋转的辘轳。至于我这几年的境况，居家就贫困，比《诗经·邶风·北门》中描述的还要穷酸艰难，贫困饥寒似《史记》中记载的东郭先生一样，在雪地里走，鞋子只有鞋面没有鞋底，脚完全踩在泥地上。出门就向鹬鹩一样，在贫寒的小户人家借宿，似鸡鸭一样与缺食的人争食。我的处境，确实不能向了解自己的人说道。这里因交好推荐的人从中协助，到馆舍后，立即到贵府，会晤你八弟，坐谈一阵，得知你履职安和，诸事畅达顺遂，于是手写一信恭候。秋天清澈明亮，只是我们忙忙碌碌依附在人下，最终不是长久的办法，丁未（1787年）大挑临近，机会万万不可失去。只我二人，应当在明年腊月，驾行动迟缓的车，登长安道，或许上天怜悯我俩劳苦之人，在无法估摸猜测中，讨取到一个位卑禄薄的官职，彼此可以欢度晚年了。这也是日暮途穷，生活穷困，无所依赖时的一种苦思。你大概同意我的看法吧？节气接近中秋，我客居外乡，惭愧没有东西孝敬你母亲，小心准备了两样月饼瓜果，略微表示真诚的情谊，并用来使远方的你知道。

  [1]苏山：苏山书院，位于甘肃镇番（今属民勤）。清乾隆四十八年（1783年）知县王赐均暨邑士庶贤捐，以城内司马旧治改建。延师聚徒，经费粗备，并撰《建置书院碑记》。

  [2]脉脉：连绵不断的样子。明陈所闻《闺怨》曲："机中锦字添，镜里朱艳变。脉脉春愁，都付莺与燕。"

  [3]楮墨：纸墨。楮，楮木皮可制纸，所以代称纸。这里指写在纸上的文字。

  [4]北门：指生活困苦艰难。典出《国风·邶风·北门》："出自北门，忧心殷殷。

终窭且贫，莫知我艰。已焉哉！天实为之，谓之何哉！"

[5] 履穿东郭：形容读书人穷困饥寒。《史记·滑稽列传》："东郭先生久待诏公车，贫困饥寒，衣敝，履不完。行雪中，履有上无下，足尽践地。道中人笑之，东郭先生应之曰：'谁能履行雪中，令人视之，其上履也，其履下处乃似人足者乎？'"也称"步雪履穿""敝履雪中""藏指穿东郭"等。

[6] 鹪鹩：一种小型鸣禽。这里指贫寒的小户人家。《庄子·逍遥游》："鹪鹩巢于深林，不过一枝。"晋张华《鹪鹩赋》序："鹪鹩，小鸟也，生于蒿莱之间，长于藩篱之下，翔集寻常之内，而生生之理足矣。"

[7] 鹜：野鸭。

[8] 文履：这里指履职。

[9] 泐（lè）：同"勒"，刻、写。

[10] 凉：凉月、秋季。

[11] 大挑：清朝乾隆十七年制定下的一种科考制度，为的是让已经有举人身份但又没有官职的人有一个晋身的机会，六年举行一次。规定：三科以上会试不中的举人，通过挑选，挑取其中一等的以知县用，二等的以教职用。挑选的标准多重形貌，相传有"同田贯日气甲由申"八字诀，合于前四字形貌者为合格。例如长方面型为"同"，方面型为"田"，身体长大为"贯"，身体匀称为"日"。清吴敏树《先考行状》："次即敏树，道光壬辰举人，大挑二等，候补教谕。"

[12] 嘉平：腊月的别称。

[13] 款段：马行迟缓貌。

[14] 冷官：地位不重要、事务不繁忙的官职。

[15] 萱堂：母亲的居室，借指母亲。《诗·卫风·伯兮》："焉得谖草，言树之背。"毛传："谖草令人忘忧；背，北堂也。"陆德明《释文》："谖，本又作萱。"谓北堂树萱，可以令人忘忧。古制，北堂为主妇之居室。后因以"萱堂"指母亲的居室，并借以指母亲。

自责文

丁未（1787年）三月时在平邑

天道有寒暄焉，时而狂风怒号，霜雪交作；阴霾凝塞之既久，则必天气晴朗，风物妍丽，以昭苏万物，此剥复之道也[1]。道路有险易焉，时而高峰叠嶂，关隘崎岖；艰难险阻之既历，则必康庄荡平，花木掩映，以快人心目，此平陂之理也。

人之处境亦若是而已矣。人有始困而终亨者，有前通而后塞者，有前后蹇滞而中年崛起者，有盛年落托而晚岁兴隆者，不可枚举也。而余则不然。方其少也，先君见背，与慈母相依于蓬户绳枢之中[2]，茕茕在疚[3]，艰苦备尝。及其壮也，射策青门[4]，求名燕市[5]，冀一日之禄养，而裘敝金尽，抱病金台[6]，几于殒命。既而陟屺增慕[7]，风木兴悲[8]；晚有儿息，难支门户。家日以贫，债日以积，草草劳人[9]，何其惫也？及其老也，失意锁院[10]，而京邸偏叶焚巢之占[11]；设帐边城，而姑臧巧构夺巢之险；养疾荒园，而季秋几有失明之患；舌耕邻邑，而仲春又遇奴隶之惊[12]。步步危地，重重杀机，何一生所遭如是？

夫知我如此，不如无生；既生矣，而又挫折之；挫折之不已，而又困顿之；困顿之不已，而又贫病之；贫病之不已，而又远去之；远去之不已，而又陷害之；陷害之不已，而又劳苦之。奈何少而壮，壮而老，终其身在忧患中乎？岂前生有秽行，而今生受之耶？岂前世多仇怨，而今生遇之耶？岂性或不羁，而使之束缚，不得放耶？抑傲慢不恭，而人得肆其毒耶[13]？吾不得而知也。夫上之不能拖青曳紫[14]，以光显门户；次之不能安居乐业，以教养子孙；徒以垂暮之年，淹流异地，冀分余润，以图生活。无家人之欢，无亲戚之雅。当其雨晦风潇，酒阑灯炧（灺）[15]，抚身世以徘徊，独抑郁而谁语？亦了无生人趣矣。况所遇者，又皆诪张为幻[16]，举一切可惊可愕，可忧可惧，可哭可泣，可怒可笑之状，皆于我躬集之。噫！伊可畏也[17]！

嗟乎，以穷愁羁旅之身，尚有网获陷井之虑。假使余早得遂志，则所历之境，其为机械变诈[18]，鬼蜮交作者[19]，又不知凡几矣。然则余潦倒一生，不克自振，自今以往，或可保首领予牖下[20]，谓非天之所赐哉！余发种种矣[21]，婚嫁已毕矣，俟一二年间，稍偿夙债，逝将走入深山古洞中，或黄冠学道[22]，或缁衣事佛[23]，以洗尘心，以尽余年。此吾志也，天其许我乎？

译文

自然之道有寒有暖，时而狂风怒号，霜雪交加；阴霾凝寒时间久了，天气必然晴朗，景物美丽，用来使万物恢复生机，这是盛衰、消长的规律。道路有艰险有平易，一阵高峰参差叠嶂，关隘崎岖；已经经历了艰难险阻，则随之而来的必定是康庄平坦，花树遮映衬托，使人心胸眼睛愉快，这是平地与陡坡的常理。

人的处境也像这样罢了。人有开始困顿而最终亨通的，有前面亨通而后面滞塞的，有前后不顺利而中年崛起的，有盛年贫困失意而晚年兴隆的，不能一一列举。而我却不是这样。当我年少时，父亲背我而去，与慈母相依为命在简陋的房舍中，孤独无依久病不愈，艰苦全都尝遍。到了壮年，应乡试在长安，求功名于燕京，希望有朝一日能以官俸养亲，但衣服破了、钱财用完了，在京城被病缠身，几乎丢了性命。接着母亲去世，悲伤不及奉养，思念依恋母亲之情更强。晚年才有儿子，难以支撑养家糊口。家中一天比一天贫寒，欠债一天比一天多，匆忙仓促，为何这样疲惫？到老了，考场失意，而京城的住所偏偏沾上协同烧房的事端；设馆授徒在边城，在武威被人构陷夺去职位遭受凶险；在荒芜的园子中养病，深秋时差点双眼失明；在邻县教书，二月又遇儿子病重奔波受惊。步步都是危险之地，层层杀机，为什么一生遭受是这样的？

知道我一生这样，不如不生；既然生了，而又使他受挫折；挫折不停，又使他疲惫；疲惫不停，又使他贫、使他病；贫病不断，又让他远离家乡；不停地远离家乡，又陷害他；陷害不停，又使他劳苦。为何从少年到壮年，壮年到老年，一生在忧患中呢？难道前生有丑恶放荡的行为，今生来受惩罚吗？还是前世仇怨多，今生遇上这些仇家冤家了呢？还是性情不受局限，而使他受到约束，不得放纵呢？还是傲慢不恭，而使他人得以任意残杀迫害呢？我不知道。我上不能官位显贵，使门庭荣显；次不能安居乐业，来教养子孙；白白以快到晚年身躯，羁留在异地，希望分得利益，以图谋生活。没家人的欢乐，无亲戚的交往。当风急雨骤，天色昏暗，或酒宴将散场时，抚慰身世而徘徊，独自抑郁而跟谁说话？一点没有活人的趣味了。况且所遇到的，又都是以欺骗迷惑别人，所有一切惊愕、忧惧、哭泣、使人发怒可笑的事，都在我身上聚集。唉！这也太可怕了。

哎，以我穷愁客居的身份，还要忧虑被人布网设陷阱。假使我早年得志，那么所经历的情景，巧变诡诈，阴险齐作的，又不知有多少了。但是我潦倒一生，不能自救振作，从今以后，或许可保护头颈在窗下。告诉自己说这不是天的赏赐吗？我的头发越来越短，儿女婚嫁已完毕，等一二年里，逐渐偿还旧债，决心走入深山古洞中，或戴上黄冠去学道家，或穿黑衣去事佛，用来洗去凡俗名利之心，用来完毕我剩余的年月。这是我的志向，老天或许会容许我吧。

[1] 剥复：《易经》二卦名。坤下艮上为"剥"，表示阴盛阳衰。震下坤上为"复"，表示阴极而阳复。后称盛衰、消长为"剥复"。

[2] 蓬户绳枢：拿绳子系着蓬草编的门。形容贫家房舍的简陋。枢，门的转轴。

[3] 茕茕：孤独无依状。痼：久病不愈。

[4] 射策青门：参加了长安举行的举人考试。射策：应试。青门：汉长安城东南门。本名霸城门，因其门色青，故俗呼为"青门"或"青城门"。这里指长安。

[5] 求名燕市：到京都参加会试求取功名。

[6] 金台：又名黄金台，在今北京城东南。梁任昉《述异记》："燕王为郭隗筑台，今在幽州燕王故城中，土人呼为贤士台，亦曰招贤台。"后人称为黄金台。这里指京城北京。

[7] 陟屺：思念母亲。典出《诗·魏风·陟岵》："陟彼屺兮，瞻望母兮。"慕：依恋。

[8] 风木：同"风树"，比喻因父母亡故，不能奉养。典出《韩诗外传》卷九："树欲静而风不止，子欲养而亲不待也。"

[9] 草草：匆忙仓促的样子。唐李白《南奔书怀》诗："草草出近关，行行昧前算。"

[10] 锁院：科举考试时考生入试场后即封锁院门，以防范舞弊。这里指考试。

[11] 京邸：京都的邸舍。叶：通"协"。帮助。焚巢：焚烧着的窝。

[12] 奴隶之惊：因儿子病重奔波受惊。奴隶，受制于某种事物或者行为，活在一个被"奴役"的生活之中。

[13] 肆其毒：任意残杀和迫害。

[14] 拖青曳紫：汉制，诸侯佩带的印绶为紫色，公卿为青色。比喻官位显贵。

[15] 酒阑灯炧（xiè）：酒席完了，堂上的灯烛即将熄灭。形容酒宴将散场时的情景。

［16］诪（zhōu）张为幻：以欺骗迷惑别人。诪张：欺诳。典出《尚书·无逸》："民无或胥诪张为幻。"

［17］伊：此。《诗·秦风·蒹葭》："所谓伊人，在水一方。"

［18］机械变诈：巧变诡诈。

［19］鬼蜮：害人的鬼和怪物。蜮，传说中在水里暗中害人的怪物。语本《诗·小雅·何人斯》："为鬼为蜮，则不可得。"后多比喻阴险的人。

［20］牖下：窗下。借指寿终正寝。《诗·召南·采苹》："于以奠之？宗室牖下。"

［21］种种：头发短的样子。

［22］黄冠：黄色的冠帽，多为道士戴用。

［23］缁衣：黑色衣服，是和尚、尼姑的常服。

会景楼记

原文

乐都南城，有会景楼焉。其高旷突兀之状，斯楼为最。其楼旁有古碑，备载斯楼创建之始末，其文以为天地四时为时会，盖有取于会景之意，而吾别有取焉。

夫乐都，古岩邑也[1]。故当年浩亹旧治[2]，邈川遗墟[3]，犹历历载在记间。他如鄯州古地[4]，九曲水泉，三川风土之类皆咏之于诗[5]，载之于史，究未尝会于目也。又况赵翁孙屯田之所[6]，马文渊用武之区[7]，所以动怀古之思者，又岂能一一会之于目前？

登斯楼也，则千古之往迹遗踪，围于寸眸，所以寓凭眺而寄遥情，每令人有上规千古之想[8]。至若地势形胜，则兹邑也，峭天汉之城，闽西平之关塞[9]。其间名山大川，砺山带河，所以巩固边疆，永镇西陲者，皆屏列如画，都仿佛望见焉。

登斯楼也，则动激烈之气，引镇靖之心，即景寓情，壮志勃勃者矣。若夫一登而四望，仰观而俯察，则绣甸错壤[10]，遍野桑麻[11]，人烟浓绕，茅篁（檐）罗列也[12]；冠盖相望[13]，车马会通也。素切保民之深心，凤抱至治之隐会者，极目之余，能不动庶富教化之叹也哉！此会景楼之大观，所以有碑于兹土者如此，此吾之别有取于斯楼也。

至于斯楼所觑（睹），一切风花雪月，山水草木之景，明人之雄文碑板已备载无遗矣[14]，余又何记哉？

乐都南城上有会景楼，其高远空旷陡然突变的情状，这座楼最突出。楼的旁边有块古碑，完备地记载了这座楼创建的始末，碑文认为天地四时的转换为时会，大概取四时会景不同之意，而我另有所取。

乐都是古代险要的城邑，汉朝时浩亹的旧址，宋朝邈川的废墟，仍然清晰地记载在有关地方。其他如鄯州故地，九曲水泉，马营三川风土等都在诗中吟诵，记载于史书中，但终究未曾全聚集在视线里，又何况是赵充国屯田的地方，马援用武的区域，因此动怀古之情的，又怎能一一聚会到眼前呢？

登上这座楼，那么千年的往踪遗迹，围聚在一寸长的眼里，用来居高望远，寄托高远的情思，常令人有效法千古英雄事迹的想法。至于地势险要壮美，则这座城，峭立云霄，是堵塞西宁的关口要塞。其间的名山大河，山如砺石，河如衣带。用来巩固边疆，永镇西陲的，都屏列如画，仿佛都能望见它们。

登上这座楼，就会触发激奋刚烈之气，引起平定安抚之心，见景寄请，壮志雄心满怀了。至于登楼四望，仰观俯察，则郊外的田地交错如锦绣，遍野农作物，人口稠密，炊烟袅袅，茅屋罗列；路上达官贵人接连不断，车马会合疏通。平时内心深处关切保民的，素抱安定昌盛、教化大行而不显露来会景楼的，远望之余，能不对这里的富庶教化而感叹感动吗？这就是会景楼的壮观景象，所以在这方地上有这样的碑，这就是我登上这座楼的另一番感受。

至于在楼上所见，一切风花雪月，山水草木的景观，明人的雄文碑志上已记载完备无遗，我又记什么呢？

[1]岩邑：险要的城邑。《左传·隐公元年》："制，岩邑也，虢叔死焉。"乐都东有老鸦峡，西有大峡，南有拉脊山，北有达阪山，为四塞之地，故称岩邑。

[2]浩亹（mén）：大通河旧称浩亹水。西汉在大通河汇入湟水处的川口置浩亹县，历史上川口一直属乐都管辖，作者所处的乾隆年间，今乐都、民和合称碾伯县，所以作者有此说。《大清一统志》载："浩亹为金城大河，即今西宁之大通河也。"《汉书·地理志》"浩亹"条颜师古注："浩，水名也。亹者，水流峡山，岸深若门也。"即峡中两岸对峙如门。

[3]邈川：宋代称乐都为邈川。

[4]鄯州：唐代乐都名鄯州。

［5］三川：今民和县马营三川。

［6］赵翁孙屯田之所：汉赵充国屯田之地。赵充国字翁孙。

［7］马文渊用武之区：汉马援打仗的地方。马援字文渊。

［8］规：效法，模仿。

［9］闉：通"堙"，堵塞。西平：西宁。

［10］甸：古代指郊外的田地。

［11］桑麻：泛指农作物。唐孟浩然《过故人庄》："开轩面场圃，把酒话桑麻。"

［12］茅檐：茅屋。茅，指盖屋的草；檐，房檐。

［13］冠盖：古代官吏的帽子和车盖，借指官吏。

［14］碑板：碑志。"板"通"版"。

鸟鼠同穴考

原文

按鸟鼠同穴[1]，本一山而二其名者。地志云[2]："鸟鼠山者，同穴之技也"[3]。《尔雅》："鸟鼠同穴，其鸟为鵌，其鼠为鼵。"郭璞注云："鸟常在外，鼠常在内，同穴而居。"孔氏《尚书传》云："共为雌雄。"《张氏地理志》云："不为牝牡。"李氏巡曰："鵌鼵，鸟鼠之名，共处一穴，天性然也。"《秦陇见闻纪》云："相传首阳山，昔有鸷鸟，善击飞走，山鼠被残者过半，有大鼠能搏狐兔，即以饲鸟，日久，鼠鸟相狎，随入穴共处，故山以是得名。"其说怪诞不经，有类于愤世嫉俗之言，未可据以为信。然则鸟鼠同穴之义，研辨弗详，传闻互异，姑勿深考，第就山言山。称鸟鼠者，省文也；所称鸟鼠同穴者，举全名也。称名不同，其山一也。如必岐而二之则凿矣。

译文

鸟鼠同穴，本来是一个山而有两个名称。地理书说："鸟鼠山是在同一洞穴鸟鼠相处的方法。"《尔雅》："鸟鼠同在一个洞穴，其中的鸟叫鵌，鼠叫鼵。"郭璞注《尔雅》说："鸟常在洞外，鼠常在洞内，在同一洞穴内居住。"西汉孔安国《尚书传》说："共同作为公母存在。"张氏《地理志》说："鸟鼠不是公母的关系。"汉末李巡说："鵌鼵是鸟鼠的名称，共同居住在同一洞穴，天性这样。"《秦陇见闻纪》说："相传在首阳山，从前有凶猛的鸟，善于攻击飞跑，山鼠被残害的超过一半。有种大鼠能搏击狐狸野兔，就用搏击来的狐兔喂饲这种凶猛的鸟，日子久了，鼠鸟彼此亲昵、接近，鸟随鼠入穴共处，于是首阳山因为这个情况得名。"这种说法荒唐离奇，毫无根据，类似愤世嫉俗的话，不能根据它认为可靠。既是如此，那么"鸟鼠同穴"的意思，研究分辨不详，传闻互异，姑且不要深入考证，只就山说山。称作"鸟鼠"的，是为节省文字，称作"鸟鼠同穴"的，是举全名。名称不同，山是同一座山，如一定要分为两个，就穿凿牵强了。

注解

[1]鸟鼠同穴：古山名，又称鸟鼠山，位于甘肃省渭源县西，是渭河的发源地。山势险峻，风景秀美，文化底蕴十分丰厚。《尚书·禹贡》："导渭自鸟鼠同穴。"作者指出："鸟鼠"也好，"鸟鼠同穴"也罢，基本意义都是同一座山名。至于为何有这样奇特的称谓，则需深入调查考证，不能舍本逐末，眉毛胡子一把抓。

[2]地志：专记地理情况的书。

[3]技：方法，技巧。

朱子著述考

原文

古来著述之多，未有过于朱子者[1]。文集百卷[2]，问答八十卷[3]，别集十卷[4]。其汇刻者，则如性理大全[5]、儒宗理要[6]、圣学宗传与宪世录[7]、证心录等书，约二十种。其专刻者，则有朱子全书、朱子奏议与夫经济、文衡[8]、年谱、语录诸书，约有十余种。真斯文之渊薮[9]，未易窥测也。余从友人处，借得朱子数卷，其书残缺失次。朝夕翻阅，手不忍释，叹其广大精微，若无津涯[10]。只此数卷，尚未能一时领会，何暇更求全书而悉览之乎。予以见晦庵夫子之学之博而说之详也。地处边陲，购书甚艰。以余生平闻见所及，胪列书目。其未经见闻者，不无挂漏[11]。以俟励志圣学者，广搜博采焉。

译文

自古以来著述多的，没有超过朱熹的。朱熹著有《文集》一百卷，

《问答》八十卷,《别集》十卷。汇集刊刻发行的,如《性理大全》《儒宗理要》《圣学宗传》与《宪世录》《证心录》等书,约有二十多种,其中专门刊刻的,有《朱子全书》《朱子奏议》和经济、文衡、年谱、语录等书,大约有十多种。的确是道德文章的集大成者,不容易窥探揣测。

我从友人那里,借了几卷《朱子》,这书残缺失去顺序。早晚翻阅,不忍心放手,感叹它内容的广大和见解的精深,像没边际。仅这几卷,尚且不能一下领会,哪有时间再求全书而全部阅览呢!我以此见朱子学问的广博和论说的详尽。地处边陲,购买书很艰难。以我平生见到和听到的范围,罗列书目。那些没听到和见过的,难免疏忽遗漏,等待立志于儒家圣学的人广搜博采。

注解

[1]朱子:朱熹字仲晦,号晦庵,南宋徽州府婺源县(今江西省婺源)人。19岁进士及第,曾任荆湖南路安抚使,仕至宝文阁待制,其仕途生涯多艰,做官清正有为。逝后追赠太师,追封信国公,改徽国公。南宋著名的思想家、诗人、闽学派的代表人物,世称朱子,是孔子、孟子以来最杰出的弘扬儒学的大师。朱熹是宋朝理学的集大成者,他继承了北宋时期程颐的理学,完成了客观唯心主义的体系。认为理是世界的本质,"理在先,气在后",提出"存天理,灭人欲"。朱熹学识渊博,对经学、史学、文学、书法、乐律乃至自然科学都有研究。朱熹既是我国历史上著名的思想家,又是一位著名的教育家。他一生热心于教育事业,孜孜不倦地授徒讲学,无论在教育思想或教育实践上,都取得了重大的成就。

[2]文集:汇集一个作家的诗文而成的书。

[3]问答:发问和回答。

[4]别集:同"总集"相对。作者生前所定,基本上属于选集,往往有附件。

[5]性理:人性与天理。指宋儒性理之学。

[6]儒宗:儒者的宗师。汉以后也泛指为读书人所宗仰的学者。理要:事理的要旨。

[7]圣学:指孔子之学。明王守仁《传习录》卷上:"后儒不明圣学,不知就自己心地良知良能上体认扩充。"

[8]文衡:品评文章。

[9]渊薮:渊,深水,鱼住的地方。薮,水边的草地,兽住的地方。比喻人或事物集聚的地方。

[10]津涯:范围,边际。唐高适《三君咏·郭代公》:"代公实英迈,津涯浩难识。"

[11]挂漏:"挂一漏万"的略语,指疏忽遗漏。

长乐山村记

原文

粤西平乐、苍梧诸郡[1]，云水奥区[2]，山川险峻，往往有异境焉。吴人某有烟霞癖[3]，闻此地多佳山水，遂裹粮往寻之。数年来，极跋涉之劳，金尽力殚，莫得佳境。一日，山中孤行，日已西沉，前路茫茫，不知所往。仓皇恐怖间，忽闻石窦中，隐隐有人声。随寻声踪迹之，则见石壁嶙峋，旁有小洞。吴人从洞入，洞甚窄，仅足容身，力行十数里，异境天开，宛然琉璃世界。其界皆有五色石，不见有土，光夺人目，四面石峰巉岏[4]，霞气缤纷，荡胸骇目[5]，真不复有尘世想矣。村中居人，约数十家。或远或近，皆历落有致[6]。有老翁迎吴人，问曰："至此奚为者？"吴人既语之故，且求居焉。老翁笑曰："此长乐村也，惟无欲者得住此界。"请问焉。（老翁）曰："但尽凡情，别无圣解。"吴人求居益切。（老翁）曰："子疲于津梁[7]，烦襟犹为涤也[8]。如善关闭[9]，异日相见可乎？"吴人会意，遂辞老翁，缘洞出。逢人话此事。

苏军门福林[10]，予曩日居停主人也。时驻节粤西，闻此事遣人偏（遍）求之，不得其处。数千里缄书寄予，并嘱予记其始末焉。

洗心道人曰："小洞中异境天开，意其间或仙人居然焉。上界清旷，岂容凡愚混迹，则山翁之拒之也，固宜。昔东坡先生，为方山子传[11]，其事多奇。吾以为古之得道者，往往游行人间，而人自莫之见。山翁固在苍梧烟水间，岂方山子之谓哉？或曰：'山翁非神仙家者流，抑岩处之高士也欤。'"

译文

广东西面的平乐、苍梧等郡，是云水的腹地，山川险峻，里面常常有奇异的境界。有个吴人酷爱山水成癖，听说此地有很多美妙的山水，就拿了干粮前往寻找。几年以来极尽跋涉之辛劳，钱用完了，精力尽了，没得到嘉美的境界。一天，在山中一人孤独地行走，太阳已从西方落下去了，前面路途旷远模糊不清，不知往哪儿走。正仓皇害怕时，忽然听到石洞中隐隐约约有人声。随即顺着声音寻找踪迹，就见石壁峻峭、重叠，旁边有个小洞。吴人进到洞中，洞很窄，只够容下一个人，努力走了十多里，奇异的境界天然展开，宛然是个琉璃世界。这境界中到处都有五色石，不见有土，光彩耀人眼睛，四面石峰耸立，云霞缤纷，其景观使心胸激荡、使眼睛受惊，的确不再有尘世的思想了。村中的住人约有几十家，院落有远有近，都疏落参差有情趣。有个老翁迎接吴人，问吴人："来这里干什么？"吴人就告诉了原因，并请求居住在这里。老翁笑道："这是长乐村，只有没欲望的人才能在这里居住。"吴人说："请问原因。"老翁说："只要除尽尘世欲情，别的没什么悟道解释。"吴人要求居住的心情更加急切。老翁说："你懈怠于引导，烦闷的心怀尚要洗涤。依从善道与俗世隔绝，来日可以见你吧！"吴人领会，于是辞别老翁，顺着洞出来，逢人说道这件事。

提督苏福林，是我从前在张掖时寄寓处所的主人，当时驻地移在广东西部，听到此事派人遍地寻求，没找到这个处所。几千里外寄信给我，并嘱属我记载其始末。

洗心道人说："小洞中奇异的境界天然展开，猜想这里或许是仙人居住的地方。仙界清朗开阔，哪里容得平凡愚笨的混迹在其中，那么山中老翁拒绝吴人居住本来就合适。从前苏东坡先生为方山子写传，他的事迹多数很奇特。我认为古代得道的，往往游走在人间，而人们自然见不到。山翁本来在苍梧云水之间，难道是方山子之类的人吗？有人说：'山翁不是神仙一类，或是隐居山中的高尚出俗之士吧！'"

注解

[1]粤：广东省的别称。平乐：古称昭州，今属广西。平乐城位于漓江、荔江、茶江三江汇合处，历史悠久，为历代州府之地，是桂林市出往广东的南大门。苍梧：位于广东西部，浔桂两江汇合地区，隶属广西梧州市，素有"广西水上门户"之称。苍梧历史悠久，人杰地灵，上古为虞舜巡游之地。

[2]奥区：腹地。《后汉书·班固传上》："防御之阻，则天下之奥区焉。"李善注："奥，深也。言秦地险固，为天下深奥之区域。"

[3]吴人：今江苏浙江一带，古代属吴国，故江浙人也称吴人。烟霞癖：酷爱山水成癖。

[4]巑岏（cuán wán）：高锐的样子。

[5]荡胸：心胸开阔激荡。骇目：使人看了吃惊。

[6]历落有致：参差错落有情趣。

[7]津梁：桥梁，这里指引导、接引。

[8]烦襟：烦闷的心怀。

[9]如善：依从善道。关闭：合拢，这里指与俗世隔绝。

[10] 军门：明代称总督、巡抚为军门，清代为提督或总兵加提督衔的尊称。

[11] 方山子传（译文）：

方山子是光州、黄州一带的隐士。年轻时，仰慕汉代游侠朱家、郭解的为人，乡里的游侠之士都尊奉他。年岁稍长，就改变志趣，发奋读书，想以此来驰名当代，但是一直没有交上好运。到了晚年才隐居在光州、黄州一带名叫岐亭的地方。住茅屋，吃素食，不与社会各界来往。放弃坐车骑马，毁坏书生衣帽，徒步来往于山里，没有人认识他。人们见他戴的帽子上面方方的且又很高，就说："这不就是古代乐师戴的方山冠遗留下来的样子吗？"因此就称他为"方山子"。我因贬官居住在黄州，有一次经过岐亭时，正巧碰见了他。我说："啊哟，这是我的老朋友陈慥陈季常呀，怎么会住在这里的呢？"方山子也惊讶地问我到这里来的原因。我把原因告诉了他，他低头不语，继而仰天大笑，请我住到他家去。他的家里四壁萧条，然而他的妻儿奴仆都显出怡然自乐的样子。我对此感到十分惊异，就回想起方山子年轻的时候，曾是个嗜酒弄剑、挥金如土的游侠之士。十九年前，我在岐下，见到方山子带着两名骑马随从，身藏两箭，在西山游猎。只见前方一鹊飞起，他便叫随从追赶射鹊，未能射中。方山子拉紧缰绳，独自跃马向前，一箭射中飞鹊。他就在马上与我谈论起用兵之道及古今成败之事，自认为是一代豪杰。至今又过了多少日子了，但是一股英气勃勃的神色，依然在眉宇间显现，这怎么会是一位蛰居山中的人呢？方山子出身于世代功勋之家，例应有官做，假如他能厕身官场，到现在已得高官荣名了。他原来家居洛阳，园林宅舍雄伟富丽，可与公侯之家相比。在河北地方还有田地，每年可得上千匹的丝帛收入，这些也足以使生活富裕安乐了。然而他都抛开了，偏要来到穷僻的山沟里，这难道不是因为他独有会心之处才会如此的吗？我听说光州、黄州一带有很多奇人逸士，常常假装疯癫，衣衫破旧，但是无法见到他们。方山子或许能遇见他们吧。

白云寺悟宗禅师传

原文

悟宗禅师者，吴人也。少聪敏，于书无所不览。性好诗文，不必辨声论体；而澹远之情[1]，萧骚之致[2]，使人徘徊玩味，翛然意远[3]。与人交，慷慨豪爽，胸无成竹，耻以机巧待人[4]。人有以机巧中之者[5]，亦不知觉；及其觉也，付之一笑而已。中年家益贫，老趣不衰。虽雀罗当户，苔草没阶，而啸咏自如，略不介意。遇异书，未尝不读；遇快友，未尝不谈；遇醇酒，未尝不饮；遇美景，未尝不赏。平生不喜作皱眉事，亦不喜欢作皱眉语，其素性然也。尤好竺干氏书^[6]，其于无生之旨^[7]，殆有夙契焉者^[8]。

晚年锐意为僧，皈依佛教。常住吴中白衣寺，诵经之暇，焚香默坐。有时乘兴吟哦，无言不韵，有语皆新。直从觅句求禅，岂止以诗偈而以哉^[9]。居数载，宗仰者甚众，厌其烦嚣，遂云游名山。卓锡甘郡白云寺^[10]，寺旧多僧徒，乃登座说法，提倡宗风^[11]。数月之后，听讲者甚少。有老衲语之曰："近日丛林主讲者^[12]，大率和光混俗^[13]，取悦于众耳。今师为僧徒指示迷津，婆心固切，第佛法园（圆）通，师得毋有人我之相存乎？^[14]"师曰："吾非不近人情者，祇（只）以身入不二法门，断不敢以佛法媚人，请以此辞。孤云野鹤，何地不可安禅^[15]，而必恋恋于是也。"

予客甘泉二年，与师往来，虽未如敬和停车于法汰^[16]，逸少披襟于道林^[17]，而志气所孚，有相与无言者，今与师远别，不能已于言也。因匆匆立传，以申方外之契云。

译文

悟宗禅师是吴地的人，年少时聪明敏捷，对于书没有不阅览的。生性偏好诗文，不一定去辨声律、论文体，而恬淡旷远的心怀，爽朗洒脱的情趣，使人徘徊玩味，自由自在而意趣高远。与人交往慷慨豪爽，心中没有完整的谋划打算，以诡诈待人为耻。有人以诡诈的态度对待他，他也没知觉；等后来知道了，一笑了之。中年家中更加贫困，以前的情趣没衰减。虽然宾客稀少，门可罗雀，杂草长满台阶，但歌咏照常，一点都不放到心上。见到罕见的异书，没有不读的；遇见爽快的朋友，没有不交谈的；遇上醇美的酒，没有不喝的；遇上美景，没有不去欣赏的。一生不喜欢做不高兴的事，也不喜欢说不高兴的话，他的本性就这样。尤其喜好佛教书，他对于佛教无生无灭的主旨，恐怕前世有因缘。

晚年坚决专一做僧侣，皈依佛教。常住浙江宁波白衣寺，诵经之余，焚香默坐。有时乘着兴致背诵朗读，没有一句不押韵，所有的语句都清新。直接在寻觅诗句时求得禅理，哪里停在诗偈上就罢了呢！住了几年，推崇景仰的人很多，讨厌喧扰嘈杂，于是云游名山。居留在张掖白云寺。白云寺破旧僧徒多，于是登坐说法，提倡佛教宗系特有的风格、传统。几月后，听讲的很少。有老僧告诉他说："近来道场主讲的，大都同于尘俗，不露锋芒，取悦于大众罢了。今天师父为僧徒指点迷津，苦口婆心固然急切，但佛法主张融会贯通而不偏执，师父是否还存在人、我的概念呢？"悟宗禅师说："我不是不近人情的人，只是身入平等而无分别的大道，断然不敢倚仗佛法去诱惑逢迎他人，请求以这个缘由辞别。孤云野鹤，哪里不能修行打坐入定，而一定依恋这里呢！"

我客居张掖两年，与悟宗禅师来往。虽没有像桓温对法汰那样恭敬，美少年在寺院披露真心，志气是我所信服的，我们虽有相处而不说话的时候，今天与禅师远别，不能再不说话，因而匆忙立传，用来申明与他世外思想的相投契合。

[1] 澹远：恬淡广远。

[2] 萧骚：爽朗洒脱。

[3] 翛然（xiāo rán）：超脱，无拘无束、自由自在的样子。意远：胸怀旷达意趣超逸。北周庾信《谢赵王示新诗启》："落落词高，飘飘意远。"

[4] 机巧：诡诈。宋陈亮《类次文中子引》："汉高帝之宽简，而人纪赖以再立；魏武之机巧，而天地为之分裂者十数世。"

[5] 中：对待，遭受到。

[6] 竺干氏：佛教。明沈德符《野获编补遗·释道·废佛氏》："此举（指废佛）皆夏一人力主之。亦越十年，夏坐法死西市，竟无后。岂真竺干氏能为祟耶，抑数之偶合也？"

[7] 无生：佛教语。谓没有生灭，不生不灭。唐王维《登辨觉寺》诗："空居法云外，观世得无生。"

[8] 夙契：前世的因缘。

[9] 诗偈：诗歌中隐含着作者的思想情感或人物的命运。偈，偈陀，佛教术语，意译为颂，简作"偈"，读为jì，一种略似于诗的有韵文辞，佛经中作为唱词，通常以四句为一偈。

[10] 卓锡：卓，植立；锡，锡杖，也称禅杖，僧人外出所持，起警睡作用。故称僧人居留为卓锡。清蒲松龄《聊斋志异·西僧》："西僧自西域来，一赴五台，一卓锡泰山。"

[11] 宗风：佛教各宗各派特有的风格、传统。

[12] 丛林：僧人聚居之处、道场。因指寺院。语出汉班固《西都赋》："松柏仆，丛林摧。"

[13] 和光混俗：同于尘俗，不露锋芒。

[14] 人我之相：人我的执着。相，佛教也作"想"，观念、概念，即主观

上的执着。我相，佛教指根深蒂固的自我意识。人相，佛教指以分别心看待别人。

［15］安禅：安静地打坐。

［16］敬和停车于法汰：和尚法汰为东晋高僧，伟岸英武，而又风流蕴藉，谈吐高雅，很受人们仰慕。桓温镇荆州时，法汰生病，桓温派人邀法汰至荆州（今湖北江陵）治疗，殷勤供给汤药。法汰病情稍有好转后，曾去拜谢桓温。桓温见到法汰很高兴，想待打发走其他客人后，留法汰多谈一谈，因此先与其他客人应酬，没有立即前来招呼法汰。没想到法汰病未痊愈，不堪久坐，乃遣人向桓温道歉，说风痰忽发，不能多谈，暂且告辞，容日后再来拜访，然后坐着小车出门走了。桓温得报，顾不得他客，匆匆起身，坐了辆车子直追出来。此处是说，虽然自己对悟宗禅师不如桓温对待高僧法汰那样贴心敬仰。

［17］逸少披襟于道林：美少年在寺院推诚相与，吐露真心。逸少，美少年。南朝梁武帝《净业赋》：“览当今之逸少，想后来之英童。”披襟，披露真心。《晋书·周顗传》：“伯仁总角于东宫相遇，一面披襟，便许之三事，何图不幸自贻王法。”道林：佛教指僧侣聚集、修道之处，通常指禅宗寺院，故也称禅林。

空心树记

原文

北郭外半里许，有巨柳一株，大可合抱，数百年物也。其树中心剥落，空洞无物。阡陌往来者[1]，多纳凉于中，避雨于中，可容三四人。树身厚皮包裹，其上枝叶茂盛，浓荫四布，远而望之，亭亭如车盖焉。忆予为童子时，常嬉游于此。今六十年来，树依然如故也。而予衰惫难堪矣。予独怪夫物之败坏其心，而独能畅茂其身。老阅河山之变，不经风雨之摧折，不受阴阳之转移[2]，青青者固如是之树根不拔乎[3]。然天下之内坚而外枯者，不可胜道。何反不如此树之朽中而容外也。予因树生感，因感生疑，遂并记之。以俟博雅君子，为之研究物理焉[4]。

译文

北城墙外半里左右，有棵大柳树，大到两臂合抱，几百年的植物了。它的中心腐朽脱落，空洞无物。田野上来往的人，好多在树洞中纳凉、避雨，可以容纳三四人。树身由厚厚的树皮包裹，树上枝叶茂盛，浓荫四面散布，远远望它，高耸直立像一顶遮雨蔽日的车盖。回忆我在小孩时，常常在这里嬉耍游玩。至今六十年来，树依然和从前一样，而我衰老疲惫不行了。我只奇怪这树内心朽坏，却独自能使树身旺盛繁茂，一直阅览河山的变化，如不经历风雨的摧残折磨，不经受阴阳的迁徙移动，青葱茂盛的本来能像这树根一样不变的吗！但天下事物内部牢固坚实外面枯槁的，数不胜数，为何反而不如这柳树一样中心腐朽而外表繁荣。我因该树产生感慨，因感慨产生疑问，于是一并记载下来，以此等待渊博儒雅的君子，据此研究事物的内在道理。

[1] 阡陌：田间小路。这里指田野。

[2] 阴阳：古代朴素的唯物主义思想家把矛盾运动中的万事万物概括为"阴""阳"两个对立的范畴，并以双方变化的原理来说明物质世界的运动。

[3] 青青：青葱茂盛的样子。拔：改变。

[4] 物理：事物的内在道理。

公赠某上人文[1]

乙未（1775 年）季秋作

原文

常闻选官不如选佛，胸珠无垢，神周金玉道场[2]；传法浑似传灯，智炬常明，光满琉璃世界[3]。故作佛者，以法为室；为僧者，通慧为门也。

如某上人者，俗姓为某，法名取谋。接临济二十八之正脉[4]，源远流长；会真如三十七品之勤修[5]，法名体立。庄严有相，半点无亏；清雅为心，一尘不染。幼而尊承师教，敬受法门，慧了三缘[6]，早识苾刍五义[7]，默通六入[8]。全资戒香一熏[9]，至于颖悟性成[10]，灵明天授[11]。阐三清四说之奥[12]，知七处八会之文[13]。开秘阁以谈经[14]，翔鸡舞鹤；入香城而说法[15]，伏虎驯师[16]。遂使蠢月桑津，咸成定水[17]；春园柳路，都化禅林[18]。岂止祇（衹）夜修多[19]，优波提舍而已哉[20]？

况复西来古刹，东向奇松，象正虽阑[21]，希夷渐缺[22]。维我上人[23]，大维绝纽[24]，重教金碧翚飞[25]；力振颓纲，仍使奂轮鸟革[26]。千百玉检[27]，天花贝叶齐芳[28]；丈六金身[29]，慧日法云并耀[30]。遂使祕都大启[31]，净土重新也[32]。迄今道及沙弥[33]，年高耆腊[34]。偶宣风旛（幡）之妙旨[35]，不作瓶钵之生涯[36]。聚石为徒[37]，依然点头；磨砖作镜[38]，不惮心劳。乐自在天真[39]，享无穷之清福[40]。于是檀越大众[41]，共仰高深。爰谋制匾以兴辞，延余抽毫而抒德。

余愧非吟诗子美，常挹金粟之辉[42]；颇爱嗜酒渊明，偶入白莲之社[43]。共襄盛举[44]，敬摛芜言。伏愿引群伦于爱河[45]，俯宏六度[46]；出众生于尘岳，高谢四流[47]。谨序。

译文

常听说选择官不如选择佛，佛家胸中没有污秽不洁的东西，神环绕着珍贵美好的道场，传授佛法完全像传指路明灯。智慧的火炬常明，光明布满琉璃世界，因此为佛的，以佛法为居室，做和尚的，以通达智慧为门径。

如某上人，俗姓为某，法号取谋。承接佛教禅宗临济派正宗，源远流长；领悟宇宙万物本体进入佛教最高境界的三十七种勤修方法，法号"体立"，庄重有风度，没半点亏缺；心境清新拔俗，丝毫不受坏风气的影响。年幼就受到师父的教导，恭敬地皈依佛门，了悟知晓三缘，早知比丘持有的五义，无形中通晓六入。完全取用戒律熏陶，达于聪明而真心形成，智慧上天所授。阐述三宝四谛的奥秘；了解佛典的七个处所、八次法会的文献。打开禁中藏书的地方来谈经，使鸡飞鹤舞；进入佛国讲授佛法，使老虎狮子驯服。于是让三月繁忙的采桑水，都成了澄净之水；春天的花园和柳树遮阴的道路，都变化为佛寺。难道只是偈颂、纲要，对佛典只是宣讲诠释吗？

何况西来的古寺，向东的奇松，象教、正法衰落，虚寂玄妙的境界逐渐缺失。我们上人，在法度断绝联系后，重新让寺院金碧辉煌雄伟华丽；努力整治衰败的纲纪，使佛教展翅翱翔美轮美奂。千百部佛典，如天花贝叶同时流芳；丈六金身，佛光佛法一起普照覆盖。于是使美好法门广泛开启，使清净世界再次面貌一新。至今修为到达沙弥，年高资深。偶尔宣扬风幡之辨的精深旨意，不去过那种带瓶钵求斋为生的生活。竺道生给聚集的石头宣扬佛法，石头点头；道一闭门打坐，不怕内心劳累损伤。乐在于进退无碍、单纯朴实。享受无尽的清闲安逸的生活。因此施主大众，共同仰慕上人学识的高深。于是谋划制作匾额致谢，邀请我提笔抒写上人之德。

我惭愧不是诗人杜甫，但常作揖于光辉的如来像前；偏爱嗜酒的陶渊明，偶尔进入佛寺。共同完成盛大的活动，恭敬地写了些杂乱的言辞。愿把和我同类的人引退出情欲的河流，埋头光大从烦恼的此岸度到觉悟的彼岸的六种方法；使众生从尘世的高山中出来，作别四种迷惑众生的绳索。恭敬地叙述。

注解

[1] 上人：指持戒严格并精于佛学的和尚。

[2] 道场：释迦牟尼成道之处。后借指供佛祭祀或修行学道的处所。也泛指佛教、道教中规模较大的诵经礼拜仪式。

[3] 琉璃：佛教"七宝"之一，因制造琉璃时工艺特点为"火里来，水里去"，佛教认为是千年修行的化身。在经典中，一般将"形神如琉璃"视为是佛家修养的最高境界。琉璃在佛教中为消病避邪的灵物。

[4] 临济：临济宗，禅宗流派之一。唐大中八年（854年），义玄法师住持临济寺，并在这里弘扬临济宗禅法。通过师徒问答的方式，了解对方悟境深浅，然后根据悟境深浅程度的不同有针对性地说教、接引禅人。以"单刀直入，机锋峭峻"著称。在接引学僧时，对其所问不作正面回答，只以棒打加口喝来促使对方省悟，成语"当头棒喝"即源于此。义玄的禅学很快得到信徒认可，后成为禅宗五大派中流传最广的一枝。二十八之正脉：佛教的正宗。释迦牟尼殁后，迦叶为传承佛法的第一代弟子，至菩提达摩，据说在印度传了二十八代。梁武帝普通年间（520—526年），印度二十八祖菩提达摩抵东土，在嵩山少林寺面壁九年后创立禅宗，于是又成为中国禅宗的始祖。

[5] 真如：佛教语。丁福保《佛学大辞典》："真者真实之义，如者如常之义，诸法之体性，离虚妄而真实，故曰真；常住而不变不改，故曰如"。三十七品：追求智慧，进入涅槃境的三十七种修行方法。

[6] 慧了三缘：了悟知道三缘。慧，佛教语，指了悟、破惑证真。了，明白，知道。三缘，亲缘、近缘、增上缘。亲缘，行者口称名号，身礼敬佛，心默念佛，就会被佛听闻，行者与佛互相忆念，两者就有了密不可分的关系。近缘，行者想见佛时，佛就感应亲近其身。增上缘，行者称念名号，念念除去罪障，临命终时，圣众来迎，不为业障所系缚，脱离罪恶，获得新生。

[7] 苾刍（bì chú）：也作"苾蒭"，西域雪山草名，梵语用来比喻出家的佛弟子，即比丘。唐玄奘《大唐西域记·僧诃补罗国》："大者谓苾刍，小者称沙弥。"《释译名义集》载苾刍含有五义：一、体性柔软；二、引蔓旁布；三、馨香远闻；四、能疗疼痛；五、不背日，在雪地盛茂。

[8] 默通：无形中通晓。六入：佛教语，指色、声、香、味、触、法六识，分别对应入于眼、耳、鼻、舌、身、意六根。

[9] 资：取用。戒香：戒律。佛教认为戒律能涤除尘世的污浊，因此以"香"喻戒律。也指所燃之香。南朝齐张公礼《龙藏寺碑》："戒香恒馥，法轮常转。"

唐司空图《为东都敬爱寺讲律僧惠确化募雕刻律疏》:"启秘藏而演毗尼,熏戒香以消烦恼。"

[10] 颖悟:聪明。明徐渭《陈山人墓表》:"山人生而颖悟绝群,年十余,已知好古。"性:佛教语。指真心,即自性清净心。

[11] 灵明:智慧。晋王珣《歌太宗简文皇帝》诗:"灵明若神,周淡如渊。"

[12] 三清四说:"三清"为道家语。"四说"无此说法。应为"三宝四谛"。三宝,即佛宝、法宝、僧宝。佛宝是已成就圆满佛道的一切诸佛;法宝指诸佛的教法;僧宝是依诸佛教法如实修行的僧侣。三宝是佛教徒皈依的对象,构成佛教的信仰体系。四谛,佛教基本教义之一。指苦、集、灭、道四谛。"谛"佛经中指"真理"。佛教认为,人世间一切皆苦,叫"苦谛";欲望是造成人生多苦的原因,叫"集谛";断灭一切世俗痛苦的原因后进入理想的境界,即"涅盘",叫"灭谛";要达到最高理想"涅盘"的境界,必须长期修"道",叫"道谛"。

[13] 七处八会:六十卷《华严经》记载,佛陀说该经的处所有七处,其中人间三处,天界四处;前后共计八次说法会,故云"七处八会"。

[14] 秘阁:古代禁中藏书的地方。

[15] 香城:指佛国。南朝梁武帝《摩诃般若忏文》:"愿诸众生……同到香城,共见宝台。"

[16] 伏虎驯师:使老虎狮子驯服。比喻使邪恶势力消除。

[17] 蠢月:应为"蚕月"。蚕月,夏历三月,是养蚕的月份,故名。桑津:采桑的水边。定水:佛教语。澄静之水。喻禅定之心。北周庾信《陕西弘农郡五张寺经藏碑》:"春园柳路,变入禅林;蚕月桑津,回成定水。"

[18] 禅林:初指僧人的陵地,后指寺院。唐陈子昂《晖上人房饯齐少府使入京序》:"入禅林而避暑,肃风景于中林。"

[19] 岂止:哪里只是。祇(祇)夜:偈颂,佛经中的唱颂词。通常以四句为一偈。修多:修多罗,即佛教的纲要、经典。

[20] 优波提舍:对佛陀所说之教法,加以注解或宣说。

[21] 象正:佛教语。象法、正法的合称。象法也称象教,释迦牟尼离世,诸大弟子想慕不已,刻木为佛,以形象教人,故称佛教为象教。正法,释迦牟尼的教法。阑:残,尽,衰落。南齐王中《头陀寺碑文》:"象正虽阑,希夷未缺。"

[22] 希夷:虚寂玄妙的境界。

[23] 维:文言助词,用于句首或句中。

[24] 大维绝纽:法度断绝联系。维,系物的大绳,借指总纲,也指法度。纽,纽带,联系。

[25] 金碧翚飞:金碧辉煌雄伟华丽。金碧:指国画颜料中的泥金、石青和石绿。这里指金碧辉煌。翚飞:锦鸡展翼。翚,羽毛五彩的野鸡。语出《诗经·小

雅·斯干》"如鸟斯革，如翚斯飞"。形容宫室檐如锦鸡展翼，雄伟华丽。

[26] 奂轮：形容房屋高大华丽。典出《礼记·檀弓下》："晋献文子成室，晋大夫发焉。张老曰：'美哉轮焉，美哉奂焉。'"后形容事物工艺的精美。鸟革：鸟张翅。革通翮，鸟翅。如同鸟儿张开双翼飞翔。

[27] 玉检：玉牒，这里指佛典。隋炀帝《宝台经藏愿文》："前佛后佛，谅同金口；即教当教，宁殊玉牒。"

[28] 天花：天界仙花。贝叶：古代印度僧徒写经的树叶，也借指佛经。元荣肇《原释》："如凶恶之徒，日诵贝叶之书，心藏蛇蝎之行，既死矣，以其能信佛，佛即引之而享天堂之乐。"

[29] 丈六金身：《传灯录》曰："西方有佛，其形丈六而黄金色。"也指佛像。

[30] 慧日：智慧如日普照。法云：佛法如云覆盖。

[31] 祕：《说文》："祕，神也。"都：美好。

[32] 净土：佛教指没有尘世庸俗气的清净世界。重新：再次装修使面貌一新。

[33] 道：道行。沙弥：凡小孩出家，叫作沙弥。人若想成沙弥，需受十戒。人若过了七十岁，便不准受具足戒，只能受沙弥戒，做沙弥，而不能正式成为比丘。

[34] 耆腊：年高的和尚，特称出家长久而高龄的。腊，腊月，岁末。僧家不言岁而言腊，用以计算出家得度之年数。

[35] 风幡：也作"风幡"。风中的旗幡。《景德传灯录·慧能大师》载：一天夜晚，印宗法师正在讲经，慧能悄悄地进去恭听。忽然吹来一阵大风，悬挂在大殿的佛幡被吹得左右摇动，弟子们议论纷纷。有的说："幡是无情物、是风在动。"有的说："明明是幡动，这哪里是风动？"一时间双方各执一词。慧能在旁边听着，觉双方未能识自本心，便说："不是风动，也非幡动，而是人的心在动。如果仁者的心不动，风也不动，幡也不动了。"

[36] 瓶钵：僧人出行时的盛水、盛饭器具。生涯：指从事某种活动或职业的生活。

[37] 聚石为徒：晋末高僧竺道生，见解独特，学贯中西，是伟大的翻译家鸠摩罗什（344—413年）的高足。他15岁登坛讲法，20岁就上江西庐山讲授佛法，是名噪一时的佛学大师。竺道生到虎丘山，聚石为徒，讲说《涅槃经》。当他讲解"一阐提"的经句时，就言明"一阐提也有佛性"，并问石头："如我所说，契合佛心吗？"奇妙的是，一粒粒石头竟然都点头了。这就是流传千载"生公说法，顽石点头"（比喻精通者亲自来讲解，必能透彻说理而使人感化）的佳话。

[38] 磨砖成镜：把砖块磨成镜子。比喻事情不能成功。宋释道原《景德传灯录》卷五载：师父怀让见徒弟道一在草庵里一直闭门坐禅，为了点化他，就拿了一块砖头在草庵旁边磨起来，声音越来越大，道一听后，心不能静，出门看究竟，见师父在使劲磨砖，道一说："师父作什么？"师父说："磨作镜子。"

道一说："砖难道能磨成镜子吗？"师父说："打坐难道能成佛吗？"这里指打坐。

[39] 自在：佛教指进退无碍。天真：单纯、朴实。

[40] 清福：指清闲安逸的生活。

[41] 檀越：施主，僧、道等称施舍财物给佛寺或道观的人，也泛称一般的在家人。

[42] 挹：同"揖"，作揖。金粟："金粟如来"的省称。前蜀贯休《和韦相公见示闲卧》："堂悬金粟像，门枕御沟泉。"

[43] 白莲之社：晋无名氏《莲社高贤传》载，东晋和尚慧远在庐山东林寺，同慧永、慧持和刘遗民、雷次宗等结社，精修念佛三昧，誓愿往生西方净土，又掘池植白莲，称白莲社。这里指佛教寺院。

[44] 共襄盛举：共同完成盛大的活动。

[45] 引：引退、退避。群伦：同类或同等的人们。爱河：佛法说爱欲如河流，人一沉溺即不能脱身，因以为喻。

[46] 六度：佛教语。使人由生死之此岸度到涅槃（寂灭）之彼岸的六种法门，即布施、持戒、忍辱、精进、精虑（禅定）、智慧（般若）。就是从烦恼的此岸度到觉悟的彼岸的六个方法。

[47] 高谢：归隐，辞别。四流：佛教语，分别是见流、欲流、有流、无明流。流而不返叫作"流"。也名四轭，认为众生为四种惑业所缠，若牛之缚轭以驾车，不能脱离。

原文

代吴明府谢寿启[1]
乙未（1775年）季秋

某风尘俗吏[2]，铅椠迂儒[3]。惭非民牧之良[4]，谬承国士之遇[5]。当其毛义捧檄[6]，原为双亲；今效老莱舞衣[7]，正值同寿。欢趋百拜[8]，且将花县作春闱[9]；祝愧三多[10]，暂借琴堂开寿域[11]。然恐累逮筐篚[12]，莫教信史先通[13]；孰知义重椿萱[14]，竟使朵云下坠[15]。价同琬琰[16]，开函而句有余香[17]；光照琼琚[18]，饮德而谊逾常格[19]。沐湛恩之素饫[20]，仰德曜以分辉[21]。但严慈颂[22]，谢山阜岗陵[23]，过蒙褒荣一字[24]。某才非盐梅舟楫[25]，深荷惠庇二人[26]。感汪濊之靡涯[27]，叹涓埃之莫报[28]。鸿章远答[29]，蚁忱遥输[30]。谨启。

    我是一个漂泊江湖的平庸官吏，文章迂腐不切实际。惭愧不是治民的良才，错误地承受国士的礼遇。面对着毛义一样的困境，做官受俸原为奉养父母；今日效法老莱子穿五彩衣娱乐双亲，适逢生日相同。高兴地小步快走多次行礼，权且将如花美好的辖县当作春试的京城；为多福多寿多子的祝福而感到惭愧，暂借县衙为摆寿宴的地方。但怕连续收到礼物，不让使者先通报。谁知诸位对我父母恩义厚重，竟然使祝寿的信笺如云片坠落。书信的价值如同美玉，打开信函，里面的字句仍留有余香；光照厚礼，接受超过常规的德泽情谊。沐浴深恩的平常家宴，仰仗贤妻张罗打理。只是赞扬我的父母，谢意如大山高陵，蒙受表扬之词有点儿过。我的才能还不像盐和梅的调和、舟和楫的配合，深负于诸位恩惠庇护双亲，感慨深广无边的恩德，叹息无细微的报答。远远地答谢鸿文，送来远处微末的真诚。敬白。

注解

    [1]明府：县令。《后汉书·吴祐传》："国家制法，囚身犯之。明府虽加哀矜，恩无所施。"谢寿启：旧时被祝寿后道谢的回信。

    [2]某：旧时自我谦称之词。风尘：漂泊江湖。

    [3]铅椠（qiàn）：铅粉笔、木片，旧时书写工具，这里指文章。清曹寅《送程吉士》诗："自我离群久废学，懒从铅椠搜糟粕。"

    [4]牧：治理。

    [5]国士：一国中才能最优秀的人物。《战国策·赵策》："知伯以国士遇臣，臣故国士报之。"

    [6]毛义捧檄：《后汉书·刘平等传序》载：东汉末庐江人毛义，自幼丧父，母子相依为命。家境贫寒，年少便为他人放牧为生。母病伺候汤药，曾割股疗疾。遂以孝行称著乡里，举为贤良。朝廷得知，送檄文赏封他为安阳县令，为了安慰母亲，毛义迎至"临仙桥"喜接檄文。然时隔不久，母亲病逝，朝廷派人专车前来看望，岂知毛义却跪拜于"临仙桥"上，将原赏封安阳县令的檄文双手奉还，葬母后隐居山野。

    [7]老莱舞衣：《艺文类聚·列女传》："老莱子孝养二亲，行年七十，婴儿自娱，着五色彩衣，尝取浆上堂，跌仆，因卧地为小儿啼。"借指设法孝敬父母，让双亲娱乐开心。

    [8]趋：古代的一种礼节，小步快走，表示恭敬。

    [9]花县：源见"河阳一县花"。称誉地方官吏善于治事，辖内如花美好。

唐王维《送严秀才还蜀》诗："别路经花县，还乡入锦城。"春闱：春试。唐宋礼部试士和明清京城会试，均在春季举行，故称春闱。这里比喻祝寿时的热闹如同春试的京城。

[10] 三多：指多福、多寿、多子。

[11] 琴堂：县衙。《吕氏春秋·察贤》："宓子贱治单父，弹鸣琴，身不下堂而单父治。"后人遂称州、府、县署为琴堂。唐李白《赠从孙义兴宰铭》："退食无外事，琴堂向山开。"寿域：摆寿宴的地方。

[12] 筐篚（kuāng fěi）：盛物竹器，方曰筐，圆曰篚。这里指装的礼物。明汤显祖《紫钗记·合卺》："小生还有蓝田白玉一双，文锦十四，少致筐篚之敬。"

[13] 信史：当为"信使"，即使者，奉命办事的人。《史记·司马相如列传·喻巴蜀檄》："故遣信使，晓谕百姓以发卒之事。"

[14] 椿萱：父母的代称。椿，指父亲；萱，指母亲。也作"萱椿"。

[15] 朵云：《新唐书·韦陟传》："（韦陟）常以五采笺为书记，使侍妾主之，以裁答，受意而已，皆有楷法。陟唯署名，自谓所书陟字若五朵云。时人慕之。"后以"朵云"敬称别人的书信。宋汪洋《回谢王参议启》："尚稽尺牍之驰，先拜朵云之赐。"下坠：向下落。（按：该处作者对"朵云"当"云朵"用。）

[16] 价同：价值同，一样。琬琰：喻指文辞如美玉。

[17] 函：传达消息或指示的信件（古代寄信用木函）。句有余香：信函中的字句仍然留有墨香。

[18] 琼琚：喻指厚礼。明史谨《谢郭舍人赠腊梅》诗："折来为乏琼琚报，聊托微言表寸心。"

[19] 饮德：蒙受德泽。唐钱起《陪郭常侍令公东亭宴集》诗："饮德心皆醉，披云兴转清。"

[20] 素饫（yù）：平常的家宴。饫，古代家庭私宴的名称。

[21] 德曜：梁鸿妻子孟光的字。汉刘向《列女传·梁鸿妻》载：初，梁鸿与妻孟光耕织于霸陵山中，后随夫至吴地，鸿贫困为人佣工，每归，光为具食，举案齐眉，恭敬尽礼。后为贤妻的典范。清孙枝蔚《寄怀李岷躬亲家》诗："慈亲耻受安仁养，贤女甘如德曜穷。"分辉：抛洒光辉，这里指抛头露面，张罗、打理。

[22] 严慈：严父和慈母的省称。用来形容两种不同类型的爱护、教育方式。颂：赞扬。

[23] 谢：酬谢。山阜冈陵：如巍峨高峻的丘陵山岗。典出《诗经·小雅·天保》："天保定尔，以莫不兴。如山如阜，如冈如陵。"

[24] 过蒙褒荣一字：书信中受到过分表扬。一字：指书信或赞颂之词。语见晋范宁《春秋谷梁传注疏序》："一字之褒荣于华衮，一字之贬苛于斧钺。"

[25] 盐梅舟楫：盐和梅调和，舟和楫配合。比喻辅佐的贤臣。

[26] 深荷：深负。惠：仁爱，恩惠。庇：庇护，袒护。二人：指父母。

[27] 汪濊（huì）：深广。

[28] 涓埃：细流与微尘。比喻微小。唐·杜甫《野望》诗："惟将迟暮供多病，未有涓埃答圣朝。"

[29] 鸿章：鸿文，大作。

[30] 蚁忱：微末的真诚。清·王端履《重论文斋笔录》卷一："纵竭蚁忱，难酬鸿造。"

原文

寄同宗书

戊戌（1778年）十月作

自别凉州，便游燕市。黄金台畔[1]，寻马骨以何从；白雁关前[2]，望鱼书而不至[3]。遂乃束装北下，垂翅西归[4]。此行路多岐，易下杨朱之泣[5]；谋身偏拙，空怀杜甫之愁者也。

仆籍本金陵，居迁玉塞。丁年孤苦，丙舍凋残[6]。幼读父书，谨识之无二字[7]；长尊母教，不窥园圃三年[8]。思观太学之光，滥列成均之选[9]。然而才非王粲[10]，惯欲依人，贫甚茅容[11]。幸能（依）母执爨踖踖[12]，烧残侯氏之柴[13]；兴雨祁祁[14]，漂去高家之麦[15]。陶侃延宾而馔[16]，毛义捧檄以何年[17]。讵意寸草有心，春晖莫报。慈萱凝泪[18]，晚景堪嗟，遂使贱子思亲，未被王（玉）珪之綵[19]。小人有母，空尝考叔之羹[20]。

抚身世之多艰[21]，怅年华之易迈[22]。冯谖作客[23]，弹长铗以何归；邹阳傍人[24]，拽轻裾而奚适[25]？乃叼蒙荐引馆云川者二年[26]，猥荷提撕[27]，陪莲幕之一饯[28]，遂乃合围心喜，见猎情欣[29]。慨自廿载飘蓬，念我曾三刖[30]，九秋摩桂[31]，惊人讵诩一鸣[32]，此驽骀受秣饲之恩[33]，十里倘堪千里。大鸟足稻粱之愿[34]，三年始得一飞[35]。继而征旆东行[36]，公车北上[37]，赋诗见志，欣视五子之长城[38]。馈赆输情[39]，不惜千金之宝剑。所愧人非逸少[40]，空邀墨价之投[41]；才逊文通[42]，未入笔化之梦[43]。第雀辞杨馆[44]，定鲜酬恩[45]；鱼离汉池[46]，终思报德。纵称杨其奚极，虽铭镂以何言[47]。且夫爨竹谁怜[48]，中郎安在[49]？劳薪埶悯[50]，苟勖难逢。无他素蒙根柢之知，则略其形骸；凤荷优容之雅[51]，则假以羽毛耳[52]。

仆之藉庇，业有年矣[53]。感实切于平生[54]，遇难忘夫畴昔。今日者，茎间居兮不乐[55]，姜廓处以长愁[56]。韩子有送穷之文[57]；

庄生无索笑之术[58]。赏井公之博进[59]，负满三千；贷营室之聘钱，通逾十万[60]。人非雁奴[61]，恒求泽畔之粮；行类侏儒，并乏囊中之粟。所叹越禽向暖，不知飞何树之枝；海燕寻巢[62]，未审上谁家之垒。极知我公情殷旧雨[63]，原非漫作曹邱[64]；谊切同袍[65]，自是深知管仲[66]。遂为发棠之请[67]，不无望蜀之思[68]。得藉游扬[69]，益深策励。

念夫臣之壮也，犹不如人，技止此乎，何堪噬虎？迟暮之壮心未已，昔时之豪气犹存。弹指三年，又值杏园春暖；殚心五夜，尚思藜阁香浓[70]。将见玉韫昆冈[71]，容有赏城之望；珠沉沧海，宁无照乘之期[72]。则憔悴含润泽之机，即终始拜成全之德矣。况仆系延陵之苗裔[73]，岂乏家风；沿季重之声华[74]，宁分末脉。所望增其声价，予以吹嘘，涸鲋残鳞[75]，势难待西江之水[76]；寒机冷轴[77]，速为引东壁之灯。书不尽言，辞宁达意，用兹仰渎[78]，伏冀垂慈。所有鄙怀[79]，统祈均鉴[80]。

译文

自从武威告别后，就前往北京。黄金台边，从哪里寻找千里马的骸骨；白雁关前，盼望的家信不到。于是就收拾行装转北，收起翅膀向西归家。这次出行路多岔道，容易产生扬朱的歧路之泣，我的谋划不全面而笨拙，空怀杜甫一样的家国之愁。

我原籍本在南京，迁居到玉门边塞。成年孤独困苦，房舍简陋衰败。幼年读父亲留下的书，只认得"之、无"二字；长大禀遵母亲的教诲，三年没有接触农活。想着观览最高学府的光景，混在入选太学的行列，但是才能不及王粲，经常依附别人。贫困胜过茅容，幸亏能倚仗母亲的敏捷谨慎，烧菜做饭，缺少柴禾，像夏侯氏一样去城外寻取；自己像高凤一样专注于读书，家中事务一点帮不上忙。似陶侃一样诚心延请宾客而准备食物，何时如毛义一样奉官府的任命以便尽孝。哪料儿子有孝心，却不能报答母亲的大恩。慈祥的母亲眼泪凝结，晚年的境况使人嗟叹，于是使我更思念母亲，未能考中披红夸官的进士；我有母亲，不能像颍考叔那样使她吃到国君赏赐的美味。

追思往事艰辛多难，惆怅年华容易流逝。似冯谖在孟尝君门下做食客，弹长剑何时回归？如邹阳依傍别人，拽着轻薄的衣襟而归向谁？于是蒙受推荐，去甘肃永昌坐馆教学二年。承蒙恩惠提携，与跟随在一起的县令饯别，就像看到打猎，不由得心动，碰上会试，旧习难忘。感慨自己二十年来似飘飞的蓬草，可怜我曾像卞和一样多次遭遇挫折。秋天参加乡试，一鸣惊人。这就像劣马，受到喂养之恩，一日行十里或许能变为一日千里；似大鸟有足够维持生命的稻粱，三年才能得到一次飞行的机会。接着以举人的身份远行东方赴京城赶考。赋诗表明志向，高兴地看到窦燕山五子登科地方的长城。家乡赠送行资，表达真情，不顾惜价值千金的宝剑。惭愧不是王羲之，能够写字卖价；才能逊色于江淹，未能梦中得到生花妙笔。只是麻雀离开了杨树上的窝，一定很少谢恩；鱼离开了池塘，始终想着报德。纵使称颂杨树，极限在哪里呢，即使铭刻在心，但说什么呢？再说被焚烧的竹子有谁怜惜，辅佐我的人在哪里？劳薪谁去怜悯，似荀勖一样明辨的人难逢。平素没别的交往不知根底，就会忽略他的形貌；日常有交往就受宽容优待，能借用他的声誉。

我寄居于此，已经多年了，感慨一生信守真诚，已经淡忘往昔遭遇的灾难。当下，荃草闲居而不快乐，生姜独处而长忧愁。韩愈有《送穷文》，庄子无取笑术。赏赐井公博弈所得之钱，欠债达到三千；借贷营造宫室的聘礼钱，拖欠超过十万。人不是大雁，常在水泽边寻求食物；行为类似侏儒，囊中同时缺粮。感叹南方的鸟朝向温暖的方向，不知飞向哪个树的树枝；海燕寻找巢穴，不明上到谁家的梁垒。深知我县公与老友情义殷切，本不随便荐引、介绍；情谊密切如挚友，自然是（如鲍叔牙）深知管仲。于是请求诸位赈济我会试，我未尝没有得陇望蜀的心思。得以借此传扬，更应深深鞭策努力。

回想我年轻时，尚且不如人，本领也就如此，哪能吞掉老虎呢？晚年雄心壮志没有停止，从前的豪壮之气仍然存在。短暂三年已过，又逢杏开春暖；竭尽心力五夜，还在思念书阁的墨香。将要见到蕴藏美玉的昆仑山，或许有欣赏京城的希望；珍珠沉于大海，难道无照明车辆的时机。憔悴包含着滋润的机会，若有始有终，就拜谢成全的恩德了。何况我属古延陵吴国季札的后代，难道缺乏家风；循着三国时吴质的声望，难道分散为轻微的一脉。希望增加吴氏声价，予以发扬。

我似干涸了的车辙沟里的鲫鱼，情势难以等待西江的水；似寒夜中的织布机，快速运作需要用东壁的灯照亮。信写不完想说的话，言辞哪能表达完心意，这封信轻慢冒犯，希望得到长辈的慈爱。所有心意，敬请阅知。

[1] 黄金台：也称招贤台，战国时期燕昭王有感于郭隗的重金买千里马尸骨的故事，筑"黄金台"以招贤纳士，名将乐毅、剧辛，谋士邹衍等先后投奔燕国，使燕国逐渐成为一个富裕兴旺的强国。

[2] 白雁关：在今河南信阳，旧名大隧、黄岘关、百雁关等。旧时与今信阳境内的平靖关、武胜关合称冥厄或黾塞，为天下九塞之一，东西两侧崇山峻岭，羊肠曲径蜿蜒其间，势若咽喉。古以"车不方轨，马不并骑"状其崎岖险要。为著名的楚豫古道，可北进中原南入楚，是历代兵家必争之地。

[3] 鱼书：指书信。典出《史记·陈涉世家》："乃丹书帛曰'陈胜王'，置人所罾鱼腹中。卒买鱼烹食，得鱼腹中书，固以怪之矣。"

[4] 垂翅：垂翼。指鸟翅下垂不能高飞。比喻人受挫折，止息不前。北周庾信《拟咏怀》之八："长坂初垂翼，鸿沟遂倒戈。"

[5] 杨朱之泣：即"杨朱泣歧"。《荀子·王霸》载：杨朱在岔路口说："这里就是错走半步，到觉悟后就已经差之千里的处所吧！"为此而悲伤地哭泣。后表达对误入歧途的忧虑感伤。五代李翰《蒙求》："墨子悲丝，杨朱泣歧。"

[6] 丙舍：简陋的房舍。凋残：零落衰败。

[7] 谨识"之无"二字：只认识"之无"二字。典出唐白居易《与元九书》："仆始生六七月时，乳母抱弄于书屏下，有指'无'字'之'字示仆者，仆虽口未能言，心已默识。"

[8] 不窥：不观看。园圃：种植果木菜蔬的田地。该句指三年没有下地。

[9] 滥列：排列，谦辞。成均：上古时大学的称谓，后泛称官设的最高学府。明何景明《送林利正同知之潮阳》诗："忆在成均共携手，泉山门下相知久。"

[10] 王粲：三国时曹魏名臣，建安七子之首。少有才名，为学者蔡邕所赏识。归属曹操后，深得曹氏父子信赖，被赐爵关内侯。建安十八年（213年），曹魏立国，王粲任侍中。

[11] 茅容：字季伟，东汉陈留郡（今河南开封）人。年四十余岁，在田野耕种，当时与农夫们到树下避雨，众人都伸展腿脚，随意蹲坐，只有茅容正襟危坐。郭林宗路过看见后，对他的表现感到惊讶，同他交谈，并请求暂住他家。第二天早上，茅容杀鸡做菜，郭林宗认为是为他而做，谁知茅容端给了自己的母亲，自己只用蔬菜和客人同食。郭林宗起身下拜说："您太贤德了！"于是劝茅容读书，最终使茅容成就了德业。

[12] 执爨（cuàn）：做饭。踖踖（jí jí）：恭谨敏捷貌。典出《诗经·小雅·楚茨》："执爨踖踖，为俎孔硕。或燔或炙，君妇莫莫。"这里指掌膳的母亲谨慎麻利。

[13] 烧残：燃烧将尽。侯氏之柴：据三国魏鱼豢《魏略》：建安五年（200

年），夏侯渊侄女、十三四岁的夏侯氏荒年出城拾柴时被张飞所遇，后娶其为妻。生有二女，为刘禅皇后。该句是说：为生活所迫，母亲像夏侯氏一样去城外寻取柴火。

［14］兴雨祁祁：缓缓的小雨。祁祁，徐缓状。典出《诗经·小雅·大田》："有渰萋萋，兴雨祁祁。雨我公田，遂及我私。"

［15］漂去高家之麦：《后汉书·逸民传·高凤》："高凤妻晒麦于庭，令凤护麦，凤持书诵读，时天暴雨，潦水漂麦，凤竟不知。"后以"漂麦"为专心读书的典故。喻指自己专心于读书，帮不上母亲一点忙。

［16］陶侃延宾：《晋书·列女传》载：陶侃幼年而孤，家境贫寒。同郡孝廉范逵有一次带随从到陶侃家做客。当时，冰雪满地已经多日了，陶侃家一无所有。陶侃的母亲湛氏对陶侃说："你只管到外面留下客人，我自己来想办法。"湛氏把家中每根柱子削下一半来做柴烧，把草垫子都剉了做草料喂马，将自己的长发剪下，卖给乡人，置办饭菜，招待客人。范逵赞赏陶侃的才智，对他母子的盛情款待深感惭愧，并表谢意。到了洛阳，范逵就在羊晫、顾荣等人面前称赞陶侃，陶侃的好名声广泛流传，随之进入洛阳与上层名流结识，施展才华，官至侍中、太尉、荆江二州刺史、都督八州诸军事，封长沙郡公，成为东晋开国元勋。

［17］毛义捧檄：《后汉书·刘平等传序》：毛义，东汉末庐江人。自幼丧父，母子相依为命。家境贫寒，年少便为他人放牧为生，箪食瓢饮，奉养其母。母病伺候汤药，曾割股疗疾。遂以孝行称著乡里，举为贤良。府发檄文召毛义为守令。义捧檄色喜。后其母死，辞职不干。

［18］慈萱：母亲。清虞名《指南公·举义》："长别慈萱，遥诀寒楸。"凝泪：指眼泪凝结。表明母亲的注视和想念。

［19］王（玉）珪：古代帝王、诸侯朝聘或祭祀时所持的玉器。缫：指彩色的丝织物，引申为游戏、竞赛中获胜者所得的奖品，又引申为对胜利者或成功者的称赞。这里指未能考中披红夸官的进士。

［20］考叔之羹：郑庄公因共叔段之事，与其母不和。一次，庄公赐食颍考叔，考叔故意舍不得吃肉。庄公问其原因，回答说："我有老母，没吃过国君赏赐的美味，请让我带一些回去给老母亲吃。"庄公为之感动，于是与母和好。事见《左传·隐公元年》。后以"遗羹"为赞颂孝道之典。

［21］抚：抚事，追思往事。

［22］迈：迈进，指时光流逝。

［23］冯谖作客：《史记·孟尝君列传》载：冯谖是战国时期一位颇具深远眼光的人。因穷困潦倒，无以维持生计，托人请求孟尝君作了他门下食客，冯谖不满意自己的处境，三次弹剑，唱"长铗归来乎！食无鱼"；"长铗归来乎！

出无车"；"长铗归来乎！无以为家"。提出自己饮食要有鱼、出行要专车、希望供给家人饭食等，孟尝君一一满足了冯谖的要求。而冯谖后来则通过"焚券市义"，营造"三窟"等活动，夯实了孟尝君的政治根基，使其政治事业久盛不衰。

[24] 邹阳：齐人，西汉时期文学家。文帝时，为吴王刘濞门客，以文辩著称于世。吴王阴谋叛乱，邹阳上书谏止，吴王不听，因此与枚乘、严忌等离吴去梁，为景帝少弟梁孝王门客。邹阳"为人有智略，慷慨不苟合"，后被人诬陷入狱，险被处死。他在狱中上书梁孝王，表白自己的心迹。梁孝王见书大悦，立命释放，并尊为上客。

[25] 裾：衣服的前后襟。

[26] 叨蒙：承蒙。荐引：推荐。云川：今甘肃永昌。

[27] 提撕：提携。《诗·大雅·抑》："匪面命之，言提其耳。"汉郑玄笺："我非但对面语之，亲提撕其耳。"

[28] 莲幕：幕府的美称。这里指资助自己前往乡试的县令等。唐李商隐《自桂林奉使江陵寄献尚书》诗："下客依莲幕，明公念竹林。"

[29] 合围心喜，见猎情欣：看到打猎心里就高兴。这里是说，就像看到打猎，不由得心动，碰上会试，旧习难忘。

[30] 三刖：喻怀才不遇，蒙冤受害，源见"和氏之璧"。清归庄《昆山石歌》："贵玉贱石非通论，三献三刖千古恨。"

[31] 九秋：秋天。摩桂：接触桂榜。指参加乡试。乡试放榜之时，正值桂花飘香，故又称桂榜。

[32] 惊人讵诩一鸣：谁料一鸣惊人。这里指乡试中举。讵，不料。

[33] 驽骀（nú tái）：劣马。喻低劣的才能。《晋书·荀崧传》："臣学不章句，才不弘通……思竭驽骀，庶增万分。"秣饲：喂牲口。唐曹唐《病马》诗："一朝千里心犹在，争肯潜忘秣饲恩。"

[34] 大鸟足稻粱之愿：大鸟满足最低的生活需要。稻粱：指最低的生存需要。多用以比喻人谋求衣食。

[35] 三年始得一飞：这里指科举考试三年一次。

[36] 征旆：古代官吏远行所持的旗帜。唐张九龄《酬赵二侍御使西军赠两省旧寮》诗："使车经陇月，征旆绕河风。"东行：向东行走（去京城赶考）。

[37] 公车：因汉代曾用公家车马接送察举的人，后就以"公车"泛指入京应试的举人。如1895年中日甲午战争失败后，康有为联合各省在京会试举人联名上书，即称"公车上书"。

[38] 五子：窦燕山，原名窦禹钧，因他居住在燕山一带，故称窦燕山。窦燕山出身于富庶的商人家庭，但他最初心术不正，坑蒙拐骗，以势压人。平民百姓痛恨他为富不仁。时人窦燕山认为行为激怒了上天，以至于三十岁了还膝

下无子。有晚，窦燕山梦到他去世的父亲对他说："你心术不好。品行不端，恶名已经被天帝知道。以后你命中无子，并且短寿。你要赶快悔过从善，大积阴德，才能挽回天意。"窦燕山醒来，历历在目，于是决心洗心革面重新做人。后来他捡到银子，将它完璧归赵。他家乡有不少穷人娶不起媳妇，女儿因为没有钱买嫁妆而嫁不出去，窦燕山就帮助他们。还在家乡设立学堂，请有学问的老师来教课，把附近因贫穷而不能上学的孩子招来免费上学。窦燕山周济贫寒，广做善事。一晚，窦燕山又梦见自己的父亲。老人告诉他："你现在阴功浩大，美名远扬，天帝已经知道了。以后你会有五个儿子，个个能金榜题名，你自己也能活到八九十岁。"后来，他果然生有五个儿子。由于自己重礼仪、德行好，且教子有方，五个儿子均金榜题名。《三字经》以"窦燕山，有义方，教五子，名俱扬"的句子歌颂此事；后又逐渐演化为"五子登科"的吉祥语，用作结婚的祝福词或吉祥语。

〔39〕馈赆：赠送行资，赠送财物。输情：表达真情。

〔40〕逸少：王羲之，字逸少，王羲之自幼爱习书法，推陈出新，为后代开辟了书法的新天地，史称"书圣"。

〔41〕空邀：虚求。投：寄，递送。据说有一次，王羲之路过山阴城（今绍兴）的一座桥。有个老婆婆拎了一篮子六角形的竹扇在集上叫卖。那种竹扇很简陋，没有什么装饰，引不起过路人的兴趣，看样子卖不出去了，老婆婆十分着急。王羲之看到这情形，很同情那老婆婆，就上前跟她说："你这竹扇上没画没字，当然卖不出去。我给你题上字，怎么样？"老婆婆不认识王羲之，见他这样热心，也就把竹扇交给他写了。王羲之提起笔来，在每把扇面上龙飞凤舞地写了五个字，就还给老婆婆。老婆婆不识字，觉得他写得很潦草，很不高兴。王羲之安慰她说："别急。你告诉买扇的人，说上面是王右军写的字。"王羲之一离开，老婆婆就照他的话做了。集上的人一看真是王右军的书法，都抢着买。一箩竹扇马上就卖完了。该处是说，自己的书法不能似王羲之一样值钱。

〔42〕文通：南朝文学家江淹的字。

〔43〕笔化之梦：公元474年，江淹被贬，任吴兴县令，有一夜宿于城西孤山，睡梦中，见神人授他一支五彩笔，自此文思如涌，成了一代文章魁首。后人称为"笔化之梦"。

〔44〕第：尽管，只是。杨馆：杨树上的窝。

〔45〕鲜：少。酬恩：谢恩。

〔46〕汉池：大池塘。

〔47〕铭镂：铭刻，牢记。

〔48〕爨竹：火烧的竹子

〔49〕中郎：官名，为帝王近侍。这里指辅佐的人。

［50］劳薪：经受长期重力磨损后被废弃当柴薪的木器。南朝刘义庆《世说新语·术解》："荀勖尝在武帝坐上食笋进饭，谓在坐人曰：'此是劳薪炊也。'坐者未之信，密遣问之，实用故车脚。"按，旧时木轮车的车脚吃力最大，最易损坏，使用数年后，析以为烧柴，故云。后比喻劳绩多反而受害。宋苏轼《贫家净扫地》诗："慎勿用劳薪，感我如薰莸。"

［51］夙：旧，平素。荷：承受，蒙受，承蒙。优容：优待，宽容。雅：交往。班固《汉书·谷永传》："永斗筲之才，质薄学朽，无一日之雅，左右之介。"

［52］假：借用，利用。羽毛：羽毛使鸟兽有文彩，因以喻人的声誉。《后汉书·王符传》："其贡士不复依其质干，准其才行，但虚造声誉，妄生羽毛。"

［53］业：已经。有年：犹多年。

［54］实：真诚。切：密合，贴近。

［55］荃：香草名。间居：闲居。

［56］廓处：独处。

［57］韩子：韩愈，唐宋八大家之一。韩愈在经历了一番坎坷之后，终于官运亨通。35岁那年，韩愈被擢为四门博士，翌年又拜监察御史。《送穷文》写于唐宪宗元和六年春，时韩愈45岁，任河南令。该文把作者一肚皮的牢骚发泄得淋漓尽致。这一篇寓庄于谐的妙文，主人翁认为被五个穷鬼缠身，这五个穷鬼分别是智穷、学穷、文穷、命穷、交穷，五个穷鬼跟着他，使他一生困顿。因此主人翁决心要把五个穷鬼送走，不料穷鬼的回答却诙谐有趣，这五个穷鬼忠心耿耿地跟着他，虽然让他不合于世，但却能帮助他获得百世千秋的英名。韩愈写"送穷"，实则是"留穷"。韩愈以诙诡之笔抒发了抑郁不得志的愤慨。

［58］庄生：庄子。其哲学思想主张"逍遥"和"齐物"。索笑：逗乐，取笑。

［59］井公：传说中的古代隐士。《穆天子传》卷五："是日也，天子北入于邴，与井公博，三日而决。"博进：赌博所用的钱。"进"通"赆"，钱财。《汉书·游侠传·陈遵》："祖父遂，宣帝微时与有故，相随博弈，数负进。及宣帝即位，用遂，稍迁至太原太守，乃赐以玺书曰：'制诏太原太守，官尊禄厚，可以偿博进矣。'"

［60］逋：拖欠。

［61］雁奴：雁群夜宿沙渚时，在周围专司警戒，遇敌即鸣的大雁。宋陆游《古意》诗之二："宁为雁奴死，不作鹤媒生。"泛指雁。

［62］海燕：燕子的别称。古人认为燕子产于南方，须渡海而至，故名。宋陆游《春晚泛湖归偶成》诗："分泥海燕穿花径，带犊吴牛傍柳阴。"

［63］极知：深知。我公：指家乡的县令。情殷：情义殷切。旧雨：老朋友的代称。辛弃疾《雨中花慢·登新楼有怀》："旧雨常来，今雨不来，佳人偃蹇谁留？"

［64］漫作：随便作为。曹丘：汉有曹丘生，曾到处宣扬季布"千金一诺"的品格，使他享有盛名。后因以曹丘或曹丘生作为荐引、称扬或介绍者的代称。

［65］谊：交情，情谊。同袍：挚友。《诗·秦风·无衣》："岂曰无衣，与子同袍。"

［66］自是：自然是。管仲：名夷吾，史称管子。春秋时期齐国著名的政治家、军事家。管仲少时丧父，生活贫苦，不得不过早地挑起家庭重担，为维持生计，与鲍叔牙合伙经商，后经鲍叔牙力荐，为齐国卿大夫，辅佐齐桓公成为春秋霸主。

［67］发棠之请：原指孟子劝请齐王发放棠邑粮食赈济饥民。后指请示赈济。《孟子·尽心下》："齐饥，陈臻曰：'国人皆以夫子将复为发棠。'"

［68］望蜀之思：《后汉书·岑彭传》："人苦不知足，既平陇，复望蜀，每一发兵，头鬓为白。"

［69］得藉：得以借此。游扬：宣扬，传扬。

［70］藜阁：世传西汉成帝时，光禄大夫刘向在天禄阁校书至深夜，烛尽灯灭之后，仍在暗室中背诵经书。忽有一位黄衣老人，手拄青藜杖叩门进来，将青藜杖顶端一吹，藜杖点燃，光照暗室。此后刘向写成《别录》《新序》《说苑》《列女传》《洪范五行传论》等书。刘氏后人为了纪念燃藜夜读的传说，鼓励族人发奋读书，就以藜作为堂号。这里指书馆、藏书处。

［71］昆冈：昆仑山。《尚书·胤征》："火炎昆冈，玉石俱焚。"

［72］照乘：指光亮能照明车辆的宝珠。

［73］延陵：古邑名，季札封地，大约在今常州、江阴、丹阳等地，春秋属吴国。

［74］季重：吴质字季重，兖州人，三国时著名文学家。官至振威将军，假节都督河北诸军事，封列侯。在魏文帝曹丕被立为太子的过程中，吴质出谋划策，立下大功。

［75］涸鲋残鳞：同"涸辙之鲋"，干涸的车辙里的鲫鱼。典出《庄子·外物》，比喻处于极度窘困境地、亟待救援。

［76］西江：珠江的最大支流，发源于云南，到广西梧州后称西江。

［77］寒机冷轴：寒夜的织布机。南朝宋鲍照《和王义兴七夕》诗："寒机思孀妇，秋堂泣征客。"轴，杼轴，织布机上的两个部件，即用来持纬（横线）的梭子和用来承经（竖线）的筘。

［78］仰渎：轻慢，冒犯。

［79］鄙怀：谦称自己的心愿、心意。宋苏舜钦《舟中感怀寄馆中诸君》诗："作诗寄诸君，鄙怀实所望。"

［80］均鉴：也作"钧鉴"，书信中敬请收信人阅知的敬辞。

告风伯文[1]

癸卯（1783 年）镇邑作[2]

盖闻鸿蒙噫气[3]，苍茫驰万里而遥[4]；大块嘘空[5]，瞬息遍八荒之内[6]。故天籁地籁[7]，均藉发扬；而大生广生[8]，同资鼓铸[9]，于是乎风以名焉。

其为惠风也[10]，舞雪则银丝俱散；消冰则水镜齐开。报杏惊梅，画出三三之径[11]；催桃染李，妆成九九之春[12]。运去岁功[13]，周三百六旬之度[14]；传来花信[15]，符二十四番之期。其为仙风也[16]，则缥纱五云[17]，萦纡三岛[18]。列子御焉而善[19]，飞琼挟之以行[20]。入于蓬莱，披拂琪花瑶草[21]；飘来瀛海[22]，依稀凤阁龙楼。其为雄风也[23]，物可以挠[24]，势凌于烈[25]。宋玉有雌雄之辨[26]，汉皇有威猛之歌[27]。壮士骋怀，乘之破浪[28]；元戎振旅[29]，祭焉成功。其为文风也[30]，诗人有穆如之容[31]，君子有蔼然之德[32]。春生河畔，王孙之草色偏浓[33]；梦入池塘，骚士之衣香更韵[34]。为其香风也[35]，识风姨之面[36]，留少女之名[37]。把珑葱于佩环[38]，布氤氲于兰麝[39]。双飞青鸟[40]，早知王母必来；一朵红云，预卜素娥先到[41]。

故风之名不一，而风之理则同。奈何当春发狂，终日作暴，播清沙于紫塞[42]，等白昼与黄昏。众窍喁喁[43]，未见三春飞柳絮；浓阴漠漠[44]，惯闻十里响松涛[45]。银海为之生花[46]，玉楼于焉起粟[47]。爰裁俚句，敬告尊神。伏冀乍敛明威，用回太和之气[48]，永消余怒。莫作不平之鸣，则品物咸亨[49]，群黎遍德矣[50]。

译文

听说高空吐气，在无边的空间疾驰万里之遥；大地呵气空中，一眨眼传遍四面八方。因此自然界美妙的天籁之音，风动孔穴的地籁之声，都要凭借某物而散播；天地大规模、广泛地化育万物，同时助力融合生长，于是"风"就被命名了。

它被称作惠风，惠风舞雪，则雪花消散，惠风消冰，如镜的冰面一齐开解。惠风报告杏树惊动寒梅，画出杏梅遍地争艳斗芳；催促桃、渲染李，描出冬去九尽的烂漫春光。风行一年，绕行三百六十天的光阴；传送花开的信息，符合二十四候的期限。它被称作仙风，则隐隐约约的五色瑞云，盘旋环绕仙界三岛。列子借仙风而行，仙女倚仙风而往。仙风入于蓬莱，拂动神奇的仙花仙草；仙风从大海飘来，隐现出宏丽的海市蜃楼。它被称为雄风，可搅动万物，势头寒冷刺骨。宋玉辨别雄风雌风在《风赋》，汉皇刘邦的《大风歌》威猛踌躇。雄风能使壮士驰骋情怀，乘之破浪；雄风可使主将振奋军队，祭奠神灵保佑成功。它被称为文风，诗人有和谐美好的景象，君子有温和和善的品德。春天文风产生在河边，王孙笔下的草色更浓；梦中入池塘，诗人的衣服受文风浸染美好而更有风韵。它被称为有香气的风。认识风姨的面貌，留着少女的名头；香风引碧玉佩环玲玲作响，散布兰与麝的浓烈香味。成对飞翔的青鸟，早知西王母必来；一朵红云带香，预告嫦娥先到。

因此风的名称不一致，但风的道理相同，为何对着春天猛烈如狂，终日冲撞糟蹋，簸扬沙尘在北部边塞，使白天与黄昏一样昏暗不明。众多的孔穴随声附和，不见三春飞柳絮；浓荫密布，习惯听到松涛响声传十里。眼睛因风昏花，肩头因风而起鸡皮疙瘩。于是裁定口语，敬告尊贵的神灵。希望猛然收敛圣明威严，采用天地冲和之气，永远消去留余的怒气。不要作不平的呜呜，那么万物都兴隆亨通，万民都遍受恩德了。

注解

[1] 风伯：风神，又称风师、飞廉、箕伯等。唐宋以后，也作风姨、封姨和风后，但以箕星作风伯之说，占据主导。

[2] 镇邑：镇番县，治所在今甘肃民勤。

[3] 盖闻：听说。鸿蒙：元气，这里指高空。噫气：吐气。《庄子·齐物论》："夫大块噫气，其名为风。"

[4] 苍茫：广阔无边的样子。

[5] 大块：大自然，大地。

[6] 八荒：八方，东、西、南、北、东南、东北、西南、西北等八个方向，指离中原极远的地方。《过秦论》："囊括四海之意，并吞八荒之心。"

[7] 天籁：不是具体的声音或音乐，而是一种精神境界。后多以"天籁"形容乐声的美妙。地籁：风吹大地的孔穴而发出的声响。《庄子·齐物论》："地籁则众窍是已，人籁则比竹是已。"

[8] 大生广生：天地发育万物。《易经·系辞上》："夫乾，其静也专，其动也直，是以大生焉。（乾，它处于静态时专一、单纯，处于动态时直截坦率，因此能大规模生长。）夫坤，其静也翕，其动也辟，是以广生焉。（坤，它处于静态的时候是闭合的，它处于动态的时候是开着的，因此能广泛生长。）"

[9] 鼓铸：鼓风扇火，冶炼金属，铸造器物。这里指融合生长。

〔10〕惠风：柔和的风。

〔11〕三三径：宋杨万里《三三径》诗序："东园新开九径，江梅、海棠、桃、李、橘、杏、红梅、碧桃、芙蓉九种花木，各植一径，命曰三三径。"这里指到处杏梅怒放。

〔12〕九九：由冬至日起，每九天为"一九"，历八十一日，称"九九"。清赵翼《消寒》诗："转眼消寒过九九，春光又到艳阳时。"这里指"九"尽春来。

〔13〕运去岁功：运转一年。运去：运行过去。岁功：一年的时序。

〔14〕周：绕一圈，环绕。旬：光阴。

〔15〕传来：传送。花信：花开的信息。我国古代自小寒至谷雨以每五日为一候，计二十四候，人们在每一候内开花的植物中，挑选一种花期最准确的植物为代表，称之为"二十四番花信"。其顺序是梅花、山茶、水仙、瑞香、兰花、山矾、迎春、樱花、望春、菜花、杏花、李花、桃花、棣棠、蔷薇、海棠、梨花、木兰、桐花、麦花、柳花、牡丹、荼蘼、楝花。楝花开罢，花事已了。

〔16〕仙风：神秘莫测的风。

〔17〕缥纱：隐隐约约，若有若无。

〔18〕萦纡:盘旋环绕。三岛:传说中神仙住的蓬莱、方丈、瀛洲。泛指仙境。

〔19〕列子：列御寇。御焉：御风。传说列子潜心修道时，能够"御风而行"。他常在立春之日"乘风游八荒"；在立秋之日返回住所"风穴"。

〔20〕飞琼：仙女名。后泛指仙女。挟：倚仗。

〔21〕披拂：吹拂。琪花瑶草：仙境的花草。

〔22〕瀛海：浩瀚的大海。

〔23〕雄风：强劲的风。

〔24〕挠：搅动。

〔25〕势：势头、样子。凌于烈：凛冽，寒冷刺骨。

〔26〕宋玉：战国时鄢（今襄樊）人，生于屈原之后，曾事楚顷襄王，好辞赋，流传作品有《九辨》《风赋》《高唐赋》《登徒子好色赋》等。宋玉是屈原诗歌艺术的直接继承者。其作品物象的描绘趋于细腻工致，抒情与写景的结合自然贴切，承楚辞而接汉赋，后人多以屈宋并称。雌雄辨：典出宋玉的《风赋》：宋玉说道："风在大地上生成，从青苹这种水草的末梢飘起。逐渐进入山溪峡谷，在大山洞的洞口怒吼。然后沿着大山弯曲处继续前进，在松柏之下狂舞乱奔。它轻快移动，撞击木石，发出乒乒乓乓的声响，其势昂扬，像恣肆飞扬的烈火，闻之如轰轰雷响，视之则回旋不定。吹翻大石，折断树木，冲击密林草丛。等到风势将衰微下来时，风力便四面散开，只能透入小洞，摇动门闩了。大风平息之后，景物鲜明，微风荡漾。所以那清凉的雄风，便有时飘忽升腾，有时低回下降。它跨越高高的城墙，进入到深宫内宅。它吹拂花木，传散着郁郁的

清香。它徘徊在桂树椒树之间，回旋在湍流急水之上。它拨动荷花，掠过蕙草，吹开秦蘅，拂平新芽，分开初生的垂杨。它回旋冲腾，使各种花草凋落，然后又悠闲自在地在庭院中漫游，进入宫中正殿，飘进丝织的帐幔，经过深邃的内室。这才称得上大王之风呀。所以那风吹到人的身上，让人感到冰凉发抖，倒抽冷气。清爽凉快，足以治愈疾病，解除醉态，使人耳聪目明，身体康宁，行动便捷。这就是所说的大王之雄风。"楚襄王说："你对大王之风这件事论说得太好了！那平民百姓的风，是否可以说给我听一听呢？"宋玉回答说："那平民百姓的风，在闭塞不通的小巷里忽然刮起，接着扬起尘土，风沙回旋翻滚，穿过孔隙，侵入门户，刮起沙砾，吹散冷灰，搅起肮脏污浊的东西，散发腐败霉烂的臭味，然后斜刺里吹进贫寒人家，一直吹到住房中。所以那风吹到人的身上，其情状只会使人心烦意乱，气闷抑郁，它驱赶来温温的邪气，使人染上湿病；此风吹入内心，令人悲伤忧苦，生重病发高烧，吹到人的嘴唇上就生唇疮，吹到人的眼睛上就害眼病，还会使人中风抽搐，嘴巴咀嚼吮吸喊叫不得，死不了也活不成。这就是所说的平民百姓的雌风。"

〔27〕汉皇：汉高祖刘邦。威猛之歌：指刘邦威猛悲壮、气势恢宏的《大风歌》："大风起兮云飞扬，威加海内兮归故乡。安得猛士兮守四方！"

〔28〕乘之破浪：《宋书·宗悫传》："悫年少时，炳问其志，悫曰：'愿乘长风破万里浪。'"

〔29〕元戎：主将。《诗·小雅·六月》："元戎十乘，以先启行。"

〔30〕文风：文章体现的思想、风格。宋韩琦《欧阳修墓志铭》："景祐初，公与尹师鲁以古文相尚……于是文风一变，时人竞为模范。"

〔31〕穆如：和谐美好。容：景象，状态。

〔32〕蔼然之德：温和和善的品行。

〔33〕王孙：王的子孙。后泛指贵族子弟。

〔34〕骚士：文士。

〔35〕为其：应为"其为"。

〔36〕风姨：司风之神。《北堂书钞》卷一四四引《太公金匮》述七神助周伐殷事云："风伯名姨。"

〔37〕少女：指西风。元宋褧《明照坊对雨》诗："美人虹见西山霁，少女风来北里秋。"清黄生《义府·少女风》："兑为少女，位西方，此谓风从西来耳。"

〔38〕挹：引，牵引。玱（qiāng）：玉声。葱：葱珩，翠绿色的佩玉。《诗·小雅·采芑》："有玱葱珩。"佩带碧玉环玱玱响。

〔39〕布：分散到各处。氤氲：浓烈的气味。多指香气。

〔40〕双飞：成对飞翔。唐李白《双燕离》诗："双燕复双燕，双飞令人美。"青鸟：神话传说中为西王母取食传信的神鸟。唐李商隐《无题》诗："蓬山此去

无多路，青鸟殷勤为探看。"

[41] 素娥：嫦娥的别称。也用作月的代称。

[42] 播：摇动，簸扬。清沙：沙尘，沙土。紫塞：北方边塞。晋崔豹《古今注·都邑》："秦筑长城，土色皆紫，汉塞亦然，故称紫塞焉。"

[43] 众窍：众多的孔穴。唐独孤及《对诏策》："夫长风吹而众窍号，则大无不动，细无不应。"喁喁：随声附和。《史记·日者列传》："公之等喁喁者也，何知长者之道乎！"

[44] 漠漠：密布貌。唐许浑《送薛秀才南游》诗："绕壁旧诗尘漠漠，对窗寒竹雨潇潇。"

[45] 松涛：风撼松林，声如波涛，因称松涛。明唐顺之《苍翠亭》诗："风来松涛生，风去松涛罢。"

[46] 银海：眼睛。唐孙思邈撰眼科书《银海精微》，宋苏轼《雪后书北台壁》诗："冻合玉楼寒起粟，光摇银海眩生花。"

[47] 玉楼：肩头。起粟：皮肤起鸡皮疙瘩。

[48] 太和：也作"大和"，天地间冲和之气。

[49] 品物咸亨：万物都兴隆亨通。

[50] 群黎遍德：万民都遍受恩德了。

原文

祈雨文 代作[1]

伏以帝德好生[2]，昭格在清虚之表；天心垂忧，行生于沕穆之中[3]。雷霆有威，温肃共济；雨露施润，发育均沾。万物待其生成，群黎咸资祜佑[4]。时维榴月[5]，节逾麦秋[6]，雨旸愆期[7]，禾稼改色。觏（睹）三农之憔悴[8]，怀保何以为心[9]？听万姓之抢呼[10]，恫瘝刻难释念[11]。惟生活明昭于上帝，斯视听一准乎小民[12]。

某生任官方[13]，职司民牧[14]，用回神明之恫怨[15]，深悯稼穑之艰难[16]。敬率士农工商[17]，默效桑林之祷[18]。恭偕主伯亚旅[19]，虔祈霖雨之施。一点蚁忱[20]，向阙廷而请命[21]；万家鸿羽[22]，叩阊阖以求生[23]。瞻仰昊天，念我土宇[24]，伤旱魃其灭炽[25]，遣风伯以清尘。恺则降于三边[26]，恩膏流于四野[27]。则祈年孔夙[28]，允归率育之功；秉心宣猷[29]，共荷穹苍之德[30]。如孽由自作，天不我将[31]，惟望念蚩氓之无所知[32]，冀天心之有悔，弗忍民瘝，宁丁我躬[33]。谨告。

俯伏祷告：因天帝之德爱惜生灵，昭示品德在清净虚无之处；上天心中有忧，运行生命在深远精微之中。霹雳似的威严，与温和恭敬共同成事；雨露布施滋润大地，万物生长繁育均沾。万物等候雨露生成，百姓都借助上天福佑。时间在石榴花开的五月，节气过了麦子成熟的初夏，雨晴失期，庄稼改变了颜色。目睹农民憔悴困顿，内心焦急用什么安抚保护他们？听万民呼天抢地，痛苦一刻都难以释怀。愿百姓的生存状况天帝明鉴，看到听到的肯定是普通平民的状态。

我为官一方，治理百姓，因而向神灵传达百姓的哀痛怨恨，深深怜悯农事的辛劳艰难。恭敬地率领士农工商，私下模仿商汤以身祈祷于桑林的故事，谦恭地偕同家长、长子、仲叔子弟，虔诚地祈求上天布施连绵大雨。一点微不足道的真诚，向天庭请求解除干旱困苦的命令；万家信使，叩问天庭的大门以求得生存。仰视苍天，怀念我的乡土宅院，命令旱魔灭炽热，派遣风伯清尘野。使和乐降到边塞，恩泽传播四方。很早就祈求丰年，认可归属上天养育的功德；秉心明理，一起承受苍穹的恩惠。假如罪孽是自己招致的，上天不扶助我，只望可怜老实痴愚的百姓什么也不知道，期望天意有所转变，不忍心百姓疾苦，灾难情愿落到我身。敬告。

[1] 祈雨：久旱而求神降雨，古称雩祀，俗称求雨，是围绕着农业生产、祈禳丰收的巫术活动。祈雨曾广泛存在于世界各地区、各民族的历史中。

[2] 伏：俯伏，下对上的敬辞。好生：爱惜生灵。

[3] 沕穆（wù mù）：深远精微貌。

[4] 群黎：万民，百姓。《诗·小雅·天保》："群黎百姓，遍为尔德。"郑玄笺："黎，众也。群众百姓。"

[5] 榴月：石榴花开的农历五月。

[6] 麦秋：麦子成熟的季节。

[7] 雨：下雨。旸：晴天。愆期：失约；误期。《诗·卫风·氓》："匪我愆期，子无良媒。"

[8] 觐：同"睹"，目睹，看见。三农：古称居住在平地、山区、水泽三类地区的农民，后泛称农民。

[9] 怀保：安抚保护；抚养。

〔10〕万姓：万民。宋孟元老《东京梦华录》："（迎祥池））唯每岁清明日，放万姓烧香游观一日。"抢呼：指以头撞地，悲呼苍天。

〔11〕恫瘝：病痛，疾苦。释念：放心。

〔12〕视听：看到的和听到的。一准：肯定。

〔13〕生：应为"身"，即自身。

〔14〕职：掌管。民牧：牧民，管理民众。

〔15〕恫怨：哀痛怨恨。《战国策·燕策一》："子之三年，燕国大乱，百姓恫怨。"

〔16〕深悯：深深怜悯。稼穑：农事的总称。春耕为稼，秋收为穑。

〔17〕士农工商：读书的、种田的、做工的、经商的。《管子·小匡》："士农工商四民者，国之石（柱石）民也。"

〔18〕默：私下。效：模仿。桑林之祷：语本《吕氏春秋·顺民》："昔者，汤克夏而正天下，天大旱，五年不收，汤乃以身祷于桑林……用祈福于上帝，民乃甚说，雨乃大至。"

〔19〕主伯亚旅：典出《诗·周颂·载芟》："侯主侯伯，侯亚侯旅。"毛传："主，家长也；伯，长子也。亚，仲叔也；旅，子弟也。"

〔20〕蚁忱：谦辞。犹言微不足道的真诚。清王端履《重论文斋笔录》卷一："纵竭蚁忱，难酬鸿造。"

〔21〕阙廷：天庭。请命：请求解除困苦的命令。

〔22〕万家：家家。鸿羽：《汉书·苏武传》载有鸿雁传书之事，故比喻信使。

〔23〕阊阖：天宫的门。叩：叩门。求生：求得生存。

〔24〕土宇：乡土和宅院。

〔25〕饬：命令；告诫。旱魃（hàn bá）：传说中引起旱灾的怪物。《诗·大雅·云汉》："旱魃为虐，如惔如焚。"炽：炽热。

〔26〕恺（kǎi）：快乐，和乐。三边：古称幽州、并州、凉州为三边，后泛指边疆。

〔27〕恩膏：恩泽。

〔28〕祈年孔夙：祈求丰年之礼举行很早。祈年，指每年初春、初冬两次祈谷于天的祭礼。孔夙（sù），很早。

〔29〕秉心：持心、心地。宣猷：明理。宣，明。猷，道、理。

〔30〕穹苍：苍穹。德：恩惠。

〔31〕天不我将：上天不处罚我。将，扶持，扶助。

〔32〕念：可怜，哀怜。蚩民：老实痴愚的民众。

〔33〕宁丁我躬：灾难情愿落我身。宁，情愿。丁，遭逢。躬，身。

原文

上方伯启[1]

恭维家传模范[2]，世笃忠贞[3]。南州之来旬来宣[4]，讴歌已达四野；西土之维屏维翰[5]，倚畀更重三秦[6]。是以帝简元臣[7]，端资岳牧[8]。东来紫气[9]，移道德以入关[10]；远树甘棠[11]，庆周召之分陕[12]。玉塞三千里[13]，共仰旌旄[14]；金城十万家[15]，咸资管龠[16]。河西日丽[17]，光生夹辅之台[18]；陇右春回[19]，祥迎保厘之座[20]。伫看六盘山下[21]，风清负弩之尘[22]；三角城边[23]，烟媚塞帏之景[24]。某自愚钝，谬膺边冲[25]，幸藉垂云之庇，获酬仰斗之私[26]。望赤鸟而神驰[27]，执鞭有愿[28]；对衮衣而心悦[29]，荷殳无由[30]。谨申鄙悃于前麾[31]，聊代躬亲于道左[32]。

译文

颂扬家传的表率，世代忠诚坚贞。来南方巡视宣布政令，讴歌声达于四野；是西方土地上的屏障、梁栋，更被关中三秦倚靠信任。所以皇帝选择重臣，要正派而智慧的封疆大吏。紫气东来，转移道德入于关中；在僻远之地种下甘棠，祝贺周公、召公分陕而治的美政。边塞三千里，共同仰仗你军旗的指挥；兰州十万家，都凭借你在关键之地守卫。河西阳光明媚，光辉生于辅佐的周边；陇右回归春天，祥瑞迎接保护治理的长官。将要看到：六盘山下，风在清理负箭开路者的尘埃；三角城边，有风烟撩动车上帷幔的景观。我愚笨迟钝，错误地被边疆重镇接受，幸运地依靠方伯垂云一样的庇护，得以实现仰望星斗的私情。望着鲜红的太阳心神向往，有服役追随的愿望；面对方伯由衷地高兴，担负职责没门径。恭敬地说明我效命于旗下的诚心，此信勉强替代我在道旁听命。

[1]方伯：殷周时指一方诸侯。后泛称地方长官。汉之刺史，唐之采访使、观察使，明清之布政使均称"方伯"。启：书信。

[2]恭维：称颂。

[3]笃：一心一意。忠贞：忠诚坚贞。《尚书·君牙》："惟乃祖乃父，世笃忠贞。"

[4]南州：南土，泛指南方地区。《楚辞·远游》："嘉南州之炎德兮，丽桂

树之冬荣。"来旬来宣:巡视南方宣诵政令。典出《诗·大雅·江汉》:"王命召虎,来旬来宣。"

[5]维屏维翰:是屏障、栋梁。典出《诗·大雅·板》"大邦维屏,大宗维翰。"

[6]倚畀(yǐ bì):倚靠信任。三秦:指关中地区。项羽破秦入关,把关中之地分给秦降将章邯、司马欣、董翳,因称关中为三秦。

[7]简:选择。元臣:重臣,老臣。

[8]端资岳牧:正派智慧的封疆大吏。端:正派,正直。资:智慧能力。岳牧:传说为尧舜时四岳十二牧的省称。后泛称封疆大吏。

[9]传说老子进函谷关之前,尹喜见有紫气从东而来,知道将有圣人过关。果然老子骑着青牛而来。旧时比喻吉祥的征兆。

[10]道德:指自然运行的真理和人世的品德。也指老子《道德经》。

[11]甘棠:相传西周姬奭,封地在召,巡行南国时,曾于甘棠树下休息议政,民思其德,爱其树,不忍伐,作甘棠诗,后人遂以甘棠作为颂扬官员政德之词。

[12]周召(zhōu shào):周成王时共同辅政的周公旦和召公奭的并称。两人分陕而治,皆有美政。

[13]玉塞:玉门关的别称。《晋书·秃发傉檀载记论》:"控弦玉塞,跃马金山。"这里指边塞。

[14]仰:仰仗。旌旄:军中用来指挥的旗子。汉刘向《说苑·权谋》:"有狂兕从南方来,正触王左骖,王举旌旄而使善射者射之。"

[15]金城:兰州。

[16]管龠:锁匙,引申指入门的关键。南朝宋颜延之《庭语文》:"非鄙无因而生,侵侮何从而入?此亦持德之管龠,尔其谨哉。"

[17]河西:汉、唐时多指甘肃、青海一带黄河以西的地区。

[18]夹辅:辅佐。《左传·僖公四年》:"五侯九伯,女实征之,以夹辅周室!"台:用于称呼对方或与对方有关事物的敬辞。

[19]陇右:古代以西为右,指今甘肃省黄河以东、陇山以西的地区。

[20]祥:祥瑞。保厘:也作"保釐",保护治理使之安定。唐王维《送韦大夫东京留守》诗:"名器苟不假,保釐固其任。"座:旧时对官长或对他人的敬称。

[21]伫看(zhù kàn):将要看到。

[22]风清:风清理、除去。负弩:背负弓箭,开路先行。古代迎接贵宾之礼。南朝陈徐陵《与王僧辩书》:"郡将州司,郊迎负弩。"

[23]三角城:位于今青海省海晏县,为汉代西海郡城址。据《汉书》记载,汉元始四年(4年),安汉公王莽,派中郎将平宪等人给羌人带去大批财物,当时游牧青海湖一带的卑禾羌在首领良愿等率领下,对西汉臣服,带领部下12000余人西走,让出了西海一带的草原,这样王莽就在今海晏县筑城设立了西海郡,

郡下辖修远、监羌、兴武、军虏、顺砾五县，并分设驿站和烽火台。

［24］烟媚：风烟撩动。褰帏：掀帘，撩起帷幔。

［25］膺：被接受。边冲：边疆的要冲、重镇。

［26］酬：实现。仰斗：仰望星斗。私：私情。

［27］赤鸟：祥瑞之鸟。喻指太阳。南朝梁刘勰《文心雕龙·正纬》："白鱼赤鸟之符，黄金紫玉之瑞。"神驰：心神向往。谓思念殷切。明张居正《答中溪李尊师论禅》："《三塔图说》披览一过，不觉神驰。"清蒲松龄《聊斋志异·邵女》："偶会友人之葬，见二八女郎，光艳溢目，停睇神驰。"

［28］执鞭：拿着鞭子，比喻为人服役。有景仰，追随的意思。

［29］衮衣："衮龙衣"，简称"衮"，也称"衮服"。为古代天子及王公的礼服，因上有盘曲的龙的图案得名。古"衮""卷"同声。"卷"即"蜷伏"。借指天子或王公。南朝梁沈约《梁三朝雅乐歌·俊雅》："衮衣前迈，列辟云从。"这里指方伯。

［30］荷：用肩扛或背负。殳（shū）：古竹木类兵器，如杖，长丈二。《诗·卫风·伯兮》："伯也执殳，为王前驱。"这里指职责、任务。

［31］谨：恭敬。申：陈述，说明。鄙：谦辞，用于自称。悃：至诚，诚实，诚心。前麾：古代供指挥用的旌旗。

［32］聊：姑且，勉强。道左：道路旁边。

原文

伏以凤阙云移 ［2］，耀文星于北斗 ［3］；鸾旗阆止 ［4］，悬金镜于西方 ［5］。企丹旒之遥临，朴械均沾化雨 ［6］；快朱衣之暗点 ［7］，菁莪共仰清风 ［8］。喜溢泮林 ［9］，宠隆紫禁 ［10］。恭维才高黼藻 ［11］，掌握丝纶 ［12］。学海揜天 ［13］，具浴日凌云之品 ［14］；曲江著度 ［15］，绍貂冠锦带之体 ［16］。是以帝简柔远良臣 ［17］，特授衡文重寄 ［18］。开三秦之艺圃 ［19］，主两省之词坛 ［20］。路入龙门 ［21］，叱驭频驰金马 ［22］；薪传鹿洞 ［23］，作人悉准玉衡 ［24］。挹丰镐之风云 ［25］，广历河山百二 ［26］；振辟雍之钟鼓 ［27］，宏裁礼乐三千 ［28］。景仰先型，教衍关西夫子 ［29］；昌明正学 ［30］，道宗横渠先生 ［31］。风气丕变于诗书 ［32］，虎韔鸾镳改色 ［33］；精华秀发于山水 ［34］，兼洲葭渚晖 ［35］。文昭铁驷城边 ［36］，喜多士蛟腾凤起 ［37］；化洽玉门关外 ［38］，领群才鲲跃鹏飞。仰见莲炬生花 ［39］，再上圣主得贤臣之颂；黎光映月 ［40］，竞歌应侯媚一人之章 ［41］。某心切瞻韩 ［42］，情殷御李[43]。缘羁职守，莫随马首以趋迎；虔佈微忱[44]，敬肃鱼笺而申悃[45]。

译文

　　俯伏下拜：因凤阙在云中移动，照耀着北斗中的文曲星；鸾旗停止了飘动，月亮如镜悬挂在西方天空。企盼红色的旗帜远道光临，繁多的人才都能享受循循善诱。高兴于被红衣人点头录取，育材的人共同仰慕督学的清风。喜悦充溢学宫，督学被宫廷尊崇。颂扬才华出众，掌握着帝王的诏令。学问渊博才能照天，具有崇高的志向高超的品格；似曲江一样著名有度，继承富贵荣华的体魄。所以皇帝选择能安抚远方的能臣，特授予主持科举考试的重大寄托。开启西北的学校，主持中书、门下两省的文坛。考入官场，报效国家屡次驰行于翰林院；继承学术于白鹿洞，立身行事全以玉衡作为标杆。牵动着首都的风云人物，广泛游历要塞重镇；振动太学的钟鼓，裁断礼乐的规范。景仰前贤，教育延续关西夫子杨震的业绩；发扬光大儒学，学术效法张载的思想。风尚习俗由于诗、书而大变，弓袋、马衔变了色；山野的精华生长茂盛，花朵盛开，有芦苇的沙洲上闪耀着光辉。礼乐教化昭著于边城的军队，喜欢众多的贤士如腾飞的蛟龙、起舞的凤凰；使教化普沾玉门关外，带领众多贤才似鲲如鹏展翅飞翔。抬头见莲花形的蜡烛结下灯花，再次呈上贤臣对圣主的颂扬；烛光映照月亮，争着歌颂周成王。我心真切希拜见，情意恳切盼近贤者。因羁留职守，不能随从而趋迎奉承。虔诚地表示我的微薄心意，恭敬呈上此信表明我的诚心。

注解

　　[1]督学：朝廷委派到各省主持院试，并督察各地学官的官员。也称"提学""提督学政"，与布政使、按察使、督抚平行。清雍正年间始设，一般由进士出身的京官担任，三年一任。任职期间，均保持提学任职以前的品级，不同本人官阶大小，期间皆按钦差待遇。

　　[2]伏以：古代臣下或凡人对帝王或神明书面报告的格式。伏，指俯伏下拜；以，指后面报告的内容。凤阙：汉代宫阙名。《史记·孝武本纪》："其东则凤阙，高二十余丈。"阙，古代宫殿、祠庙或陵墓前的高台，通常左右各一，台上起楼观。二阙之间有道路，借指宫廷。

［3］文星：魁星。本作奎星，北斗第一星，汉代纬书《孝经援神契》有"奎主文章"之说，后遂以此星为掌文运之神。也称"文昌星""文曲星"。

［4］鸾旗：天子仪仗中的旗帜。上绣鸾鸟，故称。泛指一般仪仗的旗帜。阒（bì）：古同"闭"，止。

［5］金镜：喻月亮。宋陆游《隔浦莲近拍》词："烟霏散，水面飞金镜，露华冷。"

［6］棫朴：白桵和枹木。《诗·大雅·棫朴》："芃芃棫朴，薪之槱之。"毛传："山木茂盛，万民得而薪之；贤人众多，国家得用蕃兴。"严复《救亡决论》："棫朴丛生，人文盛极。"均沾：大家平均享受（利益）。化雨：长养万物的时雨。比喻循循善诱，潜移默化的教育。语本《孟子·尽心上》："君子之所以教者五：有如时雨化之者，有成德者，有达财者，有答问者，有私淑艾者。"

［7］朱衣暗点：红衣人暗中点头而被录取。明陈耀文《天中记》卷三十八引《侯鲭录》载：欧阳修任翰林学士、主持贡院举试时，每次拿起朱笔批阅考卷，总觉得有一个穿着朱色服装的人站在他后面，严肃地注视着他手中的朱笔。起初，欧阳修以为是侍从站在他身后，但回头看时，又无一人。这朱衣人头一点，他批阅着的文章便是合格的；否则，就不合格。欧阳修觉得非常奇怪，把这件事告诉给同僚，同僚们无不感到惊异。朱衣人在欧阳修身后点头的这件事传开后，那些参加考试的人，心里常常暗暗祷念："唯愿朱衣一点头"。

［8］菁（jīng）：菁菁，茂盛状。莪（é）：萝蒿，《本草纲目》称抱娘蒿。《诗·小雅·菁菁者莪序》："菁菁者莪，乐育材也，君子能长育人材，则天下喜乐之矣。"后因以"菁莪"指育材。明刘基《送赵元举之奉化州学正》诗："泮水紫芹香可揽，倚看待佩乐菁莪。"清风：高洁的品格。明李贽《豫约·感慨平生》："夫陶公清风千古，余又何人，敢称庶几。"

［9］泮林：泮水边的林木。该处指学校。

［10］宠隆：推崇，尊崇。紫禁：古以紫微垣比喻皇帝的居处，因称宫禁为"紫禁"。

［11］恭维：称赞、颂扬。也作"恭惟"。黼藻（fǔ zǎo）：指华美的辞藻或文字。才高黼藻比喻极有才华。

［12］丝纶：皇帝及朝廷的诏令。唐杨炯《为刘少傅谢敕书慰劳表》："虔奉丝纶，躬亲政事。"

［13］学海：喻学问渊博。也指学问渊博的人。宋司马光《送导江李主簿君俞》诗："学海无涯富，辞锋一战勋。"掞天（yàn tiān）：光芒照天。南朝梁庾肩吾《侍宴宣猷堂应令》诗："副君德将圣，陈王才掞天。"

［14］浴日：《山海经·大荒南经》："东南海之外，甘水之间，有羲和之国。有女子名曰羲和，方浴日于甘渊。""羲和者，帝俊之妻，生十日。"

〔15〕曲江:也称"芙蓉园",位于今西安城区东南部。建于隋代,盛于唐朝,是皇家园林,也是平民汇聚盛游之地。曲江流饮、杏园关宴、雁塔题名、乐游登高等古代脍炙人口的文坛佳话均发生在这里。杜甫、高适、白居易、李商隐、罗隐等都有有关《曲江》的诗。

〔16〕绍:连续,继承。貂冠:古代侍中、常侍的帽子。因以貂尾为饰,故称。锦带:锦制的带子。"貂冠""锦衣"借指身居高位享受厚禄。

〔17〕简:选择。柔远:安抚远方。

〔18〕衡文:品评文章。特指主持科举考试。清刘大櫆《前工部左侍郎张公墓志铭》:"上尝称公谨饬,屡畀以衡文之任。"重寄:重大的寄托。

〔19〕开:开启。三秦:公元前206年项羽引兵入咸阳,大封诸侯。将刘邦封汉王,都南郑,辖陕南及巴、蜀之地。为防刘邦势力扩张,他又将陕西的关中和陕北一分为三,封秦降将章邯为雍王,封司马欣为塞王,封董翳为翟王。故后世泛称陕西为"三秦"。这里泛指西北。艺圃:种植花草的园圃。这里指育人的学校。

〔20〕两省:中书省和门下省的合称。唐王建《贺杨巨源博士拜虞部员外》诗:"两省郎官开道路,九州山泽属曹司。"词坛:文坛。

〔21〕路入龙门:喻指科举中式、升官等飞黄腾达之事。后来又用作比喻逆流前进、奋发向上。

〔22〕叱驭(chì yù):《汉书·王尊传》载:王阳为益州刺史,行至邛崃九折阪,叹曰:"奉先人遗体,奈何数乘此险!"因折返。及王尊为刺史,"至其阪……尊叱其驭曰:'驭之! 王阳为孝子,王尊为忠臣。'"后以"叱驭"为报效国家,不畏艰险之典。清方文《送万茂先应征北上》诗:"陈君既叱驭,刘子亦弹冠。"金马:翰林院。明何景明《春雪诸翰林见过》诗之二:"置酒邀金马,开轩对玉珂。"

〔23〕薪传:薪火流传。比喻道术学术相传不绝。鹿洞:白鹿洞。宋朱熹讲学处。清方苞《余处士墓表》:"再至匡庐,淹留濂溪、鹿洞。"

〔24〕玉衡:古代的测天仪器。《尚书·舜典》:"在璿玑玉衡,以齐七政。"孔传:"玑、衡,王者正天文之器。"喻指士大夫的行为规范。北魏郦道元《水经注·河水一》:"玉衡常理,顺九天而调阴阳。"

〔25〕挹:引,牵引。丰镐:周的旧都,在今陕西西安西南丰水以西,后借指国都。元范梈《赠别罗元友教授之应昌》诗:"应昌信殊僻,宅近今丰镐。"风云:比喻正处于对局势影响最为关键的人或事。

〔26〕河山百二:指山河险固,可以二敌百。《史记·高祖本纪》:"秦,形胜之国,带河山之险,悬隔千里,持戟百万,秦得百二焉。"这里指险要的重镇边关。

〔27〕辟雍:西周时天子为教育贵族子弟设立的大学。这里指太学,即国子监。

［28］宏裁：请尊者裁断的敬辞。京剧《将相和》第四场："微言未见，大人宏裁。"礼乐：各种礼节规范。乐则包括音乐和舞蹈。

［29］衍：延续。关西夫子：杨震，字伯起，东汉时弘农华阴人。杨震少时敏而好学，世人赞其"时经博览，无不穷究"，被誉为关西孔子。五十岁前，一边耕田侍奉母亲，一边设馆讲学，从学者达三千多人。五十岁时，经大将军邓骘举荐，杨震开始步入仕途，升任荆州刺史。任职期间，曾举荐茂才王密担任了昌邑县的县令。后来，杨震出任东莱太守时，途经昌邑，县令王密深夜来访，怀金十斤，以报杨震举荐之恩。杨震感叹道："故人知君，君不知故人，何也？"王密答："夜暮无知者。"杨震斥责他说："天知，神知，子知，我知，何谓无知？"王密羞愧万分，持金告退。由此，后人又尊称杨震为四知先生。亲朋劝他抓紧时机为子孙添置家业，他说："使后世称为清白吏子孙，以此遗之，不亦厚乎？"身为朝廷命官，他无私无畏，直谏安帝，弹劾奸佞，坚持任人唯贤的选官原则，拒绝安帝舅父耿宝提拔亲信的无理要求，又刚直不阿揭露中常侍樊丰等人动用国资，建造私宅罪行，因而得罪了朝廷一批权臣，被人诬陷，贬为庶人，被逼饮鸩而死。为了纪念杨震的治学精神，汉顺帝颁诏命将双泉杨震讲学处重修，并更名为育贤宫。清乾隆十七年（1745 年）陕西巡抚崔纪命华阴县改育贤宫为四知书院，以弘杨震暮夜却金、一尘不染的廉吏风尚。

［30］昌明：谓发扬光大。正学：合乎正道的学说，这里指儒学。

［31］道：学术或宗教的思想体系。宗：取法。横渠先生：张载，北宋哲学家，理学创始人之一，大梁（今河南开封）人，徙家凤翔郿县（今陕西眉县）横渠镇，人称横渠先生。

［32］丕变：大变。唐刘禹锡《新修驿路记》："近者尝为王所，百态丕变。"诗书：指《诗经》和《尚书》。后亦泛指一般书籍、诗文。

［33］虎韔（chàng）：虎皮制的弓袋。《诗·秦风·小戎》："虎韔镂膺，交韔二弓。"毛传："虎，虎皮也。韔，弓室也。"鸾镳：系鸾铃的马衔。《诗·秦风·驷驖》："辀车鸾镳，载猃歇骄。"

［34］秀发：花朵盛开，生长繁茂。元许有壬《寻梅》诗："何以慰吾衰，梅花秀发时。"山水：指山野。宋王安石《赠李士云》诗："李子山水人，而常寓城郭。"

［35］蒹洲葭渚：蒹、葭，芦苇。洲、渚，水中的陆地。扬晖：发出光辉。三国魏曹植《七启》："符采照烂，流景扬辉。"

［36］文昭：礼乐教化昭著。铁驷城边：边城上的军队。

［37］多士：众多的贤士，百官。晋卢谌《答魏子悌》诗："多士成大业，群贤济弘绩。"

［38］化洽：使教化普沾。唐刘商《金井歌》："文明化洽天地清，和气氤氲

孕至精。"

[39] 莲炬:莲花形的蜡烛。生花:结下灯花。宋黄庭坚《忆帝京·私情》词:"银烛生花如红豆。占好事、而今有。"

[40] 藜光:烛光。元尹廷高《寄刘千里》诗:"一道藜光照座寒,东风吹入五云班。"

[41] 应候媚一人之章:《诗·大雅·下武》:"媚兹一人,应候顺德。"(人们爱戴周成王,能承祖德国运昌。)

[42] 瞻韩:唐韩朝宗曾作荆州长史,喜拔用后进,为时人所重。后因以"瞻韩"为初见面的敬辞,有"久欲相识"之意。

[43] 情殷:情意恳切。御李:《后汉书·李膺传》载:李膺有贤名,士大夫被他接见的,身价大大提高,被称作登龙门。荀爽去拜访他,并为他驾车马,回家后对人说:"今日乃得御李君矣!"后以"御李"指得以亲近贤者。明杨珽《龙膏记·开阁》:"我谅才未达,名愧诸生,自喜登龙成饰,御李生辉。"

[44] 微忱:微薄的心意。明刘基《赠周宗道六十四韵》:"蝼蚁有微忱,抑塞无由扬。"

[45] 鱼笺:代称书信。明屠隆《彩毫记·湘娥思忆》:"水绿湘江渺,纵有鱼笺难寄。"申:表明,表达。悃(kǔn):诚恳,诚挚。申悃:传统书信对长辈亲朋或上级的结尾应酬用语。

自题小照赞

嘉庆五年,时年六十一岁

原文

仆本散人,终老山谷,泊然无营,淡然无懊[1]。不谐时,不干禄,寡交游[2],少征逐[3],不卧云[4],不避谷[5]。喜饮酒,好食肉。非儒非僧,亦耕亦读。扰扰匆匆[6],庸庸碌碌。新辟荒园,宛在林麓。数珠苍松,三间茅屋,兀坐其中[7],胪列卷轴[8]。蠖屈而伸,难养而木,将欲忘情而全乎天[9],何必遗世而立于独[10]。自念将尽之身,恐与烟岚而俱速,聊置尔于丹青,表须眉于短幅,尚有见者曰:斯人也,其貌清癯,其神静穆,自在自由,自适自淑[11],长容与而逍遥[12],庶不失乎本来面目。

译文

我本来是个闲散自在的人,终身在山谷,恬淡无欲,无所谋求,淡泊无烦恼,与时不合,不寻求禄位,朋友少,朋友间交往不多,少宴请，不隐居，吃五谷。喜欢饮酒，喜欢吃肉。不是儒生不是道士，田也耕，书也读。忙忙乱乱，庸庸碌碌。新开辟荒园，宛如在山林边。几株苍松，三间茅屋，独自端坐其中，罗列图书。树虫屈伸活动，树木难活，准备想忘掉情感而与天一样完整，何必离世隐居而独立。自己思虑将尽的身子，恐怕与烟雾一样迅速消失，聊且画下容貌，将相貌表现在窄幅的图画中，假如有见到的说："这个人，他的面貌清瘦，他的神情静穆，自在自由，自适自美，长时间悠闲自得而逍遥，大概没失本来面目。"

注解

[1] 懊：烦恼。

[2] 交游：朋友。

[3] 征逐：朋友频繁交往，相互宴请。

[4] 卧云：喻指隐居。

[5] 辟谷：不吃五谷杂粮。

[6] 扰扰：烦乱，纷乱。

[7] 兀坐：独自端坐。唐戴叔伦《晖上人独坐亭》诗："萧条心境外，兀坐独参禅。"

[8] 胪列：罗列、列举。

[9] 忘情：感情上放得下。全乎：完备，齐全。

[10] 遗世：离世隐居。

[11] 淑：美。

[12] 容与：悠闲自得的样子。晋陶渊明《闲情赋》："步容与于南林。"

幻海记

原文

乾隆十七年岁在壬寅仲春月戏作，时在镇番县苏山书院。

贾生名学真，字慕仙，不知何许人也。幼聪慧能文，尤工诗古文辞，年弱冠，弃举子业，从洋客持筹作生活计。

一日行海船，忽遭飓风，吹至一岛，境界甚别，异鸟奇花，具属稀见，树木阴翳中有草亭，生趋亭暂憩，见亭中有笔砚，生题诗于壁曰："野鸟鸣时难解语，山花放处不知名。无端借的东风力，吹到仙洲第几城。"题诗毕，见一青衣人骤入，惊曰："君尘埃中人，何缘至此？"此生告知以故，且问地名，青衣曰："此蓬莱第三岛也。"生曰："过此有佳境否？"青衣曰："去此千余里有平台，阔三四百里，高数千仞，名飞仙胜域，其中有璇宫玉宇，宏丽耸天，来往仙人或骑龙虎，或跨鸾凤，不一其类，亦不一其地。此中境，惟此中人能到，亦惟此中人能知之，未可一二与俗人言也。"生问此亭何名，青衣指其榜曰："此大书'乾坤一草亭'五字，后书崔真人题，君不识耶？"生审视良久，见"乾坤"二字，作三连六断，"一草亭"三字作古大篆。生曰："此杜少陵句也。"青衣曰："君读杜诗耶？"生曰："童而习之。今半忘矣。"青衣见壁上诗，怒曰："仙界为凡笔所污，尔获谴多矣，可速遁去！"

生求指迷津。青衣向南指曰："此去五千里，有善地可居，盍往寻之。"生谢不谙径途。青衣折柳枝盈把，长三尺许，令生骑之，嘱闭目无视。生受命，倏忽如雨骤风驰，铿然坠地。见四面皆石山，壁立千仞，有一洞口，望之甚黑。生徐入其中，俯而行，其地渐高，逶迤二十余里，豁然开朗。地甚修洁，中有一河，宽十余丈，两岸皆植嘉卉。居人篱舍，隐约可见。

生踌蹰间，忽逢一樵者，负薪讴吟而至。生揖问且求指引。樵者曰："尔解声韵耶？"生曰："颇习，但未工耳。"樵者曰："我以樵斧为题，能吟便导前路。"生朗吟曰："一阵狂飙荡水涯，桃园洞口路头差。须臾云满千山树，顷刻春生十里花。玉斧有情修月桂，银河无计泛星槎。烟波渺渺长天外，不辨何方是我家。"樵者曰："诗有慧根[1]，但尘缘太重耳。"

引生至其家，亲携馔具以进。生从容问曰："仙乡何名？"樵者曰："吾乡名半仙洲。"生问命名之意。曰："凡学仙者，皆有仙骨，有仙分，道成则上升，此天仙也。又有工吐纳之术，寄迹山谷间，不衣不食，块（块）然寝处，此地仙也。复有学道将成，或因一念偶差，坠入劫中，其人性灵不昧，夙业犹存，此等人上不在天，下不在田，中不在人，无可位置之处，因奉帝命，谪居此洲，我辈是也。"生曰："幸亲仙范，愿受教益。"樵者曰："吾相子疏髯鹤形，颇饶清气，倘不动念桑梓，此地一廛可卜。"生曰："景迫桑榆，恐难随诸君后。安希丹诀，但得习费长房缩地法，一睹乡里足矣。"樵者告以道远，且为生谋。生亦安之。遂引入村中，广其交友。

会清明节，洲中人邀生往广亭散步。及至，揖生为上客。酒数巡，忽一人飞骑直前曰："幻海动摇，已报十洲三岛矣。"众惊问曰："幻海距此几何？"答曰："万里而遥。"众曰："吾等坚志苦修，虽天梯十万里，犹将徒步登之，万里奚足道哉。"众议已决，拉生往观焉。

各驾扁舟瞬息千里，移时至幻海，则见黑浪滔天，不见彼岸。正惊骇间，水开一道，长堤如虹。生与大众舍舟陆行。陡至一处，城阙壮丽，拉杂而入，宫室人物，洵美且都。且平生未经目睹者。众怦怦心动，忽一簇人拥一尊者来。众皆拜谒。尊者问众曰："尔等涉吾地也，何故？"众曰："远方之人，偶经仙界，欲广开眼孔，以庆快平生。"尊者曰："是不难。吾欲使尔等身享此乐，可乎？"众应诺。尊者命导入一城，见铜柱擎天，光鉴须眉。呼众曰："登此最乐。"众皆退缩。尊者曰："尔等果无欲耶？惟尔是听。若遂所欲也，可速移尔心，换尔面，惟此是登，登愈高，乐愈大矣。"众欣然从之，一时众形齐变，厥状互异。耸身直上，如猱升木，相与争先，竞夸捷足。生瞻望久之，为之股慄。须臾晴霁，则见铜柱旋转，已在幻海中矣。俄见尊者坐彩鹢船，侍卫森严，飘飘游海中，转瞬间舸鑑（舰）数千，遮蔽海面，其制互异。尊者下令曰："登铜柱人，可按所登之高低，量船之大小而依居焉。"众皆下柱据船。生视各船中堆积珍宝，仙童玉女列屋而居。迄时浪静风恬，随波荡漾，宛然琉璃世界。生甚艳之。一日，海中有声如霹雳震动天地，翻涛似雪，排浪如山，大众之船，一时覆没坠水中者，累累葬鱼腹中。生惊怖间，忽遇小船，恰值顺风，顷刻而返半仙洲矣。则见屋宇依然，杳无人迹。

生扪萝登山，行至一村，将大众沉溺之故遍告村人。村人曰："我等山居者也，今闻半仙洲人遭此灾，心甚悯恻。我等奉慈悲大士甚虔，盍建坛作佛事，为大众忏悔。遂奉大士金像于崇阁，制帛数幅，高悬笔札，祷求灵符，以解众厄，翼晨瞻叩，则壇（坛）中大书帛榜二幅，其一曰："静中觅有源之水，惟期性海常清[2]；高处瞻不夜之天，只愿心灯永朗。道非身外，徒劳百计相求，睫在眼前，争奈一生不见，茫茫大岸往来六道四生[3]，种种迷津[4]，纷填五蕴八识[5]，当此灵根未断，慧业犹存，宜迄未了之因，长享无穷之福。无边风月，何须物外寻春，不尽铅华，都是幻中生境，虽不成佛，但依慧远山林，情甚怡焉，纵未能仙，得似刘安鸡犬，愿亦足矣。尔等有舰面目，别有肺肠，欲从蛾子化形，竟自轻投槐国，误向渔郎问渡，遂教错认桃源，加以膏火相煎，山木自寇，贮娇娥于金屋，温柔乡居焉，欲龙腾宝气于珠宫[6]，名利窟探之愈深，而且骋捷足于买骏之台，不顾鼻尖出火，挂轻帆于无龙之岛，惊看眼底生波，在尔等始而易心孰意荡心自恣者，俱是蜃楼海市，继而换面，岂知花面相向者，无非牛鬼蛇神，网中蜘蛛丝自缚，梦里蝴蝶栩栩安归，嗟乎百叶花前，不辨空中之色，三生石畔，谁招水底之魂，从兹悔悟，勤修后劫之身，切勿迟疑，仍蹈前车之辙。"其二曰："慈云何处不飘飘，怪尔尘心自动摇。梦入罗叉天不夜[7]，神游鬼蜮海生潮。千条恶道终难测，万劫游魂不可招。传语龙堂并贝阙[8]，好将魔障一齐消。本自清空无点埃，此生何去又何来。灯明翳眼终疑雾[9]，火炽蓬心总化灰。苦海茫茫云似墨，恒河滚滚浪如雷。临风高唤仙山客，底事随流首不回。"

生与村人跪读毕，则见昙云霏霏，天花乱落，瑞霭迷离中，隐隐闻众鬼赞叹声。生居村日久，思返。村人送诸岸。适遇洋船，载与俱归。为话其事于乡里。遂决意归农，不复理旧业焉。

怡云子曰："仙人谪居半仙洲，可怜孰甚焉，乃复见纷华而悦，登铜柱，投幻海，将并其灵根而尽坏之耶。利欲诱人，仙家不免，况蚩氓耶？惜慈悲大士不洒杨枝甘露，一涤内热，仅垂训于沉溺之后。噫，此辈岂可以语言文字警其聋聩哉，未免徒费婆心也，悲夫！"

嘉庆二年六月手录

译文

乾隆十七年壬寅二月戏作，当时在平番苏山书院。

年轻人姓贾名叫学真，字慕仙，不知是哪里人。幼年聪慧会写文章，尤其善写诗和古文。年龄二十，放弃学业，随从外国商人经商为生。有一天船行海上，忽然遇到飓风，船被吹到一座海岛上。海岛的境况很特别，奇花异鸟，都是平常很少见的，树木葱郁处有一坐茅草亭，贾生走到亭上作短暂休息，见亭中有笔砚，就在亭壁上题诗道："野鸟鸣时难解语，山花放处不知名。无端借的东风力，吹到仙洲第几城。"题完诗，见一黑衣人猛然进来，吃惊地说："你是俗世中的人，为何到这里？"。贾生告诉原因，并问这里的地名。黑衣人说："这是蓬莱第三岛。"贾生问："过这里有好的境界吗？"黑衣人说："离这一千多里有平台，宽三四百里，高千丈，名叫'飞仙胜域'，上面有神仙住的宫殿，宏伟壮丽高耸入天。来往的仙人有的骑龙虎，有的跨鸾凤，类别不一，也不在一处。那里的境界，只有他们中的人能够到达，也只有那里的人了解，不能给尘世来的人说其一二。"贾生问这个亭叫什么名字。黑衣人指着亭额上的字说："这里大写着'乾坤一草亭'五字，后面写着崔真人题，您不认识吗？"贾生仔细看了好久，见"乾坤"二字，写为三连六断，"一草亭"三字是古大篆字体。贾生说："这是杜甫的诗句。"黑衣人说:"您读过杜诗吗？"贾生说:"童子时学过，今半数都忘了。"黑衣人见亭壁上的诗，生气地说:"仙界被凡笔污秽，你得的谴责多了，快点逃避离开！"

贾生求他指点迷津。黑衣人向南指着说:"离这五千里，有好地方可以居住，何不前往去找寻？"贾生告诉他路径不熟，黑衣人折了一把柳枝，长三尺多，让贾生骑着，叮嘱他闭上眼不要看。贾生听命。忽然如雨骤风驰，响亮有力地掉在地上。见四面都是石山，壁立千丈，有一洞口，向里望去很黑。贾生慢慢进入其中，低头弯腰而行，地势慢慢变高，弯弯曲曲二十多里后，豁然开朗。地面秀美整洁，中有一条河流，宽十多丈，两岸都种着好看的花草树木。人居住的篱笆房舍，隐约可见。贾生正犹豫时，忽然碰到一个打柴的人，背着柴歌唱吟咏而来。贾生作揖问询并求他指引方向。打柴人说:"你会诗文吗？"贾生说:"我下过一番功夫，但不工巧罢了。"打柴人说:"我以'樵斧'为题，你能作出诗，我就给你带路。"贾生朗声道:"一阵狂飙荡水涯，桃园洞口路头差。须臾云满千山树，顷刻春生十里花。玉斧有情修月桂，银河无计泛星槎。烟波渺渺长天外，不辨何方是我家。"打柴人说:"诗有慧根，只是尘缘太重。"

带贾生到他家中，亲自做饭给贾生吃。贾生从容问道:"仙乡怎么称呼？"打柴人说:"家乡叫半仙洲。"贾生问命名的意思。打柴的说:"凡是学仙的，都有仙骨，有仙分，道行养成就上升，这是天仙。又有擅长气功中练气的方法，栖身在山谷，不穿衣不吃饭，孤独地坐卧息止，这是地仙。又有学道将要成功，或因一念偶尔有错，掉进灾难中，这人心灵不糊涂，前世的罪业还在，这等人上不在天，下不在田野，中不在人，没可处的位置，因此尊奉天帝之命，被贬谪居住在这洲，我们就是。"贾生说:"有幸得以亲近仙人的榜样，希望得到教益。"打柴的说:"我看你胡须稀疏形体如鹤，光明正大之气很多，假如不思念家乡，这里有你的一席之地可容身。"贾生说:"景色迫近傍晚，恐怕难以跟随在你们身后，希望得到炼丹术，只要得到费长房的缩地法，看一眼家乡就够了。"打柴的人告诉他路远，将为他想办法。贾生也就安心下来，于是带到村中，让他广泛地交友。

到清明节，洲中人邀请贾生去广亭散步。到后，拜揖贾生为上等客人。酒过数遍，忽然一人骑快马直到面前说:"幻海动摇，已经报告十洲三岛了。"人们吃惊地问:"幻海离这多远？"回答说:"一万多里远。"大家说:"我们坚定意志苦修，虽十万里天梯，尚且准备徒步攀登，万里哪里值得说呢？"大家议论决定，拉着贾生前去观览。各驾扁舟瞬间千里，不一会儿到达幻海，就见黑浪滔天，不见对岸。正惊慌时，水中开了一条路，长堤如同彩虹。贾生与众人舍弃小舟到陆地行走。突然到一处，城墙雄壮美丽，众人零乱进入，见里面的宫室人物，实在美丽文雅，并都是平生没见过的。众人怦怦心跳，忽然一群人簇拥着一位贵人到来。众人都去拜见。贵人问大家："你们进入我的地界，什么缘由？"大家说："远方的人，偶尔经过仙境，想广开眼界，使一生庆祝喜悦。"贵人说："这不难。我想使你们享受这里的快乐，可以吗？"大家答应。贵人命令把大家带进城里，见铜柱擎天，亮的能照见人的须发眉毛。贵人呼叫大家说："登到这里最让人快乐。"大家都退缩。贵人说："你们真的不想登吗？听你们的。如要，随你们的欲望，可快快地移你们的心，换你们的脸，只有登这铜柱，登得越高，快乐越大。"大家高兴地听从他，一时大家形体一齐改变，其形相互不同，耸身直上，如猴子攀升树木，相互争先，竞争脚步快捷。贾生瞻望良久，为他们害怕得大腿发抖。一会儿，雨过天晴，就见铜柱旋转，已处在幻海中。俄而见贵人坐着画有彩色水鸟的船，侍卫森严，轻飘飘地游在海中，一转眼的工夫舰船几千艘，遮蔽了海面，其制作相互不同。贵人下令说："登铜柱的人，可以按照攀登者的高低，衡量船的大小依次居住。"

大家都从铜柱下来，占据在船上。贾生看各船中珍宝堆积，仙童玉女排列房子而住。近时浪平风静，随着波浪荡漾，宛如琉璃世界。贾生很是羡慕。

一天，海中有声像霹雳震动天地，翻滚的波涛似雪，掀起的大浪如山，大众的船，一下翻覆沉没水中，连续不断葬身鱼腹中。贾生惊怕间，忽然遇到一艘小船，恰好遇着顺风，顷刻间返回到半仙洲。见房舍依旧，但寂静没有人的踪迹。

贾生摸着藤萝登山，走到一村，将大家沉溺海底的事遍告村人。村人说："我们是住在山区的，今天听见半仙洲人遭受灾祸，心中很为此哀伤可怜。我们尊奉慈悲大士很虔诚，何不建坛作佛事，为大众忏悔。"于是在高阁尊奉大士金像，制作几幅丝帛，高悬文章，祷告乞求灵符，以解众人的厄运，早晨瞻仰叩拜，见坛上有大字书写在丝帛上的榜文两幅，其中一幅说："安静中寻找有源之水，只期望性海常清。高处看没夜晚的天，只愿心灯永远明朗。道不在身外，百计求之徒劳；睫毛在眼前，为何一生不见？茫茫大岸，六道四生往来；

迷妄之境，纷纷填充着五蕴八识，当灵根未断，慧业还存，应近未了的因缘，长享无穷之福。无边风月，何须物外寻春，无尽的青春年华，都是幻中生境，虽不成佛，但依慧远修道山林，性情很愉快，纵未能成仙，得以像刘安的鸡犬一样升天，愿望也够了。你们脸面应当惭愧，别有算计，想跟蛾子一样变化形体，竟然轻易去做黄粱梦，错误地向渔郎问渡口，于是使他们错认桃源，加上油火煎烤，山上的树木因有用而不免于祸。把娇女贮藏在金屋，居住在温柔乡，想在佛寺发大财，对名利的追逐越深，驰骋快步于悬赏千金的台上，不顾鼻尖生火，在无龙岛挂起轻帆，惊慌地看眼下升起波涛。你辈开始变心，谁不动心放纵自己，都是海市蜃楼，接着转换面孔，哪知花面相对的，没有不是牛鬼蛇神。网中蜘蛛蛛丝束缚了自身，梦里蝴蝶生动活泼归向哪里？唉，百叶花前，辨不清空中的颜色，三生石边，谁来招水底的鬼魂？从此悔悟，勤修后来劫难的身心，万万不要迟疑，仍会重蹈覆辙。"第二幅说："慈云何处不飘飞，怪你尘心自动摇。梦入罗叉天无夜，神游鬼蜮海生潮。千条恶道终难测，万世游魂不能招。传语宏宫与丽阙，好把魔障一齐消。本来清空无点埃，此生何去又何来？灯明眼翳终疑雾，火炽蓬心总化灰。苦海茫茫云似墨，恒河滚滚浪如雷。临风高唤仙山客，何事随流首不回。"

贾生和村人跪读完，就见云彩密布，天花乱坠，瑞云模糊难辨中，隐隐传来众鬼的赞叹声。贾生住在村里日子久了，想返回家乡。村人送到海岸，正好遇见洋人的船，载他一起回到家乡。给乡里讲述了他的遭遇，于是决心务农，不再理会以前的学业了。

怡云子说："仙人谪居半仙洲，甚是可怜，竟又见繁华而喜悦，攀登铜柱，投身幻海，将包括灵根在内的所有全都毁坏。利欲诱人，仙家都不能幸免，何况平民百姓呢？可惜慈悲大士不洒杨枝甘露，一下子洗涤掉他们的内热，仅仅留教训在沉溺之后。唉，此辈难道可以用振聋发聩的语言文字警醒他们吗？未免白费心思了。可悲啊！"

嘉庆二年六月手记

[1]慧根：佛教语。破惑证真为慧；慧能生道，故曰慧根。多指能信入佛法的根基。隋慧远《大乘义章》卷四："于法观达，目之为根，慧能生道，故名慧根。"清龚自珍《长相思》词引："同年生冯晋渔，少具慧根而不信经典。"

[2]性海：佛教语。指真如之理性深广如海。

〔3〕六道四生：佛教把地狱、饿鬼、畜生、阿修罗、人间、天上等六种世界称为六道。又依六道众生出生的形态，分胎生、卵生、湿生、化生等四类，称四生。

〔4〕迷津：佛教用语。指迷妄的境界。

〔5〕五蕴八识：五蕴即色、受、想、行、识，是释迦牟尼佛讲解原始佛教求不得的总原因。八识是唐玄奘留学印度，带回唐朝的认识论大纲。即眼、耳、鼻、舌、身、意、思量、种子识，八识为认识世界的工具。

〔6〕珠宫：佛寺。

〔7〕罗叉：古国名。

〔8〕龙堂：龙鳞装饰的庭堂。贝阙：珠贝砌就的阙楼。

〔9〕翳眼：眼病名，即白内障。

六、附录

吴栻传略

吴景周、吴双明

吴栻（1740—1803年），字敬亭，号对山、怡云道人、洗心道人，碾伯县城（今乐都）东关人。清乾隆时，与狄道（今临洮）吴镇、秦安（今天水）吴镫并称为甘肃三吴。

吴栻父吴遵文，据《西宁府新志》载，为清康熙二十三年（1683年）贡生，于平番（今甘肃永登）任训导七年。初娶妻李氏，生子二，即相、桓。继娶舒氏，为允吾（今海东民和川口镇）名门望族，起先曾祖父、祖父文行兼优，为邑多士领袖，慕先父之才名，不以年大为嫌，母年十七而归先父矣。

吴栻十三岁严父见背，母常训栻曰："尔父为湟郡知名之士，尔宜勉之，勿隳先人业。"从此，每夜课不逾三更，不使安寝，鸡鸣即起，寒暑无间，在母亲躬教养下而成立。

清乾隆二十年（1755年），是年栻十六岁，补博士弟子员，旋食廪饩，当时家道中落，奉母命就馆四方，以供慈母甘旨。乾隆三十年（1765年）选拔为贡生，是时栻二十五岁。乾隆三十七年（1772年）春，援例就教职。乾隆四十年（1775年）由碾伯知县吴鼎新推荐至云川（今不详）教学。乾隆四十二年（1777年）蒙诗友郑秀峰及碾伯令吴鼎新、乡绅的资助下赴长安考取举人。第二年赴京考取进士不第而归。他在《自责文》中慨叹："求名燕市，冀一日之禄养，而裘敝金尽，抱病金台，几于殒命。"回家后，乾隆五十年（1785年）于兰山书院，晋谒甘肃名诗人、兰山书院主讲吴镇老夫子，栻以诗稿求正，过承奖励，复为改正字句。时镇年逾七旬，而栻四十余，先生不以年大自居，以诗文结成忘年之交，以弟呼之。越数年，栻赴甘州苏军们任幕府，因至省垣，时先生仍主书院，复得晤言，先生劝栻刻诗，栻固辞之，栻至甘州一载，即邮寄来《吴敬亭诗序》，并以书勖栻曰："此序何足为吾弟重，第念吾年耄矣，青眼高歌，望吾子，非漫作元晏也。"诗序中肯定"敬亭之诗，非徒湟中诗也"，并赞赏"书答百函，咄嗟立辨，人谓刘穆之敏捷不能过也"。

乾隆五十三年（1788年）栻偶于兰泉谒见曾为分抚治西宁道王曾冀芍坡先生，先生为江左名士，闻栻学诗，索栻诗稿，栻以《五色蝶》诗求教，谬承许可。是年冬，先生荐栻河洲镇幕府，栻因疾未赴。越明年，复荐为甘州苏军们幕府。其间先生到甘所著诗草嘱栻校对。栻在甘四年回家，复荐于平番肇兴书院任教。栻念先生知遇，在读《松崖文稿》中王芍坡先生《吟鞭誉稿序》后说："先生不论势位，独念寒微，处荣华而怜憔悴，其慈祥类如此，念我廿载孤踪，知交寥落，先生拯我于穷途，吹嘘殆遍，遂使寒花小草得近春晖，涸鲋残麟长沾河润，士君子诎于不知己，而伸于知己，如先生者予之知己也。”

吴栻一生以诗得知交者数人，如碾伯知县吴鼎新谈经论诗认为同宗，并推荐至云川教书，他在《寄同宗书中》说："乃叨荐引馆云川者二年，猥荷提撕，陪莲幕之一饯（丁酉秋试，公饯余县署），遂乃合围心喜，见猎情欢……”感激之情于此可见，后如云川，县令郑秀峰结为诗酒之交，相契最深，赴长安应试之资助，更是雪中送炭。与诗人吴镇以诗结为忘年之交，并赐《吴敬亭诗序》。后遇名宦王芍坡先生引为知己两荐就业，而栻生性耿直，在甘肃凉州（今武威）有人固夺巢而设陷阱之险，原想希一日之禄养，而事与愿违。至四十九岁时，始有所悟，在《自勖录》中说："深悔往日所学所为，甘入歧途而不返，迷幻境而不自觉。”因痛自责曰:“四十九年之心如镜被尘，如珠蒙垢，至五十而有警觉也。”后住家时于乾隆五十六年又遇碾伯县令唐以增以诗会友，以年弟呼之，并衷心修改《怡云庵排律诗稿》，撰赐诗序。他在《自勖录》中这样说："综计吾之平生，溺于词章者有年，困于家计者有年，劳于笔墨者有年，疲于道途者有年，所历非一境，所接非一事，由念思之，境皆戕心之境，而事皆役心之事也。”并在《自责文》中由当时社会现实所感而自慰曰："假使余早得遂志，则所历之境，其为机械变诈、鬼蜮交作者，不知几凡矣。”从此洗心涤虑，自立严誓，题其斋曰“洗心斋”，易其号曰“洗心道人”，盖欲洗既往之心，涤旧染之污，而不敢复循故步也。因此在《自勖录》吟诗曰：

五十蹉跎事事违，才知四十九年非。名缰利锁都抛却，野鹤孤云任意飞。

是谁设此迷魂阵，笼络英雄竟白头。我亦攒眉三十载，之乎者也一齐休。

以上两诗，不仅文如白话，并对科举制度作了大胆的否定。

吴栻一生除了当四年幕府外，均在书院、私塾、家教中度过。其教学严谨，除正课外（即四书五经），还为学生写范文，如《怡云庵排律诗草》就是为学生拟定的试帖。当时应试有排律一首，与四六八股文并衡，也因地处偏僻，交通闭塞，老师学生均所览无多，所以自编教材，以尽教师之责。他在排律自序中说："予枯槁余生，旅食四方，何敢以雕虫小技，自附于英华艳丽之场，顾排律之为体也，比八股文格式虽异，而法度则同，其中起、承、转、合，开、合、擒、纵，抑、扬、顿、挫，反、正、虚、实，缺一不可，而且寓精巧于意言之表，溢机趣于规矩之余，其灵敏之思、秀逸之态，视人自具。"并且文后的评语无不起典范的作用，可见他教书不仅教懂深解内容，还对写作方法深加教导。

吴栻不仅在诗赋上有很高造诣，而且在文章上有独到见解。如《三教同归录》："推三大法门之所由起（指儒释道），皆因教人而设也，天下古今之理，只此善恶两途，三教之义无非教人改恶从善耳。人苟能以佛治心，以道治身，以儒治世，则头头是道，滴滴归源，可知心也、身也、世也不容有一不治，则三教岂容有一之不立哉。"而社会上互相诋谤，确一源之未明也。其他如《左氏邱明辨》《论语旧注疏纰缪辨》等文无不独有见解。其他应世记叙文，无不洋洋大观，脍炙人口。

吴栻一生生活清贫，如他在《自励录》诗中所云教学生涯：

　　古径苔干屐齿轻，柴门晴锁午烟平。风丝暗逐窗楱入，云气虚从屋角生。

　　讲席长留幽鸟迹，诗壁犹见古人名。老夫只解蒲团坐，宠辱无关梦不惊。

更如郑板桥所言："半饥半饱清闲客，无锁无枷自在囚。"如他在《老牛耕地图》中云：

　　耕牛力尽卧山前，耒耜相随已有年。骨老每思身化铁，肠空只见口流涎。

　　通宵望月徒劳喘，整日犁云不得眠。恨杀农夫心太狠，临风何忍苦加鞭。

《老牛卧草图》中云：

　　老牛疲甚卧深峦，绿遍长坡眼倦看。汗血流多知骨重，皮毛脱尽觉心寒。

　　春回黍谷云山秀，日暖桃林草地宽。最是牧人鞭不起，夕阳天远鸟飞残。

以上两诗全是他一生教书的写照，虽说当时是乾隆盛世，而教书人的生活可见一斑。

他在六十一岁《咏立春日书怀》中写道：

> 花甲从头数，六旬又一春。愁深添马齿，穷心涸鱼鳞。
> 曝背暄妍候，舒眸淡荡辰。老夫犹有虑，何日靖边尘。

从此诗中我们看到他虽然年老贫病交加，而仍关心国家和社会的安定。诗仍写得亲切感人，笔力不衰。

吴栻在乾隆五十七年（1792年）回家，虽说不涉著述，而钟情于归稿，整理汇集成书。现存《病吟录》《自勖录》《赘言存稿》《云庵杂文》《云庵赋草》《云庵四六文》《云庵排律诗稿》，其他如《岁咏录》在"文革"中遗失，另《先儒读书录》《南华经解注》《心经注解（一卷）》《历代尊宿语录》《三教同归录》《采真集》等均已失传。

吴栻著作虽多，惜多部遗失，而在现存诗文中也可看到他的思想境界和当时人文境况。

裔孙吴景周、吴双明敬撰

2000年4月5日于家中

注：吴鼎新推荐吴栻去云川，大约为今甘肃省金昌市永昌县城，因城北一公里松柏诸树蔚然深秀，里有众泉喷涌，汇为海子，潭水弥漫，为永昌八景之一。壬寅年（1782年）《与杨槐园同年书》有："即于正月朔六日束装起身，十七日抵镇。数月以来，惯见风撼长林，沙飞石漠，昼掩双扉，夜剔残烛，客中滋味，惟自知之，不堪向知己告也。每常别有所图，而机会难遭，动辄相左，是以暂尔淹留，职此之故，非得已也。比稔吾兄寄迹朔方，起居佳胜，足慰远怀。"在《寄同宗书中》说："乃叨荐引，馆云川者二年。"

吴栻年谱

吴景周

1740 年，清乾隆五年，生于碾伯东关。

1752 年，先父逝世，是年十三岁。

1755 年，补博士弟子员，旋食廪饩（即廪膳秀才）。

1764 年，为某督学赏识以选贡送国子监，当是时，先慈衰老，欲求升斗不得，家计日穷，在邻县化隆、贵德、碾伯书院藉教学以养家。

1765 年，选拔为贡生。

1773 年，先慈归西，是年三十四岁。

1775—1777 年，在甘肃云川（今永昌云川书院）教书。

1777 年秋，在友人郑秀峰（福建人，永昌县令）、吴鼎新（江苏人，碾伯县令）及乡人土司等人的鼓励资助下，赴长安应乡试中举人。

1778 年，赴北京考进士不第而归，是年建立家谱，撰《家谱自序》，时年三十八岁。

1779 年，就馆本县石沟寺教书，撰写《募化石沟寺序》。

1782 年，在甘肃平番（今永登）河桥驿等地教书。

1783 年，在甘肃民勤苏山书院任教。

1785 年，在兰山书院以诗稿求教于甘肃诗人兰山书院主讲吴镇，镇阅稿后，大加赞赏，不以年长三十岁而自居，结成忘年交，以弟呼之。

1787 年，在甘肃平番（今永登）河桥驿等地教书，前后六年，此时年已四十八岁。

1788 年，曾分抚治西宁道王曾翼芍坡先生招阅诗稿，王见稿惊喜之余，推荐于河州总镇幕府，因疾未赴。

1789 年，王芍坡复推荐至甘泉（今张掖）苏军门任幕府。其间曾校对《王芍坡诗集》，并接到吴镇寄来《吴敬亭诗序》。

1790 年，在姑臧（今武威）有人巧构夺巢之陷阱，而遭法网之害。

1791 年，在张掖任苏军门幕府。

1791 年冬，回家，养疾荒园，并于本县傅贡生家任家庭教师。

1792 年，本县知县唐以增撰赐《怡云庵排律诗草序》。

1793 年，重聘平番肇兴书院讲席，整理旧稿，集成《自勖录》等著作。

1794—1798 年，集成《赘言存稿》《采真集》《云庵杂文》《云庵四六文草》《岁吟录》《醉吟录》《病吟录》《南华经解注》《心经注解（一卷）》《历代尊宿语录》《三教同归录》《云庵琐语》等。

1803 年病逝于家中，享年六十四岁，葬于北门外西沟坟园。

裔孙吴景周据现有资料整理，2000 年 4 月 7 日，时七十三岁

吴敬亭先生墓志铭[1]

张思宪[2]

粤惟吴氏[3]，系出延陵[4]。有明迁户，奠宅乐都。衍传数世，为农为儒。洎朴夅公，步趋循古[5]。理学文行，率先民矩[6]。教振铎音[7]，士亲邹鲁[8]。躬膺实德[9]，厥后克昌[10]。敬亭公起，丱角馨香[11]。六经宿悟[12]，赋咏性长[13]。汉廷著作[14]，李杜文章[15]。湟中儒林[16]，选拔名扬。军门再辟[17]，帐设五凉[18]。丁酉之秋，棘闱报捷[19]。一试春宫[20]，林泉志决[21]。诗豪流传[22]，洮阳心折[23]。红崖青海[24]，以文□文。公卿交许[25]，多士之模。返真一篇[26]，笔墨禅枯[27]。大化不留[28]，□揪色古。饷遗后人，惟存卷轴[29]。嗣后清英[30]，树碑刊补[31]。嗟我鲰生[32]，敢云新述。景慕乡贤，星辉天府[33]。碑石坚贞，永垂不朽。

译文

今之吴氏，出自延陵。明朝迁徙，奠基乐都。传衍数代，务农读书。淡泊朴实的夅公，追随循古。学理行文，率先垂范。振作教令，士亲孔孟。亲受实德，其后能兴。敬亭公起，自小馨香，晓通六经，性好赋诗。汉朝著作，李杜文章。湟中儒林，选拔名扬。军门两开，授徒五凉。丁酉秋考，乡试报捷。一试官场，隐居志决。豪诗流传，吴镇心折。红崖青海，以文□文。公卿交赞，众士楷模。反真一篇，笔写静坐苦修。化育不留一物，□揪色古。馈赠后人，只存诗文卷轴。随后精英，树碑补正。叹我愚浅，哪敢述新。仰慕乡贤，星辉耀天。碑石坚贞，永垂不朽。

 注解

[1] 墓志铭：放在墓里刻有死者事迹的石刻。一般包括志和铭两部分。志多用散文，叙述死者姓氏、生平等。铭是韵文，用于对死者的赞扬、悼念。该铭有两处字缺，我认为对全文的理解影响不大，为尊重原文，没有臆加，在缺字处用□表示。

[2] 张思宪（1828—1906年），字慎斋，号友竹，西宁人，清咸丰十一年（1861年）拔贡。先分发湖南，不久改派四川，为他人幕府八年，后为永宁（今四川叙永）县令。由于厌烦官场生活，在永宁一年，便辞职回家。先后在碾伯凤山书院、互助五峰书院任教。张思宪少有才名，擅长书法，长于音律，喜好吟诵，著有《鸿雪草堂诗集》4卷，留诗作240余首。其诗大多描绘四川山水风景，遣词朴素浅近，造意隽永。有关青海部分的诗，也以吟咏山水风光为多，如湟中八景诗。

吴栻 诗文译注

　　〔3〕粤：古同"聿""越""曰"，文言助词，用于句首或句中。惟：用于句首，无实义。

　　〔4〕延陵：春秋时吴国的城邑，公子季札因让国避居（一说受封）于此。故址在今江苏常州、江阴一带。《公羊传·襄公二十九年》："（季札）去之延陵，终身不入吴国。"何休注："延陵，吴下邑。"

　　〔5〕步趋：追随，效法。语出《庄子·田子方》："夫子步亦步，夫子趋亦趋，夫子驰亦驰，夫子奔逸绝尘，而回瞠若乎后矣！"

　　〔6〕率先民矩：率先垂范。

　　〔7〕铎：大铃，古代用以宣布政教法令。这里指政教法令。

　　〔8〕邹鲁：邹，孟子故乡；鲁，孔子故乡。这里指孔子、孟子。

　　〔9〕膺：接受。实：充实。

　　〔10〕克：能够。

　　〔11〕丱角馨香：自小好名声远播。丱角，头发束成两羊角形，指代少年。馨香，芳香，比喻德化远播。

　　〔12〕六经：指《诗经》《尚书》《周礼》《乐》《周易》《春秋》六部儒家经典。宿悟：平素领悟。

　　〔13〕赋咏性长：性好吟诵，长于赋诗。

　　〔14〕汉廷：汉朝。

　　〔15〕李杜：李白杜甫。唐韩愈《调张籍》诗："李杜文章在，光焰万丈长。"

　　〔16〕湟中：湟水流域。

　　〔17〕军门：明代称总督、巡抚为军门，清代尊称提督或总兵加提督衔的为军门。

　　〔18〕五凉：指晋和南朝宋时北方十六国中的前凉、后凉、西凉、北凉、南凉。其地均在今甘肃境内。唐岑参《题金城临河驿楼》诗："左戍依重险，高楼见五凉。"

　　〔19〕棘闱：即"棘围"。指科举时代的考场。唐、五代科举考试，以带刺的灌木围试院以防弊端，故称。宋黄庭坚《博士王扬休碾密云龙同事十三人饮之戏作》诗："棘围深锁武成宫，谈天进士雕虚空。"报捷：这里指中举。

　　〔20〕春宫：即东宫。这里指官场。

　　〔21〕林泉：林木山泉，借指隐居的地方。唐骆宾王《上兖州张司马启》："虽则放旷林泉，颇得闲居之趣。"

　　〔22〕豪：气魄大，直爽痛快，没有拘束。

　　〔23〕洮阳：临洮洮阳镇，吴镇的家乡，这里代称吴镇。

　　〔24〕红崖：吴栻的家乡碾伯镇北红崖耸立，蔚为壮观，为碾伯八景之一。青海：青海湖。这里指吴栻的《红崖飞峙》《青海骏马行》，用来代称吴栻的诗文。

[25] 交许：交相称赞。

[26] 返真一篇：大约指《采真集》，为吴栻晚年阅佛典，摘录因果的心得笔记。

[27] 禅枯：枯禅，佛教徒静坐参禅。

[28] 大化：化育万物。

[29] 卷轴：裱好有轴可卷舒的书籍或字画。这里指出版的书。

[30] 清英：精英。

[31] 刊补：修正补充。

[32] 鲰生：浅薄愚陋的人。

[33] 天府：泛指人、物聚集的地方。

吴敬亭诗序[1]

吴　镇

湟中古鄯善也[2]，山险峻而水清寒，物产民风，胥带洪蒙之气[3]。近数十年来，武备雄于五凉[4]，而甲科蔚起[5]，亦埒中原[6]，第求一诗人[7]，而卒不易见也[8]。意者红崖青海之灵秀[9]，尚郁而未泄耶[10]？吾宗敬亭孝廉[11]，碾伯之诗人也。家贫力学，有中林兰蕙之称[12]，尝以舌耕[13]，两就军门之辟[14]，书答百函，咄嗟立辨[15]，人谓刘穆之之敏捷不能过也[16]。顾尤雅好为诗，而箧笥所藏，已戢戢如束笋[17]。夫唐人学古，各有源流，山水之诗，以韵胜，二谢也[18]；边塞之诗，以气胜，鲍照、吴均是也[19]。然明远叔庠，要皆身在东南，而悬摩西北之景况[20]；若使生长边陲，而亲见疾风惊沙飞雪之状，则其诗悲壮雄奇，又当如何耶？然则敬亭一生之所居游，固皆边塞之真诗也，则其骨力清刚[21]，而感激豪宕也[22]，固宜。虽然，敬亭遭际升平，熙熙皞皞[23]，凡从军乘障[24]、吊古闺怨之作，胥无所用之，则刻画山水，庶足怡情。而或谓边塞之山水无可流连，亦甚非通论矣。夫大野苍茫，歌传敕勒[25]；邓林翁郁[26]，铭在酒泉。敬亭目前之所遇，固皆山水诗也。岂必远临碣石[27]，遥赋天台[28]，而后谓之题吟哉[29]！然则敬亭之诗，非徒湟中之诗也。身在戟门[30]，更望勿荒铅椠[31]。彼浣花依仆射而句益工[32]，青藤客梅林而名愈远[33]，穷固未尝负诗人也。况敬亭壮心不已，更能自致于青云乎[34]？

乐都古称鄯善，山势险峻水流清寒，物产民风，都带有原始的风气。近几十年以来，军事备防超过甘肃，科举兴起，也与中原等同，但要找一位诗人，最终也不容易找到。私下认为红崖飞峙孕育的灵秀之气正在蓄积而未发泄吧！我的同宗敬亭举人，是碾伯诗人。家中贫寒，学习努力，有儒林才俊称号，曾以教书为生，两次被官员推荐征召为军门幕府，各种文书函件，瞬息之间草就，人们认为就是敏捷如刘敏之也超不过他。只是很爱好诗，藏置在箱笼中的诗，卷册已多如成捆的竹笋。唐人学古诗，各自有源流，山水诗，借韵取胜的，是谢灵运和谢朓；边塞诗，以气势取胜，鲍照、吴均是代表。但鲍照、吴均，他们都身处东南，而凭空想象西北的境况；若让他们生长在边陲，亲自见到猛烈的风、惊人的沙漠、纷飞的大雪等等情状，那么他们诗风的悲壮雄奇，又应当是一番怎样的情景呢？然而这里却是敬亭一生居住游历的地方，（所以他的诗）本都是边塞的真诗，气势魄力清正刚直，而感动奔放，不受拘束，本就是合适的。虽然如此，敬亭经历太平，快乐满足而自得，凡是从军抵御，凭吊古代、抒发闺怨的作品，全都没地方用，那么刻画山水，或许足以调节心情。有人说边塞的山水没什么留恋的，也就不是很通达的说法了。广阔的原野茫无边际，《敕勒歌》流传于世；林木茂盛的酒泉虽地处边塞，留有前人的铭文。敬亭当前遇到的，本都是山水诗。何必远到碣石，远远在天台山赋诗，然后才称作题吟赋诗呢？这样说来，敬亭的诗，不仅仅是河湟地区的诗。身在军门，更望不要荒废写作。杜甫在成都严武麾下做幕府，诗作更为老成精巧；青藤在梅林中盘旋缠绕，其藤蔓会更多更长。穷困从不曾辜负过诗人。何况敬亭壮心不已，更能实现远大的抱负和志向。

李允之

史称吴均，文体清拔有古气，今吴序吴诗，体即近之，何奇妙耶？

吴敬亭
评

层层击虚，处处翻空，清灵之气，栩栩纸上。第愧雕虫小技[35]，何足当燕许大笔，使落寞姓字，混于诸名公之末，能无汗颜？今文在人亡，临风朗诵，益深人琴之感云[36]。

1785 年，吴杖拜见甘肃著名诗人、时任兰山书院主讲吴镇，两人一见倾心，成为忘年交。1789 年，曾为西宁道的王芍坡向镇守甘州的苏军门推荐吴杖任幕府，期间，吴镇劝吴杖将自己的诗文刊刻行世，并寄来此序。

　　吴镇在序言指出，河湟山高水清、民风古朴、军镇雄踞而诗人难觅。吴杖打破了河湟无诗人的沉寂局面，虽出身贫寒，然敏捷好学，其诗骨力清新刚劲，因感激而发，豪放跌宕，诗风直追边塞诗，是西北山水的真情写照，是边塞真诗，并强调指出："敬亭之诗，非徒湟中之诗也。"殷切期望作者再接再厉，取得更大成就。序文清新峻拔，对吴杖的诗给予高度评价，显现出对吴杖诗文的倾慕与激赏。

　　因为吴杖一生大多在教书中度过，创作的诗文，在教授中作为蒙童的教材，如同现在中学老师自己写的下水作文，自评吴镇诗序以及后面对有些诗作的自评，是为了课读学生，使之明辨优劣、是非、工稳等。

　　[1] 吴镇：（1721—1797 年），甘肃临洮人，字信辰，一字士安，号松崖，别号松花道人。十二岁能诗。吴镇早年丧父，十七岁考中秀才，二十岁拔贡，二十九岁（1750 年）中举，历任山东陵县知县，累官湖南沅州知府。在任湖南沅州知府时，兴办地方公益事业甚多。因违忤湖南某中丞，借口隐蔽属县乱事，责其失职而被罢职。离开沅州时，两袖清风，行装只有书画数卷、沅州石数块。到兰州后，受陕甘总督福康安的聘请，主讲兰山书院八年。其间常与袁枚、王鸣盛、姚颐、杨芳灿等人相互赠诗，酬唱往来，彼此敬仰，交谊甚密。尤其与袁枚，虽南北相隔万里，但书信往来密切。吴镇博学多识，长于文章，精于诗词，对绘画、书法也有研究，被袁枚称为"关中四杰"之一。嘉庆二年（1797 年）病卒于故里临洮，享年七十七岁。吴镇一生写了大量古诗词，保留下来的有一千多首，大多保留在十二卷《松花庵全集》中，有《松花庵诗草》《兰山诗草》《松崖文稿》行于世。

　　[2] 鄯善：乐都古称。南北朝时，后魏在今乐都置鄯州，唐因之，为陇右道治。

　　[3] 胥：都，皆。《诗·小雅·角弓》："尔之教矣，民胥效矣。"洪蒙：原始、不发达的状态。

　　[4] 武备雄于五凉：军事备防超过甘肃。雍正年间，青海蒙古贵族头领罗卜藏丹津在河湟发动叛乱，年羹尧率军平定了罗卜藏丹津叛乱，河湟由此成为西北军事重地。五凉，指西晋灭亡之后甘肃出现的五个割据政权，即前凉、后凉、南凉、北凉和西凉，合称五凉。

　　[5] 甲科蔚起：科举兴起。唐高适《送桂阳孝廉》："桂阳少年西入秦，数

经甲科犹白身。"

　　[6] 埒：等同。《史记·平准书》："故吴诸侯也，以即山铸钱，富埒天子。"

　　[7] 第：但，只是。

　　[8] 卒：始终。

　　[9] 红崖青海之灵秀：红崖飞峙是青海灵秀雄奇的地方。（吴栻家乡碾伯镇北面三里，有红崖，当地人称红崖寺，红崖峭壁间布有许多大大小小方形洞窟。因南北朝时盛行礼佛，到处开洞窟、塑佛像，碾伯当时为南凉都城，该处洞窟应为当时所开。年代久远，洞内凿迹历历，但无佛像。大约南凉立国不久，随着南梁的消亡，洞窟的开凿也随之废止。红崖寺远望红艳如火，近看壁立千仞，如天外飞来，俯视碾伯。行至崖下，一股雄奇神秘之象油然而生。红崖为碾伯八景之一，称为红崖飞峙。）

　　[10] 尚郁而未渫耶：正蓄积而未发泄吗？

　　[11] 孝廉：孝顺亲长，廉能正直。汉武帝时设立的察举制考试科目。明朝、清朝雅称举人为孝廉。

　　[12] 中林：儒林中。兰蕙：兰和蕙，喻俊秀之才。

　　[13] 舌耕：指以教书为生。

　　[14] 两就军门之辟：1788年，西宁道王芍坡向镇守河州的官员推荐吴栻任幕府（明清官署中无官职的佐助人员，分管刑名、钱谷、文案等事务，由长官私人聘请，俗称师爷），吴栻因疾未成行。1789年，王芍坡向镇守甘州（今张掖）的官员推荐吴栻任幕府，历时四年。辟：因推举而征召授官。

　　[15] 咄嗟：犹呼吸之间，形容极快。

　　[16] 刘穆之：南北朝人，字道和，小字道人，东莞莒（今山东莒县）人，世居京口（今江苏镇江），官至左仆射，赠侍中司徒，为南昌县侯。宋受禅追封南康郡公，谥文宣。《南史传》："（刘穆之）与朱龄石并辩尺牍，尝于武帝坐，与龄石并答书。自旦至日中，穆之得百函，龄石得八十函，而穆之应对无废。"

　　[17] 束笋：成捆的竹笋。戢戢：密集貌。这里形容诗文卷册之多。唐韩愈《赠崔立之评事》诗："深藏箧笥时一发，戢戢已多如束笋"。

　　[18] 二谢：指南朝诗人谢灵运和谢朓。谢灵运的山水诗，开创了中国山水文学的新境界。他在既往文学作品写景经验的积累之上，创造性地将多重艺术表现手法运用在其山水诗的创作中。谢诗语言富丽精工而近自然，追求细致入微地描摹景物，对后世人诗歌语言及写景技巧都有示范作用。谢灵运的山水诗追求骈偶对仗，直接影响了稍后的齐梁文学，促进了永明体的出现，另一方面又间接推动了近体诗的出现，为初盛唐山水诗走向律化起了应有的作用。谢朓曾与沈约等共创"永明体"。今存诗二百余首，长于五言诗，多描写自然景物，间亦直抒怀抱，诗风清新秀丽，圆美流转，善于发端，时有佳句；又平仄协调，对偶工整，对唐代律诗、绝句的形成有重要影响。

[19]鲍照：字明远，南朝宋文学家。鲍照兼长众体，诗、赋及散文皆有名篇传世。其五言诗讲究骈俪，圆稳流利，词采华茂，对偶工整，思想深刻，感情饱满，建安风骨犹存。五言古绝在句式、押韵上开唐人绝句之先河。其七言诗则在诗史上占有显要的地位，被人尊为七言诗开山之祖。在乐府创作方面，是当时集古今大成的诗人，他在总结前人经验的基础上，对乐府的音调、句法多所发展。鲍照也是一位优秀的骈文作家，与颜延之、谢灵运合称"元嘉三大家"。吴均：又作吴筠，字叔庠，南朝梁文学家、史学家。好学有俊才，《梁书·吴均传》说其"文体清拔有古气"，在当时颇有影响，自称"吴均体"。其诗今存140余首，多为友人赠答、赠别之作。音韵和谐，风格清丽，属于典型的齐梁风格，但语言明畅，用典贴切，无堆砌之弊。吴均善于刻画周围景物来渲染离愁别绪，开创了一代诗风。

[20]悬摩：凭空想象。

[21]骨力：气势魄力。清刚：清正刚直。

[22]感激：感动、激发。诸葛亮《出师表》："先帝不以臣卑鄙，猥自枉曲，三顾臣于草庐之中，谘臣以当世之事，由是感激，遂许先帝以驱驰。"豪宕：同"豪荡"，指作品感情奔放，不受拘束。唐杜甫《观公孙大娘弟子舞剑器行》序："自此草书长进，豪荡感激。"

[23]熙熙：快乐满足的样子。皞皞：广大自得的样子。

[24]乘障：登上御敌的城堡，引申为抵御。障，边塞险要处屯兵御敌的城堡。

[25]敕勒：北朝民歌《敕勒川》。

[26]邓林：即桃林，古代神话传说中的树林。《山海经·海外北经》："夸父与日逐走，入日。渴欲得饮，饮于河渭，河渭不足，北饮大泽。未至，道渴而死。弃其杖，化为邓林。"蓊郁：草木茂盛貌。铭在酒泉：该句是说，酒泉虽然地处边塞，然林木茂盛，有前人的铭文为证。

[27]远临碣石：曹操北征乌桓，临碣石山（在今北戴河附近，北魏时沉入海中）而作《步出夏门行》的著名诗篇。

[28]遥赋天台：东晋文人孙绰创作《游天台山赋》。这篇赋不是将天台山作旁观、静止的描写，而是紧紧围绕一个"游"字，把自然景物贯穿起来，循着作者的游踪，景物不断变换。千姿百态的景色，也随着作者攀援的节奏步步展开，构成一幅幅色彩鲜明的图画。全赋想象丰富，波澜起伏，意奇语新，景物摹写情采飞动，有摇笔散珠、动墨横锦之妙。

[29]题吟：题诗吟咏。

[30]戟门：军门，指到军门作幕府。

[31]铅椠：铅，铅粉笔；椠，木板片，都为古人书写工具。这里借指写作、校勘。

[32]浣花依仆射：仆射，古高官名，这里指严武。杜甫到成都后，严武推

荐杜甫为检校工部员外郎，做了严武的参谋。浣花，成都浣花溪。这里借指住在浣花溪边的杜甫。该句是说：希望吴栻在张掖苏军门处如同当年杜甫在成都严武麾下做幕府一样，诗作更为老成精巧。

[33] 青藤客梅林：青藤在梅林中盘旋缠绕，其藤蔓会更多更长。意思是说所处的环境有利于写作的开展。

[34] 青云：远大的抱负和志向。

[35] 第：但，只是。雕虫小技：比喻微小的技能，也用来谦称自己写的诗作或文章。

[36] 人琴之感：引俞伯牙、钟子期知音的典故。该处有人去琴在、悲音空响之意。

怡云庵排律诗序 [1]

唐以增 [2]

诗之源流远矣 [3]，诗之格律精矣 [4]。自唐人以诗取士而源流畅 [5]，自唐人以排律限场屋而格律严起 [6]，承颈腹虚实正反必尽其法 [7]，始称中式 [8]。观唐试帖中尚多浑噩之气 [9]，跅弛之概 [10]，如祖咏终南积雪二韵而尽 [11]，韩公精卫衔石 [12]，微见脱帽露顶之态 [13]，良由才大不羁 [14]，善古诗者 [15]，不必善试帖，犹之善古文者或不精帖括也 [16]。他如咏青四韵 [17]，意巧而纤 [18]，残月如新 [19]，亦入雕琢 [20]。雉头裘之烟 [21]，随良冶发火 [22]，发以负薪。投昆明织女石之"岸云连鬓湿，沙月对眉生 [23]"，极为隶事之工 [24]，运思之巧 [25]。虽皆不免伤气 [26]，而按题绘事 [27]，开后来无限隽思 [28]，即不及"一轮香满""江上峰青"，亦实足为矮屋中利器程式也 [29]。

国家以制艺设科 [30]，丁丑，南宫功令始兼八韵 [31]，怀铅握椠之士 [32]，靡不和声鸣盛 [33]。同年对山先生 [34]，由选士登贤书 [35]，历主讲习 [36]，出其课士排律一集示予 [37]，雒诵一周 [38]，俯首至地 [39]。盖由胸有慧珠 [40]，腹便书笥 [41]，故能丽不伤雅 [42]，灵不涉浮 [43]，庾信老成 [44]，公孙浑脱 [45]。格律精而源流正，洵可为排体之金针 [46]，试帖之津迷也 [47]。

西北乐掺土风 [48]，于四声多不谐协 [49]，虽有锦囊佳句 [50]，卒为聱牙所掩 [51]。余课乐都院卷 [52]，往往叹之 [53]，如对山者，吾何间然 [54]，即书此以归 [55]。对山、对山其以吾言为然否 [56]？

壬子夏六月既望 [57] 归安年弟 [58] 唐以增题于碾伯官署（印）

译文

诗的起源、发展远了，诗的格式韵律精巧啊。从唐人用诗录取读书人为官而源流通畅，唐人用排律诗限定考试而格律开始严格，诗除首尾外，中间各联内容的虚实、正反，字词的对仗必须全都符合规范，才称符合标准。观察唐代试帖诗中还多有淳朴、放荡不循规矩的气势，如祖咏的《终南积雪》只写了两韵四句就交卷了，韩愈的《精卫衔石》，微露不受礼仪约束的姿态，的确由于才行高远，不受拘限。善于古诗的，不一定擅长试帖诗，如同擅长古文的或许不精通科举应试的文章。其他如王昌龄的《咏青》，四韵八句，意境美好而细密，本是月底的残月，但一如新月一样给人以美感，也是进行了精心雕琢。学做补冶破器的工匠，就如学做袍裘一样，使破漏之处天衣无缝，就要学先辈掌握火候。投合唐童翰卿作的《昆明池织女石》"岸云连鬓湿，沙月对眉生"，其引用典故的精巧工夫达到极点。虽然都不免心志受挫，但依照题目描绘叙述事情，开启了后来的无限意味深长的想法，即使赶不上"一轮香满""江上峰青"，也足以作普通的科举之人试帖诗的有效形式了。

国家规定以八股文考试，乾隆二十二年（1757年），礼部颁布法令，开始在乡试和会试中增考五言八韵诗一首，携带笔简，以备随时记录、著述的读书人，没有不随声附和、歌颂盛世的。和我同榜考中的吴栻对山先生，经由拔贡考中举人，担任主持讲学的席位，拿出他考核士子学业的排律一本给我看，反复诵读一周，佩服至极。这是因为作者心灵聪慧，肚子就是个书箱，因此诗作艳丽而不失文雅，灵巧而不浮夸，有庾信的成熟老辣，笔意纵横驰骋；有公孙大娘舞剑一样的浑然天成，无人工痕迹，格律精准，源流正派。的确可以作格律诗的典范、试帖诗的榜样。

西北音声混杂方言，和古四声平上去入多不相谐，虽然有优美的文句，最终为拗口遮掩。我查看乐都书院的卷册、文章，往往为之感叹。像吴栻对山的排律，我哪里能找到非议的地方，就写了这些还给他。对山、对山，你认为我说得对吗？

壬子年（1792年）夏六月十六

浙江归安同年举人唐以增题写于碾伯官署

题解

　　本文是乾隆五十七年碾伯县令唐以增为吴栻《怡云庵排律诗稿》写的一篇序言。吴栻于乾隆五十六年居家后遇碾伯县令唐以增，以诗会友，唐给吴栻修改《怡云庵排律诗稿》且撰赐诗序，对吴栻的诗给予了很高的评价。

注解

　　[1]排律：传统诗歌体裁，是近体诗中律诗的延长，又叫长律。每首至少十句，多则有至百韵者。除首尾两联外，中间各联都须对仗。亦可隔句相对，称为扇对。其名称产生于元代杨士弘的《唐音》，到了明代开始为人们普遍接受，并广泛地使用开来。排律是长篇的律诗，它的用韵、平仄、对仗等规则与普通律诗相同，只是由于篇幅的延长，用韵数目亦随之增加，这是体式上与普通律诗的区别。每句五个字的叫五言排律，每句七个字的叫七言排律。《怡云庵排律》有五言六韵、五言八韵两种，也有十韵二十句的，如《雪色》（作者标为"得数字八韵"，实为十韵）。这是因为试帖诗一般为五言八韵，作这样的排律就等于做功课。

　　[2]唐以增：浙江湖州归安人，乾隆丁酉举人，乾隆五十六年任碾伯县令。吴栻于乾隆五十六年居家后遇同年（1777年）中举的碾伯县令唐以增，两人以诗会友，这是唐以增以年弟身份写给吴栻《怡云庵排律诗稿》的序。

　　[3]源流：起源和发展。

　　[4]格律：格式韵律。古代近体诗，一般有四大要素：字数、对仗、用韵、平仄。其中律诗必须满足全部要素，故格律最为严格。近体诗中的绝句以及词、散曲一般不需要对仗。古体诗格律相对宽松，一般只有不严格的用韵概念。

　　[5]以诗取士：傅璇琮先生在《唐代科举与文学》一书中经过大量史实考证，认为："进士科在八世纪初开始采用考试诗赋的方式，到天宝时以诗赋取士成为固定的格局。"诗歌的发展繁荣对当时社会生活产生了广泛影响。科举诸目中与诗歌联系最为密切的莫过于进士科。唐朝以后，写诗要求统一的格式，格律诗开始成熟。而进士所试的诗作都是五言律诗，限定十二句。刘大杰《中国文学发展史》："唐代以诗取士，于是诗歌一门，成为文人得官干禄的终极快捷方式，而成为明清两代的制艺，作为当日青年们的必修科目了。"

　　[6]场屋：科举考试的场所。这里指科举考试的形式。

　　[7]承：承受，按要求。颈、腹：指律诗的除首、尾外的中间各联。虚实正反：指律诗的中间各联内容必须虚实、正反相应，每联要对仗。法：标准、模式。

　　[8]中式：符合标准、规格。

　　[9]试帖：古代科举考试采用的一种诗体，也叫"赋得体"，以题前常冠

以"赋得"二字得名。起源于唐代，多为五言六韵或八韵排律。乾隆二十二年（1757年），在乡试、会试时加试五言八韵诗。出题用经、史、子、集语，或用前人诗句或成语；韵脚在平声各韵中出一字，故应试者须能背诵平声各韵之字；诗内不许重字；语气必须庄重；题目之字，须在首次两联点出，又多用歌颂皇帝功德之语。浑噩：淳朴。气：文章或书法绘画的意境或韵味。

[10] 跅弛：放荡不循规矩。《汉书·武帝纪》："夫泛驾之马、跅弛之士，亦在御之而已。"

[11] 祖咏终南积雪：祖咏，唐代诗人。洛阳人，生卒年不详。少有文名，擅长诗歌创作。与王维友善。王维在济州赠诗云："结交二十载，不得一日展。贫病子既深，契阔余不浅。"（《赠祖三咏》）其流落不遇的情况可知。开元十二年（724年），进士及第，长期未授官。后入仕，又遭迁谪，仕途落拓，后归隐汝水一带。据《唐诗纪事》卷二十记载：祖咏在长安应试时作《终南望余雪》："终南阴岭秀，积雪浮云端。林表明霁色，城中增暮寒。"诗写遥望积雪，顿觉雪霁之后，暮寒骤增；景色虽好，不知多少寒士受冻。咏物寄情，意在言外；清新明朗，朴实俏丽。按照规定，应该作成一首六韵十二句的五言排律，但他只写了这四句就交卷。有人问他为什么，他说："意思已经完满了。"

[12] 韩公精卫衔石：韩愈《学诸进士作精卫衔石填海》："鸟有偿冤者，终年抱寸诚。口衔山石细，心望海波平。渺渺功难见，区区命已轻。人皆讥造次，我独赏专精。岂计休无日，惟应尽此生。何惭刺客传，不著报雠名。"诗中特别强调精卫的复仇行为，寄托了作者刚烈无畏的品德。作品出于古而入于今，立意高远，感情鲜明。

[13] 脱帽露顶：指不受礼仪的约束。唐杜甫《饮中八仙歌》："张旭三杯草圣传，脱帽露顶王公前。"

[14] 不羁：指才行高远，不受拘限。《文选·邹阳〈狱中上书自明〉》："使不羁之士，与牛骥同皁。"李善注："不羁，谓才行高远，不可羁系也。"

[15] 古诗：这里专指汉代无名氏所作的五言诗，这些诗以《古诗十九首》为代表，既无题目，也不知作者，其中大多是抒情诗，具有独特的表现手法和艺术风格，与两汉乐府歌辞并称。

[16] 古文：魏晋以后骈俪文盛行，文章讲究对偶，句法整齐而文辞华丽。唐代韩愈、柳宗元等，主张恢复先秦和汉代散文内容充实、长短自由、朴质流畅的传统，即称这样的散体文为古文。帖括：唐制，明经科以帖经试士。把经文贴去若干字，令应试者对答。后考生因帖经难记，乃总括经文编成歌诀，便于记诵应试，称"帖括"。这里指科举应试的文章。

[17] 他：其他的。咏青四韵：指王昌龄的《咏青》："雾辟天光远，春回日道临。草浓河畔色，槐结路旁阴。欲映君王史，先标胄子襟。经明如何拾，

自有致云心。"

［18］意巧而纤：意境美好而细密。

［19］残月如新：本是月底的残月，但一如新月一样。比喻文章写得好。

［20］雕琢：对某事物用心推敲、修改使其更为完善。

［21］雉头裘：以雉头羽毛织成的皮衣。借指奇装异服。

［22］良冶：指精于冶炼铸造的工匠。《礼记·学记》："良冶之子，必学为裘。"孔颖达疏："言积言善冶之家，其子弟见其父兄世业鎔铸金铁，使之柔合以补冶破器，皆令全好，故此子弟仍能学为袍裘，补续兽皮，片片相合，以至完全也。"后以"良冶"借指教子有方的人。这里是说：学做补冶破器的工匠，就如学做袍裘一样，使破漏之处天衣无缝，就要学先辈掌握火候。

［23］投：投合。昆明织女石：唐童翰卿《昆明池织女石》："一片昆明石，千秋织女名。见人虚脉脉，临水更盈盈。苔作轻衣色，波为促杼声。岸云连鬓湿，沙月对眉生。有脸莲同笑，无心鸟不惊。还如朝镜里，形影两分明。"

［24］极为：副词，表示程度达到极点。隶事：引用典故。工：精巧，精致。即引用典故的精巧工夫达到极点。

［25］运思：构思。巧：精密、灵巧。

［26］皆：大都。伤气：心志受挫。

［27］按题：依照题目标题。绘事：描绘叙述事情。

［28］隽：这里指意味深长。思：构思，想法。

［29］即：假如，倘若。不及：不如，比不上。一轮香满：唐大顺年间，京兆府州试，诗以《月中桂》为题，张乔诗作如下："与月转洪濛，扶疏万古同。根非生下土，叶不坠秋风。每以圆时足，还随缺处空。影高群木外，香满一轮中。未种丹霄日，应虚玉兔宫。何当因羽化，细得问玄功。"因诗中的"根非生下土，叶不坠秋风""影高群木外，香满一轮中"而独占鳌头。江上峰青：出自《省试湘灵鼓瑟》："善鼓云和瑟，常闻帝子灵。冯夷空自舞，楚客不堪听。苦调凄金石，清音入杳冥。苍梧来怨慕，白芷动芳馨。流水传潇浦，悲风过洞庭。曲终人不见，江上数峰青。"该诗也是一首试帖诗，由唐代诗人钱起参加进士考试时所作。此诗生动形象地表现无形的乐声，成为公认的试帖诗范本。矮屋：低小之屋。代指普通的科举之人所写的试帖诗。利器：有效的工具。程序：规定的格式，一定的法式、形式。

［30］制艺：指八股文。设科：规定考试科目。

［31］南宫：南宫舍人的简称。指礼部郎中。功令：颁布法令、命令。始兼八韵：自宋熙宁至于清初，科举场中基本不考诗赋。自乾隆二十二年（1757年）开始，首先在乡试和会试中增考五言八韵诗一首，此后成为定式。其他考试如生员岁考、科考、贡生考试与覆试朝考等，都要求用五言八韵十六句，童

试可以降低要求，用五言六韵就可以了。试帖诗必须用官韵，且每首只限一韵，在题目旁注明，为得某字，取用平声，诗内不许出现重字。同八股文相比，试帖诗的内容远远超出四书五经的范围，历代经、史、子、集中的名言名句或故事，以及前人诗句，都可以成为考试题目。因此，应试的很多举子虽然作的一手标准规范的八股文，但常常因作不好试帖诗而失利。

[32] 怀铅握椠：携带笔简，以备随时记录、著述。铅，铅粉；椠，木板。都是古代书写用具。

[33] 和声：随声附和。鸣盛：谓歌颂盛世。

[34] 同年：科举考试同榜考中的人。对山先生：吴栻号对山。

[35] 由：经由。选士：选士制度。登贤书：乡试考上举人。

[36] 历：担任。主：主持，掌管。讲席：高僧、儒师讲经讲学的席位。亦用作对师长、学者的尊称。

[37] 课士：考核士子学业。

[38] 雒诵：反复诵读。雒通"络"。

[39] 俯首至地：低头挨地。这里指佩服至极。

[40] 慧珠：有智慧、才华。

[41] 书笥：书箱。比喻学识丰富。

[42] 丽不伤雅：华丽而不伤高雅。自先秦至唐代，辞赋文体逐渐趋于完备，这一进程也是辞赋的"雅""丽"两大风格要素不断博弈的过程。刘勰提出"丽词雅义，符采相胜"是"立赋之大体"。白居易推崇"华而不艳，美而有度""丽不伤雅"。

[43] 灵不涉浮：内容翔实，不浮夸。灵，文章的思想、内容。

[44] 庾信老成：杜甫《戏为六绝句》："庾信文章老更成，凌云健笔意纵横。"这句话是说，庾信年纪大了，文章也写得更好了，笔下的文章很豪迈，气势凌云。即文章显得老辣，达到炉火纯青的地步。

[45] 公孙：指公孙大娘。浑脱：剑器名，在此为浑脱剑舞。公孙大娘是开元盛世时的第一舞人。善舞剑器，舞姿惊动天下。她在民间献艺，观者如山，应邀到宫廷表演，无人能比。她的《剑器舞》风靡一时。她在继承传统剑舞的基础上，创造了多种《剑器舞》，如《西河剑器》《剑器浑脱》等。世事浮云，以公孙大娘的技艺，最终结局却是流落江湖，寂寞而终。然而，她的盖世技艺是与中国历史上的两座文化高峰联系在一起的。正是因为她，我们才有幸看到了草圣张旭的一卷绝妙丹青，才有幸读到了诗圣杜甫的一首慷慨悲凉的《剑器行》，就连画圣吴道子也曾通过观赏公孙大娘舞剑，体会用笔之道。这里比喻吴栻的排律诗如同公孙大娘的剑舞一样，气象万千，独步天下。

据说当年草圣张旭，就是因为观看了公孙的剑器之舞，因而茅塞顿开，成就了落笔走龙蛇的绝世书法。诗圣杜甫，在少年时代，也曾观看过公孙之舞，当年的公孙大娘，锦衣玉貌，矫若游龙，一曲剑器，挥洒出大唐盛世万千气象。杜甫曾有诗，题为《观公孙大娘弟子舞剑器行》，写尽当年公孙剑器之盛："昔有佳人公孙氏，一舞剑器动四方。观者如山色沮丧，天地为之久低昂。霍如羿射九日落，矫如群帝骖龙翔。来如雷霆收震怒，罢如江海凝清光……"杜甫笔下的公孙之舞，淋漓尽致地出现在我们眼前，让人向往不已。安史之乱后，皇朝由盛而衰。杜甫在白帝城，又看到了公孙大娘的传人——李十二娘舞剑器。抚今追昔，不由感慨万千。

［46］洵：的确。金针：比喻秘法、诀窍。

［47］津迷：津要、关键。

［48］乐：喜欢，乐于。掺：混杂，掺和。土风：方言。

［49］四声：指古汉语官话的平、上、去、入四声。

［50］锦囊佳句：指优美的文句。语本唐李商隐《李长吉小传》："恒从小奚奴，骑距驴，背一古破锦囊，遇有所得，即书投囊中。及暮归，太夫人使婢受囊出之，见所书多，辄曰：'是儿要当呕出心乃已尔！'上灯与食，长吉从婢取书，研墨迭纸足成之，投他囊中。"

［51］卒：最终。为：被。聱牙：拗口。掩：遮掩。

［52］课：考核，查看。院卷：书院的卷册、文章。

［53］往往叹之：常常为书院中卷册文章的水平之低感叹。

［54］吾何间然：我哪里能找到非议的地方。间，罅隙，这里指非议的对象或地方。

［55］书此以归：写了这些归还给他。

［56］以吾言为然否：认为我说得对吗？

［57］壬子：本文中指1792年。既望：农历十六。

［58］归安：今浙江湖州归安县。年弟：同一年科举考试时同时考中之人的互称。

读碾伯吴敬亭先生《岁吟录》

张思宪

久慕先生学，焚香读妙词。

开函如对话，落笔想拈须[1]。

手到春生候[2]，情深岁暮时[3]。

清风犹拂拂[4]，遗象我重披[5]。

著作经兵火，家藏一卷诗。

寸心神有护，深意世谁知。

山水优游遍[6]，功名感慨迟。

子录贤可宝，庭训至今垂[7]。

（见张思宪《鸿雪草堂诗集》）

译文

长久羡慕先生的学问，燃香诵读精妙的诗篇。

打开书似与诗人对话，下笔边思想边把须牵。

手记春天的节候变化，情感深表在岁暮年关。

读其诗如同清风拂面，留下的情景我重经见。

著作经历兵火，家藏诗书一卷。

微小的心意有神护佑，深切的意念世人谁了然？

山水游玩遍，感慨功名缓。

岁吟录贤良可作宝，庭训教育至今传。

注解

[1]拈须：摸胡子，多比喻思考。

[2]手到春生候：手记春天的节候变化。

[3]情深岁暮时：到了年末岁暮情义更为深切。

[4]清风犹拂拂：读其诗如清风拂面。

[5]遗象：前代事物留传下来的形状、式样。

[6]优游：游玩。唐元稹《春余遣兴》诗："恭扶瑞藤杖，步屧恣优游。"

[7]庭训：《论语·季氏》记孔子在庭，其子伯鱼趋而过之，孔子教以学《诗》《礼》。后称长辈的教导为庭训、家训。

刊印《自勘录》跋 [1]

谢善述代吴海清作

《自勘录》一书，吾五世祖敬亭翁所著也。翁以选贡登贤书 [2]，屡踬春明 [3]，晚年潜心内典 [4]，自号洗心道人。本李二曲王阳明之学 [5]，为身心性命之助。乾隆壬子春，《自勘录》全集告成，今已百有余岁矣。洽生也晚，徒读父书。入泮后，因循作辍，不克奋迹青云，愧未能为亢宗子，丕振家声，以为门闾光。宣统己酉制科，谬膺孝廉方正之选，莫非先祖之潜德幽光，发为后裔之余庆。每读《自勘录》，不禁感愧交集。因思此书只先祖手录一部，历年久远，恐典守者佚失真本，必致先祖之手泽心血，湮没无考，泯灭不传，深可虑也。则欲此书之永垂不朽，非寿诸枣梨不可 [6]。惟先祖之著作甚夥，如《五经备考全记》《醉吟录》《病吟录》俱失遗无存，《赘言存稿》八卷，已失其七，今所存者，《自勘录》《云庵杂志》《四书文草》《怡云诗艺》《岁吟录》数书而已。洽勉竭绵力，捐赀提倡。爰商诸族人，询谋金同，戚倘闻之，俱乐助板赀，以襄此举，遂付之手民，以公同好，亦勉绍箕裘之意云尔 [7]，敢云继志述事乎哉，谨跋。

译文：

《自勘录》是我的五世祖敬亭老人写的。老人以选贡的身份考中举人，在宦途上屡受挫折，晚年潜心于佛教，自号洗心道人，以李二曲、王阳明之学为根本，助力身心修养。乾隆壬子年（1792年）春，《自勘录》全集编纂告成，距今已一百多年了。我生得晚，白读父辈之书。入学后，守旧的科举停止，不能投身仕宦之途，惭愧不能光宗耀祖，大振家声，以此为家门争光。宣统己酉年（1909年）制科，我被错选为孝廉方正，难道不是先祖隐藏起来的光辉成为后辈的福泽！每当读起《自勘录》，禁不住感动、惭愧交集。因而想到此书只存一部先祖手录稿，经历年代久远，害怕保管不妥，散失手稿，必定导致先祖手写的心血湮没无考、消失不传，为此感到忧虑。想要此书永垂不朽，非刻版印刷不可。先祖的著作很多，但如《五经备考全记》《醉吟录》《病吟录》俱遗无存，《赘言存稿》八卷，已失落十分之七，现今保存的，只有《自勘录》《云庵杂志》《四书文草》《怡云诗艺》《岁吟录》等几本罢了。我竭尽自己的微力，倡导付梓。出钱资助，还和族人商量，问询谋划，他们一致赞同；亲戚中有的听到，也都乐于出钱来玉成此事。于是把书稿交付给雕版排字工人，使此书得以面世，被爱好的人欣赏，也勉强表达我继承祖上事业的心意，哪里敢说继承先祖志向，言事理政呢！恭敬地写下序言。

注解

[1]谢善述：（1862—1925年），字子元，号赞臣，乐都瞿昙镇磨台村人。出身贫寒而勤奋好学，16岁应童试第一，光绪乙酉科拔贡，当地人称为"谢拔贡"。曾于1910年进京考职，签分四川以直州州判试用。1914年委任为碾伯县文庙奉祀官，1918—1924年聘为县署教读，兼碾伯县警董。一生辗转于青海、甘肃、宁夏等地训蒙、教习。谢善述先生用白话文著书立说，《荒年歌》《京程歌》《劝善歌》等曾在乐都广为流传，是河湟地区白话文普及推广的第一人。他以农村人的情趣和意味，以河湟谷地特有的民情风俗，对当地的生活、劳动作了口语化的描述，语言生动、亲切而不失幽默。其后人编辑有《谢善述诗文集》。 吴海清：吴栻五世孙，名吴化洽，字海清，清同治贡生，宣统年选举为孝廉方正。痛惜吴栻文稿丢失严重，多方筹措资金，从1915年起历时三年，赴兰州刻印《云庵赋草》《云庵杂文》《云庵琐语》《云庵四六文草》《赞言存稿》各一卷，《自勖录》四卷，《洗心斋类说》四卷，命名《洗心斋全集》。

[2]登贤书：科举时代称乡试中举为登贤书。

[3]踬：绊倒，受挫折。春明：仕宦，仕途。

[4]内典：佛教徒称佛经为内典。

[5]李二曲：李颙（1627—1705年），明清之际思想家、哲学家。字中孚，号二曲。陕西盩厔（周至）人。因为"盩厔"在《汉书》中解释为山曲和水曲。所以人们便称他为二曲先生。家贫，借书苦学，遍读经史诸子以及释道之书。曾讲学江南，门徒甚众，后主讲关中书院。与孙奇逢、黄宗羲并称三大儒。清廷屡以博学鸿词征召，以绝食坚拒得免。为学主兼采朱熹、陆九渊两派。

[6]枣梨：指雕版印刷。古人以梨木、枣木为雕版刻书的上选材料，故称。清王士禛《与程昆仑书》："诗自万历甲辰，未付枣梨。茂翁贫且甚，不能自谋。"

[7]绍：继承。箕裘：比喻祖先的事业。

上碾伯县县长孔禀[1]

谢善述

611

六、附录

为吁恳据情转呈[2]：

请将故绅吴栻入祀乡贤祠[3]，以彰前贤而励后学事。

夫士无分乎出处，而望重桑梓者为准[4]；功无论乎洪纤，而志在圣贤者尤重。是以端人正士，为地方文化所关；耆学宿儒，为后世人才之范。但甄穆行[5]，自洽群情[6]。

敝邑前清已故举人吴栻，颖悟夙成，徇齐早擅[7]。兰筋未就[8]，已称裴氏之驹[9]；苞采（才）咸惊，不数（输）谢家之凤[10]。日诵毛诗七纸[11]，遂遍楹书[12]；甫读衡赋三都[13]，便思囊笔[14]。十六以诗赋冠一郡，补博士弟子员。老宿倾襟[15]，侪流避席[16]。士衡赋出[17]，君苗砚焚[18]；希逸文傅（传）[19]，阳源笔搁[20]。一时才隽，推故绅为巨擘焉[21]。云间七子[22]，颉迹于建安[23]；洛阳少年，踵武于吴会。科逢拔萃，即贡成均[24]；试值棘围[25]，早膺乡荐[26]。历主五凉书院之讲席，屡作提督军门之西宾[27]。问奇字者户限欲穿[28]，桃李之蹊益辟[29]；掇巍科者门墙相踵[30]，斗山之望弥崇[31]。被容接者若登龙门，邀品题者如附骥尾焉[32]。而故绅乐志缥缃[33]，澹（耽）情席帽[34]；不求仕进，自甘隐居。慕李二曲之纯修，返躬自省；本王阳明之正学，励志有成。手不停披[35]，口不绝吟，潜心于诗书礼乐；目不窥园，足不出户，肆志于诸子百家。闭门著书，经十余年之岁月；下帷稽古[36]，咀二十二史之精华。晚年自号洗心道人，又曰怡云子，琴书自适，诗酒堪娱。幽斋寄托之词，别饶雅致；蓬户交游之侣，不杂俗人。馆号逍遥，庭轩各制箴铭之语。窝名安乐，耕种仅供衣食之资。学重艺林，文章传世；寿逾花甲，高朗令终[37]。故绅生于前清乾隆五年，卒于嘉庆八年，距今已百又一十三载。

模范常昭，偕凤山而永峻；典型宛在，并湟水以同流。景仰如见其人，数典勿忘厥祖。顾表扬芳徽[38]，虽在邑人之发起；而崇隆祀典，端资贤宰之赞成。除将故绅吴栻事实，另造清册外，为此联名具禀：仰恳恩施逾格，俯准据情转呈，请将故绅吴栻入祀乡贤祠，以彰前贤，而励后学施行。

清光绪拔贡中华民国甘肃碾伯文庙奉祀官谢善述（1916 年）

（见谢善述《补拙斋全集禀书》卷二）

译文

呼吁恳求据实情转呈孔县长：

请将过去的乡绅吴杕进到乡贤祠岁时祭祀，以彰显前贤而鼓励后学。

士不分出处，而以故乡的名望重否为标准；功不论大小，而立志于圣贤之道尤其重要。变民风、志士行，关系到地方文化发展，素有声望的老年博学之士，为后世人才的模范。只要甄选出美德之人，民情自然顺适调畅。

我县前清已故举人吴杕，聪颖早成，敏捷而擅长学习。还没长成骏马，已被称作千里驹；年轻的学子都惊异，不逊色东晋的谢家子弟。每日诵读多篇毛亨注的《诗经》，接着遍览经典；刚读完张衡的《二京赋》，就想用口袋中的笔挥写。十六岁时以诗赋冠绝一郡，递补为府学生员。年老资深的人推诚相待，同辈谦恭避让；诗作似西晋的潘岳陆机，藻绘排偶气势磅礴，似滔滔之江，如汹涌之海，文人见其诗，把自己的诗作连同砚台都砸毁，不再著述；像南北朝时谢庄写出《鹦鹉赋》，袁淑就自惭形秽，把自己的《鹦鹉赋》收起来，不再拿出给人看一样。当时的才俊，都推荐吴杕为诗赋界的杰出人物，认为其成就如建安七子与明末的云间七子一样，开风气之先；似洛阳青年，在吴都绍兴继承前人的事业。科考时才情超出同类之上，经考试升入京师国子监读书，到乡试考场考试时，早已被当地提拔举荐为贡生。历年任五凉书院讲席，屡次作提督军门的幕宾。门槛几乎被受学或来请教的人踏破，培养桃李的路径更加开阔；科场成绩优异的学生都竞相追随吴杕，像仰望北斗、泰山一样高山仰止。被吴杕容纳、接受的人如同登上了龙门；邀请让吴杕品评、题写的如附在千里马上。而故绅吴杕愉悦心志于书籍，专心做读书人，不求做官，自己甘心于隐居。羡慕李颙的纯真修行，反身自省；立足于王阳明的心学正宗，立志学有所成。手不停翻书阅读，口不断吟诵作诗，潜心于诗书礼乐；眼不窥视园圃，脚不出门，纵情于诸子百家。闭门著书历经十多年的岁月；关门苦读、考察古代的事迹以明辨是非，品味二十二史的精华。晚年自号洗心道人，又叫怡云子，奏琴读书悠然闲适而自得，赋诗饮酒足以娱乐。幽静书斋寄情之词，别有高雅的意趣；简陋房屋交往的伴侣，不混杂俗人。馆号称逍遥，庭院中的小室各制告诫规劝的话语。窝名叫安乐，耕种只供吃饭穿衣的费用。学识为学林所重，文章流传于后世；寿命超过六十，高洁爽朗，保持善名而终。故绅生于前清乾隆五年，卒于嘉庆八年，距今已一百一十三年。

模范常明，同凤凰山一样永远高俊；典型宛在，并湟水一起流淌。向往思慕怎么见到这个人，例举典故不能忘掉自己的祖先。表扬美德，虽发起于县中之人，但高规格隆重的祭奠，正凭贤良县长主宰的赞成。除了将故绅吴栻的事迹，另行造册外，为此联名详尽禀告：恳请施恩超越规格，允准据情转呈，请将故绅吴栻请入乡贤祠祭祀，以此彰显前贤，而鼓励后学继承学习。

清光绪拔贡中华民国甘肃碾伯文庙奉祀官谢善述（1916 年）

[1] 孔禀：孔，孔繁森，字宝书，安徽合肥人，时任碾伯知县。禀，下对上的报告，禀告。题目之意为：上给碾伯县孔县长的报告。

[2] 吁恳：呼吁恳求。

[3] 乡贤祠：明清时期文人的祠堂，当时凡有品学为地方所推重者，死后由大吏题请祀于其乡，入乡贤祠，春秋致祭。

[4] 望重桑梓：在家乡很有名望。古代常在家屋旁栽种桑树和梓树，而家乡的桑树和梓树是父母种的，要对它表示敬意。后人用桑梓比喻故乡。

[5] 甄：审查，鉴别。穆行：指美德、美行。

[6] 自洽：自相一致。

[7] 徇齐：疾速。引申指敏捷。

[8] 兰筋：马目上部的筋名。筋节坚者能行千里，因之为骏马的代称。《文选·陈琳〈为曹洪与魏文帝书〉》："整兰筋，挥劲翮，陵厉清浮，顾盼千里。"未就：没长成。

[9] 裴氏之驹：唐刘禹锡《说骥》载：裴氏子得到一匹瘦弱的马，他辨识出这是一匹良马，就出高价买了它，精心饲养，后来，这匹马果然成了千里驹。

[10] 谢家之凤：比喻为能光耀门庭的子侄。东晋时，谢安、谢玄等谢家子弟忠诚高洁，勇敢睿智，一次次安定、挽救了东晋王朝，又称其为"谢家之宝树"。

[11] 毛诗：西汉时，鲁国毛亨和赵国毛苌辑注的古文《诗》，也就是现在流行于世的《诗经》。《诗经》是中国文学史上第一部诗歌总集，共305篇。毛诗每一篇下都有小序，以介绍本篇内容、意旨等，是古代诗论的第一篇专著。至唐代，《毛传》和《郑笺》成为官方承认的《诗经》注释依据，受到后世推崇。今本《诗经》即由毛诗流传而来。《诗经》对中国文化的影响巨大，而其之所以能够流传今日，毛亨、毛苌起到了至关重要的作用。这里泛指经典文献。七纸：比喻文章写得快。南朝宋刘义庆《世说新语·文学》："桓宣武北征，袁虎时从，

被责免官。会须露布文，唤袁倚马前令作。手不掇笔，俄得七纸，殊可观。"也作"倚马七纸"。这里指文献读得多。

［12］楹书：《晏子春秋》："晏子病，将死，凿楹纳书焉，谓其妻曰：'楹语也，子壮而示之。'"后因以楹书指经典，也指遗言、遗书。

［13］衡赋三都：这里指张衡的《二京赋》。张衡（78—139 年），字平子。南阳西鄂（今河南省南阳市石桥镇）人，与司马相如、扬雄、班固并称汉赋四大家。张衡为中国天文学、机械技术、地震学的发展作出了杰出的贡献，发明了浑天仪、地动仪，是东汉中期浑天说的代表人物之一。文学作品以《二京赋》《归田赋》等为代表。

［14］橐（tuó）：口袋。

［15］老宿：年老而资深的人。倾襟：亦作"倾衿"。推诚相待。

［16］侪流：同辈。

［17］士衡：陆机（261—303 年），字士衡，吴郡吴县人，少有奇才，文章冠世，诗重藻绘排偶，骈文亦佳。与弟陆云同为西晋著名文学家，被誉为"太康之英"，与潘岳等为西晋诗坛的代表，形成"太康诗风"，世有"潘江陆海"之称。这里指代吴栻。

［18］君苗：晋代人。焚砚，又作焚研，指毁坏文具，不再著述。事见《晋书·陆机传》，其称"君苗见兄文，辄欲烧其笔砚"。

［19］希逸：谢庄，字希逸，南朝陈郡阳夏（今河南太康）人，太常谢弘微的儿子。谢庄七岁时，就能写文章，通晓《论语》。到长大以后，才能卓异，气质美好，容颜仪表也很美，名声流布远方。元嘉二十九年，谢庄拜为太子中庶子，当时南平王刘铄进献赤鹦鹉，皇帝向全体朝臣下诏，要他们为鹦鹉作赋。太子左卫率袁淑文采在当时首屈一指，他的赋写成后，送去给谢庄看，谢庄的赋也已经写成，袁淑读了谢庄的赋感叹地说："江东没有我，你将是一枝独秀。如果没有你，我也是一代人杰。"他于是把自己的赋收藏再也不拿出来了。

［20］阳源：袁淑（408—453 年），字阳源，南朝陈郡阳夏（今河南太康）人，南朝宋大臣，少有风致，为姑夫王弘所赏。不为章句之学，博涉多通。颇好属文，辞采遒丽，纵横有才辩。临川王刘义庆雅好文学，请为谘议参军。元嘉二十六年，为吏部侍郎，迁御史中丞、太子左卫率。这里是说，吴栻的文章一出，其余的文章都黯然失色。

［21］巨擘（bò）：大拇指，比喻杰出人物。

［22］云间七子：明末松江古称云间，著名诗人陈子龙、夏完淳等人为云间人，以陈子龙为首形成的诗词流派称为云间派。云间派早期主要成员有陈子龙、李雯、宋征舆、宋存标、宋征璧等，稍后成员则有夏完淳、钱芳标、董俞、蒋平阶等。其诗词抒陈爱国抱负，慷慨悲壮。云间派是明末清初重要的诗词流派，

他们的诗词创作荡涤了当时流行的萎靡浅露的风气，影响清初词坛数十年，为清词中兴拉开了序幕。

［23］颉迹于建安：与建安七子不相上下。建安，建安七子。建安年间（196—220年）七位文学家的合称，包括：孔融、陈琳、王粲、徐干、阮瑀、应玚、刘桢。这七人大体上代表了建安时期除曹氏父子而外的优秀作者，他们对于诗、赋、散文的发展，都曾作出过贡献。所以"七子"之说，得到后世的普遍承认。颉，泛指不相上下，相抗衡。这里是说，吴梅的文学成就贡献杰出，如同明末云间七子的成就，可与建安七子相抗衡。

［24］即贡成均：经科举考试升入京师国子监读书。成均，泛称官设的最高学府。

［25］棘围：科举时代的考场。唐、五代试士，以棘围试院以防弊端，故称。

［26］膺：当选。该句是说，在吴梅进入考场前，早已被当地推荐为贡生。

［27］西宾：对家塾教师或幕友的敬称。

［28］问奇字：从人受学或向人请教。《汉书·扬雄传下》记载，扬雄校书天禄阁时，多识古文奇字，刘棻曾向扬雄学奇字，简称"问字"。户限欲穿：门槛都踩破了。形容进出的人很多。

［29］桃李之蹊：桃树和李树不主动招引人，但人们都来看它们开出的鲜花，采摘它们结出的果实，在树下走成了一条小路。比喻为人品德高尚、诚实、正直，用不着自我宣传，就自然受到人们的尊重和敬仰。益辟：越加开阔。

［30］掇巍科者门墙相踵：科场成绩优异的学生都竞相追随吴梅。掇，摘取。巍科，高第，科举考试名次在前的。门墙，老师之门。相踵，竞相追随。

［31］斗山之望：仰望北斗泰山。该句是说，像仰望北斗泰山一样敬仰吴梅。

［32］邀品题：邀请评论人物，定其高下。骥尾：喻追随先辈、名人之后。

［33］缥缃：书籍。古时常用淡青、浅黄色的丝帛作书囊书衣，因以指代书卷。

［34］耽情席帽：专心做读书人。耽情，潜心。席帽，草帽，代称读书人。唐、宋读书人外出常戴席帽，登第做官后便不再戴席帽。

［35］披：翻阅。

［36］下帷：放下室内悬挂的帷幕。指闭门苦读。稽古：考察古代的事迹，以明辨道理是非。

［37］高朗：气质、风格等高洁爽朗。令终：指保持善名而死。《诗·大雅·既醉》："昭明有融，高朗令终。"

［38］芳徽：盛德，美德。

陈良煜

吴栻谱序的文献价值

谱牒文化是中华文化的重要组成部分，也是中华文明的突出现象。家谱是一种特殊的文献，就其内容而言，是中国文明史中具有平民特色的文献，是一个家族的生命史。它不仅记录着该家族的来源、迁徙的轨迹，还包罗了该家族生息繁衍、婚丧嫁娶、族规家约等方方面面的内容。

家谱和正史、方志一样，是重要的历史典籍，是史学的重要组成部分之一。家谱对于民俗学、人口学、社会学和经济学的深入研究，具有不可替代的独特功能。

谱序是每部族谱都不可缺少的内容，它包括本族人写的序和邀请族外人写的序，以及跋语等等。族谱序跋的内容一般包含修谱缘由、修谱经过、家族的渊源传承以及谱学理论等，是了解本家族的重要材料。

吴栻文集中谱序类的文献不多，主要有《家谱自序》《旱庄王氏家谱序》《傅氏家谱序》三篇，现就这三篇的价值介绍如下，以求教于方家。

一、谱序对河湟汉族的来源做了真实的表述

吴栻在《家谱自序》中提及自己祖先时写道："先公尝呼不肖而诲之曰：'吾家原籍金陵，自明时播迁金城。遭家不造，吾曾祖讳坤者，年甫十四，负主担书，迁于碾邑。闵兹弱令，远商异国，克定厥家，佑启我后。旧有谱牒，毁于兵燹，吾今耄矣，尔小子其善继之。'栻谨受命，时栻年十三。"

吴栻祖上明代从金陵（南京）迁到金城（兰州），后"遭家不造"，即在兰州待不下去了，才"负主担书，迁于碾邑"（背着主人，挑着书来到了碾伯）。从以上闪烁的言辞看，吴栻祖上是迫于无奈才迁到碾伯的。"负主"说明吴栻曾祖吴坤当时是个仆人，"担书"说明主人是仕宦或有一定地位的读书人。"负主担书"又说明主仆出走的仓促与主人的爱书如命。总之"负主担书，迁于碾邑"给我们透漏出的消息是，吴坤的主人在兰州突遭变故，仓促出走，似乎是逃难到碾伯的。如从时间上推，吴栻曾祖吴坤来碾伯的时间大概在明清之际。明初碾伯为碾伯卫，为边防重镇，后重心西移，但仍为军事要地，明清为碾伯所。我们知道，中国历史上的边防军镇，同时也是当时朝廷罪犯的逃难之地。明白了这些，就知道河湟汉族的许多家谱中为何提及祖上时含糊其词，一笔带过。"负主担书，迁于碾邑"，忠诚于主人，嗜书如命，也从侧面告诉我们，河湟浓郁的儒家伦理与文化，

其来有自，是直接传承中原文化而来。

河湟汉族寻根时，大多都说自己的祖上来自南京"珠子巷"。因为民间传说，明洪武某年上元节（正月十五），朱元璋的发妻马皇后晚上赏灯到了珠子巷，因为皇后脚大，不少人起哄嘲讽讥笑，甚至非礼，惹恼了朱元璋，一怒之下，将全巷民众悉数发配到河湟。

当今学界有人受此影响，认为中原汉族迁入河湟地区的主要动力来自历代中原政权的移民政策，换言之，河湟地区的移民类型主要是"以行政或军事手段推行的强制性移民"。以南京珠子巷全巷充军发配至河湟的传闻推断河湟的汉族均为整体发配充军而来，稍有常识，略微深入一步，就可知珠子巷充军之缪。

巷者，窄街也。试想，一个小小的巷子，多则几十家，少则几家而已，即使倾巷而来，哪能遍布河湟大地？青海方言中陕西、山西、安徽、苏北、四川、山东等地的方言词语都大大超出青海方言中南京语词，这又该如何解释呢？何况南京的巷子是"珠子巷""竹子巷""柱子巷""铸字巷"，还是"珠市巷""猪市巷""朱氏巷""祝氏巷""助士巷"……至今众说纷纭，莫衷一是。珠子巷之说于史书无征，所以，说河湟汉族明初来自南京珠子巷，不过是民间传闻罢了。

我们当然不排除有一些人的祖上来自南京，甚至不排除南京有个"珠子巷"，但毫无疑问的是，绝大部分河湟汉族肯定不从南京而来，更不要说珠子巷了。河湟汉族的来源是很复杂的，正如现在西宁乃至整个青海的汉族来源十分复杂一样。那么，为什么许多河湟人都说自己的祖上来自南京呢？就是因为当时的南京是帝王之都。祖上来自天子居处的鱼米之乡南京，自然荣耀，有种优越感。很多的人家前世无考，听到有个别人说自己的祖籍在南京的珠子巷，羡慕之余，在有能力修家谱或当别人问起时，为光耀门庭，南京就成了首选，何况有个具体的小巷，就更使人不得不信了。祖上来源无考，只能随附他说。这样，以讹传讹，甚至张冠李戴也就在所难免。在《傅氏家谱序》中，傅赓南也说"吾族徙居乐都，多历年所，迄今文献无征，阙略滋惧，谱而不作于吾也。后畴能作者，愿以此举，谋及吾子"。

《家谱自序》《傅氏家谱序》使我们知道：

1. 河湟汉族并非用军事或者行政手段直接从南京或中原地区整体迁移而来，而是辗转而来。其来源是复杂、多样的。正如《丹噶尔厅志》卷六说："汉族，邑人相传，皆自南京移民实边到此，拨地居住。

然详加考究，半系山、陕、川、湖，或本省东南各府，因工商到丹，立室家，传子孙，遂成土著。自宁属邻境移居者最多，亦有蒙蕃子弟，资性聪颖，入塾读书，粗明理义，遂化为汉族者。"

2. 河湟汉族祖籍南京说不可尽信。《家谱自序》开篇虽说"吾家原籍金陵"，但这是吴栻的父亲吴遵文在吴栻十三岁时给他说的，从侧面说明河湟汉族从南京珠子巷发配来此之说由来已久，深入人心。吴栻原籍是否就在南京，"旧有谱牒，毁于兵燹"是否为实，仍可怀疑。吴坤十四岁，"负主担书"从兰州逃难到碾伯，一个十四又是作仆役的孩子，连父母双亲都没有，是不大可能有什么家谱的。来到碾伯后因生活无着，才"远商异国，克定厥家"（到异域经商做生意，才在碾伯安下家）。在这样的环境条件下，一般也不可能有家谱，因为立家谱、修家谱是一族的大事，没有相当的经济实力、社会声望是修不起家谱的。在《家谱自序》的后面，作者写道"我高祖以冲（童）幼迁居，克开厥后"，说明吴栻认定的祖先是吴坤，吴坤以前无考，"原籍南京"等语，只是听闻，并无实据。

在河湟，没有家谱的人家比比皆是，这与他们的祖上来河湟的多样与复杂有关。他们在有能力修谱时，对以往难以确定的、说不清的人和事要做出交代，一般以"无考"或"旧有谱牒，毁于兵燹"等作为托词，一带而过。

《傅氏家谱序》中，傅赓南说"吾族徙居乐都，多历年所，迄今文献无征"，不知原籍在何地，也不知道祖上迁移碾伯的原因、时间，没有文献，不能乱编，显得更为直捷了当，朴素真实，也就更为可信。由此可知，河湟汉族说"祖籍南京"时，恐怕道听途说的成分更多一些。

二、谱序反映了当时河湟地区的社会风尚

1. 崇尚朴实无华的治学风格

吴栻所处时代正值乾嘉年间，朴学兴盛，学术研究注重求实切理，崇尚朴实无华的治学风格，注重资料的收集和证据的罗列，主张"无征不信"，少有理论的阐述及发挥，也不甚注重文采，因而被称作"朴学"或"考据学"，是清代学术思想的主流。我们从吴栻的谱序中就能处处感受到这种朴实无华的治学风格。

《傅氏家谱序》：既归，赓南复以谱事嘱余，余遂与赓南朝夕商榷，互相考订，帙既成，赓南复邀余题辞，余进而请曰："君家累世书香，其先世事迹，莫不照耀典册，君何不一一谱及之？"赓南曰："家之有谱，犹国之有史，所以从实录也。今碑碣于风雨，衣冠邈若山河，必欲向杳冥恍惚中，远引繁称是自诬耳，何谱焉？此崇韬拜令公之墓，不如狄青却梁相之图也（郭崇韬拜郭子仪的墓，认郭子仪为自己的祖宗，不如狄青否认狄仁杰是自己的同宗）。且士苟克自树立，即可以褒扬先烈，庇荫后人，又奚必攀龙附凤，以贻我先人羞哉？"余闻而壮之曰："若赓南者，其志洁，其行廉，其旨远，真吾之畏友也。"余虽秃笔不花，然慨为谱之。遂不辞为君序之尔。

为了家谱的真实可信，作者与家谱的主人傅赓南"朝夕商榷，互相考订"，"不向杳冥恍惚中，远引繁称"，认为修谱而"攀龙附凤"是"自诬""贻我先人羞"的事。在《旱庄王氏家谱序》中说："家之有谱，犹国之有史，所以信今而传后者也。今受读君家之谱，见其序次详明，原原本本，固如山之有昆仑，河之有星宿也。"在这里，作者把"信今""序次详明，原原本本，固如山之有昆仑，河之有星宿"放在首要位置。

在《家谱自序》中说：自己修谱时"既汇其源，复缕晰其流，使前有所考，后有所承，即至世远年湮，亦不至支脉莫辨，昭穆阙如也"。在《傅氏家谱序》中，对一些攀附陋习进行了抨击："然吾尝见今之为谱者矣，攀援仕宦，附会名流，曰吾宗即某乡之分脉、某相之箕裘也，而不知资彼德业，足以光我泉壤，则可谱；寂彼声华，足以光我门闾，则可谱；若犹未也，何谱乎尔？"

总之，作者或修谱的人都力争使自己的家谱真实有据，能经受住时间的检验。这种朴实的文风与当时内地的学风一脉相承。

2.立志科考的入世精神。

隋唐以来，直到清末，在这一千二百多年间，科举考试成为人们改变社会地位的重要手段。耕读传家，也成了各家族的传家宝。"耕"是为了生活温饱，"读"是为跻身上层。

书中自有黄金屋、书中自有颜如玉，读书科考是人们跻身上层、光耀门楣的有效途径，科考入世就成了那个时代读书人不懈的追求。这在各家谱及其序言中都有所体现。如吴栻在《家谱自序》说道：

栻谨受命，时栻年十三。越明年癸酉，先公见背。栻即奉母命，出就外傅。乙亥，补博士弟子员（县学生员），旋食廪饩（禄米），乙酉选拔（选拔为贡生），丙戌廷试。
癸巳（乾隆三十八年）季冬，先慈退逝，风木之感，触忤
予怀。丁酉（乾隆四十二年）倖叨科名（考取举人），戊戌
（四十三年）下第归家。

又如《傅氏家谱序》：

> 后攻举子业，即树帜艺林，德行文章，蔚然并茂，承
> 先启后，惟君之责，考古证今，惟君之事，君宜谱之尔。
> 况余与君共笔砚，芸窗雪案，未尝一日相离。今士林中，
> 无不知君者，然终不如余知君之最稔也。余故不得不为君
> 谱之尔。虽然，余将趋车北上，急应廷试，君故待之。

这些难得的材料，说明了当时河湟并没有因地处边陲而重武轻
文，其时代氛围与全国的大气候一样，读书人积极入世，致力于科
举考试，金榜题名同样也是河湟士子的梦想。

3.重视人的道德品行

吴栻在《傅氏家谱序》说："吾幼见令先子，与其弟昆，皆仁厚
有德，为乡里望；又见君之弟若侄，率皆恂谨（恭顺谨慎）老成（成
熟稳重），恪守祖训，天之报施善人，所以昌厥后也。又见君少事双亲，
备尝艰苦。"在《旱庄王氏家谱序》中说："王君为人恺悌，孝友成性"，
"即君今日仁孝诚敬之心，千百世下无不想见焉"。

提倡仁厚、孝顺、诚恳、谦和，看重稳重成熟的德行是宗法精
神的重要组成部分，也是当时社会所提倡的时代精神。对于教化后代、
尊宗敬祖、遵从伦理道德都有着积极的时代意义。

家谱序言中的话语虽然包含了不少封建思想，但如敬长老、孝
父母等精神，实际上是中华民族几千年来代代相传的美德，曾经对
凝聚中华民族发挥过巨大的作用，对促进河湟的现代文明建设也会
有积极的激励作用。

4.讲孝道

尊祖敬宗的宗法精神。宗法精神是整个封建社会进行伦理道德
教化的精神。家谱及其序言是宗法精神在当时社会的具体体现。家谱
及其附载的族规家法，也为"天然尊长"的族长、家长，树立了权威。
宗法精神是家谱序言中不可缺少的部分。如《旱庄王氏家谱序》：

《周礼·大宗伯》:"以饮食之礼,亲族兄弟。"《小宗伯》:"掌三族之籍,以别亲疏。"当是时,家兴仁让,俗尚淳良,何风之古也!慨自宗法不明,人心思竞,而古人尊祖敬宗收族之至意,邈不可追矣。然则宗法有关于世道人心也,顾不重哉!吾邑王君,奕叶书香,宗祖之盛,甲于一乡。而王君为人恺悌,孝友成性,因心每扶其报本崇先之凤志,以兴宗祖相往复。

文中引用《周礼》中《大宗伯》和《小宗伯》来说明尊祖敬宗的宗法精神的重要性。如果人们的宗法精神不明晰,世道人心就会不统一。"亲族兄弟""孝友"等宗法精神的内容,不仅要对长辈孝敬,也要求人们要对同族兄弟、朋友友爱。从文中我们可以看出"友爱""孝敬"应是当时河湟地区宗法精神的主题词。

三、小结

家谱及其序言,是一个巨大的资料宝库,从事社会学、历史学、考古学、经济学、民俗学、人口学、民族学、遗传学诸学科的研究者,都可以从中汲取营养。它为研究社会、历史问题展示了极为丰富的内容,具有独特的文献价值。吴栻的《家谱自序》《旱庄王氏家谱序》《傅氏家谱序》都从不同角度反映了当时历史的面貌、时代精神、社会风尚。同时修撰家谱的社会风尚,少数民族也纷纷仿效,对于增强边疆地区的民族凝聚力和向心力有着重要的意义。

《家谱自序》《旱庄王氏家谱序》《傅氏家谱序》等不仅显示了吴敬亭先生深厚的儒学功底,还展现出清朝科举儒学教育在河湟地区已达到很高的程度,是儒家文化在高原边疆地区推广的成果,也是儒家文化深刻影响地方文化的一个缩影。这对今天边远地区的文化教育发展有着启示作用。

2015 年 8 月

后记

孩提时代就知道东关曾出了个举人叫吴栻。工作后，翻阅青海史料，知道吴栻为乾隆时举人，《碾伯八景诗》为其所作。想作进一步了解，可惜文献零星，语焉不详。

2001年初，吴栻裔孙，我的小学、中学同窗好友吴双明专程赠我两本由他和吴景周搜集、由吴景周注释自印的《吴敬亭诗文集》，惊喜之余，在翻阅时发觉该书原文、标点、注释等错讹之处很多，深为遗憾。在给研究生授课时，曾将《吴敬亭诗文集》分解，让2008级研究生梁洪涛、孙中强等四人作为训诂作业，对其校勘、标点、注解。四人初学，水平参差。

文化是中国人的根。我国作为四大文明古国之一，有着悠久的历史和灿烂的文化，在文化融合加剧的今天，中国传统文化更应被重视，因为传统文化是一个民族发展的不竭动力，只有立足于优秀的传统文化，才能保证中华民族的繁荣和发展。吴栻诗文无疑是中华优秀传统文化的一分子，但古今语体有别，给认识吴栻，了解吴栻，阅读、研究吴栻的人带来了不便。凡此种种，激起了我退休后重新整理、注解、翻译其诗文的想法。刚退休就被青海师范大学聘为督导并任文科组组长，一干就是六年，接着又到北京《现代汉语规范词典》编写组编写了一年的词典，期间写写停停，一晃十年已过。其间，双明兄期望殷殷，并将新搜集到的吴栻诗文及时交给我，无疑对我是一种鼓励。

写作期间，内子李咏梅帮我查阅资料，剖析疑难，寻找解决办法，承担家务杂事，常常陪伴工作至深夜，对完成本书出力良多，是我心中特别感激的。

陈良煜

2020年9月15日于小桥寓所